나달의 언덕 3

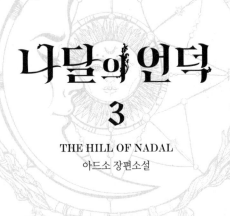

나달의 언덕

3

THE HILL OF NADAL

아드소 장편소설

가하)

나달의 언덕 3

지은이 아드소
펴낸이 이형기
펴낸곳 도서출판 가하

초판인쇄 2017년 6월 8일
초판발행 2017년 6월 15일
출판등록 2008년 10월 15일 제 318-2008-00100호

주소 서울 영등포구 양평로 67, 1209 (당산동5가, 한강포스빌)
전화 02-2631-2846 **팩스** 02-2631-1846

www.ixbook.co.kr

ISBN 979-11-300-1790-7 04810
      979-11-300-1787-7 04810(set)

값 12,800원

43

"여보세요."

지은이 잠이 덜 깬 목소리로 전화를 받았다. 혜경이 외치는 소리가 들렸다.

— 지금 전화 받을 수 있어? 아직 점심시간 맞지? 지은아, 나 정말 미치겠다! 희성이란 인간, 한 시간마다 전화를 해대는데 내가 일을 못하겠어. 난 데이트에 그렇게 많은 비용이 들어간 줄도 몰랐어. 내가 비싼 밥을 먹어봤어야 알지! 나 같은 중소기업 다니는 월급쟁이가 한 번에 어떻게 그 많은 돈을 갚겠어? 그래서 내가 나눠 갚겠다니까, 이자까지 할부로 갚아내라잖아! 너 지금 내 말 듣고 있는 거야?

"아니. 자다가 일어나서 무슨 말인지 못 알아듣겠어."

— 요즘도 잠이 많이 부족해? 상담 받는 게 잘 안 돼? 성과가 없어?

"혜경아."

— 응?

"예전에는 꿈을 꾸면 기억을 못했는데, 요즘은 깨고 나서도 기억이 난다?"

— 그래? 잘됐네. 잘된 건가?

"라야라는 사람…… 정말 착한 사람이야."

— 네가 전생에 착한 일을 많이 해서 복이 많나 보다. 특히 친구 복.

"……"

— 여보세요?

"생긴 것도 예쁘고…… 하는 행동도 그래. 딱한 처지의 사람을 보면 그냥 못 지나가."

— 너도 그렇잖아.

"난…… 그냥 지나가."

— 많이들 그래. 그냥 지나간다고 나쁜 사람은 아니지.

"나쁜 사람은 아니야. 보통 사람이지. 그런데 그 여자는 안 그래. 나랑 달라."

— 최면요법인가 뭔가 받기로 했다며?

"모르겠어. 무서워서 하기 싫어."

— 뭐가 무서워. 겁 없기로는 박혜경 뺨치는 한지은 맞아?

"나도 내가 그런 줄 알았어. 그런데 아니네."

휴대전화에 맞춰둔 알람이 울렸다.

"미안해, 혜경아. 점심시간 끝났어. 마치고 내가 전화할게."

휴게실에서 비서실로 향하는 길에 인후와 마주쳤다. 인후의 얼굴이 발갛게 상기되어 있었다. 서두르는 기색도 느껴졌다. 지은은 그런 인후를 처음 보았다. 인후는 허둥지둥 알 수 없는 손짓을 하더니 말했다.

"안 그래도 전화를 하려다가……. 제가 수영 씨에게 정현, 아니, 대표님한테 건네야 할 가방을 맡겨뒀어요. 그러니까 지은 씨는 지금 당장 비서실로 가서 수영 씨한테서 가방을 받아 가지고, 집에 가세요."

"집에 가요?"

"네. 집에 가서, 여권 챙겨 들고, 옷 몇 벌만 가지고, 브라질로 가는 겁니다. 나 대신."

정현은 상파울루에서 열리는 게임 쇼를 참관하고자 엊그제 아침 브라질로 떠났다. 인후는 개인적인 일을 처리한 후 쫓아가기로 되어 있었다. 그런데 뜻밖의 일이 발생했다.

"내가 지금 병원에 가봐야 할 것 같거든요. 자세한 건 수영 씨한테서 들으세요."

그렇게 말하고 인후는 반쯤 정신을 놓은 사람처럼 계단으로 갔다가 다시 올라와서 엘리베이터 버튼을 누르고 엘리베이터가 빨리 내려오지 않자 다시 계단으로 내려가버렸다. 지은이 비서실로 돌아오자 수영이 자초지종을 설명해주었다.

"사모님이 곧 출산하실 것 같다네요."

"벌써요? 아직 며칠 더 있어야 되지 않나요?"

"그러니까 저렇게 정신이 없으신 거겠죠."

수영은 상사의 부재에 아랑곳없이 침착한 표정으로 인후가 준 가방을 지은에게 건네주었다. 지은은 왠지 기밀 문서가 든 것만 같은 서류 가방을 조심스레 품에 안고 사무실을 나왔다.

"그럼, 그 먼 이국에서 정현 씨와 단둘이 지내게 됐다는 거야?"

팔짱을 낀 채 방문에 기대 선 예은이 짐을 싸고 있는 지은에게 물었다. 지은은 속옷을 챙겨 넣다 말고 멈칫하며 예은을 보았다. 당황한 눈동자가 이리저리 왔다 갔다 했다. 예은은 저런 지은을 볼 때마다 언니지만 귀엽다는 생각을 했다. 놀리고 싶어졌다. 지은이 가방에 속옷을 넣으며 말했다.

"정현 씨하고만 있는 거 아니야. 다른 직원들도 있어."

"단둘이 있을 시간은 아예 없고?"

"아예 없기야 하겠냐마는…… 우리 둘만 다니는 거 아니야. 놀러 가는 것도 아니고."

"언니네 회사는 이번에 참가도 안 한다면서? 시간 많겠네."

"참관도 일이야."

"뜨거운 태양의 나라! 삼바의 고장! 정열의 브라질! 이과수 폭포에도 가나? 소리가 하도 커서 그 근처에서 무슨 짓을 해도 모르겠네."

"무슨 소리를 하는 거야. 아, 정신없어! 짐 싸는 거 도와줄 거 아니면 나가 있어. 내가 어디까지 챙겼지?"

"여권 챙겨. 거기 베개 위에 있네. ……피임 도구도 꼭 챙기고."

"야!"

예은은 꺼억꺼억, 과장된 웃음소리를 내며 방을 나갔다. 지은은 방문을 닫고 다시 가방 앞에 앉았다. 속옷을 너무 많이 챙긴 것 같아 두 벌을 뺐다. 출장 시 챙겨야 할 물품 목록을 적은 메모지를 들고 펜으로 하나씩 체크하며 가방 안을 한 번 더 확인했다.

가방 자물쇠까지 채우고 모든 준비를 마쳤다. 지은은 휴대전화를 들고 잠시 망설였다.

정현에게 전화를 할까, 말까? 수영과 인후가 정현에게 자신이 간다는 것을 알렸을까?

알렸을 거라고 짐작하면서도, 마음 한구석으로는 그가 자신이 가는 것을 몰랐으면 했다. 깜짝 놀라게 해주고 싶었다. 휴대전화를 주머니에 넣고 재킷을 입었다. 브라질은 한국과 날씨가 반대라고 해서 재킷 안에는 얇은 셔츠를 입었다.

출장 전날, 지은과 정현은 저녁때까지 함께 있었다. 늘 하는 얘기를 하고, 늘 먹는 밥을 먹고, 늘 헤어지는 곳에서 헤어졌다. 언젠가부터 헤어질 때 서로 상대가 먼저 가라고 다투는 일이 없어졌다. 정현이 알아서 먼저 가버렸기 때문이다. 그는 등을 보이고 가는 대신 항상 뒷걸음질 쳐 갔다. 지은은 그 모습을 보며 가슴을 졸여야 했다.

다음 날 아침, 눈을 뜨자마자 든 생각은 그가 한국에 없다는 것이었다.

지금쯤 바다 위를 날고 있겠구나. 그런 생각이 들자 기분이 이상해졌다. 그때부터였다. 몸이 물 먹은 솜처럼 무거워졌다. 침대에서 일어나는 데 한참이 걸렸다. 잠자는 시간도 길어졌다. 정신없이 일을 하다가도 퇴근 시간이 되면 기운이 다 빠져서는 집에 오면 제대로 씻지도 않고 잠이 들어버렸다. 그리고 긴 꿈을 꿨다. 일상이 엉망이 되어버렸다. 그를 만나면 이 피곤도 사라질까.

지은은 캐리어 가방과 정현에게 전해줄 서류 가방을 오른손에 한꺼번에 들고 방 문고리를 잡았다. 예은은 거실 소파에 드러눕듯이 앉아 방을 나오는 지은을 향해 능글맞은 웃음을 지어 보였다.

"조심해서 잘 다녀와. 그거 잘 챙기고."

"그거?"

예은은 입 모양만으로 말했다. '피임.'

지은은 캐리어 가방을 벽에 세워놓았다. 서류 가방을 그 옆에 내려놓았다. 웃는 얼굴로 다가오는 지은을 보면서 예은은 그때서야 아차 했다. 생각났다. 지은은 나이뿐 아니라 힘 역시 세 남매 중 첫째라는 것을. 대개의 깨달음이 그렇듯, 예은의 깨달음 역시 너무 늦었다.

예전엔 꿈을 꿔도 한참 동안 꿈인 줄 몰랐는데, 요즘엔 알아채는 것이 빠르다. 그래서 조금 슬플 때도 있다.

라야와 춤을 추고 있었다. 그걸 인식하는 순간 음악이 귀를 가득 메웠다.

숲에서 처음 보았을 땐 그저 순진한 눈빛으로 당돌함을 감춘 호기심 많은 소녀였는데, 몇 년 사이에 그녀는 성숙한 여인이 되어 있었다. 그녀의 타고난 온기가 더욱 짙어졌다. 그녀에게 다가서는 사람들은 냉기로 자신을 숨기는 짓을 포기해야 했다. 얼음이 녹으면 그 속에 숨겨진 아픔과 고통이 드러났다. 그런 점 때문에 그녀를 두려워하는 이들도 있었다. 하지만 끝내는 그녀에게 굴복했다.

그녀는 그들의 아픔을 모두 헤아리고 함께 아파했다. 그것은 가식이 아니었고 상대도 그것을 알 수 있었기에 사람들은 그녀 앞에서 한바탕 울음을 쏟고 그녀를 사랑하게 되었다. 그것은 불가항력이었다.

모두의 사랑을 받는 사람이, 그런 여인이 나를 좋아한단다. 좋아한다고 말해주었다. 그녀가 좋아한다고 말해주기 전부터 그녀가 날 좋아한다는 걸 알았다. 처음 그걸 알았을 땐 왜 슬픈지도 헤아려보지도 못하고 그저 슬펐는데, 계속되는 무언의 고백이 어느 순간 마음을 어지럽혔다. 그리고 또 어느 순간부터 나도 그녀와 같은 말을 하고 있었다.

그녀는 늘 아름다웠지만 이날은 특히 더 아름다웠다. 불안할 정도로.

이때가 언제였더라……. 기억이 나질 않는다.

마을 곳곳에 매달린 색색의 등불들을 보고 이날이 축제날이란 걸 알았다. 사람들이 가면을 쓴 채 춤을 추고 있었다. 연인들은 서로를 꼭 껴안고, 아이는 엄마 아빠의 손을 하나씩 잡고, 친구들은 원을 만들어 빙글빙글 돌며 춤을 추었다.

달빛만이 내비치는 골목, 담배 연기 자욱한 술집, 섬의 모든 배들이 출항하지 않고 정박해 있는 부둣가도 이날엔 모두에게 개방되었다.

음악이 들리는 곳이라면 어디서든 춤을 출 수 있었다.

그녀와 그는 맨얼굴이었다. 그는 가면을 쓰고 싶었다. 아무도 모르게 하고 싶었다. 그녀와 자신이 이곳에 있다는 것을. 그녀와 자신이 서로 사랑한다는 것을.

사람들 웃음소리와 음악에 덮여 그녀가 말하는 소리가 잘 들리지 않았다. 고개를 숙여 그녀의 입 가까이 귀를 갖다 댔다. 그녀가 말했다. 오길 잘했죠?

그가, 내가 고개를 끄덕였다. 사람들 속에서 음악에 맞춰 춤을 추는 동안 잠시 행복했다. 하지만 금세 불안해졌다. 이것이 얼마 안 가 깨질 행복임을 알기에.

그가 그녀에게 물었다. 왜 날 좋아하는 거야? 아일이 물은 것이었다. 확인받고 싶어서.

그녀는 짓궂은 질문을 받은 사람처럼 얼굴을 붉히고 웃었다. 그리고 들고 있던 가면을 그에게 씌웠다.

이번엔 아일이 아니라, 정현이 묻고 싶었다. 당신은 왜 하필 나를 좋아한 거야? 결국 묻지 못했다. 아무리 꿈속이라도 그녀에게 차마 원망이 묻어나는 말을 꺼낼 수가 없었다.

왜 하필이면 나 같은 인간을……. 혼자 죽어가든 말든 놔둬버리지.

혹시 동정한 건가? 당신이란 여자는 죽어가는 사람을 모른 척 못하니까. 그래서 그런 거야? 안쓰러워서? 연민을 사랑으로 착각한 건 아니고? 모른 척하지. 눈 딱 감고 돌아서버리지.

그녀가 웃는 얼굴로 손을 꼭 잡아주었다. 맞잡고 있는 그녀의 손에서 온기가 생생히 느껴졌다. 이게 어떻게 꿈일 수 있나.

그녀의 미소에 마음이 아려왔다. 이게 어떻게 꿈이야…… 어떻게…….

그녀가 흔들리는 몸을 잡아주었다. 껴안아주었다. 그녀의 심장 소리가 정말 가까이서 들려와, 꿈인 줄 알면서도 이 순간이 영원히 계속되길 바랐다. 그녀에게서 몸을 떼고 가면을 벗었다. 그리고 그녀의 얼굴을 내려다보았다.

그녀의 물기 어린 눈동자를 바라보며 입을 열었다. 목소리가 주위 소음에 잘 들리지 않자 그녀가 발돋움을 했다.

"라야."

라야가 계속 말하라는 듯 귓바퀴에 손을 대고 고개를 끄덕였다.

음악 소리가 사라졌다. 모든 소음이 사라졌다. 그와 그녀만이 존재했다. 그가 말했다.

"내가 아무래도…… 당신을…….."

눈꺼풀이 덮여 있던 눈은 새하얀 빛을 가장 먼저 잡아내고, 금세 한 여자를 포착했다. 그의 가슴은 미처 내뱉지 못한 고백을 담고 여전히 미친 듯 뛰고 있었다. 심장은 꿈과 현실을 구분하지 않는다. 그의 영혼이 종종 과거와 현재를 구분해내지 못하듯.

정현은 눈을 반쯤 뜨고 누운 채로, 비치 의자 발치에 서 있는 여자를 올려다보았다.

수영장 반대편에선 호텔 측에서 주최한 카니발이 시작되고 있었다. 불꽃놀이 소리가 작게 들려왔다. 사람이 없는 잔잔한 수영장 물이 바람에 밀려 철썩 하고 수영장 벽을 쳤다. 바깥으로 밀려나온 물이 두 사람의 그림자를 덮었다 썰물처럼 빠져나갔다.

동양인 여자가 그를 물끄러미 내려다보고 있었다. 그녀는 바퀴가 달린 캐리어 가방을 한 손으로 끌고, 크로스백을 대각선으로 메고서 지금 막 호텔에 들어선 티를 내고 있었다. 양 갈래로 땋은 머리엔 크림색 리본을 두른 왕골 모자를 쓰고, 선글라스로는 얼굴을 반이나 가리고 있었다. 선글라스도 선글라스지만 모자챙 때문에 그림자가 져 얼굴이 제대로 보이지도 않았다.

정현이 잠긴 목소리로 그녀를 불렀다.

"한지은."

"아님 한지은을 닮은 외국인일 수도 있죠."

지은이 예민해진 말투로 대꾸했다. 긴 비행으로 인해 몸이 장난 아니게 피곤했다.

정현은 몸을 일으켜 앉으며 손으로 얼굴을 쓸었다.

"한지은을 닮은 외국인일 리가 있나."

그는 피곤한 미소를 머금고 그녀를 올려다보았다.

"난 지은 씨가 그런 우스꽝스러운 선글라스가 아니라 아예 얼굴을 바꿔 온다고 해도 알아볼 수 있어."

"이게 우스꽝스러워요? 면세점에서 산 건데?"

지은이 화들짝 놀라며 선글라스를 벗어 들었다. 정현은 가볍게 키득거렸다. 그리고 그녀를 향해 양팔을 뻗었다.

"어서 와."

지은은 선글라스를 남방 앞주머니에 넣고 부루퉁한 얼굴로 그냥 그를 바라보고만 있었다. 정현이 힘없이 팔을 내리며 말했다.

"비행기에 타는 순간부터 후회했어. 널 데리고 왔어야 하는 건데."

"내가 온다고 실장님이 전화하셨어요?"

"아니. 지은 씨가 오는 줄 몰랐어."

"그런데 왜 놀라는 기색이 없어요?"

"난 지은 씨를 어디서 만나도 놀라지 않아."

"왜요?"

"그게 우리 운명이니까."

지은이 까만 눈동자를 굴렸다. 정현은 지은의 이마에 맺힌 땀을 닦아주고 싶은 것을 참으며 그녀의 말을 기다렸다. 지은이 캐리어 가방을 세워놓고 팔짱을 끼며 말했다.

"치잇. 저번 시골 장터에서는 놀랐었잖아요."

"그건…….'"

정현이 느릿하게 일어났다. 키 큰 그에게 가려 그녀는 완전히 그림자 속으로 들어가버렸다. 반대로 그는 햇빛을 정면으로 받아 지은은 눈을 게슴츠레 뜨고 그를 바라봐야 했다. 그의 흰 셔츠가 빛났다. 호텔 수영장 비치 의자에 정장 차림으로 누워 있는 사람은 이 사람밖에 없을 거야. 지은은 실쭉 웃고 말았다.

"지은 씨를 만나서 놀란 게 아니라 당시 상황에 놀란 거야. 화연 씨가 쓰러져 있는 상황. 지은 씨가 울고 있는 상황. 지은 씨가 왜 쓰러진 화연 씨와 함께 있는가. 둘이 무슨 관계인가."

그는 한 마디씩 할 때마다 그녀에게로 가까이 고개를 숙였다.

브라질은 이상한 곳이었다. 태양이 너무 강렬해 그림자도 짙었다. 머리는 뜨거워서 금방이라도 쓰러질 것처럼 어지러운데 발은 구두 밑창이 녹아버린 듯 땅에 잘싹 달라붙어 있었다. 몸의 위아래가 따로 노는 기분이었다. 그러니 정현이 모자를 뒤로 젖히고 키스를 할 것처럼 다가오는데도 붙박이장처럼 꼼짝 않고 서서 그를 바라볼밖에.

지은이 물러나지 않자 가까이 다가온 그의 입이 슬며시 유혹적인 미소를 머금었다.

"오 초 줄게. 도망치면 키스 안 해."

정현은 한 손을 그녀의 어깨에 올리고 일 초에 하나씩 엄지부터 차례대로 손가락을 꼽기 시작했다. 지은은 무표정한 얼굴로 그를 빤히 쳐다보았다. 이렇게 밝은 곳에서 그의 얼굴을 이토록 오래 들여다보고 있는데도 얼굴이 붉어지지 않는 것은, 아마도 이곳이 외국이기 때문일 것이다. 수줍음이 관광을 나간 게 분명하다.

어느덧 그가 네 번째 손가락을 꼽았다. 새끼손가락을 제외한 그의 손이 어깨를 단단히 잡는 것이 느껴졌다. 지은은 꾹 다물고 있던 입술을 살짝 벌렸다.

'몇 살일까? 나랑 비슷한 거 같은데?'

청년 화가 로베르토는 생각했다. 동양인 여자가 까만 눈을 반짝이며 그에게 뭐라고 말을 했다. 뭐라고 하는지 알아들을 수가 없다. 어느 세계의 말일까?

그녀가 로베르토가 들고 있는 쟁반을 가리키며 물었다.

『먹어봐도 돼요?』

영어를 하는구나, 라고 로베르토는 중얼거렸다.

로베르토는 이가 보이도록 씩 웃으며 시식용 빵이 담긴 쟁반을 내밀었다. 그녀는 큼직한 빵 조각을 골라 들었다. 그는 입으로 향하는 여자의 손가락을 쫓았다.

여자는 뜻을 알 수 없는, 아마 감탄사 내지는 '맛있다'란 뜻으로 추측되는 말을 내뱉고 빵 조각을 하나 더 집었다. 그러고는 고개를 두리번거리더니 어디론가 뛰어갔다.

로베르토는 아쉬운 한숨을 내쉬었다. 보송보송한 털을 가진 아기 새가 빵 조각을 물고는 깃털 하나만 남기고 날아가버린 듯했다. 그는 쟁반을 내려놓고 가게 밖으로 고개를 내밀었다. 차양을 받치고 있는 기둥을 붙잡고, '아기 새'가 날아간 방향을 쳐다본 그가 비명에 가까운 소리를 질렀다.

'이건 비극이야.'

여자는 한 사내에게로 달려갔다. 사내는 분수대 근처 벤치에 앉아 있다가 그녀가 달려오는 걸 보고는 미소를 지었다.

로베르토는 옷자락을 들어 올려 잘근잘근 씹었다. 그는 그날 하루 세계에서 가장 짧은 시간 안에 실연을 당한 사람이 되었다.

여자가 사내의 입에 빵 조각을 넣어주고 뭔가를 재잘거렸다.

'새가 지저귀는구나.'

로베르토는 미련 가득한 눈을 하고 중얼거렸다. 여자가 사내의 손목을 잡아끌었다. 그녀가 사내를 데리고 빵집으로 되돌아오는 걸 본 로베르토는 얼른 앞치마를 고쳐 입었다.

사내가 여자의 말에 고개를 끄덕이고는 포르투갈 어로 물었다.

『어떤 빵이 가장 인기가 있나요?』

로베르토는 눈물을 삼키며 웃었다. 실연의 아픔은 일로 달래자. 로베르토가 가판대의 빵을 가리키며 말했다.

『이게 가장 잘 팔리는 빵이죠. 이걸 먹어보지 않고는 상파울루에 갔다왔다고 말하지 마십쇼. 일본인들에게 특히 인기가 많답니다.』

『우리는 한국인이에요.』

일본인이란 말만 알아들은 지은이 포르투갈 어 기초 회화 예문을 이용해 대꾸했다. 로베르토는 너무 기쁜 나머지 빠른 말로 말했다.

『한국인이로군요! 부모님이 나타우(Natal)에서 숙박업을 하시는데, 언젠가 한국인 배낭여행객들이 온 적이 있었죠. 좋은 사람들이었어요. 몇 번 편지를 주고받다가 제가 고향을 떠나면서 연락이 끊겼죠. 이것도 인연일까요?』

지은이 멍한 표정을 짓고 있자 로베르토는 정현을 보았다. 정현이 지은에게 통역을 해주었다. 그의 조용한 말투를 듣고 있자니, 로베르토는 자신이 몹시 호들갑스러운 인간처럼 느껴졌다. 이십 년 동안 한 번도 생각해본 적 없는 자신의 말투에 대해 곰곰이 생각해보게 되었다. 이윽고 지은이 소리 내어 웃었다. 로베르토는 지은을 보며 씨익 웃었다.

　로베르토는 주인 몰래 두 사람이 산 빵에 덤으로 두 개를 더 넣어주었다. 그리고 주인의 눈치를 보며, 빵 봉투를 받는 정현에게 비밀이라는 듯 입술 앞에 손가락을 세워 보였다. 정현이 작게 웃었다. 그가 돌아서 있는 지은에게 봉투를 넘겨주며 귀엣말을 했다. 그러자 지은이 로베르토를 돌아보며 "고마워요. 아, Obrigada."라고 말했다. 로베르토는 이상한 웃음소리를 냈다.

　가게를 떠나 백 미터쯤 걸었을 때 정현과 지은은 빵집 점원이 부르는 소리를 들었다. 두 사람을 따라잡은 로베르토가 무릎을 짚고서 급한 숨을 몰아쉬었다. 그가 고개를 숙인 채 손가락을 들어 보였다.

　『부탁……, 바쁘지 않으면 부탁 하나만 들어주세요.』

　『그래서 잘 알지도 못하는 사람들을 우리 집으로 데려왔다고? 저 여자는 이상한 빵집 종업원이 난데없이 모델이 되어달라는데, 그러겠다고 했고?』

　로베르토는 소꿉친구 에스텔라의 질문에 귀찮다는 표정으로 손을 내저었다.

　『내 눈빛이 간절했으니까, 차마 거절하지 못한 거야.』

　그는 이젤을 세우고 의자를 당겨 앉았다. 로베르토의 화실은 빵집에서 오 분 거리에 있는 허름한 건물 지하에 있었다. 그곳은 그와 그의 여자 '친구' 에스텔라의 집이기도 했다.

　에스텔라가 물었다.

　『저 외국인들이 단번에 오케이 했어?』

　『아니. 설득했지.』

　『뭐라고?』

『얼마 안 걸린다, 난 빨리 그리는 타입이다, 준비할 것도 별로 없다, 연필로 그린다, 가까운 곳에 화실이 있다.』

에스텔라는 불만스러운 표정으로 로베르토의 뒤에 팔짱을 끼고 서서, 나무 의자에 뻣뻣한 자세로 앉아 있는 동양인 여자를 바라보았다. 무릎에 주먹 쥔 손을 올리고 긴장한 채 어깨를 굳히고 있는 모습이 모델로 좋아 보이지 않았다. 에스텔라가 중얼거렸다.

『네 취향이 저런 여자였구나. 작고, 하얗고, 보드라운…… 나랑 반대네.』

『왜 그렇게 긴장하고 있어요? 릴랙스, 릴랙스!』

로베르토가 갑자기 소리치자 지은이 어깨를 움찔했다. 근처 소파에 앉아 있는 정현이 그의 말을 통역해주었다. 지은은 고개를 끄덕이고, 더 뻣뻣해졌다.

로베르토가 절망스러운 목소리로 말했다.

『아까처럼 자연스럽게 웃어주세요.』

정현은 손등으로 입을 가리고 쿡 웃었다. 로베르토가 좀처럼 그림을 시작하지 못하자 결국 정현이 일어섰다.

그가 지은에게 다가와 말을 걸었다.

"어색한 웃음의 대가."

지은이 그를 째려봤다. 정현은 한쪽 무릎을 꿇고 앉았다.

"외국에 왔으니 초상화 한 점은 그려 가야 된다고, 말도 안 되는 소리로 날 설득할 때는 언제고 그런 표정으로 앉아 있어?"

"모델은 오랜만이라…… 긴장할 수도 있죠, 뭐. 혹시 추상화를 그리는 건 아니겠죠? 저 사람 뒤에 가서 살짝 봐줄래요?"

"추상화면? 이제 와서 그리지 말라고 할 거야?"

그와 말을 나누는 동안 지은의 표정이 점점 편안해졌다. 잠시 뒤 그녀는 로베르토가 첫눈에 반한 미소를 지으며 웃었다. 로베르토는 도화지 위에 연필을 바짝 붙이고서 두 사람을 바라보았다. 어두운 무대 위, 두 연인에게만 스포트라이트가 쏟아지고 있었다. 로베르토는 관객석으로 떨어졌다. 그는 철저히 관찰자가 되었다.

그녀의 미소는 그녀 앞에 무릎을 꿇고 앉아 있는 사내를 향해 있었다. 그녀의 표정에서 그에게 보내는 신뢰와 애정이 읽혔다. 그녀를 올려다보고 있는 사내의 눈빛에선 놀랍게도 순애(殉愛)가 보였다. 그것은 사랑이라기보다 충성에 가까워 보였다. 자칫 그녀를 상처 입힐 수도 있는 욕정은 억눌려 있었다. 그게 가능한 일일까? 재능 넘치는 예술가 로베르토는 본능적으로 그 모든 것을 깨달았다.

정현이 일어서자 로베르토가 연필을 흔들며 소리쳤다.

『그대로, 그대로 앉아 계세요. 의자 가져와서 같이 얘기하고 있어주세요. 움직여도 상관없습니다. 제가 알아서 그릴게요!』

로베르토는 어린아이처럼 흥분했다.

그가 그림을 그리고 있는데, 주스 컵을 든 에스텔라가 다가왔다.

『저 아가씨, 남자랑 잘 때에도 저렇게 내내 수줍어하고 있는 건 아니겠지?』

『대체 무슨 소리를 하는 거야!』

로베르토가 벌겋게 달아오른 얼굴로 버럭 소리쳤다. 정현과 지은이 이야기를 하다 말고 그들을 돌아보았다. 로베르토는 아무 일도 아니라는 듯이 웃는 얼굴로 손을 흔들었다. 그리고 다시 에스텔라를 쏘아보았다. 에스텔라는 무표정한 얼굴로 모델 두 사람에게 시선을 고정했다. 그녀가 작은 목소리로 말했다.

『사람의 성격은 네가 생각하는 것처럼 단순하지 않아. 보다 다층적이라고.』

『니체 양반, 철학 강론은 그림을 다 그린 뒤에 하면 안 될까? 내가 여유가 많을 때. 한 오십 년 뒤에.』

『넌 너무 아름다운 모습만 보려고 해. 그러니까 그림에 힘이 없다는 소리를 듣지.』

『으아아아! 나 그림 그리는 거 안 보여?』

에스텔라는 코웃음을 치고 화실을 나갔다.

『그림이 마음에 드시나요?』

그림은 생각보다 빨리 완성되었다. 로베르토는 지은에게 그림을 건네주고 손님 앞에 선 노련한 장사꾼처럼 두 손을 비볐다. 지은이 환한 얼굴로 웃었다. 그림 값으로 그것이면 충분했다.

정현이 지은의 뒤에 서 있다가 로베르토에게 말했다.

『그녀가 아주 마음에 든다고 말하네요. 당신을 따라오길 잘했다고요.』

『신의 축복이 있기를.』

『사례를 하고 싶은데.』

정현의 말에 로베르토는 정색을 하고 말했다.

『기사 양반, 그런 식으로 나를 모독하지 마요.』

"하지만 그림이 한 장뿐인데 이렇게 그냥 줘버리시면……."

지은이 정현의 통역을 듣고서 말했다. 로베르토가 자부심 넘치는 표정으로 대답했다.

『전 제 작품을 창고에 꽁꽁 숨겨둘 생각이 없어요. 소유는 제게 아무 의미가 없습니다. 두 분을 따라 제 그림이 여행이라도 하면 좋죠, 뭐.』

화실을 나가는 두 사람에게 로베르토가 마지막 인사를 건넸다.

『혹시 나중에라도 나타우에 들르게 되면 부모님이 운영하시는 호텔을 찾아주세요. 작은 호텔이지만 방에서 내려다보이는 경관이 멋지답니다. 그림 뒤에 주소를 적어놨어요.』

　지은은 화통을 겨드랑이에 끼고 여봐란 듯이 그림을 손에 든 채 길을
걸었다.
"연필로 이런 색이 나온다는 게 믿어져요?"
"눈으로 보고 있으니까 믿어야지."
　바람의 냄새가 바뀐 것을 느낀 정현이 어두워진 하늘을 올려다보며
대꾸했다. 지은은 그림에 그려진 자신이 아주 만족스러웠다. 그녀 스스
로가 생각하는 모습보다 훨씬 온화하고 부드러운 인상이었다. 가장 마
음에 드는 건 정현이 함께 그려져 있다는 것이었다. 사진을 찍은 것보다
더 좋았다.
　툭.
　"어?"
　도화지에 물방울이 떨어졌다. 지은은 가슴팍으로 그림을 당기며 하늘
을 올려다보았다. 비가 내리고 있었다. 말로만 듣던 우기(雨期)의 소낙비
였다.
　그녀는 도화지를 말아 얼른 화통에 집어넣었다. 멀리 있던 먹구름이
성큼 머리 위를 덮었다. 빗줄기는 눈 깜짝할 사이에 시야를 뿌옇게 만들
정도로 굵어졌다.
　두 사람은 가까운 건물로 뛰었다. 거센 빗줄기가 가난한 골목의 회색
벽을 검게 칠하고 낡은 건물의 얇은 지붕을 무시무시한 기세로 두들겨
댔다.
　하수도가 없는 조붓한 골목은 금세 강이 되어버렸다. 두 사람이 건물
밑으로 숨었을 땐 이미 몸이 흠뻑 젖은 뒤였다.
　"이 일을 어떡하나……."

지은이 처마 밖으로 살짝 고개를 내밀며 중얼거렸다. 얇고 투명한 플라스틱으로 만든 처마가 처졌다. 정현이 그녀의 젖은 어깨를 살며시 잡아당겼다. 처마에 고였던 빗물이 그녀가 머리를 내밀고 있던 자리로 와르르 쏟아졌다. 지은이 허 하고 놀란 웃음을 흘리고 그를 쳐다보았다. 그가 조용히 마주 웃었다. 웃음을 던지면 웃음을 받을 수 있는 곳에 그가 있다는 게 이토록 좋은 일인지 몰랐다. 지은은 부끄러워서가 아니라 기쁜 흥분에 얼굴이 발개졌다.

"추운데 안으로 들어갈까요?"

지은은 그의 대답은 듣지도 않고, 그곳이 어떤 건물인지 잘 알지도 못하면서 2층으로 가는 계단을 올랐다. 시원스러운 빗소리에 가려 들리지 않던 소리가 들렸다. 낑낑대는 소리 같기도 하고, 으르렁대는 소리 같기도 하고, 낮은 비명 소리 같기도 했다. 계단을 삼분의 이쯤 올라간 지은은 이상한 소리의 정체를 알고 그대로 얼어붙었다. 복도에 놓인 소파에서 한 쌍의 남녀가 정사에 한창 열을 올리고 있었다. 남자는 상의를 탈의한 상태였고, 여자는 치마를 허리까지 걷어 올린 채 그의 허리에 다리를 감고 있었다. 남자의 등을 손톱으로 긁으며 여자는 울부짖는 것 같은 음성으로 신음했다. 남자가 거친 숨을 헐떡이며 여자의 위에서 격렬하게 몸을 움직였다. 지은은 여자가 성마른 표정으로 남자를 재촉하는 걸 보고 말았다.

"왜 가다가……."

지은은 뒤따라 올라오는 정현의 입을 틀어막았다. 그녀의 표정을 보고 정현이 시선을 들어 올렸다. 곧 그의 표정도 지은의 표정과 비슷해졌다. 시뻘건 대낮에, 사람이 나다니는 복도에서, 아니, 그것을 다 떠나 다른 사람이 정사를 나누는 모습을 실제 눈앞에서 볼 일이 얼마나 있겠는가. 정현과 지은은 누가 뭐라고 할 것도 없이 서둘러 계단을 내려갔다.

폭풍이 지나가는 듯한 장대비가 건물 앞을 가로막고 있었다. 결국 밖으로 나가지도 못하고 두 사람은 아무것도 보이지 않는 빗속을 나란히 바라보고 서 있었다.

"……."

"……."

귀가 한 번 잡아낸 소리는 지워지지도 않고 참으로 선명히도 들려왔다. 위층에서 나는 소리는 점점 더 규칙적이 되어갔다. 장면이 상상될 정도로 노골적인 소리가 이어졌다. 바로 등 뒤에서 들려오는 듯했다. 여자가 비명을 터뜨렸다. 지은이 작게 몸을 움찔했다. 그러고는 자신의 반응이 부끄러운 듯 시선은 살짝 아래에 둔 채 손가락으로 볼을 긁적였다.

이번엔 남자가 쾌감 어린 신음을 가쁘게 내뱉으며 여자에게 뭔가를 요구하고 있었다. 하의를 완전히 벗어젖힌 두 남녀의 몸이 부딪쳤다. 그 소리가 적나라하게 들려왔다.

정현은 뜬금없이 목이 말라왔다. 그는 주먹으로 입을 지그시 틀어막고 짧게 헛기침을 했다. 지은을 흘깃 쳐다보았다. 지은은 불안할 정도로 눈을 깜박이고 있었다. 그녀의 볼에서 시작된 열기가 얼굴 전체로 번져가는 것이 보였다. 정현의 얼굴이 딱딱하게 굳었다. 다른 남자의 몸이 치받는 소리를 듣고 그녀가 얼굴을 붉히는 걸 용납할 수 없었다. 정현은 자기도 모르게 두 손으로 그녀의 귀를 막았다. 지은은 그가 키스를 하려는 줄 알고 몸을 움찔하며 그를 보았다. 정현이 멋쩍은 웃음을 흘렸다.

세상을 완전히 덮어버린 빗소리에 오히려 가까운 주위가 조용해졌다.

정현이 손으로 그녀의 얼굴을 잡고 있다면 지은은 눈으로 그의 얼굴을 잡아 붙들었다. 그리고 그의 젖은 얼굴을 찬찬히 뜯어보았다. 그의 머리칼에 맺힌 빗방울이 귓불을 타고, 턱선을 타고, 목덜미로 흘렀다. 그가 그녀 몰래 조금씩 열을 뱉어낼 때마다 그의 가슴이 들썩였다. 지은은 그의 가슴을 만져보고 싶은 충동을 느꼈다.

 그가 귀를 막아주고 있어도 소리는 들렸다. 여자가 계속해서 짧은 교성을 질러댔다. 듣고 있는 것만으로도 배가 찌릿하고 발끝이 뻣뻣해져오는, 상상을 불러일으키는 목소리였다. 그도 아까 그 여자의 얼굴을 봤을까? 지은이 미간을 살짝 찌푸렸다. 그의 미끈한 목이 열로 붉어져 있었다. 그의 옷은 목깃부터 가슴까지, 심지어 등까지 젖어 있었다.

 비에 젖은 거란 걸 안다. 하지만 땀이란 생각이 들었다.

 비 냄새 때문인지 저놈의 소리 때문인지 조금 전부터 그에게서 남자의 냄새가 짙게 풍겼다. 그것이 그녀를 예민하게 만들었다. 떨리게 만들었다. 화가 나게 만들고 있었다. 다른 여자의 신음 소리에 그가 흥분하는 것이 싫었다. 지은은 정현의 갈색 눈동자를 들여다보았다. 그가 눈을 내려뜨며 서서히 다가왔다. 서로의 눈동자에 서로의 모습이 비쳤다. 그 정도로 가까웠다. 두 입술이 스쳤다.

 격한 신음 뒤에 여자가 울음 같은 소리를 내고 있었다.

 정현은 지은의 이마에 입술을 눌렀다. 그리고 그녀의 이마에 이마를 갖다 대고 눈을 감았다. 몸살이라도 난 듯 온몸이 뜨거웠다. 지은이 그것을 눈치챌까 두려웠다. 눈을 감은 것도 그녀가 자신의 생각을 알아챌까 봐서였다. 다른 여자의 신음 소리를 듣고 지은과의 정사를 상상하고 있는 자신이 한심스러웠다. 여자가 흐느끼는 소리를 듣고, 지은이 자신의 아래에서 허리를 비트는 모습을 떠올렸다. 여자가 남자를 재촉하는 소리를 듣고, 그녀 안으로 파고드는 순간을 상상했다. 그의 몸 아래쪽은 여유를 잃은 지 오래였다. 그가 숨을 길게 내뱉으며 고개를 들고 눈을 떴다. 그의 눈이 커졌다. 지은의 두 눈에 눈물이 글썽했다. 정현이 눈으로 물었다. '왜?' 지은은 고개를 빠르게 가로저었다.

 그와 떨어져 있는 사이 느꼈던 정체 모를 불안감이 빗소리와 함께 다

쓸려 내려가버렸다. 모든 고민은 의미가 없어져버렸다. 부질없는 것처럼 여겨졌다. 적어도 그가 곁에 있는 동안은.

복잡하던 머리는 그가 보내고 있는 눈빛의 의미를 해석하는 데만 집중하고 있었다.

고개를 돌리고 싶은데 정현이 머리를 잡고 놓아주지 않았다. 그가 아주 작은 목소리로 속삭이듯 물었다.

"왜 그러는 거야?"

지은은 눈물이 맺힌 얼굴로 그만 웃고 말았다. 뒤에선 계속 음란한 소리가 들려오는데, 이 사람은 걱정스러운 얼굴을 하고 다정한 목소리로 왜 우냐고 묻고 있다. 지은은 아무 일 아니라는 듯이 웃었다. 그리고 두 손을 들어 그의 귀를 막아버렸다. 그가 저 여자의 신음 소리를 듣는 게 싫었다. 정현이 키들거리고 웃었다. 그녀만을 다정하게 바라보고 있던 그의 눈이 순간 빛을 달리했다. 그의 시선이 옆으로 움직였다. 그는 그녀의 귀에서 손을 떼고 몸을 세웠다.

『어이쿠, 비 좀 같이 피합시다.』

중년 남자 둘이 건물 안으로 뛰어들어 왔다. 그들 역시 위층에서 나는 소리를 듣고 계단 위를 올려다보았다. 소리로 짐작컨대 두 남녀는 막바지 절정을 향해 달려가고 있었다. 빗소리가 밀릴 정도로 두 남녀의 소리가 거칠어졌다. 중년 남자들은 어이가 없는 듯 웃음을 터뜨리고는 현관문 옆 벽에 서서 대화를 시작했다.

비는 잦아들 기미를 보이지 않았다. 비 냄새가 젖은 피부에 묻어났다. 바로 옆에선 중년 남자들이 조곤조곤 수다를 떨고 있었다. 위층에서 여자가 숨이 넘어갈 듯 소리를 질러내고 있었다. 정현과 지은은 중년 남자들 때문에 조금 전보다 더 바짝 붙어 서 있었다. 정현은 왼손으로 지은의 오른손을 잡아 자신에게로 더욱 가까이 잡아당겼다. 반팔을 입은 두 사람의 팔이 야릇한 느낌으로 스쳤다. 지은은 그의 손을 달리 붙잡았다. 깍지 낀 두 손이 잘 맞물렸다. 정현은 그것을 물끄러미 내려다보았다. 그의 손가락 사이사이로 그녀의 따스한 손가락이 얽혔다. 정사가 절정으로 치달아갔다.

'미치겠군.'

정현이 중얼거리며 뻐근한 목을 돌렸다. 그는 여자의 말을 알아들을 수 있었다. 여자의 목소리는 거친 호흡과 섞여 곧 끊어질 실처럼 가늘어져 있었다. 어떻게 들으면 지은의 목소리와도 상당히 유사했다. 근육이 죄어든 팔뚝으로 물방울이 길게 흘러내렸다. 비 때문인지 땀 때문인지 맞잡은 손이 미끈거렸다. 지은의 손을 잡고 있는 팔이 빗물로 번들거렸다. 먼저 절정에 오른 여자가 교성을 질렀다. 정현은 손등에 핏줄이 돋을 정도로 오른손을 주먹 쥐었다. 몸이 부딪치는 소리가 멈추고 남자가 짐승 같은 신음을 토해냈다. 정현은 지은이 손을 움켜잡는 자극을 견디지 못하고 그녀를 잡은 손에도 으스러져라 힘을 주었다. 끙끙거리는 정사 남녀의 소리가 빗소리에 묻혀갔다. 정현이 더운 숨을 내쉬었다.

"보고 싶었어요."

정현은 번뜩 고개를 돌려 지은을 보았다. 지은이 시선을 아래로 떨어뜨린 채 발갛게 상기된 얼굴로 말했다.

"계속 보고 싶었어요."

'나는 그런 마음으로 너를 얼마 동안 기다렸다고 생각해?'

정현은 원망스러운 말을 삼켰다. 깍지 낀 손을 잡아 올려 지은의 손등에 입술을 댔다. 지은은 그의 입술이 떨리는 것을 고스란히 느낄 수 있었다. 땀에 젖은 손에선 그녀의 살 냄새가 났다. 그는 눈을 감고, 그 아찔한 향기를 들이마셨다. 목구멍부터 폐까지 단번에 그녀의 향기가 꽉 들어찼다.

지은이 왼손을 처마 바깥으로 내밀었다. 그녀의 손가락 끝에 빗방울이 묻었다. 아아, 저런 장면은 좋지 않아. 정현은 신음을 씹어 삼켰다. 그의 속을 알 리 없는 지은이 그를 보며 키드득 웃었다. 정현은 그녀처럼 순진하게 웃을 자신이 없어 고개를 반대쪽으로 돌리고 미소를 지었다. 그녀와 맞잡은 손을 내리고, 잡은 손은 놓아주지 않았다.
　　비가 잦아들고 있었다.

44

사륜마차가 석재 아치문 아래를 지나 도개교를 건넜다. 마차의 문짝에는 모뤄 가문을 상징하는 목련 문장이 새겨져 있었다. 문장이 가진 위엄에 비하면 소박한 장식의 마차였다. 도시를 빠져나오고 얼마 되지도 않아 모뤄 부인은 벌써 피곤한 표정을 지었다.

"굳이 저까지 가야 할 필요가 있을까요……."

"자네가 가줘야 해. 확인해봐줄 것이 있거든."

옆자리에 앉은 모뤄 선제후가 보고 있던 신문을 넌지시 그녀에게 건넸다. 모뤄 부인은 벽 쪽으로 머리를 기울이고 내키지 않는 표정을 지었다. 모뤄가 신문을 흔들며 재촉하자, 그녀는 못 이기는 척 신문을 받아 들었다.

마차가 도시를 빠져나와 비포장도로를 달렸다. 바퀴가 돌부리에 부딪쳐 차체가 덜컹거렸다. 마차는 하늘로 높이 솟은 가로수 사이를 지났다. 특정 기사가 보이도록 접힌 신문 위로 나무 그림자가 어른어른 움직였다.

모뤄 부인은 신문을 살짝 젖히고, 맞은편에 앉아 있는 자신의 막내딸을 보았다.

리디아는 무표정한 얼굴로 창 밖을 보고 있었다. 자칫 음침하게 보일 수 있는 검정 드레스도 그녀의 화려한 외모를 가릴 수는 없었다. 특히, 검고 풍성한 머리카락은 그녀의 으뜸가는 매력이었다. 표정 없는 얼굴에서도 아버지를 닮은 당당한 면모가 풍겼다. 그녀는 이제 여기저기서 혼담이 쏟아져 들어오는 사교계의 유명 인사였다.

모뤄 부인은 복잡한 심정으로 딸을 살피고는 버릇처럼 혀를 찼다. 그리고 다시 신문을 보았다.

"당분간은 크롬헬도 조용하겠군요."

"으음."

모뤄는 두툼한 턱을 매만지며 고개를 끄덕였다. 안 듣는 척하고 있었지만, 리디아는 두 사람의 대화를 모두 귀에 담고 있었다. 그들은 지금 클레이모어 부인의 장례식에 참석하기 위해 가는 길이었다. 동시에 모뤄가 오래전부터 점찍어둔 사내를 보러 가는 것이기도 했다.

사윗감을 품평하러 가는 날이 그 사내의 모친 장례식이라니, 우습지도 않다.

리디아는 제 어머니를 꼭 닮은 눈을 하고 부모들을 힐난하듯 쳐다보았다. 그녀는 어린 시절 딱 한 번 만난 적이 있다던, 어쩌면 자신의 남편이 될지도 모를 그를 떠올려보려고 애썼다. 그런데 도무지 생각이 나질 않았다. 그만큼 까마득한 옛날의 기억이고, 그만큼 세월이 많이 흘렀다.

갑자기 가슴이 답답해져왔다. 창을 조금 열었다. 이른 시간임에도 하늘이 어둑했다.

창틀을 잡고 있는 그녀의 손등 위로 빗방울이 한 방울 떨어졌다. 어하는 사이, 그녀의 가슴에도 굵은 빗방울이 튀었다. 검은 비단옷 위로 물 얼룩이 까맣게 번졌다.

창 밖으로 고개를 내밀었다. 축축한 바람이 불어와 얼굴을 쳤다. 쿠르릉. 멀리 구름이 울부짖는 소리가 들려왔다. 빗방울이 굵어지고 있었다.

뭇 사내들을 설레게 하는 붉은 입술은 언제나와 같이 굳게 다물려 있었지만, 그녀의 검은 눈은 평소보다 반 이상 크게 뜨여 있었다.

큰 눈이 몇 번이나 의도적으로 감겼다 뜨였다. 리디아는 사람들과 멀찍이 떨어져 서서 그레엄 후센 클레이모어의 하나뿐인 아들을 바라보고 있었다.

그는 자신의 아버지를 대신해 조문객들의 인사를 받고 있었다. 그녀도 그와 잠깐 인사를 나누었다. 부모의 관찰하는 시선을 뒤에 두고 있어 대화는 나누지 않았다. 그저 고개를 까닥이며 위로의 뜻을 눈빛에 담아 보낸 것이 전부였다. 하지만 성과는 있었다. 그의 금빛 눈과 마주치는 순간, 그녀는 머릿속 깊숙이 가라앉아 있던 어린 시절의 기억을 잡아 끌어올리는 데 성공했다.

그런데, 그 소년과 지금 저 사내가 같은 인물이라고?

자신의 머리가 그의 모습을 왜곡해 기억하는 걸까?

그만큼 지금 에드가의 모습과 그녀가 기억하는 소년의 모습은 큰 괴리가 있었다. 곱상하던 얼굴은 예리한 감성이 덧입혀져 냉정하고 금욕적인 사내의 것으로 변모해 있었다. 날렵한 자태와 절도 있는 행동거지는 분명 전장을 누비는 무인의 것이었지만, 조용한 말투와 의식적인 정중함은 정치인에 가까워 보였다.

"상심이 큰가 보네요. 부인과 사이가 그다지 좋지 못하다고 들었는데……."

부채로 입을 가린 모뤄 부인이 곁에 서 있는 남편에게 말했다.

그레엄은 영혼이 빠져나간 듯한 표정으로 조문객의 위로를 받고 있었다. 조문객이 그의 손을 두 손으로 꼭 잡으며 조의를 표했다. 조문객이 손을 떼자 그레엄이 몸을 휘청거렸다. 어느새 다가온 아일이 겨드랑이를 붙들어 아버지를 부축했다. 그러고는 별로 놀란 기색 없이 침착한 손짓으로 하인을 불렀다. 하인들이 달려와 혼절한 그레엄을 다른 방으로 옮겨 갔다.

"어때?"

모뤄가 물었다.

모뤄 부인은 대답 없이 아일을 유심히 살폈다. 저 젊은 무장의 고요한 표정에서 슬픔이나 괴로움을 읽어내기란 불가능해 보였다. 남자들은 그에게 다가서면 의식적 혹은 무의식적으로 긴장을 했다. 그것이 눈으로 보였다. 하인들은 계속 밀려드는 조문객들의 방문에 지친 모습이다가도 그가 다가오는 것이 보이면 굽히고 있던 허리를 곧추세웠다. 아랫것들에게 경외심을 불러일으킨다는 것. 모뤄 부인은 그 점이 가장 마음에 들었다.

모뤄 부인이 한쪽 입가를 들어 올리며 작게 코웃음을 쳤다.

"당신 눈도 영 엉망은 아닌가 보군요."

"당연하지. 남자는 남자가 더 잘 알아보는 법이야."

"또 그 멍청한 소리. 그럴 거면 혼자 오시지, 저는 왜 데리고 오셨어요?"

"사윗감 얼굴은 봐둬야 할 것 아니야. 리디아, 네가 보기엔…… 응?"

모뤄는 사라진 딸을 찾아 고개를 두리번거렸다.

비가 그쳤지만 하늘은 개지 않았다. 리디아는 건물을 나와 정원을 거닐었다. 바람에 비 냄새가 실려 왔다. 바람이 불어오는 방향으로 걸었다. 높다란 담쟁이 벽이 나타났다. 그녀는 벽을 따라 걷다가 좁은 돌계단을 발견하고 그 위로 올라갔다. 계단 중간에서 뒤를 돌아보았다. 대저택이 한눈에 들어왔다. 끝까지 오르면 건물만이 아니라 근방의 모든 정경을 눈에 담을 수 있을 것 같았다.

나무 난간을 잡고 마지막 계단을 밟자 풀 향기가 코를 스쳤다. 가슴이 탁 트이게 바람이 그녀의 얼굴을 어루만지고 사라졌다. 그곳에 또 다른 정원이 있었다. 아담한 정원이었다. 리디아는 손끝으로 화단의 풀과 꽃을 훑으며 걸었다. 그녀의 손이 닿을 때마다 꽃들이 향기를 뿌렸다. 그녀는 슬며시 미소를 짓고 고개를 들었다. 그녀의 눈이 무엇인가를 발견하고 놀란 듯 커졌다. 그녀는 허둥거리다 수풀 뒤로 몸을 숨겼다.

'내가…… 왜 숨는 거지?'

수풀에 등을 댄 채 쭈그려 앉아 있던 리디아는 인상을 확 찌푸리고 뒤로 고개를 돌렸다. 하지만 몸을 일으키지는 못하고 수풀 사이로 그를 살필 뿐이었다. 나타날 타이밍이 안 좋아서 그래. 숨어 있는 게 아니야.

에드가였다. 저택에 있어야 할 그가 여긴 왜 나타난 걸까.

그는 반대편에서 나타났다. 사람들이 없는 곳에서도 그의 표정은 장례식장에서와 다르지 않았다. 슬픔도, 괴로움도, 노여움도, 자기연민도, 그 어떤 감정도 찾아보기 힘들었다. 저 남자와 결혼을 했다가는 죽을 때까지 사랑한다는 소리 한 번 못 들어보겠군. 리디아는 씁쓸한 한숨을 내쉬었다.

정원의 바람이 저택의 작은 주인을 발견하고 그를 에워쌌다. 그는 리디아가 숨어 있는 쪽으로 곧장 걸어왔다. 리디아는 고개를 바로 하고 빠르게 뛰는 가슴에 손을 갖다 댔다. 이건 꼭 도둑질을 하다가 숨은 것 같잖아!

'왜 이쪽으로 오는 거야!'

리디아는 초조한 얼굴로 다른 숨을 곳을 찾아 고개를 두리번거렸다.

"……뭐야."

사내의 목소리가 바람을 뚫고 들려왔다. 심장이 쿵 내려앉았다.

리디아는 조심스레 고개를 돌렸다. 그는 이쪽을 쳐다보고 있지 않았다. 눈을 내려뜬 채 멈춰 서 있었다.

"뭐긴 뭐예요. 그냥 나 갈 길 가는 거지."

맑은 목소리가 그의 목소리를 받았다. 리디아는 그의 몇 발자국 뒤에 서 있는 여자를 발견했다. 여자는 리디아의 또래였다. 옷차림을 봐서는 손님으로 보이진 않았다. 수풀 사이에 숨어 불분명한 시야로 보는데도 아름다운 아이란 걸 느낄 수 있었다. 보이는 것이 아니었다. 느낄 수 있었다. 리디아의 까만 두 눈에 호기심이 스쳤다. 그녀는 수풀에 몸을 더 바싹 붙이고 두 사람을 관찰했다. 가지런히 모은 무릎 위로 빗방울이 떨어졌다.

라야는 뒷짐을 지고 서서 고개를 숙이고는 한쪽 발로 바닥을 톡톡 두드리며 딴청을 피웠다. 빗방울이 뺨을 스쳤다. 라야는 하늘을 올려다보며 손바닥을 들었다.

"또 비가 오네요. 오려면 한꺼번에 오고 말 것이지……."

리디아도 라야의 시선을 따라 고개를 젖혀 하늘을 보았다. 검은 구름이 순식간에 저택 위를 뒤덮었다. 구름 속에서 무엇인가가 꾸물거렸다. 금방이라도 장대비가 쏟아질 것 같은 분위기였다.

"왜 안 울어요?"

리디아는 자신의 귀를 믿을 수가 없어 입을 벌리고, 황당한 질문을 던진 여자를 돌아보았다. 라야는 등을 보이고 서 있는 그를 향해 검지를 흔들었다.

"내가 말했잖아요. 사람은 제때 울어줘야 된다니까. 어머니를 마지막으로 배웅하는 날인데 눈물 살짝 보인다고 누가 뭐래요. 억지로 참아봤자 결국 언젠간 울게 돼 있어요. 영 엉뚱한 순간에."

라야는 뒷짐을 진 채 천천히 조금씩 그에게 다가갔다. 야생 동물이 도망칠까, 살금살금 다가서는 어린아이의 움직임 같았다. 그는 꼼짝도 않고 그 자리에 서 있었다. 그에게 거의 다 다가갔을 때, 라야는 그의 표정을 살피려는 듯 고개를 삐죽 옆으로 내밀었다.

"몇 달 지나서 평소처럼 밥을 먹으려는데 갑자기 눈물이 그렁할 수도 있다니까? 내가 다 경험해보고 하는 소리야. 몇 년 후에 잠을 자려고 베개에 머리를 딱 대는 순간, 눈물이 쏟아질 수도 있다니까요? 당신은…… 아, 그래요. 부하들에게 진군 명령을 내리다가 울 수도 있어요! 얼마나 민망할 거야? 그런 일이 있으면 안 되죠, 안 그래요?"

"눈물이……."

아일은 두 눈을 지그시 감았다.

"안 나."

"그건 우는 버릇이 안 되어 있어서 그래요. 이리 와봐요. 유서 깊은 눈물 자극법을 알죠."

라야는 그를 근처 바위로 데려갔다.

리디아는 우스꽝스러운 희극을 보는 기분이었다. 무뚝뚝한 남자에게 계속 말을 거는 수다스러운 여자. 남자는 싫은 표정이면서도 못 이기는 척 여자가 하자는 대로 움직인다. 실제로 아일은 라야의 손을 뿌리치지 않고 그녀가 이끄는 대로 근처 바위에 가 앉았다. 리디아는 턱을 괴고, 진짜 연극이라도 보는 듯한 자세로 두 사람을 보았다.

라야는 부끄러운 것도 없이 그의 다리 사이에 들어가 섰다. 그러더니 그의 머리를 자신의 가슴에 꼭 품었다. 한 손으로는 그가 도망치지 못하도록 뒤통수를 누르고 다른 손으로 그의 뒷목을 받쳤다. 그것도 부족한지 한쪽 뺨을 그의 머리 위에 올려놓았다. 그는 양손을 무릎 위에 올린 채 그녀에게 모든 것을 내맡긴 사람처럼 가만히 있었다. 라야가 그의 머리에 대고 있는 뺨을 바꾸며 진지한 말투로 물었다.

"어때요? 반응이 좀 오는 것 같아요?"

두 사람은 대체 어떤 관계인 걸까. 리디아의 고개가 갸웃 기울었다.

'어……?'

아일의 얼굴을 담고 있는 검은 눈이 점점 커졌다. 턱을 괴고 있던 손이 리디아의 얼굴에서 천천히 떨어져 나가면서 기울어 있던 고개가 바로 섰다. 맙소사.

그의 가면에 서서히 금이 가고 있었다. 그 틈 사이로 지독한 슬픔이 보였다. 리디아는 입을 벌리고 놀란 표정을 지었다.

라야는 양팔로, 온몸으로 그를 더 꽉 끌어안았다. 사내의 머리가 여인의 가슴에 파묻혀 있는 모습임에도 선정적인 느낌은 들지 않았다. 남자와 여자가 아니었다. 사람이 사람을 끌어안고 있었다. 라야는 다정한 손길로 그의 넓은 등을 쓸어주었다. 그가 무릎을 움켜쥐었다. 참지 말라는 듯 라야가 그의 등을 찰싹 때렸다. 그는 한 손을 들어 올려 자신의 어깨를 감싸고 있는 그녀의 팔을 붙잡았다. 그의 어깨가 가늘게 떨리고 있었다.

리디아는 고개를 바로 하고 무릎을 가슴 쪽으로 바짝 끌어당겼다.

우수수. 빗소리가 들려왔다. 나무들이 바람에 흔들리는 소리였다. 리디아는 허공을 바라보았다. 가는 빗줄기가 보였다.

그가 낮게 흐느끼는 소리가 들려왔다. 리디아는 차마 고개를 돌려 그 모습을 볼 엄두가 나지 않았다. 자신은 불청객이었다. 그들만의 공간에 몰래 숨어든 도둑. 그녀는 가면 뒤에 숨겨진 그의 진짜 얼굴을 보는 것을 허락받지 못했다.

이대로 돌아보지 않는 것이 그녀가 어머니를 잃은 저 남자에게 해줄수 있는 위로의 전부였다. 비가 리디아의 눈썹을 스쳤다. 소매를 들어 물기를 닦아냈다. 이번엔 눈가로 빗방울이 떨어졌다. 손등으로 눈을 훔쳤다. 눈두덩으로 떨어진 비가 눈으로 흘러내렸다. 리디아는 아예 얼굴을 무릎에 묻었다.

빗소리가 커졌다. 물기에 젖은 소리들이 사방에서 들려왔다. 그의 등을 토닥이는 소리. 빗방울이 돌담을 치는 소리. 나무들이 흔들리는 소리.

나중엔 나무가 흔들리는 소리인지, 그가 우는 소리인지, 정말 비가 그만큼 내리는 건지도 분간할 수 없었다. 해묵은 눈물이 하염없이 흘러내렸다.

식당에서 점심 첫 숟갈을 뜨려는 찰나, 나달은 창가를 지나는 경비대원들이 하는 소리를 들었다.

「대장이 돌아왔다지?」

점심을 먹는 둥 마는 둥 하고 언덕으로 돌아왔다. 체력이 예전 같지 않다는 생각을 하면서 꼭대기에 발을 딛자, 반가운 제자는 아니지만 반가운 뒷모습이 보였다.

나달이 인사를 생략하고 소리쳤다.

"자네! 세르노다에서 그 꼴을 당한 걸 천운으로 알아!"

아일이 바다를 바라보고 있다가 뒤를 돌아보았다. 나달이 숨을 몰아쉬며 의자에 주저앉았다. 아일이 그런 나달을 보고 부드럽게 웃었다.

나달이 투덜거리는 투로 말했다.

"다이런 최고의 의사들이 성도가 아닌 세르노다에 있다는 걸 알았더라면 암살범이 여기서 자네를 찌르지는 않았겠지."

"현장에서 죽으라고 찌른 것이었으니까요."

"흐음. 달이 암살범을 부추긴 게야. 그날 밤에 달이 유독 밝았거든."

"달은 관여하는 법이 없다고 하던데요."

"때로는 참견쟁이보다 방관자가 사람을 더 미치게 만들거든. 자네도 그 책 읽어봤군. 아, 저자가 크롬헬 출신이었지?"

관찰이란 걸로 최연소 교수가 되었다는 나달 교수는 그사이 아일에게 생긴 변화를 눈치챘다. 일단 말에 꼬박꼬박 대답을 잘한다는 점이 달라졌다.

'착한 학생이 되었군.'

게다가 전반적인 표정이 뭔가를 털어낸 듯 홀가분해 보였다. 하지만 바다를 쳐다보고 있던 눈이 새로운 고민을 담고 있었다.

타고나길 밝고 높은 톤인 자신의 목소리를 특별히 신경 쓰며, 나달이 진중한 어조로 말했다.

"어머니 일은 조의를 표하네."

아일이 옅은 미소를 지으며 고개를 살짝 끄덕였다. 나달은 아일의 배쪽을 쳐다보았다.

"상처는 괜찮나? 언덕을 올라오다가 상처가 터져도 난 어떻게 해줄 수가 없어. 라야는 어디 간 겐가? 같이 돌아왔겠지? ……설마 클레이모어 저택에 혼자 떨렁 내버려두고 온 건 아니겠지?"

아일이 정말 그런 짓을 했다면 절벽으로 밀어버리겠다는 듯이 나달이 눈을 크게 뜨며 몸을 일으켰다. 아일이 눈짓으로 나달의 뒤를 가리켰다.

뒤돌아보기도 전에 엄청난 속도로 언덕을 달려 올라온 라야가 나달을 뒤에서 확 껴안았다. '선생님! 보고 싶었어요!'라는 소리라도 뒤따라올 줄 알았는데, 라야는 그사이 대여섯 살은 더 먹은 여인처럼 돌아선 나달을 향해 조용히 웃어 보일 뿐이었다.

나달이 라야의 손을 따뜻하게 잡고 말했다.

"라야, 나도 이제 나이가 있어. 그렇게 덤벼들면 허리가 위험해."

아일은 이번에야말로 나달에게 나이를 물어보려고 했다. 하지만 나달과 라야가 연출하는 장면은 제3자가 끼어들 틈을 주지 않았다. 보름 동안 헤어져 있던 것이 인생의 큰 상실이라도 되는 양 라야와 나달은 감개무량한 눈으로 서로를 바라보았다. 십 년 만에 재회한 부녀가 따로 없다. 나달은 딸을 껴안듯 라야를 깊이 그러안았다.

"작별 인사도 못했는데, 그렇게 가버려서 못 돌아오는 건 아닌가 걱정했어."

나달은 라야와 아일에게 앉으라는 손짓을 하고 먼저 앉았다.

"이별은 대부분이 갑작스러운 거니까."

"전 아직 선생님께 듣고 싶은 이야기가 많은걸요."

라야가 대답했다. 그러고는 맞은편에 앉은 아일과 눈을 마주치고는 수줍게 웃었다.

그 순간, 나달은 라야도 무엇인가 변했다는 걸 알아챘다. 아니, 두 사람의 관계가 변했다.

나달이 살짝 굳은 얼굴에 걱정스러운 웃음을 머금었다.

만약 나달이 전생의 기억을 가지고 있는 괴짜가 아니었다면, 그래서 직설적이고 충동적인 성격만을 그대로 지녔다면 그 순간 나달은,

'뭐하는 거지? 두 사람 지금 제정신이야?'

라고 거르지 않은 말을 뱉어냈을 것이다. 하지만 나달은 죽는 순간 사람이 어떤 후회를 하게 되는지, 삶에서 장애물처럼 느껴지는 것들이 죽음 앞에서 얼마나 허망한 것인지 아는 자였다.

나달이 모른 체하며 말했다.

"나한테 듣고 싶은 얘기가 많다는 건 계속 세르노다에 있겠다는 거지? 극단을 따라가지 않을 거야?"

'아넷'이라는, 라야의 한쪽 발을 잡고 있던 족쇄가 풀렸다. 모시던 주인이 세상을 떠났는데도 극단을 따라가지 않는 거냐는 질문이었다. 아일의 앞이라 나달은 그런 말까지는 하지 않았다.

"가지 않을 거예요."

라야는 똑 부러지게 대답했다. 그리고 안심하라는 눈으로 아일을 쳐다보았다.

아일은 할 말이 있는 것처럼 입술을 달싹거렸다. 하지만 결국 말없이 입을 닫았다.

아일과 라야가 언덕을 내려가고 삼십 분이 지났다. 나달은 언덕을 올라오고 있는 사람을 발견하고 글을 쓰는 것을 멈추었다.

여성이었다. 치맛자락이 바람에 펄럭이는 것이 보였다. 나달은, 언덕을 올라와 자신의 앞에 와 선 여성을 보고도 입을 열지 않았다. 그는 깍지 낀 두 손 위에 턱을 올려두고 여성이 말을 하길 기다렸다.

"나달 앙루 교수신가요?"

"그렇소만."

"청강을 청하러 왔습니다."

나달은 대답 없이 잠시 바다 쪽을 쳐다보았다.

라야가 사내를 무장 해제시키는 여성이라면 이 여성은 사내를 무장시키는 여성이었다. 전쟁광 같은 사내의 살기도 흐너트리는 것이 라야가 가진 매력이라면, 이 여성의 매력은 세상만사의 쾌락은 거의 다 누려봤다고 자신하는 초로의 노인이 굽은 허리를 쭉 펴고 긴장하게 만들 만했다. 라야가 훼손되지 않은 숲, 청청한 호수와 같은 상징으로 표현될 수 있다면, 이 여성에게는 쉽게 범접하기 힘든 건축물, 천재 예술가의 마지막 유작 같은 비유가 걸맞았다.

미인을 심장이 아닌 머리로 감상한 나달이 마침내 고개를 끄덕였다.

"이름이?"

처음부터 끝까지 무표정한 얼굴을 한 여성이 대답했다.

"리디아 그라테 모뤄입니다."

라야와 싱클레어는 광장이 내려다보이는 극장 계단에 앉아 있었다. 두 사람은 말없이 비가 내리는 광장을 내려다보았다. 돌바닥을 치는 빗소리가 굵고 요란했다.

"그거 유감이네."

싱클레어가 무뚝뚝하게 말했다. 실망과 아쉬움이 뒤섞인 표정이 싱클레어의 마음을 대변하고 있었다. 연출자로서 자신이 발굴해낸 좋은 배우를 잃게 됐다는 것과, 친한 친구와 함께 떠나지 못한다는 데에서 나오는 아쉬움. 더 큰 세상으로 자유롭게 떠나지 못하는 라야에 대한 실망. 화가 난 건 아니지만, 싱클레어는 라야에게 조금 실망했다.

라야가 싱클레어의 속을 알겠다는 듯이 쓰게 웃었다.

"미안해, 싱클레어. 너와 극단 사람들 덕분에 그동안 즐거웠어."

"즐거워? 좋은 경험이라고 생각하는 거야? 라야, 연기는 감자 깎는 법을 익힌다거나 교수에게서 청강을 들었다 수준의 것이 아니야. 네가 지금 뭘 잃으려는 건 줄이나 알아?"

라야는 싱클레어가 표정을 너무 굳히는 바람에 그녀의 눈을 제대로 쳐다보지 못했다. 자신의 의견을 말함에 있어 한 번도 사람의 눈을 피해본 적 없는 라야가 친구의 눈을 바로 쳐다보지 못했다.

싱클레어가 말했다.

"나한테 말한 걸 내가 극단 사람들한테 전할 거라고 생각하지 마. 그렇게 쉽게 넘어갈 생각 마. 넌 극단 사람들과 이미 인연을 맺었고, 지금 내게 한 이야기는 네가 단원들 모두를 찾아가 해야 해."

싱클레어가 먼저 일어섰다. 위쪽 계단에 한 발을 올린 싱클레어가 라야를 돌아보았다.

"마무리는 지어야지. 아직 공연이 남았어."

라야가 희미한 미소를 지었다.

생소한 풍경. 생소한 냄새. 생소한 소리. 생소한 것투성이. 생소한 것들이 주위를 다 덮으면 오래도록 기억에 남는 것은 생소한 감각일까, 도리어 익숙한 감각일까.

사람들이 갑자기 환호성을 질렀다. 지은은 감고 있던 눈을 떴다. 피곤해서 잠시 눈을 감고 있다는 게 깜박 잠이 들었다. 지은은 옆자리에 앉은 정현을 보았다. 그는 게임 쇼케이스가 진행 중인 무대를 응시하고 있었다.

'저런 덤덤한 표정이라니.'

어제 일을 여태껏 생각하고 있는 건 저뿐인 거다.

지은은 입을 삐죽거렸다. 무대에 집중을 하려고 해도 웅성대는 소리가 빗소리처럼 들려 엉뚱한 장면만 눈앞에 어른거렸다. 잊으려고 해도 안 잊히고, 잠도 제대로 이루지 못하고, 그 생각만 나고, 뒤 장면에까지 상상을 뻗치는…….

꼭…… 성인물을 처음 본 중학생 같았다.

머리에서 도무지 떠날 줄 모르는 장면은 헐벗은 남녀가 소파 위에서 헐떡이는 모습이 아니라 정현의 젖은 모습이었다.

빗소리 사이사이로 들리는 환청은 두 남녀가 내는 교성이 아니라 정현이 숨을 고르는 소리였다. 심술이 날 정도로 규칙적이고 단정하던 숨소리. 터무니없게도 엉큼한 생각을 하고 말았다. 저 사람의 흐트러진 숨소리는 어떨까 하는 생각.

그가 손을 꽉 붙드는 순간 두근대던 심장이 아예 터져버릴 것처럼 박동을 멈췄다. 그가 그녀를 원한다고 말했다면 심장이 멈춰버린 그녀는 생각하는 것 또한 멈췄으니 기꺼이 그에게 안겼을 것이다.

'그는 왜 나를 원한다고 말하지 않을까?'

지은은 정현의 얼굴을 바로 보고 싶어 머리를 기울였다. 어두운 실내, 무대에서 번쩍이는 현란한 조명이 슬쩍슬쩍 그의 옆얼굴을 비추었다.

낯선 세계, 황당한 상황. 그 순간 익숙한 것이라고는 자신의 손을 꽉 붙들고 있는 이 남자뿐이었다. 그의 얼굴. 그의 체취. 그의 숨소리.

정현이 그녀의 시선을 느끼고 고개를 돌렸다. 지은은 이상한 생각은 전혀 하고 있지 않았다는 것처럼 웃었다. 그리고 무대로 눈을 돌렸다. 정현이 그녀 쪽으로 고개를 숙이며 속삭였다.

"한지은 씨, 업무 시간입니다. 딴생각하지 마세요."

"안색을 살피고 있었습니다. 출장 중 상사의 컨디션을 체크하는 것은 비서의 가장 큰 임무니까요."

"능청이 많이 늘었어."

"저는 뭐든 빨리 배우는 편이죠. 사장님도 제 얼굴은 그만 쳐다, 악!"

그녀의 머리가 뒤로 확 젖혀졌다. 하나로 땋아 뒤로 늘어뜨린 머리를 정현이 잡아당겼다. 지은이 뒷머리를 움켜잡으며 그를 노려보았다. 초등학생도 안 할 짓을 해놓고도 정현은 부끄러운 줄도 모르고 키득거렸다. 이 사람이 유치하게 왜 이래? 지은이 사나운 시선을 거두지 않자 정현은 시치미 뚝 떼는 표정으로 무대 쪽을 가리켰다.

정말 누가 볼까 무섭다. 지은은 머리를 단정히 하고 주위를 두리번거렸다. 사방이 어두워서 사람들의 얼굴이 잘 분간이 가질 않았다. 회사 사람들이 있다 하더라도 이런 깜깜한 배경 속에서 그런 유치한 짓을 한 게 정현이라고는 생각하지 못할 것이다.

게임 음악을 만든 유명 피아니스트가 무대 위에 등장했다. 지은은 잠시 무대를 보았다가 다시 정현을 보았다. 정현은 무대 위에서 벌어지는 쇼에 홀딱 빠져 있었다. 그의 눈이 그녀를 향해 있을 때를 제외하고는 좀체 보기 힘든 생글거리는 미소까지 달고서.

반짝이는 눈과 살짝 벌어진 입이 문방구 앞 코인 게임기에 빠진 열 살배기 소년 같았다.

'저 남자를 두고 내가 방금 무슨 생각을 한 거지?'

혼자만 오만 상상을 다 했다. 혼자만 밤잠을 설쳤다. 혼자만 어제 일을 잊지 못하고 지금까지 가슴 떨려하는 거다.

항상 이런 식이다. 먼저 좋아한다고 고백한 것도 정현이고, 먼저 자신을 원하는 표정을 지은 것도 그이면서, 결국엔 자신이 더 그를 좋아하고 더 애달아한다.

잠시 잊고 있었던 불안감이 스멀스멀 등줄기를 기어올랐다. 그의 손이 닿았던 머리끝이 묵직해졌다.

일정의 셋째 날.

지은은 혼자 관광을 나왔다. 시장과 거리의 좌판을 혼자 구경하고 다니는 건 지은이 여행에서 가장 좋아하는 일이었다.

이국적인 건물들에 정신이 팔려 잠시 멈춰 섰다. 이름도 몰라 손가락으로 가리켜 산 군것질거리를 걸어가면서 먹어치운 뒤, 지은은 예쁜 간판을 찍기 위해 카메라를 찾았다.

『또 보네요.』

지은은 누가 자신을 부르는 줄 모르고 사진 찍기에 열중했다. 누군가가 다시 한 번 더 그녀를 불렀다. 지은이 뒤를 돌아보았다. 핸드메이드 액세서리를 파는 좌판이 눈에 들어왔다. 이어 낯이 익은 것 같기도 하고 아닌 것 같기도 한 여성이 좌판과 건물 벽 사이에 서서 싱긋이 웃고 있는 것이 보였다. 여자가 영어로 말했다.

　『로베르토의 화실에서 봤었죠.』

　『아, 로베르토 씨의 여자친구.』

　여자친구라는 표현에 에스텔라가 기분 좋게 웃었다.

　『맞아요, 여자친구. 오늘은 혼자 돌아다니네요.』

　지은은 에스텔라의 영어를 이해하고 다시 영어로 대답하기 위해 조금 뜸을 들인 뒤 대꾸했다.

　『네. 액세서리를 파시나요?』

　『부업인 셈이죠. 그쪽이 다녀가고 나서 로베르토가 다시 그림을 그리기 시작했어요. 한동안 슬럼프였거든요. 고마워요.』

　에스텔라의 긴 말을 이해하기 위해 지은은 웃는 얼굴로 훨씬 더 길게 침묵해야 했다. 에스텔라의 말을 간신히 이해한 지은이 또박또박하게 말했다.

　『제가 더 고맙죠. 그림이 정말 마음에 들어요.』

　『당연하죠. 갠 천재니까요.』

　『……네.』

　지은이 크로스백에 카메라를 챙겨 넣고 좌판 가까이 다가왔다.

　『안 그래도 오늘 빵집에 다시 들러볼 생각이었어요.』

　『오늘은 일하는 날이 아니에요. 제가 대신 말을 전하죠. ……하나 골라보겠어요?』

　행여나 지은이 다시 로베르토를 찾아갈까 봐 톡 쏘는 말이 튀어나왔다. 그러고는 머쓱해져서 에스텔라는 좌판의 액세서리들을 손으로 가리켰다. 에스텔라가 누그러트린 말투로 말했다.

『녀석이 슬럼프를 탈출한 건 저한테도 좋은 일이니까 그쪽에게 선물을 하고 싶어요.』

지은은 한국인답게 한 번 사양했다. 하지만 에스텔라가 반지를 하나들고 재차 권하자, 지은은 고민에 빠졌다. 반지는 싫었다. 지금은 의미 없는 반지를 끼고 싶지 않았다.

마구잡이로 엉켜 있는 목걸이 뭉치가 눈에 들어왔다. 운석을 깎아 만든 듯한 투박한 모양의 장식이 손에 잡혔다. 지은이 그걸 빼내 들자 에스텔라가 말했다.

『없어졌다 했더니 그게 거기 들어가 있었네.』

에스텔레가 지은에게서 목걸이를 받아 들었다. 에스텔라가 말했다.

『유럽 배낭여행 중에 게스트 하우스에서 만난 캐나다 친구에게서 선물받은 거예요.』

『아, 소중한 거로군요.』

『아니요, 소중하다기보다…… 특이한 이력을 가진 목걸이죠. 이걸 준친구 말이 자기도 러시아 여행 때 선물로 받은 거래요. 그 친구에게 선물을 준 사람은 독일 유학 중에 사귄 남자에게서 받은 거라지요? 재밌지 않아요? 벌써 여러 명의 손을 거친 목걸이란 거죠. 또 모르죠, 어쩌면 만들어진 지 백 년도 더 된 목걸이일 수도?』

『저주의 목걸이 같은 건가요?』

지은의 진지한 농담에 에스텔레가 호탕하게 웃었다.

『오히려 행운의 목걸이에 가깝지 않을까요? 이걸 준 사람을 잊지 않게 되니까. 어때 보여요? 정말 운석처럼 보이나요? 운석이라고 하던데 진짜인지 알 수가 있나. 아닐 거 같죠?』

에스텔라가 목걸이의 돌 장식을 지은의 눈앞에 가져가 보였다. 지은이 눈가를 살짝 찌푸리며 머리를 디밀었다. 돌 장식이 바람에 빙글빙글 돌았다.

『보기엔…… 그냥 돌처럼 보이네요.』

『저도 그렇게 생각해요. ……어쩌면 사람 손을 거쳐야 하는 운명을 가진 목걸이일지도 모르겠네요. 자요. 가져가요.』

지은이 도리질을 하며 손사래를 쳤다. 에스텔라가 손을 뻗어 지은의 손을 잡았다. 그리고 그녀의 손바닥에 직접 목걸이를 쥐여주었다. 남자 것만큼 큰 손이 다시 내려놓을 생각 말라는 듯이 지은의 손을 주먹 쥐게 만들었다. 차가운 돌의 감촉이 확 느껴졌다. 갑자기 몸에 소름이 돋았다.

협탁 위에 벗어둔 손목시계가 7시 50분을 가리켰다. 정현은 수건으로 머리를 문지르며 욕실을 나왔다. 섭섭하게 혼자 꿍꿍을 나가고 싶다는 지은에게 여유 시간을 주고, 해외영업부 사람을 만나 가벼운 지시를 내린 뒤 그도 방으로 올라왔다. 방에 들어서자마자 곧장 욕실로 향했다. 찬물로 오 분 만에 샤워를 끝냈다. 생각할 틈을 줬다가는 머리가 지은을 떠올릴 테고, 그럼 샤워 시간이 한정 없이 길어진다.

머리에 수건을 덮어쓴 채 셔츠 단추를 채우며 발코니로 나왔다. 멀리 보이는 하늘이 주황빛으로 변해 있었다.

'왜 그런 짓을 했을까.'

쓰지도 않은 안경을 추켜올리는 폼을 하며 능청을 떠는 모습이 귀여워 그만 지은의 머리를 잡아당기고 말았다. 밀려오는 민망함에 정현은 발코니 난간을 붙잡은 채 쭈그리고 앉았다.

아침때만 해도 그렇다. 아침 식사를 하러 간 뷔페에서 지은을 보고는 빵을 집고 있는 그녀 곁에 몰래 다가가 이미 음식이 한가득 쌓여 있는 그녀의 접시와 자신의 것을 바꿔치기했다. 일을 하러 왔다는 것도 잊고 하루 종일 그녀에게 시시껄렁한 농담이나 던지고, 그녀가 화난 얼굴을 하면 손가락으로 볼을 찔렀다.

반짝이는 철제 난간에 그의 모습이 비치었다.

'부끄럽다, 진짜.'

정현은 손등으로 눈을 가렸다. 그때 뒤쪽에서 휴대전화 소리가 들려왔다. 방으로 들어와 손목시계 옆에 나란히 놓아둔 휴대전화를 집어 들었다.

'집주인이 여기 있는데, 수신 번호가 집 전화번호라…….'

머리칼을 수건으로 털어 말리며 귀에 휴대전화를 갖다 댔다.

"여보세요."

― 냉장고에 있는 두부, 유통 기한 다 돼가는데 내가 먹으면 안 될까?

민익이었다.

― 장아찌 이것도 곧 상할 것 같은데. 내가 가져갈게.

"며칠 전에 담근 장아찌가 왜 벌써 맛이 가. 너는 왜 자꾸 주인도 없는 집에 함부로 들락날락거려?"

― 너희 집 TV가 더 좋으니까.

"현관 비밀번호 바꿨는데 어떻게 알고 들어간 거야?"

― 1105로 바뀌었지? 지은 씨 생일.

그 정도 알아내는 것은 쉽다는 것처럼 민익은 껄껄껄 웃어댔다.

"……네가 지은 씨 생일을 어떻게 알아?"

― 저번에 지은 씨가 네 생일 물어볼 때 내 생일도 물어보더라고. 그래서 나도 물어봤지. 계란 두 개 남은 거 내가 먹어도 돼?

"아예 냉장고를 통째로 들고 가지그래?"

– 그래도 돼?

정현은 대답 없이 전화를 끊었다. 바로 다시 휴대전화가 울렸다. 정현은 잠깐 휴대전화 창을 들여다보고는 통화 버튼을 눌렀다. 귀에 가져다 대기도 전에 수화기 반대편에서 흥분한 목소리가 튀어나왔다.

– 다들 내 전화를 안 받아! 혹시 나 따돌림 당하는 거냐?

흥분한 목소리는 정현이 뭐라 대꾸할 틈도 주지 않고 말을 쏟아냈다.

– 저번에 클럽 갔을 때 나 폭행한 여자 알지? 아, 너는 그전에 만난 적이 있구나. 그 여자가 분명 나한테 이만이천 원 던져주면서 제 입으로 계좌 번호 문자로 보내라고 했었지? 너도 들었잖아! 그래놓고 문자 보내니까 꼴랑 이만팔천 원 송금하더라. 그러고는 한 번에 다 못 갚겠다면서 도리어 화를 내잖아! 그래서 내가 넓은 마음으로 '그러면 다달이 조금씩 갚아라.' 그랬지. 헤어진 마당에 그런 매너 발휘하기 쉽냐, 안 그래? 그러면 당연히 자기 쪽에서 알아서 이자까지 쳐서 줘야 되는 거잖아. 그런데 내가 이자 얘기 꺼내니까 그 여자가 나보고 뭐라는 줄 알아? '드라마 좀 보셨나 보죠?' 드라마는 무슨 놈의 드라마. 나 드라마 안 보는 거 너도 알잖아. 그 여자, 내가 무슨 미련이 있어서 저를 붙잡는 줄 알더라고! 내가 먼저 전화했는데 자기 할 말만 하고 먼저 전화를 끊어버리질 않나, 무슨 매너가 그 모양이람. 아, 너 지금 출장 중이라고 했지? 브라질이라고 했나? 브라질 좋지. 어떻게, 좋은 만남…….

정현은 전화를 끊어버렸다. 휴대전화를 이불 위에 아무렇게나 던지고 침대 위에 벌러덩 누웠다.

활짝 열어놓은 발코니 문으로 바람이 밀려들어왔다. 얇은 커튼이 크게 부풀어 올라 침대까지 그림자를 드리웠다. 얼굴 위로 그림자가 어른거리는 것이 느껴졌다.

짙은 바람 향이 조용히 쉬고 있는 뇌를 자극했다.

언제 적 기억인지도 모르는, 아주 오래된 향기가 코를 간질였다. 나뭇잎 향.

아주 오래된 소리가 귓바퀴를 타고 흐르는 물방울을 따라 귓속에 고여 들었다. 시원스러운 빗소리.

그리고…… 파도 소리.

라야는 누구에게 물을 것도 없이 바람이 가르쳐준 대로 뒷짐을 지고 느긋하게 정원 테이블로 향했다. 바람결에 불어오는, 바다 냄새를 조금 머금은 가을 향기가 마음에 들었다. 파란 하늘과 붉은 장미와 청청한 녹음, 이름 모를 들꽃을 쫓던 그녀의 시선이 나무 넝쿨 아래 그늘진 테이블로 향했다.

넝쿨 사이로 그림자를 밀고 들어온 햇살이 의자에 앉아 있는 사내를 비추고 있었다. 햇빛이 그의 머리칼 사이로 스며들어 실만큼 가늘고 여린 빛줄기가 흘러내리는 것 같다는 착각마저 들었다.

자고 있는 건지 사내에게선 어떤 움직임도 감지할 수가 없었다. 눈을 뜨고 있으니 자는 것은 아니다. 하지만 표정 없는 얼굴도, 펼쳐진 책을 잡고 있는 손도, 당당하게 펴고 있는 어깨와 가슴도, 불어오는 바람에 눈 하나 깜짝하지 않는 모습도, 너무 완벽해서 사람이 아니라 마치 정원의 일부처럼 보였다. 자연과 동화되기엔 지나치게 이질적이었지만 석상이라고 하면 믿을 수도 있겠다.

그 순간 사내의 손가락이 책장을 넘겼다. 라야가 희미하게 웃으며 다가섰다.

"무슨 책 읽고 있어요?"

라야는 아일의 어깨에 턱을 턱하니 얹고 그가 보고 있던 책의 표지를 확인했다.

"아, 지리학. 내가 한 지리 한다고 했었죠? 가르쳐줄까요?"

고개를 돌리면 입술을 스치게 되는 형국이라 눈만 살짝 돌려 라야를 쳐다본 아일이 그녀가 덮어버린 책을 다시 펼치며 말했다.

"아는 걸 확인하는 것뿐이야."

"흐음, 크롬헬에선 지리를 어떻게 가르치나요? 암만 계곡 입구는 지도상 요쯤에 있으니 여기를 무너뜨리면 적이 고립된다. 시롯트 강의 수심은 얕지만 물살이 거세니 이동 시 적의 습격을 조심하라, 이딴 식으로 배우나요?"

아일이 고개를 갸웃했다. 그의 얼굴에 흥미로운 빛이 비꼈다.

"어떻게 그렇게 잘 아는 거지?"

"필기해놓은 거 봤어요."

라야가 어깨를 으쓱했다. 그가 웃는 둥 마는 둥 흐릿한 미소를 지었다. 라야가 그의 어깨를 손으로 꽉 잡고 속삭이듯 말했다.

"물었잖아요, 내가 한 지리 한다고. 가르쳐줄까요?"

"괜찮아."

"……싫음 말고."

라야는 별안간 그의 귀에 후, 바람을 불어넣었다. 아일이 움찔하며 귀를 감쌌다. 그리고 어이없다는 눈으로 그녀를 쳐다보았다. 지금보다 어린 나이 때에도 여성치고는 능글맞은 면이 있다는 생각은 했지만 요즘 그녀는 이런 과감한 행동이 잦았다. 자신에 대한 그의 마음을 확인했으니 숨길 것도 없다는 걸까.

언제까지 유들거리는지 보자는 듯 아일은 손을 내리고 가만히 그녀를 응시했다. 결국 얼굴을 붉힌 쪽은 라야였다. 그의 금색 눈동자가 점점 감정을 채워갔다. 라야는 그걸 느끼면서도, 과연 저것이 그가 의도한 것인지, 아님 보통 사람들이 그러하듯 넘치는 감정을 주체 못해 흘러나오는 것인지를 알지 못했다. 라야가 말했다.

"내가 다이런까지 오면서 어디어디를 지나왔는지 알아요?"

아일이 웃음을 지우고 자세를 바로 했다. 라야는 입을 삐죽거리고, 그의 옆에 와 앉았다. 아일은 다시 책에 시선을 두었다. 하지만 책장은 오래도록 넘어가지 않았다. 라야는 턱을 살짝 치켜들고 정원의 향기를 맡으려는 듯 눈을 감았다.

새 지저귀는 소리가 들려왔다. 잎사귀들이 바람에 서로 스치며 우수수 하는 빗소리를 냈다. 지루할 정도로 긴 시간이 흐르고, 아일이 나직하게 말했다.

"그래, 말해봐."

"궁금하다고 말해요."

라야가 여전히 눈을 감은 채로 말했다. 아일이 책을 소리 나지 않게 덮었다.

"궁금해."

"엄청 궁금하다고 해요."

그가 작게 콧숨을 내쉬었다.

"엄청 궁금해."

"좋아요."

라야가 눈을 뜨고 손을 짝 마주치고는 손바닥을 비볐다.

"말해봐요, 제가 누구죠?"

"라야 윈터스."

한 번 말을 듣게 하는 것이 힘들지, 일단 듣기로 마음먹으면 그는 충실한 청자가 되었다. 그의 추임새에 신이 난 라야는 조금 더 자신 있는 목소리로 말했다.

"그래요, 라야 윈터스. 그 험한 차이드 사막을 지나, 영광의 붉은 탑을 뚫고, 마나카르 호수까지 건넌 몸이라 이 말이에요."

"영광의 붉은 탑? 거짓말."

"진짜예요. 전 거짓말 안 해요."

"보통 사람이 혼자 무사히 지날 수 있는 곳이 아니야."

"하지만 전 지나왔어요. 그리고 혼자가 아니었어요."

그녀의 말에 호응하듯 바람이 불었다. 다시 잎사귀들이 흔들리며 우수수 하는 빗소리가 났다. 영 믿기지 않는 표정인 그가 얄미워 라야는 그의 무릎을 주먹으로 퍽 쳤다. 아일은 아픈 표정을 짓는 대신 자신의 무릎을 치고 도망가려는 그녀의 손을 붙잡아 손안에 두었다. 라야는 조금 당황한 목소리로 주절주절 말했다.

"전 앙카바룬에도 가봤어요. 아일은 앙카바룬까지 못 가봤죠? 속담에서나 들어봤겠지. 하지만 전 가봤어요! 붉은 탑 꼭대기에 올라가봤어요? 저는 가봤어요. 마나카르 호수가 얼마나 멋진지도 모르죠? 전 알아요. 생각해보면 아일보다는 내가 더 대단한 사람인 것 같아요. 죽을 고비는 나도 당신 못지않게 많이 넘겨봤을걸요? 지리? 우습죠. 난 지도 한번 보지 않고 디마이온 대륙의 끄트머리까지 찾아갈 수 있어요."

분명 힘들고 끔찍했을 그 시절의 이야기를 라야는 마치 모험담처럼 얘기하고 있었다. 그녀는 웃고 있었지만, 아일에겐 그 목소리가 슬프게 들렸다.

지금은 괜찮을지 몰라도 어느 순간 그녀의 목소리가 젖어들 것이다. 그녀는 지나온 시절의 감정을 시간과 함께 흘려보낼 수 있는 사람이 아니었다. 아니나 다를까, 아버지와 함께 앙카바룬에 갔었던 이야기를 하던 라야의 눈가가 젖어들기 시작했다.

아일은 또다시 어머니와 찾았던 아로마니 바다를 떠올렸다. 에메랄드 빛 수면 위로 가는 비가 떨어지던 풍경. 그리고 그 풍경은 라야와 함께 했던 때로 점차 바뀌어갔다. 아일은 머뭇거림 없이 손을 올려 손가락으로 라야의 볼을 쓰다듬었다.

라야의 눈가에 고인 눈물이 곧 떨어질 것 같아 돌연 그녀를 끌어안았다. 놀란 빛을 담고 흔들리던 라야의 눈이 곧 꿈을 꾸듯 아련해졌다. 그녀는 그제야 제 눈에 눈물이 고인 것을 알았다.

라야는 그의 어깨에 얼굴을 대고 속삭이듯 말했다.

"내가 우리 아버지 이야기를 했던가요? 왕자 앞에서 말고, 당신한테만."

"말해봐."

"……."

"엄청 궁금해."

그의 얼굴을 보지 않아도 그가 웃고 있다는 걸 알 수 있었다. 라야는 그 옛날 침대에 누워 어머니가 자장가를 불러주던 때의, 그 평온한 심정이 되어 말했다.

"아버지는 약이 될 만한 재료들을 구하러 몇 달에 한 번씩 성을 나갔다 돌아오셨어요. 저도 언젠가부터 아버지를 따라나섰죠. 앙카바룬도 아버지를 따라 갔던 거예요. 마나카르 호수를 처음 봤던 날에도 아버지가 옆에 계셨어요. 봐라, 라야, 이 얼마나…… 아름답니……."

아버지의 말을 따라 하던 라야의 눈에서 눈물이 떨어졌다. 울음이 터질 것 같아 라야는 입을 벌리고 잠시 가만히 있었다. 그의 가슴에 닿아 있는 그녀의 가슴이 천천히 오르내렸다. 그녀의 볼을 타고 흘러내린 눈물이 그의 어깨를 적시면서 아일도 그녀가 울고 있다는 것을 알았다. 바람이 불었다. 우수수, 빗소리가 났다.

"······라야."

잠시 뒤, 그가 결심한 듯 단단한 목소리로 그녀를 불렀다. 라야는 떨어지기 싫은 것처럼 그를 계속 끌어안고 있었다.

"난 변명을 잘 못하지만······."

아일이 라야의 팔을 잡고 몸을 물려 그녀를 마주 보았다.

"이번엔 변명을 해보고 싶다. 해야겠어. 내가 전쟁에서 돌아와 너를 찾아갔을 때, 네게 그런 식으로······."

아일이 머뭇거렸다. 변명을 잘 못하는 남자를 도우러 라야가 말을 거들었다.

"강제로 키스한 거요?"

"······그래. 그런 식으로 군 건 분명 순간 화가 나서였어. 알다시피 난 가족들과 사이가 그리 좋지 못하지. 언제부터였는지 기억도 안 나. 태어났을 때부터겠지. 그냥, 부모님과 난 원래부터 서먹하고 차가운 사이였어. 아버지와 평생 대화한 것을 다 합쳐도 오늘 하루 안에 한 번 더 말할 수 있을 거다. 게다가 히비커스와는 좋았던 기억은커녕······."

안 좋은 기억을 떠올렸는지 아일이 이마를 찡그리며 말을 흐렸다. 그는 한 자 한 자 곱씹듯 신중한 어조로 말했다.

"네가 그날 한 말처럼 난 날 연민했는지도 몰라. 연민이라는 말을 알지도 못했을 때부터 난 내가 싫었고 싫어하는 만큼 안쓰러웠지. 자기연민을 혐오하는 인간이 괜히 많은 게 아니야. 자기비하와 자기연민은 분명 영혼에다가 하는 자해지."

자해를 했다는 인간치고 지금 라야의 눈앞에 있는 이 사내는 말문이 막힐 정도로 눈부신 미소를 지어 보였다. 그녀 앞이기에 보여줄 수 있는 모습이란 것까지 그녀가 알면 좋았겠지만 그것까지는 생각하지 못했다. 생각에 빠진 듯 잠깐 망설이던 그가 말을 이었다.

"그렇게 나 자신을 자해하고 방치해두었는데, 네가 다름하얀여우 얘기를 했지. 누가 갑자기 커다란 거울을 앞에다 들이미는 기분이었어. 자, 봐라. 네가 얼마나 널 학대했는지 봐. 그렇게 놀라고 있을 때, 네가 그것을 애정 결핍이라고 했어."

그는 대체 얼마나 오랫동안 이런 생각들을 해온 것일까. 이제 그는 말을 고른다고 중간에 멈추지도 않았다. 그는 생각하는 기색도 없이 유언이라도 남기듯 묵직한 어조로 담담하게 말을 이었다.

"어떤 엄청난 것도 단어로 규정되어버리면 그 크기가 줄어들지. 너무 오랫동안 괴로워해서 괴로움의 시작이 무엇이었는지도 가물가물한데 그 오래되고 거대한 고통의 원인이 고작 애정 결핍이었다고? 어릴 때나 엄청나 보이지 어른이 되고 나니 우습지도 않은, 겨우 그런 이유 때문에 내가 날 이 지경으로 방치했다고? 부끄럽고, 화가 났어. 네가 들이민 거울을 깨지 않고는 참을 수 없을 만큼."

그가 웃었다.

"이제는 알아. 난 짜증 나는 성격이긴 하지만 멍청하지는 않으니까. 내게 그렇게 냉담하게 굴 필요까진 없지 않았나 싶긴 한데, 예전처럼 부모님을 원망하지는 않아. 네가 예전에 한 말처럼, 부모님은 내게 의미 있고 소중한 사람들이야. 이건 분명 네 영향도 있어. 고마워. 고맙다, 라야."

무서울 정도로 솔직한 고백에 라야는 놀라면서도 동시에 불안한 마음이 들었다. 입이라도 틀어막아 그의 말을 멈추게 하고 싶었다.

"이제는 그분들이 안쓰럽게 느껴지기도 해. 하지만, 내가 늘 느끼는 이 괴로움은 어떻게 버릴 수가 없어. 너무 오래 여기에 들러붙어서 그걸 떨궈내려고 하면 심장이 떨어져 나갈 거야. 아예 성격이 되어버렸지. 내 고민, 내 괴로움. 오랫동안 혼자 해왔던 거다. 난 고통을 누구와 함께 나누는 게 익숙지 않아. 나눌 수도 없다. 내가 외롭다고 해서 누가 해결해줄 수 있는 게 아니야. 옆에 누가 있다고 해서 사라질 리 없는 감정이다. 나의 문제다. 어쩌면 다른 이들이라면 흘려버릴 수도 있는 걸 내가 바보같아서 잡고 괴로워하는 거다.

에드가란 이름이 다른 이에게 갔다면 오히려 더 빛날 수도 있었을 것을, 다른 사람들이라면 얼마든지 기쁘고 영광스럽게 이용하고 써먹고 즐길 수도 있는 것이 예민한 내게 와서 고생이다. 그런 생각을 안 할 때가 없어. 사랑보다 이해로 얽힌 결혼이 귀족가에 한둘인가. 사이좋지 않은 부모가 주지 못하는 애정을 그냥 그러려니 하고 귀족으로서의 단물만 누리면 될 것을…… 괜히 가질 수 없는 것에 목매는 게 나아. 멍청하지. 어리석다 생각하면서도 생각이 마음먹은 대로 되면 그게 생각이겠어.

너도 내 곁에 있으면 그렇게 될 거야. 해결해줄 수 없는 걸 해결해주려고 하다가 지쳐갈 거다. 그러다 떨어져나가면 그래도 다행이지, 너까지 날 닮아갈지도 몰라. 괴로움은 오래되면 성격이 돼."

아일의 표정이 바뀌었다.

"떠나."

그가 단단한 음성으로 말했다.

"극단 사람들과 이곳을 떠나. 가서 네가 하고 싶은 걸 해."

"떠나요. 그냥 다 버리고 나랑 떠나."

아일이 허탈하게 웃었다. 이렇게까지 말했는데 이 여자 정말 말 안 듣네. 예전의 그였다면 그렇게 비아냥 같은 말로 그녀의 화를 돋우었을 것이다.

하지만 이날의 그는 달랐다. 아일은 조용한 손길로 라야의 이마를 쓸어주고 얼굴을 쓰다듬었다. 그가 이렇게 다정한 눈을 하고 부드러운 손짓으로 어루만져주면 라야는 눈물이 나려고 했다.

"라야. 네게 정말 고맙다. 네가 자유로운 아이라는 게 얼마나 고마운지 몰라. 네가 너라서 얼마나 감사한지 모른다. 애정 소설에서 떠드는 그런 말, 네가 너라서 고맙다는 말. 그것처럼 이해 안 되는 소리도 없다고 생각했는데, 너 때문에 그게 무슨 말인지 알 것 같다. 네가 아니었으면 영원히 몰랐을 소리다. 상상도, 기대도 못한 감정이야. 이런 기분을 느끼게 해주다니 네게 정말 고마워. 아마 이런 생각을 하게 만드는 건 네가 처음이고 마지막일 거다. 그것만으로 만족해주지 않겠어?"

"싫어. 만족 못해. 어떻게 내가 마지막일 거라고 확신해?"

아일이 어르는 듯한 목소리로 말했다.

"라야."

"그런 식으로 부르지 마! 마음을 줄 게 아니라면 그런 식으로 부르지 마!"

마음은 이미 네 거다. 심장을 보여서 마음을 보여줄 수 있다면 이 자리에서 심장을 꺼내 보여줄 수도 있다.

"당신은 그게 가능해? 내가 다른 남자를 사랑해도 괜찮아? 내가 당신을 쳐다보는 것처럼 다른 남자를 쳐다보고, 그 사람이랑 잠자리를 해도 괜찮냐고? 난 싫어! 당신이 다른 여자랑 다정히 얘기하는 것도 싫어! 잠자리하는 건 상상만으로도 치가 떨려! 꺼져버려! 이해 안 될 소리 하려거든 내 눈앞에서 사라져!"

그를 이해한다. 그의 마음이 너무 이해가 돼서 미칠 것 같았다. 차라리 멍청했더라면 좋을 것. 그의 말을 이해하지 못한다면 이렇게 마음이 아프지도 않을 텐데.

그가 조금만 더 무신경하고 조금만 더 이기적이고 조금만 더 욕망에 순종하는 사람이었더라면 좋았을 것. 빌어먹을 성명술사 놈! 그의 이름을 잘못 지어준 게 분명하다. 그는 전쟁터에 있을 게 아니라 성직자가 더 잘 어울린다!

라야가 눈물을 글썽이며 말했다.

"날 사랑하긴 해요?"

그는 대답하지 않았다. 사랑? 난 사랑이 뭔지 몰라, 라야. 어쩌면 사랑 그 이상이다.

몸으로 표현한다면 할 수 있을까? 어떻게 해야 이 마음을 전할 수 있을까. 그가 아픈 표정을 지었다. 라야가 자제력을 잃고 그의 입에 키스했다. 입 닥치라는 듯이 조금은 과격한 입맞춤이었다.

신음처럼 라야의 이름을 부르던 그의 목소리는 처음엔 그녀를 말리기 위함이었지만 곧 절박한 애원으로 변했다. 가지 마. 떠나지 마라. 가라고 할 때는 언제고 그는 그녀의 영혼까지 끌어안을 것처럼 그녀를 으스러져라 껴안았다.

바람이 두 사람의 몸을 훑고 지나가 벽 뒤로 숨었다. 라야가 입술을 댄 채로 속삭였다.

"난 당신을 떠나지 않아."

그리고 다시 그의 입술을 찾았다. 숨 쉬는 동안 잠시 떨어져 있는 것도 아쉬웠다. 단단한 팔이 부드러운 몸을 세게 껴안아 더욱 가까이 끌어당겼다. 두 몸 사이를 가로막고 있는 얇은 천도 거추장스러웠다.

라야는 두 손으로 그의 얼굴을 감싸 쥐고 입을 뗄 줄 몰랐다. 두 입술은 이미 겹쳐져 있음에도 미친 듯이 상대를 찾아 움직였다. 그녀 안으로 그가 깊게 들어왔다. 다리가 엉키듯 두 혀가 엉켰다. 그의 뜨거운 혀가 그녀의 혀를 휘감으면 허리를 뒤틀듯 그녀가 신음을 흘렸다. 그의 몸이 그녀 안으로 파고들고 싶은 것처럼 그의 혀가 그녀의 혀를 빨아 잡아당기고 또 놓았다. 두 몸은 격정적인 몸짓으로 금세 뜨거워졌다. 혀가 흠뻑 젖은 만큼 몸도 젖었다는 착각이 들었다. 절정을 느낀 몸이 힘없이 늘어지듯 그녀가 멍한 눈으로 그를 바라보았다. 심장이 펄떡댔다. 서로를 거부한다는 건 불가능했다.

"당신에게 안기고 싶어."

라야가 옷을 찢어 벗어버리고 싶을 정도로 뜨거워진 몸으로 헐떡이며 다시 말했다.

"당신을 안고 싶어."

– 목소리가 왜 그래? 자다 일어난 거야?

인후의 목소리 뒤로 여자아이가 칭얼대는 소리가 들려왔다. 정현은 누운 채로 손목시계를 찾아 협탁 위를 더듬었다.

– 거기는 지금 초저녁이잖아? 희나야, 잠깐만. 아빠 전화 좀 하고.

인후가 딸아이를 달래는 소리가 이어졌다. 정현이 잠긴 목소리로 말했다.

"안 그래도 전화한다는 게……. 은혜 씨는 괜찮아?"

– 응. 녀석이 엄마 힘들게 안 하려고 생각보다 금방 나왔어. 효자야.

인후의 목소리가 밝았다. 정현의 얼굴에도 슬며시 미소가 번졌다.

"아들이야?"

– 너도 빨리 결혼해. 그리고 먼저 딸을 낳아. 우리 사돈 맺자.

"네 아들이 어떤 녀석인 줄 알고 우리 딸이랑 결혼을 시켜?"

– 내 자식이라서 하는 소리가 아니라 무지 똑똑한 거 같아. 이 자식이 벌써 날 알아보고 내가 다가가면 막 옹알옹알거린다?

"벌써 널 알아볼 리가 없잖아."

─ 아니야, 정말 알아봐! 생긴 것도 얼마나 훤칠한지 아기들 사이에서도 단연 빛이 난다니까.

"애기들 생긴 게 다 똑같지 빛은 무슨……."

─ 아, 가방 확인했어? 가방 안쪽에 든 것도 찾았어?

"안쪽?"

정현은 팔을 뻗어 책상 위에 올려놓은 가방을 가져왔다. 허벅지 위에 가방을 올려놓고 어깨로 휴대전화를 고정한 채 안쪽을 뒤졌다.

"안쪽 어디?"

─ 지퍼 안에.

그제야 가방 뚜껑 쪽에 난 지퍼가 보였다. 지퍼를 열고 작은 종이상자를 꺼냈다.

"이게 뭔데?"

인후의 대답이 들려오기도 전에 상자에 든 것이 다리 위로 쏟아졌다.

정현은 못 볼 걸 본 표정으로 콘돔들을 내려다보았다. 커튼이 나부끼며 그의 얼굴까지 그림자를 넌졌다. 잠들어 있던 사이 석양이 훨씬 가까이 다가와 있었다. 그는 먼지를 털어내듯 다리 위의 콘돔들을 시트 위로 밀어냈다. 그리고 내리고 있던 휴대전화를 다시 귀에 갖다 댔다.

"제정신이야? 여자 부하 직원 손에 이런 걸 들려서 보내?"

─ 무슨 소리야. 그걸 쓸 주체가 너인데, 전달하는 사람이 지은 씨든 한석 씨든 그게 뭐가 중요해. 비서 중 누구든 너한테 전달만 하면 되는 거지.

"출장에서 이런 게 왜 필요해?"

─ 요즘 네 행동은 예측이 어려워서 그런다! 후에 그걸 네가 어따 쓰든 내 알 바가 아니지! 그래도 이해가 안 되면 개인적인 추문으로 회사 명예 실추시키지 말라는 조언으로 들어.

"……끊어. 뒤에서 희나가 계속 뭐라고 말한다. 이 얘기 하려고 전화한 거야?"

그때 초인종이 울렸다. 정현이 문 쪽을 쳐다보며 다시 한 번 끊자고 말하려는데 인후 쪽에서 먼저 전화를 끊었다.

지은인가 싶어 빨리 침대를 내려오던 정현은 침대 위를 보고는 이불을 둘둘 말아 은밀한 물건을 숨겼다.

문을 열자, 드레스를 입은 지은이 영 쑥스럽다는 표정으로 서 있었다. 부끄러워서 아주 화려하거나 노출이 많은 옷은 입지 못하는 지은이 선택할 만한 드레스였다.

정식 이브닝드레스도 아니었다. 어깨를 확 드러내지도 못했다. 간신히 민소매에, 겨우 드러난 어깨도 긴 머리로 가리고 있었다. 하지만 목선이 평소보다 깊이 파인 옷이었다. 몸을 숙이면 가슴 윗부분이 살짝 보일 수도 있을 것이다.

정현의 시선이 자연스럽게 목선을 따라 쇄골까지 흘렀다.

지은이 앞 머리카락을 만지작거리며 정현의 눈치를 살폈다. 뭐라도 한마디 해주지, 정현은 말이 없었다. 지은이 말했다.

"파티 가야 하잖아요. 옷 안 입어요?"

"파티……. 이렇게 즐거운 이벤트인 줄 알았으면 진작부터 설렜을 텐데."

버텼지만 저도 모르게 돌아간 고개가 곁을 지나는 그녀의 선을 눈에 담았다. 쭉 뻗은 다리에 이 초간 머물렀던 시선을 접으며 정현이 속말을 중얼거렸다. '날 죽여라.'

엉망이 되어 있는 침대 위를 보고 지은이 물었다.

"잔 거예요?"

지은의 발밑에 미처 숨기지 못한 콘돔이 하나 떨어져 있었다. 정현이 빠르게 달려가 그녀가 보기 전에 발로 그것을 침대 밑으로 밀어 넣었다.

지은이 그를 쳐다보자 정현이 싱긋 웃으며 말했다.

"인후, 아들 낳았대."

45

'어디 간 거야, 이 사람.'

지은은 칵테일을 한 모금 홀짝이고 고개를 두리번거렸다. 게임 쇼 폐막 후, 정현과 지은이 묵고 있는 호텔 별관에서 업계 관계자들을 대상으로 한 만찬이 있었다.

정현은 한 시간 정도 친분이 있는 자들과 이야기를 나누더니 피곤하다면서 사람들이 없는 곳을 찾았다. 정현이 가져온 푸른색의 이름 모를 칵테일을 마셔본 지은은 자기도 그것을 가져오겠다고 하면서 혼자 만찬장으로 돌아왔다.

칵테일을 하나 들고 나오려는데, 일본인들이 "머핀 타워."라고 하는 말을 들었다. 지은은 귀를 쫑긋 세우고 그들에게 다가갔다. 일본인들은 머핀 타워의 출시 예정 게임 일로드에 대해 이야기를 나누고 있었다. 그들의 칭찬에 지은은 입을 가리고 키드득 웃었다.

그러다 젊은 여자가 정현의 이야기를 꺼냈다. 지은은 긴장하며 그들에게 좀 더 바짝 다가갔다. 은근슬쩍 일본인인 척 그들 사이에 껴서 적당히 고개를 끄덕여주며 머핀 타워와 정현의 칭찬을 취할 정도로 실컷 들었다.

실제로도 살짝 취했다. 이야기를 듣는 동안 칵테일을 한 잔 다 비웠기 때문이다. 지은은 웨이터를 다시 찾아 칵테일 한 잔을 더 들고 만찬장을 빠져나왔다.

돌아와보니 정현이 앉아 있던 소파가 비어 있었다. 티 테이블 위에 놓인 칵테일 잔엔 술이 절반쯤 남은 채였다.

'화장실에 갔나.'

지은은 소파에 앉아 그를 기다렸다. 다시 칵테일을 한 모금 마셨다. 또 한 모금……. 다시 또 한 모금……. 취기가 올랐다.

지은은 칵테일을 테이블 위에 내려놓고 휴대전화를 꺼냈다. 신호는 가는데 전화를 받지 않았다. 또 어디 쓰러져서 자고 있는 건 아니겠지? 지은은 이십 분을 기다리다 별관 정문으로 나갔다.

비가 내리고 있었다. 어제처럼 짙은 열대의 냄새와 남자의 냄새가 섞인 우기의 소낙비. 빗소리 사이사이로 희미하게 남녀의 정사 소리가 들려오는 것은, 분명 착각.

"지은 씨, 퇴근이에요? 사장님은 버려두고 혼자 돌아다니네."

해외영업부의 윤 대리가 우산을 접으며 건물 안쪽으로 들어왔다. 지은이 곤란한 미소를 지으며 말했다.

"잠시 어디 다녀온 사이에 사장님이 안 보이시네요."

"어? 아까 혼자 호텔 쪽으로 가시던데?"

"예? 혼자요? 보셨어요?"

지은은 윤 대리에게 인사를 하는 둥 마는 둥 하고 백에서 우산을 꺼냈다. 정현이 일본 출장에서 사다준 양산 겸용 초콤팩트 사이즈 우산. 지은은 거의 뛰다시피 빗속을 뚫고 호텔 본관으로 갔다.

스타킹을 신지 않은 맨다리에 빗물이 튀었다. 신발 안까지 축축이 젖어 들었다. 지은은 젖지 않는 것을 포기해버렸다. 그러자 마음이 편안해졌다. 걸음도 느려졌다. 우산을 좀 느슨하게 쓰니까 오히려 어깨가 덜 젖었다.

지은이 갑자기 우뚝 멈춰 섰다.

호텔 정원 곳곳에 세워진 스피커에서 음악이 흘렀다. 드럼과 베이스 기타의 재즈풍 연주곡. 아니, 처음엔 연주곡인 줄 알았다. 곧 담배 연기를 머금은 듯 조금은 탁하고 건조한 목소리가 시원스러운 빗소리에 엉켜들었다.

본관으로 향하던 발길을 돌려 정원으로 난 오솔길을 따라갔다.

그때와 비슷한 기분이었다. 브라질에 처음 와 호텔에 들어섰을 때 그녀는 뭔가에 홀린 듯 발이 가자는 대로 수영장으로 향했다. 그곳에 그가 있었다.

그를 찾아가는 길, 노랫소리가 그녀를 쫓아왔다. 노래는 절대적인 사랑을 이야기하고 있었다.

잠시 뒤, 작은 공연장 중앙에 서 있는 그를 발견했다.

공연장이래봤자 둥근 시멘트 무대에 가장자리로 벤치 몇 개가 있는 게 전부였다. 시멘트 바닥엔 벌써 물웅덩이가 군데군데 있었다.

정현은 신발을 벗고 맨발로 서서 하늘을 올려다보며 온몸으로 비를 맞고 있었다. 그 모습이 처량해 보였다.

왜 저러고 있는 거야. 지은은 괜스레 마음이 상했다.

빗방울이 바닥을 치는 소리도 음표가 되었다. 스피커에서 흘러나오는 여인의 목소리는 이곳에서 바로 비를 바라보며 노래를 부르는 듯 아련했다. 그를 위로하는 듯했다.

지은은 자신의 발을 내려다보았다. 그녀는 무대 가장자리에 서서 그에게 다가가지도 않고 있었다. 지은은 가사에 취해 노래를 한참 듣고 있다가, 말을 걸었다.

"그러다 감기 걸려요."

정현이 그녀를 쳐다보았다. 하지만 다시 머리를 젖히고 얼굴에 비를 맞았다. 그가 뭐라고 말을 했지만, 빗소리와 음악에 가려 잘 들리지 않았다. 그에게서 두 걸음 정도 떨어진 곳까지 다가가자 그가 말하는 것이 들렸다.

"동전놀이 같은 거지."

"네?"

"동전을 쥐여준 건 다른 사람이라 하더라도 동전을 던지는 건 내가 할 수 있지."

지은은 눈을 끔벅이며 볼을 긁적였다. 연극을 하는 건가?

정현이 싱긋 웃으며 말했다.

"내 마음이니 내 마음대로 할 수 있을 줄 알았다."

지은은 그에게 다가가서 우산을 씌워주었다. 우산 속으로 들어온 정현이 젖은 손을 들어 지은의 뺨을 살며시 쓰다듬었다. 그가 왠지 모르게 슬픈 듯 보이는 미소를 지으며 말했다.

"그런 표정 짓지 마라."

그건 지은이 그에게 하고 싶은 말이었다.

"잘못을 찾자면 내 마음을 내 마음대로 할 수 있을 거라 생각한 내 오만에 있다. ……어리광을 부렸다. 난생처음 부리는 어리광이 왜 하필 지금, 네 앞인지……."

음악이 멈췄다. 정현은 지은의 손등에 입을 맞추고 말했다.

"춤, 잘 기억하고 있는지 복습해볼까?"

지은이 머뭇거렸다.

"감기 걸려요."

"이 정도는 괜찮아. 부모님이 기껏 튼튼하게 낳아주셨는데 썩히기 아깝잖아?"

"……아무래도 감기 걸릴 것 같아요."

"지은 씨는 자신을 과소평가하는군."

정현이 다른 쪽 손도 내밀었다. 지은은 머뭇거리더니 결국 우산을 내려놓고 그의 손을 잡았다. 그를 따라 지은도 신발을 벗었다. 한국에서라면 절대 하지 않았겠지. 마법처럼 스피커에서 춤추기 좋은 곡이 흘러나왔다. 영화에서도 이렇게 딱 맞는 배경 음악을 찾아보기 힘들 거야. 그의 손을 잡고 천천히 스텝을 밟으며 지은이 키득거렸다.

"신기해. 어떻게 이런 노래가 딱 맞춰서 나오지?"

"세상은 나를 중심으로 돌아가지."

"사람이 어쩜 그렇게 뻔뻔스러울 수 있어요?"

그가 미소를 지어 보였다. 지은은 그의 입술을 바라보았다. 비에 젖은 입술이 평소보다 붉고 선명해 보였다. 그는 얼마 동안 비를 맞고 있었을까. 머리칼이 완전히 젖어 물방울이 떨어지고 있었다. 대체 어떻게 호텔에 들어갈 셈인 걸까 하는 걱정이 앞섰다.

하지만 그런 생각은 시선을 아래로 내리자 증발해버렸다. 지은은 눈을 사로잡혔다. 하얀 셔츠가 젖어 그의 몸에 달라붙어 있었다. 조명을 지날 때마다 그의 몸이 아찔할 정도로 드러나 보였다. 지은은 자신의 옷 상태가 염려되었다. 그녀가 주저하는 목소리로 말했다.

"지금…… 되게 야한 모습이란 거 알아요?"

정현이 그녀의 눈을 응시하며 소리 죽여 웃었다.

"농담 아니에요."

"알아. 나도 지금 눈을 못 내리고 있잖아. 지은 씨한테 춤추자고 한 건 실수였어."

어두워져가는 공연장에 작은 조명들이 하나둘씩 켜졌다. 비에 젖은 오렌지 빛 조명이 두 사람이 밟아가는 길을 비추었다. 비가 점차 잦아들었다. 춥지는 않았다. 오히려 따뜻했다. 사랑하는 이의 손을 잡고 따뜻한 바다 속을 유영하고 있는 기분이 들었다. 맨발로 비에 젖은 바닥을 밟고 마주 잡은 손이 함께 젖어가는 감촉은 근사했다. 여자 가수의 허스키한 노래 소리가 두 사람을 에워쌌다.

"정현 씨 때문에 진짜 별 경험을 다……."

정현이 그녀의 두 손을 잡은 채로 머리를 내렸다. 입술에 꽃잎이 닿았다. 비 맛이 났다. 그의 입술 맛일 수도 있다. 지은은 웨이터가 칵테일에 꽃잎으로 만든 향이 들어갔다고 했던 말을 떠올렸다. 정현은 그녀의 오른손을 그대로 입까지 가져와 손가락에도 입을 맞추었다. 그리고 손목에도. 그리고 그녀를 잡아당겨 이마에도, 뺨에도. 그 부드럽고 다정한 입맞춤에선 의식을 치르는 것 같은 정성이 느껴졌다.

지은은 가만히 그의 행동을 지켜보았다. 그는 뭘 일깨우려는 걸까. 그는 무엇을 바라고 있는 걸까. 지은은 그의 생각을 헤아려보려고 했다. 그녀의 눈에 잠시 잊고 있던 질투가 나비쳤다. 독점욕이 불길처럼 일어났다. 아무리 자신이 라야라고 생각하려 해도 끓어오르는 질투를 막을 길이 없다. 왜 나를 이런 사람으로 만들어. 난 이런 여자가 아니란 말이야. 질투하고 시기하고……. 다른 남자를 좋아할 때에는 이런 감정 한 번도……!

「질투를 하지 않다니, 그건 사랑이 아니야.」

지은은 망연자실한 표정으로 그의 손을 놓았다.

열대의 알코올. 열대의 향기. 가까이에 바다가 있지만 여기까지 절대 들려올 리 없는 파도 소리가 들렸다.

발돋움을 한 그녀가 그의 얼굴을 잡고 그에게 키스했다. 두 사람의 입술이 젖어 들어가면서 비가 술이 되어 몸으로 흘러들어갔다.

파도가 바위에 부딪쳐 포말이 되었다. 소리가 귀를 채우고, 소리가 감촉이 되어 물방울이 얼굴에 튄 것 같은 감각이 일었다. 눈을 감고 있는 얼굴 위로 달빛인지 조명인지 알 수 없는 따스한 기운이 내렸다. 밤바람이 두 사람을 감싸 안았다.

수억만 년 동안 바람이 불고 파도가 치고 햇살이 생명을 일깨웠다. 그 푸른 기운이 두 사람이 발로 딛고 있는 땅을 덮었다. 인간이 없던 시절부터 짐작도 못할 만큼 긴 시간 동안 이 땅을 빚어온 모든 것이 몸으로 느껴졌다. 믿어지지 않는 감각. 그도 이 감각을 느끼고 있을까. 당신도 느끼고 있어요?

그가 살짝 입술을 떼며 속삭였다.

"사랑해."

지은은 전율을 느꼈다. 그가 사랑한다는 말을 한 적이 있었던가. 그가 다시 흐느끼듯 속삭였다.

"사랑해."

그의 목소리에 영혼이 지진을 만난 듯 흔들렸다. 그녀의 귀는 그의 목소리를 듣기 위해 세상의 다른 모든 소리를 차단했다. 따뜻한 빗줄기가 두 사람의 몸을 적시고, 그녀는 자신의 몸에 닿는 그의 체온을, 그의 숨결을, 심박을, 떨림을 민감하게 느낄 수 있었다. 그의 감정까지도.

말도 안 돼. 차라리 내 상상이길 바라요. 나도 당신을 사랑하지만…… 모르겠어요. 당신이 하는 사랑만큼 내가 당신을 사랑하는지 자신할 수 없어요.

지금까지 그녀가 해온 것은 사랑도 아니었다.

어쩜…… 당신은 괴롭지도 않나요? 내가 부끄러움을 못 이겨 하는 가벼운 거절도 당신한테는 상처가 될 텐데. 어떻게 견뎌냈나요? 어떻게 이토록 사람을 사랑할 수 있나요. 어떻게 이다지도…… 어떻게…….

지은의 눈에서 빗물 같은 눈물이 떨어졌다. 그의 사랑에 감동했다. 그리고 절망했다. 심장이 감당할 수 없는 감정으로 터질 것처럼 쿵쾅거렸다. 내 것, 내 사람, 내 남자. 누구에게도 빼앗기고 싶지 않다. 누구에게도 저 무거운 사랑을 빼앗기고 싶지 않아. 그게 설령 라야라고 할지라도. 전생의 자신이라 하더라도.

이 남자의 사랑이 향하는 방향은 바로 눈앞에 있는 자신, 한지은이어야만 한다.

그는 거의 눈을 감고 있었다. 지은은 자신이 얼마나 그를 원하는지 깨달았다. 그의 눈을 뜨게 하고 당신에게 키스하는 사람이 누구인지, 지금 당신을 원하는 사람이 누구인지 똑똑히 보라고 하고 싶었다. 그의 모든 것을 느끼고 싶었다. 자신의 모든 것을 느끼게 해주고 싶었다. 그녀가 다시 그에게 입맞춤을 했다.

열대의 향긋한 과일향, 풀잎향, 흙향, 바람향, 바다향, 소금기, 해초향, 온 세상이 밀려오는 느낌을 받았다. 세상이 두 사람을 안았다.

그의 맛이 느껴졌다. 언젠가 느꼈던, 언제인지는 모르겠지만 분명히 기억하고 있는 어느 날의 바람을 느꼈다. 집을 나오는 순간, 그녀를 감싸던 바람, 그리고 향기. 아주 그리운, 뭔지 모를 사무치는 그리움에 눈시울을 붉히게 만들었던 바람.

호텔방 전등은 흐릿한 주황빛이었다. 지은은 침대 가장자리에 앉아 정현이 욕실로 가 타월을 가지고 올 때까지 기다렸다. 무릎 위에 올려놓은 손이 떨렸다. 양손을 잡아 떨리는 걸 막았다. 이제는 몸이 떨렸다.

치마가 젖어 허벅지에 착 달라붙었다. 팔꿈치에 방울진 물이 카펫 위로 떨어졌다. 정현이 큰 타월을 가지고 돌아왔다. 그가 떨고 있는 것을 눈치챌까 봐 걱정이 됐다.

"불 좀 꺼주세요."

정현은 별말 없이 벽에 있는 스위치를 찾아 껐다. 방이 바깥과 같은 어둠 속에 잠겼다. 정현은 옆자리에 앉아 지은의 머리에 타월을 씌우고 젖은 머리카락을 꼼꼼히 닦아주었다.

그의 큰 손이 수건 한 장을 사이에 두고 머리를 만져주는 기분은 굉장히 이상했다. 그녀가 허벅지를 딱 붙이고 다리를 더 오므릴 수 없을 만큼 오므렸다. 지은은 슬쩍 눈을 들어 머리카락 사이로 정현을 쳐다보았다. 그의 얼굴이 살짝 굳어 있었다. 지은은 침대 위에 놓인 여분의 타월을 집어 들었다.

"정현 씨도 닦아요. 감기 걸리겠어요."

그리고 그의 젖은 얼굴을 닦아주었다. 귀한 조각품을 닦아내는 것처럼 조심스럽게 그의 앞 머리카락도 닦아내고, 팔도 닦고, 조금 붉어져 있는 목 언저리와 가슴도 닦아 내려갔다. 그러는 동안 눈이 어둠에 완전히 익숙해졌다.

큰 호흡을 한 듯 그의 가슴이 크게 움직였다. 정현이 지은의 손목을 붙잡았다. 손이 떨리고 있는 건 지은만이 아니었다. 그녀의 손목을 움켜쥐고 있는 손바닥이 놀랄 정도로 뜨거웠다.

"지은 씨."

지은은 어리둥절한 표정으로 그를 보았다. 정현이 괴로운 한숨을 쉬고 말했다.

"원하지 않으면……."

"당신을 안고 싶어요."

정현은 너무 놀라 얼굴이 굳고 말았다. 어두워서 그녀가 표정의 미세한 변화까진 눈치채지 못한 것이 다행이었다.

「당신을 안고 싶어.」

그는 별안간 머리를 얻어맞은 사람처럼 말을 잇지 못했다. 갈색 눈동자가 당황스러움으로 흔들렸고, 그의 심장은 기쁨으로 펄떡였다. 라야가, 아니, 지은이 말했다.

"정현 씨와…… 하고 싶어요."

어둠에 익숙해진 그녀의 눈이 자신을 원하는 사내의 간절한 눈빛을 보았다. 심장이 곧 터져버릴 것처럼 반응했다. 그를 원했다. 열렬히 원했다. 이렇게 보고 있는 순간에도 미칠 만큼 원했다. 라야에 대한 죄책감, 질투 따위는 잊어버렸다.

정현은 라야와 비슷한, 어쩌면 그 이상으로 열정적인 여인을 슬픈 눈으로 바라보았다.

몸은 이렇게 그녀를 안고 싶다고 하는데 그의 머리는 주저하고 있었다. 그녀가 이렇게 그를 원하고 있는데 그의 손끝이 망설임을 떨쳐내지 못하고 있었다.

'전생에 대한 기억 없이 당신을 만났더라면 얼마나 좋았을까.'

정현이 두 손으로 지은의 얼굴을 잡고 부드럽게 매만졌다.

'아무런 고민 없이 그저 당신을 원하기만 하면 얼마나 좋을까.'

그것은 순전히 서정현의 욕구고 바람이었다. 머뭇거림 없이 몸과 마음이 원하는 대로 한지은을 안고 싶다는 것. 지금 눈앞에 앉아 있는 여자가 너무 사랑스러워서, 현재 손에 닿는 피부의 감촉이 숨 막히게 보드라워서, 이 작은 몸이 제 품에 안겨드는 순간의 기분이 얼마나 근사할지 너무나 궁금해서, 그 순간 정현은 감히 그런 생각을 했다.

그의 이마가 살짝 구겨졌다. 심장을 쑤시는 듯한 통증이 느껴졌다. 아일의 영혼이 심장 벽을 베기라도 한 듯 가슴이 서늘해졌다. 정현이 가느다란 한숨을 내뱉고 눈을 감았다.

지은은 용기를 내 손을 올렸다. 그리고 조심스럽게 다가갔다. 감고 있는 그의 눈을 손가락으로 더듬어보았다. 섬뜩한 감각이 채찍처럼 그의 영혼을 후려쳤다.

그의 얼굴을 더듬는 손길이 멈추자 정현이 천천히 눈을 떴다. 그의 눈빛을 잡아낸 그녀의 동공이 커지면서 입이 저절로 벌어졌다. 그의 눈은 그녀가 일찍이 본 적 없는 뜨거운 격정을 품고 있었다. 그가 작게 말했다.

"더 이상은 안 돼."

그의 말이 누구를 향한 것인지 의문을 가질 틈도 없었다. 그녀의 몸이 흔들리고 거칠게 끌려갔다. 언제 망설였냐는 듯이 그가 빠르게 얼굴을 겹쳐왔다. 침입은 야만적이고 유영은 그보다 더 거칠었다.

지은은 아득해지는 정신을 다잡으려 아무거나 붙잡았다. 단단한 팔이 잡혔다. 난폭한 힘에 몸이 젖혀졌다. 그를 잡은 손에 힘이 들어갔다. 사내의 힘이 확연히 느껴졌다. 지은은 숨이 막혀서 그에게 갇힌 몸을 바동거리며 본능적으로 그의 어깨를 밀어냈다. 꿈쩍도 하지 않았다. 대신 입맞춤이 한결 침착하고 부드러워졌다.

입술과 혀를 마찰시켜 얻어낸 열로 서로의 영혼을 녹여내 상대에게로 흘러들어가길 기다린다고 할 정도로 긴 키스였다. 지은은 몸의 내부가 요동치는 것을 느꼈다. 지은이 정신을 못 차리는 사이, 그의 손에 의해 그녀의 옷이 벗겨졌다.

아래를 가리고 있던 마지막 속옷까지 벗겨지자, 한 번도 느껴보지 못한 기대와 두려움이 옷 대신 하얀 몸을 감쌌다. 속옷이 바닥에 떨어지는 소리가 무척이나 크게 들려왔다.

지은은 침대에 누워 가쁜 숨을 고르려고 노력했다. 어둠 속에서 그가 조용한 시선으로 그녀를 내려다보았다. 그의 눈을 빤히 올려다보고 있으니 숨이 더 가빠졌다.

그녀의 드러난 허벅지가 희었다. 키가 여성 평균 정도라 체구도 작게 느껴졌는데, 허벅지는 사내를 흥분시킬 만큼 적당히 육감적이었다. 정현은 넋이 나간 듯 그녀의 몸을 바라보았다. 지은은 부끄러워 딱 죽고 싶었다. 손으로 얼굴을 가리고, 다리를 오므리고 싶어 옴짝거렸지만 그가 무릎을 잡고 놓아주지 않았다. 허벅지의 미처 닦아내지 못한 빗물이 사타구니 사이로 흘렀다. 그 기분이 묘했다.

지은은 그를 앞에 두고 이런 자세를 취하고 있는 자신을 믿을 수가 없었다. 누가 꿈이라고 말해줬으면 좋겠어. 그러면 좀 더 적극적이 될 수도 있겠어.

당장 그에게 안겨 들고 싶은 마음과 도망치고 싶은 마음이 뇌를 반으로 가르고 흥분을 나눠 가졌다. 그에게 안겨 들고 싶은 마음이 몸의 왼쪽을 담당하고 있는지, 지은은 왼손을 뻗어 그의 손을 찾았다. 정현이 뻗쳐오는 그녀의 손을 잡았다. 깍지를 낀 그의 손이 젖어 있었다. 부끄러움으로 그녀의 목소리가 흔들렸다.

"정현 씨도…… 벗어요."

정현은 멍한 얼굴로 그녀를 잠시 쳐다보다가, 정신이 든 듯 이내 그녀가 좋아하는 서정현다운 건방진 미소를 지어 보였다. 그가 빠르게 셔츠의 단추를 끌렀다. 젖은 옷들이 그의 몸에서 떨어져 나가 바닥에 떨어졌다.

그는 정말 말도 못하게 아름다웠다. 지은은 홀린 듯 그의 몸을 바라보았다. 여성의 몸이 자연 그대로의 생명력으로 아름답다면 이 남성의 몸은 섬세하게 조각된 예술 작품처럼 아름다웠다.

떨리는 손이 저절로 움직여, 다가오는 그의 심장 부위를 짚었다. 손바닥으로 그의 근육이 꿈틀거리는 것을 느꼈다. 그녀는 부끄러움도 잊고 그의 몸을 제 것처럼 어루만졌다.

몸이 이렇게 뜨거울 수도 있구나……. 지은은 그의 손에 닿는 제 몸도 그의 것처럼 이렇게 뜨거운지 궁금했다.

이마에 가볍게 입술을 누른 것을 시작으로, 그는 그녀를 핥아 내려갔다. 여린 귀를 핥고, 예전부터 이를 박고 싶어 참을 수 없게 만들던 하얀 목덜미도 아주 오래, 진하게 자극했다. 얼마나 짙은 감촉인지 그의 입술이 떨어지고도 목의 움푹한 곳에 불씨를 두고 간 듯 피부가 뜨거웠다. 예전 그가 향수 냄새를 맡기 위해 그녀의 목에 코를 스쳐가던 영상이 떠올랐다. 지은은 눈을 질끈 감았다. 그 순간 그녀의 뇌리를 때리는 깨달음이 있었다.

한밤중 서점에서 그가 그녀에게 보냈던 복잡미묘한 눈빛, 언젠가 그녀의 집 앞에서 그가 그녀의 손목과 손바닥에 키스를 했던 것, 그의 얼굴에 손바닥을 대게 했던 것, 뜻을 알 수 없던 속삭임. 그가 그녀를 만난 이후 지금까지 그들이 나눈 대화, 그가 그녀에게 한 행동, 몸짓, 가끔은 지나치게 짙게 느껴졌던 그의 호흡까지. 맙소사. 그가 그녀에게 해왔던 거의 모든 것이, 바로 오늘을 위한 전희였다.

정신적 만족과 육체적 쾌감에 녹아내리고 있던 지은은 깜짝 놀라 탄성 비슷한 비명을 질렀다. 그가 그녀의 다리 사이로 내려가 깊숙한 곳을 핥았다. 그녀의 다리를 붙잡고 머리를 움직이는 그의 모습이 무척 야해 보였다.

그는 공들여 그녀를 애무하고 탐색했다. 그의 손이 그녀의 솜털까지 느끼려는 듯이 부드럽고 느리게 움직였다. 서두르지 않는 손이 그녀의 숨겨진 모습을 깨어나게 했다. 그녀의 배는 긴장으로 더 납작해지고, 뒤틀고 싶어 움찔거리는 허리는 더욱 잘록해졌다. 가슴은 흥분으로 봉긋이 솟아오르고, 신음을 흘리기 시작한 입술은 더 붉어졌다.

그는 입만 움직이는 게 아니었다. 동시에 손이 그녀 몸의 곡선들을 더듬어 내려갔다. 그의 입술이 목을 훑는 동안 그의 손은 허리를 어루만졌다. 그의 입이 가슴을 물 때 그의 손은 그녀의 엉덩이를 움켜쥐었다.

그녀가 빠르게 반응을 보일 만한 부분은 우연처럼 스쳐갈 뿐 노골적인 접촉을 하지 않았다. 그게 그녀를 더 미치게 만들었다. 그의 가슴이 그녀의 가슴 끝을 스치고, 그의 손은 허벅지의 안과 밖을 어루만지며 그곳을 교묘히 피해갔다. 지은은 안달이 나 흐느꼈다.

"해줘요……."

지은이 고인 눈물을 닦아내려는 듯 두 손으로 눈을 누르며 애원했다.

"……뭘?"

그의 입이 하얀 가슴을 물었다 놓으며 되물었다. 지은은 얼굴을 가린 채 고개를 저었다. 그가 다시 입술과 혀로 부푼 가슴을 부드럽게 어르며 흥분을 키웠다. 금방 숨이 급해진 그녀가 울먹였다.

그녀는 그저 반응만 하고 있었다. 당황스러운 상황에 익숙해지면 다음 상황은 더 당황스러웠다. 그는 처음 보는 표정을 하고 있고, 그의 손길도 평소와 달랐다. 불처럼 뜨겁다가 쇠처럼 날카로워졌다. 애태우듯 부드럽다가도 화가 난 듯 힘이 실렸다. 대응이라곤 할 수 없었다. 놀라면 소리 지르고, 그의 손이 닿으면 움찔했다. 반응밖에 다른 도리가 없었다.

물이 찰방 고여 있는 바닥 위로 점차 굵어져가는 비가 내리고 파문이 생겼다. 파문과 파문이 겹쳤다. 그렇게 온몸으로 따스한 비를 맞고 있는 기분이 들었다. 축축하고 따스한 감촉이 몸 전체로 번져갔다. 앞선 자극이 다음 자극을 키웠다. 숨을 쉬기가 어려웠다. 지은은 그가 주는 질펀한 감각에 잠겨 익사할 것처럼 헐떡였다.

정현이 낯선 표정으로 그녀를 내려다보며 말했다.

"이런 표정도 있는 줄 알았으면……."

알았으면?

지은이 밭은 숨을 내뱉으며 그를 올려다보았다. 갈색 눈동자가 그녀의 '그런 표정'과 오르내리는 젖가슴을 담고 열로 더욱 짙어졌다. 간신히 얼려놓은 흥분이 자꾸 녹아내린다. 아래가 성난 것처럼 뻐근해져왔다. 그가 그녀의 목을 잡고 엄지로 턱을 눌러 그녀의 입이 벌어지게 했다. 혀가 부드럽게 틈으로 들어왔다.

지은이 이 일로 정현에 대해 새롭게 알게 된 게 있다면, 그는 적어도 '이것'에 한해서는 끝내주게 나쁜 자식이란 것이었다. 여간해선 원하는 것을 빨리 내놓지 않는 그가 미웠다. 그녀가 절정의 벽을 넘으려는 순간마다, 그는 울음을 터뜨리는 아기를 재우려는 듯한 손길로 그녀를 달랬다. 배에 입맞춤을 한다거나 종아리를 쓸어내리는 식으로.

그러면 그녀는 흥분과 원망과 눈물이 뒤엉킨 눈으로 그를 노려보았다. 그럴 때마다 그는 그녀의 속을 빤히 들여다보며 짓궂은 미소를 던졌다. 그러고는 그녀의 입술에 입술을 대고, 열기가 담긴 목소리로 속삭였다.

"참아봐."

그녀는 척추를 따라 엉덩이로 내려가기 직전 오목하게 파인 부분과 허벅지 안쪽이 특히 약했다. 땀이 고여 드는 오목한 그곳을 혀로 핥아내면 그녀는 자지러지는 소리를 내며 몸을 비틀었다. 허벅지 안쪽에 그의 뜨거워진 몸을 비벼대기라도 하면 그녀는 울음소리를 냈다. 그의 고문에 돌아버릴 지경이었다. 그럴 때마다 정현은 만족감만으로 끝까지 갈 뻔했다. 그가 그녀의 헐떡이는 숨을 들이마시며 길고 진한 키스를 했다. 입술을 댄 채로 그가 숨을 몰아쉬었다.

"잘 참았어. 그러니까, 이번에도 참아봐."

지은이 눈물이 그렁그렁한 눈으로 그를 보았다. 그는 다정한 키스라도 해줄 것처럼 그녀 위로 몸을 실었다. 그의 몸이 충분히 젖어 있는 그녀 안으로 천천히 들어왔다. 예상했지만 예상할 수 없는, 그 이상한 이물감에 지은이 인상을 쓰며 그의 팔을 꽉 움켜잡았다.

"잠…… 깐…… 마안…… 아…….."

반사적으로 나온 말도 신음 소리로 흐무러졌다. 몸을 내리누르는 사내의 단단한 몸도, 안으로 밀고 들어오는 묵직한 것도 그녀에게 버거운 것이었다. 숨이 콱 막혔다. 그의 팔을 붙든 손이 떨렸다. 그러자 그가 물러났다. 안심한 순간, 그녀의 입에서 비명이 터졌다. 그가 그녀의 엉덩이를 잡아당기며 안으로 단번에 들어왔다. 평소 다정다감한 그라고는 생각할 수 없는 난폭한 진입이었다.

지은은 고통에 몸부림쳤다. 그가 끙, 앓는 소리를 내며 그녀를 껴안았다. 그녀의 몸은 이미 그의 몸을 간절히 원하고 있었다. 그가 필요했다. 본능적으로 그의 몸이 자기 몸 안으로 들어오길 바라 계속 하체를 움직여 그를 자극하기도 했었다. 그런데도 아팠다. 그녀를 더 충격으로 몰아넣는 건, 그렇게 아픈데도 동시에 너무 좋다는 것이었다. 고통과 함께 극렬한 쾌감이 파도처럼 그녀를 지고 지나갔다. 쾌감의 물결을 덮어쓴 채로 지은은 그의 품에서 벌벌 떨었다. 아파서 몸을 떠는 게 아니었다. 그가 안으로 들어온 것만으로 그녀는 절정에 가까운 것을 느꼈다.

이런 지독한 쾌감이 있을 거라고 생각지 못했다. 이것이 그에게 온전히 안겼다는 데서 오는 정신적 쾌감인지 육체적 쾌감인지도 불분명했다. 지은이 계속 앓는 신음을 흘리자 정현은 낭패라는 표정을 지었다. 그는 그녀를 껴안은 채 그녀의 젖은 등과 뒷머리를 쓸어내렸다. 그대로 있는 게 그에겐 고문이었다. 그의 의지에 반해 그녀 안에 있는 몸이 자꾸 움찔거렸다.

사실 그는 자신을 과신하고 있었다. 도저히 거부할 수 없는 눈빛으로 그를 원한다고 말하는 그녀를 안기는 하지만, 그를 늘 따라붙는 상실에 대한 공포가 그의 사지를 단단히 붙잡고 있었다. 여간해선 헐거워지지 않을 족쇄였다. 그녀에게 최고의 경험을 하게 해주더라도 자신은 끝까지 가지 않겠다는 생각을 무의식중에 하고 있었다. 뇌 속 톱니바퀴가 평소보다 둔하게 돌아가기는 하지만 무너지지 않을 자신이 있었다.

그러나 그녀 안으로 완전히 잠겨드는 순간, 그의 뇌 속 톱니바퀴들이 일제히 멈춰 섰다. 그녀 안은, 그가 상상했던 것 이상으로 좋았다. 이걸 견딜 수 있다고 생각하다니. 그의 입에서 신음 같은 웃음이 터졌다.

지은은 몽롱한 얼굴을 하고서 그의 품으로 더 더 파고들었다. 그의 목덜미에 얼굴을 박고 떨리는 숨을 쏟아냈다. 무서워 이 상태를 유지하고 싶기도 하고, 더 나아가고 싶기도 했다. 어느 방향으로 가야 할지 몰라 헤매는 저 대신 그가 어떻게 해주길 바랐다. 본능적으로 허벅지에 힘이 들어가 그를 당겼다. 그녀를 제대로 눕히고, 그가 움직이기 시작했다.

그가 들어오고 나갈 때마다 지은은 아까 강제로 제어당했던 희열을 한꺼번에 느끼고 있었다. 조금씩 몸이 들려 올라가 벽을 넘는 것이 아니라, 그의 몸이 드나들 때마다 단번에 절정을 넘었다.

점점 더 높은 허들을 넘듯 쾌감이 갈수록 강해졌다. 지은이 배 속에 고여 드는 작열감을 참아내지 못해 비명을 지르며 바르작거리자, 그가 불만 어린 신음을 흘리며 그녀의 양팔을 완력으로 눌렀다. 정현은 그런 자신에게 충격 받았다. 뭐? 끝까지 안 갈 자신이 있어?

지은은 그에게 팔이 눌린 채로, 관능적으로 움직이는 그를 올려다보았다. 입을 다물려고 해도 계속 짧은 비명이 터져 나와 그녀의 입술이 벌어졌다. 그에게 이런 모습을 보이고 싶지 않았다. 욕정에 굶주린 사람처럼 매달리는 것도, 그가 이끄는 대로 아랫몸을 마구 움직이는 것도 부끄러웠다. 이렇게 엉망진창으로 흐트러진 모습을 보여주고 싶지는 않았다.

그의 차분한 눈빛을 보는 순간 화가 났다. 왜 그는 나만큼 엉망이 되지 않는 거야. 그녀의 눈에 반항하는 빛이 스쳤다. 그녀가 몸에 힘을 주는 것을 느끼고 그가 그녀를 보았다가 눈빛을 읽었다. 그가 낮게 웃었다.

"이 표정은 잘 아는 표정이네."

그는 허리를 움직이는 동안 그녀의 턱을 부드럽게 잡아 그를 올려다보게 했다. 그가 움직이는 방식을 보라는 듯이.

정염이 진득하게 고여 있는 그의 눈을 바라보면 머릿속이 난잡하게 헝클어졌다. 그녀에게 열중하고 있는 그의 눈빛은 그녀가 피할 수 있는 게 아니었다. 턱을 잡고 있는 손에 힘이 실려 있어 지은은 몸을 떨었다.

비가 아니라 땀에 젖어가는 그의 몸을 바라보며 흥분을 느낀 그녀가 아래를 조이면 그는 몸을 숙여 귀에 대고 은밀한 말을 속삭였다. 농도 짙은 성적 표현에 어리어리해져가던 정신이 번쩍 깨일 지경이었다. 그의 점점 거칠어져가는 목소리가 원래부터 음란한 것처럼 느껴졌다.

그는 움직임을 느리게 해 그녀가 무려 입으로 "제발."이라는 말을 하게 만들었다. 일부러 깊숙이 들어오지 않아 그녀가 스스로 허리를 움직이게 만들었다. 지은은 무력감과 황홀감을 번갈아 느끼다 결국 울음을 터뜨렸다. 이런 걸 매번 견뎌낼 수 있을 리 없어.

흐느끼는 그녀를 달래려는 듯 그가 상체를 가깝게 붙여왔다. 그가 입술로 그녀의 눈물을 훔치고 키스를 해주었다.

그는 그 짧은 순간의 떨어짐도 괴로운 것처럼 나갔다가 영원히 머무를 것처럼 깊이 들어왔다. 밀어붙이는 힘이 순간 숨을 끊어놓을 정도로 강렬했다. 맞물림은 집요했다. 몸을 뺐다 밀어 넣는 단순한 움직임 하나하나가 그라는 사람 자체인 것처럼 묵직했다. 지은은 그대로 받아내고, 무너지고, 쏟아냈다.

'이것에 한해서는 끝내주게 나쁜 자식'인 이 남자는 그녀가 완전히 무너지길 바라는 모양이었다. 지은은 울면서 그에게 매달렸다. 그의 허리에 다리를 감고 그를 끌어당겨 자기에게 붙이며 애원했다.

그는 신음만 흘려대는 그녀의 속말이 들리기라도 하는 것처럼 그녀의 요구에 맞춰 움직였다. 엄청난 만족감에 지은은 신음보다 더 짙은 호흡을 헐떡이며 그의 몸에 손톱을 박았다. 몸 안쪽에서 시작된 진동이 굉장했다. 다른 남자와 비교할 수 없으니 알 수는 없지만 이런 감각을 다른 이가 줄 수 있을 리 없다.

그녀의 몸에 닿는 그의 몸이 너무 뜨거웠다. 마침내 그의 숨소리도 흐트러졌다. 그도 한계란 게 있었다. 마라톤이라도 한 것처럼 땀으로 젖은 몸 위로 거친 신음이 쏟아졌다. 그녀의 허리를 잡아 제 쪽으로 끌어당기는 손이 난폭하고 다급해졌다.

그녀의 내부에서, 쾌감을 한 번도 느껴보지 못한 것처럼 다른 차원의 쾌감이 시작되고 있었다. 가랑이 사이에서 피어오른 작은 불씨가 배 속에서 불덩이로 커졌다. 지은은 그것을 쏟아내고 싶어서, 그 압박감을 해방시키는 데 몰두했다. 몸이 부딪칠 때마다 원시적인 비명이 터졌다. 몸이 폭발하면 하는 대로, 해소되지 못한 욕망이 응축되어 있으면 있는 대로 아이처럼 울고 짐승처럼 신음했다. 지은이 소릴 질렀다.

"아…… 제발, 그만! ……미칠 것 같아!"

그의 눈이 이성을 잃고 본능만으로 번뜩였다. 그래야 공평하지. 너도 나만 보면 미쳐버렸으면 좋겠어!

그는 쾌감만을 좇아 몸을 움직이면서 그 순간순간마다 정신이 한 뭉텅이씩 하얗게 표백되고 사고할 수 있는 뇌의 신경이 모두 끊어져버리는 걸 느꼈다. 생각? 자신이 누군지 잊어버리지 않으면 다행이었다.

그녀는 정말 이대로라면 머지않아 미쳐버릴 것만 같았다. 그 순간 어마어마한 쾌감이 몸을 갈랐다. 그녀가 높은 비명을 지르며 그의 손이 세게 움켜잡고 있는 엉덩이를 들어 올렸다. 견디기 힘든 압박감에 그가 아주 깊은 곳에서 흘러나오는 소리를 터뜨렸다. 영원히 멎지 않을 것 같은 경련이 맞닿은 몸 사이에서 시작되어 온몸으로 퍼졌다. 고개를 젖히고 있는 그녀의 몸이 안쪽부터 바깥까지 떨렸다. 기진맥진한 그녀가 눈을 감고 늘어졌다.

'세상에…….'

여전히 다물리지 않은 입술 사이로 신음 섞인 감탄이 흘렀다. 그녀가 몸을 겹쳐오는 그를 꽉 껴안았다.

사랑을 해봤다던 모두가 가장 좋은 것은 숨기고 있었다.

아무도 말해주지 않았다. 많은 이들이 사랑하는 이와 행위를 나누는 것에만 즐거움과 가치를 그렇게 자랑하고 설명하고 떠벌리더니, 왜 이것의 놀라움에 대해선 얘기해주지 않았지? 너무 좋은 것이라 감춰두고 싶었나. 아무것도 걸치지 않고 서로 껴안고 있는 것이 이렇게 기분 좋은 것이라고 아무도 말해주지 않았다. 이것이 최상의 쾌락이고 안락의 극치다.

이것을 알았더라면, 그녀는 진작 그의 옷을 벗기고 스스로 알몸이 되어 살을 맞댔을 것이다.

그와 만나 알았다. 관계가 시작될 때의 두근거림과, 끝난 뒤의 이런 밀착이 좋다는 걸.

몸에 닿는 그의 감촉이 정말 좋았다. 이런 걸 느끼고 이 사람이 아닌 다른 사람에게 어떻게 안겨…….

정현은 지은의 목덜미에 얼굴을 묻은 채 한 손으로 그녀의 허리를 어루만지며 그대로 엎드려 있었다. 절정의 여운을 즐기려는 듯 그는 아직 그녀 안에 머물러 있었다. 그녀의 목에 닿아 있는 그의 입술이 도발적인 미소를 그렸다.

진작 이랬어야 했다.

겨우 한 번으로 채워질 리 없는 욕구다. 앞으로 평생 그녀를 안는다고 해도 이 갈증이 완전히 해소되지는 않을 것 같다. 영원히 목말라해야 한다니. 그거 참…… 끝내주게 좋은 저주네.

미소 짓고 있는 입술이 그녀의 목을 살짝 더듬었다. 애무라기엔 가볍고, 그저 부딪친다기엔 자극이 강했다. 지은의 몸이 바로 반응했다. 그를 품고 있는 아래가 긴장했다.

그의 손이 그녀의 곡선을 어루만지며 엉덩이 아래로 들어갔다. 손이 엉덩이를 움켜잡자, 지은이 덜 마른 신음을 흘리며 그의 품으로 파고들었다. 흥분으로 여전히 떨고 있는 그녀의 몸이 손 아래 선명한 감촉으로 존재했다. 정현은 제 품으로 안겨 들어오는 그녀의 향기를 맡으며 감탄했다. 진작 이랬어야 했어.

정현이 다시 몸을 일으키고 앉았다. 지은이 흐릿한 눈으로 그를 올려다보았다. 결국 그녀가 이 아름답고 이성적인 사내를 이 정도로 무너트렸다. 지은의 피곤한 얼굴에 만족스러운 미소가 퍼졌다. 그가 그 속을 읽은 듯 피식 웃었다. 그는 독심술사가 분명하다.

지은은 갑자기 확 붉어진 얼굴을 두 손으로 가렸다. 이제 와서 부끄러워졌다. 울었다는 것도 부끄럽고, 취했던 자세도 내지른 말들도 모두 부끄러웠다.

"미치겠어…….”

그녀가 하는 말을 듣고 정현이 웃었다. 웃는 표정은 그녀가 잘 알고 좋아하는 정현의 표정이다. 그가 능글맞은 소리를 해댔다.

"좋아서?"

"힘들어서!"

"주로 움직인 건 난데 지은 씨가 왜."

발끈해서 발길질을 할 것처럼 버둥대는 지은의 다리를 붙든 채 정현은 발코니 쪽을 쳐다보았다. 아직 캄캄한 밤이었다. 밤이 한참 남아서 좋기는 처음이었다. 이 아가씨와 함께 있으면 처음 경험해보는 감정이 많다.

정현이 다시 지은을 바라보았다. 지은은 다리를 붙잡혀 일어서지도 못하고, 여전히 얼굴을 가린 채였다.

왜 자꾸 얼굴을 가리지? 자꾸 그러면 그러지 못하게 손을 아예 묶어버려야겠다는 음험한 생각을 하며 정현이 그녀를 끌어당겼다. 지은이 허리를 잡는 그의 손을 붙들며 물었다.

"끄…… 끝났어요?"

정현이 웃음을 터트렸다.

"어쩌지? 밤은 길고……."

그가 침대 옆 협탁 쪽을 보았다. 인후가 챙겨준 물건이 협탁 위에 흐트러져 놓여 있었다.

"그것도 충분한데."

정현이 대뜸 침대 밑을 보더니 팔을 뻗어 뭔가를 집어 들었다. 지은은 뭔가 싶어 그를 쳐다보았다. 그가 그 뭔가를 손에 감추었다. 다른 쪽 손이 뭘 또다시 시작하려는 듯 그녀의 허벅지를 부드럽게 쓸어내렸다.

아침 햇살 속에서 깨어났다. 침대에 누운 채로, 커튼도 치지 않은 큰 발코니 창을 통해 호텔에서 꽤 떨어진 곳에 있는 바다가 보이는 듯도 했다. 종소리를 듣고 깼는데, 메일 알람이었다.

정현은 휴대전화를 찾아서 고개를 돌리다가 깜짝 놀라 몸을 일으켰다. 지은이 없었다.

"깜짝이야!"

지은은 샤워를 하다가 욕실 문이 열리는 소리를 듣고 고개를 돌렸다.

그리고 소리를 빽 질렀다. 더운 김과 향긋한 비누향이 문을 벌컥 연 정현을 덮쳤다. 천장에 달린 커다란 샤워기에서 따뜻한 물줄기가 벌거벗은 그녀의 몸 위로 쏟아지고 있었다.

투명한 유리 샤워 부스 안에 선 그녀는 자신이 벌거벗은 채로 그와 마주하고 있다는 데 당황했다. 밤에 침대 위에서 그런 것과 낮에 욕실에서 그런 것은 다른 문제였다. 물을 잠그면 몸이 더 무방비로 그의 시선 앞에 놓일 것 같아 샤워기를 끄지도 못했다. 지은은 정현도 알몸이란 것을 깨닫고 눈을 그의 머리 옆쯤에 두고 소리쳤다.

"나가요! 뭐하는 거예요?"

"어디…… 간 줄 알았어."

정현이 살짝 굳은 얼굴로 말했다.

"가기는 제가 어딜 가요, 이 타지에서. 가봤자 호텔 근처겠죠. 문 닫고 나가요!"

그래도 멍한 표정의 정현은 나가지를 않았다. 지은은 샤워기를 잠그고, 한 팔로 가슴을 가린 채 샤워 부스 문을 열었다. 그리고 손을 뻗어 걸어놓은 목욕 가운을 집으려고 했다. 그걸 물끄러미 보고 있던 정현이 말했다.

"옷…… 입을 필요 없어."

욕실 안으로 들어온 그가 뒤로 손을 뻗어 문을 닫았다.

46

라야는 서점에서 책을 고르고 있었다. 서점 맞은편 길에 서 있는 리디아의 눈에 라야의 모습이 또렷이 잡혔다. 리디아에게 지금 라야의 모습은, 책 속에 처음 등장하는 인물의 외양과 성격을 설명하기 위해 보여주는, 상징적인 장면처럼 보였다.

라야는 서점 주인과 얘기를 나누고 있었다. 많은 미인들이 그렇듯 하얀 얼굴 때문에 표정이 없을 땐 얼핏 차가워 보이기도 하지만, 상대와 눈이 마주치자 자연스럽게 떠오르는 미소는 봄기운에 얼음이 녹는 순간을 포착하는 듯했다.

타래처럼 동그랗게 올려 묶은 머리. 그래서 훤히 드러난 부드러운 목선이 고왔다. 높은 책장을 향해 쭉 뻗은 팔이 가늘고 미끈했다. 리디아는 본인도 아름다운 여성임에도, 햇살에 비쳐 따스하고 투명하게 빛나는 하얀 팔에 사로잡혔다. 동시에 며칠 전, 눈에 제대로 담아둔 아일의 모습도 떠올렸다. 그리고 두 사람이 껴안고 있던 정원에서의 모습도.

급기야 그의 손이 저 여성의 팔을 어루만지고, 지금은 책을 잡고 있는 저 여린 손가락이 그의 단단한 팔을 움켜잡는 모습도 생각해보았다. 그걸 상상하고 있는 리디아의 얼굴은 그녀의 어머니를 닮아 냉정하고 담담했다.

리디아는 에른스트 아카데미에 입학하기를 희망한 여성 중 한 명이었고, 지금까지 나달을 포함해 다섯 명의 교수에게서 청강을 허락받았다. 그녀가 그렇게 많은 교수에게서 청강을 허락받은 데는 물론 선제후 가문인 모뤄의 이름 덕분이 컸다.

며칠 전, 그녀는 클레이모어 부인의 장례식에 참석하고 돌아왔다. 그녀의 부모인 모뤄 부부는 자신들의 영지로 돌아가는 길에 딸을 세르노다 별장에 내려주며 그녀에게 단단히 다짐을 받아냈다.

모뤄 부인이 피곤한 얼굴로 말했다.

"네 어린 고집에 맞춰주는 것도 2년으로 끝이다. 아카데미에 들어가지 못했으니 졸업을 기다릴 필요도 없겠지."

"알고 있어요."

리디아가 뾰로통한 얼굴로 대꾸했다. 모뤄 부인은 하녀가 부쳐주는 부채 바람에 얼굴을 갖다 대고 잠시 뜸을 들였다.

"개인 교사에게 배우는 것과 아카데미에서 배우는 게 뭐가 다른지 모르겠지만, 네가 굳이 세르노다까지 온 게 혹시…… 네 힘으로 남편감을 찾으러 온 게냐?"

"아니에요, 그런 거. 공부만큼은 아버지 어머니께서 고르신 선생이 아니라 제가 직접 고른 교수에게서 배우고 싶어서예요."

"흥, 그럼 다행이고. 결혼할 때가 돼서 우스운 짓 하지 말고, 이왕 난장을 칠 거면 세르노다에서 실컷 쳐. 그리고 네 그 어린 고집은 바다에 버리고 돌아와."

모뤄가 걸걸한 목소리로 부인을 나무랐다.

"자네가 그렇게 매번 애를 잡으니까 얘가 세르노다로 도망친 거 아닌가."

"네, 또 제 탓이죠."

모뤄 부인이 코웃음을 치며 고개를 돌렸다. 모뤄가 장난 반 진담 반으로 딸에게 말했다.

"네가 아카데미에 들어가겠다고 하고 며칠 후에 에드가가 이곳 경비대장으로 오고 싶어 하길래, 내 이건 운명이다 싶었지. 그런데 어찌 아직도 세르노다에서 한 번도 그를 만나보지 않았어?"

"만날 일이 있어야죠."

"세르노다가 그렇게 넓나?"

"장례식 때 봤잖아요."

리디아가 대수롭지 않은 투로 대꾸했다. 모뤄가 킬킬 웃으며 말했다.

"부모가 정해주는 혼사가 싫으면 네가 직접 이야기를 만들어봐."

"애가 보통 여성들처럼 얌전히 집에 있지 못하는 건 제 탓이 아니라 당신 탓이에요. 자꾸 그런 소리를 하니까 애가 엉뚱한 짓을 하지."

모뤄 부인이 못마땅한 표정을 지었다.

리디아는 기억을 더듬던 시선을 흠칫 들어 올렸다. 혹시 그새 없어진 건 아니겠지? 다행히 라야는 그대로 있었다.

'내가 지금 뭘 하고 있는 거지?'

리디아는 나달에게 수업을 받으러 가는 길에 라야를 발견했다. 처음부터 쫓아갈 생각은 아니었다. 어쩌다 보니 방향이 같아 계속 그녀에게 눈을 두고 걸었다. 결국 그녀를 쫓아가는 형국이 되어버렸다. 리디아는 자괴감에 빠졌다. 하지만 라야가 움직이기 시작하자 리디아도 다시 그녀를 쫓았다.

두 여자는 길의 양 가장자리를 걸었다. 라야와 리디아 사이로 마차 세 대가 연달아 지나갔다. 마지막 마차가 지나가고 흙바람이 걷히자 리디아는 라야를 다시 볼 수 있었다.

라야는 걸인에게 말을 걸고 있었다. 그녀가 품에서 무엇인가를 주섬 주섬 꺼냈다. 동전을 받아 드는 걸인에게 살갑게 인사까지 하고 라야는 몇 발자국 더 걸었다. 이번엔 노점상에게 말을 걸었다. 안면이 있는 사이인지 두 사람은 거래도 하지 않고 인사만 나눴다.

길을 가던 누군가가 라야에게 인사를 건넸다. 극단 단원과 오후에 보자는 등의 대화를 한 뒤 라야는 다시 걸음을 옮겼다. 호기심은 또 어찌나 많은지 꽃 파는 가게는 꽃을 본다고, 액세서리를 파는 가게는 액세서리를 본다고, 모자를 파는 가게는 모자를 본다고, 오만 가게를 다 들여다보고 다녔다. 보통 사람이라면 오 분 만에 통과할 거리를 라야는 이십 분 넘게 걷고 있었다.

리디아는 속이 터져서 그냥 가버릴까도 생각했다. 하지만 라야가 그렇게 많은 사람들과 스스럼없이 얘기를 나누는 모습을 보고 묘한 용기가 생겼다. 용기라고 하면 이상하지만 그녀에게 자연스럽게 말을 걸 수도 있을 것 같았다.

라야가 찻집 앞에 잠시 멈춰 섰다. 기회라고 생각됐다. 리디아는 성큼성큼 그녀에게 다가갔다. 라야가 자신을 향해 똑바로 걸어오는 리디아를 발견하고 주위를 두리번거렸다. 너무 큰 걸음으로 빨리 걸었나? 보폭을 맞추지 못한 리디아가 라야에게 부딪칠 정도로 가깝게 다가와 섰다. 그리고 대뜸 말했다.

"나랑 차 한 잔 하지."

라야가 눈을 깜박이며 물었다.

"누구세요?"

"……."

"아! 생각나요! 에른스트 입학 희망자 맞죠?"

"뭐?"

"반가워요. 대화를 꼭 나눠보고 싶었는데, 그 뒤로 못 만났죠. 전 라야 윈터스라고 해요."

라야가 책을 왼손에 바꿔 들고 오른손으로 악수를 청했다. 리디아는 악수를 청하는 인사는 처음 받아봐 순간 심장이 덜컹했다. 그래서 얼떨결에 라야의 손을 잡았다.

리디아에게 인사란 남자들이 손등에 키스를 한다거나 여자들이 포옹을 하는 식이었다. 악수는 신선했다. 리디아는 맞잡은 채 위아래로 흔들리는 두 손을 내려다보았다. 잡은 손이 참으로 따스했다.

라야가 들뜬 표정으로 찻집으로 먼저 걸어 들어갔다. 그녀가 의자를 빼내고 리디아를 돌아보며 말했다.

"전 나달 앙루 교수님께 청강을 받고 있어요. 혹시 수업을 듣고 있나요?"

"……음?"

라야를 따라 야외 테이블에 앉던 리디아가 뒤늦게 되물었다. 클레이모어가에서 일하는 걸로 보이던 하녀가 왜 아카데미에서 청강을 받고 있다는 걸까? 아니, 그 이전에 자신은 왜 이 여자에게 말을 건 걸까. 무슨 말을 하고 싶어서?

리디아가 미간을 모으며 대답했다.

"나달 교수에게 청강……. 나도 허락받았어. 오늘이 첫 수업이야."

그렇게 말한 직후 리디아는 멍한 얼굴이 되었다. 그녀가 나달의 수업을 받게 됐다는 소리를 듣고 라야가 어린아이 같은 얼굴로 웃었기 때문이다. 기쁨을 숨기지 못하는 표정이 아무런 의도도 없이 순수하게 그녀의 입가와 눈에서 햇살처럼 빛났다.

난 절대 저렇게 웃지 못할 거야. 리디아는 난생처음 동경과 열등감을 느꼈다. 섬광과 같은 감정이라 불쾌함보다는 강렬함으로 남았다.

라야가 흥분한 목소리로 말했다.

"진짜 잘됐어요. 만나봤다면 알겠지만 나달은 정말 좋은 선생님이에요. 아, 그거 알아요?"

라야는 나달의 특이한 자기 자랑과 독특한 말투에 대해 말했다. 그녀의 말은 재미가 있어서 리디아는 잠깐 목적을 잊어버렸다. 목적이 있기나 했을까.

리디아는 어느새 라야의 말에 종종 대꾸도 하면서 대화를 이어가고 있었다.

계절이 여름에서 가을로 넘어가는 것을 알리는 바람이 불었다.

라야가 갑자기 놀란 표정을 짓더니 찻잔을 내려놓았다.

"그러고 보니 이름을 안 물어봤네. 이름이 뭐예요?"

리디아는 망설였다. 그녀는 알았다. 자신이 이름을 말하는 순간 이 좋은 분위기는 깨지고, 라야의 저 순수하게 활기찬 표정도 얼어붙을 거란 걸. 하지만 원래 제일 처음 해야 될 말이었다.

리디아는 지어낸 만큼 선이 깨끗한 미소를 지으며 말했다.

"리디아 그라테 모뤄."

"……리디아 그라테 모뤄."

라야는 리디아의 이름을 외우려는 것처럼 그녀의 이름을 말했다. 하지만 리디아는 그녀의 말 앞에 멈칫거림을 눈치챘다. 라야의 눈이 리디아를 지나 불분명한 방향을 향했다.

리디아는 언젠가 보았던 어떤 장면을 떠올렸다. 아버지 모뤄 선제후가 여러 번 정을 나눈 여인이 있었다. 어느 날 아버지가 그녀를 성으로 데려왔다. 첫 대면의 날, 리디아의 어머니는 미소를 지으며, 현관 앞에 서 있는 남편의 정부에게 자신의 이름을 말했다. 그 이름에 담긴 수많은 뜻. 리디아는 지금 자신이 당시 어머니와 비슷한 표정이 아니길 바랐다. 그리고 라야도 그 여인이 지었던 표정을 짓지 않길 바랐다.

다행히 라야는 담담한 표정이었다. 리디아는 죄책감을 느꼈다. 무슨 말을 하고 싶었던 걸까. 에드가와 개인적으로 대화 한 번 나눠보지 않았으면서 약혼자 행세라도 하려 했던 걸까. 저 아이를 정부로 만들어버리고 싶었던 걸까. 무슨 관계인지도 모르면서 네 주제를 알라고 다그치고 싶었던 걸까. 그래, 남편이 될지도 모를 남자와 그녀가 무슨 관계인지 궁금했다.

리디아가 그걸 물으려는 순간, 초대받지 않은 손님이 끼어들었다.

"윈터스 양, 여기서 뭐해?"

르웨이가 책을 테이블에 쾅 내려놓으며 등장했다.

라야는 바로 대답하지 못했다.

"르웨이."

"선생님께 가는 길이야?"

"네, 언덕에 가는 길이에요."

"그래? 같이 가면 되겠네."

르웨이가 하얀 이를 보이며 웃었다. 그리고 리디아 쪽으로 고개를 돌렸다. 늘 여유 있는 표정으로 속도 있게 말을 뱉는 르웨이가 잠깐 정지했다.

약간의 시간을 흘려버린 뒤, 그가 말했다.

"정말 뜻밖의 장소에서 뜻밖의 상황으로 만나게 되는군, 모뤄 양."

"오랜만이네요, 르웨이."

리디아가 찻잔의 손잡이를 만지작거리며 표정 없이 말했다.

"아카데미에 왔다는 이야기는 들었어."

그제야 리디아는 르웨이를 쳐다보았다. 르웨이가 입만 웃으며 말했다.

"내 친구와 뭐해?"

"친구?"

"윈터스 양은 내 친구지. 같은 교수에게서 수업을 받고 있어."

리디아는 빳빳이 쳐들고 있던 고개를 숙였다. 찻잔엔 검붉은 차가 한 모금 정도 남아 있었다. 거기엔 얼굴이 비치지 않았다.

"나달 교수겠군요."

"신이 있다면 이렇게 생겼겠다 싶어. 신이 꼭 인간의 모습이란 법은 없지."

헤르첸이 언덕 아래 펼쳐진, 한눈에 담을 수 없는 바다를 바라보며 말했다.

"'신이 꼭 인간의 모습이란 법은 없다.' 이 말, 《만 개의 세계》에 나오는 말이야. 혹시 읽어봤나?"

아일은 굳은 표정으로 왕자를 쳐다보았다. 어째서 그가 이곳에 있는 걸까?

오늘 라야가 수업이 있다고 해서, 아일은 의사를 만나고 오는 길에 언덕에 들렀다. 아일이 언덕 정상에 도착하는 순간 본 것은, 혼자 있는 왕자였다.

대체 다른 사람들은 다 어디 간 거야? 저 미친 왕자가 뭔 짓을 한 건 아닐까. 갑자기 든 불안에 방금 의사에게 보여주고 온 상처가 욱신거리기 시작했다.

왕자가 그의 마음을 알기라도 한다는 듯이 눈 속에 어둠을 굴리며 아일을 돌아보았다.

"신이 꼭 인간의 모습이란 법은 없다……. 위험한 말이야. 신관들이 봤으면 난리를 피웠을 법도 한데, 고서적만 뒤적이는 인간들이라 최근 서적은 아직 읽어보지 못했나 봐."

헤르첸은 뒷짐을 지고, 언덕 끝에서 아일에게로 천천히 걸어왔다. 헤르첸의 발이 닿으면 잔디가 말라버리기라도 하는 듯, 그가 걸을 때마다 마른 걸음 소리가 났다.

두 사람 사이가 좁혀질수록 섬뜩한 웃음을 달고 있던 헤르첸의 입가가 딱딱하게 굳어갔다. 더 좁혀지기 민망할 정도로 가까이 다가온 헤르첸은 아일과 비슷한 표정이 되어 있었다.

"너와 난 무덤 속에 있어."

헤르첸은 고개를 기울여 아일의 얼굴을 사선으로 바라보았다.

"한 번도 그런 생각 해본 적 없나?"

"……."

"이미 죽은 놈들의 이름을 갖다 붙이고 우리에게 역할극을 시키고 있어, 저놈들이."

그러고 헤르첸은 언덕 아래를 가리켰다. 아일은 그 순간 그에게 엄청난 동질감을 느꼈다. 거울 속의 자신이 다른 표정을 하고 자신을 쳐다보고 있는 것 같은, 절대 반갑지 않은, 소름 끼치는 공감. 기분이 정말 더러웠다.

헤르첸이 드물게도 웃음기 없는 목소리로 말했다.

"난 언젠가부터 살아 있다는 느낌이 들지 않아."

몇 개월 전이었다면 아일은 헤르첸의 말에 동의했을 것이다. 그는 최면을 거는 듯한 어두운 목소리를 듣지 않으려고 신경을 다른 곳에 두고 있었다. 라야를 찾듯 시선을 비껴 바다 쪽을 보았다. 헤르첸이 빙긋 웃더니, 돌연 아일의 턱을 잡고 자기를 똑바로 쳐다보게 했다. 아일은 검을 빼 들지 않기 위해 손톱이 살을 파고들 정도로 주먹을 틀어쥐었다. 아무리 왕자라도 무례가 지나치다.

"내가 무슨 짓을 해도 아무도 내게 뭐라 하지 않아."

헤르첸은 아일의 속말이 들리기라도 하는 것처럼 말했다.

태양을 닮은 금색 눈동자와 어둠을 닮은 검은색 눈동자가 서로의 색을 겨루듯 시선을 부딪쳤다. 헤르첸이 빙글거리고 웃었다.

"유령이 된 기분이야. 다들 내가 보이기는 한 건가? 여기요, 나라는 사람이 있는 게 보이기는 한가요? 내 이름은 헤르첸이라고 하는데."

아일은, 헤르첸이 정말 사람의 속을 들여다볼 수 있어 그의 과거를 보고 마음을 대신 읽고 있는 게 아닌가 하는 생각이 들었다.

"하지만 너와 내가 다른 점이 하나 있지. 사람들은 내게 아무것도 하지 말라고 그래. 말로 하는 게 아니라 눈으로. 혀만 움직이지 않지 온몸으로 얘기해. '아무것도 하지 마.'"

헤르첸은 말끝에 목소리를 확 낮추었다. 그가 속삭이듯 말했다.

"'아무것도 하지 마. 아무것도. 아무 짓도 저지르지 말고 가만히 있어.' 하지만 자네에게는 다르지. '부탁해. 너밖에 없어. 네가 해야 될 일이야. 네가 뭔가를 해줘야 돼!'"

헤르첸은 배우처럼 '사람들'의 목소리를 연기했다.

"재미있지 않아? 나는 왕이 될 사람인데, 나보고는 가만있으라고 하고, 자네를 보고는 하나같이 뭔가를 해달라고 하네?"

그리고 그는 아일의 턱을 놓고 눈을 내렸다. 검은 시선이 아일의 복부를 찔렀다. 칼이 박혔던 부위를 장난스레 후벼 파는 듯한 시선이었다. 헤르첸이 말했다.

"사람들 말에 의하면 말이야, 에드가. 우리는 존재 자체가 하나의 상징이고 대표성을 띠고 있다더군. 그래서 아무도 우리를 찬찬히 들여다볼 생각을 못하나 봐. 난 이해받고 싶은 생각도 없지만. 그래도 그런 사람을 한 번쯤 만나보고 싶을 수는 있잖아?"

아일은 이미 만났다. 그런 사람을.

그래서 그에게 공감해주지 못하는 게 미안할 정도였다.

"내가 진짜 어떤 사람인지 아무도 궁금해하지 않아. 그건 몹시 심심한 일이야. 에드가, 난 말이야, 깨어나면 외로워 죽을 것 같다. 이젠 왕을 죽이러 오는 자객도 없어. 아, 얼마 전 그 사건은 자식을 잃은 년의 얼빠진 발광 같은 거였으니까 제외하자고. 왕이 될 자를 죽이러 오는 자객이 더 이상 없다는 건 정말 슬픈 일이야. 있으나 마나 한 왕이란 소리니까. 내가 비밀 하나 알려줄까?"

헤르첸은 아일을 껴안을 것처럼 양어깨를 잡아당겨 그의 귀에 속삭였다.

"난 사람들의 역겨운 목소리가 들려."

몸을 물린 헤르첸의 눈 속에서 어둠이 꿈틀거렸다. 아일의 눈에 헤르첸은 진짜 미친놈처럼 보였다. 그냥 미친 것도 아니고 위험하게 미친 놈. 대체 다른 사람들은 모두 어디로 간 거야?

그때 머리를 쪼개는 것 같은 순간적인 두통이 옆머리를 후려쳤다. 빌어먹을 검은 연기!

아일은 진짜로 얻어맞기라도 한 듯 머리를 기울이며 이마를 찡그렸다. 그걸 눈치채고도 모른 척하는 건지 정말 모르는 건지, 헤르첸이 태연한 목소리로 말했다.

"만약 엘칸 라우니트가 나와 같은 것을 볼 수 있어서, 그래서 내가 그의 이름을 받은 거라면 난 그를 이해할 수 있어. 그가 미친 것도 이해가 가. 지금 자네를 보는 내 눈에 뭐가 보이고 있을 것 같나? 응, 아일 에드가?"

그리고 헤르첸은 자기 입에 손가락을 세워 보이더니 뒤로 시선을 던졌다. 아일은 몸을 옭아매고 있던 긴장이 사라지는 걸 느꼈다. 헤르첸의 공간이 사라졌다. 지금까지 그는 왕자의 공간에 묶여 있었다.

아일이 두통 때문에 인상을 쓰며 뒤를 보았다. 나달과 메이튼이 언덕을 올라오고 있었다. 아일은 메이튼에게 나달을 데리고 얼른 언덕을 내려가라고 소리치고 싶었다. 그들이 도착하기 전, 헤르첸이 의아하다는 투로 말했다.

"재밌는 게 하나 있어. 라야 말이야."

숨이 멎었다.

아일은 얼어붙은 표정으로 헤르첸을 쳐다보았다. 헤르첸이 언덕을 올라오고 있는 두 사람을 바라보며 말했다.

"어떻게 된 게 라야의 목소리는 잘 들리지가 않아. 뭐라고 웅얼대는 것 같기는 한데…… 명확하게 들리지가 않아. 그래서 그녀와 대화를 나누고 있으면 마음이 편안해져. 머리 여기쯤이 간질거리기는 하지만, 딱히 신경 거슬릴 것 없이 그녀의 진짜 목소리에만 귀를 기울이면 된다는 게 깔끔하고 좋아. 신기하지? 기대돼. 언제쯤 그녀가 제대로 된 속말을 들려줄까?"

"에드가, 언제 온 거야?"

나달이 소년처럼 웃으며 손을 흔들었다. 메이튼이 가볍게 경례를 붙였다.

헤르첸이 아일의 한쪽 어깨를 한 번 더 꽉 누른 뒤 그들을 맞으러 나갔다. 어깨를 움켜잡는 손끝이 '입 닥치고 있어.'라고 말하는 듯했다. 왕자의 솔직한 말은 항상 과격했다.

헤르첸이 그린 듯한 미소를 지으며 나달을 향해 말했다.

"점심이 늦으시군요."

"종업원이 주문을 잘못 받아서 한참을 기다렸어. 기다리게 해서 미안."

"아니요. 이 친구 덕분에 심심하지 않았습니다."

"오, 그래? 이 친구가 그 유명한 에드가야."

나달이 테이블에 앉은 뒤 숨을 골랐다. 그럴 때면 나달은 중년처럼 보였다.

헤르첸이 깃털처럼 가볍게 의자에 엉덩이를 걸치고 고개를 끄덕였다.

"네, 그 유명한 에드가더군요."

"기다리는 동안 이 친구와 대화라도 나눴나? 무뚝뚝한 친군데."

아일은 선 채로 눈에 걱정스러움을 담아 나달을 내려다보았다. 헤르첸이 비스듬히 아일을 올려다보며 동의했다.

"네, 한 마디도 대꾸가 없더군요."

"그렇다니까. 아, 에드가. 인사 나눴나? 이 친구는…… 이름이 뭐지? 자네가 나한테 이름을 가르쳐줬던가?"

"이름은 필요 없다고 하셨지요, 선생님께서. 배움에 이름이 뭐가 중요하고, 신분이 뭐가 중요하냐면서."

"그랬었지. 아무리 그래도 그렇지 여태껏 이름도 모르고 있는 건 그렇군. 자네와 이야기를 나눈 지도 벌써 일주일이 넘었는데. 자네 이름이 뭔가?"

"이름이 중요할까요?"

헤르첸이 빙긋이 웃어 보였다.

정말 이름에는 별 관심이 없는 듯, 나달은 그쯤 하고 손에 들고 있는 튀긴 옥수수 봉투를 아일에게 들어 보였다. 아일이 진지한 눈을 하고 고개를 가로저었다. 나달은 왜 또 저런 심각한 표정이야, 라는 듯이 아일을 올려다보며 천진한 눈을 끔벅였다.

신발 끈을 묶는다고 나달보다 뒤처졌던 메이튼이 언덕을 달려 올라왔다. 덩치에 어울리지 않게 폴짝 뛰어 아일 앞에 와 섰다. 갈라마 인 암살범에 대해 사무적으로 보고를 하던 메이튼과 지금의 메이튼은 다른 사람 같았다.

라야가 보기에 그도 메이튼처럼 때에 따라 완전히 다른 두 인간처럼 보이기도 하는 걸까. 그런 생각을 하며 아일은 복잡한 눈으로 메이튼을 바라보았다. 메이튼이 말했다.

"순찰을 돌던 중에 식사 중이던 교수님을 만났습니다."

"그럼 계속 순찰을 돌지 여기는 왜 온 거야?"

아일이 작은 목소리로 나무라듯 말했다. 메이튼이 속없이 웃으며 대꾸했다.

"윈터스 양과 와이즈 경을 본 지도 한참 됐고…… 그리워서요."

"그리워?"

무엇이?

아일이 황당하다는 듯이 되물었다. 메이튼은 또 그 속없는 웃음을 보이며 머리를 긁적였다.

태양을 쳐다본 나달이 뜬금없이 헤르첸에게 "나는 왕가의 태양 문장이 좀 웃기게 생겼다고 생각해."라고 말했다. 아일이 목숨을 걸고서라도 나달의 입을 틀어막으려는 찰나, 언덕을 올라온 사람들이 있었다. 라야와 르웨이, 그리고 모뤄 선제후의 딸이었다.

'왜 세 사람이 같이 온 거지?'라고 눈으로 르웨이에게 물어봐도 르웨이는 눈으로 대답하는 방법은 알지 못했다. 르웨이는 그저 어깨를 으쓱해 보였다.

리디아가 조용한 표정으로 아일을 향해 고개를 숙였다. 아일은 소극적으로 고개만 끄덕여 인사를 받았다. 누군지 모르는 것은 아니지만, 그녀는 현재 아일의 관심사가 아니었다. 그녀는 지금 이곳에 있는 사람들 중 집중해야 할 우선순위 가장 끝에 있는 사람이었다.

리디아의 눈이 아일을 만난 라야의 표정을 보고, 나달을 보고, 전혀 모르는 인물에게로 향했다. 관계 정리를 위해 언덕에 잠시 침묵이 흘렀다.

리디아의 눈이 경악으로 커졌다. 조용한 표정이 완전히 무너졌다. 헤르첸이 리디아를 보며 입 앞에 손가락을 세워 보였다. 그의 눈이 붓으로 그린 것처럼 웃음을 그리며 휘었다.

"그럼 전 이만."

아일은 자신이 이곳에서 사라져야 라야와 친구들이 안전해진다는 것을 알았다.

그가 언덕을 내려가려고 움직이자, 메이튼이 자연스럽게 그를 쫓아 걸었다. 그 때문에 의자에 앉았던 라야와 르웨이, 리디아가 다시 어중간하게 일어섰다. 움직이지 않는 건 나달과 헤르첸뿐이었다.

헤르첸이 신기한 것을 보듯, 나달의 튀긴 옥수수 한 알을 손가락으로 집어 들면서 말했다.

"가지 말고 앉지그래. 날씨도 좋은데."

날씨가 좋은 것과 아일이 그들의 수업에 참석해야 하는 것이 무슨 상관관계가 있는 걸까. 헤르첸을 제외한 모든 이들이 같은 의문을 떠올렸다.

아일은 태양을 노려보려는 듯 잠깐 하늘을 올려다보았다. 그러고는 놀랍게도 테이블에 와 앉았다. 가급적 라야와 떨어져 앉으려고 라야가 앉아 있는 자리의 맞은편에서 사선으로 가장 끝에 앉았다. 헤르첸을 왼편에 두고 있어 몸의 반쪽이 긴장으로 터질 듯했다.

헤르첸이 엄지와 검지 사이에서 찌그러지고 있는 옥수수를 쳐다보는 채로 희미하게 웃었다.

나달은 해맑은 얼굴로 수업을 시작했다. 언덕에 사람이 많아졌다는 것에 약간 흥이 난 듯 보였다. 그가 가장 좋아하는 주제인 별에 대해서도 얘기하고, 그의 전생에 대해서도 얘기했다. 그는 중간에 일어서기도 했다. 늘 들고 다니는 원뿔 나팔을 휘두르면서 역사 이야기도 하고, 요즘 쓰고 있다는 희곡에 대해서도 슬그머니 자랑을 늘어놓았다.

나달에게는 미안한 일이지만, 테이블에 앉은 사람들은 각자 복잡한 생각을 하느라 수업에만 온전히 집중하고 있지 못했다.

라야는 나달의 질문에 짧게 대답하고 아일을 보았다. 평소였다면 그가 같이 수업을 듣는다는 게 신이 났을 테지만 오늘은 아니었다. 그는 곧 교수형에 처해질 죄수처럼 입을 꽉 다문 채 테이블만 쳐다보고 있었다. 가끔 메이튼이 얼빠진 표정을 짓고 아일에게 질문을 하면 아일이 메이튼을 한 대 치고 싶다는 표정으로 쳐다보는 게 반응의 전부였다.

라야는 자신과 한 칸 떨어져 나달의 왼쪽에 앉아 있는 리디아를 슬쩍 보았다. 리디아는 수업 중간중간 맞은편에 앉은 아일을 보고 있었다.

라야는 손으로 목을 지그시 눌렀다. 손끝부터 수분이 증발한 듯, 치마를 움켜쥐는 손가락이 까슬했다.

아일은 아주 잠깐 '절벽으로 뛰어내려버릴까.' 생각했다. 그만큼 눈에 보이는 상황이 괴로웠다. 그런데 도망칠 수도 없었다.

왜 이런 상황이 벌어졌냐고 묻고 싶은데 누구에게 물어볼지도 마땅치 않았다. 이 정도로 신경을 곤두세우고 있는 건 전쟁에서 돌아온 이후로 처음이었다. 갑자기 긴장한 근육 때문에 어깨가 다 뻐근했다. 어깨 근육을 풀며 고개를 들었다. 맞은편에 앉은 리디아와 눈이 마주쳤다.

리디아는 그의 눈을 피하지 않았다. 무슨 말을 하려는 듯, 검은 눈이 차분히 그를 응시했다.

"내 책에서 주인공이 그런 말을 하잖아."

수업과 무관한 생각을 하는 머리들 위로 찬물을 끼얹듯, 시원하고 맑은 음성으로 나달이 말했다.

그의 옆에 앉은 라야가 물었다.

"무슨 책이요?"

"《만 개의 세계》. 거기서 끝에 주인공이 이런 말을 하잖아. 죽으면 제 인생을 책으로 만들어 읽겠다고. 그런데 정작 인생을 책으로 만들어 읽으면 내용이 참 황당할 것 같아. 계획적으로, 일관성 있게, 분명한 근거를 가지고 벌어지는 사건은 그다지 없는 게 아닐까…….."

나달은 또 슬그머니 자리에서 일어섰다. 의외로 주목받는 걸 좋아하는 모양이었다.

"많은 사람이 한순간에 사랑에 빠지고, 모든 선택에 이유가 붙어 있지도 않잖아. 독자의 눈으로 본다면 인생의 책은 충동적이고 황당한 선택, 개연성 없는 사건의 연속일 듯해. 독자가 되어 읽다 보면 '왜 뜬금없이 이런 선택을 한 거지?'라고 할 수도 있겠지. 라야만 해도 그렇잖아? 최초의 여성 교수가 되겠다고 그 어려운 기회를 만들어놓고도 정작 하는 일은 배우잖아?"

여성 교수란 말에 헤르첸의 입가가 치켜 올라갔다. 리디아는 정말 놀란 얼굴로 고개를 내밀어 라야를 보았다. 라야는 쑥스러운 표정이 되었다. 나달이 계속 말했다.

"인생을 책으로 만든다면 독자가 납득할 만하고 이해하기 쉬운, 그런 친절한 책은 분명 아닐 거야. 우연과 사고의 연속. 이 세상에 필연적인 건 아마 없을지도 몰라."

그러고 나달은 다시 자리에 앉았다. 라야가 우물거리며 말했다.

"하지만 여성 교수가 되겠다는 생각을 하지 않았더라면 선생님을 만나지 못했을 거예요. 시작은 우연일지 몰라도 이제 전…… 선생님이 필요해요. 지금 제가 이곳에 있는 건 저의 선택이에요."

나달은 감동적이라는 듯 입을 막는 제스처를 해 보였다.

"맙소사, 영감이 떠올랐어! 희곡에 들어가야 할 노래가 있는데 멋진 가사가 번뜩였어. 종이! 종이 어딨어?"

나달이 호들갑스럽게 테이블 위의 노트와 책을 뒤적거렸다.

라야의 맞은편에 앉은 르웨이가 물었다.

"차이드의 노래는 한 번도 들어본 적이 없어. 그곳도 당연히 노래가 있겠지?"

라야는 지레 놀라 두 손을 흔들었다.

"저 노래 못 불러요."

"나도 듣고 싶어."

헤르첸이 실눈을 뜨고 웃었다. 그 말에 아일과 라야, 리디아가 불편한 숨을 삼켰다. 나달과 르웨이, 메이튼은 술집에서처럼 흥분한 모습을 보였다. 아일은 나달의 손에서 원뿔 나팔을 빼앗아 환호성을 지르고 있는 세 사람의 머리를 후려갈기고 싶었다. 요란한 박수가 라야를 재촉했다. 메이튼은 신이 나서 제일 크게 박수를 쳤다.

"모두 박수!"

주뼛거리며 일어난 라야가 주저하는 기색으로 아일을 보았다. 헤르첸이 넌지시 아일의 한쪽 어깨를 움켜잡았다. 끼어들면 죽어, 라는 무언의 압박에 아일은 어쩔 도리 없이 일어선 라야를 조용히 올려다보았다.

연극의 첫 대사를 기다리는 사람들처럼 모두 숨을 멈췄다. 머뭇거리는 목소리로 노래가 시작되었다. 그녀의 평소 말투처럼 명랑한 음색, 독특한 가락이었다. 그녀는 두 손을 꼭 모으고 바람 소리에 지지 않으려는 듯이 목소리를 높였다.

부끄러운 건지, 원래 그렇게 짧은 노래인 건지 허겁지겁 노래를 마친 라야가 자리에 앉았다.

모두가 침묵했다.

모두 같은 생각을 하고 있고 서로가 그것을 알았지만 아무도 말을 할 수 없었다. 분위기가 숙연해졌다. 나달은 인간 원죄에 대해 고민하는 철학자보다 더 심각한 얼굴로 아무것도 없는 공중을 응시했다. 잠시 뒤, 아일이 모두를 대표해서 말했다.

"노래를 정말 못 부르는군."

라야가 부끄러운 비명을 지르며 두 손으로 얼굴을 가리고 몸을 숙였다. 르웨이가 진지한 얼굴로 아일의 말을 받았다.

"내가 시켰어. 내가 사과하지."

"그래. 그쪽 탓이야."

헤르첸이 봉변당했다는 듯 표정 없는 얼굴로 거들었다.

쿡 하고 웃는 소리가 났다. 리디아가 입을 가리고 소리 내어 웃었다. 비웃는 웃음은 아니었다. 리디아를 시작으로 모두 참고 있던 웃음을 터뜨렸다.

"전 차이드 노래가 원래 저렇게 이상한 건가 했다고요."

메이튼이 흥분해서 소리쳤다. 나달은 왼손으로는 배를 잡고 오른손으로는 나팔로 테이블을 두들겨댔다. 바람은 라야가 안쓰러웠는지 나달의 나팔을 날려버렸다. 나달이 언덕 아래로 굴러가려는 나팔을 쫓아 달려갔다.

유쾌한 바람이 언덕의 둔덕을 쓰다듬었다.

아일도 그 순간만큼은 솔직한 미소를 지었다. 발을 동동 구르며 두 손에 얼굴을 묻고 고개를 들지 못하는 라야를 가만히 바라보았다. 새삼 그녀의 머리카락이 길다는 생각을 했다. 언제부터인가 그녀의 여성성이 강해졌다. 그녀에 대한 그의 마음이 변해가면서부터인지도 모른다. 그의 눈이 변해서 그의 시선에 닿은 그녀도 변했다.

머리칼을 찰랑이며 뛰어다니던 소녀는 이제 없었다. 얼굴 위로 흘러 내린 긴 머리카락이 반쯤 테이블 위에 펼쳐졌다. 바람이 불어 그녀의 머리칼이 날렸다. 자기가 사람들을 웃게 만들었다는 게 좋아서, 부끄러운 것도 잊고 환하게 웃는 그녀는…… 슬플 정도로 사랑스러웠다. 아일은 분명 슬픔을 느꼈다. 그것은 아직 다가오지도 않은 미래에서 가져온 감정이었다.

라야가 테이블에 몸을 붙인 채 고개를 들어 천진하게 웃었다. 그 미소가 그의 심장을 예리하게 베고 지나갔다. 너무 가느다란 상처라 아프지는 않았다. 언젠가 상처가 벌어져 결국 죽음에 이르게 될지도 모르지만 지금은 아니었다. 라야, 난 언젠가 너 때문에 죽을 거야. 아일은 그것을 직감했다. 그래서 조금 기쁜 웃음이 나왔다. 다들 웃고 있었기에 그쯤은 솔직한 표정을 지어도 눈치채지 못하고 지나갈 거라 생각했다. 그래서 아일은 고개를 숙이고 솔직한 미소를 지었다.

리디아는 아일을 보고 있었다. 기교도 뭣도 없는 순수한 엉망진창 노래에 언덕에 있는 모두가 솔직해진 때, 어쩌면 아일도 그의 가면을 벗을지도 모른다고 생각했다. 클레이모어 저택에서 그의 본모습을 보았던 것처럼, 다시 한 번 그의 진짜 얼굴을 보고 싶었다.

그래서 쳐다보았다. 리디아는 아일에게서는 눈을 떼고 그의 시선 끝에 있는 라야를 보았다. 그리고 시선을 접다가 헤르첸을 보았다.

왕자의 입가에 위험한 미소가 피어오르고 있었다.

리디아는 어린 시절 괴물이 나올까 봐 두려워 자기 전 이불 속에 숨어 노려보던 옷장 문틈의 어둠을 떠올렸다. 눈을 돌리지 않고 오래 그것을 쳐다보고 있다 보면 언젠가 문틈으로 손이 불쑥 튀어나와 아이의 멱살을 잡아채 어둠 속으로 끌고 들어가는 것이다.

언제나 그랬다. 아버지를 따라 들른 황궁에서 몇 번인가 왕자를 보고,

그때마다 비슷한 기분을 느꼈다.

리디아의 시선을 느끼고, 사람의 욕망을 볼 줄 안다는 왕자의 눈이 리디아에게로 향했다.

헤르첸이 아주 새까만 눈동자를 빛내며 소리 없이 웃었다. 그런데도 리디아의 귀엔 그의 웃음소리가 들렸다. 섬뜩하고, 커다란, 솔직한 웃음소리. 그의 본질이 웃었다.

그때, 수도원의 종소리가 울렸다. 도시의 구석까지 퍼져나가는, 사람들의 머릿속을 파고드는 종소리.

오후 4시를 알리는 시종(時鐘)이 아니었다. 그러기엔 시간이 이르고, 종과 종 사이의 쉼도 너무 짧았다. 인간의 마지막 숨소리처럼 종소리가 빠르고 묵직했다.

종은 모두 열네 번 울렸다.

왕이 죽었다.

늦은 밤이었다. 밤새들이 우는 소리 사이로 검은 새가 우는 것이 들렸다. 주인을 잠 못 들게 만드는 밤새들을 일시에 조용하게 만들던, 여느 때의 서늘한 울음소리와 달랐다. 조금 구슬프게 들렸다.

왜 그런가 해서 라야는 고개를 돌려 창 쪽을 보았다. 창 밖은 새까맸다. 어두울수록 좋았다. 어떤 방해도 없이 두 사람만 있을 수 있다는 고립감이 좋았다.

아일이 자기를 보라는 듯이 그녀의 볼을 쓰다듬었다. 아일의 방이었다. 라야는 소파 위에 반쯤 누워, 앉아 있는 그에게 안겨 있었다. 아일이 그녀의 턱을 손가락으로 받치고 입을 맞추었다. 입술을 뗀 라야가 그의 목걸이를 만지작거리며 말했다.

"예민한 당신이 도저히 살이 찔 것 같지 않았어요."

며칠 전 그녀는 아일에게 자신이 선물했던 팔찌를 내놓으라고 했다. 그러고는 목걸이를 만들어 가지고 왔다.

아일이 부드럽게 웃으며 말했다.

"어째서 귀걸이가 아니라 목걸이야?"

"직접 걸어주고 싶은데, 귀걸이를 달다가 귀를 잘못 찌르기라도 하면 당신이 엄청 째려볼 거잖아요. 그걸 상상하니까 무서웠어요."

"내가 무서워?"

그의 떠보는 말에 라야가 조용히 미소 지었다. 그녀는 목걸이를 놓고 은근한 손길로 그의 목을 어루만졌다.

"아니에요. 목걸이가 걸어주기 편해서 그래."

하얗고 부드러운 손가락 끝이 그의 쇄골을 따라 움직였다. 그녀를 안고 있는 몸이 유혹의 손길을 즐기며 서서히 열을 높였다. 그의 반응을 느낀 라야가 웃었다. 순진해 보이는 얼굴이 관능적인 표정을 지었다.

이 여자가 언제부터 이런 표정도 지을 수 있게 됐지? 금색 눈동자가, 유혹의 빛을 담고 장난스럽게 빛나는 초록빛 눈동자를 지그시 내려다보았다.

"넌 원하는 건 원한다고 말해야 직성이 풀리지?"

"응. 당신을 원해요."

"그 소리가 아니잖아."

아일이 낮게 웃었다. 라야는 그가 저렇게 나무라듯 웃는 것이 좋았다. 그녀가 갑자기 눈을 동그랗게 뜨더니 몸을 일으켜 그의 무릎 위에 올라탔다. 작은 엉덩이가 내려앉는 가벼운 압력에도 그는 하체에 열기가 모여드는 것을 느꼈다. 라야가 말했다.

"나 되게 순진하게 생겼죠? 남자들은 잘도 이런 얼굴에 속아."

아일이 웃으며 그녀를 부드럽게 끌어당기고 고개를 숙였다. 그의 입술이 그녀의 목덜미 밑으로 파고들었다. 턱 아래서 그가 내뱉는 숨을 느끼며 라야가 중얼거렸다.

"차이드에 그대로 있었으면 난 이미 결혼했을 거야. 차이드 인은 일찍 결혼하니까. 나는 인기도 많았거든."

"말도 안 되는 소리."

"뭐가요? 내가 인기 있다는 게?"

그가 달려들 듯 번뜩이는 시선을 들어 올렸다.

"그랬다면 난 언젠가 차이드로 쳐들어갔겠지."

사나운 눈 아래 매혹적인 웃음이 그의 이성과 열정을 양분해 보여주었다.

"그리고 널 빼앗아 왔을 거야."

드러난 송곳니가 당장이라도 몸에 박힐 것만 같아 라야는 긴장한 아랫배를 조였다. 찌르르한 흥분이 종아리를 타고 그의 다리에 닿아 있는 허벅지까지 빠르게 올라왔다.

"진심이에요? 내가 세상에 있는지도 몰랐을 텐데? ⋯⋯나한테 첫눈에 반하기라도 했다는 소리처럼 들려. 언제부터 이렇게 기분 좋아지는 빈말을 잘하게 된 거예요?"

라야가 짓는 미소가 성숙한 여인의 미소처럼 농염해 보여서, 아일은 그녀의 등을 어루만지던 손을 멈추었다. 심장이 초조하게 뜀박질했다. 그를 유혹하는 여인이 사라져버리면 다시는 기회가 안 올까 봐 걱정하는 순진한 소년처럼 그의 눈에 조금 성급한 빛이 비꼈다.

그의 손가락 끝이 느릿하게 그녀의 등 중앙을 가르며 내려갔다. 얇은 옷감 위로 느껴지는 은밀한 감각에 라야가 몸을 비틀었다. 이미 사내의 몸을 아는 몸이 금방 달아올랐다. 저도 모르게 입속에서 흐릿하지만 신음이 났다. 그리고 놀라 손등으로 입술을 누르며 얼굴을 붉혔다. 스스로

사내 위에 올라탈 때는 언제고 그런 건 또 부끄러워한다. 아일이 입을
벌리지 않은 채 입가를 당기고 웃었다.

"웃지 마."

라야가 그의 입술을 손으로 막았다. 하지만 다음 순간 몸이 무너졌다.
그가 그녀의 얼굴을 감싸고 기습적으로 키스했다.

언제라도 도망칠 것처럼 탄력 있게 그에게 안겨들었던 몸이 허물어졌
다. 그녀의 손이 바람을 잡으려는 듯 허우적댔다. 그가 그녀의 몸을 더
꽉 끌어안고서 진하게 입을 맞추었다. 라야는 자신을 안고 있는 사내의
뜨거운 몸을 어루만졌다. 벌어진 셔츠 사이로 들어간 손이 그의 어깨를
세게 움켜잡았다. 그녀의 손톱이 몸에 박히자 몸 깊숙한 곳에서 걷잡을
수 없는 불길이 일었다.

아일은 라야를 안고 침대로 갔다. 여유를 잃은 손이 이불을 거칠게 걷
어내고 하얀 시트 위에 그녀를 내려놓았다. 붉은 머리칼이 베개 위에 흐
트러졌다. 라야가 도발하는 미소를 지으며, 몸을 겹쳐오는 그를 올려다
봤다.

이미 두 번 그에게 안겼던 그녀는 두려운 기색도 없었다. 원래 제 자
리라는 것처럼 두 팔을 펼치고 손으로 시트를 쓸었다. 그의 몸을 만질
때처럼 좋은 감촉이었다.

라야는 그녀의 다리 사이에 자리를 잡고 상체를 일으킨 그를 올려다
보았다. 그녀의 눈 속 바다가 노도로 일렁였다. 라야가 그를 향해 양팔
을 뻗으며, 그 순간 가장 하고 싶은 말을 분명하고도 짤막하게 말했다.

"안아줘."

명령조였다. 아일이 웃으며 옷을 벗었다. 침대 위에서 보는 그의 육체
는 침대 아래서와는 조금 다른 느낌이었다. 시각적으로 강하게만 보이
던 몸이 그의 뜨거운 체온, 남성적 향기, 매끄럽고 단단한 감촉을 알게

된 후 새로운 감각이 덧입혀져 훨씬 섬세하고 강렬하고 유혹적인 육체로 변했다.

그의 금발이 불빛에 비치어 햇빛보다 더 진하고 뜨거운 빛을 띠었다. 라야는 목덜미에 입을 맞추러 내려오는 그의 머리를 붙잡았다. 얼굴을 끌어올려 눈두덩에 키스한 후, 그의 이마를 간질이는 머리카락을 쓸어 넘겨주었다.

그는 맛있는 건 아껴두었다가 가장 나중에 먹는 타입이 분명했다. 그녀의 옷을 벗기고, 그만큼이나 그녀의 오감이 예민해질 때까지 그녀의 피부를 핥아 긴장시키고, 풀어주고, 일깨웠다. 입에 하는 키스는 가장 나중이었다.

그는 첫날부터 그랬다. 라야가 처음이란 걸 안 그는, 평소의 그라고 생각할 수 없을 만큼, 다정하게 아주 정성 들여 그녀가 가급적 많은 것을 느끼도록 해주었다.

그가 처음 안으로 들어올 때에는 굉장히 아팠지만, 이미 취할 대로 취한 몸은 의외로 금방 그의 단단한 몸과 외설적인 움직임에 익숙해졌다. 처음 하면 그렇게 아프다고 하던데 이렇게 금방 좋아져도 되는 걸까 싶을 만큼 좋아졌다. 너무 좋아서 제 목에서 나온 것 같지 않은 소리를 질러대며 그에게 매달렸다.

라야는 그가 행여나 도망치지 못하게 다리로 그의 엉덩이를 감고 그가 움직이는 대로 그의 속도에 맞춰 몸을 움직였다. 단숨을 헐떡이고 끊임없이 비명을 지르게 만들 만큼 과격한 쾌감이었다. 너무 좋아서 죽을 수도 있겠구나 싶었다.

라야는 아일처럼 버티는 법이나 참는 법을 알지도 못했다. 말을 배우지 않은 사람처럼 신음과 비명만 질러대다가 베개에 머리를 박고 울었다. 그만하라고 말했던 것도 같은데 그는 듣지 못한 것처럼 점점 더 격렬하게 몸을 치받았다.

그로서는 멈출 수가 없었다. 고통을 어찌할 수 없다면, 그녀가 이왕이면 고통보다 쾌감을 더 많이 느끼길 바랐다. 그래서 자제력의 마지막 한 방울까지 끌어 모아 그녀를 달래고 애무했다.

그러는 동안 피가 끓어오르고 근육이 불타는 것 같았다. 그럼에도 불구하고 너무 빨리 끝내지 않기 위해 그는 고된 훈련에도 흘리지 않은 땀을 뚝뚝 흘려가며 고통스럽게 인내했다.

그가 신음 섞인 목소리로 뭔가를 중얼거렸다. 라야는 정신이 없어 그가 말한 다이런 어를 바로 알아들을 수 없었다. 그녀의 몸과 머리는 세상에 대한 지식과 경험은 하나도 없이, 감각만으로 세상을 느끼던 때로 돌아가 있었다. 다시 날카로운 쾌감이 두어 번 몸을 가르고 나서야 그가 했던 말이 무엇인지 이해했다. 그는 "정말 못해먹겠네……."라고 투정 섞인 혼잣말을 했던 것 같다. 그답지 않은 말투였다.

라야가 그걸 깨닫고 가슴을 들썩이며 웃었다. 그걸 본 아일이 몸을 숙여 그녀의 아랫입술을 살짝 깨물며 키스했다. 그리고 입술과 입술을 스친 채로 무언가를 속삭였다.

여전히 그녀는 그의 말을 바로 알아들을 수가 없었다. 사랑한다는 말이었으면 좋겠다고 생각하며 라야는 몸을 일으키는 그를 흐릿한 눈으로 좇았다. 굵은 땀방울이 그의 턱 끝에서 라야의 붉어진 가슴 위로 떨어졌다. 그가 억눌린 신음을 뱉으며 크게 허리를 움직였다. 라야는 첫날의 마지막 순간 분명 기절을 했다.

라야는 누워서 천장을 쳐다보는 채로 눈을 지그시 감았다 떴다. 고인 눈물이 눈가로 흘러내렸다. 이번에야말로 버텨보겠다고 생각했는데, 그래서 그와 함께 절정을 맞고 싶었는데 오늘도 그의 입과 손가락에 일찌감치 허물어졌다.

움직일 것 없이 그에게 온전히 몸을 맡기고 있을 때에는 시간이 일그
러져 흘러갔다. 실제보다 느리게 흘러가는 듯하던 시간은 숨이 거칠어
지기 시작하면서부터는 번개가 번쩍이듯 빠르게 흐르고 순간적으로 존
재했다. 다시 그녀의 호흡이 마구잡이로 흐트러졌다.

그가 가슴을 세게 움켜잡으며 허벅지 안쪽을 핥자 라야가 흐느끼는
소리를 내며 허리를 비틀었다. 가슴을 만지고 있는 그의 손을 찾아 잡았
다. 그의 손가락이 자신의 손가락으로 얽혀드는 감각만으로도 라야는
전율했다. 그녀는 그의 손을 꼭 붙든 채 몸을 바르르 떨었다. 그가 고개
를 들어 그녀를 보았다. 라야는 열로 흐릿해진 시야에도 그의 눈을 바로
찾아 응시했다.

그의 숨결이 피부층 위를 스치기만 해도 감각적인 갈증이 온몸에 퍼
졌다. 목이 말랐다. 물을 찾듯 서둘러 양손을 뻗어 그를 찾았다.

욕망이라는 술독에 빠졌다 나온 것 같았다. 두 몸이 땀으로 완전히 젖
었다. 이미 그의 손이 닿은 부위와 그가 입을 맞추고 핥아 내린 피부는
몹시 예민해져, 곧 터질 듯한 가능성으로 경련하고 있었다. 갖다 대기만
해도 폭발할 거야. 제발. 그녀가 젖은 눈으로 그를 올려다보았다. 그녀
는 온몸으로 그를 유혹했다. 그녀의 눈빛과 숨소리는 그에겐 최음제와
다름없었다. 그의 눈이 탐욕스러운 갈망으로 이지를 잃어가고 있었다.
그녀가 그의 얼굴을 잡아당겨 키스했다. 입술이 너무 세게 부딪쳐 피 맛
이 났다.

그가 그녀의 몸 위로 몸을 밀착시키며 그녀 안으로 조금 들어갔다. 두
사람의 입에서 동시에 참을 수 없는 신음이 터졌다. 곧 폭발할 것처럼
뜨겁고 단단해진 남성은 그가 얼마나 한계까지 버텼는지 느끼게 해주었
다.

그녀는 의식하기도 어려운 그 짧은 순간, 단단한 그가 그녀 안으로 완전히 들어와 아래를 꽉 채우는 느낌을 상상했다. 그가 아무리 자제력이 좋아져도 결국 함락될 것이다, 그녀에 의해.

그런데도, 두 번의 익숙해지지 않는 고통을 경험한 그녀의 몸은 그를 간절히 원함에도 두려움을 느끼고 순간 경직되었다. 그걸 느끼고 아일이 떨리는 한숨을 내쉬며 웃었다. 모든 신경이 그곳으로 몰려 있어 목소리를 내는 것도 힘들었다.

"처음 널 봤을 때부터……."

그가 들릴 듯 말 듯한 목소리로 말했다.

"이렇게 될 줄 알았는지도 모르겠어."

무슨 말인지 모르겠다는 듯이 라야가 눈물이 그렁한 눈으로 그를 보았다. 왜 그렇게 슬픈 목소리야.

"그래서 그렇게……."

바로 다음 순간, 그가 그녀의 엉덩이를 붙잡아 올리더니 그녀 안으로 깊숙이 들어왔다. 망설임 따위는 애초부터 없었다는 듯이.

라야는 충격의 여파로 몸을 떨었다. 반쯤 벌어진 입에선 긴 신음이 흘러나오고 있었다. 정말 미쳐버리는 줄 알았다. 광인이 순간 터져 나오는 감정을 어찌하지 못해 미쳐버리고 마는 거라면 그녀도 짐승 같은 소리를 내며 그렇게 미쳐버리는 줄 알았다. 그의 몸을 휘감고 있는 다리가 저릿했다. 격렬한 쾌감이 머리카락 끝부터 발끝까지 훑어 내려갔다.

그가 그녀의 얼굴을 감싸고 진한 입맞춤을 했다. 그의 혀가 빠져나갔음에도 라야는 입을 벌린 채 초점 없는 눈으로 그의 입술을 바라보았다. 그가 천천히 허리를 움직였다.

목걸이가 흔들리는 것이 초록빛 눈동자에 비쳤다. 그를 재촉하듯 라야가 간간이 신음을 흘렸다. 하려고 하는 게 아니었다. 그가 허리를 치받으면 그것에 맞춰 엉덩이를 내렸다. 그것도 의지로 하는 것이 아니었다. 그녀는 그가 풍기는 수컷의 냄새와 흐트러진 호흡, 데일 것 같은 체온에 빠져 있었다. 그걸 조금이라도 더 오래 느낄 수 있다면 뭘 해도 좋았다. 두 몸이 땀에 젖어 미끈거렸다. 그의 남성도 완전히 젖었다. 아, 아 하는 짧은 신음이 그녀의 의지와 상관없이 흘러나와 그를 자극했다. 더 깊이 들어올 수 없을 텐데도 점점 더 깊숙이 들어오는 느낌이 들었다. 속도가 점점 빨라졌다.

"하아…… 라야."

그의 이성이 점차 증발하는 것이 그의 표정에 그대로 드러났다. 그의 본질만이 남아 가장 원초적인 모습으로 그녀를 간절히 원하는 장면은 라야가 버텨낼 수 없는 최고의 자극이었다. 몸의 쾌감 이상으로 마음의 쾌감이 컸다. 그건 참을 수 있는 것이 아니었다. 그가 이런 표정을 짓게 만드는 건 나여야 해. 다른 사람은 안 돼. 줄 수 없어.

마지막 순간, 그는 그녀가 한 번도 들어본 적 없는 목소리로 낮고 깊게, 아주 길게 신음했다. 그녀에게 아주 깊이 잠긴 채로 근육을 떨었다. 그가 그녀를 부둥켜안은 채 침대 위로 쓰러졌다.

그는 그녀의 어깨에 이마를 기댔다. 그의 눈이 지금 이 순간 그녀의 모습이라면 땀방울 하나, 젖은 얼굴에 붙은 머리카락, 눈 속에서 일렁이는 푸른 파도의 움직임까지 잊지 않으려는 듯 그녀를 뜨겁게 응시했다. 그녀도 그의 시선을 모두 챙기려는 듯 열렬히 그를 바라보았다.

녹색 눈이 말했다.

내 거야. 이 사람은 내 거야.

자신의 앞에서만 욕망을 드러내는 초록빛 눈이 사랑스러웠다. 그녀의 억지스러운 독점욕에 장단을 맞추듯, 아일이 그녀의 가슴에 입술로 뜨거운 도장을 찍었다. 네 것이다, 난.

라야는 그를 다른 사람과 공유하지 않는 이 순간이 좋았다. 그의 머리를 잡아당겨 이마에 입을 맞추었다. 다시 한 번 그의 등을 양팔로 감싸 안았다. 그는 그녀가 땀에 젖은 자신의 몸을 만져주는 것이 좋았다. 그것은 그녀도 마찬가지였다. 그가 이렇게 목과 쇄골에 코를 묻고 지친 숨소리를 내는 것이 좋았다. 자신이 그를 그렇게 만들었다는 것이 참을 수 없을 만큼 좋았다. 그가 큰 손을 움직여 등을 쓸어내리고 허리를 어루만지고 엉덩이를 잡으면 그것만으로도 다시 한 번 더 천국에 갔다 내려오는 기분을 느꼈다. 그가 그녀의 곡선을 만지면 그녀는 자신이 좀 더 아름다워지는 듯한 느낌을 받았다.

아직 그녀 안에 머물고 있는 그가 다시 꿈틀댔다. 라야가 울듯이 얕은 신음을 뱉었다.

다음 절정은 더 가깝게, 아니, 동시에 다다랐다. 그 기분은 정말, 근사했다. 라야는 그의 품에서 잠깐 잠이 들었던 것도 같다.

"뭐해요?"

라야는 눈을 뜨자마자 그를 보고 반사적으로 물었다.

아일은 그녀 옆에 반쯤 누워 물을 마시고 있었다. 그가 컵을 들어 보였다. 보면 몰라, 물 마시잖아. 그의 얼굴은 단정히 돌아와 있었다. 둘 다 벗은 몸이 아니었다면 꿈이라고 생각할 뻔했다. 흥분의 여운이 그의 가슴에 덜 마른 땀으로 남아 있었다.

라야가 이불을 목까지 끌어올렸다. 그 바람에 그의 나신이 더 노골적으로 드러났다. 아일이 웃긴다는 듯이 소리 없이 웃었다. 컵을 협탁에 내려놓고 그녀에게로 붙으며 그가 말했다.

"너만 감기 안 걸리면 된다 이거야?"

"대관식 초대장이 왔어요."

아일이 얼굴을 굳혔다. 라야가 무릎을 모아 세우고 그 위에 턱을 올린 채 말했다.

"아일은 헤르첸을 어떻게 생각해요? 어떤 사람처럼 보여요?"

"미친놈."

아일이 딱 잘라 말했다.

"기회가 있다면 얼마든지 제대로 미친 짓을 할 수 있는 인간."

라야가 고개를 갸웃했다. 아일이 따지는 말투로 덧붙였다.

"왜 그자를 헤르첸이라고 부르지?"

"엘칸이라고 부르기 싫어서요."

"……."

라야는 그녀 쪽을 보며 옆으로 누워 있는 그의 팔을 손가락으로 은근히 쓸어내렸다.

"크롬헬에서는 왕가에 대한 충성을 배운다던데 아닌가 봐요? 불성실한 학생이었나 봐."

"내 선조는 왕의 말을 거부하다가 죽었어. 그 피가 흐르나 보지."

"난 왕자가…… 그렇게 이상하게 생각되지는 않아요. 그저 조금…… 장난이 심한 사람?"

"하. 그래, 장난이 심해서 내 목을 베려고 했지."

"정말 그럴 생각이었을까요?"

"장난이었겠지. 그 진지한 호위 기사가 내 목을 베고 나면 뒤늦게 '장난이었는데 진짜로 베면 어떡해?'라고 했겠지."

"아일은 정말 왕자가 싫은가 봐요? 당신도 대관식에 참석해야 하죠?"

"……그래야겠지."

그에게도 초대장이 왔다. 나달이 웃기게 생겼다고 한 태양 문장이 찍힌 초대장이 정확히 아일 에드가 클레이모어를 지목하여 경비대로 도착했다. 사환이라고 생각할 수 없을 만큼 정중하고 고상한 행동거지를 보이는 왕실 사환이 그의 손에 직접 황금색 봉투를 건넸다.

라야가 팔짱을 껴 무릎 위에 올리며 말했다.

"나달에게 그자가 왕자라고 말했어요."

"그랬더니?"

"이런 표정을 지었어요."

라야는 아일도 익히 알고 있는 나달의 멍한 표정을 연기해 보였다. 표정을 확 바꿔 자신의 표정으로 돌아온 라야가 가슴을 가리고 있던 이불자락을 놓고 그에게로 좀 더 가까이 몸을 숙였다.

"우리가 아히름에 가 있는 사이 그가 일주일 동안이나 나달을 찾아왔대요."

"얼마나 많은 말실수가 있었을지 상상만으로도 오싹하군."

"네, 안 그래도 나달이 이랬어요. '왕실에 대한 욕을 많이 한 거 같은데 어떡하지? 왜 생전 안 하던 왕실 욕을 그렇게 많이 했을까? 맙소사, 왕실 모독죄에 가까운 농담도 했어. 그 친구 분위기도 여간 이상한 게 아니잖아? 분위기가 이유도 없이 어색해진 게 한두 번이 아니라 나도 모르게 농담을 많이 했어. 내가 소리 소문도 없이 사라지면 왕실 모독죄로 즉결 처분을 받은 거라고 생각해. 나를 꼭 기억해줘, 라야.'"

라야는 나달을 연기했다. 홀딱 벗은 채로 제스처까지 해가며 나달의 말투를 능숙하게 연기해내는 그녀를 아일은 신기한 듯 쳐다보았다. 문득 그의 눈이 깊어졌다. 말할 수 없는 고민이 눈 속 깊은 곳에 어두운 빛으로 고였다.

"난……."

아일이 손을 뻗었다.

"네가 시민이었으면 해."

그는 앉아 있는 그녀의 뒷목을 살며시 잡아당겼다. 라야가 고개를 기울이며 그에게 다가왔다. 두 사람은 오래 키스했다.

입술을 뗀 그가 아주 가까이에서 속삭였다.

"네가 그 남자의 백성이 아니라…… 자유로운 사람이었으면 한다."

Part 8.

47

 서로가 서로를 간절히 원하는 순간 사랑하는 이와 사랑을 나누고 동시에 절정에 오르고 또 서로가 그것을 느끼고도 다시 상대를 찾지 않는 건 어려운 일이다.

 브라질에서 돌아온 이후 두 사람의 일상엔 약간의 변화가 생겼다. 퇴근 후 회사 밖에서 다시 만나 데이트를 즐기는 건 다를 바 없었지만, 데이트 장소가 바뀌었다.

 첫 일주일은 저녁을 먹는 것도 잊어버리고 집 엘리베이터에서 내리자마자 허겁지겁 서로의 몸을 찾았다. 입술이 맞닿는 순간부터는 다른 생각을 한다는 건 불가능했다. 그의 집에 들어서면 지은은 부끄러움을 잊어버렸다. 일주일쯤 되자 그녀는 그의 옷을 벗겨 내리기까지 했다. 그보다 먼저 그의 얼굴을 당겨 키스했다.

 보다 대담하고 능숙해진 그녀의 손길은 점점 더 빨리 그의 이성을 무릎 꿇렸다.

 그동안 머핀 타워는 모바일 게임 일로드를 정식 출시했고, 일로드는 구글 플레이 스토어 매출 순위 1위, 애플 앱스토어 매출 순위 2위라는 괜찮은 성적을 기록했다. 지은과 진오는 사내 캐릭터 공모전에서 은상을 받았다. 지은이 공모전 막판 준비로 바빴던 일주일과 정현이 해외 출장으로 자리를 비웠던 나흘을 제외하고는 매일 정현의 집에서 데이트를 즐겼다. 매일 서로를 안았다. 전날 만나지 못하면 행위는 더 격렬해졌다.

두 사람은 서로에게 완벽하게 길들여졌다. 이렇게 넋 놓고 있다 큰일이라도 나는 거 아닌가 싶을 만큼 하루 온종일 두려울 정도로 상대방만을 떠올렸다.

이제 그녀는 그의 살갗이 스치기만 해도 몸이 뜨겁게 반응했다. 회사에서도 그를 만나면 침대 위에서의 일을 떠올리고 얼굴을 붉혔다. 다른 직원들과 평범하게 대화를 나누고 있는 그의 목소리를 듣고도 전날 밤 그가 속삭이던 음란한 말을 떠올렸다.

어느 정도 시간이 흐르자 이젠 그런 생각을 하더라도 얼굴을 붉히지 않게 되었다. 그를 빤히 쳐다보면서 그런 생각을 하고 있어도 태연한 표정을 지을 수 있었다.

매일 밤 그에게 안기면서도 그녀는 여전히 불쑥불쑥 라야에 대한 질투에 사로잡혔다. 꿈에서 그와 라야를 본 날은 질투 때문에 일상생활을 하지 못할 정도였다. 그것은 그녀가 최면 치료를 받길 망설이는 이유가 되었다. 받을 필요가 없다고 생각했다.

그런 그녀를 도발하기라도 하듯, 며칠 전 꿈에서 지은은 충격적인 장면을 보았다.

아일과 라야가 처음으로 서로의 몸을 가진 날이었다. 예전 지은이 벽 뒤에 숨어 목격한, 두 사람의 절절한 키스 이후의 장면이었다.

라야가 그에게 말했다. "당신을 안고 싶어."라고.

지은보다 라야가 먼저 그 말을 했다.

'이건 너무…… 불리하잖아…….'

그리고 지은은 또다시 제3자의 눈으로 두 사람의 정사를 지켜봐야 했다.

그가 라야를 안고 그녀의 이름을 계속 불러댔다. 라야가 절정을 느끼고 그를 끌어안는 순간 지은은 그녀와 분명 눈이 마주쳤다. 라야의 눈에서 지은은 자신 못지않은, 그에 대한 독점욕을 보았다. 요정처럼 순수하고 아름다운 라야가 처음으로 자신과 같은 인간으로 느껴졌다.

지은은 귀를 틀어막았다. 하지만 꿈에서는 눈을 감아도 보이고 귀를 막아도…… 그의 마지막 신음 소리가 들렸다.

그 꿈을 꾼 다음 날. 지은은 아침에 정현을 처음 보고 하마터면 화를 낼 뻔했다. 그가 바람을 피운 애인처럼 생각됐다. 정현이 퇴근 후에 저녁을 먹으러 가자고 하는데도 지은은 화난 사람처럼 최소한의 말만 하면서 그를 집으로 끌고 갔다. 그리고 여태껏 해온 것 중 가장 주도적으로 관계를 이끌었다. 지은은 정현에게 계속 이름을 불러달라고 요구했다. 눈치 빠른 그가 무슨 일 있는 거냐고 물었지만 지은은 말없이 행위에 열중했다.

정말 너무 지쳐서 손가락 하나도 까닥할 수 없을 때까지 그를 안고, 생각이란 건 할 수 없을 때까지 그에게 안겼다. 제 몸이 그를 이토록 수월하게, 심지어 기쁘게 받아들인다는 것에 지은은 점차 마음이 안정되어 갔다.

그에게 안긴 채 지은은 생각했다. 만에 하나, 아일과 라야의 생을 모두 보게 될 경우…… 지금 이 마음이 어떻게 변할까.

그가 평생 무수히 그리워하고 바라왔던 순간이었다.

지은을 안고 있는 동안은 다른 생각은 할 수가 없었다. 자신을 부르는 그녀의 음성이 그를 과거로 도망치지 못하게 만들었다. 그녀의 향기가 그가 섣불리 앞서나가지 못하게 붙들었다. 그녀는 그를 현재에 단단히 잡아놓았다.

그녀와 살을 맞대고서 사랑의 말을 속삭이고 있으면 그녀가 살아서 자신 곁에 있다는 것이 진실로 느껴졌다. 그녀의 손이 몸을 어루만지고, 그를 원하는 눈빛을 하고, 사랑스러운 목소리로 이름을 불러주는 것이 기적처럼 여겨졌다. 처음엔 꿈같이 느껴지던 것이 그녀를 안으면 안을수록 현실이라는 실감이 났다.

사무치도록 강렬하게 느껴지는 현실감에 그녀가 지친 걸 알면서도 일부러 더 그녀를 괴롭혔다. 그가 그녀의 의지에 반하는 짓을 하는 유일한 순간이었다.

실제로 악몽을 꾸는 일도 줄어들었다.

아일의 생과 정현의 생을 통틀어 이성이 무너지는 것이 두렵지 않은 것은 언제나 그녀 앞에서만이었다. 원래도 그러했지만, 이제 그녀 없이는 살 수 없을 것만 같았다. 그녀를 안지 않고는 잠자기조차 두려웠다.

차가운 밤공기가 바깥 창문에 달라붙었다. 보일러 램프에 불이 들어와 있지 않으니 그 때문에 방 안이 후끈한 것은 아니었다. 침실은 살이 부딪치는 소리와 두 사람의 신음이 뒤섞여 있었다. 침대 위에 엎드려 있는 그녀의 몸은 이미 흠뻑 젖어 있었다.

정현이 지은의 몸을 돌려 눈을 마주쳤다. 섬세한 손이 그녀의 세워진 허벅지를 쓸어내렸다. 그녀 안에 잠겨 있는 몸이 더 부풀었다.

그녀의 젖은 시선이 그의 움직임에 따라 흔들렸다. 그와 함께 있는 동안 그녀는 자신이 생각과 감정을 통제하지 못한다는 생각을 자주 하고는 했지만, 침대에서는 몸까지 자신의 것이 아닌 것만 같았다.

끈적이는 목소리로 그녀를 자극하던 그의 혀도 어느 순간이 되면 문장을 만들어내지 못했다. 음탕한 문장이 단순한 단어나 감탄사 따위로 해체되어 나왔다. 그러면 머지않아 그런 단어들조차 거친 신음으로 바뀌었다.

지은이, 묵묵히 밀고 들어오는 힘을 한참 느끼다 말했다.

"힘들어요…….."

뜨거운 입술이 내려왔다. 배 위로 그의 숨결이 흩어졌다.

지은은 포기한 듯 눈을 감았다. 이 남자, 또 못 들은 척이다. 아무리 그녀의 목소리가 작아져 있다고 해도 그가 그걸 못 들을 리 없다. 그녀가 지친 기색을 보이면 아직 부족한, 늘 부족한 그는 이런 식으로 그녀를 달랬다. 작은 몸짓, 가벼운 손길이지만 너무 절실해서, 그녀는 또 넘어갈 수밖에 없었다.

전날이 준성의 생일이라 정현과 함께 있어주지 못했다. 그래서 그런가, 오늘따라 정현은 그녀를 쉽게 놓아주지 않았다. 지쳐서든 좋아서든, 당장 죽을 것만 같았다.

그녀의 몸이 다시 뒤집혔다. 끌려가는 힘에 저항하려는 듯 작은 손이 베개를 움켜잡았다. 정현이 그녀의 몸을 누르고 들어왔다. 그 느릿하고 묵직한 움직임에 맞춰, 고집스럽게 버티던 그녀의 입이 벌어졌다.

"아…….."

늘어지는 신음이 나왔다. 정현이 소리 없이 웃었다. 그녀의 엉덩이를 감싸고 있던 손 중 하나가 허리를 붙들었다. 그녀의 몸 어디에 손을 갖다 대도 흥분이 새로 시작됐다. 허벅지의 미끈한 감촉이 피부로 느껴지면 몸을 밀어붙이지 않고서는 솟아오른 열이 가라앉지를 않았다. 정현이 하체를 거칠게 밀어붙였다. 등 근육이 격렬하게 움직이고 그녀의 손톱이 긁어놓은 상처가 더욱 붉어졌다. 그녀의 등 위로 쏟아지는 호흡이 짧고 뜨거웠다.

"악……, 정현 씨!"

지은이 비명처럼 그의 이름을 불렀다. 들이박는 기세가 점점 사나워졌다. 단단한 허벅지가 엉덩이에 부딪칠 때마다 머릿속이 하얘졌다. 깊이 파고드는 힘이 굉장했다. 지은은 소리를 내지 않으려고 베개에 얼굴을 묻었다. 하지만 사납게 끌어당기는 기세에 고개가 젖혀지고 바로 신음이 터졌다. 정현은 절정의 문턱에서 지은이 몸부림치는 걸 본 뒤에 자신을 쏟아냈다. 이대로 계속 머물 수 있으면 좋겠다. 진짜 그러고 싶다는 듯 그가 한 번 더 허리를 세게 밀어 넣었다.

"괜찮아?"

정현이 그녀의 등에 엎드리며 숨을 몰아쉬었다. 지은은 고개를 돌려 원망스러운 시선을 던졌다. 성난 사람처럼 할 때는 언제고 또 다정한 척이야.

정현이 그녀의 얼굴 옆으로 머리를 숙였다. 그리고 눈물이 흐른 것 같은 뺨을 쓰다듬었다. 지은이 그의 손을 가볍게 쳐냈다.

그녀의 눈이 말했다. '미안하지도 않으면서 미안한 표정 짓지 마.'

그리고 제 손으로 눈물을 닦아냈다. 밉살맞게 웃는 그를 보니 더 세게 칠 걸 그랬다.

그가 허리를 뺐다. 그녀 안을 채우고 있던 것이 빠져나갔다. 순간 지은은 작은 상실감을 느꼈다. 터무니없는 감정이라 생각했다. 마음이 이상해져서 양손으로 그의 머리를 잡아당겼다. 어차피 그도 그녀의 입술을 찾고 있었다.

"자꾸 우니까 내가 나쁜 짓 하는 것 같아."

말만 던져놓고 그가 다시 키스했다.

"싫어서 우는 건 아니니까……."

지은은 부끄러운 듯이 말을 흐렸다. 그의 목을 감아 안았다. 두 입술이 다시 겹쳐졌다.

"내일 출근도 안 하는데 자고 가면 안 될까?"

"……."

"그냥 해본 말이야. 그런 표정 짓지 마."

정현이 웃음 섞인 목소리로 말했다.

지은은 잠시 조용히 그를 바라보았다. 그리고 대꾸 대신 그의 입술을 열고 들어왔다. 관계 중에 굶주린 듯 이어지는 키스도 좋지만 관계 후의 이런 부드러운 키스가 더 좋았다. 정현이 키스를 하면서 젖은 몸 여기저기를 만져주는 건 정말, 진짜로 좋았다. 엉덩이 아래로 들어가려는 그의 손을 잡아 입 앞으로 가져왔다. 그리고 모든 손가락에 입을 맞추었다. 정현이 묘한 표정을 지었다. 그녀가 베개에 옆얼굴을 얹고 배시시 웃었다.

"정현 씨가 자주 하는 짓."

"이렇게 야릇한 기분인지는 몰랐네."

지은이 몸을 일으키고 앉았다.

"영어 다시 배울 생각이에요. 학원 같이 다녀요."

정현이 그 옆에 머리를 괴고 누워 그녀를 쳐다보았다. 지은이 말했다.

"외국에 나가 보니까 내 영어 실력이 얼마나 한심스러운지 알겠더라고요."

"잘하는 거 같던데."

"아니에요. 알아듣고 말하는 데 한참 생각해야 돼. 그리고 일어 회화만 하는 것보다 영어랑 같이 등록하면 할인도 되거든요. 회사 근처 학원은 두 명이서 등록하면…… 커플 할인도 된대요. 아, 회사 근처라 그러면 소문 날 수도 있겠다."

누가 듣는 것도 아닌데 지은은 은밀한 이야기를 하는 것처럼 입가에 손을 붙이고 목소리를 낮추었다. 정현은 자신이 사랑에 빠져서 이토록 그녀가 귀여워 보이는 건지 실제로 다른 사람 눈에도 그녀가 점점 예뻐

보이는지 궁금했다. 제발 전자이길 바랐다.

"내 말 듣고 있어요?"

지은이 생각에 잠겨 있는 정현의 얼굴 앞에서 손뼉을 쳤다.

"키스 자국 남기지 말라고 했던 거 기억하냐고요? 덕분에 예은이랑 목욕탕도 못 가잖아요. 머리도 좋은 사람이 왜 자꾸 잊어버려요? 일부러 그러는 거예요?"

"일부러 그러는 건 아니고."

일부러 그랬다.

"갈수록 거칠어진다는 생각이 들어요."

지은이 부러 퉁명스럽게 말했다. 정현이 손가락으로 자신을 가리키며 황당하다는 투로 말했다.

"뭐가? 내가? 그저께 지은 씨가 나한테 무슨 짓을 했는지……."

"아, 아. 말하지 마요."

지은은 양손으로 귀를 막더니 눈을 감고 고개를 흔들었다. 저게 무슨 어린애 같은 짓이야? 정현이 멍한 눈으로 그녀를 바라보았다. 상대를 두고 자꾸 사춘기로 돌아가려는 건 저만이 아닌 모양이었다.

지은이 설핏 잠 오는 표정을 지었다.

"조금만 자다 일어날게요."

정현이 이불을 끌어당겨 위로 들어 올렸다. 이제 지은은 그가 다가오라면 장난으로라도 도망치지 않았다. 그 변화가 그를 얼마나 기쁘게 하는지 그녀가 알 리 없었다.

다시 침대에 눕자 잔상처럼 남은 열기가 몸을 데웠다. 아까 느낀 감각이 되살아났다. 그래서 그가 눈치채기 전에 얼른 눈을 감았다. 정현은 지은을 두 팔 사이에 가두고 바짝 끌어안았다. 그의 체온이 이마에 직접 닿았다. 정현은 잠든 그녀가 내는 숨소리를 들으며, 다시 생각에 잠겼다.

이미 미치도록 사랑하고 있는 사람을 점점 더 사랑할 수 있을까.

그는 그것이 가능하다는 걸 매일 체험하고 있었다. 지은을 점점 더 사랑하게 될수록 다시 그녀를 잃을지도 모른다는 두려움도 커져갔다. 그럴 때마다 제 것을 빼앗기지 않으려는 난폭한 감정이 속에서 들끓었다.

정현은 자신이 지은에게 완전히 빠져들어 헤어 나올 수 없다는 걸 깨닫고는 가끔 갑작스럽고 황당한 순간에도 그녀가 그의 곁에 있음을 확인받고자 했다. 예를 들어, 차가 오피스텔 지하 주차장에 주차되고 엔진 소리가 꺼지는 순간 같은.

지난주엔 차에서 그녀를 안을 뻔했다.

가볍게 입술만 갖다 댈 생각이었는데 어느새 혀를 감고 입술을 짓누르고 빨아 당기고 있었다. 그녀의 외투를 벗기고 셔츠 안으로 손을 넣어 가슴을 잡았다. 미치게 부드러운 감촉. 아직 갖다 대지도 않은 혀가 젖가슴의 감촉을 떠올리고 단맛을 느꼈다. 차 안이란 걸 잊어버렸다. 그녀와 함께 있으면 그는 공간과 시간 감각이 허물어졌다. 지은이 두려운 몸짓으로 고개를 돌리는 걸 보고 겨우 정신이 들었다.

'미친 거지.'

정현이 그날 일을 떠올리고 눈을 끔벅였다. 품에 안겨 있던 지은이 눈을 뜨자 정현이 다정한 목소리로 말했다.

"좀 더 자."

지은이 그의 가슴에 머리를 기댄 채 웅얼거리는 목소리로 말했다.

"자도 자도 피곤해."

"일이 많이 힘들어?"

"······요즘 꿈을 많이 꿔요."

그녀의 머리카락에 코를 묻고 있던 정현이 눈을 번쩍 떴다.

정현이 몸을 일으켰다. 많은 질문이 서로 앞 다투어 쏟아지려고 해서 그는 한참 동안 입을 수문처럼 닫고 있었다. 그런 그를 조용히 올려다보던 지은이 몸을 일으켜 앉았다.

"기억이 나는 것 같아요."

양심이란 게 장기처럼 존재한다면 그 순간 양심이 있는 부위가 욱신거렸을 것이다. 그걸 과연 기억난다고 말할 수 있을까. 그것은 볼 수 있는 거지, 기억을 하는 것이 아니다. 지은은 라야와 아일의 추억에서 그들이 느꼈을 어떤 감정도 공유하지 못했다.

"정현 씨한테 한번 물어보고 싶었어요. 정말 영화 같은 일인데, 내가 꿈에서 보고 있는 게 진짜 우리 전생인지 궁금해."

"뭐…… 뭐가 기억나는데?"

정현이 얼빠진 얼굴로 물었다. 지은이 말했다.

"내 얼굴. 그리고……."

그리고 그의 얼굴을 조심스럽게 어루만졌다. 오늘 처음 만난 남자와 불꽃이 튀어 몸을 섞고만 여자가 관계가 끝난 후에야 남자의 얼굴을 자세히 뜯어보려는 듯한 손길이었다.

그러고 보니 이 남자, 꿈속의 남자와 정말 닮았다. 얼굴이 아니라 느낌이. 여태껏 전혀 다른 성격의 두 남자라고만 생각했다. 그런데 닮았다. 뭐가 닮았는지 설명할 수 없어서 '느낌이 닮았다'고밖에 말할 수 없었다.

잠깐 침묵이 흐른 후, 정현이 물었다.

"다른 건? 바다에서 있었던 일은 기억나? 마이카에 있던 우리 집은? 나달 교수도 생각나? 그 사람과 네가 공부했던 언덕은? 그것도 기억나?"

차분하게 시작된 목소리가 점점 절박하게 변했다. 언덕이 기억나느냐고 물을 때에는 그녀의 위팔을 붙들고 흔들기까지 했다.

그녀의 표현처럼 정말 영화 같은 일이었다. 그가 전생을 기억하듯 그녀도 그를 만나 전생을 떠올린다니. 그런 일이 가능할지도 모른다고 생각했지만 진짜 그런 일이 닥치자 알 수 없는 공포가 그의 뒷머리를 움켜쥐었다.

전생을 기억한다는 것, 다른 모습으로 태어난 상대를 알아본 것, 두 사람이 다시 만난 것.

이 영화와 같은 일들은 지금까지 정현만의 문제였다.

지은이 라야였을 때의 기억을 되찾았으면 했던 때도 있었다. 그래, 한 달 전까지만 해도 그랬던 것 같다. 꿈에 취해 옛날 일을 끄집어내 그녀의 기억을 일깨우려고도 했다. 하지만 전생을 기억한다는 건 분명 '비정상적인 일'이다. 그가 그걸 모를 리 없다.

두 사람이 다시 만나 사랑하기 위해 누군가는 전생을 기억해야 하고 그 대가로 고통을 치러야 한다면 두 사람이 모두 상대를 기억할 필요는 없다. 그리고 그 괴로운 역할은 그의 몫이었다. 상대가 자신과의 추억을 기억하지 못해 느끼는 공허함도, 악몽으로 인한 괴로움도 그가 감당해야 할 고난. 그녀는 그래선 안 된다.

그녀는 어둠 속으로 들어오면 안 된다.

그때의 기억을 자극하지 말았어야 했나?

그건 그저 옛일을 더듬는 혼잣말 같은 것이었다. 혼자 추억을 더듬는 것 정도는 괜찮잖아?

순간 현실감이 흔들렸다. 겨우겨우 다져온 현실감이 '영화 같은 일'과 맞닥뜨리자 균열을 일으켰다. 불안이 목덜미를 타고 올라왔다. 그는 어쩌면 자신에게 내려진 저주가 이런 것일지도 모른다는 생각이 들었다. 그에게 안정과 불안, 행복과 불행은 동전의 양면 같은 것이었다. 동전이 뒤집히는 건 작은 바람, 약한 충격에도 가능했다. 그래서 '기억이 난다.'는 그녀의 말이 반갑고, 또 두려웠다.

지은은 갈색 눈동자가 불안하게 흔들리는 것을 찬찬히 들여다보았다.

"정현 씨는 내가 기억을 해내길 바라죠?"

그러지 않아도 된다는 말은 빈말로도 나오지 않았다.

지은이 말했다.

"그림을 그려보려고 해요. 내가 꿈속에서 본 것들이 정현 씨 기억과 정말 일치하는지 궁금해."

"나랑 결혼해."

"당신 얼굴도 그려보고 꿈에서 본 풍경도……. ……뭐라고요?"

지은이 자기 귀를 의심하며 물었다. 정현이 흔들림 없는 음성으로 말했다.

"결혼하자."

이번엔 지은이 입을 다물었다. 한참 후 그녀가 말했다.

"싫어요."

"……뭐?"

그녀가 거절할 거라곤 생각지 못했다. 이래저래 나중에 하자는 것도 아니고 그냥 싫단다. 충격을 받은 정현은 앞서 침묵했던 지은보다 더 오래 입을 닫았다. 그를 빤히 쳐다보며 지은이 말했다.

"거절할 거라고는 생각하지 못했다는 얼굴이네요."

"왜 싫어?"

"그냥 싫어요."

"지은 씨는 결혼하기 싫은 사람하고 이렇게……."

지은이 손으로 정현의 입을 막았다.

"잤다고 모두 결혼하지는 않아요."

"지은 씨 보기보다 무서운 사람이네."

"지금은 싫다는 거예요."

"지금은? 지금이 어떤데."

"대체 갑자기 그런 말은 왜 해요? 그리고 그런 막무가내 청혼을 당연히 받아들일 거라고 생각했다는 그 표정은 뭐예요? 뭐가 그렇게 자신 있어요?"

"왜냐면…… 난 잘생기고 비전 있고 돈도 많으니까."

"본인이 가끔 재수 없다는 건 알죠?"

"그리고 나보다 널 사랑하는 사람은 없어."

"……너무 늦었어요. 가봐야 해요."

지은은 제 손가락 부분에 키스하듯 입술을 맞추고는 손을 뻗어 그의 입술에 대고 눌렀다.

"금방 씻고 나갈 거예요. 욕실까지 따라오지 마요."

그리고 침대에서 폴짝 내려와 방을 나갔다. 정현은 발가벗은 지은의 뒷모습을 한참 쳐다보다, 엄지로 그녀의 손이 와 닿은 입술을 문질렀다.

"아주 선수야. ……그래서, 정말 나랑 결혼 안 하겠다고?"

정현이 침대에서 내려와 그녀를 쫓아갔다.

차 안 시계가 11:00으로 바뀌었다. 지은의 집 앞에 도착한 뒤, 두 사람은 잠시 차 안에 앉아 있었다. 지은이 불쑥 말했다.

"머리 많이 길었네요."

두 사람의 머리카락에는 아직 물기가 살짝 남아 있었다. 두 사람의 몸에서 같은 향기가 났다. 정현이 왼손을 핸들에서 떼고 앞 머리카락을 만지작거렸다.

"안 그래도 자르러 간다는 게……."

"어려 보여요."

"그럼 자르지 말까?"

"……아니요. 잘라요. 어려 보이는 거 싫어."

정현이 피식 웃었다.

"알았어. 자를게."

지은은 내리기 직전 휴대전화를 보았다.

"부재중 전화가 왜 이렇게 많지?"

정현의 집에 들어간 이후로 휴대전화를 켜보지 않았다.

"예은이가 보낸 문자랑…… 동현이도 보냈네?"

문자 중 하나를 확인했다.

정현이 안전벨트를 풀고, 문자를 보고 있는 지은의 뺨에 가볍게 입을 맞추었다. 보내기 아쉬웠다. 키스도 하고 싶어서 지은의 얼굴을 잡고 돌리는데, 그녀의 표정이 얼어 있었다. 정현이 놀라서 물었다.

"왜? 집에 무슨 일 있어?"

정현은 눈을 내려 그녀의 휴대전화 화면을 보았다.

[누나. 아빠 왔어.]

[일찍 오는 게 좋을 듯.]

그때, 쿵 하는 소리와 함께 차가 흔들렸다.

두 사람은 소스라치게 놀라 몸을 움찔했다. 창 밖을 본 지은은 비명을 지를 뻔했다. 놀라 손으로 입을 막는 그녀를 보고, 정현이 천천히 고개를 돌렸다. 지은이 우는 것도 웃는 것도 아닌 표정을 지으며 말했다.

"아빠……."

운전석 창에 솥뚜껑만 한 손을 붙이고 태원이 차 안을 들여다보고 있었다. 태원의 얼굴은 절 천왕문에 있는 사천왕 같았다.

정현은 문득 민익과 나누었던 반년 전 대화를 떠올렸다. 운전을 하던 민익이 차 선팅을 더 짙게 하자는 말을 했다. 정현은 그 말에 "도로교통법 시행령 기준에 의하면 지금 선팅은 아주 적당한 수준이야."라고 코웃음을 쳤었다. 이제 와서 민익의 말을 듣지 않은 게 후회가 됐다. 조금 더 짙게 선팅을 해도 좋았을 텐데.

태원이 몸을 물리고, 나오라는 듯이 손을 까닥거렸다.

지은은 아버지가 골목이 떠나가라 소리를 지를 줄 알았다. 태원은, 자정이 다 되도록 남자, 그것도 상사와 단둘이 돌아다니는 딸에게 화를 내지 않았다. 지금 태원의 관심은 운전석에서 내리는 남자에게 쏠려 있었다.

정현이 운전석에서 내렸다. 그가 차 문을 닫고 조용한 미소로 인사했다.

"안녕하세요, 아저씨. 오랜만에 올라오셨네요."

정현은 이런 상황에서도 태원을 늘 발끈하게 만드는 여유로운 표정을 하고 있었다. 태원이 소리를 치려는 찰나, 바람이 불었다. 차가운 겨울 바람에 지은이 가볍게 기침을 했다. 태원이 굳은 얼굴로 지은을 보았다.

"지은이 너……."

지은은 기침을 한 입을 막고 아버지를 올려다보다가 깜짝 놀랐다. 태원이 대뜸 딸의 머리카락을 움켜쥐었다. 태원이 머리카락에 코를 대고 킁킁거렸다.

'아차.'

급히 운전석 문을 열고 들어가려는 정현을 태원이 달려가 붙잡았다. 태원이 정현의 뒷머리를 두 손으로 붙잡아 코를 박았다. 정현은 팔에 소름이 돋아 태원을 밀칠 뻔했다.

그제야 눈치챈 지은이 속으로 악, 비명을 질렀다. 두 사람에게서 같은 향기를 잡아낸 태원의 눈에서 불똥이 튀었다.

태원은 억센 손으로 정현의 어깨를 잡아 그를 돌려세웠다. 정현은 거의 차체에 누워, 자신을 찢어발길 것처럼 노려보는 태원을 바라보았다. 태원의 얼굴은 곧 참담한 표정으로 변했다. 그걸 보고 있는 정현은 정말 용서받지 못할 죄를 저지른 기분이 되었다.

"변명이라도 해봐."

태원이 비참한 목소리로 말했다.

"거짓말이라도 좋으니까, 내가 듣기 좋은 말로 이 상황을 설명해봐."

정현은 한참 생각했다. 어쩔 줄 몰라 하고 있는 지은을 쳐다보았다. 다시 태원을 보았다. 그가 시원스럽게 말했다.

"딱히 변명이 생각나지 않네요. 죄송합니다."

48

지은은 대기실 벽에 걸린 시계를 보았다. 저녁 7시.

꿈속에 나오는 언덕의 풍경을 그리고 있었다. 바다와 도시, 이상(異常)세계의 생소한 건축물, 독특한 색감의 지붕, 언덕 위의 큰 테이블 같은 것.

바다를 그릴 때에는 물감을 쓰고 싶었다. 그런데 지금은 연필밖에 없었다.

상담실 문을 열고 신우가 나왔다. 신우는 몇 달간 혜경의 부탁으로 지은의 이야기를 들어준 의사였다. 방으로 들어오라는 손짓에 지은이 세르노다의 언덕을 그리고 있던 드로잉 북을 덮었다. 가방을 챙겨 들고 방으로 들어갔다.

"긴장 풀어요, 지은 씨."

신우가 스툴에 앉아 말했다. 지은은 카우치에 누운 채로 뻣뻣한 목을 끄덕였다.

"곁에 있어주세요. 나가지 마세요."

"안 갈게요. 가방 주세요. 제가 들고 있을게요."

정신이 없어 드로잉 북도 넣지 않고 가방을 가슴에 끌어안고 있었다. 카우치 옆 싱글 소파에 앉은 원장이 지은의 방어적인 태도를 보고 웃었다. 신우가 소개한 원장은 젊지도, 아주 늙지도 않은 오십 대 초반의 남자였다. 별 특징이 없는 얼굴이었다. 인상은 온화하고 말투도 편안했다. 그가 말했다.

"편안히 저랑 대화한다고 생각하세요."

지은이 가방과 드로잉 북을 다가온 신우에게 건넸다. 신우가 스툴에 엉덩이를 붙이며 드로잉 북을 들어 보였다.

"봐도 되나요?"

"아, 네. 보셔도 돼요. 별거 아닌데……."

"특이하네요."

그림에 대한 감상인가 해서 지은은 누였던 머리를 들어 신우를 돌아보았다. 신우가 가방에 달린 것을 만지작거리고 있었다. 브라질 출장 때 에스텔라가 선물로 준 운석 목걸이였다. 진짜 운석인지는 알 수 없지만.

목걸이 끈이며 운석 장식 같은 게 지은이 목걸이로 하고 다니기엔 어색한 면이 있었다. 그녀가 가지고 있는 옷들과도 어울리지 않았다. 보헤미안이나 여행가, 집시들에게 어울릴 만한 목걸이였다. 그래서 가방에 달았다. 그건 제법 세련된 태가 났다.

"브라질 갔다가 선물 받은 거예요."

지은은 다시 카우치에 머리를 기대고, 신우는 드로잉 북을 펼쳤다. 지은은 긴장된 나머지 원장에게 엉뚱한 질문을 던졌다.

"전생이란 게 정말 있나요?"

"모르겠는데요."

뜻밖의 대답이라는 듯 지은이 눈을 크게 떴다. 원장이 온화한 미소를 지으며 말했다.

"자, 편안하게. 눈을 감으세요."

"남자의 조건이 너무 완벽하다는 게 여자에게 부담이 될 수 있을까?"

정현이 물었다.

인후는 무표정한 얼굴로 맞은편의 친구를 보았다. 그는 낮의 얼굴과 밤의 얼굴이 달랐다. 비서일 때에는 늘 웃고, 퇴근 후엔 대부분 무표정이다. 인후는 손을 들어 호프집 주인인 동주에게 생맥주를 추가 주문했다. 손가락 다섯 개를 펼쳐 보이고 다시 두 개를 펼쳤다. 바 안쪽에서 동주가 오케이 사인을 보냈다.

정현이 대답하라는 듯 눈짓을 줬다.

인후가 팝콘 하나를 집어 입에 넣으며 말했다.

"새로운 유형의 자기 자랑 같은 거야? 슬쩍 들었는데도 기분이 좋지 않네."

"농담할 기분 아니야."

정현은 진지했다. 희성이 건네는 술잔을 받아 들고 인후는 잠시 생각했다.

"부담…… 될 수도 있겠지. 지은 씨가 너 부담된대? ……혹시 차인 거야? 동문회에 공문 돌려야겠네. 서정현이 여자한테 차였다고."

"그렇다고 내가 일부러 하는 일을 그만두고 얼굴을 바꿀 수는 없잖아?"

"얼굴을 갈아 뭉개고 싶다면 내가 도와줄 수는 있어."

인후가 고개를 한 번 끄덕이며 대꾸했다.

전화를 끊은 희성이 끼어들었다.

"어, 그럼 내가 2번 타자."

"이 자식 얼굴 작살내는 건 내가 일찌감치 예약했어. 너희들은 내 뒤에 붙어."

정현의 왼편에 앉은 민익까지 가세했다.

정현이 테이블에 굴러다니는 젓가락 한 짝을 들었다.

"너희들은 모르겠지만 난 이 젓가락 하나로도 네놈들을 다 죽일 수 있어."

말의 진실성을 높이기 위해 목소리에 힘을 실었다. 친구들 귀에는 들리지 않는 모양이었다.

희성이 민익에게 "깡패 네 말대로라면 나는 고등학교 때 이미 예약을 끝냈어."라고 말했다. 그러니 인후가 "누적된 걸로 순위를 정하자면 내게 우선권이 있어. 나는 이놈이랑 하루 종일 붙어 있으니까."라고 받아쳤다.

동주가 양손에 생맥주를 하나씩 들고 테이블로 왔다.

"남의 영업장에서 왜 쌈질들이야. 영업 방해로 신고하기 전에 나가."

주인의 일갈로 테이블이 잠시 조용해졌다. 동주가 다른 테이블에 주문을 받으러 갔다.

그사이, 희성이 정현에게 물었다.

"예뻐?"

뻔한 질문.

"예뻐."

정현이 웃으며 말했다. 사랑에 빠진 남자의 뻔한 대답.

인후가 덧붙였다.

"화려한 미인은 아니고, 귀여워."

제3의 눈이 보는 또 다른 의견.

정현이 발끈해서 대꾸했다.

"미인이야. 물론 귀엽긴 한정 없이 귀엽고."

민익이 동의했다.

"나도 미인이라고 생각해."

"요즘 부쩍 예뻐진 건 인정. 남자 직원들 사이에서 인기도 있는 거 같고. 하지만 희성이 네 타입은 아니야."

"아, 모델 타입은 아니구나."

희성이 인후를 보며 고개를 끄덕였다. 정현의 목소리가 조금 높아졌다.

"너희들이 뭔데 내 여자에 대해서 이러쿵저러쿵이야?"

"난 지은 씨 예쁘다고 생각한다니까?"

민익이 정현의 어깨를 잡으며 진지하게 말했다. 정현이 목소리를 더 높였다.

"네가 뭔데 남의 여자보고 예쁘다고 해?"

"어쩌라는 거야. 예쁘다고 해도 싫다, 귀엽다고 해도 싫다."

인후가 짜증 난다는 말투로 말했다.

정현이 살기를 담아 젓가락을 수직으로 내려 벴다. 공기가 잘렸다.

"그냥 보지 마. 생각하지 마. 머리에 한순간이라도 내 여자를 담지 마."

"진짜 뭐 어쩌라는 거야. 눈을 뜨고 있지 말라는 거야?"

"지은 씨랑 관계돼서 아무것도 하지 마. 보지도 말고, 평하지 말고, 아, 전부 입 닥쳐."

"뭐라는 거야, 미친놈이."

민익이 술이 출렁이는 술잔을 들어 올리며 투덜거렸다. 정현이 화난 듯 언성을 높였다.

"나보고 미쳤다고도 하지 마! 미쳤다는 소리 지긋지긋하니까!"

"이 미친놈들아, 나가서 싸우라고!"

동주가 테이블을 덮어버리는 고함을 지르며 계산서를 집어던졌다. 정현이 피한 계산서는 민익의 머리에 가 박혔다.

신우는 손목시계를 보았다. 7시 30분.

무릎에 올려놓은 드로잉 북을 잠시 내려다보고 표지를 덮었다.

지은은 카우치에서 상반신을 일으켜 앉아 있었다. 발은 바닥에 내린 채였다.

신우는 지은의 눈이 표정만큼 묘하다고 생각했다. 깊은 생각에 빠져 있는 것 같기도 하고, 그냥 멍하니 있는 것 같기도 했다. 의사로서 환자의 심리를 꿰뚫어 보는 재능을 좀 더 발휘해본다면, 의아해하기도 하고 불안해하기도 하고 안심하는 듯 보이기도 했다.

원장이 편안한 목소리로 말했다.

"한 번에 성공하는 게 더 힘들어요."

"최면에 안 걸리는 사람도 있나요?"

지은이 물었다. 발을 보고 있던 시선을 들어 원장을 보았다.

"물론 있죠. 의심이 있다거나……."

"의심하지 않아요. 제 전생을 믿어요."

지은이 원장의 말을 가로채며 말했다.

원장이 지은을 빤히 보았다. 그는 손목시계를 빠르게 쳐다보고는 다리를 조금 벌려 더 편안한 자세를 취했다.

"그 의심을 얘기하는 게 아닙니다. 종교처럼 신을 믿냐 안 믿냐, 전생을 믿냐 안 믿냐의 문제가 아니라 저를 안 믿어서 그럴 수도 있다는 얘기예요."

"아……."

"모레 한 번 더 해보죠."

신우가 방을 나오며 지은의 어깨를 토닥였다. 지은은 기운이 하나도 없는 강아지 같은 표정을 하고 있었다.

신우는 자기가 키우는 코커스패니얼 웨더를 떠올렸다. 주인이 좋아할 거라 생각하고 뭘 했는데 신우의 반응이 신통치 않으면 웨더는 저런 표정을 짓곤 했다. 아마 그녀는 이번 최면요법을 통해 뭔가를 떠올리고 '그 남자'를 찾아가려 했던 모양이다.

지은이 어깨에 가방을 멨다. 서너 걸음 걷다가 "아." 그러더니 뒤로 돌아 다시 방문을 열었다. 방 안으로 고개를 들이민 지은이 인사를 하고 원장이 인사를 받는 소리가 들려왔다.

지은이 옆에 와 서자, 신우가 물었다.

"저녁 먹었어요?"

"아니요. 드셨어요?"

"네, 전 일찍 먹었어요."

"아, 그럼 제가 차라도 살까요?"

"괜찮아요. 모레는 저도 약속이 있는데, 혼자 올 수 있겠어요?"

지은이 애매한 표정으로 고개를 끄덕였다. 신우는 또 웨더를 떠올렸다.

정현은 몸을 뒤로 기댄 채 눈을 감았다. 재깍재깍. 시계 초침 소리가 가까이에서 들려왔다. 베란다 문은 닫아놓았지만 커튼은 치지 않았다. 구름이 움직이면서 달을 가렸다. 구름이 사라지고 달이 또 나타났다. 눈을 감은 그의 얼굴 위로 달빛이 내렸다가 어둠이 내렸다가 또 달빛이 내렸다.

재깍재깍. 최면은 지은이 아니라 그가 걸릴 것 같았다. 초침 소리를 들으며 일 초에 하나씩 카운트했다. 1788을 셀 때, 현관문 열리는 소리를 들었다.

그리고 거실 불이 켜졌다.

정현이 눈을 떴다. 지은이 그를 내려다보고 있었다.

"우리 집에서 뭐해요?"

눈이 부셔서 그런 게 아니었다. 지은의 뺨은 붉고, 눈은 반짝이고, 미소 진 입가는 사랑스러웠다. 그녀는 그의 눈에서 찬란히 빛났다. 그를 데려가려고 온 천사가 이런 모습을 하고 있다면 그는 죽음을 거부할 수 없다.

정현이 누운 채로 저항할 수 없는 아름다움을 향해 두 손을 펼쳤다.

"사랑해."

그는 그녀의 팔을 붙잡아 그녀의 얼굴을 내려오게 한 뒤 확실히 속삭였다.

"나랑 결혼해."

지은은 무슨 소린가 해서 집중했다가 허리를 곧추세웠다.

"싫어요."

두 번째 퇴짜도 충격은 비슷했다. 정현이 얼굴을 쓸며 한숨을 쉬었다. 지은이 어깨에서 가방을 내려놓았다.

"술 마셨어요?"

"술김에 하는 소리 아닌 거 알잖아."

볼멘소리가 나왔다. 지은은 TV 위에 달린 벽시계를 보았다.

"아직 12시도 안 됐는데 다들 자는 거예요?"

"두 사람 다 집에 없어."

"둘 다요? 어디 갔어요?"

지은이 가방 깊숙이 들어간 휴대전화를 찾아 가방에 팔을 넣었다. 정현이 말했다.

"처남은 동아리가 대회 나가게 돼서 친구 집에서 밤새운다고 갔고, 처제도 학교에 일 있대."

"그래서 우리 집 지켜주고 있었던 거예요?"

지은이 정현의 곁에 앉으며 물었다.

지은의 몸이 기대오는 감촉에 기분 좋은 전류가 흘렀다. 온몸을 달린 전류는 사타구니 사이로 모여들었다. 정현이 지은의 바깥쪽 허리를 감아 끌어당기며 말했다.

"돌아왔는데 빈집이면 네가 쓸쓸할 거 아니야."

"집에 들어갈 때마다 쓸쓸해요?"

'안돼 보이면 결혼해주지?'라고 할 뻔했다. 하루 만에 두 번의 퇴짜는 그도 버티기 힘들다. 소주 다섯 병의 충격과 비슷할 것이다.

"최면을 통한 전생 체험은 어땠어?"

그가 가벼운 어조로 물었다. 새로 개장한 놀이공원의 롤러코스트는 어땠냐고 묻는 듯하다.

지은은 정현의 시선을 피하며 무릎 위에서 가방 끈을 정리했다.

"최면이 안 걸려요."

"그래?"

"모레 또 하기로 했어요."

정현은 큰 반응을 보이지 않는데 지은은 변명조로 말했다.

정현이 지은의 얼굴을 잡고 자기를 쳐다보게 했다. 검은 눈동자가 불안을 채 지우지 못하고 그를 보았다. 그는 키스를 해서 지은이 눈을 감도록 했다.

최면이니 전생 체험이니 그런 건 어찌 되든 상관없으니까 그 시간에 저랑 침대에서 뒹굴자는 말이 혀를 뛰어다녔다. 입 밖으로는 절대 나오지 않는 말이다.

"방으로 가."

정현이 속삭였다. 지은이 그의 손안에서 머리를 흔들었다.

"오늘은 안 돼요. 우리 집에서는 안 돼. 아, 동현이가 개미 먹이 주고 갔어요?"

"뭘 줘?"

정현이 화제 전환을 따라가지 못해 얼빠진 표정을 지었다. 지은이 그의 품에서 빠져나와 동현의 방으로 달려갔다.

지은이 동현의 방문을 열었다. 전등 스위치를 눌렀다. 앤트 하우스가 보였다.

지은이 고개를 반쯤 돌려 열린 방문을 향해 소리쳤다.

"지난주에 동현이가 개미집 사 왔거든요. 얘들이 그새 터널도 만들었어요. 와서 볼래요?"

"아니. 나중에 볼게."

정현이 거실에서 대답하는 소리가 들렸다. 지은은 웃으며 개미집을 들여다보았다. 개미들이 느릿하게 움직였다. 그것을 관찰하는 눈이 점점 흐릿해졌다. 미소를 짓고 있던 입술도 일자가 되었다. 개미들이 정말 느리게 움직였다.

긴 행렬이었다. 선왕의 장례식은 성대했고, 성대한 만큼 빨리 끝났다. 갑작스러운 죽음이라 대관식이 급했다. 이 나라, 저 나라, 작은 나라, 조금 큰 나라, 바다 건너 나라에서까지 선왕의 장례식과 새 왕의 대관식에 참석하고자 사절단이 연이어 도착했다. 헤르첸은 그 소개를 다 받고 있어야 했다. 왕자의 성정을 고려하지 않아도 충분히 고문이었다.

너무 지루해서, 뒤에 서 있는 호위 기사의 칼을 뽑아 누구의 목이라도 베어버리면 이 상황이 좀 재밌어질까 생각하고 있던 차에 흥미로운 것이 나타났다. 헤르첸은 눈을 깜박이며 앞에 선 것을 보았다. 새 왕에게 인사를 하고 가려는 '그것'을 헤르첸이 멈춰 세웠다. 얼굴을 본다고 누구

라고 하는지 못 들었다. 헤르첸이 옆에 선 귀족을 쳐다보았다. '설명해.'
차이드에 대사로 간 적이 있다는 귀족이 헤르첸의 옆에 붙어 있다가 '앞
에 선 것'을 소개했다.

"차이드 연맹국 사신단, 우르만 성주와 성주의 여식입니다."

"아하, 차이드. 그래서 그랬군."

헤르첸이 성주의 딸에게 다가오라는 듯 손을 까닥거렸다. 강국 다이
런의 잘생긴 왕자, 아니, 곧 새 왕이 될 자가 자신에게 관심을 보이자 어
린 여자는 당황했다. 이번 차이드 연맹 회의에서 우르만이 대표에 포함
되어 좋은 구경을 하게 되었다며 아버지를 따라온 여행길이었다. 예상
치 못한 상황이었다. 과연 그녀의 아버지가 기대하는 대로 좋은 기회일
까?

아버지의 재촉에 성주의 딸은 헤르첸에게로 다가섰다. 헤르첸이 그녀
의 얼굴을 빤히 쳐다보더니 말했다.

"붉은 갈색 머리, 초록빛 눈. 차이드 여인 중엔 그대처럼 그렇게 생긴
이들이 많은가?"

"마, 많지 않습니다, 전하. 아니, 폐하. 아니, 전하."

아직 대관식을 치르기 전이라 호칭에 혼선이 있는지 어린 여자는 횡
설수설했다. 헤르첸은 고개를 뒤로 젖히고 잠시 생각에 빠졌다. 여자는
주저하는 눈빛으로 그를 살폈다. 정말 아름다운 사내였다. 그의 느릿하
고 부드러운 말씨가 미숙한 여자의 귀엔 달콤하게 들렸다. 잠시 어리석
은 꿈을 가져보았다.

헤르첸이 더 가까이 다가오라는 손짓을 했다. 용기를 낸 여자가 그의
앞에서 몸을 숙였다. 헤르첸이 속삭였다.

"오늘 밤, 내 방으로 와."

성도는 아직도 살짝 더웠다. 정오가 지난 시간이었다.

라야는 군부에 들려야 하는 아일과 헤어져 시내 구경을 나왔다. 세르노다에서는 학자의 얼굴을 한 사람들이 많이 보인다면 성도의 뒷길은 성직자들과 관리의 얼굴을 한 사람들로 북적였다. 길 분위기가 차분하고 엄숙했다. 라야는 큰 서점을 발견하고 발소리를 죽여 달려갔다.

아넷이 라야에게 준 돈은 적지 않았다. 흔쾌히 받을 수 있을 만큼 적은 돈이 아니었다. 귀족이나 부자들이 보기엔 많지 않겠지만 평민들이 아껴 생활한다면 십여 년은 노동 없이 살 만한 돈이었다. 라야는 그중 절반을 백부네에게 주었다.

토프 부부는 몇 개월 뒤면 새 가족을 맞을 예정이었다. 토프는 조카에게 아내의 임신 소식을 전하며 수줍고 기쁘게 웃었다. 화를 내면서까지 한사코 받을 수 없다며 사양하는 그에게 라야는 강제로 떠맡기다시피 돈을 주었다. 그때 처음으로 은행이란 곳에 가보았다. 라야는 서점에서 나와 큰 은행 간판을 보고, 헤어지는 순간 눈물을 떨구던 토프를 떠올렸다.

라야는 찻집을 지나다가 놀라 걸음을 멈추었다. 차라리 자연스럽게 지나가는 게 좋았을 것을. 그녀가 멈춰 서는 바람에 찻집 테이블에 앉아 있던 리디아가 라야를 발견했다.

두 사람은 서먹한 시선을 주고받았다. 리디아는 부모를 닮아 고압적인 분위기를 풍기며 라야를 바라보았다. 라야는 모뤄 양이라고 불러야 할지 리디아라고 불러야 할지 고민했지만 이내 결정했다.

"리디아."

"라야."

리디아는 뜻밖에도 미소를 지으며 그녀를 맞았다. 와 앉으라는 것처럼 찻잔을 내려놓으며 눈짓으로 맞은편을 가리켰다.

리디아가 말했다.

"이젠 널 어떤 뜻밖의 장소에서 만나도 놀라지 않을 것 같아."

"그러게요. 대관식에 참석하려고 온 건가요?"

"초대장이 오는 바람에 어쩔 수 없었지. ……설마, 너도?"

리디아가 믿기 힘들다는 얼굴로 물었다. 라야는 대꾸 없이 머쓱하게 웃었다. 리디아는 그녀의 어머니가 잘 그러듯 미간을 모으며 생각에 잠겼다. 그러다 불쑥 말했다.

"누가 널 보고 평민이라 생각할까."

분명 라야의 주위 사람, 그녀 주위에서 벌어지는 일, 그녀가 하고 있는 행동과 말을 보면 라야는 평민이라 하기 어려웠다. 그녀의 신분은 그녀의 태생이나 그녀가 선택할 수 없었던 상황이 아니라 그녀의 선택과 행동들이 결정하고 있는 듯했다.

"외국인이라 그런 걸까요?"

라야는 리디아의 말을 애써 밝게 해석했다.

라야가 시킨 차가 나왔다. 종업원이 가고 나서, 리디아가 치켜뜬 눈으로 라야를 보았다.

"'주인'과 함께 온 거야?"

리디아는 충동적으로 말을 뱉고 후회했다. 라야는 한순간 말하는 법을 까먹은 사람처럼 입을 반쯤 벌리고 침묵했다. 리디아가 말한 '주인'이 아일이란 걸 알았지만 알아듣고 대답을 하면 그와의 관계가 주종 관계로 고정되어버릴 것 같았다. 그때 고마운 훼방꾼이 나타났다.

"잠시만 실례하겠습니다."

지하에서 들려오는 것처럼 낮지만 음침하지 않고 신의 음성처럼 무게감 있는 목소리였다. 두 여자의 눈에 나풀 내려앉는 하얀 로브 자락이 보였다. 눈이 부실 정도로 깨끗한 순백의 로브였다. 사내는 로브 모자를 눈 아래까지 덮고 있었다. 목소리는 분명 노인의 것이었는데 드러난 피부는 젊은이의 것이었다.

순백의 사내가 조용히 하라는 듯 손가락을 세워 보였다. 그리고 벽 뒤로 몸을 숨겼다. 거리에서는 그가 앉은 자리가 보이지 않았다. 잠시 뒤 창 밖으로 회색 로브, 검은 로브, 흰색 로브 따위를 입은 사람들이 나타났다. 성직자들처럼 보이는 그들은 "저쪽으로 가봐!" 따위를 외치며 골목으로 흩어졌다.

"도망자는 아닙니다."

순백의 사내가 두 여자에게 말했다. 누가 봐도 도망자였다.

"위험한 사람은 아니니 안심하세요. 온천에 가고 싶다니까 저렇게 우르르 따라오겠다잖아. 민망해 죽겠다니까. 그래서 도망친 거니 소리치지만 마십시오."

"도망치려면 그 로브부터 벗어야 할 거예요."

라야가 말했다.

순백의 사내는 그제야 깨달았다는 듯 "오!" 탄성 비슷한 소리를 냈다. 하지만 끝내 로브는 벗지 않았다. 순백의 사내는 "오." 소리를 내며 동그랗게 모았던 입술을 그대로 두고 라야의 눈을 들여다보았다. 저렇게 후드를 깊이 눌러쓰고도 상대의 눈이 보인다는 게 신기했다.

동그랗게 모았던 입술이 점차 다물리며 기이한 미소를 그렸다. 아주 재밌는 것을 발견한 일곱 살 소년이 지을 법한 미소였다. 그의 눈이 이번엔 리디아를 향했다.

"어라?"

순백의 사내가 머리를 기울였다.

"나도 이제 기억력이 가물가물해서……. 맞아. 그라테. 리디아 그라테 모뤄었어."

리디아가 예쁜 눈썹을 치떴다. 순백의 사내는 손가락을 튕기더니 한쪽 팔꿈치를 테이블에 기대며 리디아를 가리켰다.

"내가 준 이름은 마음에 드나요? 마음에 안 든다고 해서 어쩔 수 있는 것도 아니지만."

저게 무슨 소리야? 하지만 곧 번뜩이는 깨달음이 두 여자의 뇌리를 동시에 때렸다.

라야와 리디아는 서로를 쳐다보며 동시에 아, 소리를 냈다. 그리고 또 동시에 순백의 사내를 보았다. 모자 아래로 보이는 사내의 입이 싱글거렸다.

"그해는 참 재밌는 해였지. 흥미로운 이름들이 많이 나왔어."

"당신 때문에 그 사람이……!"

라야는 자기도 모르게 몸을 반쯤 일으키며 소리를 질렀다가, 입을 꾹 다물며 자리에 앉았다. 리디아와 성명술사 아레욘이 라야를 이상하게 쳐다보았다.

하지만 이내 알 만하다는 듯이 아레욘은 키들거렸다. 노인의 목소리가 키들거리며 웃는 것은 이상한 기분이 들게 했다.

리디아가 이해가 안 되는 표정으로 물었다.

"저를 어떻게 알아보셨나요? 그때 전 꽤 어린 나이였는데."

"난 얼굴로 사람을 구분하는 게 아니니까."

아레욘은 의자 위로 한 발을 올리고 세운 무릎을 잡았다.

"두 사람한테는 미안한 것도 있으니까, 내 비밀을 하나 알려줄게요. 난 한쪽 눈이 보이지 않아요."

라야와 리디아는 비슷한 표정을 지으며 아레욘을 보았다. 약간 놀란 표정이었다.

아레욘은 손가락으로 후드 위, 눈이 있을 법한 부분을 가리켰다.

"대신 사람을 외모로 구별하지 '않는' 축복을 받게 됐지요. 구별하지 '못하니까' 저주이기도 하고. 난 영혼으로 사람을 구별합니다. 그러니 시간이 지난다 해서 못 알아볼 것도 없지요."

아레욘은 엄청난 말을 내뱉고 하품을 했다.

라야는 그를 만난다면 따져 묻고 싶은 말이 많았다. 그런데 막상 만나니 뭘 물어야 할지 생각이 나질 않았다. 사실 성명술사를 원망한다고 해서 아일의 상황이 나아질 것도 없었다.

"오, 저기 보세요."

고민에 빠진 두 여자를 내버려두고 천연덕스럽게 차를 주문한 아레욘이 구석 테이블을 가리켰다. 리디아는 몸을 돌려야 했다. 구석 테이블에선 한 남자에게 세 여자가 엉겨 붙어 있었다. 남자가 애교를 부리며 안겨드는 여자의 입에 진득한 키스를 하면 다른 두 여자가 불만스러운 표정을 지었다. 라야는 부끄러움을 느껴서, 리디아는 불쾌함을 느껴서 시선을 돌렸다. 아레욘이 입에 찻잔을 갖다 대며 말했다.

"저 세 여자 모두 저 남자의 여자예요. 둘은 부인이고 한 명은 애인."

"그런 것도 보이나요?"

라야가 리디아의 시선을 느끼며 물었다. 아레욘이 찻잔을 내려놓고 고개를 끄덕였다.

"난 전무후무한 천재 예언가니까."

그는 나달과 비슷한 과의 사람이었다. 자기 자랑을 자연스럽게 했다. 천재들은 다 저렇게 뻔뻔한 걸까. 라야는 궁금해졌다.

아레욘이 각설탕 세 개를 차에 넣으며 말했다.

"저 남자는 행복한 사람이에요."

"분명 행복한 표정이긴 하네요."

리디아가 비웃었다. 아레욘이 찻잔을 입에 댄 채로 눈을 치떠 리디아를 보았다.

"모르는 자입니다. 모르면 불행한 것도 모르지요. 인식하지 못하는 불행이 불행일 리 없지요. 그래서 행복한 겁니다."

아레욘이 먹지 않을 거면 달라는 듯, 라야 몫의 각설탕을 가리켰다.

아레욘은 라야의 각설탕 두 개까지 차에 넣고 스푼으로 휘저었다. 맑았던 차 색깔이 아예 변해버렸다. 라야는 차가 저 꼴이 된 걸 아일이 본다면 비명을 지를지도 모르겠다고 생각했다. 엄청 달 게 분명한, 설탕 맛일 게 분명한 차를 마시고 아레욘은 흡족한 표정을 지었다.

"단 한 사람. 저 사람도 자신의 단 한 사람을 만나게 되면 알게 될 겁니다. 저 모든 여자를 동시에 사랑한다는 말이 얼마나 우스운 얘기였는지. 이 단것, 저 단것, 그쪽이 쥔 단것, 다 좋다. 이 옷, 저 옷, 저쪽이 걸고 있는 보석도 좋다. 이것보다 저것이 낫다. 그런 문제가 아니란 걸요. 다른 것 따위는 생각조차 할 수 없지요. 대체(代替) 같은 말이 붙을 거리가 없어요. 그 사람이어야만 하는 것이지요."

리디아는 아레욘의 말에 집중하고 있는 라야의 옆얼굴을 노려보듯 쳐다보았다. 그녀의 시선을 눈치챈 아레욘이 슬며시 미소를 지었다. 미소 진 입술은 금세 찻잔 속으로 사라졌다.

순식간에 찻잔을 비운 아레욘이 테이블 위로 몸을 숙여 리디아의 접시에 놓인 각설탕까지 가져가 입에 넣었다. 각설탕을 와그작 씹는 소리가 났다. 라야의 귀에 그것은 연극의 다음 장을 알리는 종소리처럼 의미 있게 들렸다.

아레욘의 눈은 보이지 않지만 그의 얼굴이 향한 방향은 리디아였다.

"양물도 없는 사내가 하는 사랑 타령이라 우습나요?"

"……아닙니다."

리디아는 마음을 들킨 것 같아 뜨끔했다.

아레욘이 갑자기 피곤해진 기색을 보였다. 아래를 내려다보는 채로 콧숨을 내쉬고는, 그의 얼굴 방향이 이번엔 라야를 향했다.

"하긴, 그런 사람을 만난다 해서 그 사람이 제 사람이 되란 법도 없으니, 그럴 가능성이 있는 이상 아예 만나지 않고 영원히 모르는 편이 더 좋을지도 모르겠습니다. 선택을 할 수 있다면 말이죠."

이번엔 리디아를 보았다.

"대체 불가한 것을 그저 바라만 보라니, 가지지 못할 것을 갈망하는 것만큼 서글픈 것도 없지요. 자기연민과 자기비하에 질식하고 말 겁니다. 아아, 불쌍한 나. 나는 왜 안 돼? 내가 어때서? 저 남자가 그런 일을 겪는다면 이런 생각을 할 수도 있겠네요. 아, 이게 다 엉덩이를 막 굴린 죄다."

노인의 것치고는 귀여운 말씨라 라야와 리디아는 눈을 마주치고 살짝 웃었다.

아레욘은 들어왔을 때처럼 불쑥 일어섰다.

"시간을 너무 끌었네요. 이래 봬도 바쁜 몸이라. 온천에 갔다가 내일 대관식에 참석하려면 이동 시간을 여유 있게 잡아야 하거든요."

리디아가 따라 일어섰다.

"좋은 말씀 감사했습니다."

"정말 상투적인 인사네요. 좋은 말씀이라니. 그런 소리는 촌스러운 대신관 녀석도 낡았다고 쓰지 않는 말입니다. 다른 배웅 인사는 없나요?"

리디아가 당황해서 머뭇거리는 사이 라야가 대신 말했다.

"그럼…… 이것도 인연인데, 선물로 마지막 예언가님께 축복 기원을 부탁드려도 될까요?"

그 순간 아레욘의 얼굴에서 장난스러움이 자취를 감추었다. 모공에서 땀이 솟아오르듯 진지함이 젊어 보이는 피부 위를 두껍게 덮었다. 아레욘이 턱을 매만졌다.

"좋아요. 어디 보자……. 부디, 세상의 수많은 사람들이 그런 것처럼 그저 가볍게 즐기다 가십시오. 두 분 다, 애써 단 한 사람을 찾으려 하지 마세요. 가능할지 모르겠지만."

아레욘이 말끝을 흐렸다. 라야가 눈을 끔벅이며 말했다.

"전 축복 기원을 부탁드렸는데."

아레욘은 웃었다.

"기원하건대, 불행한 깨친 자보다 행복한 바보로 사시길."

낮은 한적하고, 밤은 것보다 호젓했다. 클레이모어가 사람들이 성도에 왔을 때 묵는 별장은 교외 숲 안쪽 깊숙한 곳에 있었다. 아히름 저택에 있는 숲과 흡사한 느낌의 숲이었다. 별장은 란 에드가가 가문의 명예를 회복한 뒤 처음 손에 넣은 저택이었고 루브나와 신혼을 보낸 장소이기도 했다. 새벽이 젖어들 때쯤 2층 창가에 서면 가까이서 들려오는 개울물 소리가 머릿속 먼지까지 쓸고 내려갔다.

밤바람을 맞으러 라야가 창가로 갔다. 라야는 얇은 이불로 알몸을 감싸고 있었다.

"나달과 비슷한 느낌이었어요. 나이를 잘 모르겠다는 것도 비슷하고."

"아레욘이 죽었다는 얘기는 못 들었지만 아직도 팔팔하게 돌아다니는 줄은 몰랐네."

바지를 입은 아일이 침대에 앉은 채로 소매에 팔을 넣으며 대꾸했다. 방금까지 그녀를 안고 생의 마지막 정사라도 되는 것처럼 온몸으로 욕정을 표현하던 그였다. 하지만 침대에서 일어나 옷을 입고 마지막 단추를 채우는 걸 끝으로, 적어도 그의 얼굴에서는 정사의 흔적을 찾아볼 수 없었다. 엉망이 된 시트와, 바닥에 떨어진 초상화만이 방 안에서 그러한 일이 있었음을 짐작케 했다.

라야가 조용한 발걸음으로 깨진 액자 근처로 왔다. 아일은 액자를 주워 드는 라야를 가만히 바라보았다. 라야가 두 손으로 조금 큰 초상화 액자를 들고 말했다.

"이게 란 에드가와 루브나 맞죠?"

"그래."

"란 에드가, 생각보다 잘생겼네. 온통 무섭다느니 사납다느니 하는 말뿐이라 정말 사납게 생긴 걸로 상상했었는데, 의외로 순둥이처럼 생겼는데요?"

"화가가 주문한 사람의 취향에 맞춰 그렸을 수도 있지."

"그러네. 아니면…… 루브나와 함께 있어서 표정이 이런 걸 수도?"

침대에 다리를 꼬고 앉아 있는 아일의 모습이 액자 유리에 비쳤다. 라야는 발아래를 보았다. 커다란 조각으로 깨어진 유리에 내려다보는 그녀의 모습이 비쳤다.

"유리 치워야겠어요."

"아침에 하인들 시켜."

"내가? 내가 무슨 힘이 있어서?"

그녀가 뒤돌아보지 않은 채 말했다. 떠보는 듯한 말투였다. 무엇을?

라야는 유리 조각을 조심스럽게 뛰어 넘어가 초상화를 벽에 다시 걸어놓았다. 아일의 곁으로 돌아온 그녀가 추운 것처럼 그의 품으로 파고들었다. 이곳 별장은 저택 관리와 요리, 세탁 등을 담당하는 최소한의 하인들만으로 유지되고 있어서 사람들의 눈을 크게 신경 쓰지 않아도 되었다. 별장으로 온 첫날, 아일은 아침까지 그녀를 안고 있었다. 그래도 라야는 신경이 쓰였다.

"이곳에서 일하는 사람들 눈엔 내가 뭘로 보일까요?"

라야가 그의 허리를 감싸고서 고개를 들어 그를 보았다. 그녀는 이미 답을 알고 있었다. 아마 이곳 하인들은 그녀를 에드가의 숨겨둔 애인쯤으로 생각하고 있을 것이다. 아일이 라야의 말간 얼굴을 내려다보았다. 그런 생각을 하게 만든 것이 미안하다는 듯이 그가 그녀를 조용히 끌어안았다. 라야가 그의 어깨에 입을 묻은 채 불분명한 목소리로 말했다.

"사람들 말이…… 당신은 모뤄 선제후의 딸과 결혼할 거래요. 리디아를 얘기하는 거죠?"

"쓸데없는 소리 듣고 다니지 마."

"눈은 감으면 그만이지만 귀는 막을 수가 없잖아. 들리는 걸 어떡해."

라야가 어리광 섞인 말투로 말했다. 그를 더 꽉 껴안았다. 그의 어깨 위에서 초록빛 눈이 어두운 빛으로 흔들리고 있었다. 자신의 처지를 원망하게 되는 데서 불거지는 비참함, 그리고 포기할 수 없는 애착이 적개심과 비슷한 빛을 띠고 맑기만 하던 초록빛 눈동자에 어두운 색으로 스며들었다.

라야는 자신의 그런 감정을 깨닫고 그가 볼세라 눈을 감았다. 그를 안고 있어서 리디아 이야기를 꺼낼 수 있었다. 누가 뭐래도, 그는 지금 자신의 곁에 있다고.

누구에게도 우월감이나 열등감을 느끼지 않고 바람을 느끼고 꽃을 아끼고 해와 달을 사랑하던 그녀가, 그 순간 뒤틀린 우월감을 느끼며 창밖으로 보이는 달을 노려보았다.

"날 보지 말고 저쪽을 보라니까."

헤르첸이 자기 밑에 깔린 여자의 턱을 과격하게 움켜잡고 오른쪽을 보게 했다. 왕자의 침대 위에서 그와 관계를 하고 있는 여자는 차이드 사절단 우르만 성주의 딸이었다.

그녀는 밤에 자신의 방으로 오라는 왕자의 말에 떨리는 기대를 안고 그를 찾아왔다. 방으로 들어선 그녀가 본 것은 침대 위에 벌거벗은 채 방탕한 자세로 누워 있는 왕자였다. 그리고 그의 곁에는 여성 두 명이 나신으로 누워 있었다.

그녀를 발견한 왕자가 반가운 표정을 지었다. 그가 다가오라는 손짓을 했다. 어린 여성은 우아한 손짓에 홀려 왕자에게로 순순히 다가갔다. 초록 눈이 당혹스러운 표정으로 나신의 두 여자를 보았다. 왕자는 무릎으로 기어 침대 끝까지 마중을 나왔다. 그가 그녀의 두 손을 부드럽게 잡고는 말했다.

"신경 쓰지 마. 메인은 어디까지나 그대야."

어리석은 이라면 홀리고도 남음직한 목소리였다.

나신의 두 여자는 옷도 입지 않고 방을 나갔다.

왕자는 얼어 있는 여자를 부드럽게 뒤로 돌려 세웠다. 여자가 초록 눈을 크게 떴다. 침대에서 몇 발자국 떨어진 곳에 기사로 보이는 사내가 서 있었다. 금발에 금빛 눈동자를 가진 사내였다. 사내의 얼굴은 흥분을 감추기 위해 지나치다 싶을 정도로 굳어 있었다.

왕자가 침대에서 내려와 그녀의 뒤에 섰다. 왕자의 손이 거침없이 여인의 옷을 벗겨냈다. 어린 여성의 가장 아름다운 부분은 왕자가 아닌 기사의 눈앞에 놓였다. 기사의 냉정한 표정이 흔들렸다. 그녀는 기사가 주먹을 움켜쥐는 것을 보았다. 여성은 괴상한 상황에 놓인 만큼 괴상한 쾌감을 느꼈다. 남성이 자신의 벗은 모습을 보고 흥분하고 있다는 것에 그녀는 약간 도취됐다.

왕자가 작은 어깨를 붙잡았다. 찬 기운이 몸에 닿자 여성이 몸을 떨었다. 왕자가 그녀의 귓가에 속삭였다.

"혹시나 기대할까 봐 얘기해두는데……."

왕자의 아주 새까만 눈이 그녀의 어깨를 지나 기사에게로 향했다.

"그대의 상대는 나야."

애무가 있을 리 없었다. 침대에 눕자마자 달군 검 같은 그것이 첫 경험을 하는 여성의 몸을 곧장 가르고 들어왔다. 여자가 비명을 질러도 왕자는 신경도 쓰지 않았다. 고통만이 계속됐다. 기분이 좋다는 건 거짓말이었어! 여자가 자신의 주위 사람 모두를 원망하고 있을 때, 고통뿐이던 감각에 변화가 생겼다. 고통은 여전했지만 고통 속에서 쾌감이 싹을 틔웠다. 여성이 교성을 지르며 엉덩이를 들어 올렸다. 왕자와 눈이 마주쳤다.

그의 눈은 차갑게 식어 있었다. 그녀는 그제야 그가 전혀 흥분하고 있지 않다는 걸 알았다. 왕자가 그녀의 눈에서 의문을 읽었다. 그가 문득 몸을 숙였다. 그리고 그녀의 턱을 잡고는 고개를 오른쪽으로 돌리게 했다. 여자는 헐떡이면서 기사를 쳐다보았다. 초록빛 눈동자에 기사의 얼굴이 비쳤다. 기사의 얼굴은 붉어져 있었다. 방금 전까지만 해도 남자를 몰랐던 여성이 이제는 자연스럽게 기사의 아랫도리로 눈을 내렸다. 여자는 다른 종류의 쾌감을 느꼈다. 오염되고 사악한 쾌감이 그녀의 흥분을 고조시켰다. 헤르첸이 움직이는 것을 멈추지 않은 채로 말했다.

"잘생겼지? 얼마 전에 내가 직접 근위대에 넣은 놈이야."

관찰자라도 되는 것 같은 냉소적인 목소리였다.

"저놈이랑 닮은 녀석이 있어. 그 녀석이 훨씬 잘났지만. 정말 잘난 놈이지. 얼마나 잘났는지 모두가 그놈만 찾아대. 아, 차이드에도 그 이름이 유명하지? 차이드의 왕을 없앤 이의 이름이니까."

헤르첸은 여성의 두 무릎을 잡고 그녀의 다리를 더 적나라하게 벌렸다. 여성의 비명이 높아졌다. 헤르첸의 차가운 시선이 그녀의 초점 없는 눈에 작살처럼 꽂혔다.

광기에 휩싸인 상대도, 관계 상대가 아닌 남자가 관계 중인 그녀를 쳐다보고 있는 상황도 어린 여성이 첫 경험에서 받아들이기 힘든 충격이었다. 모든 상황이 괴악한 꿈 같았다. 왕자가 취하고 있는 자세와, 왕자가 만들어내는 그녀의 자세는 하나같이 적나라하고, 괴괴하다 할 정도로 원색적인 것들이었다. 어떤 미친 천재 도예가가 스스로의 폭발하는 광기를 감당하지 못해 흙덩이를 우그러뜨리고 부서뜨려 그대로 구워냈을 때 만들어져 나올 법한 도자기. 두 사람은 그런 자세로 행위를 하고 있었다.

어린 여성은 무자비한 손에 의해 은밀함과 수줍음을 강제로 박탈당했다. 여자는 자신을 보호하기 위해 스스로 정신을 놓아버렸다. 반 자발적으로 환락의 바닥으로 내려갔다. 그 바닥에서 여자는 몇 번이나 고통 섞인 쾌감에 몸부림쳤다. 정신이 들었을 때, 그녀는 자신을 내려다보고 있는 아름다운 얼굴을 한 괴물을 보았다. 아주 새까만 눈동자가 여자를 내려다보았다. 여자는 어둠이 자신을 덮치는 것을 느끼며 혼절했다.

기사들이 세운 나라 다이런의 대관식은 장엄하되 화려하지는 않았다. 대관식은 언제나 성도에 있는 대신전에서 치러졌다. 다이런이 있기 전부터 이 땅에 존재했던 대신전 건물은 검소한 성직자들이 신에게 경건한 삶으로써 기도를 올리는 곳이니만큼 사치스러워 보이는 장식은 찾아볼 수 없었다. 신이 세상에 처음 내린 돌을 깎아 만든 듯, 신전을 이루고 있는 벽돌들은 하나하나가 크고 견고하며 세밀한 구조로 쌓여 있었다.

신전 바깥은 축하 군중들의 환호와 고함 소리로 시장 바닥처럼 시끄러웠다. 그와 대조적으로 신전 안은 엄숙했다. 다른 나라의 사절과 귀족, 초대받은 자들만이 안까지 들어올 수 있었다.

두꺼운 벽돌이 소리를 차단하여 거리의 소리는 대관식이 치러지는 안쪽까지 닿지 못했다. 햇빛은 천장 가까운 곳에 달린 작은 창문들 주위에만 머물렀다. 신전 안에 어슴푸레한 어둠이 흘렀다. 그 묵직하고 숙연한 분위기에 눌려 관람석에 앉은 이들은 침묵하거나 아주 작은 소리로 간간이 옆 사람과 대화를 나누었다. 왕가 라우니트가의 태양 문장이 금실로 수놓인 붉은 천이 돌 제단 위를 덮고 있었다.

"라야는 어디 갔나요?"

아일은 자기 옆에 붙어 서는 여자를 흘깃 쳐다보았다. 리디아였다.

아일은 흐르는 침묵 속에 의문을 흘려버린 뒤, 대수롭지 않은 투로 말했다.

"내 옆이 아니라, 어디 재미난 거리가 있는 곳을 찾아보세요. 녀석은 늘 그런 곳에 있으니까."

여동생을 찾으러 온 여동생의 친구에게 오라비가 건넬 법한 말투였다.

리디아는 고개를 기울여, 제단 쪽을 쳐다보고 있는 아일을 보았다.

"전 그 아이를 친구라고 생각하지 않아요."

"……그런가요."

"내 남편이 될 가능성이 가장 높은 사내의…… 애인으로 생각하죠. 혼인 후에도 관계가 이어진다면 정부가 되겠죠."

그제야 아일이 리디아를 보았다. 리디아는 그의 표정 변화를 읽으려는 듯이 그를 유심히 쳐다보았다. 아일은 리디아가 그녀의 아버지 모뤄 선제후를 많이 닮았다고 생각했다. 흥미로운 것을 마주하고 있을 때와 관심 없는 것을 보고 있을 때의 차이가 심한 표정이 특히 그러했다.

리디아가 물었다.

"화난 건가요?"

금색 눈동자는 리디아가 성명 의식에서 처음 그를 만났을 때처럼 나른하지만 강렬한 빛을 내고 있었다. 진짜 태양 같았다. 여름이 끝났으니 이 태양도 좀 느긋해졌으려나. 리디아가 재미있다는 듯이 슬쩍 웃었다.

"정말 화난 건지 알 수가 없네. 화난 거라면 어느 부분에 화가 난 건가요? 당신이 내 남편이 될 거라는 데서? 그 아이를 정부라고 부른 데서?"

"정말 그러길 원하나요?"

"뭐가요?"

"사람들이 말하는 것처럼, 나와 결혼하는 거."

리디아는 그가 단답형으로 말할 때와 긴 말을 할 때 목소리가 달라진다는 걸 알아챘다. 후자의 경우 말의 온도가 전자보다 좀 더 높지만 더 예리하게 들렸다. 리디아가 머리를 갸웃거렸다.

"글쎄요, 원하는 게 뭐냐는 질문을 받아본 적이 없어서……. 처음 생각해봐요, 그런 거. 생각해본 적이 없어서 몰랐는데…… 아, 그러네요."

리디아가 감탄 어린 탄성을 지어냈다. 그리고 말했다.

"네, 당신을 원하는 거 같아요."

아일이 웃음을 흘렸다.

"당신은 내가 어떤 사람인지도 모르잖습니까?"

"알아야 하나요? 꼭 그 사람에 대해서 모든 걸 알아야 원한다고 말할 자격이 생기나? 그럼 나중에 만난 사람은 항상 불리하지 않겠어요? 그 아이는 당신에 대해 속속들이 알고 있나요?"

"나와 당신의 문제입니다. 그 녀석과는 상관없는 이야기입니다."

"그 녀석. 그 말을 할 때 당신 목소리가 어떻게 달라지는지 아나요?"

"……."

"표정은 숨겨도 목소리는 못 숨기나 봐요? 아니면 그러고 싶어도 마음을 어쩌지 못하는 거거나."

아일이 눈을 내려떴다. 그의 시선은 리디아를 빗겨나 있었다.

리디아는 생각에 잠긴 그를 보며 성명 의식 때의 일을 떠올렸다. 그의 눈을 만져보고 싶어졌다. 하지만 예전처럼 마구잡이로 손을 올릴 수는 없었다. 아일이 조용히 말했다.

"당신은 날 원하는 게 아닙니다."

"제 마음인데 어떻게 그렇게 확신을 가지고 말하나요? 첫눈에 반한 걸 수도 있잖아요?"

아일이 웃었다. 이번엔 정말 웃었다.

"당신은 자존심이 강한 사람이니까요."

"……."

"아무리 싫다고 해도 결국엔 부모가 정해주는 사내와 결혼해야 한다는 것도 알고 있을 테니, 어차피 결혼해야 한다면 강제가 아니라 스스로 선택했다고 생각하고 싶은 겁니다."

"그래요? 나도 내 마음을 몰랐네. 크롬헬에서 독심술도 가르치나요?"

"내가 그랬으니까."

강제로 걷게 된 길. 어차피 갈 길이라면 자신이 원해서 그런 거라고 생각했다.

라야는 대관식 그림을 그리고 있는 궁정 화가 뒤에 서 있었다. 엄청난 집중력을 발휘하며 드로잉을 하던 화가는 잠시 손을 멈추고 어깨를 풀었다. 라야의 몸이 천천히 앞으로 수그러져 화가의 어깨에 거의 부딪칠 듯 다가갔다. 화가가 움찔하면서 그녀를 돌아봤다.

"뭐요?"

"저희 어머니도 화가셨어요. 밑그림을 그릴 때 검은담나무를 구운 목탄을 사용하셨죠."

"그래서 뭘 어쩌라고요?"

"저도 잘하면 화가가 될 수도 있지 않았을까 생각해요."

예민한 화가의 차가운 반응에도 아랑곳 않고 라야는 그림에 대한 감상을 작은 목소리로 늘어놓았다. 웬 이상한 귀족인가 싶어 화도 못 내고 짜증스러운 표정으로 대꾸하던 화가도 재밌는 표현으로 감상을 얘기하는 그녀의 태도에 점점 넘어가고 있었다. 라야가 차이드에선 이런저런 꽃과 다엉초 진액을 섞어 물감으로 쓰기도 한다는 얘기를 하자 아예 몸을 반쯤 돌려 그녀를 보기도 했다.

그때, 새 왕의 등장을 알리는 나팔이 울렸다.

왕실 근위대 기사들이 입구부터 대리석 기둥의 시작점까지 절도 있게 도열해 섰다.

천장을 받치고 있는 기둥들 사이로 새 왕이 될 자가 단상으로 걸어 들어왔다.

헤르첸의 표정은 정말 밝아 보였다. 밝다 못해 신이 나 당장 춤이라도 출 것처럼 가벼운 걸음으로 융단을 밟았다. 기사들이 세운 다이런답게 화려한 검이 헤르첸의 허리에 단단히 매여 있었다. 아일은 그 검에 시선을 고정했다.

늙은 대신관이 새 왕을 축복할 채비를 했다. 왕이 될 자가 등장해도 몸을 일으키지 않던 고위 신관들은 대신관이 움직이자 자리에서 일어섰다.

팡파르가 멈추고, 헤르첸이 그린 듯한 웃음을 만면에 띤 채 제단 앞에 섰다. 관람석의 하객들은 무거워 보이는 예식 옷 안에 수놓인 화려한 금빛 태양을 볼 수 있었다.

젊은 신관이 왕관이 놓인 붉은 방석을 두 손으로 받쳐 들고 대신관 옆에 섰다. 대신관의 손이 극적인 연출을 위해 왕관을 향해 천천히 뻗어 나갔다.

대신관의 주름지고 검버섯이 핀 손이 닿기도 전에, 노동을 해본 적 없는 매끈한 손이 왕관을 움켜쥐었다.

군중들 틈에서 그를 지켜보고 있던 라야는 그 순간 땅이 흔들리는 것을 느꼈다. 왕자가 감추고 있던 화산이 꿈틀대고 있었다.

대신관의 놀란 눈이 헤르첸을 보았다. 헤르첸의 검은 눈 속 어둠이 스스로 청빈한 삶을 살아왔다 자부하는 노신관을 마지막으로 시험하려는 악마의 눈처럼 번뜩였다.

헤르첸의 얼굴에서 거짓된 웃음이 사라졌다. 그가 하객을 향해 몸을 돌렸다. 하객들의 웅성거림을 무시한 채, 아니, 오히려 혼란을 온몸으로 즐기며 왕자는 왕관을 들어 올렸다.

헤르첸은 보란 듯이 제 손으로 왕관을 썼다.

왕관이 그의 머리에 안착하는 순간, 수십 년간 젊은 왕자의 눈을 덮고 있던 권태가 일그러져 갈라졌다. 아일은 본능적으로 왕자의 안에 숨은 화산의 요동을 느꼈다.

검은 눈 속 권태의 갈라진 틈으로 보이는 것은 그간 휴화산처럼 간헐적으로 불똥이 튀던 광기였다.

두통이 다시 아일의 뇌를 긁고 지나갔다. 아일은 신경질적으로 미간을 모으며 헤르첸을 응시했다.

대신관은 축복의 말과 함께 다이런의 번영을 위해 힘써줄 것을, 신과 백성에 대한 성스러운 의무를 다할 것을 부탁했다.

새 왕은 맹세했다. 다이런의 번영을 위해 앞선 그 어떤 왕보다 노력할 것을, 신과 백성에 대한 성스러운 의무를 단 한시도 잊어버리지 않을 것을. 그것은 분명 진실로 한 치의 거짓도 없는 진심이었다.

대관식 연회는 황궁에서 열렸다. 신전부터 황궁까지 이어진 성도(聖

道)는 대관식 행렬을 따르는 군중들로 **빽빽**했다. 평생 한 번 볼까 말까 한 대관식이었다. 왕의 얼굴을 보고 싶은 사람들이 일상을 멈추고 황궁까지 가는 행렬의 뒤를 따랐다. 황궁까지 행렬을 쫓아 움직이는 군중 사이에서 떠밀리듯이 걸어가며 라야가 말했다.

"왕자가 그랬잖아요."

"이제 왕이지."

아일이 손으로 검 손잡이를 어루만지며 대꾸했다. 대관식을 본 이후부터 이상하게 검에서 손을 뗄 수가 없다. 라야가 말했다.

"그래요. 헤르첸이 그랬잖아요. 내가…….."

라야가 확 목소리를 낮춰 손나발을 입에 대고 발돋움을 했다. 아일이 그녀 가까이 몸을 기울이자 라야가 속삭였다.

"내가…… 여왕보다 예쁘다고. 당신도 그렇게 생각해요?"

무슨 소리를 듣고 싶은 거야. 아일이 흐릿한 미소를 지으며 눈을 흘겼다. 라야가 어깨를 움츠리며 웃었다.

아일은, 자신의 손으로 직접 여왕의 머리에 왕관을 씌워주던 헤르첸을 떠올렸다. 어린 여왕은 신의 대리인의 손을 빌리지 않는 파격적인 대관에 당황하면서 왕 앞에 머리를 숙였다. 여왕의 얼굴은 창백할 정도로 하얗고, 작고, 긴장으로 얼어붙은 표정이었다. 미인이지만, 얼음처럼 서늘한 미인도, 햇살처럼 활기찬 미인도 아니었다.

라야가 아일의 손을 잡고 싶어 오른손을 꼼지락거리며 물었다.

"연회에 가면 뭐가 있나요?"

"시끄러운 인간들이 있지."

"또?"

"다 먹어보지도 못하는 음식들."

"그건 좋다. 또?"

"악단."

"아까 만난 궁정 화가도 있을까요? 목탄을 선물받았어요."

라야가 목탄이 든 작은 주머니를 들어 보였다. 화가는 퉁명스러운 말투로 인사하며, 떠나는 그녀에게 선물을 건넸다.

아일이 주머니를 쳐다보며 중얼거렸다.

"정말 신이 네 재능을 배분할 때……."

"몹시 귀찮았던 거 같다고요? 친화력에 몽땅 몰아넣었다고?"

"어떻게 사람들이랑 그렇게 쉽게 친해지지?"

"드디어 내게 질문이란 걸 하는 건가요? 이제 내가 에드가를 가르쳤다고 할 수도 있겠네. 친해지는 방법 첫째, 진실하라, 둘째, 겁먹지 마라."

라야가 검지를 편 뒤 중지를 하나 더 펴며 거들먹거리는 말투로 말했다. 아일이 뻔한 이야기를 한다는 식으로 콧숨을 내쉬었다.

라야가 말했다.

"대개는 흔한 답이 최고의 답이죠. 내가 다가가면 저 사람이 날 싫어하지는 않을까 겁먹지 말아야 해요. 겁먹으면 긴장하게 돼. 저 사람한테 잘 보여야지, 라는 마음이 생기면 비굴해지고 가식적이 되죠. 물론 자연스러운 나를 싫어하는 사람이 있을 수도 있어요. 그럴 수 있다는 걸 받아들여야 해. 모든 사람이 날 좋아할 수는 없거든. 당신 할머니가 날 안 좋아한 것처럼. 물론 겁먹지 말랬다고 무례하게 굴어도 된다는 소리는 아니에요. 사람은 저마다의 색이 있고 저마다 재밌고 저마다 아름다워요. 모두에게 잘 보이려다가 나의 색을 좋아할 이를 놓치면 안 되죠."

"넌 어쩌면 화가가 되어야 했을지도 모르겠어."

"칭찬으로 들을게요. 악단 말고 또 뭐가 있나요?"

"극단도 있겠지."

"극단이요? 연극도 하나요? 아, 진짜 다이런 인들은 연극을 좋아해. 궁정 극단인가요?"

"그렇겠지."

라야는 다시 그의 손을 보았다. 아일의 오른손은 여전히 검자루 위에 올라와 있었지만 왼손은 손바닥을 편 채로 자연스럽게 놓여 있었다. 라야는 주변 시선을 의식한 뒤 그의 손에 살짝 손을 갖다 댔다. 하지만 그의 엄지손가락만 스치고 손을 접었다. 라야는 쓴웃음을 지으며 정면을 보았다.

초록빛 눈동자가 커졌다. 어울리지 않게 눈치를 보며 그의 손을 스치고만 가는 라야의 손을 아일이 붙들어 잡았다.

라야가 놀라고 벅찬 눈을 들어 그를 보았다. 아일은 무표정한 얼굴로 정면을 보고 있었다. 라야가 붉게 웃으며, 부끄러운 듯 자유로운 왼손으로 눈을 가렸다. 자기 발도 보이지 않을 정도로 복잡한 군중들 속에서 비로소 자유로워진 두 연인이 서로의 손을 꽉 잡았다.

황궁에 들어서면서부터 연회장까지 오는 동안 라야는 황궁의 화려함에 압도당했다. 금빛 장식도, 유리 세공도, 하나같이 걸작인 조각과 그림들도 무척 아름다워 한곳에 오래 시선을 두고 있기 힘들었다. 거의 입을 멍청히 벌린 채로 걸어왔던 듯싶다. 연회장에 들어서기 직전, 앞서가던 사람들이 하는 대로 왕실 시종에게 초대장을 건넸다. 왕실 시종이 연회장 안쪽으로 그녀의 이름을 크게 외쳤다.

"세르노다에서 온 라야 윈터스 양이 입장하십니다!"

시종은 모든 입장객의 이름을 지치지도 않고 큰 목소리로 외쳐댔다. 그녀의 이름은 연회장에 있는 이들의 관심을 끌지 못했다. 몇 사람의 이름이 더 불린 뒤에야 그녀와 떨어져 들어오는 아일의 이름이 불렸다.

"세르노다에서 온 아일 에드가 클레이모어 경이 입장하십니다!"

그러자 악단들이 연주하는 음악 소리를 제외한 모든 소리가 잦아들었다. 웃음소리와 대화 소리가 숨을 죽였다. 연회장 하객들의 시선이 조금의 시차를 두고 입구로 들어오는 아일에게 몰렸다.

그가 왜 떨어져서 들어오자고 했는지 알 것도 같았다. 아무리 넉살 좋은 라야라도 저런 주목은 견뎌낼 자신이 없었다. 아일은 차분한 얼굴로 사람들을 지나쳐 안쪽으로 들어갔다. 라야는 그를 쫓지 않았다. 슬픈 눈으로 사람들 속에 서서 그의 등을 바라보았다.

"에드가."

샤모아가 창가에서 혼자 술을 마시고 있다가 아일을 잡았다.

"나한테 고마워해야 해. 내가 붙잡지 않았으면 저 왕정파 놈들이 자네를 잡았을 거야."

샤모아는 술잔을 들어 보이며 너스레를 떨었다. 아일은 뒤돌아보지 않아도 얼마 떨어져 있지 않은 곳에 서 있는 왕정파 의원들을 느낄 수 있었다. 샤모아가 눈썹을 치떴다.

"왕정파 놈들이 얼마나 유머 감각이 없는지 알지?"

아일이 미소 지었다. 이런 관례가 몹시 성가시다는 표정으로 샤모아가 창턱에 한쪽 팔을 걸치며 말했다.

"난 출석을 확인받는 연회가 제일 싫어. 오려다가도 출석부에 서명을 하라고 하면 다시 마차를 돌리고 싶어져."

"장례식에 와주셔서 감사합니다."

"가야지. 바쁘고 피곤해서 아히름까지 가기 전에 한 번 기절도 했지만 가야지."

샤모아가 아일의 뒤쪽으로 가볍게 눈짓을 하며 눈치를 주었다. 아일이 뒤를 돌아보았다. 와이즈 선제후가 다가와 있었다. 와이즈는 악수를 청하는 걸 생략하고 바로 아일의 손을 잡아다 쥐고 흔들었다. 그가 아들 르웨이와 닮은 털털한 목소리로 말했다.

"르웨이 놈이랑 같이 왔으면 좋았을 텐데."

"지루한 예식에 참석하지 않게 되었다며 좋아하던걸요."

아일이 긴장을 푼 얼굴로 목소리를 낮추어 말했다. 은밀한 목소리를 듣고자 아일 쪽으로 머리를 숙였던 와이즈가 킥킥대고 웃었다.

"놈다운 소리야."

라야는 연회 분위기에 동화되지 못하고 음식 테이블과 창가를 서성였다. 많은 사람들 속에서 혼자 동떨어져 있으니 생전 느껴본 적 없는 고독까지 느꼈다. 연회장 안의 공기에 숨이 막혔다. 도망치듯 연회장을 나왔다.

정원에 있는 의자에 가 앉았다. 연회장 소리도 잘 들리지 않는 어둡고 외진 곳이었다. 그녀는 바람을 불러보았다. 웬일로 바람이 대답하지 않았다. 한 번도 그런 적이 없었기에 두려운 생각이 들어 그녀는 공중에 손을 뻗어 찬 공기를 매만졌다.

"카서가에 그런 사내가 있었지."

라야는 화들짝 놀라 몸을 일으켰다. 목소리를 듣고 팔에 소름이 돋았다.

"잡종인 고양이를 어디서 주워 와서 기르기 시작한 거야."

시반도 대동하지 않은 히비커스가 어둠 속으로 들어왔다. 나달과 같은 색깔의 눈이었지만 품고 있는 빛은 전혀 다른 푸른 눈이 라야를 위아래로 훑었다. 라야는 여기 있어서는 안 될 사람을 본 것처럼 놀랐다. 히비커스는 시끌벅적한 연회를 좋아하지도 않고 먼 여행도 즐기지 않았다. 그녀가 마지막으로 성도를 찾은 것은 아일의 성명 의식 때였다.

연회장에서 들려오는 음악 소리가 잠시 그쳤다.

그 잠깐의 정적 속에서 히비커스가 라야 앞에 와 섰다. 분칠을 한 얼굴이 새하얬다. 그 때문에 안 그래도 차가운 온도의 목소리가 더 냉정하게 들렸다.

"털 색깔도 특이하고, 아, 특히 눈이 아주 독특한 색이었지. 보라에 가까운 검정색이었어. 성격도 고양이 같지 않게 주인에게 곧잘 애교도 부리는 게, 그래, 제법 귀여웠지. 사내는 그 고양이를 많이 아꼈어. 그런데…… 고양이를 너무 아낀 나머지 집 밖으로까지 데리고 나오기 시작한 거야. 공식 석상에도 늘 데리고 다녔지. 그때부터 사내의 평판이 망가졌어. 예가 필요한 장소에도 애완동물을 가지고 나오면 사람 꼴이 우스워져."

라야가 뒤늦게 한쪽 무릎을 구부리며 인사했다. 그리고 싱긋 웃으며 말했다.

"저도 잡종인 강아지나 고양이 좋아해요. 잡종은 건강하거든요."

히비커스가 음산하게 웃었다.

"그래, 넌 예전부터 말대답이 잦았지."

"……대꾸가 필요 없는 대화라면 벽도 좋은 상대가 될 수 있죠. 이 벽은 어떠세요? 유명한 벽이라던데."

라야가 벤치 옆에 세워져 있는 미로의 입구 같은 벽을 쓸어내리며 말했다. 히비커스가 하얀 이를 드러내고 미소를 지었다. 눈가와 입가가 불쾌하다는 듯이 일그러졌다.

"진즉에 교육을 시켰어야 했는데. 사람 말을 할 줄 아니, 말로 하면 알아들을 줄 알았지."

"……전 이제 클레이모어가의 고용인이 아닙니다."

"목줄이 풀렸다고 개의 소유가 변하는 건 아니지."

"자유로이 길을 지나는 이에게 잠시 목줄을 걸어줬다고 해서 사람이 개가 되지도, 목줄을 걸어준 이의 소유가 되는 것도 아닙니다."

라야가 의연한 목소리로 대답했다. 잠시 침묵한 히비커스가 그녀에게 로 천천히 손을 뻗었다.

"안타깝구나."

라야가 흠칫 몸을 떨면서 뒤로 물러섰다. 위협은 나이 든 여성의 손이 아니라 불쾌함으로 찌그러진 히비커스의 눈에서 느껴졌다. 히비커스가 혼잣말처럼 말했다.

"네가 다이런의 귀한 가문에서 귀한 아이로 태어나 내 앞에 나타났더 라면 얼마나 좋았을까. 그랬다면 그 아이의 흥미를…… 조금은 이해해 줄 수 있지 않았을까. 그래, 아쉬워. ……네가 '사람'이었다면 얼마나 좋 았을까."

그 순간 히비커스의 손이 라야의 목을 움켜잡을 것처럼 다가왔다.

"찾아다녔어."

히비커스의 긴 손톱이 라야의 목을 찌르기 전 멎었다. 라야와 히비커 스는 빠르게 몸을 돌려 목소리가 들려온 방향을 쳐다보았다. 초록빛 눈 동자가 흔들리고 그녀의 발이 오히려 히비커스 쪽으로 도망가려는 듯이 뒤로 물러섰다. 히비커스의 목소리를 들었을 때와 다른 종류의 두려움 이 척추를 쓸어내렸다.

어둠 위로, 웃고 있는 금색 가면이 떠올라 있었다.

히비커스는 얼른 몸가짐을 바로 하고 예를 표했다. 헤르첸이 호위 기 사도 없이 뒷짐을 진 채 어둠 속에서 천천히 두 사람에게로 걸어왔다. 라야 주위의 빛들이 왕자 주위의 어둠에 서서히 먹혀들어갔다.

다가온 헤르첸이 금색 가면을 벗어 들었다. 대관식 때에도 느꼈지만 오늘의 그는 정말 기분이 좋아 보였다. 헤르첸이 그린 듯한 미소를 지으며 말했다.

"찾아다녔잖아, 라야."

뱀의 피부처럼 차갑고 부드러운 목소리였다. 헤르첸이 라야의 팔을 잡아 자기 쪽으로 끌어당겼다. 어깨가 불편할 만큼 뻣뻣해졌다. 히비커스의 위협보다 더 짙은 위험 속으로 끌려가는 기분이 들었다. 발뒤축이 땅에 끌렸다. 긴장한 라야를 살피던 검은 눈이 히비커스에게 가 닿았다.

"그쪽은…… 누구더라? 아, 상관없고, 이 아가씨는 내 손님이니 내가 데려가지."

라야는 헤르첸에게 손을 붙들려 어둠 속으로 끌려갔다.

두 사람은 넝쿨 굴을 지났다. 라야는 수줍음을 가장해 헤르첸에게 잡힌 손을 빼내려 했지만, 헤르첸은 그녀의 손을 놓아주지 않았다. 어미에게 재미난 것을 보여주려는 어린 아들처럼 헤르첸은 신이 난 걸음으로 앞장서 걸어갔다. 성기게 난 넝쿨 사이로 달빛이 들어와 빠르게 걷는 두 사람을 비추었다.

"폐하, 잠시만……."

"헤르첸."

헤르첸이 돌아보지 않은 채로 싸늘하게 대꾸했다.

"헤르첸이라고 불러야지."

넝쿨 굴 끝에서 그가 돌연 멈춰 섰다. 헤르첸이 무표정한 얼굴로 라야를 돌아보았다.

몇 걸음만 더 가면 저렇게 달빛이 환한데. 라야는 달빛이 그리운 것처럼 헤르첸의 어깨 너머를 보았다.

헤르첸이 그녀의 시선을 붙들려는 듯 라야의 얼굴을 두 손으로 감싸 쥐었다. 라야가 미처 내지르지 못한 비명을 속에 담고, 놀란 입을 반쯤 벌렸다 닫았다.

"내가 드디어 왕이 되었다."

헤르첸이 웃으며 말했다.

"대관식 때 신에게 한 맹세를 그대도 들었지? 난 정말 좋은 왕이 될 거야."

그러고는 다시 그녀의 손목을 붙잡고 뛰다시피 걸었다. 라야는 넘어지지 않기 위해 치맛자락을 붙잡고 달려야 했다.

신 대신 그녀에게 맹세라도 하듯, 헤르첸이 빠른 걸음으로 걸어가며 말했다.

"다이런의 번영을 위해, '신의 대리자'로서 백성에 대한 성스러운 의무를 다할 것이다."

헤르첸이 다시 멈춰선 곳은 연회장이 들여다보이는 커다란 창문 앞이었다. 연회장에서 새어나온 등광이 너무 강렬해 창 밖의 달빛을 잡아먹고 있었다. 굴을 빠져나와 달빛 아래 있는데도 아직 어둠 속에 있는 듯했다.

"저길 봐, 라야."

헤르첸은 라야의 양어깨를 잡아 연회장 안을 들여다보도록 했다. 따뜻한 선율의 음악이 들려오고, 화려한 의복을 갖춰 입은 귀족과 상류층, 춤을 추는 연인들, 빛을 움켜잡고 있는 샹들리에와 눈부신 장식들이 보였다.

그리고 그 사람이 있었다.

아일이 사람들에게 둘러싸여 간간이 미소까지 지으며 대화를 나누고 있었다. 난데없이 가슴이 욱신거려 라야는 주먹 쥔 손으로 심장이 있는 부근을 눌렀다. 헤르첸이 말했다.

"오, 모뤄 양 등장."

라야는 치맛자락을 더 꽉 움켜쥐었다. 헤르첸은 그런 라야를 관찰했다.

정통 왕정파인 모뤄 선제후가 자신의 딸 리디아를 데리고 나타났다. 무슨 말을 하는 건지는 알 수 없었지만 정치 얘기는 아닌 모양이었다. 공화파 의원들도, 왕정파 의원들도 모뤄의 농담에 웃음을 터뜨렸다. 와이즈가 농담으로 받아치자 모뤄도 장난스레 반응했다. 리디아는 아일 옆에 서 있었다.

사람들의 농담에 아일이 라야 앞에서처럼 자연스럽게 웃었다. 라야의 입술 사이로 신음 같은 웃음이 터졌다.

당신들, 그 사람이 지금 짓고 있는 미소, 그거 내가 준 거란 거 알아?

'내 거라고…….'

그렇게 소리치고 싶었다. 말로 내지르지 못하니 속에 남아 있는 말이 거북하게 머리와 목과 심장을 오갔다.

헤르첸이 라야의 어깨 위로 얼굴을 내밀며 은밀히 속삭였다.

"화려한 풍경이지?"

그의 말처럼 커다란 창문을 통해 본 연회장은 움직이는 명화처럼 아름다웠다. 라야의 눈은 아일과 리디아에게 꽂혀 있었다. 목이 건조해 침을 삼키려 해도 신물만 올라왔다. 입술을 벌리면 그 사람은 내 거라는 소리가 터져 나올까 봐 숨 쉬는 게 불편해도 입을 열지 못했다. 재능의 벽에 가로막힌 화가가 천재 화가의 그림 앞에서 절망하는 기분이 이럴까. 아무리 노력해도 난 저런 그림은 그릴 수 없겠지.

그래, 아무리 애를 써도 넌 저곳에 속할 수 없어.

이름을 알 수 없는, 아니, 무엇인지 알지만 이름을 붙여주고 싶지 않은 감정이 가슴을 까맣게 물들였다.

"라야, 날 봐."

헤르첸이 라야의 어깨를 잡아 돌렸다. 그가 너의 마음을 다 안다는 것처럼 헤아리는 눈을 연기했다. 마주 본 두 사람에게로 화려한 연회장의 빛이 쏟아졌다. 헤르첸이 다정하게까지 들리는 목소리로 말했다.

"우리가 했던 내기 기억하지?"

그의 말을 바로 알아듣지 못한 라야가 잠시 침묵했다가 물었다.

"질문하기 게임이요?"

"그래. 내가 지면 네 소원을 들어주겠다고 했지."

"……그랬었죠."

"이제 왕이 되었으니 네 소원을 들어줄 수 있게 되었다."

라야가 당최 알아들을 수 없는 소리를 하는 왕자를 의아한 눈으로 쳐다보았다. 미친놈의 미친 소리였다. 단번에 알아듣는 게 더 이상했다. 문득 아일이 헤르첸을 '미친놈'이라고 하던 것이 생각났다. 이자는 정말 미쳤는지도 몰라.

헤르첸이 창 안을 쳐다보고 있는 채로 혼잣말처럼 말했다.

"난 모두의 소원을 들어줄 거야."

"전 아직 폐하께……."

"헤르첸."

라야가 혼란스러운 눈으로 헤르첸을 보았다.

"전 소원을 말하지도 않았는데요."

헤르첸이 한숨을 폭 쉬더니 웃으며 고개를 숙였다. 연회장에서 들려오는 음악이 멈췄다. 주위가 고요해지고, 풀벌레 소리가 발밑에서 들려왔다. 헤르첸이 비스듬히 머리를 돌려 라야를 보았다.

"난 이미 네가 원하는 것이 뭔지 알고 있어."

그의 눈 속으로 어둠이 한밤중 개울처럼 조용히 흘러갔다. 그 개울은 지금은 얕고 좁은, 그리고 조용히 흐르는 물줄기지만 어느 순간 흉포하고 거센 물줄기가 되어 주위의 모든 소리를 덮을 것이다.

"말했지. 난 다른 사람의 눈엔 보이지 않는 것이 보이는 사람이라고."

라야를 쳐다보고 있는 채로 헤르첸이 손가락을 들어 창 안을 가리켰다. 헤르첸의 손가락이 가리킨 곳에, 그가 있었다.

"아일 에드가."

라야가 헤르첸에게 붙잡혀 있는 어깨를 흠칫 떨었다. 그녀의 반응에 어깨를 잡고 있는 아귀힘이 지그시 억세졌다. 헤르첸이 다시 창 안쪽으로 시선을 돌렸다. 검은 눈이 아일을 찾아 어둠 속에 담았다. 헤르첸의 입가에 참을 수 없는 미소가 피어올랐다. 헤르첸이 다그치듯 말했다.

"가지고 싶지? 그를 빼앗기고 싶지 않잖아?"

라야는, 단순히 미쳤다고 하기엔 굉장한 힘이 느껴지는 그의 목소리에 빠져들고 있었다.

이 남자는 대체 무엇을 어디까지 알고 이리 말하는 걸까. 혹시 그가 미쳤다는 것도 그가 가진 어떤 특이한 힘을 이해하지 못하는 이들이 그리 말하는 것은 아닐까. 바람과 대화를 나누는 그녀의 재주를 어떤 이들은 마녀의 힘처럼 취급했듯이.

"난 네 소원을 들어줄 수 있다."

헤르첸이 미끼를 던지듯 달콤하게 말했다.

"저 에드가가 네게서 영원히 벗어날 수 없도록 해주겠어."

"……어떻게요?"

그럴 때가 있다. 말을 뱉는 순간, '아, 이 말은 하지 말았어야 했다' 싶은 때.

사람은 살아가면서 얼마나 많은 실수를 하는가. 회복할 수 있는 실수가 있고, 그럴 수 없어 영원히 그 순간을 되풀이해 떠올리게 되는 실수가 있다.

관심조차 보이지 말아야 했다. 자신은 아일에게 그런 마음을 품고 있지 않다고, 무엇을 하려는 건지 알 수 없지만 그러지 말라고, 농담처럼 웃어넘겼어야 했다.

그런데 웃으려는 라야의 눈에 아일이 보였다. 리디아가 아일에게 짧게 무슨 말을 했다. 아일이 무뚝뚝한 표정으로 리디아를 힐끗 내려다보고는 술잔으로 입을 가리며 대꾸했다. 고작, 그런 장면을 보고 피가 싸늘히 식었다.

라야가 헤르첸을 보았다. 헤르첸의 얼굴은 가면을 쓰고 있지 않아도 가면을 쓴 것처럼 부자연스럽게 경직되어 있었다. 어떤 장난기 많은 신이 세상에 내려오려고 인간의 모습을 가장한다면 그런 아름다우면서도 인간 같지 않은 경직된 얼굴이 만들어질 듯했다.

그 순간만은 헤르첸이 광기를 주체하지 못하는 미치광이가 아니라, 큰 힘을 가진 신의 대리인처럼 느껴졌다. 정말 왕의 힘이라면 자신을 당당히 그의 여자로 만들어줄 수 있을지도 모른다고 생각됐다. 그 순간엔.

악마의 제안이 얼마나 달콤한 것이든 악마의 힘을 빌리면 그 끝은 모두의 불행으로 끝난다는 것을, 책을 그리도 많이 읽은 라야가 모를 리 없었다.

하지만 욕심이, 아일이 자신의 곁을 떠나 다른 여자 곁에 있게 될지도 모른다는 두려움이 왕의 솔깃한 제안에 관심을 보이게 했다.

큰 어둠은 그녀 속에 싹튼 작은 어둠을 놓치지 않았다.

난생처음 남으로부터 심부름을 부탁받은 소년처럼, 헤르첸이 정말 기쁜 듯이 웃었다.

49

　지은은 소스라쳐 일어났다. 그녀의 동공이 활짝 열려 있었다. 그녀가 꿈에서 깨 제일 먼저 든 것은 자신이 내지른 비명이었다. 이곳이 그녀의 방 침대 위고, 달리기라도 한 것처럼 숨을 몰아쉬고 있고, 등이 축축하다는 걸 모두 깨닫는 데 일 분이나 걸렸다.

　옆에서 자고 있던 정현이 잠에서 깨 몸을 일으켰다.

　"왜 그래? 꿈 꿨어?"

　지은이 고개를 돌려 정현을 보았다. 남자가 이런 다정한 목소리를 구사할 수 있을 거란 생각을 해본 적이 없다. 그를 만나기 전만 해도.

　지은이 이불 속으로 파고들듯 그의 가슴으로 안겨 들었다. 정현이 설핏 미소를 지으며 그녀를 안고 뒷머리를 쓰다듬었다.

　"괜찮아. 아무리 무서워도 모든 것은 그저 악몽."

　그의 말에 약하게 리듬이 실려 있어 지은이 물었다.

　"뭐예요, 그게?"

　"자장가 비슷한 거야."

　정현이 그녀의 뒷목을 부드럽게 만지며 말했다.

　"내가 악몽 꾸는 데는 또 한가락 하지. 이렇게 누가 안아주면 잠잠해져."

　악몽학이란 게 있다면 교수쯤 될 것 같은 표정으로 정현이 말했다.

　지은은 땀이 식어가는 걸 느끼면서 정현은 교수가 되었어도 잘 어울렸을 거 같다는 생각을 했다. 군중의 관심을 끌고, 주목받는 것에 어색함이 없고, 의외로 성실하다. 갑자기 그에게 안경을 씌워보고 싶어졌다. 교수에 대한 고정 관념을 정현에게 씌워보며 머릿속으로 갖가지 상상을 하던 지은이 멈칫했다. 그제야 그가 그녀의 방 침대 위에 나란히 누워 있었다는 걸 깨달았다.

"지금 내 방에 들어와서 같이 자고 있던 거예요?"

"동생들도 없잖아."

"내가 들어오면 안 된다고 했죠? 약속했잖아요."

"깐깐하게 굴기는. 아무 짓도 안 했어. 이것 봐, 둘 다 옷도 제대로 입고 있잖아."

정현이 셔츠 가슴 부분을 들추며 결백을 주장했다. 지은은 여전히 멍한 상태였다. 정현이 걱정스럽게 물었다.

"무슨 꿈을 꾼 거야?"

지은은 잠깐 입을 다물었다가 고개를 저었다.

"기억 안 나요. 기분이 나빴다는 것만 생각나."

"생각나지 않는 꿈은 생각하지 않아도 되는 꿈이야."

몸을 녹아내리게 하는 목소리다.

"그래도 기분이…… 정말 찝찝해요. 아직도 불쾌해."

지은의 미간에 주름이 잡혔다. 정현이 그녀의 미간을 엄지로 매만지며 말했다.

"요즘 피곤해서 그래."

그는 정말 다정하다. 오늘은 특별히 더 다정하다. 사람을 어리광 부리게 만든다.

지은은 그의 팔을 잡고 이마를 기댔다. 정현이 웃으며 말했다.

"어제 섹스를 안 해서 그럴지도."

"그건 아니에요."

"일주일 동안 정말 한 번도 안 할 생각은 아니지?"

"……하고 싶어요?"

"네가 그 질문을 해서 내가 부정문으로 답하는 일은 결코 없을 거야. 응, 한지은 홈그라운드에서 하고 싶어."

그는 다정한 목소리로 음란한 말을 한다. 정현이 고개를 기울였다. 입술이 닿고 혀가 부딪쳤다. 지은은 눈을 감고도 그의 셔츠 단추를 풀 수 있었다. 이미 끌러져 있는 두 개의 단추를 손가락으로 만져본 뒤 세 번째 단추를 풀었다. 네 번째까지만 풀고 바로 손을 넣어 그의 가슴을 어루만졌다.

어느새 그녀는 알몸이고 그는 셔츠를 다 벗지 않은 채 그녀의 몸속으로 들어왔다. 지은은 그의 뒷목을 당겨 가슴에 품었다. 그녀의 가장 내밀한 장소에서 그녀의 몸 가장 내밀한 곳으로 들어간 그는 오랫동안 말이 없었다. 어느 순간 그가 동작을 멈추었다. 흔들리던 그녀의 몸도 멈췄다. 배 속에 고여 든 열기가 흘러내려갔다.

이상했다. 그의 목에 팔을 감고 있던 지은은 가슴이 축축해지는 걸 느끼고 밀착하고 있던 몸을 뗐다. 그의 셔츠가 피로 흥건했다. 비명은 나오지 않았다. 정현이 그녀의 품에서 천천히 미끄러졌다. 상황이 이해되지 않으니 어떤 말을 해야 할지도 몰랐다. 그가 정신을 잃지 않았으면 하는 마음뿐이었다.

무너지는 정현을 일으켜 세우려 할 때 어둠 속에 서 있는 뭔가를 보았다.

어둠 속에 더 새까만 어둠이 있었다.

공간이 일렁이고, 타르 같은 진득한 어둠 속에서 금색 가면이 서서히 모습을 드러냈다. 지은은 얼어붙은 얼굴로 그것을 바라보았다.

고개를 갸웃하기라도 하듯 가면이 천천히 옆으로 기울어졌다.

그것에 시선을 빼앗긴 사이, 어둠에서 무수한 팔들이 뻗어 나와 정현을 그녀의 품에서 빼앗아 갔다.

안 돼!

지은이 소리를 지르며 정현에게 달려들었다. 가까스로 그의 손목을 붙들었다. 검은 손, 피 묻은 손, 어린 손, 늙은 손들이 그와 그녀를 떨어뜨려놓으려고 그의 몸을 무시무시한 힘으로 잡아당겼다. 정현이 괴로운 소리를 내며 피를 토했다. 금색 가면의 웃는 입매가 더욱 크게 벌어졌다. 그의 몸을 감싸고 있던 손들이 순식간에 어둠 속으로 들어가버렸다.

조용해진 어둠 속에서 쇠붙이가 시퍼렇게 번쩍였다. 그녀가 손을 놓지 않으니 그녀가 보는 곳에서 처리하겠다는 듯, 어둠이 그의 머리카락을 움켜쥐었다. 고개를 늘어뜨리고 있는 정현의 상체가 들렸다. 그의 머리가 강제로 들려 올라갔다.

어차피 죽일 거면 그를 그렇게 함부로 다루지 마!

하지만 그녀의 입에선 아, 아 하는 얼빠진 소리만 흘러나왔다.

몸을 관통한 검이 그의 심장을 꿰뚫고 나왔다. 그가 피 섞인 기침을 터뜨렸다. 그는 너무 고통스러워하고 있었다.

지은은 함께 어둠 속으로 빠져들 것처럼 그의 손목을 놓고 그를 안으려 몸을 던졌다. 정현이 내내 잡혀 있던 손을 급히 뻗어 지은을 밀쳤다.

지은은 망연자실 주저앉아, 어둠이 그를 삼킨 뒤 마음껏 씹고 으깨고 난도질하는 소리를 들었다. 그녀는 그 끔찍한 소리를 들을 수 없어 귀를 막았다.

이윽고 그 모든 소리조차 사라지고, 어둠이 생물처럼 크게 꿀렁대더니 대량의 피를 토해냈다. 피가 그녀의 하얀 다리를 적셨다. 지은은 넋나간 얼굴로, 그녀를 굽어보고 있는 금색 가면을 응시했다.

금색 가면이, 어둠이 그녀를 조롱하며 웃었다.

태블릿 PC 상단의 시계가 오전 5시 30분을 표시했다.

정현은 어제오늘의 기사를 읽고 있었다. 지은이 방에는 들어오지 말라고 얼마나 약속을 받고 또 받아내는지 방문 근처는 가지도 못하고 있었다.

출근을 하려면 집에 들러야 했다. 5시에 일어나 '지하철을 타고 갈까, 택시를 타고 갈까.'를 고민하는 사이 삼십 분이 지났다.

갑자기 들려온 비명 소리에 태블릿에서 손가락이 미끄러졌다.

정현이 달려가 지은의 방문을 열었다. 스위치를 찾아 불을 켜고 방 안을 둘러보았다. 방은 조용했다. 흐트러진 것도 없고, 침입자도 없었다. 이른 새벽의 평온하고 살짝 한기가 도는 침실이었다. 지은이 침대 위에서 이불을 뒤집어쓴 채 떨고 있는 것만 빼면.

정현이 불룩한 이불 옆에 가 앉았다. 그의 손이 두툼한 솜 방어벽 3센티 위에서 망설였다. 지은의 등이 있을 만한 곳을 살며시 짚어 토닥였다.

"지은 씨, 왜 그래? 무슨 일이야?"

정현의 목소리가 들리자, 이불이 확 걷혔다. 지은은 소리 없이 울고 있었다. 얼굴이 눈물로 엉망이었다. 슬픔보다는 공포의 빛이 눈동자에 고여 있다가 눈물이 되어 떨어졌다. 어둠이 등장할 수 없는 환한 전등 빛 아래서 정현을 발견한 그녀의 얼굴에 안도감이 스쳤다. 하지만 금방 또 의심이 떠올랐다.

정현은 이 얼굴을 알고 있었다. 한밤에, 세상에서 가장 안전한 장소인 자기 방, 자신의 잠자리에서 이런 표정을 하고 있는 이유를 그보다 더 잘 아는 사람은 없다.

"악몽 꾼 거야? 괜찮아, 거의 아침이고…….'"

정현은 말을 끝맺지 못했다. 지은이 그를 넘어뜨릴 것처럼 안겨왔다. 부드러운 몸이 모든 걸 다 내어줄 듯 덤벼오는 통에 정현은 잠깐 정신이 어릿해졌다. 온몸으로 그를 껴안고 지은이 다그치듯 물었다.

"이건 진짜죠? 꿈 아니죠?"

"꿈 아니야."

"몇 번이나 꿨어요. 꿈을 반복해서……. 정현 씨가 계속 죽고…… 난 꿈이 아닌 줄 알았는데…… 정말 진짜 같아서 울고 있으면 또 깨고…… 그런데 또 꿈이라서…….'"

지은이 울음 섞인 목소리로 횡설수설하는데도 정현은 그 말을 알아들을 수 있었다.

정현이 지은의 어깨를 감싸 쥐고 사근사근한 목소리로 말했다.

"괜찮아, 지은 씨. 이건 꿈 아니야."

지은이 정현의 가슴에 머리를 박고 고개를 빠르게 저었다.

"아까도 그랬어요. 아까도 꿈 아니래놓고 죽었어."

"정말 꿈 아니야. 이것 봐."

정현이 지은의 한쪽 볼을 살짝 잡아당겼다.

"아프지? 그럼 꿈 아니야."

"아니야. 아까 꿈에서도 아팠어요. 정현 씨가…….'"

검에 베여 죽었다는 말이, 너무 불쾌해서, 입에 담는 것만으로도 무서워서 입 밖으로 나오지 않았다. 정현이 말했다.

"꿈은 내용을 말하다 보면 얼마나 황당한 거였는지 알거든. 그러면 점점 정신이 돌아와. 계속 말해봐."

"정현 씨가, 칼에 찔려서……."

"내가 칼에 찔려서, 죽었어?"

"아까도 이렇게 얘기하다가 불이 꺼지고 저기서 칼이 나와서……."

지은이 손가락으로 정현의 뒤를 가리켰다. 정현이 뒤를 돌아보았다. 보이는 건 벽뿐이었다.

"난 그런 거 영화에서밖에 못 봐서…… 피가 너무 많이……."

지은은 정말 가까운 사람의 살해 현장을 목격해 충격을 받은 사람처럼 더듬거리면서 부정확한 묘사를 늘어놓았다. 지은의 설명을 듣는 정현은 미소를 짓고 있었다.

그는 생각에 빠졌다. 오래된 철제 상자에 담아두고 자물쇠를 채운 뒤 다시는 꺼내 보지 않으려는 것처럼 어두운 저 아래 내려둔 생각.

웃고 있는 표정은 지금 그의 속을 조금도 표현하지 못한다.

엉망진창으로, 두서없이, 가해자가 누군지 알 수 없는 살해 현장을 설명하던 지은은 뺏기지 않겠다는 듯 정현을 있는 힘껏 부둥켜안았다. 정현은 지은이 볼 수 없는 어깨 너머로 표정을 굳히고서 생각했다.

아, 젠장.

빌어먹을.

이런 법은 없어.

차라리 이게 내 악몽인 편이 낫다.

어쩌다 한 번 꾼 꿈이지 않을까? 다들 악몽을 꾸잖아?

그럴 수 있다. 며칠 전 아버지한테서 헤어지라는 소리도 들었으니 무의식중에 나를 잃는 꿈을 꿀 수도 있잖아.

만약 아니라면 어쩌지? 정말 악몽이 그녀에게 옮겨 간 거라면?

그녀가 그걸 버텨낼 수 있을까?

정현은 차 뒷좌석 창문에 팔꿈치를 댄 채 생각에 잠겨 있었다.

'그냥 악몽이겠지.'

지은이 그가 겪은 것처럼 정신과 몸의 건강까지 좀먹는 악몽을 꾸지는 않았다는 것이 안심이었다. 그냥 악몽일 것이다, 라는 말을 되뇌는 것으로 그는 불안한 마음을 다잡았다.

지은이 악몽을 악몽으로 받아들이고 안정을 되찾는 데는 삼십 분이 걸렸다. 세수를 하고 이른 아침을 먹은 뒤에야 지은은 출근을 해야 하는 정현에게 집으로 돌아가라는 말을 했다.

정현은 택시를 타고 자택으로 돌아왔다. 샤워를 하고, 옷을 갈아입고, 옆집으로 가 뭉그적대는 민익을 깨운 후 회사로 가는 길이었다.

갑자기 들려온 비명 소리에 정현이 소리를 찾아 앞으로 시선을 들었다. 여자가 계속 비명을 질렀다. 운전석에 앉은 민익의 재킷 주머니에서.

민익이 말했다.

"예약 알람이야. 저녁에 하는 청오, 예약해둔다는 게 오전으로 해뒀나 보네."

"청오?"

"청계천은 오늘도 안녕. 드라마야."

"얼른 꺼. 소름 끼치니까."

빨간불에 차가 선 사이 민익이 휴대전화를 꺼내 알람을 껐다. 정현이 가라앉은 목소리로 물었다.

"검정고시 준비는 잘되고 있는 거야?"

"내가 울 엄마한테서 들었던 공부하란 소리보다 네놈한테서 들은 게 더 많다는 거 알아?"

민익의 어머니는 그가 열다섯 살 때 돌아가셨다. 농담으로 받아치기엔 애매해서 정현은 잠시 입을 다물었다. 차가 움직이기 시작하자 정현이 말했다.

"혼자 못하겠으면 학원이라도 다녀. 저녁반 수업이라도 들으러 가라고."

"알았어. 돈 내놔."

"수강증 가져오면 줄게."

"너 잔소리 장난 아닌 거 알지? 지은 씨한테도 이렇게 굴어? 그럼 너곧 차여. 얼굴 뜯어보고 즐기는 것도 잠깐이지. 나 혼자 공부할 수 있어. 학원은 무슨. 얼마나 잘하고 있는데. 너무 쉬워서 내 머리에 감탄하는 중이다."

"강동 6주를 확보한 고려 시대 장군의 이름은?"

"웃기지 마."

"이름."

정현이 단호하게 물었다. 민익은 구시렁대며 어물쩍거렸다. 백미러로 두 남자의 눈이 마주쳤다. 민익이 불확실한 목소리로 말했다.

"이순신?"

"말도 안 되는 소리를! 장난치지 말고."

"……광개……토…….."

"광개토가 어떻게 고려 장군이야? 정답은 못 맞혀도 틀린 보기는 지울 수 있어야지!"

정현은 몸을 뒤로 누이고 밖으로 시선을 돌렸다. 그가 한숨을 쉬듯 말했다.

"넌 참 뇌가 수수한 거 같아."

"하지만 주먹은 단단하지. 얼굴을 뭉개는 데 최적화되어 있어. 시험해볼래?"

민익과 말다툼을 하는 동안 기분이 그나마 나아졌다. 연말 보너스라도 줘야겠다는 생각이 들었다. 정현의 휴대전화가 울렸다. 휴대전화 창에 지은의 이름이 떴다. 정현은 계속 구시렁대는 민익에게 조용하라는 듯 손을 내젓고 휴대전화를 귀에 갖다 댔다.

들려온 건 지은의 목소리가 아니었다.

민익이 눈을 흘깃했다. 백미러로 보이는 정현의 표정이 심각했다.

전화를 끊은 정현이 말했다.

"경일병원으로 가."

그해, 세르노다의 가을은 건조했다. 여름내 비가 그렇게 많이 왔으니 일 년간 다이런에 배정받은 비는 여름 안에 다 써버렸다고 볼 수도 있을 것이다.

라야는 클레이모어 저택을 완전히 나왔다. 아일은 여전히 아넷의 생가에 살고 있었기 때문에 두 사람이 만나려면 외부에서 만나야 했다. 아일은 그녀가 아넷의 집에 그대로 머물길 원했지만 라야가 원하지 않았다. 그래서 아일은 라야가 세르노다 시내에 있는 집을 구해 살기를 바랐다. 하지만 라야는 그것도 원하지 않았다. 고용인의 신분으로 주인의 집에서 주인과 관계를 나누는 것도, 그가 구해준 집에서 정부처럼 매일 밤 그를 기다리는 짓도 하기 싫었다.

라야는 길모와 수엔의 부모가 운영하는 여관에 방을 구했다. 낮에는 여관 일을 도와 돈을 벌고 밤에는 수엔에게 글을 가르쳐주었다. 물론 언덕을 찾아 나달에게서 수업을 받는 것도 빼먹지 않았다. 아넷이 없고 극단도 떠나 쓸쓸해진 세르노다에서 라야는 그렇게 새로운 일상을 시작하고 있었다.

"차이드 인 하녀 따위가 콧대 높은 에드가를 어떻게 침대로 끌고 갔는지 궁금하군."

라야는 갑자기 들려온 소리에 얼어붙었다.

아카데미 도서관 안이었다. 나달에게 부탁받은 책을 빌리러 언덕에 가기 전 잠깐 들른 길이었다. 책장 넘기는 소리도 들릴 정도로 조용한 가운데 들려온 말소리가 환청처럼 느껴지지는 않았다. 말의 내용은 환청이라 생각하고 싶을지라도.

대화는 멀지 않은 곳에서 들려왔다. 두 남자가 라야가 서 있는 책장 쪽으로 걸어왔다. 라야는 황급히 사각지대로 몸을 숨겼다. 남자들은 걸음을 멈추고 대화를 이어갔다.

"여색엔 관심 없는 인간인 줄 알았더니 것도 아니었군."

"에드가란 이름 때문에 그간 가려진 면이 있는지도 모르겠어."

"무슨 뜻이야?"

"안 그런가. 의외로 영악한 사내잖나? 평민 계집들은 얼마든지 건드려도 난잡한 여성 편력에 숫자로 포함되지 않을 게 아닌가."

그렇게 말하고 남자들은 도서관 내부라는 것을 의식해 소리 죽여 웃었다. 남자들이 사라질 때까지 라야는 책장 벽에 몸을 웅크리고 있었다. 발소리조차 들리지 않게 되자 라야는 일어서려 했다. 그런데 다리에 힘이 들어가지 않았다. 그래서 고개를 먼저 들었다. 조금 떨어진 곳에 리디아가 서 있는 것이 보였다. 리디아가 차가운 눈으로 라야를 바라보고 있었다.

라야와 리디아는 대화도 없이 한참을 나란히 걸었다. 걷는 속도에 따라 가끔은 라야가 뒤에 서 있기도 하고 리디아가 뒤에 가기도 했지만 대부분은 나란히 있었다. 두 사람은 함께 도서관을 나와 나달이 기다리고 있을 언덕으로 향했다. 예전 리디아와 통성명을 했던 찻집을 지났다. 그때 리디아가 지나가는 말처럼 말했다.

"어릴 때 둘째 언니가 내주었던 수수께끼가 생각나."

라야는 리디아를 보는 대신 정면에 시선을 두고, 나달에게서 부탁받은 책을 품에 꼭 안았다. 리디아가 그런 라야를 쳐다보았다.

"칼처럼 날카롭고, 결혼 전 사내의 호언장담만큼 무책임하며, 깃털만큼 가볍고, 빛처럼 빠르며, 바람만큼 멀리 가는 게 뭘까?"

답을 듣고자 낸 질문이 아니었다.

"이상할 정도로 나쁜 소문이 없는 사람이었지, 아일 에드가 클레이모어란 남자. 사교 모임에도 통 나오지 않고 가끔 사람들을 만나도 필요한 말 외에는 농담도 하지 않으니, 전해 듣는 소문은 죄다 동경이나 질투로 범벅된 그런 것. 책 속에 나오는 인물 같았다고 할까?"

리디아가 눈빛만큼 차가운 음성으로 말했다.

"덕분에 이제야 그에게서 사람다운 냄새가 나는 것 같아."

리디아가 멈춰 섰다. 그래서 라야도 멈춰 서야 했다. 비슷한 키의 두 여자는 오랜만에 상대의 눈을 제대로, 오래 마주 보았다. 두 여자가 그 순간 상대에게서 우월감과 열등감을 동시에 느끼고 있다는 건 두 여자조차도 몰랐다.

숨기고 싶은 생각도 없었기에 리디아는 눈으로 노여움을 말했다.

"난 누군가와 한 물건을 공유할 생각이 없어, 라야."

라야는 한참 만에야 반박했다.

"그 사람은 물건이 아니에요."

"결국은 소유의 문제야. 그가 하녀로 소유하고 있던 너를 이용해 욕구를 풀었듯이."

터무니없는 소리였지만, 라야는 말문이 막혔다. 사실이 그렇지 않다는 건 말을 한 리디아도 알고 있고, 리디아가 그것을 알고 있다는 걸 라야 역시 알았다. 하지만 상처를 주기 위한 모욕은 방어할 생각도 못하고 있던 라야의 입을 틀어막았다. 라야는 모멸감을 느꼈다. 그건 그녀가 그런 취급을 당해서도 아니고, 그들의 사랑이 훼손당해서도 아니었다.

"기분이 어때?"

리디아가 물었다.

"네가 방금 느낀 그 기분. 내가 아까 도서관에서 느낀 것이야. 내 남자의 이름이 위명을 떨치든, 어딘가에서 악명으로 남든 상관없어. 하지만 비웃음을 당하는 건 참을 수가 없어. 이렇게까지 말하는 건, 그래도 네가 나와 같은 분께 가르침을 받고 있기 때문이야. 이곳이 귀족과 평민이 나란히 앉아 차를 마실 수 있는 세르노다이기 때문이지. 내가 사람들이 말하는 것처럼 '세르노다의 최면'에 걸려 있기 때문이야."

"그 사람은……."

'그 사람은 당신 남자가 아니다.'란 말이 나올 뻔했다. 건방진 소리였다. 따귀를 맞아도 할 말이 없는 주제넘은 발언이다. 다행스럽게도 리디아가 라야의 말을 막았다.

"그 사람, 그 사람. 네가 그 남자를 그분이 아니라 그 사람이라고 부를 수 있는 것도 세르노다에 있기 때문이야. 아직은. ……그 남자와 네가 언제까지 세르노다에 있을 수 있을까? 세르노다를 나가는 순간 너를 보호해주던 것들이 일시에 사라질 거야. 그 남자가 널 보호해줄 수 있을 거란 생각은 하지 마. 누구도 한 인간을 온전히 보호할 수는 없어. 틈은 언제나 생기는 법이니까. 결국 자신을 보호할 수 있는 건 자기 자신뿐이지. 자기가 가진 재주, 능력, 힘."

리디아는 어린 시절부터 선제후 가문의 고등 교육을 받고 자라온 여성이었다. 그녀의 공격은 예리하고 유려했다. 라야는 바보천치가 된 기분이었다. 보통의 평민이었다면 리디아가 하는 말의 삼분의 일도 알아듣지 못했을 것이다. 그래서 얼빠진 얼굴로 듣고 있다가 중간쯤 '지금 뭐라고 하는지 모르겠지만 내 기분이 나쁜 걸로 봐서 좋은 소리는 아닌 거 같아. 그러니 닥쳐.'라고 대응이라도 했을 것이다. 하지만 라야는 다이런이 평민에게 요구하는 것 이상으로 똑똑했고, 덕분에 리디아의 말에 대꾸하지 못했다. 리디아의 말이 맞다는 것을 알기에.

리디아가 가볍게 미소 지었다.

"세상이 뒤집히지 않는 한 그 남자와 난 결혼하게 될 거야. 내가 굳이 싫다고 집을 뛰쳐나가거나 다른 남자에게 사랑을 느낀다면 바뀔 수도 있는 예정이지만, 그런 일이 일어날 가능성은 무척 낮아. 그 남자가 내 마음에 든 건 분명 네게 유감스러운 일이겠지. 하지만 라야……."

리디아가 달래듯 말했다.

"내가 아니더라도 그 남자는 다른 여자를 부인으로 맞게 될 거야, 네가 아니라. 난 사실 그 남자가 가끔 네 집에 찾아가 널 안더라도 상관없어."

리디아는 들고 있는 책을 반으로 갈라 펼쳤다.

"공유의 문제란 것도 세르노다 밖으로 나가면 이야기가 달라지지. 넌 나와 그 남자를 공유할 수 없어. 남자가 아무리 이불을 아낀다고 해서 부인과 몸을 데워주는 이불이 한 남자를 공유한다고는 하지 않으니까."

리디아는 책 사이에 책갈피처럼 꽂아둔 쪽지를 엄지와 중지로 집어 꺼냈다. 그리고 그것을 라야에게 건넸다. 리디아가 아름다우나 서늘한 미소를 지으며 말했다.

"너 때문에 그 남자가 비웃음을 당할 처지에 놓여 있어. 그걸 모를 정도로 네가 어리석진 않다는 게 다행이야. 믿기 어렵겠지만, 난 그 남자가 마음에 드는 만큼 너도 마음에 들어."

라야는 책을 안고 팔짱을 낀 채 웅크리고 있던 상체를 폈다. 추위라도 느낀다는 것처럼 잔뜩 움츠려 있었다. 라야는 손을 떨지 않도록 신경 쓰며 쪽지를 받아 들었다. 하지만 펴보지는 않았다.

리디아가 쪽지의 내용을 말했다.

"네가 있던 극단이 지금 도나크 기번에 있어."

라야가 감정이 풍부한 초록빛 눈동자를 들어 리디아를 보았다. 곧 몰려올 태풍을 기다리는 아로마니 바다처럼 짙은 초록빛이 깊고 어두웠다. 리디아는 그 눈을 보고 자신의 생각이 틀리지 않음을 확신했다.

"그를 떠나 도나크로 가. 무대에 서. 이건 한 스승을 모시는…… 친구로서 하는 말이야."

그건 분명 리디아의 진심이었다. 그리고 그녀는 덧붙였다.

"또 모르지. 네가 유명한 배우가 돼서 그를 다시 찾아온다면…… 연인의 해후로 며칠 밤을 뒹굴어도 모른 척해줄게. 그 정도 배려는 가능해. 너에 대한 배려가 아니라 그 남자에 대한 배려로."

그건 친구로 하는 말이 아니었다.

검은 새는 여관 지붕에 앉아 있었다. 아주 지루한 표정으로.

보기 힘들 뿐 아니라 일반인이라면 눈치챌 수도 없지만, 검은 새는 분명 표정을 가졌다. 날개를 접고 있는 동안에도 올빼미의 눈 속에선 늑대의 영혼이 어둠 속을 달렸다. 밤은 사신들이 돌아다니기에 최적의 시간이었고, 검은 새는 사신이 지나는 길을 쳐다보고 있는 걸 좋아했다. 길을 다니던 사람들은 사신이 옷깃을 스치고 가면 추위를 느끼며 몸을 감쌌다. 주인의 은밀한 시간을 방해할 만한 훼방꾼이 나타나면 검은 새는 소리를 내 주인에게 알렸다.

사실 그와 검은 새의 관계는 주인과 종이라기보다 계약으로 이루어진

동등한 관계라고 보는 게 맞을 것이다. 클레이모어가의 모든 적통들이 검은 새를 다룰 수 있는 것도 아니었다. 상세한 설명을 위해선 그 기원을 찾아 다이런이 생기기 이전으로 거슬러 올라가야 하고, 선택 받은 영혼과 검은 새의 약조는 세간에 그 내용을 분명히 밝히기 어려운 면이 있는 터라 그냥 간단하게 주인과 종의 관계라고 불렸다. 다행히 검은 새는 그런 취급에 불쾌함을 느끼지 않았다.

멀지 않은 곳에 묘지가 있었다. 산 자들의 숨소리가 죽은 자들의 목소리보다 작아지는 시간이 오면 묘지는 슬슬 깨어날 준비를 한다. 검은 새는 굴뚝으로 올라가 묘지를 굽어보았다. 검은 눈에 길을 잃고 헤매는 영혼들이 보였다. 검은 새가 입맛을 다시며 제 주인이 있는 여관 2층 복도 끝방을 쳐다보았다.

"내가 왜 좋아요?"

침대에서 몸을 일으키는 아일을 보며 라야가 물었다. 라야는 누운 채로 양손으로 얼굴을 가렸다. 울음 섞인 목소리가 말했다.

"차이드 인 하녀 따위가 콧대 높은 에드가를 어떻게 침대로 끌고 갔는지 궁금하대."

아일이 침대 아래에 떨궈진 옷을 집어 들다 말고 그녀를 보았다. 라야가 손을 내리고 그를 응시했다. 목소리와 달리 그녀는 울고 있지 않았다.

"순진해 빠진 얼굴로, 이 몸으로 내가 당신을 홀렸대."

"그딴 말을 왜 귀에 담아."

아예 틀린 말도 아니다. 그가 그녀에게 홀린 것은 사실이니까.

라야가 혼잣말처럼 말했다.

"당신 눈을 멀게 했대."

"내 눈은 멀쩡해. 덕분에 너도 보고, 오늘 오전에 그딴 것도 봐야 했지.”

“오전에 뭘 봤는데?”

“칠십 먹은 노파가 제 남편을 부엌칼로 난도질해서 길에 전시해놨어. 오십 년간 하루도 빠짐없이 밥투정을 했다는 이유로. 죽일 이유가 충분하다고 생각해서 정상을 참작했지.”

“그런 얘기 들을 기분 아니야.”

라야가 힘없이 말했다. 아일은 침대에서 일어나 바지를 입고 문가에 던져둔 상의를 집어 들었다. 침대를 내려오면 그녀에게 매달리던 열정적인 남자는 사라지고 그는 소문 속의 차가운 에드가로 돌아온다. 그게 사실이 아닐지라도, 요즘 마음이 불안정한 라야가 느끼기엔 그랬다.

“당신한테 어울리는 사람이 되고 싶어.”

라야가 말했다. 곧 눈물이 흘러내릴 것처럼 초록빛 눈동자가 흔들렸다.

“내가 당신을 우습게 만든대.”

아일이 옷을 완전히 갖춰 입은 후 작게 콧숨을 내쉬었다. 그가 침대 곁으로 와 라야를 내려다보았다.

“네가 보기엔 내가 우스워 보여?”

“어떻게 해야 당신한테 어울리는 사람이 될까?”

“네가 말하는 어울린다는 게 뭔지 모르겠지만 그게 여성 교수가 되겠다던 것과 비슷한 거라면 내가 어떻게 해줄 수가 없어.”

“어떻게 해달라는 게 아니야.”

“그렇다면 해결되지도 않는 문제를 왜 붙잡고 있어.”

“당신 어머니도 그렇게 말했지.”

“뭐?”

라야가 몸을 일으켜 두 무릎을 모아 웅크리고 앉았다.

"안 되는 걸 붙잡고 있지 말라고. 그러니까 저택으로 돌아가지 말고 극단 사람들과 이곳을 떠나라고. 내가…… 당신 곁에 남은 게 잘못이었을까?"

라야는 그러지 말아야 한다는 걸 알면서도 떠보듯 그렇게 물었다. 아일은 입을 다물었다. 그가 화를 내고 있다는 걸 알았지만 라야는 말을 주워 담지 않았다. 이불을 끌어당겨 얼굴까지 덮어썼다. 이불 속에서 라야가 소리쳤다.

"머리로는 알아! 귀담아 들을 필요 없다고 생각해! 그런데 아픈데 어떡해. 여기가 아파서 숨이 콱 막히는데 어떡해! 그런 소리 들을 때마다, 한 번도 아니고 연거푸 들으면 정말 내가 당신을 주제넘게 붙잡고 있다는 생각이 들어. 한 사람도 빠짐없이 내가 당신을 우습게 만든다잖아. 엄마랑 죽었어야 했는데 운만 좋아서 혼자 살아남아 다이런까지 오고 운 좋게 당신 집에 들어가서……!"

아일이 이불을 확 걷었다. 라야는 울고 있었다. 이불을 빼앗기자 라야는 몸을 돌려 베개에 얼굴을 짓이기듯 묻고 마저 울었다. 그녀가 베개에 입을 댄 채 말했다.

"이제 내가 불러도 바람이 오지 않아. 바람도 내가 꼴 보기 싫어졌나 봐."

"내가 이해할 수 없는 걸 이해해달라고 하지 마."

라야가 몸을 일으키고 그를 쏘아보았다.

"이해해달라고 하지 않았어! 당신은 다른 사람 이해 같은 거 할 줄도 모르는 사람이잖아!"

그는 끝까지 화를 표현하지 않았다. 그래, 이 남자는 그런 사람이지.

아일이 쌀쌀맞게 말했다.

"그런 인간 곁에 남겠다고 결정한 건 너야."

"당신이 잡았잖아. 온몸으로 남아달라고 애원했잖아."

"그래."

"내가 떠나도 괜찮아? 내가 이제 와서 그러겠다고 하면…… 나, 떠나도 되는 거예요?"

붙잡지 않을 거야?

아일이 무슨 말을 하려는 순간, 검은 새의 울음소리가 들렸다.

루보스는 세르노다의 경비대원이었다. 나이는 상관인 아일보다 한 살 많지만 애가 셋이나 있는 유부남이었다. 그가 하는 일은 위험인물들이 도시로 들어오는지, 무기를 소지한 것 같은 인물은 없는지 확인하고 그런 인물이 있다면 입국 서류에 서명을 남기게 하는 것이었다. 비교적 위험이 적은 이 일을 그는 사랑했다.

얼마 전까지만 해도 유명한 극단이 세르노다에 머무는 바람에 입구가 시끄러웠다. 호위를 데리고 성을 드나드는 귀족들을 쫓아다니며 기분 상하지 않게 서명을 부탁해야 했고…… 그래, 그 빌어먹을 갈라마 인.

그가 보고도 큰 걱정 없이 들여보냈던 갈라마 인이 경비대장을 암살하려다 실패한 일이 있었다. 말이 실패지 그 일로 그 이름도 유명한 에드가가 죽을 뻔했다. 눈이 시뻘개진 경비부대장이 암살범을 찾아내려고 세르노다를 뒤집어엎었다.

경비대를 그만두게 되더라도 할 말이 없었다. 그러나 에드가는 경비대로 복귀하고 나서도 루보스가 일곱 명의 가족을 책임지고 있는 가장이란 점을 고려해 별다른 책임을 묻지 않았다. 아, 관대한 에드가.

이제야 겨우 조용한 일상을 되찾나 했더니, 큰 문젯거리가 될 만한 게 또 루보스의 눈앞에 놓여 있었다. 루보스는 직감했다. 이건 아주 큰 문젯거리가 될 거야.

루보스는 세르노다 입구의 위병소에서 나와, 늘 들고 다니는 입국 서류를 가슴에 딱 붙이고 직립 자세로 서 있었다. 그는 도개교를 지나 성 안으로 줄지어 들어오는 마차들을 보며 조용히 눈알을 굴렸다.

검은 마차가 세르노다로 들어왔다. 단단한 검은색 목재로 만든 마차엔 국기와 두 마리의 날개 달린 말 문장이 새겨져 있었다. 뒤를 이어 검은 마차가 네 대 더 들어왔다.

두 마리의 날개 달린 말 문장.

그게 뭔지 모르는 사람은 거의 없을 테지만 그걸 실제로 볼 일은 별로 없다. 저 문장이 출동하려면 종교 재판이나 왕실 주관의 재판이 열려야 하니까.

아주, 아주 큰 문젯거리가 벌어지려는 게 틀림없다.

그리고 그 큰 문제는 루보스가 혼자 처리할 만한 게 아니었다. 루보스는 대장을 부르러 간 동료가 사라진 방향을 멀거니 쳐다보았다. 내 언젠가 세르노다에서 이런 일이 일어날 줄 알았지.

마지막 마차까지 멈춰 서고 붉은 로브를 입은 두 명의 사내가 내렸다. 그들에게선 위험한 냄새가 풍겼다. 루보스같이 평범한 사람들 눈엔 골목을 뛰어다니며 칼을 휘두르는 미치광이나 말 한 마디로 사람을 하루 아침에 형장의 이슬로 만드는 저들이나 위험한 존재들이긴 매한가지였다.

루보스는 붉은 로브들에게 농담을 던져보았다.

"연락이라도 하고 왔더라면 새벽 야참으로 무어 수프를 만들지는 않았을 텐데요."

사내들은 미소 비슷한 것도 짓지 않았다. 루보스는 그들이 농담을 못 알아들은 거라고 생각했다.

"그러니까…… 무어 수프는 양을 조금밖에 만들 수 없어서, 당신네들은 인원이 많고, 같이 먹자면……."

"알아들었소."

붉은 로브 중 상대적으로 키가 작은 사내가 무뚝뚝하게 대꾸했다. 루보스는 붉은 로브들이 원하는 대로 입을 다물었다. 붉은 로브들은 아무래도 루보스의 동료가 부르러 간 이 도시의 책임자를 기다리는 듯 보였다.

오, 신이여. 루보스는 붉은 로브들 뒤쪽으로 아일이 말을 타고 달려오는 것을 발견하고 환호성을 지를 뻔했다. 붉은 로브들도 루보스를 따라 뒤를 돌아보았다.

아일이 말에서 내렸다. 루보스가 달려와 말했다.

"빨리 오셨네요. 댁으로 사람을 보냈는데."

"근처에 있었어."

"아."

"무슨 일이야?"

아일이 마차들을 흘긋 쳐다보고는 물었다. 키가 작은 로브가 다가왔다. 붉은 로브의 갈색 눈과 아일의 금색 눈이 짧은 순간 시선을 교환했다. 관찰, 파악, 결론.

붉은 로브가 의례적인 미소로 인사했다.

"클레이모어 경."

아일이 의식적으로 고개를 갸웃했다.

"아는 사이던가요?"

"만나지 않았어도 모를 수 없지요. 세르노다에서 검은 새를 데리고 다니는……."

붉은 로브는 얼굴 옆에 검지를 세워 하늘을 가리켰다. 검은 새가 밤하늘을 가로질러 주인을 쫓아왔다.

"금발의 금안 사내가 많지는 않을 것 같군요."

붉은 로브가 손을 내밀었다.

"신성 재판소의 리아고 오르테가입니다."

아일이 오르테가의 손을 잡으며 의아하다는 듯이 말했다.

"신성 재판소. 아직도 존속하고 있는 줄은 몰랐네요."

"저도 최근에야 제가 거기 소속이란 걸 알았습니다."

농담 아닌 농담을 하는 오르테가의 표정이 한결 부드러워졌다. 긴 여행으로 인한 피로도 피로지만 앞으로 저질러야 할 일들에 대해 마음을 굳게 먹느라 머리에 쥐가 나려 하고 있었다. 잘은 모르지만 에드가 앞으로 벌어질 일을 좋아할 것 같지는 않았다.

오르테가를 주의 깊게 쳐다보던 아일이 물었다.

"그래서, 이 새벽에 어쩐 일입니까? 낮에도 입국 서류를 한 무더기 작성해야 하는 우리 대원들을 배려해서 그런 것 같지는 않은데."

낮에도 새벽에도 입국 서류를 한 무더기 작성해야 하는 루보스는 아일 뒤에 숨어 안전거리에서 그들의 대화를 듣고 있었다. 오르테가가 로브 자락을 걷고 품에서 붉은 두루마리를 꺼냈다. 아일은 두루마리가 손에 들어올 때까지 오르테가의 얼굴에서 눈을 떼지 않았다. 눈으로 볼 때에는 무겁게 느껴지던 짙붉은 두루마리는 맥 빠질 정도로 가벼웠다. 죽음을 예언하고 있는 두루마리치고는 가벼워도 너무 가벼웠다. 오르테가에게 박혀 있던 아일의 시선이 두루마리로 옮겨 가자, 오르테가가 빠르게 말했다.

"죄인들의 신상입니다. 저희끼리 알아서 해도 되지만, 경께서 안전을 책임지고 있는 도시를 외부인들이 들쑤시고 다니는 건 좋아하지 않으실 테지요. 대원들을 붙여주십시오."

"길잡이로?"

아일이 눈을 두루마리에 둔 채로 물었다. 오르테가는 그렇다는 뜻으로 고개를 한 번 끄덕이고, 머리를 젖혀 하늘을 빙빙 돌고 있는 검은 새를 쳐다보았다. 아일이 물었다.

"죄목은?"

오르테가가 검은 새를 응시한 채로, 요리에 들어갈 재료들을 읊듯 느릿하게 말했다.

"불경죄, 모역죄, 국정 문란, 신성 모독, 내란 음모."

"세르노다가 그렇게 살벌한 도시인 줄은 미처 몰랐군."

"왕자 암살 시도."

아일이 고개를 번쩍 들어 오르테가를 보았다. 고개를 젖힌 채로 오르테가는 눈만 굴려 아일과 눈을 마주쳤다.

가을의 새벽은 길고 추웠다. 두 사람은 그만큼 차갑고 길게 침묵했다. 그동안 검은 새가 한 번 울었다.

오르테가는 고개를 바로 하고, 아일의 반응을 살피는 동안 헤벌어졌던 입을 닫았다. 오르테가가 말했다.

"전해 듣기로 경비대장께선 이미 알고 계신다던데."

"……누가?"

"폐하께서."

아, 그 미친놈.

"재판이 열린다면 경을 증인으로 부를 수 있습니다. 미리 알려드립니다."

"증인……."

"네. 경 이외에도 한 명의 여성이 더 현장에 있었다고 하던데."

'라야.'

아일은 머릿속으로 그녀의 이름을 불러보았다.

이런 상황에서조차 그녀의 이름이 머릿속에 울렸다는 것만으로도 주위의 온도가 훨씬 높아진 기분이 들었다. 새삼 그녀의 이름이 얼마나 좋은 울림을 가졌는가를 생각했다. 울고 있는 그녀를 여관방에 그대로 두고 온 게 마음에 걸렸다.

아일이 속을 읽히지 않으려고 두루마리로 시선을 내렸다.

오르테가가 미소 지으며 말했다.

"뭐, 경의 증언만으로 끝난다면 그 여성까지 재판에 불려 나올 필요는 없지요."

"명단이 꽤 긴데."

"시대가 바뀌는 시점엔 잡음이 많이 생기는 법이니까요."

죄인들의 명단을 훑어 내려가던 아일은 특이한 점을 발견했다. 명단의 인물들은 교수와 학생이 대다수였다. 굳이 분류하자면 교수들이 죄다 공화파 쪽 인물이란 것도 공통점이었다. 아마 학생들은 그 교수들에게서 수학하는 제자들일 거란 데 아일은 제 검을 걸 수도 있었다.

아일이 떨떠름하게 말했다.

"명단을 보니 새벽에 올 게 아니라 낮에 아카데미를 찾아가 한꺼번에 잡아들이는 편이 편하지 않을까 싶은……."

아일은 명단에서 한 이름을 발견하고 말을 멈추었다. 잘못 본 것이길 바라면서 천천히 한 번 감았다 뜬 눈이 여전히 같은 이름을 발견했다.

'나달 앙루.'

그 글자가 가시가 되어 목에 걸렸다. 아주 깊이. 혈관처럼 깊이. 고통이 염려돼 침을 삼키는 것을 두려워하는 것처럼 아일은 한참 동안 마른 혀를 꼼짝도 하지 않고 그 이름을 응시했다. 억지로 침을 삼키자 심장까지 어릿한 느낌이 전해졌다. 나달의 천진한 얼굴이 생각나고, 나달을 아버지처럼 따르던 라야의 얼굴도 생각났다. 눈을 다시 감았다 떠도 나달의 이름은 빌어먹을 명단에서 지워지지 않았다.

오르테가가 뒷짐을 지며 밤하늘을 올려다보았다. 그리고 흥겹게까지 들리는 어조로 말했다.

"신성 재판소의 전통이랍니다. 교수형은 태양 아래서, 참형은 달 아래서."

'교수형은 태양 아래서, 참형은 달 아래서'가 신성 재판소의 처형 방식이란 것은 맞다. 그렇다고 이번에 압송된 사람들이 정말 하룻밤 새 모두 참형을 당하지는 않았다. 그들은 며칠 내로 재판을 받고 내려진 판결에 맞게 처형될 예정이었다. 그 재판이 죄인들을 자칫 무죄로 만들 수도 있는 배심은 없고 유죄를 입증하기 위한 증언과 증거만을 채택하고 자백을 위한 고문도 허용된다는 게 다른 재판과 다른 점이라면 다른 점이었다. 마지막 신성 재판이 있었던 오십오 년 전까지 신성 재판에 회부되고도 사형을 피해 간 인물은 여섯 명에 불과했다. 여섯 명 중 네 명은 고문 후유증으로 죽었고, 두 명은 팔을 잃었다.

"네가 가서 뭘 어쩌겠다는 거야!"

아일이 집무실을 뛰쳐나가려는 라야를 붙잡았다.

언덕으로 나달을 만나러 간 라야는 한참을 기다려도 그가 오지 않자 아카데미로 갔다. 아카데미의 분위기가 심상치 않다는 건 입구의 철문을 지나지 않아도 느껴졌다. 교실은 모두 비어 있었다. 가끔 보이는 학생들도 어딜 그렇게 급히 가는지 교정을 지나는 빠른 걸음을 멈추질 않았다. 나달의 집으로 찾아가는 동안 세르노다 전체가 이상한 분위기란 것을 알았다. 도시가 몸을 사리듯 조용히 떨고 있었다. 어떻게 된 게 우연처럼 잘도 만나지던 르웨이와 리디아도 보이지 않았다. 외롭고 무서운 꿈을 꾸고 있는 기분이 들었다.

"이런 법은 없어요! 밤새 사람을 그렇게 끌고 갈 순 없어."

아일의 집무실로 찾아온 라야는 자초지종을 듣고는 나달을 탈옥이라도 시킬 기세로 방을 뛰쳐나갔다. 아일이 라야의 허리를 붙들어 그녀를 다시 방 안쪽으로 던져 넣었다. 그리고 문을 다시 닫고 몸을 돌려 등으로 문을 막았다. 그가 말했다.

"네가 간다고 해도 만나볼 수도 없어."

"선생님이 안 오셔서 선생님 댁에 가봤어요! 가보니까 집이 어떤 줄 알아요? 집 안이 엉망진창이 되어 있었다고요. 그 와중에 선생님이 다쳤으면 어떡해!"

라야의 목소리는 고통으로 얼룩져 있었다. 아일이 침착하게 말했다.

"안 다쳤어. 집 안이 엉망인 건 증거들을 찾는다고 그들이 헤집어놔서 그런 거야."

"선생님이 안 다쳤다고 어떻게 확신해요!"

아일이 조용히 그녀를 응시했다. 그의 눈에서 그가 하지 못하는 말을 읽은 라야가 비틀거리며 뒤로 물러섰다.

"당신이 그걸 어떻게 알아요? 봤어요? 그때…… 나달이 잡혀갈 때, 당신이 현장에 있었어?"

"……."

"있었냐고!"

라야가 사납게 소리쳤다.

아일의 표정은 차가웠다. 그는 화를 내고 있었다.

이런 상황을 만든 미친 왕자, 아니지, 이제 미친 왕이지. 그래, 미친 왕에게 화가 났다. 그 음흉한 속내가 투명할 정도로 눈앞에 보여서 분노로 머리가 시커멓게 타올랐다. 이 일을 지휘하는 오르테가란 놈에게 화가 나고, 무력한 자신에게 화가 났다. 그래서 그의 목소리는 더 침착해지고 표정은 더 차가워졌다.

"그래, 있었어. 내가 그들을 나달의 집까지 안내했어."

"당신이 안내했다고?"

라야가 믿기지 않는 목소리로 되물었다. 아일이 말했다.

"내가 눈으로 봐야 그들이 함부로 대하는 걸 막을 수 있으니까."

"그래도…… 아무리 그래도 그러면 안 되죠. 당신이 그러면 안 되지……."

라야가 힘없이 무너졌다. 아일이 넘어지는 그녀를 달려가 안았다. 툭 건드리면 떨어질 것처럼 고여 있던 눈물이 그녀의 뺨을 스치고 떨어졌다. 기운 없이 그의 품에 안겨 있던 라야가 갑자기 정신이 든 사람처럼 눈을 크게 뜨더니 몸부림을 쳤다. 아일도 충분히 괴로웠다. 어쩌면 라야만큼. 아니, 그녀 이상으로 고통스러웠다.

아일은 명단에서 나달의 이름을 발견하고 그 짧은 순간 그를 빼돌릴 방법을 생각했다.

어차피 신성 재판정에 오른 사람은 죽거나 불구가 된다. 차라리 도망자 신세가 낫다. 붉은 로브들이 나달의 집을 찾아가기 전에 그를 도망치게 할 셈이었다. 어디에 그를 숨겨둘지 생각하고 있는데, 오르테가가 말했다.

"나달 앙루의 집부터 가지요."

심장이 멈추는 줄 알았다. 오르테가는 그 일이 우선순위 1위라는 듯이 다시 한 번 더 나달을 분명히 지목했다. 그 순간 왜 그 미친 왕의 얼굴이 생각났는지 모르겠다.

아일이 붉은 로브들을 나달의 집까지 안내했다. 나달이 희곡을 쓰다 말고 문을 열고 나와 놀란 눈으로 붉은 로브와 아일을 쳐다보았다. 황당한 표정의 나달이 끌려가면서 눈으로 어떻게 된 거냐는 질문을 던져도 아일은 대답을 해줄 수가 없었다.

자신의 고통이 너무 커서 라야는 아일이 괴로워하는 것은 볼 수 없었다. 라야가 포기한 것처럼 몸에서 힘을 뺐다. 아일은 그게 더 고통스러웠다. 차라리 울고 소리치고 그를 때리는 편이 나았다.

라야가 넋 나간 표정으로 말했다.

"내가 세르노다에 남은 이유의 절반은 선생님 때문이었어."

아일이 라야의 어깨를 잡고 그녀를 돌려세웠다. 라야가 서늘한 눈으로 아일을 응시했다.

"선생님이 잘못되면…… 내가 세르노다에 남아 있을 이유도 없어."

두 사람은 눈싸움이라도 하듯 서로를 마주 보았다. 아일이 말했다.

"어떻게 그런 말을 할 수가 있어."

라야가 그의 말은 들리지 않는 것처럼 고개를 흔들었다.

"뭔가 잘못된 거야. 반역이라니, 신성 모독이라니, 암살 시도는 또 뭐고! 선생님이 그런 일에 연루됐을 리가 없잖아!"

"나도 알아."

"당신보고 증언하라고 한다며!"

"사실만 말할 거야. 왕자를 암살하려던 일이 있었다고, 그렇게만 얘기할 거야."

라야가 갑자기 정지했다. 깊은 생각에 잠겨 숨 쉬는 것도 멈추고 행동도 멈추고 입을 다문 채 눈만 조용히 움직였다. 그녀가 마침내 말했다.

"그런 일 없었다고 해요."

"뭐?"

라야의 눈은 그가 그러지 않겠다고 하면 죽어버리겠다는 뜻을 내보이고 있었다. 그녀는 협박하고 애원했다.

"어차피 거기 있던 사람 다 죽었잖아. 다른 사람들은 정리만 했잖아.

어떤 일이 있었는지는 나와 당신, 그 남자만 알아. ……그래, 그들이 날 해치려고 했다고 해요. 그 남자는 그냥 길을 지나는 길이었고 얼떨결에 말려든 거야.”

“그럴 수는 없어.”

“어째서!”

“거짓말을 할 수는 없어.”

“당신이 못하겠다면 내가 할 거야!”

“내가 증언하면 넌 증인으로 불려 가지도 못해!”

짝!

라야가 아일의 따귀를 때렸다. 소리만 컸지 아프지도 않았다. 때린 사람은 저면서 라야는 본인이 더 아픈 표정을 지었다. 그녀는 제 손을 만지작거리더니 떨리는 손을 들어 아일의 뺨을 만졌다. 라야가 울먹였다. 아일은 따귀를 맞은 것보다 그녀의 그런 표정을 보는 게 더 아팠다.

그녀가 말했다.

“제발 부탁이에요. 나달은 그냥 선생님이 아니야. 아버지를…… 또 잃을 수는 없어. 날 위해서 한 번만 거짓말해줘요.”

“나한테서 원하는 말을 듣지 못하면 널 부를 거야.”

“그럼 내가 또 거짓말하면 돼요.”

“넌 나달의 제자야. 너까지 말려들게 될지도 몰라.”

“상관없어.”

“상관없지 않아! 내가 상관없지 않아!”

아일이 드물게 목소리를 높였다.

“이 일은 단순히 암살에 연루된 사람들을 잡아내려는 게 아니야! 이 일을 빌미 삼아 한 세력을 도려내려는 거야. 거기에 네가 말려들게 둘 수는 없어.”

라야의 초록 눈이 절망으로 가득 찼다. 언덕에 서서 해안을 쓸어버리려고 다가오는 거대한 파도를 쳐다보고 있는 기분이었다. 아일이 주저앉는 라야를 껴안았다. 그녀는 더 이상 저항할 기운도 없어 보였다. 엄청난 어둠이 몰려와 사랑하는 이를 덮칠 것이 보이는데, 그것이 눈앞에 뻔히 보이는데도 어쩔 수 없다는 사실이 그녀에게서 생각할 힘과 서 있을 의지를 앗아 갔다.

아버지, 어머니와의 이별은 너무나 갑작스러웠다. 그래서 그녀가 무력감을 느낄 새도 없었다. 그러나 거인처럼 느리게, 침식(浸蝕)처럼 천천히, 하지만 시계추 소리처럼 분명히 밀려드는 어둠은 그녀가 좌절하고 절망할 시간을 주었다. 그런 시간은 짧을수록 좋았다. 그 시간에 할 수 있는 거라곤 분노하고 원망하는 일밖에 없기에.

50

　나달은 지하 감옥의 중앙에 앉아 있었다. 구석으로 가고 싶었지만 갈 수가 없었다. 그래서 그냥 끌고 온 이들이 던져놓은 대로 감옥 중앙에 앉아 있었다.

　그는 영락없는 죄인의 몰골이었다. 고문을 당한 죄인의 몰골. 고문이 끝나고 더 이상 얻어낼 게 없는 죄인. 모든 것을 체념한 채 힘없이 앉아 있는 모습이 시체와 다를 바 없었다.

　감옥은 구린내와 피고름 냄새가 진동했다. 고문받은 사람들이 떨구어 놓은 살점도 있었지만 어두워서 굳이 눈을 거기에 두지 않으면 없는 셈 칠 수도 있었다.

　함께 투옥되었던 사람들이 하나둘씩 사라지더니 경비병도 계단을 올라가서는 내려오지 않았다. 시간 감각이 사라져 확실하지는 않지만 추측하기로 삼십 분쯤 지났다. 어둠 속에서 쥐 소리가 들렸다. 두 다리를 뻗고 앉아 있는 나달의 앞으로 쥐가 긴 꼬리를 끌며 지나갔다. 그것을 쳐다보고 있다가 고개를 들어보니 감옥 문 앞에 아일이 서 있었다.

　"비좁을 정도로 사람이 많았는데 이제 나밖에 없어."

　나달이 말했다.

　"경비병이 나가서 돌아오질 않아. 그 친구의 안위가 걱정되는데 자네가 치운 게 아니면 한 번 알아봐주겠나?"

　아일의 낯빛이 시체처럼 창백해 보여 농담을 던져봤지만 반응이 없었다. 나달이 한숨을 쉬었다. 그리고 어리광 섞인 말투로 말했다.

"다리가 부러져버렸어."

아일은 나달의 얼굴을 살펴보던 시선을 다리로 내렸다. 앞으로 뻗어 있는 다리가 부자연스럽게 뒤틀려 있었다. 나달이 말했다.

"내가 갈라마 인들을 지원했던 단체에 소속되어 있다고 하던데······ 거기에 내 스승님도 계시고 동기들이랑 동료 교수들도 있다고······. 무슨 소린지는 모르겠지만 그냥 그렇다고 해버렸어. 다리가 너무 아팠거든. 난 아픈 건 질색이라."

아일이 감옥 문을 열고 으로 들어왔다. 나달은 잠시 입을 다물고 그가 들어오는 것을 바라보았다. 왜 아일이 계단을 내려와 감옥 문 앞에 설 때까지 그가 오고 있는 걸 눈치채지 못했는지 알 것 같았다. 그의 힘 있고 우아한 걸음에는 발소리가 없었다. 그가 호흡까지 통제할 수 있다면 전장에서 그의 적은 그가 바로 뒤에 와서 자신의 목을 벨 때까지 그의 존재를 눈치채지 못할 것이다. 아일이 나달의 다리를 살펴보려는 듯 그의 옆에 무릎을 꿇고 앉았다. 나달은 뭘 말하려고 입을 크게 벌렸다가 터져서 찢어진 입가가 아파 다시 다물었다.

아일이 나달을 쳐다보며 말했다.

"나이가 어떻게 되시죠?"

나달이 입가를 만지다 말고 황당한 표정으로 아일을 보았다. 아일이 재차 물었다. 나달이 뜸을 들이다 말했다.

"마흔여섯."

아일이 고개를 끄덕였다.

"예전부터 물어보고 싶었습니다."

"나도 물어보고 싶은 게 있어. 대충 짐작은 하지만 내가 왜 여기 갇혀 있는 겐가?"

쥐가 감옥 안을 돌아 두 사람의 곁으로 다가왔다. 나달이 말했다.

"그리고 내 다리를 부러뜨린 인간들 뒤로 신성 재판소의 문장이 보이던데 신성 재판소란 게 아직도 존재하는 기관이었나?"

쥐가 땅을 짚고 있는 나달의 손을 타넘었다. 나달은 그걸 던져버릴 힘도 없었다. 쥐는 나달의 상처를 파고들 것처럼 그의 다리 근처를 얼쩡거렸다.

"왕자 암살이란 건 또 뭐고. 왜 감옥에서 사람들이 하나둘씩 사라지는 거야? 그게 가장 무서워. 정신적 고문 같은 건가? 아, 그들이 사형장으로 끌려간 거라면 이 질문은 대답하지 않아도 좋아."

그때 쥐가 소름 끼치는 비명을 질렀다. 단검이 쥐의 몸통을 꿰고 땅에 박혔다. 아일이 단검을 거두지 않은 채로 나달을 보았다.

아일은 조용한 음성으로 상황을 설명했다. 나달이 알고 싶어 하는 것, 알아야 하는 것. 간단하게, 하지만 상황을 이해하는 데는 문제가 없을 정도로.

현 국왕이 왕자였던 때 세르노다에서 암살 시도가 있었다는 것, 선왕의 세 번째 부인이면서 죽은 제2왕자의 어머니인 발레리가 제1왕자였던 헤르첸을 해하려 실패했었다는 것, 덮은 줄 알았던 그 사건을 이제 와서 헤르첸이 자신이 왕이 되었음을 널리 알리는 축포용으로 사용하려 한다는 것까지. 제2왕자는 공화파 의원들과 지나치게 친했었고, 그 사실은 암살범들과 공화파를 연결 지을 만한 고리가 되어주었다.

아일의 설명이 끝나자 나달이 빠르게 말했다.

"라야는 데려오지 말게."

아일이 감옥에 내려와 본 나달의 표정 중 가장 진지했다.

"아마 날 만나러 오겠다고 난리였겠지?"

"네."

"최대한 멀리 둬. 고집이 센 아가씨니까 잘 지켜봐. 뭔 짓을 하려고 할지 몰라."

아일이 끄덕였다. 나달이 말했다.

"내가 이 지경인데 스승님은 괜찮으신지 모르겠어. 연세가 있으신데."

"무사합니다."

"다행이군. ……스승님이 무사하다고?"

나달이 이해가 안 된다는 표정으로 아일을 보았다. 아일이 말했다.

"지금 감옥에 남아 있는 인원들을 제외하고는 모두 방면되었습니다."

"그래서 하나둘씩 사라진 거로구먼."

"신성 모독과 국정 문란의 경우 자신의 죄를 인정한다면 재산과 직위를 몰수하는 것으로 마무리 됐습니다."

"금을 쌓아두자면 왕실 창고를 몇 개 더 늘려야 하겠어."

나달이 빈정거리며 말했다.

"내 죄는 대체 뭐라던가?"

"모반."

"억울해."

"압니다."

"이 나라를 좋아하지는 않았지만 싫어한다고 해서 뭘 할 정도로 난 부지런한 인간이 못 돼."

"갈라마 인들에게 돈을 건넨 적이 있으십니까?"

"뭐?"

"팔 년 전쯤."

나달은 생각해보는 얼굴이었다. 아일이 덧붙였다.

"갈라마 인들이 대다런 세력을 모으기 시작한 시점이죠."

"아! 하지만 그건 연구 때문이었어. 다름하얀여우를 관찰하려고 갈라마 지역과 차이드 경계에 있는 숲에 오래 머물렀어야 했는데, 그때 먹을 걸 구하려고 인근 마을에 돈을 주고……. 아니, 그걸 대체 누가 알고 그런 식으로 말한 거야?"

"어떤 교수가 증언했다더군요."

"어떤 망할 놈이……! 아, 고문을 받아서 한 소리라면 어쩔 수 없군. 그래서, 이 층에는 나밖에 안 남은 거란 말인가?"

"네 시간 전 모든 재판이 끝났습니다."

"내가 받은 게 재판이었나?"

아일이 조용히 웃었다. 하지만 다시 낯빛이 가라앉았다.

나달이 투덜거렸다.

"감옥 위층 아래층을 다 채우고 있던 그 많은 인원의 재판이 뭐 그리 빨리 끝나? 내가 시간 감각이 없어져서 그런데, 나흘도 안 지났지?"

아일이 괴로운 한숨을 내쉬며 고개를 숙였다. 그리고 다시 고개를 들었을 때 그의 눈은 결연한 의지를 지탱하기 위해 차갑게 굳어 있었다. 아일이 말했다.

"공화파 의원들이 사병을 이끌고 자식들을 구하기 위해 세르노다까지 오기에는 짧은 시간. 인근의 왕정파 의원들을 찾아가 자존심을 접고 매달리기엔 적당한 시간. 공화파들이 모두 연합하여 왕을 끌어내리기엔 애매한 명분. 왕 아래 고개를 숙이고 들어가기엔 충분한 이유."

나달이 입을 멍청히 벌리고 아일의 말을 경청했다. 아일이 목소리를 더욱 낮춰 말했다.

"잡아들인 교수들과 민회의원들은 요란한 핑계고, 목적은 학생들이었습니다. 공화파 의원들의 후계들."

"볼모로군."

나달이 고개를 주억거렸다.

"남은 사람들은 나같이 비빌 곳 없는 인간들뿐이겠어. 혹시 내가 수괴쯤으로 되어 있나?"

아일은 대답하지 않았다. 잠시 침묵이 흘렀다.

나달이 뜬금없이 말했다.

"내가 전생을 기억한다고 자네에게 말했던가?"

"여러 번 말씀하셨습니다."

"그렇군. 전생에서 내가 살던 나라의 평균 수명은 68세였어. 하지만 난 그보다 훨씬 젊은 나이에 죽었어. 스물다섯이었지. 이번 생에선 적어도 그 이상은 살겠다고 생각했었어. 덤으로 많이 산 셈이지. 그래서 지금 죽더라도 크게 아쉽진 않아."

농담이라도 하듯 발랄한 어조였다. 하지만 아일은 웃지 않았다. 나달이 이어 말했다.

"내가 전에 살았던 세상은 지금 이곳보다 훨씬 자유롭고 발전한 세상이었어. 난 다이런이 변해간다고 생각했어. 이미 뒤로 돌아가지 못할 정도로 변했다고. 역사가 퇴보하기도 한다는 걸 잊고 있었던 거야. 이런 식으로 막무가내 누명을 덮어쓰고 죽게 될 줄 누가 알았겠나. 아, 다리가 못쓸 정도로 부서진 거 같은데 왜 자꾸 아픈 거야. 못 쓰게 됐으면 아프지도 말아야지. ……혹시 크롬헬에서 고문하는 법도 가르치나?"

"네."

"혹시 고문당해본 적 있나?"

"……네."

"자네도 쉬운 인생은 아니군."

"이 감옥은 북쪽 수로로 연결되어 있습니다."

"갑자기 무슨 지리 공부야?"

나달이 이번에야말로 정말 황당하다는 표정을 지었다. 아일이 일어섰다.

"북쪽 문에 마차를 준비해뒀습니다."

아일이 나달을 일으켜 세우려고 그의 겨드랑이로 손을 뻗자 나달이 그의 팔을 붙들었다. 도움을 받는 손이 아니라 거부의 손이었다. 나달이 이십 년은 더 늙은 것 같은 목소리로 말했다.

"난 도망 못 가."

"제가 모시고 나가겠습니다."

"도망자가 되란 말인가? 내가 단체의 수괴라며? 수괴가 도망치면 기껏 마무리되어가는 일이 또 시끄러워질 게 아닌가? 자네도 책임을 져야 할걸?"

"제가 알아서 하겠습니다."

"그래, 자네는 어려운 건 다 본인이 짊어지는 인간이지. 그러지 마. 난 약한 사람이야. 난 끝까지 도망칠 수 없어. 평생을 도망자로 살 수는 없어."

나달은 바닥을 손으로 두드렸다. 앉으라는 뜻이었다. 사람이 오는지 확인하려는 듯 아일이 계단 쪽을 쳐다보았다. 나달이 계속 앉으라는 재촉을 했다. 아일이 다시 한쪽 무릎을 꿇고 앉자 나달이 말했다.

"인간의 탄생과 죽음만이 중요한 것이라면 신은 그렇게 많은 삶을 만들어내지도 않았을 거야."

"시간이 많지 않습니다. 나가야 합니다."

아일이 우직하게 재촉했다. 나달이 말했다.

"그렇다면 신이 인간에게서 보고자 하는 바는 명확해."

아일이 조급해하거나 말거나 나달은 예사로운 목소리로 하고 싶은 말을 늘어놓았다.

"난 즐겁게 살았어. 후회 같은 건 없어. 내 책에 사람이 죽으면 자기 인생을 책으로 만들어 영원히 보게 된다는 말이 나오잖아. 읽고 읽고 또 읽고. 그러니까, 그때 지루해지지 않기 위해서라도 재밌게 살아야 한다고. 아마 난, 자네들과 함께했던 순간들을 정말 즐겁게 읽을 거야. 난 죽는 게 두렵지 않아. 아쉬울 뿐이야."

죽는 게 두렵지 않다고 반복해서 말하는 나달의 손이 떨리고 있었다. 그는 스스로를 다독이고 있었다. 하지만 두려움을 숨길 수는 없었다.

"난 포기가 빠른 사람이야. 자네는 그러지 마. 자네는 강한 사람이니까."

아일은 잠깐 말문이 막혀 흔들리는 눈빛으로 나달을 응시했다. 그러고는 세운 무릎 위에 손목을 걸치고 고개를 숙여 골똘히 생각에 빠졌다.

시간이 없다.

이러고 있을 시간이 없어.

아일은 전장에서 수많은 죽음을 목격했다. 죽음을 두려워하지 않는 사람도 물론 있다. 하지만 죽지 않을 수 있다면, 죽음을 피할 수 있다면 대다수의 사람은 그쪽을 향해 달려갈 것이다. 언제나 죽고 싶었던 아일 역시 그랬다. 아일이 낮은 목소리로 말했다.

"전 강하지 않습니다."

"약점이 많을수록 인간은 강해져. 인간은 애초에 불완전하게 태어난 존재야. 신이 왜 그렇게 만들었을까? 조물주만큼 완벽해지라고? 아니야, 난 그렇게 생각하지 않아. 인간은 한없이 약해져야 하는 존재야. 많은 약점을 만들고, 그리고 끝도 없이 약해지고, 그래서 비로소 강해지는 거야. 그 약점들을 지키기 위해서 비로소 강해지는 거야."

나달은 아일이 무릎에 걸쳐놓은 그의 손목을 잡았다. 그리고 환한 미소를 지으며 말했다.

"부디 약해지는 걸 두려워하지 마."

오르테가는 여관이 보이는 곳에 서 있었다.

싸늘한 밤이었다. 이런 밤에는 피 냄새도 멀리까지 간다. 오르테가는 딱딱한 바닥을 발로 몇 번 차고 벽에 신발 바닥을 문질러 흙을 털어냈다.

오르테가는 코 아래 묻어 있는 피 냄새를 손가락으로 훔쳐내고 붉은 로브 자락 안으로 팔을 넣었다. 코가 아주 근질거렸다.

달이 첨탑의 꼭짓점에 걸리자마자 감옥에 남아 있던 자들의 목을 모두 베었다.

왕이 별반 지목한 나달 앙루란 자는 가장 먼저 처형당했다. 나달은 죽음을 받아들인 듯 의연한 표정이었다. 하지만 목을 베기 위해 치켜 올라간 검이 달빛에 번쩍이자 애처로울 정도로 몸을 벌벌 떨기 시작했다. 어느 누가 그렇지 않겠나? 그는 전쟁터를 뛰어다니던 남자도 아니었다. 평생을 책에 파묻혀 살았을 인간이다. 오르테가는 왜 왕이 특별히 신경 써서 그를 지목했는지 의아했다.

죄인들의 목은 아카데미를 지나려면 반드시 지나야 하는 광장에 효수되었다. 재판이 시작될 때의 죄목은 각자 달랐지만 마지막엔 그냥 뭉뚱그려 반역이라고 했다. 새 왕의 요란한 연극을 마무리할 목 스무 개 정도만 있으면 됐다. 그러기 위해선 역적이란 명칭이 제일 적당했다.

부하들에게 뒤처리를 맡기고 오르테가는 비밀리에 이곳을 찾았다.

여관 문을 열고 여성이 뛰어 나왔다. 오르테가가 벽으로 몸을 숨겼다.

붉은 머리, 초록빛 눈. 오르테가는 여성을 보며, 확인하듯 그녀의 외양을 입안에서 중얼거렸다. 여성을 뒤따라 나오는 남성을 본 오르테가의 눈이 날카롭게 빛났다.

아일이 라야의 팔을 붙잡았다. 라야는 그의 손을 뿌리치려고 애썼다.

분노로 폭발한 것 같은 그녀를 아일이 간신히 잡아 안았다. 그의 품에서 라야가 울음을 터뜨렸다. 미인이 우는 걸 보고 있자니 오르테가는 덩달아 괴로워졌다. 그는 왕의 명령으로 그녀의 스승을 죽인 냉혹한 재판관이기도 했지만 보통의 남성이기도 했다.

라야가 고함을 질렀다.

"당신이 대체 할 수 있는 게 뭐야!"

미인의 원망에 원망을 들은 당사자도 아니면서 오르테가는 심장이 철렁했다.

라야의 표정은 분노에 다 녹아버렸다. 그녀가 무표정하게 아일을 보았다.

"나랑 결혼할 수 있어요? 날 당당히 부인으로 맞고 사람들에게 아내라고 말할 수 있어?"

아일이 괴로운 한숨처럼 그녀의 이름을 불렀다. 라야는 그 소리조차 듣기 싫다는 듯 고개를 저었다.

그의 저 목소리에 넘어가 세르노다에 머물렀다. 그의 저 애원에 넘어가 헛된 꿈을 꿨어.

나달이 사라진 지금, 절대 바뀌지 않을 현실이 눈앞에 보였다. 지금까지 듣기 싫어서 흘려들으려고 했던 모진 말들이 오히려 혹독한 충고가되어 귀에 다시 울렸다.

아일이 억누르는 목소리로 말했다.

"나달이 원하지 않았어."

"그걸 말이라고 해! 억지로라도 빼내 왔어야지! 싫다고 해도 끌고 왔어야지!"

그녀가 미친 것 같은 웃음을 터뜨렸다. 골목에 서늘한 웃음이 퍼졌다.

이런 밤에는 소리도 멀리까지 간다.

"당신은 고집을 부리지도 못하지? 열렬히 원하는 것도 없고, 빼앗기지 않으려고 미친 인간이 되지도 못할 거야! 당신은 텅 비어 있는 사람이니까!"

애써 담담하려 했던 아일의 표정이 굳었다. 그녀의 말이 비수처럼 심장에 박혔다.

난 정말 그런 인간인지도 모른다.

……아니다.

원하는 것이 없지는 않아.

"떠날 거야. 이곳이 지긋지긋해졌어."

사신(死神)이 나타나서 '지금 당장 가야 한다.'고 말해도 그것보다는 놀라지 않을 것이다. 아일은 얼빠진 표정을 지었다가 무표정해졌다가 차가운 표정이 되었다. 그가 차가운 눈을 하고 라야의 위팔을 꽉 잡았다. 그리고 얼음장 같은 목소리로 말했다.

"누구 맘대로 떠나."

라야가 이를 악물고 그를 노려보았다. 분노와 경멸이 방향을 잃고 그녀의 눈앞에 있는 사내에게로 향했다. 그가 부여잡고 있는 팔이 저릿했다.

아일은 라야를 여관 안으로 끌고 들어갔다. 그녀가 몸을 뒤틀며 붙잡힌 손목을 빼내려고 했지만 소용없었다. 여관 주인 부부가 불안한 눈으로 계단을 올라가는 두 사람을 쳐다보았다. 아일은 라야를 거칠게 방으로 밀어 넣었다. 라야는 안 될 줄 알면서도 그를 지나쳐 방을 나가려고 했다. 아일이 그녀를 던지듯 침대 위로 밀었다. 그러고는 문을 세게 닫았다. 그 서슬에 건물이 흔들렸다. 홀에 있는 여관 주인 부부는 사각 지대라 보이지 않는 계단 쪽을 바라보며 몸을 움찔했다. 무거운 정적이 감돌았다. 부부는 새어 나오는 말소리를 엿듣기 위해 다시 귀를 세웠다.

침대 위로 쓰러진 라야가 상체를 일으켜 고개를 들고 아일을 쏘아보았다. 아일이 그녀 앞에 무릎을 꿇고 앉았다. 그가 본 적 없는 절박한 표정으로 말했다.

"빼낼 수가 없었어. 왕이 나달을 지목했어. 그 남자가 정확히 나달의 목을 베라고 해서 빼낼 수가 없었어!"

"알아. 당신은 왕도 신도 뭣도 아니니까 그럴 수 없다는 거 알아. 이제 그런 건 상관없어졌어. 벌써 네 번째야. 내 앞에서 사랑하는 사람들이 죽은 게 벌써 네 번째라고."

라야가 그의 얼굴 앞에 네 손가락을 펴 들이밀며 말했다. 아일이 라야를 진정시키려는 듯 그녀의 어깨를 부드럽게 잡았다. 라야가 힘없이 고개를 흔들었다.

"그래서 아무리 울어도 죽은 사람은 돌아오지 못한다는 것도 잘 알아. 이제 나달이 죽은 건 상관없어. 당신이 문제야."

라야가 말했다.

"날 놔줘요. 떠날 거야."

"그럴 수 없어."

아일이 으르렁거리는 목소리로 말했다. 그의 차가운 표정이 무너지고 있었다. 그가 분노를 드러냈다. 라야는 기뻤다. 이런 상황에서도 자신만이 그를 그렇게 만들 수 있다는 것에 기쁨을 느꼈다. 하지만 기쁨보다 분노의 크기가 더 컸다. 라야가 말했다.

"당신이 나보고 떠나라고 했었던 거 기억 안 나요? 잊어버렸어? 당신이 뭐라고 했었는지 기억나게 해줄까?"

그녀의 입술 위로 잔인한 미소가 내려앉았다.

"당신 곁에 있으면 당신을 닮아갈 거라고 했죠. 이런 말도 했어요. 괴로움은 오래되면 성격이 된다고. 그렇게 되기 싫은데, 말도 안 되는 소리라고 생각했는데, 내가 틀렸어요. 당신 때문에……."

라야가 악을 쓰듯 말했다.

"내가 추해져가고 있어."

그녀의 어깨를 잡고 있던 강한 힘이 한순간에 빠져나갔다. 하지만 아일은 팔을 내리지도, 그녀에게서 눈을 떼지도 않았다. 그는 미동도 하지 않았다. 그대로 화산재를 쓰고 굳어버린 것처럼 멈춰 있었다.

라야가 물었다.

"내가 어떤 모습이었는지 기억나요? 난 내가 어떤 사람이었는지 생각도 안 나. 내가 어떤 사람이죠?"

아일이 머리로 말했다. 넌 밝고, 똑똑하고, 아름답고, 강한…….

라야가 일어섰다.

"넌더리가 나. 당신 주변 사람들이 날 사람 취급하지 않는 것도 진절머리 나고, 당신 주위에 있으면 보게 될 죽음들도 무서워. 이제 징글징글해서……!"

아일은 무표정하게 서 있는 채로, 자신을 지나쳐가는 그녀의 팔을 잡았다. 라야가 거칠게 팔을 뿌리쳤다. 그의 목에 핏대가 돋았다. 그가 그녀를 돌려세우고 사납게 키스했다. 라야는 무섭게 거부했다. 몸부림치는 그녀를 침대로 밀어붙이고 다리로 그녀의 몸을 눌렀다. 그녀가 거부하는 몸짓을 할 때마다 그의 심장이 갈기갈기 찢겼다. 그 어떤 칼날보다 날카롭고 치명적이다.

"왜……."

아일이 찢어발길 것 같던 그녀의 옷을 부여잡고 그녀의 가슴에 머리를 묻었다. 울음을 참는 그를, 모든 욕망을 오래된 버릇처럼 강력한 이성으로 누르려는 그를 바라보며 라야는 눈물이 나려고 했다. 하지만 피가 날 정도로 입술을 깨물며 참았다.

"당신이 징글징글해졌어."

아일이 믿기 힘들다는 듯 눈을 가늘게 뜨고 고개를 들었다. 그녀가 무표정한 얼굴로 천장을 바라보며 말했다.

"당신한테서 나는 피 냄새도 더 이상 못 견디겠어. 나까지 휩쓸릴 것 같아."

일부러 그의 아픈 상처를 헤집었다. 그녀는 그보다 더 심하게 상처 입었다. 그래도 말을 멈추지 않았다. 자살이라도 하는 심정이다.

"어차피 당신이랑 나, 처음부터 너무 다른 존재였잖아? 서로 상당히 오래 버텼지."

"꼭 히비커스가 하는 말 같군."

라야가 손가락을 움찔했다. 아일의 눈이 분노로 일렁였다.

"그녀가 시켰나? 이러라고?"

"무슨 소리를 하는 건지 모르겠어."

"이 도시의 출입구를 내 부하들이 감시하고 있다는 걸 잊지 마. 히비커스가 왔다 갔다는 얘기 들었어."

"다른 일이 있었나 보지. 나랑은 상관없어."

"그게 아니라면 너까지 상처 입는 말을 뱉는 이유가 뭐야?"

"내가 왜 상처를 입어? 당신이 아프라고 하는 말이야. 그만 날 놔달라는 거잖아. 왜 말귀를 못 알아들어? 날 놔줘."

그의 눈자위가 붉게 충혈되었다. 그가 말했다.

"이렇게 떠날 거라면 애초에 내 앞에 나타나지 말았어야지."

라야는 손을 꽉 말아 쥐었다. 아일이 소리쳤다.

"날 그대로 지옥에 처박아뒀어야지! 구해놓고 다시 지옥에 처박겠다는 거야? 네가 아니었으면 난 일찍이 죽었어! 내 손으로 날 죽였을 거라고!"

라야는 약해지는 마음을 붙잡으려고 더 매몰차게 말했다.

"언젠가부터 바람 소리가 들리지 않아."

당신 목소리만 들려.

"별도 달도 바람도 더 이상 보이지 않아. 그들이 더 이상 내게 말을 걸어주지 않아."

당신을 아프게 하는 모든 걸 증오해.

"이제 당신이 싫어."

당신이 바라보는 모든 걸 질투해. 당신이 꽃을 보면 그 꽃을 시기해. 바람이 당신을 스치면 난 바람이길 열망해.

"당신 때문에 세상의 목소리를 들을 수 없게 됐어. 당신 때문에 색을 볼 수 없게 됐다고. 당신 하나 때문에, 모두에게서 버림받았어. 당신 때문이야. 당신 곁에 있으면 못된 생각만 들어. 리디아를 볼 때마다 피가 거꾸로 솟아. 그 여자가 죽어버렸으면 좋겠어!"

초록빛 눈동자가 불안과 분노로 일렁였다. 세상의 사랑을 받는 여인, 누구보다 순수했던 여자. 그녀가 남자 하나 때문에 난생처음 누군가의 불행을 원했다.

"모르겠어? 당신 때문에, 내가 추해져."

라야는 말을 하면서도 스스로에게 놀라고 있었다.

어떻게 이토록 잔인한 말을 할 수가 있지?

다른 사람도 아닌 사랑하는 남자에게.

그랬다. 아직도 그를 사랑한다. 이렇게 욕을 퍼붓고 저주와 다름없는 말을 내뱉으면서도 그를 미치게 사랑한다.

그를 원망하고 그에게 분노하면서도 넘치는 애정을 숨길 수가 없다. 그건 광기와 비슷했다. 입에서 쏟아지는 말의 잔인함은 당장이라도 그에게 키스하고 그에게 안기고 싶은 격정의 크기와 동일했다. 방금 스승의 죽음을 접하고도 그녀는 미친 인간처럼 맹렬한 정욕을 느꼈다. 당장이라도 옷을 벗고 그의 맨살에 몸을 비비고 그의 어깨에 매달리고 싶었다. 몸으로 그를 영원히 붙잡을 수만 있다면 그러고도 남았다.

스승처럼 그가 자신을 맥없이 떠나가게 둘 수 없었다.

어떻게 이 정도로 한 사람을 사랑할 수 있는지 무서울 정도였다. 그녀는 자신이 무서웠다.

무서워졌다.

이 사람마저 완전히 사라지면 난 말라 죽을지도 몰라. 지금이라도 그의 앞에 무릎을 꿇고 못 들은 걸로 해달라고, 날 미워하지 말아달라고, 정부든 하녀로든 상관없으니 당신 곁에만 있게 해달라고 빌고 싶었다. 그런데 그럴 수 없었다.

이제 자존심이라고 부르기도 민망할 정도로 작아져버린 자존심이 그녀의 무릎을 단단히 붙잡고 있었다. 그녀를 자신들의 목숨보다 사랑했던 부모에게 미안해서라도 한 남자에게 광인처럼 매달릴 수는 없었다. 그의 곁에 있으면 정말 난 미친 사람이 되고 말 거야.

도망쳐.

도망치자.

그에게 더 빠져들어 도망칠 생각조차 못하게 되기 전에 도망쳐야 해.

귓가에 비록나무가 흔들리는 소리가 들렸다. 비가 내리는 소리가 들렸다.

오르테가는 길에 서서 여관 2층을 쳐다보았다.

소리 나지 않는 피리를 불어 전서구를 불렀다. 잠시 뒤 그의 팔목에 전서구가 내려앉았다. 그는 쪽지를 전통에 넣었다. 그리고 밤하늘을 향해 전서구를 날려 보냈다.

오르테가는 전서구가 보이지 않게 되자 다시 여관 2층 방을 보았다.

갑자기 섬뜩한 기분이 들어 주위를 두리번거렸다. 근처 건물 지붕에 앉아 있는 검은 새가 보였다.

오르테가가 입술 앞에 손가락을 세우고 검은 새를 향해 윙크했다.

"쉿."

헤르첸은 비둘기가 우는 소리를 듣고 나신으로 침대에서 내려왔다. 발코니로 나가는 유리문을 두 손으로 활짝 열었다. 침대 위 이불 안에서 누군가가 추위를 피해 꿈틀거렸다. 발코니 난간에 전서구가 앉아 있었다. 헤르첸은 전서구의 발목에 묶여 있는 전통을 잡아 뜯었다. 통의 뚜껑을 열고 쪽지를 꺼냈다.

[나달 앙루의 죽음을 알립니다.]

헤르첸이 난감한 미소를 지으며 턱을 쓸었다.

"흐음. 그렇게 나온다 이거지?"

방으로 돌아와 촛불에 쪽지를 태웠다.

발코니 문을 열어놓은 채로 헤르첸은 침대에 와 앉았다. 이불 속에서 여성이 고개를 내밀었다. 그녀는 차이드 우르만 성주의 딸이었다. 그녀의 초록 눈은 잠기운이 아니라도 욕망으로 흐릿했고, 붉은 갈색 머리는 그녀의 하얀 어깨 위에 음탕한 색깔의 베일처럼 내려앉아 있었다. 헤르첸이 왼손으로 그녀의 어깨를 문지르며 말했다.

"만약 네게 큰 힘이 주어진다고 하면……."

헤르첸이 몸을 숙여 그녀의 얼굴 앞에 얼굴을 가져갔다.

"넌 그 힘을 사용할까?"

검은 눈동자에 여자의 초록 눈동자가 비쳤다. 그녀가 발음이 부정확한 다이런 어로 물었다.

"얼마나 큰 힘이요?"

"정말 큰 힘. 세상을 뒤엎을 수 있을 정도로 큰 힘."

"저는 세상을 뒤엎고 싶지 않아요."

"죽은 자의 육체를 일으키고 눈앞의 죽음을 막을 수 있는 힘."

"인간은 그런 힘을 못 가져요."

차이드의 신은 자신의 어린 자식들에게 신의 권능을 나누어주지 않는다. 하지만 다이런의 신들은 달랐다. 그들은 호기심이 많고 다소 장난스럽고 잔인하기도 했다.

헤르첸이 말했다.

"그래, 신의 권능. 그런 힘이 있다면 넌 그걸 죽을 때까지 사용하지 않고 버틸 수 있을까?"

"흐음. 사용하고 싶을 거예요."

"하지만 사용할 경우 대가를 치러야 한다면?"

"어떤 대가요?"

"큰 힘이니 큰 대가가 따르겠지? 불행의 표적이 좁혀진다던가?"

여자는 그의 말을 알아듣지 못하고 고개를 갸웃거렸다. 이해 못하는 여자를 위해 헤르첸이 천천히, 차근차근한 목소리로 말했다.

"세상엔 불행이 여기저기 퍼져 있지. 누군가가 지나다가 운 나쁘게 걸려드는 거야. 그런데 힘을 사용할 경우 불행이 일제히 힘을 쓴 사람을 쳐다보는 거지. 알아듣겠어?"

여자는 상상을 해보았다. 검은 옷을 입은 '불행'들이 길을 돌아다니다가 뎅 하는 소리가 나면 한 방향을 일제히 쳐다보는 장면을.

여자가 물었다.

"힘을 쓰는 대신 불행해진다는 건가요?"

"그래. 오랫동안 고통 속을 헤맨다거나, 아니면…… 사랑하는 사람을 잃게 될 수도?"

여자는 잠시 생각해보더니 단순한 표정으로 말했다.

"흠. 그거라면 간단해요. 애초에 사랑하는 사람을 만들지 않으면 될 테니까요."

헤르첸이 한 방 먹은 표정을 지었다. 이윽고 그가 웃었다.

"그렇군. 그럴 수 있겠군. 생각보다 똑똑하네, 마리나."

"마리에예요."

"어쨌든. 이름이 뭐가 중요해."

헤르첸은 마리에를 향해 가벼운 미소를 날리고는 가벼운 몸짓으로 침대에서 내려왔다. 여자는 젊은 왕의 뒷모습을 황홀한 눈으로 바라보았다. 그녀가 이불로 몸을 감싸고 침대를 내려왔다. 가을바람은 이불로 몸을 싸매도 작은 틈을 파고들었다. 추위를 느낀 여자가 몸을 부르르 떨었다.

헤르첸은 술병의 유리 마개를 열고 술잔에 술을 따랐다. 한 잔을 가득 채우고, 고개를 갸웃하더니, 잔을 하나 더 뒤집어 거기에도 술을 끝까지 채웠다. 그리고 묵직한 술병을 들고 가벼운 걸음으로 발코니로 걸어왔다. 반 정도 남은 옅은 갈색 술이 흔들리는 유리병 속에서 찰랑였다. 여자는 난간에 두 팔꿈치를 올리고 황궁 아래로 보이는 아름다운 도시를 내려다보았다. 하늘엔 별이, 육지엔 등불이 반짝였다. 여자는 문득 고향 차이드의 풍경이 그리워졌다. 다가온 헤르첸이 술병으로 여자의 머리를 내리쳤다. 그녀의 몸이 쓰러지기 전에 한 번 더 내리쳤다. 헤르첸은 여자의 목덜미를 잡아 난간 아래로 굴러 떨어지려는 그녀의 몸을 안쪽으로 잡아당겼다. 여자의 몸이 발코니 바닥에 쓰러졌다.

헤르첸은 방으로 돌아와 술잔을 들었다. 연거푸 두 잔을 비운 그가 중얼거렸다.

"한 잔 더 채워둘 걸 그랬어."

발코니로 돌아온 그는 빈 술잔을 손에 들고 아쉬운 입맛을 다셨다. 그리고 난간에 몸을 기대 자신의 나라를 굽어보았다.

발코니 난간의 기둥 밑을 둥글게 감싼 피가 천천히, 긴 실처럼 아래로 떨어졌다.

51

연극이 시작되기 직전까지도 관객석은 시끄러웠다.

"크롬헬이 결국 휴업령을 내렸다더군."

잘 차려입은 남자가 동행인 콧수염 사내에게 말했다. 콧수염 사내가 손에서 비싼 장갑을 벗어 들며 고개를 끄덕였다.

"난 전쟁이 반년 만에 끝날 줄 알았지. 거기에 오백 드루를 걸었어."

"전쟁이 더 이상 길어지는 건 곤란해. 군역을 피하는 것도 이 년까지만 가능하지 않을까."

"난 벌써 사람을 여섯이나 구해 썼어."

"난 아들 놈들 것까지 해서 여덟. 돈이 이만저만 나간 게 아니야."

"그러고 보니 이곳의 제후와 후계들도 죽었다더군. 여기도 이제 시민 도시야."

"어디서 죽었댔지?"

"게이트라마."

"아, 그래. 거기를 뚫지 못해서 전쟁이 길어진다고 들었어. 저번에 살아남은 갈라마 반란군들까지 차이드 쪽에 붙었다잖아."

"망할 갈라마 놈들. 그때 다 죽여버렸어야 했는데."

"그럼 양 목축은 누가 하고?"

관객석은 군역으로부터 비교적 자유로운 부자들과 여성 귀족들로만 채워져 있었다.

차이드와 전쟁을 시작한 지 반년이 넘었다. 아무리 다이런 인들이 연극을 사랑한다고 해도 전쟁이 한창인 때 연극을 보며 희희낙락할 수 있는 건 돈으로 자신들의 군역을 대신할 자를 구할 수 있는 자들뿐이었다. 그들조차 전쟁이 더 길어진다면 강제 징집될 것이다. 덕분에 요즘 사람들이 모이는 곳에선 전쟁 얘기뿐이었다.

단장은 무대 위로 올라가 관객의 주의를 모으기 위한 액션을 취해야 하나 고민했다. 다행히 그럴 필요는 없었다. 붉은 커튼이 걷히고 무대가 드러나자 관객들은 입을 다물었다.

관객들은 낡은 나무 의자가 덩그러니 놓여 있는 무대 중앙으로 시선을 모았다. 거기에 한 여성이 앉아 있었다. 관객들은 여성의 뒷모습만 볼 수 있었다. 극이 시작하고도 한참 동안 여성에게선 움직임이 없었다. 하지만 웅성거림이 저절로 잦아들었다.

관객들은 허리까지 오는 붉은 머리에 시선이 붙박인 듯 관심을 고정했다. 관객들은 배우의 공간 속으로 들어왔다. 그들의 호흡과 주의는 배우의 의지에 속해 있었다.

배우가 관객석으로 고개를 돌리는 동시에 일어섰다. 물 흐르듯 자연스럽고 공작처럼 우아한 동작이었다. 그녀의 손에는 꽃 한 송이가 들려 있었다. 여성의 얼굴을 보는 순간 맨 앞자리에 앉은 남성 관객 중 서넛은 자기도 모르게 다리를 꼬고 팔짱을 꼈다. 배우가 초록빛 눈을 반짝이며 독백했다.

"그는 그저 신중한 사람일 뿐이야. 나는 그 사람만큼 신중하게 생각했고, 그보다 조금 더 빨리 결정했어. 오늘 그가 오면, 내가 먼저 청혼할 거야."

배우는 왼쪽과 오른쪽, 정면의 공중을 번갈아 쳐다보며 청혼하는 연습을 했다. 그러다가 관객석 맨 앞자리에 앉은 남성 관객과 눈이 마주쳤다. 남성 관객이 손가락으로 자신을 가리키며 눈을 크게 떴다. 배우가 화사한 웃음을 던지며 무대 계단을 천천히 내려왔다. 사람들의 시선이 남성 관객을 향했다. 배우가 남성 관객에게 들고 있던 꽃을 내밀었다.

"이렇게 말할 거야. 마틴, 나의 청혼을 받아들인다면 선택을 후회하지 않게 해줄게."

남성 관객은 꽃을 받아 들고 멍청하게 웃었다. 고개도 끄덕이고 싶었지만 집중되어 있는 시선들이 따가웠다. 그는 우쭐함을 느꼈다. 남자들의 질투가 느껴졌다.

배우는 다시 몸을 돌려 계단을 올라갔다.

그녀의 긴 머리가 흔들리면서 관객들은 그녀의 몸이 가진 건강하고 고혹적인 곡선에도 자연스럽게 시선을 보냈다. 그녀가 사뿐히 걸으면, 그녀가 의도했기에, 사람들은 그녀의 드러난 발목을 쳐다보았다.

그녀가 청혼할 남자를 바라보는 눈으로 관객석을 향해 웃었다. 사내들 대다수는 생각했다. 저 웃음이 저만을 향한다면 목숨을 걸 수도 있다고. 분명 그 순간엔 그런 생각을 했다.

"수고했어, 라야."

라야는 무대 위에 서서 텅 빈 관객석을 바라보고 있었다. 싱클레어가 소품을 들고 지나가며 말했다.

"가서 쉬어. 오늘은 세 번이나 연달아 했잖아."

라야는 대답 없이 미소로 답했다. 그녀는 반원형의 극장을 바라보았다.

그녀가 연기를 하기엔 이런 구조의 극장이 좋았다. 세르노다의 대극장과 닮은 2층 구조는 그녀의 정신을 산만하게 만들었다. 그런 곳에선 연극을 하는 중에도 끊임없이 눈이 2층으로 향했다. 누군가를 찾으려는 듯이. 그가 그곳에 있을 리 없다는 걸 알면서도.

라렌시가 소품을 옮기다 말고 라야에게로 왔다. 그가 그녀에게 신문을 주었다. 이제 라야가 별말을 하지 않아도 동료들은 신문이 보이면 그녀에게 가져다주었다.

소문은 왜 그리도 멀리까지 퍼지며, 말하지 않아도 전달되는 것은 왜 그리도 많을까. 눈이 말하고, 낯빛이 말하고, 호흡이 말하고, 변하는 공기가 말했다. 라야는 그들 앞에서 한 번도 아일 에드가 클레이모어란 이름을 입에 올린 적이 없는데 모두가 그녀와 그의 관계를 알았다.

단원들이 그녀의 뒤에서 함부로 말을 나르는 이들이 아니란 걸 안다. 그러나 눈치 빠른 떠돌이 괴짜들은 말로 정보를 나누지 않아도, 그냥 알았다.

라야는 신문을 손에 움켜쥔 채로 빈 관객석을 응시했다. 그리고 반년 전 세르노다에서 있었던 일을 떠올렸다. 회상을 하는 눈이 짙은 빛을 띠었다.

나달이 죽기 하루 전, 새로운 소식을 기다리며 라야는 언덕에 혼자 서 있었다. 나달도 친구들도 없는 언덕엔 쓸쓸한 바람이 불었다. 아로마니 바다 위로 달이 뜨는 걸 보고 나서야 언덕을 내려왔다. 여관에 도착했을 때에는 이미 밤이었다.

라야는 여관 문을 열려다 멈칫했다. 저녁 시간 때의 여관은 취기 섞인 목소리들이 창턱을 넘어야 했다. 문을 열지 않아도 골목까지 음식 냄새가 나야 했다. 그런데 여관이 조용했다.

"늦었구나."

어슴푸레한 여관 홀에 히비커스가 홀로 앉아 있었다. 라야는 눈을 휘둥그레 뜨고 여관 문을 연 채로 골목에 서 있었다.

가장 시끄러워야 할 시간에 제 목적을 잃어버린 여관은 생명을 잃은 숲처럼 침울한 공기로 덮여 있었다. 섬뜩한 바람이 문고리를 잡고 얼어붙어 있는 그녀의 어깨를 밀치고 먼저 안으로 들어갔다. 반쯤 열려 있는 문이 천천히, 활짝 열렸다. 안쪽 문고리를 잡아 문을 연 사람은 히비커스의 호위 시반이었다.

괴괴한 공기 안으로 발을 들인 라야는 감금된 기분을 느꼈다.

그녀가 히비커스 앞에 섰다. 테이블엔 초 하나만이 놓여 있었다. 바람이 촛불을 흔들었다. 무거운 정적이 라야의 어깨를 짓눌렀다. 긴 침묵이 흐르는 가운데 히비커스는 라야의 창백한 얼굴을 뜯어보았다.

히비커스가 말했다.

"정말 미인이구나."

히비커스가 라야의 팔을 잡았다. 라야는 눈에 띄게 몸을 움찔했다. 하지만 히비커스의 힘은 노파의 것처럼 약했다. 그녀도 나이를 먹었다. 싸늘한 미소나 조소밖에 짓지 못하던 얼굴도 잠잠했다. 표정이 없지만 그게 평소보다 덜 차가워 보였다.

"알고는 있었지만 정말 예쁘구나. 갈수록 더 고와져."

히비커스가 억양 없이 말했다.

"어떤 사내가 널 마다할 수 있을까."

히비커스가 눈으로 라야의 배를 가리켰다.

"혹시 아이를 배고 있는 거냐?"

라야는 히비커스에게 두 손을 붙잡힌 채 조용히 있었다. 아주 잠깐, 거짓으로라도 그의 아이를 가졌다고 말해볼까도 생각했다.

그러면 히비커스가 나를 그의 여자로 인정해주지 않을까?

하지만 히비커스가 어떻게 나올지 알 수 없었다. 라야가 그런 말을 하는 순간 시반의 검이 배를 뚫을지도 모를 일이었다.

라야는 고개를 흔들었다. 히비커스가 싸늘한 미소를 지었다.

"다행이구나. 마음이 괴로워지는 일을 하게 될 뻔했어."

라야는 가슴이 서늘해졌다. 히비커스가 라야의 손을 놓았다.

"아이는 어미 곁에서 커야지. 자식의 손가락이 떨어져 나가도 달려가 안아주지 못하는 어미는 지옥 한가운데 서 있는 기분을 느껴. 숨을 쉬어도 독밖에 마셔지지 않아."

그때 라야의 눈에 시반의 손이 보였다. 그가 웬일로 장갑을 벗고 있었다. 시반은 새끼손가락이 없었다. 그랬지, 그는 손가락이 하나 없었지. 왜 그 순간 시반의 손에 눈이 갔을까?

히비커스가 말했다.

"이제 그만 떠나줘야겠다."

라야는 울컥 북받쳐 오르는 감정을 느끼며, 잠시 입을 다물었다가 간신히 대꾸했다.

"큰 욕심 부리지 않을게요. 그냥 가끔……."

히비커스가 마뜩잖은 표정으로 고개를 저었다. 라야는 황급히 무릎을 꿇었다.

"아이를 갖지 말라면 갖지 않겠습니다. 욕심 부리지 않고 살겠습니다. 행여나 함께 사는 건 꿈도 꾸지 않겠습니다. 아이가 생기는 게 걱정되신다면 그가 관계를 갖자고 해도 거부할게요."

라야는 남자가 한 공간에 있다는 것도 잊고 히비커스만을 상대로 애원했다. 그녀의 자존심이 뭉개지고 있었다. 라야도 히비커스가 싫었다. 자신을 가당찮은 이유로 싫어하는 사람까지 감싸 안고 좋아할 만큼 그녀는 성자가 아니었다. 히비커스 같은 인물에게 매달리는 일은 죽어도 없을 거라 생각했다. 그런 자기 확신이 무너졌다. 자존심이 부서지고 으깨졌다. 부모에게 미안했다. 남자 하나 때문에 이런 인간에게 무릎 꿇는 딸이라니, 그들이 자신의 딸을 가슴 아프게 내려다보고 있을까 봐 라야는 위를 제대로 올려다보지도 못했다. 눈치 없이 눈물이 후드득 쏟아졌다. 무너진 자존심 때문일 수도 있고 자존심을 굽힐 만큼 절박해서일 수도 있다. 서러운 눈물이 쏟아졌다.

히비커스가 애처롭다는 표정을 지어냈다. 그녀가 라야의 얼굴을 붙잡고 눈물을 닦아주었다.

"아가야, 울지 말거라. 너를 믿는다. 나는 너를 믿어."

히비커스가 다정한 할머니처럼 말했다.

"아이를 갖지 말라고 하면 넌 정말 약속을 지키려고 하겠지. 무람없이 구는 네가 거슬리긴 했지만 사실 나는 네가 그렇게 싫지 않아. 귀엽고 예쁜 건 누가 봐도 귀엽고 예쁘니까."

히비커스의 눈이 차갑게 빛났다.

"너는 믿는다. 하지만 그 아이는 믿을 수가 없어. 네가 아니야. 그 아이가 문제야."

라야는 히비커스에게 얼굴을 붙잡힌 채 눈물만 흘렸다. 히비커스가 말했다.

"고집이 센 아이라 네가 계속 옆에 있으면 너만 보고 있으려고 할 거다. 네가 아무리 거부한다고 해도 그 아이의 애원에 언젠가 한 번쯤은 네가 무너질 날이 오겠지. 그럴 때 꼭 아이가 들어서. 그럼 문제가 복잡해져."

라야가 세차게 고개를 저었다.

'그런 일은 없을 거예요. 거부할게요. 그가 아무리 그 목소리로 애원하고 매달려도 거부할게요.'

히비커스가 말했다.

"그 애는 에드가란 이름이 어떤 힘을 가지고 있는지 모르는 것 같아."

라야는 말없이 눈물만 흘리며 더 빠르게 고개를 흔들었다.

'아니야. 그 사람만큼 그 이름의 무게를 아는 사람은 없어.'

히비커스가 말했다.

"내가 솔직해질 때는 곧 죽을 사람과 대화를 할 때뿐이다."

라야가 끅끅, 울음을 삼키며 가까이 얼굴을 내린 히비커스를 겁먹은 눈으로 올려다보았다.

"내가 여기서 조금 더 솔직해진다면 네가 결정을 내리는 데 도움이 될까?"

히비커스가 라야의 어깨를 움켜잡았다. 그것은 노인의 힘이 아니었다.

"나는 그 빌어먹을 사랑 안 해봤을 것 같으냐?"

히비커스의 입에서 독기가 뿜어 나왔다. 파란 눈이 냉기를 쏟아냈다.

"다른 사람들은 에드가란 이름에서 무(武)를 떠올리는 모양이지만 난 다이런을 뒤흔드는 사랑을 떠올려. 에드가들이 그놈의 사랑 때문에 어떤 일을 겪었는지 너도 알 게 아니냐? 너 때문에 그 애가 그 허황한 길을 가게 할 수는 없어. 나만큼 그 애를 사랑하는 사람도 없다. 나만큼 클레이모어가를 사랑하는 이도 없어! 난 내 식대로 그 애를 사랑하는 거야!"

히비커스가 라야의 어깨를 사납게 밀쳤다. 라야는 주저앉아 울음 때문에 거칠어진 숨을 고르려고 노력했다. 이윽고 히비커스가 말했다.

"네 백모가 아이를 가졌다는 소식은 들었겠지."

라야의 몸이 한순간 굳었다. 헤어질 때, 힘들게 얻은 아이 소식을 알리며 웃던 토프의 얼굴이 생각났다. 순박하고 따뜻한 사람. 아버지를 많이 닮은 백부. 받지 않겠다고 버티는 토프에게 라야는 임신 선물이라고 하면서 아넷에게서 받은 돈의 절반을 주었다.

히비커스가 감정이 느껴지지 않는 목소리로 말했다.

"유산했다는 소식도 들었는지 모르겠다."

라야는 자기 자식을 잃은 것만큼 충격 받았다. 토프 부부가 결혼 이십 년이 훨씬 지나 간신히 얻은 소중한 자식이었다. 그 아이가 유산됐다고?

히비커스가 심드렁한 목소리로 말했다.

"나이 많은 여자가 유산까지 해서 몸이 많이 상했지. 의사가 그대로 두면 곧 죽을 거라고 하더구나. 어떻게든 여자를 살리려면 돈이 많이 든댔어."

라야는 속으로 안도했다. 그들에게 돈을 주고 오길 잘했어.

"어울리지 않는 재산을 가지고 있길래 내가 다 회수했다."

히비커스가 강세도 두지 않고 흐르듯 말해서 순간 말을 이해하지 못했다. 라야가 얼빠진 얼굴로 히비커스를 보았다. 히비커스가 태연히 말했다.

"아마 네가 준 돈일 테지."

"그…… 그 돈은 제가 백부께 드린 돈입니다. 어르신께서 그걸 빼앗아 가실 수는 없어요."

"그럴 수 있어. 난 그럴 수 있다. 그리고 빼앗는 게 아니야. 회수하는 거지. 내 며느리의 돈이었어."

"그럴 순 없습니다! 그럴 순 없어요!"

라야가 다급히 무릎으로 기어가 히비커스의 다리를 붙잡았다. 히비커스가 잠시 입을 다물었다. 그 짧은 침묵의 시간이 라야에겐 긴 고통의 시간이었다. 히비커스가 말했다.

"답을 빨리 줬으면 좋겠구나. 답이 너무 늦어지면 내가 아히름에 도착하는 시간이 늦어지고, 도착하는 시간이 늦어지면 네 백부는 결국 장례를 치러야 될 테니까. 의사에게 갈 돈이 저승 가는 노잣돈이 되면 돈을 다시 쥐게 되더라도 허망하지 않을까?"

히비커스가 양손으로 라야의 손을 꼭 쥐어주었다. 지그시, 라야의 손이 앞으로 히비커스가 할 제안을 절대 거절하지 못하도록. 히비커스가 말했다.

"연기를 잘한다면서? 네 재주를 보고 싶구나."

라야는 이해가 잘 안 된다는 듯이 히비커스를 보았다.

"네가 연기해야 할 여자는 주인과 사랑에 빠진 주제를 모르는 계집이다. 주인과 절대 혼인할 수 없다는 것을 깨달은 여자를 연기하면 돼. 어리고 밝고 아름다웠던 여자가 점점 망가져가고 결국엔 파멸하는 이야기면 좋을 듯하구나. 지켜보는 사람들조차 여자에게 아주 정이 떨어질 정도로 망가지면 좋겠어. 난 비극이 좋아. 오래 기억에 남거든. 절대 주워 담을 수 없는 말들을 쏟아내거라. 뭐가 좋을까. 그래, 이 말들은 꼭 넣어. '징글징글하다.' '아주 지긋지긋해.' '넌더리가 난다.' 아, 이건 꼭 넣어야지. '너 때문에…… 내가 망가지고 있다. 너 때문에 내가 추해지고 있어……. 너와 난 다른 존재야.' 그래, 애초에 다른 존재지. '이젠, 당신이 싫어…….'"

히비커스는 대사 한 마디 한 마디마다 강세를 두어 말했다. 히비커스의 목소리는 기억 속 깊은 바닥에서 대사를 끄집어내듯 묵직하면서 느릿했다.

라야는 순간 흐릿해지는 히비커스의 눈에서 회상의 그림자를 보았다. 히비커스는 과거 누군가에게 저 말을 했던 것일까. 아니면 들었던 것일까.

히비커스가 눈을 차갑게 빛내며 라야를 보았다.

"하나도 빼놓지 마. 똑똑하다니 한 번만 들어도 기억할 수 있겠지."

히비커스는 그렇게 아일의 가슴을 찌를 칼 여러 자루를 라야의 손에 쥐여주었다. 원색적인 원망의 말 하나하나가 아일을 깊이 상처 입힐 것이다. 라야는 그 자리에서 혀를 잘라버리고 싶었다. 히비커스가 확인하듯 다그쳤다.

"반드시 해야 한다. 아주 큰 소리로. 이곳에서도 여관 주인이 네 목소리를 제대로 듣고 내게 전할 수 있을 정도로 아주 크게."

라야는 여관 부엌 쪽을 쳐다보았다. 여관 주인 부부가 숨어서 그들을 지켜보고 있다가 라야와 눈이 마주치고는 황급히 벽 뒤로 몸을 숨겼다.

"즉흥 대사를 넣어도 괜찮아. 익숙한 이야기니 몰입하기 어렵지 않겠지. 어떤 대사가 나올지 기대되는구나. 아, 그래. 이건 어떨까. 네 즉흥 대사에 값을 쳐주마. 내 마음에 들 경우 네 백모가 좀 더 큰 침대에서 좀 더 나은 의사에게 치료를 받을 수 있을 거야. 어떻게 도망칠지, 그 아이에게 어떤 모진 말을 해 네게 정을 떼놓을지, 그건 네가 알아서 할 일이고 최대한 빨리 세르노다를 떠나. 네가 세르노다를 나가는 걸 확인하는 순간, 은행장에게 전서구를 날려주마. 그럼 네 백부는 의사에게 달려갈 수 있을 거야. 행여나 얕은꾀를 부려 그 아이에게 도움을 청하려고 하지 말거라. ……아니지, 굳이 시험해보고 싶다면 그 아이에게 도움을 청해도 괜찮아. 그 아이가 부리는 사람이 먼저 도착할지, 내가 부리는 이들이 네 백부에게 가는 게 빠를지 나도 조금 궁금하구나."

히비커스가 망연자실한 꼴로 주저앉아 있는 라야의 얼굴을 부드럽게 쓰다듬었다. 돌바닥처럼 차가운 손이었다. 라야가 앉아 있는 바닥보다 히비커스의 손이 더 차가웠다.

"그 아이가 네게, 어린 시절 대련 상대였던 사내애가 어떻게 됐는지 얘기해줬나?"

히비커스가 찾아온 다음 날, 나달이 죽었다.

라야는 반쯤 정신이 나가 아일과 싸웠다. 끝내주는 연기를 했다. 다툼의 중반엔 연기를 하는 건지, 제 의지로 하는 말인지도 알 수 없었다. 다툼보다는 그녀가 일방적으로 감정을 쏟아붓는 것에 가까웠다. 절대 그녀를 놓아주지 않을 것 같더니 그는 밤사이 라야가 도망치듯 세르노다를 빠져나가도 내버려두었다.

라야는 가장 먼저 아히름으로 갔다. 토프 내외를 찾으려 했다. 그런데 어디로 갔는지 행방을 알 수가 없었다. 이웃 사람들은 토프 부부가 성도에 있는 클레이모어가의 별장으로 갔다고 했다. 같이 일하던 하인들은 그들이 히비커스의 명으로 와이즈 주에 있는 귀족의 집으로 갔다고 했다. 다들 말이 달랐다.

라야는 히비커스가 회수하지 못한, 절반의 재산을 가지고 있었다. 그것으로 토프 부부를 찾을 사람들을 구했다. 낮에는 연극을 하고 밤이 되면 지도를 펼쳐놓고 토프 부부가 있을 만한 곳을 찾았다. 극단과 이동하면서 기번 주를 뒤졌고 페렐 주도 뒤졌다. 하지만 토프 부부를 찾을 수가 없었다. 그렇게 지금까지도 히비커스는 인질처럼 그들을 잡고 있었다.

회상에 잠겨 초점을 잃었던 초록빛 눈동자가 또렷한 빛을 되찾았다. 라야는 손에 들고 있는 신문을 펼쳤다. 제일 앞면만 보고 다시 구기듯 움켜쥐었다. 전사자 명단은 볼 필요도 없었다. 만약 그가 죽었다면 그의 이름은 1면에서 보게 될 것이다. 어쩌면 신문에 나기도 전에 길을 지나는 사람들에게서, 혹은 장사꾼들의 입에서, 어쩌면 관객들에게서 듣게 될지도 모른다. 신문보다는 사람들의 입이 더 빨랐다.

"라야, 그분 오셨어!"

라야가 무대 뒤편으로 가자 라렌시가 소품을 정리하다 말고 소리쳤다. 라야가 문 쪽으로 걸어가며 소리 내지 않고 입 모양만으로 '누구?'라고 물었다. 라렌시가 '꽃다발.'이라고 벙긋거렸다.

분장실 앞에 한 남성이 벽에 등을 기대고 서 있는 게 보였다.

남자가 라야를 발견하고 무표정하던 얼굴에 미소를 떠올렸다. 남자가, 오늘도 역시나, 꽃다발을 건넸다.

귀족이나 부자 평민으로 추측되는 남자였다. 남자는 언젠가부터 그녀의 극단을 쫓아다니다시피 했다. 그리고 가끔은 연극이 끝난 뒤 분장실까지 찾아와 라야에게 꽃다발을 건넸다. 남자가 자신의 이름과 신분을 밝히지 않았기 때문에 극단 사람들은 그를 꽃다발 남자라고 부르고 부자일 거라 추측만 했다. 최근 단원들은 그를 귀족이 아닌 부자 평민이라 결론 내렸다. 요즘 같은 때에 극장 주위를 어슬렁거리는 남자는 귀족이 아니라 부자 평민일 테니까.

꽃다발 남자는 혼자 있을 때에는 무표정했고 사람이 앞에 서면 예의 바른 미소를 지었다. 그래서 무표정일 때에는 아일을, 웃으면 르웨이를 떠올리게 만들었다. 그가 그녀를 발견하는 것보다 라야가 사내를 발견하는 게 빠를 경우 남자는 늘 무표정이었고 그때마다 라야는 심장이 조여왔다. 아일을 떠올리게 하는 모든 것에서 그녀는 슬픔을 느꼈다.

"오늘도 오셨네요. 꽃 감사합니다."

라야가 말했다. 남자가 허리를 살짝 숙였다.

"다음 공연도 기대하고 있겠습니다, 윈터스 양."

남자는 인사를 한 뒤 자리를 떠났다. 그는 언제나 정중했다. 식사를 하자는 말도 하지 않고, 인사를 핑계로 그녀의 손에 입을 맞추지도 않았다. 꽃다발을 주고 다음 공연을 기대한다는 말을 하면 뒤도 돌아보지 않고 극장을 나갔다. 극단을 쫓아다니는 열성치고는 자신의 여신을 앞에 두고 보이는 반응이 산뜻하다 못해 건조했다. 가끔 배우들에게 질척거리며 접근하는 팬들이 있다는 걸 생각하면 꽃다발 남자는 정말 좋은 팬이었다.

"꽃다발 남자는 갔어?"

분장실로 들어와 머리핀을 뽑고 있자니, 싱클레어가 나타났다. 라야가 거울로 싱클레어를 보며 대답했다.

"응."

"오늘도 역시나?"

"뭐가 역시나야?"

"식사하자는 말 없어?"

라야는 세숫물을 받아 얼굴을 씻었다. 싱클레어가 수건을 건넸다. 수건으로 얼굴을 닦은 뒤, 라야가 말간 얼굴로 뒤늦게 대답했다.

"원래 그런 말 안 하시는 분이잖아."

"난 네가 그 사람이랑 잘됐으면 좋겠어."

라야는 대꾸 없이 짐을 챙겼다. 싱클레어는 라야의 차가운 반응에도 아랑곳없이 말했다.

"평민이고, 부자잖아. 얼굴도 그 정도면 괜찮고."

"부자인지 어떻게 알아?"

"부자가 아니면 어떻게 극단을 쫓아다니겠어?"

"그분은 날 배우로 좋아하는 거야."

싱클레어가 어이없다는 웃음을 흘렸다.

"남자는 좋아하지도 않는 여자에게 그렇게 많은 시간을 쓰지 않아."

라야는 짐을 다 꾸린 뒤 가방을 들었다. 그녀가 무표정하게 말했다.

"나 먼저 숙소에 가 있을게."

"그래. 오늘 많이 피곤했지?"

"미안. 수고해줘."

싱클레어는 분장실을 나가는 라야의 뒷모습을 바라보았다. 그녀는 반년 전 일을 떠올렸다.

라야가 도나크 기번에 머물고 있던 극단을 찾아왔다. 도나크에 있는 여관이란 여관은 다 뒤지고 다닌 모양이었다. 거의 다 죽어가는 모습으로 여관에 들어선 라야는 단원들을 발견하고는 참았던 울음을 터뜨렸다. 몸에 상처도 없고 그저 피곤한 것뿐이었는데도 라야는 병에 걸린 사람처럼 오랫동안 기력이 없었다. 싱클레어는 아무것도 묻지 않았다. 단장도, 다른 단원들도 아무것도 질문하지 않고 라야를 받아들여주었다. 그런 그들이 무척 따뜻해서, 라야는 이곳이 자신이 있을 곳이라고 생각했다.

라야는 극장을 나가고 이미 보이지도 않는데 싱클레어는 친구의 뒷모습이 보이기라도 하는 것처럼 슬픈 눈이 되었다.

요즘 라야는 잘 웃지도 않았다. 무대에서 웃음을 다 쏟아낸 듯 무대를 내려온 라야는 미소를 짓는 것도 힘이 들어 보였다. 싱클레어는 라야가 좋은 남자를 만나 상처를 잊어버리길 바랐다.

아일 에드가. 그 요란한 이름을 가진 남자. 라야가 저렇게 된 건 다 그 남자 때문일 것이다. 그 이유 하나만으로 싱클레어는 그 남자가 싫었다.

세르노다는 반년 전 피바람의 후유증에서 벗어나지 못하고 있었다. 거짓 자백을 하고 동료를 팔아넘겨 살아남은 자들은 스스로를 관에 가두었다. 많은 교수들이 박살 난 정신을 주워 담을 생각도 않고 지성은 머릿속 상자에 넣어두고 몸은 방구석에 처박아둔 채 은둔했다.

교수가 없으니 학생도 없었다. 아카데미의 학생이 반 이상 줄었다. 귀족 출신의 학생들은 자신들의 영지로 돌아갔다. 시대의 변화를 얘기하던 자들은 자신의 입에 스스로 자물쇠를 채웠다. 무력 앞에 잠시 잠깐이라도 신념을 내팽개쳤던 이들은 쉽사리 다시 진보와 개혁을 말하지 못했다. 도시는 여전히 겁에 질려 떨고 있었다.

검은 새는 경비대 건물 지붕에 앉아 있었다. 검은 새가 입맛을 쩝쩝 다시며 먹구름이 잔뜩 낀 하늘을 올려다보았다. 새의 눈은 인간의 눈으로는 볼 수 없는 먼 곳의 장면을 보았다. 땅에 시체가 즐비했다. 그걸 보고 있는 것만으로도 허기를 느끼고 위장이 요동쳤다. 검은 새가 주인을 재촉하는 소리를 길게 내질렀다.

아일이 집무실에서 서류를 보고 있다가 창 밖을 돌아보았다. 검은 새의 울음소리가 날이 갈수록 신경질적으로 변해가고 있다.

집무실로 메이튼이 들어왔다. 아일이 책상에 앉은 채로 서류에 눈을 박고 물었다.

"점심은 잘 먹었나?"

"식당에서 대낮부터 싸움이 벌어져서……. 딱 한입 먹었습니다. 식사는, 하셨습니까?"

"아니."

"하고 오십시오."

"됐어."

"하고 오십시오."

반복된 말의 억양이 달라졌다. 처음은 부하가 상관에게 하는 말이고, 두 번째는 아우가 형님에게 하는 말이었다. 아일이 서류를 내려놓고 메이튼을 보았다. 메이튼은 모호한 표정을 짓고 있었다. 그저 무표정이라기엔 아일의 시선을 피하지 않는 눈과 앙다문 입술이 할 말을 참고 있는 듯 보였다. 메이튼이 불쑥 말했다.

"성격이 삐뚤어져서 그렇습니다."

아일이 황당한 말을 하는 메이튼을 오랫동안 응시했다. 메이튼이 침묵을 참아내고 말했다.

"성격이 삐뚤어져서 배고파도 배고픈 줄 모르고 속이 썩어도 썩어간다는 걸 인정하지 않는 겁니다."

"맞아. 삐뚤어져서 부하를 괴롭히는 데서 기쁨을 느끼기도 하지."

메이튼이 슬쩍 웃었다.

"농담입니다."

"난 농담이 아니야."

"그거 아십니까? 전 그날 이후로 광장을 지나가지 못합니다."

메이튼의 얼굴에서 웃음이 가셨다.

"언덕 근처를 지나가지도 못합니다. 생각에 빠져 있다가 실수로 그 근처를 지나기라도 하면…… 바다에 빠진 것처럼 숨을 쉴 수가 없습니다. 그 생각을 하는 것만으로도 숨을 못 쉬겠습니다. 화가 나서 참을 수가 없습니다. 죽여버리고 싶습니다."

"……누굴?"

아일이 담담한 표정으로 물었다.

"누굴 죽이고 싶고 누구에게 화가 나?"

"……그냥 다 화가 나고 다 죽이고 싶습니다."

메이튼이 감정을 억누르며 웅얼거렸다. 아일이 서류를 정리하며 아무렇지 않게 말했다.

"르웨이가 했던 말이 생각나는군."

아일이 서류를 챙기던 움직임을 우뚝 멈췄다.

"누굴 정말 죽이고 싶다면, 웃는 얼굴로 그 인간 앞에 가라고."

아일은 메이튼을 쳐다보지도 않았다. 혼잣말이라도 하듯 시선을 서류 더미 위쯤에 두었다.

"간이라도 빼줄 것처럼 다가가 그 인간 목에 칼을 박고."

두 기사의 눈에 왕의 얼굴이 보였다.

왕의 새하얀 목이 보였다. 왕의 목에 칼을 박았다.

"그 인간이 피를 뿜고 그 인간의 숨이 완전히 끊길 때까지."

피를 뿜는 목을 붙잡고 왕이 바닥에 쓰러진다. 경련을 일으키던 몸이 잠잠해진다.

"웃음을 거두지 말라고. 화를 내는 건 놈이 죽은 후에 해도 된다고."

메이튼이 물었다.

"와이즈 경은 괜찮으십니까?"

"괜찮고 말고가 어딨어."

아일이 다시 책상 위를 정리했다. 서류를 모두 서랍에 넣었다. 그는 항상 먼 길이라도 떠날 사람처럼 책상 위를 깨끗이 정리했다.

"집으로 돌아갔으니 한 달 정도는 제 스승이 쓴 책을 붙잡고 질질 짜다가, 또 한 달은 연회란 연회는 다 쫓아다니다가, 전쟁이 터져서 이제 그것도 못할 테니 또 어디서 자기 이름을 높이는 방법을 찾고 있겠지."

마지막 서랍을 닫고 아일이 책상에서 일어섰다. 메이튼이 자신을 스쳐 지나가는 아일에게 말했다.

"극단이 지금 콜로마 모뤄에 있다고 합니다."

"무슨 극단?"

"윈터스 양이요."

아일이 문 앞에 멈춰 서서 메이튼을 돌아보았다. 메이튼이 절도 있게 몸을 돌려 아일을 보았다. 아일이 말했다.

"그렇게 할 일이 없어?"

"윈터스 양에게 싫증이 나신 거라면…… 제가 그녀를 거둬도 되겠습니까?"

"그럼 내가 널 죽이겠지."

아일이 예사롭게 말했다. 메이튼이 입가에 미소를 걸고 말했다.

"그냥 해본 소립니다."

"난 그냥 해보는 소리가 아니야."

"정말 아무렇지도 않으신 겁니까, 그런 척하시는 겁니까?"

"뭐가?"

"전부 다."

"그러니까 뭐가?"

"교수님 일. 와이즈 경과 윈터스 양이 떠난 것. 세르노다가 예전 같지 않은 것. 이 나라가 예전 같지 않은 것."

"다른 것 모르겠는데 요즘 이 나라는 예전보다 훨씬 이 나라다워."

"대장의 그런 초연한 면을 싫어하지 않습니다. 전 대장을 존경합니다. 하지만 이번엔 주제넘을 수도 있는 말을 하고 싶습니다."

"주제넘다고 생각되면 하지 마."

"윈터스 양이 콜로마에 있습니다. 멀지 않습니다. 다녀오십시오. 곧 있으면 우리는 차이드로 가야 합니다. 다녀오세요."

아일이 한숨을 쉬고 메이튼을 똑바로 응시했다.

"라야는 콜로마가 아니라 이탄 모뤄에 있어."

"……심부름꾼이 전하길 콜로마에 있다고 했는데."

메이튼이, 부정확한 정보를 주고 돈을 챙겨먹은 심부름꾼을 욕하며 중얼거렸다. 아일이 말했다.

"2주 전엔 그랬지. ……메이튼."

아일은 주저했다. 이 순박하다면 순박한 부하에게 어디까지 말해도 될까를 가늠하는 듯했다. 메이튼이 순진한 눈을 끔벅이며 존경하는 대장을 보았다. 이 바보스러울 만치 우직하고 충성스러운 녀석은 존경하는 상관이 어떤 위험한 명령을 내려도 상관에 대한 믿음만으로 멍청히 불길 속으로 뛰어들 것이다. 그래서 더욱 말하기 어려웠다. 아일은 관두기로 했다. 그가 말했다.

"라야가 어디 있든 녀석은 내 여자야."

"이제 숨기시지도 않네요."

"다들 아는 것 같길래."

"다녀오세요. 극단이 또 다른 곳으로 가기 전에."

"가서 뭐라고 할까? 곧 네가 태어난 나라를 박살 내러 가는데 기념 삼아 자자고 할까?"

아일이 빈정거리듯이 말하고 몸을 돌렸다. 메이튼이 방을 나가는 아일의 등 뒤로 소리쳤다.

"그러다가 다른 놈이 채가도 몰라요!"

라야는 길에 떨어뜨린 여관방 열쇠를 주우려고 몸을 숙였다. 그리고 그녀가 다시 고개를 들었을 때 그녀 앞에는 남자가 서 있었다. 어두운 밤길을 걷는 중에 갑자기 등장한 남자에게 공포를 느끼지 않는 여자도 드물 것이다. 어둠 속에서 낯선 남자의 몸은 실제보다 커 보였다. 라야가 초록 눈을 크게 뜨며 뒤로 물러섰다.

"놀라지 마요, 윈터스 양."

남자는 훤칠했다. 키도 크고 덩치도 컸다. 그 넓은 면적의 몸을 모두 비싼 옷감이 가리고 있었다. 얼굴은 비싼 음식을 먹은 듯 기름기가 흘렀다. 낮에 본다면 좋은 인상이라고 생각했을지도 모르겠다. 하지만 밤은 인간의 본능을 예리하게 만든다. 좋은 것이든 나쁜 것이든. 남자의 눈매에 서린 미소가 음흉했다. 남자가 점잖은 체하며 말했다.

"연극 잘 봤습니다."

"감사합니다."

"세 번째 보는 건데……. 꼭 직접 만나 인사를 하고 싶었습니다."

"인사는요. 제 일인걸요."

라야는 불편한 기색을 숨기며 어깨에 걸치고 있는 가방 끈을 꽉 잡았다. 남자가 말했다.

"숙소로 가던 중이신가요?"

"네."

"제가 숙소까지 에스코트하지요."

'이왕이면 숙소 방까지 들어가면 더 좋고.'

여자의 아름다움을 무대보다 더 가까운 곳에서 확인한 남자는 성급해졌다. 그는 라야의 대답도 듣지 않고 옆으로 와 그녀의 어깨에 손을 둘렀다. 라야가 식겁하며 몸을 물렀다. 라야가 남자에게 잡힌 어깨를 빼며 단호하게 말했다.

"괜찮습니다. 곧 동료들이 따라오기로 했어요."

"그럼 더 빨리 걸어야겠군요."

남자가 그녀에게로 더욱 가까이 붙어 섰다. 남자의 끈적이는 입김이 그녀의 얼굴로 쏟아졌다. 라야는 비명을 삼키며 도망치듯 걸음을 빨리했다. 그녀의 반응에서 강한 거부를 읽은 남자는 여유를 완전히 잃었다. 큰 걸음으로 그녀를 따라잡았다. 차가운 밤바람 때문에 남자는 제 몸이 달아올랐다는 것을 알았다. 남자가 라야를 뒤에서 잡아챘다. 두툼한 손이 비명을 내지르려는 라야의 입을 막았다. 남자가 위협적으로 말했다.

"너 차이드 년이지?"

라야의 몸이 일순 뻣뻣하게 굳었다.

"아니면 반쪽짜리거나. 전쟁 터지기 전에 장사하면서 차이드 놈들 많이 봤거든. 모를 수가 없지."

정신을 차린 라야가 거칠게 발길질을 하자 남자가 그녀를 안아 올렸다. 라야의 발이 공중에서 바동댔다. 남자의 눈이 탐욕스럽게 빛났다.

"망할 차이드 놈들! 아마 이걸 알리면 네 연놈들 때문에 가족을 잃은 놈들이 잔뜩 달려올 거야, 응? 아주 눈을 희번덕대면서 네게 달려들겠지. 복수치고는 달고 맛난 복수야."

남자가 소름 끼치는 웃음소리를 냈다. 라야의 신발굽이 사내의 정강이를 찼다. 남자가 윽, 소리를 냈다. 그가 라야의 머리를 움켜잡았다. 그녀의 머리가 젖혀졌다. 남자의 거친 입김이 목으로 쏟아졌다.

"기껏 생각해서 숙소까지 가주려고 했더니만! 조용한 곳을 찾아 굳이 멀리까지 갈 필요는 없겠지!"

남자가 굉장한 힘으로 그녀를 골목으로 끌고 갔다. 라야는 입을 틀어막힌 채 속으로 많은 이들의 이름을 불렀다. 죽어서 곁에 있을 수 없는 그녀의 부모, 그리고 스승의 이름. 단원들의 이름.

그리고 그의 이름을 불렀다. 아일, 아일, 아일.

앞서 부른 이들의 이름을 모두 합친 것보다 더 많이 불렀다. 비명처럼 그를 불렀다. 처음엔 도와달라고 불렀다. 나중엔 보고 싶어서 그를 불렀다. 그가 정말 보고 싶었다. 이 생의 마지막 순간 가장 보고 싶은 이를 떠올리듯 그를 찾았다.

아일, 당신이 미치게 보고 싶어.

죽음처럼 그녀의 몸을 옭매고 있던 압박이 갑자기 느슨해졌다. 남자가 억 소리를 내며 그녀를 놓았다. 라야는 바닥에 주저앉았다. 목을 얻어맞은 남자가 옆으로 비틀거리더니 바닥에 머리를 처박고 쓰러졌다.

라야가 지친 얼굴을 들었다.

꽃다발 남자가 불쾌한 표정으로 서 있었다. 차가운 눈에서 불한당이 다시 일어나면 얼굴을 걷어차버리겠다는 의지가 읽혔다. 얼굴에서 웃음을 치운 꽃다발 남자는 부자 평민이라기보다 단련된 무인에 가까워 보였다. 그것이 맞을 것이다. 맞다. 라야는 확신했다. 이 남자는 군인이다. 밤에 보니 확실했다. 어떻게 지금까지 그걸 몰랐을까.

아일을 떠올리게 하는 모든 것에서 슬픔을 느끼는 라야는 그 순간 지독한 슬픔을 느꼈다.

당신이 정말 미치게 보고 싶어, 아일.

꽃다발 남자가 땅에 떨어진 라야의 가방을 주워 들었다. 그가 라야에게 왔다. 그리고 무릎을 꿇고 라야 앞에 앉았다. 불한당에 대한 불쾌함을 지우지 못한 걸까. 남자는 라야를 앞에 두고도 쉽게 다시 미소를 떠올리지 못했다. 남자가 말했다.

"늦어서 죄송합니다."

그의 말이 무슨 뜻인지도 모르고 라야는 울음을 터뜨렸다. 안심이 되자 눈물이 쏟아졌다. 라야가 두 손에 얼굴을 묻고 몸을 떨며 울었다. 남자가 애매한 미소를 지었다.

"전 당신을 안아드릴 수가 없습니다. 그랬다간 그분이 절 죽여버리겠다고 하셨거든요."

남자가 애석하다는 듯이 말했다.

우는 그녀를 보며 그는 정말 마음이 쓰라렸다. 오랫동안 라야를 쫓아다니면서 그도 그녀에게 정이 들었다. 그러지 않아야 했지만 그는 보통 남자였고 그녀는 미인이었다. 안타까운 사연까지 가진 미인.

남자가 쓰러진 불한당을 한 번 더 쳐다보고는 기절한 것을 확인한 후 말했다.

"클레이모어 경께서……."

라야가 눈물범벅인 얼굴을 들어 그를 보았다.

"이것을 전하라 하셨습니다."

남자가 쪽지를 건넸다. 라야는 젖은 손으로 쪽지를 받았다. 덜덜 떨리는 손이 쪽지를 펼쳤다. 눈물 때문에 종이가 축축해졌다.

주소가 적혀 있었다.

라야가 눈으로 무슨 의미인지 물었다. 남자가 말했다.

"백부 내외가 계신 곳입니다."

라야는 더 이상 울지 않았다. 눈물이 나오지 않았다. 울음이 속에 꽉 차서 미처 밖으로 나오지 못했다. 목이 숨을 뱉기 어렵다는 듯이 꿀렁거렸다.

남자가 말했다.

"그분들은 안전하십니다."

"어떻게……."

"저를 당신께 붙이셨듯이 사람들을 풀어 그분들을 찾았습니다. 오래 걸려서 미안하다고 전해달라 하셨습니다."

남자가 일어섰다. 라야가 급하게 말했다.

"그 사람한테 말 좀 전해주세요."

"말씀하십시오."

"원망하지 않는다고요. 그건 내 말이 아니었어요. 전 그 사람한테 그런 말을 할 수 없어요. 내가 잘못한 거라고. 당시엔 너무 막막해서 어떻게 해야 할지 몰라서…… 그 방법밖에는 없었다고. 그땐 그 사람도 너무 힘들어 보였고 그래서……. 당신을 믿지 못해서 말하지 않았던 게 아니었다고요. 진심이 아니었어요."

결국 넘쳐흐른 눈물이 말 사이사이, 바닥으로 뚝뚝 떨어졌다. 남자는 말없이 그런 그녀를 안쓰러운 눈으로 쳐다보았다. 그가 말했다.

"그리 전하겠습니다. 아마 그분이라면 '알고 있다.'고 하실 것 같습니다."

라야가 고개를 끄덕였다. 자기가 왜 끄덕이는지도 모르고 그의 말에 동의한다는 것처럼 끄덕였다. 기절한 인간은 추운 길바닥에 버려두고 두 사람은 숙소까지 함께 걸어갔다. 아일이 얼마나 살벌하게 경고를 했는지는 몰라도, 남자는 라야가 울면서 비척걸음을 걷는데도 부축도 해주지 않았다. 그녀 몸에 손가락 하나라도 갖다 대면 정말 죽이겠다고 한 모양이다.

여관 앞에 도착해 남자는 라야에게 가방을 건네주었다. 라야가 멍한 얼굴로 가방을 다시 멨다. 남자가 말했다.

"아까 그놈은 제가 처리하겠습니다. 편히 주무십시오."

"아일은…… 그 사람은 지금 어디 있나요?"

남자는 고민하듯 입을 닫았다. 이윽고 그가 말했다.

"곧 차이드로 가십니다."

라야가 꽉 잠긴 목소리로 물었다.

"혹시 기다려달라는 말은 안 하던가요?"

"……그런 말씀은 없으셨습니다."

라야가 고개를 끄덕였다. 이번에도 자기가 왜 끄덕이는지도 모르고 그냥 반사적으로 끄덕였다. 그녀는 전할 말이 있는 것처럼 입을 달싹였지만 결국 그대로 몸을 돌렸다. 여관 문을 힘없이 열고 그녀가 들어갔다. 여관 문이 무겁게 닫혔다.

와이즈 선제후는 문 앞에 서 있는 르웨이를 물끄러미 쳐다보았다. 요즘 부쩍 입맛이 없어서 저녁 식사를 걸렀더니 밤이 되자 배가 고파왔다. 집사에게 밤참을 가져오라 하고 책을 읽고 있는데, 세르노다에서 돌아온 이후로 얼굴도 비추지 않던 막내아들이 한밤중에 서재로 불쑥 찾아왔다. 늘 생글거려서 마음에 들던 얼굴은 무표정을 해가지고.

와이즈가 말했다.

"얼굴 까먹겠구나. 대체 어디 틀어박혀서 뭘 하는 게냐."

르웨이가 퉁한 말투로 대꾸했다.

"에드가가 차이드로 간다는 얘기를 들었습니다."

"그래서?"

와이즈는 책을 덮어 소파 옆 보조 테이블에 내려놓았다. 르웨이가 다가와 말했다.

"동부 쪽은 특히 위험하다고 들었습니다."

"안 위험한 전쟁터도 있다더냐?"

와이즈가 어처구니없다는 듯이 웃었다. 르웨이는 기죽지 않았다.

"지금까지 특별히 위험한 곳은 공화파들을 앞세웠다지요."

와이즈가 소파를 눈으로 가리키며 앉으라는 눈짓을 했다. 르웨이는 반항이라도 하듯 그대로 서 있었다. 아들들이 있는 앞에서 크게 내색한 적은 없지만 와이즈는 아들 셋 중 르웨이가 가장 마음에 들었다. 상대의 비위를 잘 맞추면서도 비굴해 보이지 않는 점이 특히 그러했다. 멍청한 이들은 그가 자신에게 복종한다고 생각할 것이고, 똑똑한 이들은 그의 영리한 면을 찾아낼 것이다. 그런 아들이 웬일로 미소까지 지우고 아버지에게 따지는 말투를 하고 있었다. 사실, 와이즈는 아들의 그런 점도 좋았다. 인간이 대들 만할 때는 대들 줄도 알아야지.

르웨이가 정실 소생이 아니란 게 아쉬울 뿐이었다. 르웨이가 침중한 목소리로 말했다.

"세르노다에서의 그 일 이후로 공화파들이 딴마음을 먹을 틈을 주지 않기 위해 전쟁을 벌였다고 알고 있습니다."

"누가 그러더냐?"

와이즈가 즐겁다는 표정으로 뜻 있는 눈길을 보냈다. 르웨이는 대답하지 않았다. 와이즈가 다리를 꼬며 다시 책을 펼쳐 들었다.

"젊은 놈들이 모여서 술만 마시는 줄 알았더니 위험한 말도 나눌 줄 아는구나."

"그렇다면 에드가가 굳이 위험한 곳으로 갈 이유가 없지 않습니까?"

"에드가니까 그곳으로 보내는 거야. 돌아가는 상황이 다이런에게 유리하지만은 않아. 녀석만큼 역전의 상징이 될 만한 인물도 없지."

"에드가는 공화파도 아니……."

"소속이 불분명해."

밤참을 들고 온 집사가 문을 열었다. 방 안의 심상찮은 분위기를 읽고 집사는 그대로 조용히 문을 닫고 나갔다. 와이즈가 예리한 눈매로 아들을 응시했다.

"이미 많은 이들이 몇 번이나 기회를 줬을 거야. 어느 쪽에 붙을지 정하라고. 그간 대답을 하지 않은 건 녀석이야."

리디아는 초에서 흘러내리는 촛농을 바라보고 있었다. 그녀는 생각에 잠겨 있었다. 오히려 그녀의 눈치를 보고 있는 것은 아버지 모뤄 선제후였다. 리디아가 저녁 식사 중에 아버지에게 말했다.

"긴히 드릴 말씀이 있으니 식사 후 뵈었으면 해요."

그래놓고는 서재로 와서는 저렇게 초만 관찰하고 있었다. 모뤄는 따분해져서 장기판을 펼쳤다. 리디아가 불쑥 말했다.

"그와 제가 혼인하길 바란 것은 아버지 아니셨나요?"

모뤄가 엉뚱한 대답을 했다.

"나랑 장기 한판 두겠니?"

"아버지."

"규칙을 기억할지 모르겠다."

"그 남자가 가야 하는 곳의 전황이 심상치 않다고 들었어요. 이탄 경과 두 아들도, 거드슨 가의 장남도, 헬가 바르베, 마텐스 경도 거기서 죽었다면서요?"

"어릴 때 한 번 가르쳐주고 커서는 너와 한 번도 장기를 둔 적이 없는 것 같은데."

"살아서 돌아오는 것조차 어렵다고…… 차라리……. 아직 공화파 쪽 사람들이 많이 남아 있잖아요. 어차피 그게 이 전쟁의 목적이라면 그 사람들을 보내세요."

결국 물러선 건 아버지 쪽이었다. 모뤄가 말했다.

"전쟁의 목적은 어디까지나 차이드를 얻고자 함이야. 르윈, 자네도 같이 두세나. 세 사람이 필요해."

모뤄가 구석으로 물러나 있는 집사에게 손짓했다. 집사가 부녀가 앉아 있는 원형 테이블로 의자를 가져와 앉았다. 모뤄가 리디아에게 선을 양보했다. 리디아는 뚱한 표정으로 검은색의 장기말을 아무렇게나 놓았다. 모뤄가 말했다.

"어허, 말을 그렇게 아무렇게나 놓으면 쓰나. 집중해야지."

모뤄가 다시 놓으라고 눈짓했다. 리디아는 이번에도 대충 장기말을 놓았다. 모뤄가 한숨을 쉬고는 자신의 장기말을 놓았다. 집사는 말을 어디에 놓을까 고민하며 장기판을 보았다. 모뤄가 말했다.

"리디아, 네가 맡은 무기상은 직접 맞붙는 경기자가 아니라서 별로 중요하지 않다고 생각할 수 있겠지만 사실 이 게임의 승기를 쥐고 있는 건 무기상이야. 무기를 각 경기자에게 배분하고 자기가 지지한 경기자가 승리할 경우 큰 몫을 챙겨 가지."

집사가 장기말을 놓았다. 모뤄도 놓았다. 그리고 말했다.

"하지만 자신이 누구를 지지하고 있는지 들키면 다른 경기자에게서 공격을 받기 때문에 신중히 말을 움직여야 해. 장기판의 균형자이자, 가장 강한 경기자이고, 가장 공격받기 쉬운 역할이기도 하지."

리디아의 순서는 모뤄와 집사의 턴이 각각 세 번씩 돈 뒤에야 돌아왔다. 리디아가 제일 처음 놓은 말은 어느새 모뤄의 손에 가 있었다. 모뤄가 검은색의 장기말을 손안에 쥐었다. 그리고 네 손가락으로 말의 몸 부분을 꽉 쥐고서 엄지로 말의 머리 부분을 문질렀다.

"네가 아까 놓은 이 말은 아주 중요한 말이야. 몇 개 없는 강력한 무기지. 아까처럼 그렇게 되는대로 말을 놓으면, 맞붙고 있는 두 경기자는 혼란스러워져. 몹시 탐이 나지만 그만큼 경계심이 생겨. 그러면 두 경기자는 암묵적인 합의를 하게 돼. '나도 가지지 않을 테니 당신도 가질 생각 마라.' 그러면 무기상은 큰 손해를 입게 되는 거야. 내 것이 될 것 같지 않은 위험한 무기는……."

검은 말의 목이 모뤄의 커다란 손안에서 부러졌다.

"적도 가질 수 없게 만드는 거야."

아일이 왕의 접견실로 들어섰을 때 방은 조용했다. 왕은 짐짓 엄숙한 표정으로 왕좌에 앉아 있었다. 다른 사람은 없었다. 경비병이 아일의 등 뒤로 커다란 문을 닫았다. 문이 느리고 무겁게 닫혔다. 아일은 왕의 앞으로 갔다. 그가 호화로운 융단 위에 무릎을 꿇었다.

"신 아일 에드가 클레이모어, 왕을 배알합니다."

"어느 쪽으로 알려져 있나?"

아일은 고개를 들지 않은 채 조용히 숨만 내쉬었다. 아무리 들어도 저 놈의 화법은 익숙해지질 않는다. 왕은 아일과 자기가 한마음이라도 된다는 양 언제나 말의 앞뒤 다 자르고 좌우를 건너뛰어 말했다.

헤르첸이 말했다.

"고개를 들어."

왕께서 명령을 하시니, 기꺼이 고개를 들었다. 아일의 조용한 시선이 왕의 장난스러운 얼굴에 가 닿았다. 헤르첸이 싱글거리며 몸을 앞으로 내밀었다.

"어느 쪽으로 알려져 있냐고 물었다."

"……신이 어리석어 질문을 알아듣지 못하겠습니다."

"차이드와 전쟁이 일어난 이유. 뭐라고 알려져 있냐는 말이다. 차이드 놈들이 사절단으로 들어와 계집을 이용해 나를 암살하려다 실패했다……, 그렇게 알려져 있는지 아니면……."

"그렇게 알려져 있습니다."

아일은 왕의 장난에 장단을 맞춰줄 생각이 없었다. 전혀 없었다. 눈곱만큼도 없었다. 피곤하고 짜증 났다. 출정 전에 반드시 왕을 알현하라고 연락이 와서 무시할 수 없으니 왔을 따름이다.

헤르첸은 말이 가로막혀 살짝 울컥했다. 감히 왕의 말을 가로막았다는 이유로 울컥한 것이 아니었다. 그런 건 아무래도 상관없었다. 아일은 헤르첸과의 대화를 길게 끌고 싶은 생각이 없어 보였다. 그걸 느끼고 헤르첸은 발끈했다. 헤르첸이 놀아주지 않는 형에게 심통이 난 동생처럼 말했다.

"나랑 얘기하기 싫은 표정이군."

"그럴 리 있겠습니까."

아연한 표정이라도 지으면서 말했더라면 믿는 시늉이라도 했으련만. 대범한 표정으로 차분하게 대답하는 아일을 보고 헤르첸은 맥이 빠졌다.

그럼, 에드가가 관심을 보일 만한 이야기를 꺼내줘야지.

"라야는 잘 있나?"

아일이 대답하기 싫은 듯 머뭇거렸다.

"떠났습니다."

이번엔 헤르첸이 이해하기 싫은 듯 대꾸를 하지 않았다. 왕이기에 마음껏 침묵할 수 있었다. 한참 후 헤르첸이 말했다.

"떠나? 어디로?"

"알 수 없습니다."

헤르첸이 왕좌에서 벌떡 일어나 계단을 내려왔다. 아일은 송구스럽다는 듯이 고개를 숙였다. 창으로 들어오는 달빛이 석벽에 움직이는 그림자를 만들었다. 바람이 벽에 붙은 등불을 흔들었다. 무릎을 꿇고 앉아 있는 기사의 그림자가 벽에 비쳤다. 그 안으로 서 있는 그림자가 들어왔다. 서 있던 그림자가 앉아 있는 그림자 앞에 앉았다. 기사의 그림자와 왕의 그림자가 거울을 사이에 두고 비친 듯 서로를 마주 보았다.

헤르첸이 고개를 기울였다. 그가 손가락으로 아일의 눈이 보고 있을 바닥을 톡톡 두드렸다. 아일이 슬쩍 고개를 들었다. 숨 쉬는 것까지 느껴질 정도로 헤르첸의 얼굴이 가까이 내려와 있었다. 헤르첸이 아일의 얼굴을 빤히 들여다보았다.

왕의 목이 아일의 눈앞에 놓였다. 아일은 행여나 살기가 겉으로 드러나지 않을까 자신을 검열했다. 헤르첸이 물었다.

"왜 떠난 거야?"

어떻게 들으면 무뚝뚝한 형에게 질문하는 어린 동생 같은 말투였다.

"마음을 주고받은 사이였잖아?"

아일이 예의를 잃지 않은 선에서 왕의 말이 가당치도 않다는 표정을 지어 보였다.

"그럴 리 있겠습니까."

"거짓말."

헤르첸이 엄한 얼굴로 단박에 대꾸했다. 그 말은 왕이 하는 말이었다. 왕 앞에서 감히 거짓을 고하는 신하를 꾸짖는 말이었다.

"내가 맞혀볼까? 왕이 없는 나라에서 태어난 그 자유로운 여성은 그 상황에 질렸던 거야. 머지않아 자네를 다른 여자에게 빼앗기게 생겼으니 그 꼴이 보기 싫어 그전에 도망친 거지."

헤르첸이 창백하고 심각한 얼굴로 덧붙였다.

"그저 즐기는 꽃이라면 꺾어버리고 말았겠지. ……정말 그녀를 사랑하는가 보군."

아일은 여전히 무슨 말인지 알 수 없다는 표정으로 왕을 쳐다보았다. 하지만 헤르첸의 눈이 닿지 않는 곳에서 주먹을 틀어쥐었다. 헤르첸이 시선을 떼지 않고 말했다.

"내가 제안 하나 할까? 마음에 들 거야. 장담하지."

헤르첸이 새까만 눈을 번뜩이며 말했다.

"초대 엘칸 왕이 미친 짓만 덜 했어도 정복왕이란 소리를 들을 수 있지 않았을까? 자네가 나를 어떻게 생각하고 있는진 모르겠지만 난 이 나라를 정말 사랑해. 초대 엘칸 왕이 결국 이루지 못했던 일을 내가 끝내고 싶어."

헤르첸이 일어섰다. 그가 아일을 내려다보았다. 그 눈은 왕의 눈이었다.

"에드가. 난 디마이온 대륙을 통일할 거야."

헤르첸은 그 순간 아일이 놀란 표정을 지어주었으면 하고 기대했다. 하지만 이 매몰찬 기사는 그가 만족할 만한 반응을 보여주지 않았다. 헤르첸은 의욕을 조금 상실했다. 그러나 그에겐 무뚝뚝한 기사의 한결같은 표정을 무너뜨릴 한 방이 남아 있었다.

"차이드를 내게 가져와. 최대한 요란스럽게!"

헤르첸이 승리의 팡파르가 들려오는 것처럼 두 팔을 번쩍 쳐들며 소리쳤다.

조용한 방 안에서 헤르첸의 그런 행동은 정적을 더욱 깊게 만들었다.

아일은 무표정하게 헤르첸을 보았다. 빨리 이 이상한 상황에서 벗어나고 싶은 마음에 하마터면 '그러죠.'라고 말할 뻔했다. 헤르첸이 팔을 내리고는 말했다.

"왕의 중매."

아일은 묵묵부답이었다. 헤르첸은 스무고개 놀이라도 하듯 꼿꼿하게 말했다.

"란 에드가와 루브나."

여기까지 말했는데도 아일에게선 별 반응이 없었다. 헤르첸은 의욕이 반으로 떨어졌다.

"제안을 한다고 했잖아."

헤르첸이 찌무룩한 얼굴로 말했다.

"자네가 돌아오는 날, 바로 이곳에서, 만인들이 보는 앞에서, 내가 중매를 서겠어. 어떤 이도 그 결혼에는 토를 달지 못하지. 내가 그러라 하면 자네가 차이드 여성과 결혼하든 미천한 계집과 결혼하든 누구도 뭐라 하지 못해. 그건 칙명이고 영광스러운 결합이니까. 그 영광에 흠집을 낸다는 건 왕의 이름에 흠집을 내려는 시도."

아일의 표정엔 변화가 없었다. 하지만 심장은 이미 한 번 덜컹 내려앉았다가 점점 빠르게 고동쳤다. 아일은 짧은 순간 번민했다. 라야에 대한 마음을 드러내 밝히고 왕에게서 확약이라도 받고 싶은 심정이었다. 분명 그 순간엔 그런 생각을 했다.

헤르첸이 싱긋 웃었다.

"원한다면, 너의 이름이 여기까지 들려오게 해봐."

52

눈 덮인 평원을 걸었다. 눈이 종아리까지 쌓였다. 모르는 곳이지만 지은은 이곳이 어딘지 알고 있었다. 한 번도 와본 적이 없는 곳이지만 그녀는 분명 이곳에 온 적이 있다.

하얀 평원은 너무 넓어서 두렵고, 아무것도 보이지 않아 외로웠다. 그녀의 발자국밖에는 없었다. 그녀가 지나온 흔적도 눈에 덮여 사라졌다. 지은은 눈썹에 달라붙는 눈을 털어내며 앞을 보았다.

눈, 눈, 눈뿐이다.

몸 이곳저곳이 아팠다. 발에서 시작된 둔탁한 통증이 허벅지까지 번졌다. 누가 다리를 쥐어짜는 것 같았다. 거친 기침이 쏟아졌다. 가슴 아래로 찌르는 통증이 느껴졌다.

지은은 중얼거렸다. 정현 씨가 거짓말을 했어, 꿈에서는 하나도 안 아프다더니 아프잖아.

정현을 떠올리니 눈물이 났다. 자신을 왜 이렇게 외로운 채로 남겨두는지 원망까지 생겨났다. 말이 안 되는 소리란 걸 알지만 투정을 부리듯 화를 냈다. 그러니까 체온이 오르는 것 같기도 했다. 아픈 것보다 이 외로운 꿈이 언제 끝날지 모르겠다는 것이 더 괴로웠다. 눈물이 왈칵 쏟아지려고 할 때, 바람이 속삭였다.

괜찮아, 곧 끝날 거야

바람 소리가 그녀를 한곳으로 이끌었다. 지은은 몸을 감싸 안고 부지런히 걸었다. 걷다 보면 꿈도 끝날 것 같았다. 얼어 죽더라도 걷다가 죽는 편이 낫겠다는 생각이 들었다. 죽으면 꿈도 끝나겠지.

바람이 그녀를 앞질러 달려갔다. 동굴이 보였다. 몸을 수그려 들어가야 할 정도로 작은 입구였다. 그녀는 거의 기어서 들어갔다. 몇 번 천장에 머리도 박았다. 한참을 가다가 뒤돌아보았다. 어느 순간부터 매서운 눈바람 소리가 들리지 않는다. 주변이 고요했다. 가고 있는 방향 끝에서 물이 떨어지는 소리가 났다. 그 소리를 들으며 계속 안으로 들어갔다.

눈이 어둠에 익숙해졌다. 옆 눈으로 벽을 타고 무엇인가가 빠르게 기어가는 것이 보였다. 벌레를 무서워하는 지은은 반사적으로 얼어붙었다. 난생처음 보는 커다란 거미가 천천히 천장을 오르고 있었다. 분명 지은은 벌레를 무서워했다. 낙엽이 어깨로 떨어지기만 해도 벌레인가 싶어 비명을 지르며 펄쩍 뛰었다. 그런데 지금은 손바닥만 한 거미가 무섭지 않았다. 꿈이라서 그런지도 모른다. 이제 허리를 펴서 쉴 수 있을 정도로 공간이 넓어졌다. 구멍으로 빛이 보였다.

구멍으로 나온 지은은 맥이 빠졌다. 빛이 보였으니 따뜻한 공간이 나올 거라 예상했다. 하다못해 꿈에서 깨기라도 하든가.

넓은 홀이 나왔다. 하지만 여전히 습기 찬 동굴이었다. 동굴의 홀에 발을 내딛는 순간 머리 위로 물방울이 떨어졌다. 시선이 돌기둥을 타고 올라갔다. 끝이 보이지 않는 어두운 천장을 올려다보았다. 다시 고개를 내렸을 때, 홀의 중앙에 라야가 서 있었다.

어린 라야. 아직 차이드에 있을 무렵의 라야.

라야가 지은의 시선과 같이 천장을 보다가 고개를 내렸다. 두 사람의 눈이 마주쳤다.

라야가 한 발짝 다가섰다. 해진 망토가 안쓰러웠다. 어린 그녀가 여기까지 오는 동안 얼마나 고생을 했을지 알 만했다. 지은은 진심으로 마음이 아팠다. 라야는 맨발이었다. 그건 더 마음이 아팠다. 지은은 자기 신발이라도 벗어줄까 생각했다.

라야가 앳된 목소리로 말했다.

"나한테서 그 사람을 빼앗아 가지 마."

말소리가 동굴에 메아리쳤다.

지은은 잠시 말문이 막혔다. 누가 누구한테서 누구를 빼앗아 간다고?

지은과 라야 사이로 물방울이 떨어졌다. 라야의 아름다운 초록 눈에 물기가 어렸다.

"나한테는 그 사람뿐이야."

"나도…… 나도 정현 씨가 좋아."

지은은 간신히 한마디 했다. 추운 데 있다가 들어와서 목소리가 갈라졌다. 자신감이라고는 없는 목소리였다.

라야는 조용히 고개를 가로저었다.

"너는 사랑하는 사람들이 많잖아."

라야가 눈물을 뚝 흘렸다. 지은은 죄책감을 느꼈다. 라야가 한 발 더 다가왔다. 라야의 맨발은 상처투성이였다.

"너는 그 사람이 아니라도 너를 사랑해줄 사람들이 많아."

라야가 슬프게 웃었다. 어린아이가 짓기엔 지나치게 어른스러운 웃음이다.

"네 곁엔 아버지가 있고 엄마도 있잖아. 동생도 둘이나 있고. 난 아니야. 난 그 사람뿐이야."

"네게서 정현 씨를 뺏어 가려는 게 아니야."

"못생긴 게."

"……뭐?"

지은이 눈썹을 들어 올렸다. 잘못 들은 줄 알았다. 어린 라야가 입술을 내밀며 뚱한 표정을 지었다. 라야는 망토 안으로 팔짱을 끼고 어린아이 특유의 단정적이고 공격적인 말투로 말했다.

　"못생겼어, 넌."

　누가 봐도 예쁜 아이가 그런 말을 하니까 충격이 좀 있었다. 지은은 멍해 있다가 헛기침을 해 목을 가다듬었다. 그러고는 어른스러운 말투를 쓰려고 신경 쓰며 말했다.

　"나도 못생긴 편은 아니라고 생각해."

　"네 생각이겠지."

　"……그리고 가끔 화장하고 차려입으면 남자들이 힐끔거리며 쳐다보기도 해."

　"확실해?"

　"야."

　발끈한 지은이 한 발짝 다가섰다. 라야는 팔짱을 낀 채로 그만큼 물러섰다. 지은이 말했다.

　"나 좋다는 남자 꽤 있었거든? 그리고 네가 아직 어려서 모르나 본데, 사람은 외모가 전부가 아니야."

　"재미없어, 그런 설교."

　라야가 딴 곳을 쳐다보며 대꾸했다.

　"넌 못생겼어. 그 사람과 어울리지 않아."

　지은이 으허허 웃었다.

　"얘가 정말 말을 막 하네."

　"넌 자격이 없어!"

　라야가 팔짱을 홱 풀며 소리쳤다. 그러고는 빠르게 걸어왔다. 지은은 주춤거리며 물러섰다. 라야가 거칠게 말했다.

"가족들한테서 사랑받으면서 외로움도 아픔도 모르고 자란 네가 그가 느낀 고통을 이해할 수 있을 것 같아? 넌 그러지 못해. 결국 그를 외롭게 만들 거야."

지은은 말을 뱉지 못하고 입술을 몇 번 열었다 닫기만 했다. 지은이 한참 후에 말했다.

"그래서 기억을 찾으려고 하잖아. 나도 노력하고 있어."

"그건 내가 겪은 거지 네가 겪은 게 아니야. 내 기억을 이용하지 마."

라야가 무서운 표정을 하고 뒤로 크게 물러섰다.

"네가 죽어버렸으면 좋겠어."

망토에서 나온 손이 위에서 아래로 내려졌다. 동굴이 흔들렸다. 지은은 어지러움을 느끼며 천장을 올려다보았다. 그녀의 머리 위로 커다란 종유석이 떨어졌다.

정현은 빠르게 걸으면서 고개를 들어 병원 꼭대기에 있는 십자가를 보았다. 믿음을 잃어 십여 년 만에 다시 사원을 찾는 불신자가 된 기분이다. 머리가 지끈거렸다. 오전에 잠깐 그랬는데 병원으로 오는 사이 두통이 더 심해졌다.

병원에 오래 있는 경험을 한 사람들이 대개 그렇듯, 정현은 병원이 싫다. 어린 시절엔 일주일 중 병원에 있는 시간과 학교에 있는 시간이 거의 비슷했다. 중학생이 될 때까지 그랬던 거 같다. 삶에 큰 애착이 없던 때.

당시엔 그저 하루를 흘려보냈다. 하수구로 물이 흘러가듯 시간이 흘러갔다. 하수구 뚜껑을 닫아야겠다고 생각한 건 고등학교에 들어갈 무렵이었다. 하수구로 내려가는 물소리가 너무 커서 주변인들이 괴로워하고 있다는 걸 깨달은 뒤였다.

구급차가 병원으로 들어오는 것이 보였다. 의료진들이 정현을 지나쳤다. 이동식 침대가 구급차에 붙었다. 그것에 한 번 눈길을 주고 병원으로 들어섰다. 환자복, 사복, 의사 가운, 간호사복을 입은 사람들이 그의 시선 밖으로 의미 없이 지나갔다.

응급실에 들어서는 순간 비명 소리를 들었다. 정현이 움찔 멈춰 섰다. 안쪽 침대에서 팔이 부러진 사내애가 울음을 터뜨렸다. 간호사와 부모들이 달래느라 애를 먹고 있었다.

"이쪽입니다."

정현이 몸을 돌렸다.

남진오였다. 진오는 청바지와 검은 니트 티 차림이었다. 복장 제한이 없는 머핀 타워지만, 평소 진오의 출근 복장치고는 너무 캐주얼했다.

정현이 물었다.

"지은 씨가 넘어졌다고요?"

"제대로 넘어졌죠."

"어떻게 넘어졌길래 구급차를 타고 옵니까? 진오 씨는 왜 같이 있고?"

진오가 살피는 눈을 했다.

"제가 왜 지은이랑 같이 있는지가 더 궁금하신 겁니까, 지은이가 어떻게 병원에 오게 됐는지가 더 궁금하신 겁니까?"

"둘 다."

정현이 진오의 말꼬리를 잡아채듯 빠르게 답했다.

잠시 침묵이 흘렀다.

말을 기다리는 동안 정현은 진오의 배에 무릎을 꽂아 넣고 싶어졌다.

고등학생 때 이후로는 그런 짓을 해본 일이 없다. 하지만 효과는 자신했다. 저놈의 입에서 말이 줄줄 나올 것이다.

진오는 상사에게 변명부터 했다.

"저는 휴가 중입니다."

"그렇군요."

정현이 진오의 옷차림을 눈으로 훑어 내렸다. 진오는 몸을 옆으로 살짝 기울여 정현의 뒤쪽을 보았다. 지은의 침대 쪽에선 별다른 움직임이 없었다. 진오가 말했다.

"전 조조 영화를 보러 가는 중이었고, 지은인…….."

진오가 두 손을 펼쳐 '당신도 알다시피.'란 말을 생략한 뒤 말을 이었다.

"출근 중이었죠. 제가 먼저 버스를 타고 있었고 지은이가 나중에 탔습니다. 인사를 하고 옆에 앉아서 잠시 얘기를 하다가, 저는 폰을 보고 지은인 잠들었죠. 아주 푹. 얼마나 푹 자는지 꿈을 꾼 모양이더라고요. 앉은 자세로 앞으로 쓰러질 정도로 요란하게 일어나더니 녀석답지 않게 어수선히 버스에서 내리더군요. 정류장을 지나쳤거든요. 저도 폰을 보고 있느라 깜박했죠."

그리고 진오는 극적 효과를 위해 잠시 말을 멈췄다. 정현은 참을성을 키웠다.

진오가 대뜸 손가락으로 정현의 얼굴을 가리켰다.

"초조한 표정."

정현의 눈썹이 치켜 올라갔다. 진오가 밉살맞은 미소를 지었다.

"오토바이가 오는 줄도 모르고 인도에 내려서다 그렇게 됐죠."

"많이 다쳤나요?"

진오의 태도로 미뤄 보아 지은의 상태가 심하지 않다는 걸 알았지만 말로 직접 듣고 싶었다.

"오토바이 쪽이 지은이를 피하다 더 다쳤죠. 인도로 달린 오토바이가 잘못한 거였지만. 손목 염좌라네요."

진오가 앞장섰다. 정현은 진오를 따라 몸을 돌렸다.

"혹시 모르니까 다른 검사도 해봐야죠."

"해봤어요. 사고가 났다고 한 건 빨리 오라고 한 소리고, 제가 봤을 땐 부딪치지도 않았어요. 오토바이를 피하다가 넘어졌지."

진오는 정현을 돌아보며, 두 손가락으로 V자를 만들어 제 눈을 가리켰다.

"기절한 게 이상할 정도예요. 혹시 넘어지면서 어디 머리를 잘못 부딪쳤나 해서 구급차를 불렀죠."

진오는 한쪽 침대로 가 커튼을 젖혔다. 지은은 잠들어 있었다. 발기척에 눈을 뜨기 전만 해도 자고 있는 줄 알았다.

지은이 천천히 눈을 뜨고 침대 옆에 선 진오를 올려다보았다. 지은의 입술에 아지랑이 같은 미소가 피어올랐다. 기운이 없던 표정이 점점 밝게 빛났다.

정현은 안도의 한숨을 내쉬었다. 지은이 무사한 걸 보자 긴장으로 꽉 뭉쳐 있던 어깨가 풀어졌다. 두통도 사라졌다.

지은이 정현을 발견했다. 환하게 웃고 있던 얼굴에 그림자가 드리웠다. 눈에 공포가 스쳤다. 미세한 변화지만 눈치 못 챌 수 없었다. 현실이 다시 악몽으로 바뀔 것을 두려워하는 눈이다. 정현은 모른 체했다.

"지은 씨."

정현이 부르는데도 지은은 침묵을 지켰다. 지은이 팔꿈치를 짚어 몸을 일으켜 앉았다. 그러고는 한동안 정현을 유심히 바라보았다.

정현은 갑작스러운 거리감을 느꼈다. 그가 그녀에게서 사랑을 약속받기 위해 해온 수개월간의 일들이 실패한 프레젠테이션 파일처럼 쓰레기통에 처박히는 걸 보는 기분이었다. 우스운 생각이고 과장된 기분이다. 하지만 지금 지은은 정현이 그런 기분이 들게끔 그를 쳐다보고 있었다. 두통이 다시 시작됐다.

지은은 침을 한 번 삼켰다. 그리고 물었다.

"누구세요?"

정현은 숨이 멎었다. 진오는 지은을 쳐다보며 눈을 끔벅였다. 뒤쪽에 선 남자애가 응급실이 떠나가라 울음소리를 냈다. 애 아빠가 참지 못하고 버럭 소리를 질렀다. 울음소리가 더 심해졌다.

지은이 배시시 웃으며 말했다.

"농담이에요. 출근하다 말고 온 거예요?"

정현이 들릴 듯 말 듯한 신음을 흘렸다. 이 아가씨가 진짜…….

지은이, 일어서는 걸 도와주는 진오의 손목을 잡았다. 정현의 눈이 지은의 손과 진오의 손목이 연결된 것을 쳐다보았다.

지은이 진오를 올려다보았다.

"선배가 전화했어요?"

"네가 기절했었잖아. 그래도 119를 먼저 불렀어."

지은이 무의식중에 잡았던 진오의 손목을 놓고, 붕대를 감고 있는 오른 손목을 들어 보였다.

"인대가 늘어난 거래요. 넘어지면서 잘못 짚었나 봐요."

정현은 침대로 바짝 다가서며 지은의 손을 감싸 쥐었다. 하얀 붕대 때문에 팔이 더 가냘파 보였다.

"이삼 주 물리 치료 받으면 된대요."

"오늘은 출근하지 마."

"손목 삐었다고 출근을 안 한다고요?"

지은의 눈이 또 잠시 진오에게 머물렀다. 정현은 모른 척했다.

"아프잖아. 피곤하기도 하고."

"안 피곤해요. 이 정도로 응급실 자리를 차지하고 있으면 안 되죠."

지은은 팔이 멀쩡하다는 것을 보여주려는 듯 손목을 가볍게 휘둘렀다. 그러고는 아픈지 입을 벌리며 인상을 썼다. 지은의 이마에 작은 상처가 나 있었다. 의사도 발견하지 못할 정도로 작은 상처였다. 정현은 손가락으로 조심스럽게 상처를 만졌다. 지은이 진오의 눈치를 보며 정현의 팔을 잡았다.

"정현 씨도 얼른 가요."

지은의 눈이 다시 진오에게로 갔다.

정현은 모른 척했다. 끈질기게 모른 척했다.

"그럼 내 차 타고 가."

"말도 안 돼."

"회사 근처에서 내리면 되잖아."

정현이 완강하게 말했다. 진오가 흠, 헛기침을 했다.

"고맙다, 애썼다, 나중에 밥이라도 살게, 라는 말은 들은 셈 치겠습니다."

"설마. 나한테서 그런 말 들을 걸 기대했어요?"

정현이 놀란 미소를 지으며 진오를 보았다. 진오가 관두라는 듯 손을 내저었다.

지은이 웃음을 터뜨렸다.

"고마워요, 선배. 나중에 밥 살게요."

"비싼 걸로 먹을 거야."

진오가 특유의 눈웃음을 지었다. 정현이 두 사람의 시선 사이에 끼어들었다.

"제가 사겠습니다."

진오가 미간에 주름을 만들었다.

"몇 초 사이에 저에 대한 감사의 마음이 솟아나셨나요?"

"그렇다고 해두죠."

지은이 정현의 위팔과 진오의 위팔을 밀어 두 남자의 사이를 떨어뜨려놓았다.

"이제 괜찮으니까 선배는 영화 보러 가요."

"어차피 예매한 영화 시간은 지났어. 하지만 누가 무서워서 가봐야지."

진오는 뒤돌아섰다가 고개만 돌려 지은을 쳐다보았다.

"말했던 거 생각해봐. 이번 달 안에는 답을 줘."

진오가 가자, 정현이 지은을 보았다. 지은은 아, 그러더니 침대에서 발을 내렸다. 고개를 숙여 발끝으로 침대 밑에 놓인 신발을 찾았다. 정현이 꿇어앉아 지은의 발을 잡고 신발을 신겨주었다. 지은은 두 손을 뒤로 짚은 채 신발이 신겨진 오른발을 까닥거리며 말했다.

"인사 이동 때 디자인팀으로 오겠냐고요."

정현이 왼발까지 신발을 신겨주고 고개를 들었다. 지은이 말했다.

"저번 공모전 때 상 받은 우리 캐릭터를 팀장님이 쓰고 싶다고 하셨대요. 저한테 물을 것도 없지만 혹시 오기 싫을 수도 있으니까 물어는 본다고."

"그래서 가려고?"

지은이 침대에서 내려왔다. 쥐가 난 것처럼 다리에 힘이 풀려 구두가 삐끗했다. 정현이 일어서며, 넘어지려는 지은을 안았다. 지은은 눈을 바닥에 두고서 잠시 생각에 잠겼다. 속이 메슥거렸다. 오토바이에 부딪친 건 아니랬으니 교통사고 후유증은 아닐 거다. 어쩌다가 기절까지 했는지 기억을 해보려고 했지만 그때마다 속이 울렁거렸다. 버스에서 진오를 만나고, 디자인팀 얘기를 하다가, 잠이 들었는데…….

지은은 눈을 감으며 정현에게 안긴 채로 휘청거렸다.

눈 위로 떨어지던 날카로운 종유석의 잔상이 끈질기게 쫓아왔다.

"어서 나가요."

지은이 말했다.

지글지글 끓는 사막을 걸었다. 보이는 건 모래, 모래, 모래뿐이다. 신발 안에 모래가 가득했다. 지은은 걷고 또 걸었다. 바람이 그녀를 격려했다. 지은은 내버려두라는 듯이 바람이 다가오면 손을 내저었다.

입에 모래가 들어가 계속 침을 뱉어야 했다. 멈춰 서서 손등으로 입을 닦고 하늘을 올려다보았다. 태양은 커다란 빛 덩어리였다. 제대로 쳐다볼 수도 없었다. 실눈을 뜨고 하얀 빛을 보다가 고개를 내렸다. 시야 중앙이 하얗게 변해 있었다. 눈이 정상으로 돌아오자 멀리 동굴이 보였다. 아, 저 동굴.

"생각해봤어?"

라야는 처음 봤을 때보다 좀 더 자라 있었다. 해진 망토는 벗었다. 무릎까지 내려오는 하얀 드레스는 바느질 자국이 없어 잠옷처럼 보였다. 라야가 뒷짐을 지고 고개를 기울였다. 붉은 머리가 하얀 천 위에서 부드럽게 움직였다. 초록색 눈동자가 반짝였다.

"그 사람을 놓아줄 거야?"

"정현 씨를 놓아주지 않고 있는 건 내가 아니라 너야."

지은이 피곤한 표정을 지으며 두리번거렸다. 근처 바위에 엉덩이를 걸치고 앉았다. 팔을 들어 땀이 난 이마를 문질렀다. 라야는 지은의 어른스러운 반응이 마음에 들지 않는 모양이었다. 라야가 조심스럽게 맨발을 앞으로 내디뎠다. 지은은 라야의 발바닥이 느끼는 돌바닥의 차가운 감촉도 느낄 수 있었다. 라야가 힘을 주어 말했다.

"그는 영원히 날 잊지 못해."

"그럴지도 모르지."

지은이 느긋하게 말했다.

라야는 한 발짝 더 앞으로 내디뎠다. 지은이 씩 웃으며 손가락으로 라야를 가리켰다.

"내가 너처럼 예뻤다면 방탕하게 살았을지도 모르겠어. 그럼 정현 씨를 만났을 때 조금 죄책감을 느꼈겠지. 그 사람은 나만 기다리고 있었을 테니까."

"날 기다린 거야."

"그게 나잖아."

"아니야. 함께했던 추억을 떠올리며 얘기를 나눌 수 있는 나를 기다렸어. 그런데 넌 멍청하게 기억 하나 없이 태어났지."

"그게 보통이야. 평범한 게 내 잘못은 아니잖아."

지은이 살짝 짜증을 냈다. 라야가 슬픈 얼굴로 중얼거렸다.

"그는 외로워하고 있어."

"침대에선 별로 안 외로워 보이던데."

지은이 입술을 당기며 웃었다. 어린 라야는 얼굴을 굳히며 입을 다물었다. 지은이 한숨을 쉬었다. 그러고는 타이르듯 말했다.

"너처럼 되기 위해서 일부러 외톨이가 될 수는 없잖아. 대체 왜 나보고 그를 놓아주라는 거야? 네가 나한테 이러면 안 되는 거 아니야? 오히려 기억을 찾을 수 있게 도와줘지. 정현 씨더러 나 말고 다른 여자를 사귀라는 거야?"

"차라리 그편이 나아. 그럼 그는 영원히 날 잊지 못할 테니까."

"정현 씨는 평소에도 자주 널 생각해."

지은이 침울한 어조로 중얼거렸다. 어깨가 축 처졌다.

라야가 눈을 깜박였다.

"예전엔 분명 그랬지. 요즘은 그렇지 않아. 널 떠올리는 일이…… 더 많아. 하루 종일 너만 생각할 때도 있어."

지은이 바위에서 일어날 듯 허리를 곧추세웠다. 검은 눈이 어린 라야의 눈만큼 반짝이고, 입가엔 참을 수 없는 기쁨이 흘렀다.

"정말? 아, 그거 진짜 기분 좋은데."

라야는 풀이 죽어 어깨를 늘어뜨렸다. 그 모습이 너무 애처로워 보여 지은은 사과를 할까 말까 고민했다. 어색한 침묵이 흘렀다. 라야가 숙이고 있던 고개를 들었다. 라야의 눈동자가 질투로 이글거렸다.

"다른 여자는 다 돼도 너는 안 돼. 너 때문에 그 사람이 날 잊고 있어."

"이거 되게 웃긴 상황인 거 알아? 난 너한테 질투를 느끼는 중이라고. 넌 진짜 예쁘고, 이것 봐, 여자인 나도 반할 정도로 사랑스럽잖아. 네가 이렇게 화낼 게 아니야."

"그 사람은 날 잊어서는 안 돼!"

"내 말을 안 듣는군."

"네가 미워! 넌 그 사람과 어울리지 않아!"

"진정해."

지은이 침착하게 소녀를 달랬다. 라야가 소리쳤다.

"세상 다른 여자는 다 돼도 너만은 안 돼! 네가 없을 땐…… 그는 나만 떠올리며 살았어. 네가 곁에 있어서 그가 더 외로움을 느끼는 거야. 그가 보고 있는 걸 너는 보지 못하니까. 그가 기억하고 있는 걸 너는 기억하지 못하니까!"

초록빛 눈동자가 흔들렸다.

"그 사람은 혼자인 채로 더 완전했었어. 네가 없으면 그 사람은 영원히 나를 그리워하겠지. 다른 여자를 안으면서도 날 떠올리며 절정을 맞을 거야."

"너 순진하게 생겨서 엄청난 말을 한다. 네가 이런 앤 거 그 사람도 알아?"

"네가 죽었으면 좋겠어."

지은이 움찔하며 천장을 보았다. 동굴은 조용했다. 우르릉 소리도 나지 않고, 땅이 흔들리지도 않았다. 지은이 한숨을 쉬며 고개를 내렸다. 라야가 바로 앞까지 다가와 있었다. 라야가 지은의 심장에 단검을 찔러 넣었다. 지은이 눈을 크게 뜨며 숨을 들이켰다. 갈비뼈가 죄다 타오르는 것 같았다. 너무 아팠다. 심장에 모자란 피를 공급하기 위해 온몸의 혈관이 펄떡였다. 난생처음 겪어보는 고통이었다. 손가락도 베여본 적 없는데, 칼에 찔려본 일이 있는 것처럼 생생한 아픔을 느꼈다. 지은이 피를 울컥 뱉으며 라야의 손목을 잡았다. 라야의 차가운 얼굴이 지은의 얼굴 위로 천천히 다가왔다. 라야가 속삭였다.

"넌 자격이 없어."

정현은 이런저런 생각에 잠겨 인후의 시선은 눈치채지 못하고 있었다. 머리의 반은 서류를 읽고 결재하는 데 쓰고 나머지 반은 개인적인 일에 사용 중이었다. 처음엔 지은이 꾼 악몽에 대해 생각하려 했다. 그런데 지은을 머리에 들여놓고 나니 딴생각은 자꾸 뒤로 밀리고 그녀의 얼굴과 부드러운 몸만 떠올랐다.

진오에 대해서도 생각했다. 고마운 건 고마운 거고, 불쾌한 건 불쾌한 것.

인연이라도 되는 양 출근도 하지 않는 날 같은 버스를 탄 것도 마음에 안 들고, 지은이 위험한 일을 겪은 상황에서 옆에 있었다는 것도 불쾌했다.

정현에게 질투는 익숙하지 않은 감정이고, 그만큼 반응 속도도 늦었다. 이제야 기분이 나쁘고, 점점 더 기분이 나빠졌다. 질투로 속이 뒤집혔다. 정현은 눈을 찌푸리며 주먹에 머리를 기댔다. 두통이 갈수록 심해진다.

다시 머릿속에 지은의 얼굴이 나타났다. 그때마다 손가락 사이로 펜을 돌리는 동작이 멈췄다. 인후는 책상 앞에 서서 그런 것까지 지켜보고 있었다.

다시 손이 움직이고 펜촉이 서류 위에 내려앉았다. 인후가 시계를 확인했다. 점심시간이 시작된 걸 보고 인후가 말을 놓았다.

"커피라도 갖다 줄까?"

"아니, 마셨어."

정현이 고개를 들지 않고 말했다. 인후가 물었다.

"에스프레소 투샷이라도?"

정현이 고개를 들었다. 인후가 제 이마를 가리켰다.

"인상을 하도 쓰고 있길래 커피를 안 마셔서 그런가 했지."

"아, 두통이 있어서."

정현은 이마를 폈다. 인후가 물었다.

"아스피린?"

"괜찮아. 약은 됐어."

햇살이 좋은 날이었다. 출근을 하려고 집을 나왔다가 추운 날씨에 놀라 머플러와 장갑을 찾으러 다시 집에 들어갈 정도로 기온이 낮은 날이었지만 햇살 하나만은 좋았다. 정오의 햇빛이 책상까지 뻗어 들어왔다. 인후는 중지로 책상 모서리의 작은 먼지를 쓸었다. 그가 손끝에 묻은 먼지를 후, 불어 날리고 말했다.

"다음 주에 우리 집에서 우리 팀 불러서 저녁 먹으려고 하는데 너도 올래?"

정현이 말 앞에 짧은 사이를 둔 뒤 미소를 지었다.

"가도 돼?"

인후가 바로 대답했다.

"아니. 팀원들이 불편해할 것 같아."

"묻기는 왜 물어?"

"예의상."

지은은 이마를 문지르며 고개를 들었다. 테이블에 머리를 박는 순간 생각이 번쩍했다.

아, 또 잠들었구나.

다행히 악몽은 꾸지 않았다. 그랬다면 식판을 다 엎으면서 일어섰을지도 모를 일이다.

맞은편에 앉은 한석과 오른편에 앉은 강희가 점심 디저트로 나온 푸딩을 먹다 말고 이상스러운 눈길로 지은을 보았다. 구내식당은 점심 피크 타임이 지나 한산해져 있었다. 강희가 플라스틱 숟가락을 이 사이에 문 채 불분명한 발음으로 말했다.

"잠깐 사이에 그렇게 잘 수 있는 거야? 머리도 못 가눌 정도로?"

지은이 손을 이마에 대고서 억울하다는 듯이 말했다.

"저 원래 잠 되게 없는 사람이거든요. 입사한 뒤로 피곤해서 그런지 점점 그러더니 오늘은 좀 심하네요."

그러고는 잠에서 깨려고 눈을 홉떴다. 한석이 말했다.

"그냥 병가 내고 집에 가지그래요? 오른손도 제대로 못 쓰는데 있어 봤자 일도 늦어지고, 보아하니 밥도 먹었겠다 일하다 졸 거 같은데 팀 분위기까지 흐려지잖아요."

"한석 씨는 기분 나쁜 말을 골라서 하는 재주가 있어요."

강희가 발랄한 표정으로 대꾸했다. 지은이 푸딩을 집어 들자 강희는 푸딩 덮개를 대신 뜯어주었다. 그리고 걱정스러운 얼굴로 물었다.

"혹시 교통사고 후유증이 아닐까? 출근했을 때부터 감기약을 드럼째 먹은 사람 같아."

"그것도 빈정거리는 것처럼 들리는데."

한석이 중얼거렸다.

"병가 내요."

뒤쪽에서 들려온 목소리에 지은과 강희가 고개를 돌렸다. 수영이 식 판을 들고 나타났다. 그녀가 지은의 왼쪽 어깨를 부드럽게 잡으며 옆자 리에 앉았다.

"바쁜 시즌도 끝났고, 오른손을 아예 못 쓸 정도면 나와 있는 것보다 는 그동안 물리 치료 받고 빨리 회복하는 편이 나아요. 그리고 교통사고 란 게 보이는 상처만으로는 알 수 없는 거니까."

강희가 테이블 위로 몸을 숙여 지은과 수영을 바라보며 맞장구를 쳤 다.

"내 친구 외숙모도 교통사고 나고 며칠 멀쩡한 거 같더니 다중 인격이 됐다네요? 귀신이 썬 것처럼 아침에는 스무 살짜리가 됐다가 점심땐 할 머니가 됐다가 밤에는 남자가 됐다가 한대요."

지은이 눈을 깜박였다.

"교통사고 후유증으로 그게 가능해요?"

"지은 씨, 세상일은 말이죠, 현실이 소설보다 더 소설 같은 거라고요. 난 매일 뉴스를 보면서 소설가로서의 한계를 느낀다니까? 내가 어떻게 머리를 굴려도 뉴스에 나오는 현실보다 입 떡 벌어지는 이야기는 써낼 수 없겠구나."

"어차피 무협 소설 쓰시잖아요."

강희가 엄한 표정을 지으며 손가락으로 지은의 입을 막았다.

"판타지도 무협도 SF도 결국은 현실의 반영."

지은은 천천히 고개를 끄덕였다.

"그럼…… 오전에 하던 일만 마저 하고 병가 낼게요."

그러고는 왼손으로 푸딩을 먹기 시작했다. 오른 손목이 욱신거렸다.

라야는 좀 더 자라 있었다. 처음 봤을 땐 키가 지은의 배꼽 정도까지밖에 안 됐는데 이제 지은보다 더 컸다. 옷은 여전히 하얀 잠옷 바람이었다. 치마 끝이 무릎보다 높은 곳에 닿았다. 다리가 하얗고 늘씬했다. 탄력 있고 매끄러워 보였다. 지은은 정말 멋진 다리라고 생각했다. 그리고 슬쩍 자기 다리를 내려다보았다.

내 다리도 나쁘지 않은데?

정현 씨는 내 다리를 좋아해. 직접 말한 적은 없지만…….

그는 입으로만 말하는 게 아니니까. 눈으로도 말하고 손짓으로도 말한다.

지은이 설핏 미소 지었다. 그러다가 라야와 눈이 마주치고는 뜨끔해서 생각을 접었다.

라야가 뒷짐을 지고서 고개를 기울이며 싱긋 웃었다.

"또 죽으러 온 거야?"

살벌한 말이 달콤하게 들릴 정도로 고운 목소리였다.

"자고 싶어서 자는 게 아니야. 네가 보고 싶어서 온 것도 아니고. 혹시 어떻게 해야 꿈에서 깨는지 알아? 여기까지 오는 동안 우둘투둘한 길을 걸어왔어. 발이 다 까졌다고. 이것 봐."

지은이 발바닥이 보이도록 발을 들어 보였다. 라야가 말했다.

"죽으면 꿈에서 깰 수 있어."

"죽는 건 싫어."

"실제로 죽는 것도 아니잖아."

"아파. 칼에 찔리면 아프다고."

"이번엔 칼로 찌르지 않을 거야."

라야가 위협적인 미소를 지었다. 그런데도 아름다웠다.

서늘한 바람이 동굴의 홀을 돌았다.

"매번 죽어야 하는 거야?"

지은이 불쌍한 표정을 해 보였다. 라야가 미소를 거두고 정색했다.

"그 사람은 그런 일을 십여 년간 겪었어."

"내 탓이 아니잖아."

"네 탓이야."

그게 어떻게 내 탓이야, 굳이 따지자면 너랑 내가 책임을 반씩 나눠야지? 라고 말하려던 지은은 반쯤 열었던 입을 말없이 닫았다. 라야의 표정이 너무나 슬펐다. 슬퍼 보이는 게 아니라 슬펐다. 지은은 라야의 감정을 느낄 수 있었다. 그 순간만큼은 라야와 지은은 한 사람이었다. 맞아, 내 탓이야. 그가 그런 일을 겪은 건 내 탓이다. 맙소사, 어떻게 내가 이걸 알지?

지은은 충격에 휩싸였다. 라야가 말했다.

"네가 모든 것을 알게 된다면 네 탓이란 걸 알 거야."

"그래, 나도 모든 걸 알고 싶어. 네가 도와줘."

지은이 다가서며 말했다. 라야는 지은이 다가온 것보다 훨씬 많이 물러섰다. 그녀는 새초롬한 얼굴을 하고, 손등을 덮는 긴 소매 끝을 만지작거렸다.

"내가 왜 널 도와줘야 하지?"

"내가 너니까."

라야는 고민을 해보는 듯 눈을 위쪽에 두고 뒤로 깍지를 낀 채 등을 살짝 젖혔다. 보기 좋은 모양과 크기의 가슴이 두드러져 보였다. 얇은 옷이라 몸의 여성스러운 선이 천 아래서 흔들거렸다. 속옷도 안 입고 있는 듯했다. 요염한 자세지만 얼굴이 워낙 깨끗해 음탕한 생각은 들지 않았다. 남자가 보면 또 다를지도 모른다.

지은의 속을 꿰뚫어보듯 라야가 미소 지었다.

"내가 너라……. 언제는 나한테 질투를 느낀다더니? 하긴. 그럴 만도 하지. 넌 못생겼으니까."

"왜 자꾸 나보고 못생겼다는 거야?"

지은이 불만스러운 목소리로 말했다. 라야가 웃음이 가신 얼굴로 대꾸했다.

"네가 스스로를 그렇게 생각하고 있으니까."

지은은 기시감이 들었다. 하지만 언제, 어디서 들은 이야기인지는 모르겠다. 못생겼다는 말 때문인지, 기시감 때문인지는 알 수 없지만 기분이 좋지 않았다.

지은이 말했다.

"도와줘. 기억을 찾고 싶어."

"최면 요법을 받아본다며?"

두 사람은 토라진 친구 사이처럼 대화하고 있었다.

"난 최면이 안 먹히는 거 같아. 또 실패했어."

"다음에도 실패할 거야. 그다음에도 실패. 또 실패. 실패, 실패."

라야는 뒷짐을 진 채로 그 자리에서 빙그르르 돌았다. 발밑에 빙판이 얼어 있는 것처럼 부드럽게 회전했다. 지은은 입을 살짝 벌리고 요정 같은 라야를 바라보았다.

다음 순간 지은의 입이 더 크게 벌어졌다. 등 뒤에서 들어온 검이 뼈를 부서뜨리는 소리를 냈다. 지은은 천천히 고개를 숙여 명치를 뚫고 나온 검을 내려다보았다.

라야가 가벼운 발걸음으로 코앞까지 다가왔다.

지은이 눈물이 고인 눈으로 항의했다. 이번엔 칼로 찌르지 않을 거랬잖아.

라야가 산뜻하게 대답했다.

"거짓말이야."

그녀도 거짓말을 할 줄 안다는 사실이 지은에게 이상한 안도감을 주었다. 안도는 짧고 고통은 길었다. 라야가 입이라도 맞출 것처럼 고개를 숙였다. 라야의 속눈썹이 지은의 눈두덩을 간질였다. 라야에게서 좋은 향기가 났다. 진한 피 냄새와 꽃향기가 섞였다. 라야가 속삭였다.

"그 사람과 달리 왜 너는 기억 없이 태어났을까?"

라야가 머리를 물리고 음흉한 미소를 던졌다.

"가서 곰곰이 생각해봐."

전날 비가 왔다. 기온이 뚝 떨어졌다. 한겨울 코트를 꺼내야 할 시점이었다.

　금색과 빨간색, 파란색, 초록색의 전구가 거리와 건물들을 장식했다. 연말 풍경 위로 들뜬 음악 소리가 들리는 듯도 했다.

　지은이 병가를 내고 일찍 퇴근한 날로부터 이틀째, 정현은 그녀를 만나지 못했다. 차로 한 시간도 안 걸리는 거리에 그녀를 두고 오십 시간이 넘게 만나지 못한다는 건 정현에게 신선한 괴로움이 되어주었다. 웬만한 고통은 다 경험해봤다고 생각했는데.

　그는 고문도 당해봤고, 사랑하는 사람들을 죽음으로 잃어도 봤고, 심지어 죽는 것도 경험해본 사람이었다! 그런데도 새로운 고통이 남아 있다니. 세상이 얼마나 무서운 곳인지 새삼 실감했다. 그는 이 지뢰밭투성이의 세상을 고민도 두려움도 아무 생각도 없이 살아가는 사람들이 많다는 것을 믿을 수가 없었다.

　전날, 정현은 너무 바빴다. 미국 지사를 내는 것에 작은 문제가 생겼다. 전화 한 통 할 틈도 나지 않았다. 점심도 먹지 못할 정도로 바빴다. 저녁도 사장실에서 먹었다. 일을 마치고 한숨 돌릴 때가 되니까 시간이 너무 늦어 전화도 하지 못했다.

　걱정이 돼서 미칠 지경이었다. 그런데 이 아가씨는 먼저 전화도 하지 않는다! 설마 연애 경험이 더 많은 그녀가 그를 솜씨 좋게 다룰 생각에서 이러는 거라면…… 별수 없이 당하는 수밖에.

　오늘 지은의 얼굴을 보고 그녀가 며칠 전 꾸었던 악몽이 그저 지나가는 악몽이었다는 걸 확인하지 않으면 오늘 밤 그가 악몽을 꿀 것 같았다.

정현은 회사에서 출발하기 전 지은에게 전화를 걸었다. 지은은 기운 빠진 목소리로 특별한 약속은 없다고 했다. 휴대전화 너머로 지은의 피곤한 얼굴이 보이는 것 같았다. 목소리가 다 죽어가는 사람처럼 기운이 없었다.

정현은 지은의 집 앞에 도착해서 2층 불이 켜져 있는 것을 보며 전화를 걸었다. 오라고 하더니 전화를 받지 않았다. 정현은 운전석에 앉아 2층을 바라보며 초조한 듯 휴대전화 모서리를 깔짝거렸다.

손을 뻗어 자동차 컵받침에 놓아둔 컵을 들었다. 운전을 하는 동안 커피가 미지근해졌다. 한 모금만 마시고 그대로 내려놓았다. 다시 전화했다. 이번에도 받지 않으면 그냥 들어가려고 했다. 그때 반대편에서 전화를 받았다. 휴대전화 주인의 목소리는 아니었다.

"그냥 들어오셔도 되는데."

예은이 웃으며 현관문을 열었다.

정현이 서두르는 기색을 숨기고 집으로 들어왔다. 정현의 눈이 지은을 찾았다. 예은이 난감한 미소를 지었다.

"언니 자요."

"아까 온다고 전화했는데."

"버티다가 잠들었나 봐요. 어제 잠을 잘 못 잤다더라고요."

그 소리에 정현은 숨이 턱 막혔다. 겨우 잠잠해졌던 두통이 다시 시작됐다. 아스피린이 그리워졌다.

정현은 지은의 방문을 살짝 열었다. 조용히 연다고 여기는데도 집이 건축되었을 때부터 거기 붙어 있는, 이십 년 된 문짝의 경첩이 끼익 소리를 냈다. 얼굴이 들어갈 정도만 열어 안을 들여다보았다. 커튼을 치지 않은 창문으로 손전등이 안쪽을 비추듯 하얀 불빛이 어른거렸다. 바깥보다는 거실이 따뜻했고 거실보다는 방이 더 따뜻했다. 그런데 침대 위만 추워 보였다. 지은이 웅크린 자세로 머리꼭지만 내놓은 채 이불 속으로 들어가 있었다.

정현이 조용히 문을 닫았다. 예은이 벽 쪽에 몸을 붙이고 물었다.

"유자차 드실래요? 엄마가 보내셨어요."

"네, 주세요."

예은이 고개를 끄덕이고 부엌으로 갔다.

"전 어제 경주 가서 오늘 저녁에 왔어요."

예은은 전기 주전자에 물을 올리고 찬장에서 유자차를 꺼냈다.

"6시쯤? 불도 안 켜놓고 밥도 안 먹고 앉아 있길래 오빠랑 싸웠나 했죠."

예은은 얼마 전부터 정현을 오빠라고 불렀다.

예은이 유자차 통에 스푼을 넣다가 그를 돌아보며 눈으로 '진짜 싸운 건 아니죠?'라고 물었다. 정현이 웃으며 손을 흔들었다. 그가 거실 소파에 가서 앉자 동현이 밖으로 나와 인사했다.

"오셨어요?"

동현이 음산한 미소를 지었다. 반갑다는 뜻이란 걸 알고 있지만 쉽게 익숙해지지 않는 미소였다.

"누나 깨울까요?"

"아니, 그냥 둬요. 혹시 요 며칠, 누나 자는 거 힘들어 보였어요?"

동현이 테이블 밑에 들어가 있는 방석을 꺼내 앉으며 곰곰이 생각하는 얼굴을 했다.

"어…… 그러네요."

"그래요?"

정현이 몸을 숙였다. 동현이 양반다리를 하고 앉아 고개를 끄덕였다.

"자는 게 들쑥날쑥하긴 했어요. 원래 침대에서만 자고 다른 데서는 잘 안 자는데 나와 보면 거실에서 자고 있고 식탁에 엎드려 자고 있고. 아, 어제 새벽에 잠꼬대도 했다."

"잠꼬대요?"

"이어폰을 꽂고 있어서 뭐라고 하는지는 못 들었는데 소릴 질렀어요. 가보니까 계속 자고 있는 거 같길래 그냥 놔뒀어요. 교통사고 후유증 같은 거 아니야?"

동현이 차를 내오는 예은을 올려다보며 물었다. 예은이 차 테이블에 찻잔을 내려놓았다.

정현은 신경성인 게 분명한 두통을 느끼며 찻잔을 들었다. 뜨거운 김이 코끝을 핥고 입술에 유자차 냄새가 감돌았다. 식은 커피 때문에 얼어 있던 혀가 부드러워졌다. 몸이 한결 편안해졌다. 두통이 잠잠해지는 것 같기도 했다.

그때 비명 소리를 들었다.

정현은 두 동생들보다 먼저 달려가 방문을 열었다.

"짜증 나 돌아버리겠어!"

지은이 문을 열고 들어온 사람들에게 뱉은 첫마디였다. 그녀는 어둠 속에서 정현도, 동생들도 들어본 적 없는 말투로 화를 냈다.

"내가 왜 이런 소리를 들어야 돼!"

지은은 아직 꿈과 현실의 경계에 있었다. 꿈에서의 감정이 현실까지 이어지고 있었다. 예은과 동현은 마주 보며 눈을 끔벅였다. 다시 지은을 보려고 침대 쪽으로 눈을 돌렸을 때, 두 사람의 눈앞에서 방문이 닫혔다.

정현은 방문을 등지고 잠시 서 있었다. 침대 주인에게서 뿜어 나오는 열기 때문에 방이 후끈했다. 정현이 침대로 조심스럽게 다가와 앉았다. 지은은 적의에 찬 눈으로 정현을 노려보았다. 그녀의 눈이 왜 그런 감정을 품는지 알 것 같아 정현은 심장이 죄어들었다.

꿈에서 꿈 주인의 적의를 불러일으킨 대상은 한동안 현실에서도 밉다. 정현도 어린 시절 악몽 속에서 어머니의 탈을 쓴 상대가 그의 목을 베면 잠에서 깨어도 오랫동안 어머니를 적대시했다. 어머니는 이유도 없이 아들의 미움을 받았다. 꿈이 깊을수록 현실로 돌아오는 시간도 길어진다.

"지은 씨."

정현이 나직하게 그녀를 불렀다.

"내가 왜 좋아요?"

지은이 물었다. 검은 눈동자가 불안하게 흔들렸다. 창 밖으로 불빛이 흔들거렸다. 그의 눈이 어둠에 익숙해지면서 그녀의 눈가에 맺힌 눈물을 발견했다. 지은이 중얼거리듯 말했다.

"내가 가진 매력이 뭔지 모르겠대. 내가 정현 씨한테 한참 부족한 사람이래."

정현은 소름 끼치는 기시감을 느꼈다. 두통 때문에 뒤통수가 다 뻐근했다.

"그건 그냥 꿈이야."

"내가 왜 좋냐니까? 내가 라야고 전생에 우리가 사랑해서란 말은 집어치워!"

지은이 다가오는 정현과 거리를 두려는 것같이 사이로 팔을 휘둘렀다. 그러고는 양손으로 얼굴을 감싸더니 괴로운 신음을 흘렸다. 정현이 어깨로 손을 뻗자, 지은은 보지 않고서도 그의 손길을 느끼는 듯 그의 손을 거부하며 어깨를 떨었다.

정현이 손을 내리고 엄한 목소리로 말했다.

"넌 부족한 사람이 아니야. 대체 사람이 사람을 좋아한다는데 부족하다는 말이 왜 나와?"

지은이 고개를 들었다.

정현이 말했다.

"지은 씨 매력을 나열하자면 오늘 새벽을 꼬박 사용해도 부족하지만 동생들이 문에 귀를 대고 있는 상황에서는 말하기가 좀 그렇지?"

지은은 눈물이 그렁한 채로 픽 웃었다. 정현이 머리를 숙이면서, 동생에게 하듯 장난스럽게 지은의 정수리를 손바닥으로 꾹 눌렀다. 지은도 그 손은 거부하지 않았다.

문밖에서 예은이 헛기침을 하는 소리가 들렸다.

정현이 무슨 재주를 부린 건지 알 수 없지만 머리에 압력이 가해지자 흐트러져 있던 정신이 되돌아왔다. 지은은 서서히 꿈에서 벗어났다. 갑자기 민망함이 몰려왔다. 지은은 몸을 꼼지락거리더니 양반다리를 하고 얌전히 앉았다.

"미안해요."

지은이 붉어진 얼굴을 숙였다. 정현이 콧숨을 내쉬며 손에 더 힘을 주었다. 지은이 윽, 소리를 냈다. 양반다리 사이로 머리가 틀어박힐 것처럼 고개가 숙여졌다. 지은이 그의 팔을 잡아채며 소리쳤다.

"뭐하는 거예요? 아프잖아요!"

"잠 깨라고."

정현이 태연하게 대꾸했다.

"이미 깼어요!"

"아직 흐리멍덩한데?"

"……며칠 잠을 제대로 못 자서 제정신이 아니에요."

"알아. 나도 경험해봤잖아."

정현이 미소를 지었다. 지은은 그걸 보고 또 어리광을 부리고 말았다.

"피곤해 죽을 것 같아."

말 안 해도 목소리에 짜증스러운 기색이 묻어 있는 것이 얼마나 피곤한지 알 것 같았다. 지은은 눈에 또 눈물이 맺히려는 것을 손등으로 거칠게 닦아냈다. 정현이 물었다.

"어떤 악몽을 꾸는지 물어봐도 돼?"

지은은 흘깃 눈을 들어 정현을 보았다.

"여러 꿈이요."

"그러니까 어떤 꿈."

"그중에서 제일 싫은 거요?"

"아무거나."

지은은 숨을 크게 들이마시고 말했다.

"솔직하게 말할게요."

"솔직함은 오랜 미덕이지."

"정현 씨가 바람피우는 꿈이요."

"내가 살해당하는 것보다 실현 가능성이 떨어지는 이야기야."

"그래요?"

"그래."

"하지만 난 그런 꿈을 꿔요."

매번. 하루도 빠짐없이. 어쩔 때에는 하루에도 몇 번씩.

그리고 매번 배신감에 치를 떨고, 그를 원망하고, '차라리 그를 만나지 않았더라면 좋았겠다.' 생각하고, 그가 죽임을 당하는 것을 지켜본다. 라야와 말다툼을 하는 꿈도 참을 만하고, 난데없이 길을 가다 살해당하는 꿈도 무섭지만 견딜 수 있었다. 하지만 정현이 바람을 피우는 꿈은 몸까지 지쳐 잠에서 깨고도 바로 일어날 수조차 없었다. 다른 악몽들도 끔찍하지만 이건 그중에서도 최악이다.

"정현 씨는 라야와 바람을 피워요."

정현이 자기가 잘못 들은 것 같다는 표정으로 되물었다.

"뭐라고?"

"라야와 바람을 피운다고요. 여기저기서. 회사에서, 정현 씨 집 침대에서, 차 안에서, 내가 보고 있는 바로 코앞에서. 만지고, 키스하고……."

섹스하고.

그 말은 하지 않았다.

정현은 입을 다물고 지은의 눈을 바라보았다. 그가 몸을 돌려 바로 앉았다. 지은도 그를 따라 침대에서 발을 내리고 앉았다. 방바닥이 뜨끈뜨끈했다. 그러고 보니 꿈에서는 발에 닿는 감촉이 늘 차갑다.

잠시 침묵이 흐르고 정현이 뭐라고 하려는 듯 입술을 벌리자 지은이 먼저 말했다.

"내가 요즘 자신감이 없어져서 그래요. 아빠한테서 헤어지란 말도 들었고, 그러니까 정말 그래야 하나란 생각도 들고."

정현이 침대 머리 판에 몸을 기댔다. 지은이 고개를 돌려 정현을 보았다. 그는 이제 다리까지 꼬고 반쯤 누운 자세라 지은은 수면욕 외에 다른 욕구를 느꼈다. 잠시 잠깐이었다. 그러기엔 너무 피곤했다.

지은은 발을 꼼지락거려 방바닥의 뜨끈한 기운을 만족스럽게 느낀 뒤 말했다.

"디자인팀으로 가게 되는 것 때문에 신경도 쓰이고, 이제 겨우 비서 일에 익숙해졌는데 괜히 바꾸는 게 아닌가 싶고, 최면 요법도 잘 안 되고 있고……. 여러 가지로 초조해서 그래요."

정현이 사이를 두고 말했다.

"자신감이 없어진다는 게 정말 나랑 사귀면서 생기는 감정이라면 지은 씨는 정말 쓸데없는 고민을 하고 있는 거야."

"쓸데없어요? 지금 내 고민이 쓸데없다고 얘기하는 거예요?"

"우리가 예전에 어떤 이유들 때문에 괴로워했는지 안다면 그런 고민은 별거 아니란 걸 알 거야."

지은이 싸늘하게 얼굴을 굳혔다. 꿈에서 라야가 그랬었다.

「네가 모든 것을 알게 된다면 네 탓이란 걸 알 거야.」

정현에겐 그런 의도가 전혀 없었지만 지은에겐 왜 기억을 해내지 못하냐는 재촉처럼 들렸다. 참았던 울분이 치밀어 올랐다.

"예전이라면 전생이죠? 그놈의 전생 소리 지긋지긋해요!"

며칠 잠다운 잠을 자지 못해 쌓인 스트레스가 폭발했다.

"이젠 꿈에서도 전생이 안 보여요! 최면 요법은 아예 망해 먹었어요! 잠만 실컷 자다 왔다고요! 거기서도 악몽을 꾸는 바람에 깨고 나서 원장님한테 욕까지 했다고요!"

난데없이 욕을 먹고 황당해하던 원장의 얼굴을 떠올리니까 웃음과 짜증이 동시에 터졌다. 지은이 히스테릭한 웃음을 흘리며 머리를 감쌌다. 정현은 검지로 관자놀이를 누르고서 조용히 지은을 바라보았다. 다른 손은 그가 생각을 정리할 때 잘 그러듯 중지를 까닥거리고 있었다.

정현이 기대고 있던 상체를 일으켜 지은에게로 몸을 숙였다.

"지은 씨."

지은이 지친 얼굴을 들어 정현을 보았다. 정현이 말했다.

"최면, 그거 하지 마. 전생……."

정현이 지은의 머리에 손을 얹었다. 그가 미소 지었다.

"기억하지 않아도 괜찮아."

"……."

지은이 억눌린 신음을 흘렸다. 코끝이 찡해지더니 울음이 터졌다.

정현은, 어린애처럼 소리 내서 우는 지은을 끌어당겼다. 그의 셔츠에 얼굴을 묻으니 감정이 더 북받쳤다. 설움 당한 아이처럼 울었다. 정현은 지은의 뒷머리를 잡고 다른 손으로는 등을 쓸어내렸다. 며칠 만에 안아보는 그녀의 몸은 너무 작고 부드럽고, 그만큼 약하게 느껴졌다. 가슴이 찢어질 것 같았다.

지은이 어떤 마음으로 최면을 받겠다고 했는지, 어떤 고민을 가지고 있는지 눈치채놓고도 모른 체했다. 그 순간은 아일의 마음이 더 컸고, 그때마다 정현의 마음은 지옥이었다. 전생을 기억하지 않아도 된다는 말을 하고 정현은 해방감을 느꼈다. 스스로도 그런 감정에 놀랐다. 하지만 곧 심장에 통증을 느끼고 입술 사이로 흘러나오려는 신음을 삼켰다.

"됐어. 그만해도 돼."

정현은 지은에게 하는 건지, 아일에게 하는 건지 불분명한 말을 내뱉었다.

한참 후 지은이 진정을 하는 것 같자 정현이 말했다.

"쪽팔려서 얘기 안 하려고 했는데……."

지은이 소매로 얼굴을 닦아내며 정현을 처다보았다.

"지은 씨 마음을 편하게 해주기 위해서 내가 얼마나 한심하고 부족한 인간이었는지 얘기해줘야겠어."

정현이 '사실 난 어릴 때 오줌싸개였어.' 정도를 말할 것처럼 말했다.

"내가 어릴 때 자살 시도 비슷…… 한 걸 했다는 얘기, 혹시 아버님께서 해주셨나?"

지은이 입을 떡 벌렸다.

토요일은 진료가 일찍 끝난다. 그렇다고 우제가 일찍 귀가하는 건 아니었다. 그는 사람과 만나는 약속은 주말에 한꺼번에 해결하는 걸 좋아했다.

우제는 진료실이 아닌 사무실에 앉아 있었다. 진료 시간은 세 시간 전에 끝났다. 그는 의료 학술지에 낼 논문을 타자하고 있었다. 키보드에서 손을 떼자 시계 소리가 귀에 들어왔다. 딱 약속 시간이었다. 누가 노크를 했다. 우제가 웃으며 "들어와."라고 말했다.

정현이 문을 열고 인사했다. 앞에도 약속이 있었는지 멀끔한 정장 차림이었다. 우제는 정현을 보면 자신이 키운 제자나 조카처럼 흐뭇한 마음이 들었다.

우제가 책상에서 일어서며 말했다.

"어서 와. 문 앞에 서 있다가 시간 되면 노크하는 거 아냐?"

"맞습니다."

정현이 희미하게 웃었다. 우제가 말했다.

"아, 추석 선물 보내 온 거 잘 받았어."

"언제 일을. 그때 전화하셨잖아요."

우제가 어깨를 으쓱하며 소파를 가리켰다. 정현이 먼저 앉고 우제가 대각선 방향의 상석에 앉았다.

"얼굴 봤으니 또 해야지. 어쩐 일이야?"

정현은 잠깐 망설였다.

"처방 좀 받으러 왔습니다."

우제가 눈썹을 올렸다.

"끊은 줄 알았는데."

"네⋯⋯. 그랬었죠."

"잠이 잘 안 와? 요즘도 악몽 꿔?"

정현은 할 말이 없어 조용히 미소만 지었다.

우제는 눈 아래를 손가락으로 긁적였다. 그리고 속을 읽기 쉽지 않은 갈색 눈동자를 들여다보았다. 우제가 전생을 기억한다는 소년을 만난 건 이십 년도 훨씬 전의 일이었다. 그땐 우제도 젊었다. 시간은 거의 말이 없던 소년의 마음도 열었다. 하지만 예나 지금이나 정현이 스스로 말하지 않는 속내는 우제도 알기 어려웠다.

우제는 소파 팔걸이를 가볍게 치고 일어섰다. 그러고는 책상으로 가 마우스를 잡았다. 우제가 말했다.

"용량 지켜."

"네."

정현은 팔짱을 낀 채 손가락으로 위팔을 두드렸다. 눈은 벽시계에 두었다.

우제는 전화 수화기를 들어 간호사를 불렀다. 잠시 뒤 간호사가 처방전을 가지고 왔다. 우제가 직접 받았다. 사무실 문이 닫히자 우제는 재차 다짐을 받았다. 손가락을 하나 세웠다.

"그 이상은 악몽만 더 심해지는 거 알지?"

"저보다 그걸 모르는 사람이 있을까요."

"오래돼서 잊어 먹었을까 봐."

우제가 처방전을 가지고 소파로 돌아왔다. 처방전을 정현 앞에 놓았다. 우제의 손이 테이블에서 2센티 떨어진 곳에서 놓은 종이가 깃털처럼 팔락이며 내려앉았다.

정현은 다리를 꼬고 깍지 낀 손으로 무릎을 잡은 채 처방전을 잠시 응시했다. 니코틴 중독이었던 사람이 십 년간 담배를 끊었다가 담배 한 개비의 유혹을 받고 있는 표정이었다.

정현이 처방전에 손가락을 댔다. 우제가 정현의 손을 잡아 눌렀다. 정현이 우제를 보았다.

우제가 말했다.

"예전에도 말했지만 난 네가 꾸는 악몽이 전생과 이어져 있다고 생각지 않아. 전생에서 묻혀 온 저주나 망할 놈의 주술 같은 게 아니라고. 지금 여기 있는 너의 죄책감이고 너의 미련이야. 서정현의 강박이다."

나의 죄책감. 나의 미련. 나의 강박.

한때 우제의 말은 정현에게 기도문과 비슷했다. 악몽을 꾸는 동안 우제가 해준 말을 기도처럼 뇌까리면 꿈에서 깰 때도 있었다.

우제가 목소리에 권위를 실어 말했다.

"바이러스 같은 게 아니야. 불행에 실체가 있어 네가 사랑하는 사람들에게 옮겨 가는 게 아니라고."

"……압니다."

"풀이법은 과거가 아니라 이곳에서 찾아."

정현은 생각에 잠긴 듯 천천히 처방전을 가로로 두 번 접었다. 그러고는 미소 지은 얼굴을 우제에게 돌리며 말했다.

"제가 선생님 좋아하는 거 아시죠?"

"난 곰 같은 와이프가 있어. 바람피우는 건 눈치도 못 챌 만큼 곰이지. 배신했다간 지옥 갈 거야."

"선생님의 그런 아저씨 농담도 좋아요."

"아저씨라고 불러도 된다고 했는데 넌 꼭 선생님이라고 불렀지. 날 찾아왔을 때만 해도 네 키가 요만했는데."

우제의 손은 책상보다 조금 높은 위치에 있었다. 우제가 추억을 더듬듯 말했다.

"세월이 그렇게나 흘렀나?"

정현은 기시감을 느꼈다. 많은 기시감이 그렇듯 언제 들었던 소리인지는 모르겠다.

정현은 집으로 돌아와 바로 샤워를 했다. 저녁은 먹지 않았다.

아일랜드 식탁 위의 불만 켜두고 집 안의 모든 불을 껐다. 스탠드도 켜지 않은 침실로 가 실내복으로 갈아입고 부엌으로 왔다. 방을 나오는 그의 손엔 약통이 쥐어 있었다.

플라스틱 약통을 식탁 위에 놓고 의자에 앉았다. 약통은 식탁 정중앙에 놓았다. 휴대전화는 약통에서 멀리 떨어뜨려놓았다. 정현은 팔짱을 끼고 대치라도 하듯 약통을 노려보았다.

하얀 플라스틱이 조명을 받아 아이보리 색을 띠었다.

한때 저것이 구원이었던 적이 있었다. 중독이 되기 전에 멈추었던 건, 나중에 라야를 만났는데 약물 중독자가 되어 있으면 안 될 것 같아서였다.

'괜찮아.'

약통을 기울여 손바닥에 알약을 받았다. 단번에 세 알이 잡혔다.

삼각 배치로 알약 세 알을 식탁 위에 놓았다. 조명 아래 알약이 하얗게 빛났다.

정현은 눈을 알약에 두고 휴대전화를 켜 단축 번호 영 번을 눌렀다. 휴대전화를 귀에 가져다댔다. 신호가 가고, 지은이 전화를 받았다.

정현은 눈을 감았다. 지은의 모습이 떠올랐다. 수줍은 듯 환한 미소, 재밌는 걸 발견할 때 반짝이는 눈. 정현은 눈을 감은 채, 그를 보며 웃는 지은을 향해 미소 지었다.

"12시 넘었는데 왜 안 자?"

— 책 읽을 게 있어서요.

지은이 말끝을 흐렸다. 그녀는 자는 걸 무서워하고 있었다.

지은이 주저하다가 말했다.

— 또 악몽 꿀 것 같아요.

"괜찮을 거야."

— 아까 낮에도 잠깐 잤는데 정현 씨가 또 죽었어요. ……지금 웃음이 나와요?

"이제 익숙해질 때도 안 됐어?"

— 차라리 내가 죽는 꿈이 덜 무서워요. 자도 잔 것 같지가 않아요. 눈알이 빠지려고 한다고요. 엄청 자고 싶은데 자기 싫은 기분 알아요?

"알아."

— 그렇죠……. 정현 씨는 어릴 때 아주 난리도 아니었죠. 정현 씨는 부모님한테 정말 효도해야 돼요.

"그런 의미에서 빨리 결혼을 해야 하는데."

— 내일 나가서 수면제라도 타 올까 생각 중이에요.

"지금 내 말 무시한 거야? ……웃는 걸로 때우지 마. 그리고…… 약은 되도록 먹지 마. 괜찮을 거야. 즐거운 생각 하면서 자봐."

— 그럼, 저번에 했던 얘기 계속해봐요.

정현은 지은의 집에서 그녀에게 들려주었던 자기 고백적 일화들의 뒷부분을 들려주었다. 중학교 때 멍해 있다가 칼에 손을 벤 적이 있었는데 피가 너무 많이 나는 바람에 뒤늦게 목격한 어머니가 그가 자해를 한 건 줄 오해했다. 몇 년 후에 그때 그런 것이 자해가 아니라고 분명히 말했는데도 그의 부모는 아직도 오해를 하고 있는 듯하다. 고등학교 때에는 본의 아니게 치정 문제에 얽혀든 일이 많았다. 정현이 대화 한 번 해본 적 없는 여학생이 그를 좋아한다며 상급생의 고백을 퇴짜 놓는 바람에 그 상급생이 수업 시간에 교실로 찾아온 일이 있었다. 등굣길에 다른 반 남학생들과 시비가 붙었는데 그들이 정현을 반 죽여놓겠다며 그의 반에 쳐들어온 일도 있었다. 당시 같은 반이었던 인후, 희성, 동주가 말리다 패싸움 비슷한 것이 벌어졌는데, 정현은 그들이 자신을 찾아온 줄 모르고 싸움이 벌어지는 와중에 집으로 돌아갔고, 다음 날 그는 당시엔 별로 친하지 않았던 세 친구에게서 평생 들어본 적 없는 심한 욕을 먹었다. 그리고 생각했단다. '절대 이놈들이랑 친해질 일은 없을 것 같다.'고.

"세상일은 알 수 없는 거야."

정현이 말했다. 지은이 전화기 너머로 웃는 것이 보이는 듯했다.

— 재밌다고 하면 안 될 거 같은데 솔직히 재밌어요.

정현이 휴대전화를 귀에 댄 채 컵을 가지러 일어섰다.

"잘생긴 건 내 매력 중 제일 하단에 있지."

— 뻔뻔한 건 정현 씨 매력 중에 상단쯤에 있어요.

정현은 정수기로 가 컵에 물을 채워 식탁으로 돌아왔다.

"그 세 녀석이 나한테 무슨 욕을 했을지 상상해보면서 자는 걸 시도해 봐. 꿈에 나올지도 몰라."

— 알았어요. 내일 우리 봐요?

정현은 알약 세 알을 한꺼번에 입에 넣었다. 예전엔 물 없이도 먹었는데, 지금은 혀와 목이 고집스럽게 움직이지 않았다. 혀에 알약의 쓴맛이 돌았다. 정현이 알약을 혀 위에 둔 채로 말했다.

"내일 내가 갈게. 12시쯤. ……아니, 1시쯤."

정현은 전화를 끊고, 물을 마셔 알약을 삼켰다.

에어컨이 고장 난 것 같은 소음을 냈다.

정현은 꿈속에 에어컨이 자주 등장하는 이유에 대해 생각해본 적이 있다. 한국의 한여름 날씨는 다이런의 '미친 여름'을 떠올리게 만든다. 이 세상이 생각보다 좋은 세상일지도 모른다는 생각을 처음 했던 것이

에어컨을 보았을 때였던 것 같다.

정현은 아일랜드 식탁 위에 엎드려 자고 있는 상황을 해석해보려 했다. 그가 뒷목을 문지르며 상체를 일으켰다. 약 기운이 돌아 몸이 기분 좋게 나른했다. 등받이에 몸을 기대고 의자를 돌려 거실 방향을 보았다.

고요한 어둠이 깔려 있었다. 연말다웠다. 정현은 지금 시기가 연말이란 걸 떠올린 것만으로도 좋은 징조라고 생각했다. 그 순간, 음악 소리가 들렸다.

거실에 있는 클래식 스타일의 우든 턴테이블이 주황 불빛을 깜박였다. 지은은 그 턴테이블이 정현의 집에 있는 물건 중 정현의 취향과 가장 들어맞는 물건일 거라고 했다. 사실이었다. 이 세상에 익숙해지면서 현재 정현의 취향은 기존 아일의 것에서 깎이고 덧붙여져 조금 달라졌지만 결국 기본 틀은 같았다. 정현은 지은이 뭘 알고 그런 말을 하는 건지, 찍어 맞춘 건지 궁금했다. 하지만 깊게 물어보지는 않았다.

음악은 브라질 호텔의 비 오는 야외 무대에서 들었던 곡이었다. 실제 LP판 같은 잡음이 들렸다. 잡음이 빗소리처럼 들렸다. 여자의 허스키한 목소리가 공중에 커피 향처럼 부유했다. 약 기운 때문인지 음악 때문인지 정신이 몸에서 반쯤 빠져나왔다.

정현은 눈동자 같은 두 개의 램프를 바라보았다. 간헐적으로 깜박이는 주황빛이 점점 진해졌다. 램프가 완전히 붉은 눈동자가 되는 순간 음악이 그쳤다.

정현은 뒤쪽에서 쇳소리가 나는 것을 들었다.

날붙이의 날카로운 끝이 척추 끝에 닿는 것이 느껴졌다. 그를 조롱하듯 칼날 끝이 천천히 척추를 훑어 올라왔다.

정현은 본능적으로 고개를 돌렸다. 보이는 건 어둠뿐이었다.

다시 정면을 보았을 때 그의 얼굴 바로 앞에 새빨간 두 눈이 있었다. 어둠이 새빨간 입을 그믐달 모양으로 벌렸다.

정현은 잠시 숨을 멈췄다가 흐릿한 미소를 지었다.

왜 웃지?

그것이 물었다.

"……반가워서."

정현이 씹어 뱉듯 말했다.

어둠은 실망한 것처럼 그믐달 모양의 입을 일자로 만들었다. 그걸 보니 기분이 끝내주게 좋았다. 그의 환영(歡迎)이 저것에게 실망을 안겨준다면 진작 두 팔 벌려 환영하는 연기를 해보는 거였는데.

붉은 눈이 생각에 잠긴 듯 가느다래졌다. 정현은 불길한 예감이 들었다.

어둠이 정현의 눈앞에 낫을 들어 올려 보였다. 그는 쇠붙이 날에 반사된 자신의 얼굴을 보았다. 이 낫에 몇 번이나 목이 베였던가. 못해도 천 번은 될 것 같았다.

낫날이 정현의 쇄골을 가볍게 긁으며 올라갔다. 목 아래 움푹 팬 곳에 날 끝이 놓였다. 날이 스치고 지나간 것만으로도 피가 흘렀다. 정현은 뒤로 손을 뻗어 식탁 모서리를 꽉 잡았다.

그것이 웃으며 말했다.

어떻게 할 건지 물어봐.

"싫어."

정현이 웃으며 단박에 대꾸했다. 그것이 음산한 웃음소리를 냈다. 그것의 입에서 나온 붉은 입김이 정현의 얼굴을 덮었다. 독을 마신 것처럼 숨 쉬기가 힘들어졌다. 타들어가는 고통이 목구멍에서부터 폐까지 단번에 번졌다. 손가락 관절 부분이 하얗게 될 정도로 손에 힘을 주었다.

제발 한 번에 끝내줬으면 좋겠어.

그의 속을 꿰뚫어본 듯, 그것이 붉은 입을 벌리고 웃었다.

네놈 속을 다 끄집어낼 거야.

정현은 간신히 허리를 곧추세웠다. 붉은 눈이 말했다.

오랜만이니까, 이번엔 많이 아플 거야.

지은은 눈을 번쩍 떴다. 그러고는 상반신을 벌떡 일으켰다. 아침이었다.

"오."

지난밤엔 꿈을 꾸지 않았다. 정현이 살해당하는 꿈도, 라야를 만나는 꿈도 꾸지 않았다. 시계를 보았다. 새벽 2시에 잠들었는데 오전 10시였다. 평소 수면 시간을 초과했다. 몸이 아주 가뿐했다. 침대에서 뛰어 내려가 책상 위에 있는 휴대전화를 집었다. 정현에게 전화를 걸었다.

"일어났어?"

예은이 방으로 들어오며 물었다. 지은이 들뜬 얼굴로 고개를 끄덕였다. 예은이 화장대에 앉아 스킨 병의 뚜껑을 돌려 열었다. 그러고는 스킨을 얼굴에 두드리며 거울을 통해 지은과 눈을 마주쳤다.

"손목은 좀 어때?"

"괜찮아. 잠을 잘 자니까 손목도 다 나았나 봐."

정현이 전화를 받지 않았다. 주말이니 늦잠을 잘지도 모른다는 생각이 들었다. 지은은 밤사이 들어온 문자가 있는지 확인했다.

"지금 정현 씨 집에 갑자기 찾아가면 좀 그러려나?"

"보통은 실례겠지. 그런데 그 오빠는 좋아할 것 같아."

지은도 그렇게 생각했다. 예은이 말했다.

"오늘 눈 온댔어. 우산 챙겨 가."

53

전투의 시작과 끝은 늘 비슷하다. 폭풍 전야. 조용하고, 숨죽이다, 부딪치고, 아주 뜨거워진다. 고함과 함성, 금속음, 말 울음소리, 간간이 비명. 그리고 다시 고요해진다. 열이 식고 나면 한기가 몰려든다. 그건 갈라마 인들의 옥토 위에서나 차이드의 사막 위에서나 마찬가지다. 제편이 이기든 지든 마지막이 조용해지고 추워지는 건 같다.

무니프 협곡의 입구는 의외로 참을 만한 낮과 자비 없는 밤을 가지고 있었다. 선발진인 아일의 부대는 주력 부대의 합류 없이도 밤이 오기 전에 입구로 들어가는 문을 부수는 데 성공했다. 너무 싱거워서, 이렇게 싱거워도 되나 생각했다. 차라리 숫자로는 훨씬 열세였던 갈라마 인들이 더 독하고 끈덕졌다.

다이런이 몸 뒤로 병기를 갈 동안 차이드는 평화에 취했고, 취한 상대의 등에 검을 찔러 넣는 건 아이 손목 비틀기만큼 쉬웠다.

빨리 끝내버리자. 어서 끝내고 그녀 곁으로 돌아가자. 그런 생각을 하며 아일은 누벽 위에서 황량한 성 밖 풍경을 내려다보았다. 그는 바람이 휘몰아치는 황무지를 보며 라야를 떠올렸다. 차이드의 모래는 피를 먹지 않아도 붉었다. 밤에도 붉고, 태양 아래에선 더 붉었다. 라야의 머리색처럼.

새벽바람이 성 안의 불길을 흔들었다. 검은 새가 밤하늘을 한 바퀴 돌고 주인의 곁으로 돌아왔다. 까마귀의 깃털을, 올빼미의 눈을, 매의 발톱을, 늑대의 영혼을 가진 검은 새는 무거운 날갯짓을 하며 조용히 성벽에 내려앉았다. 아일이 새를 보고 말했다.

"네가 나설 차례가 있을지 모르겠다."

검은 새는 표정이 담긴 커다란 검은 눈을 굴렸다. 표정의 이름은 의아함이다.

클레이모어가를 지키는 검은 새는 항상 눈 속에 의아함을 가지고 있었다. 이 검은 새의 아비와, 아비의 아비와, 아비의 아비의 아비는 태어나서 죽을 때까지 눈 속에 의아함을 간직한 채 죽었다. 그들은 하나뿐인 주인 혹은 계약자에게 묻는다.

왜 날 부르지 않는 건지 모르겠어. 피투성이가 되어야만 부를 셈인가?

아일은 검은 새의 도발 아닌 도발에 침묵을 지켰다. 로바키가 갑옷 소리를 내며 성벽 계단을 올라왔다.

"3조가 성을 빠져나간 성주와 다섯 기의 수급을 가지고 귀환했습니다. 그리고 모스라테 장군으로부터 전령이 왔습니다."

로바키가 보고했다. 아일은 여전히 눈을 황무지에 두었다.

"나이반으로 가기 전에 람프할레만에서 합류하랍니다."

"……람프할레만."

라야의 고향이다.

"척후 부대가 도착하면 아침 식사 후에 출발한다."

"각 조에 전달하겠습니다."

"나이반에서 람프할레만까지 본대가 도착하려면 못해도 엿새는 걸려."

아일이 로바키를 보았다.

"하지만 차이드 동부군이 바차노 협곡으로 온다면 나흘 안에 람프할레만에 당도할 거야."

"바차노 협곡으로 올까요?"

부관인 로바키는 정중하다. 안 어울린다. 남의 옷을 입은 것처럼 부자 연스럽다. 아일이 의도적으로 긴장을 누그러뜨리며 냉랭한 표정을 풀었다. 로바키가 계속 말했다.

"이 계절에 바차노 협곡을 통과하는 건 잠들어 있는 사신 옆을 지나는 것과 같다던데요. 그걸 토착민들이 모를 리 없죠."

아일의 긴장이 풀어진 걸 느끼고 로바키의 말투도 느슨해졌다. 아일이 미소 지으며 말했다.

"토착민들이니 사신 옆을 조용히 지나는 법도 알겠지."

"흠, 인정."

로바키의 말투가 완전히 풀어졌다. 아일이 말했다.

"람프할레만은 작은 성이지. 동부군이 오기 전에 끝낼 거야."

"모스라테 사령관이 기다리라고……."

"그 양반은 늘 기다리라고 해. 신중을 기하란 뜻이지 그런 작은 성을 앞에 두고 막사를 치고 군량이나 축내며 기다리란 소리가 아니야."

로바키는 주위를 둘러보았다. 아무도 없는 것을 확인한 그가 말했다.

"너무 서두르는 거 아니야?"

"다른 좋은 생각이라도 있나, 부관?"

"그런 건 아니고."

깃발이 바람에 펄럭이는 소리가 어둠의 장막을 흔들었다. 로바키가 성벽에 몸을 기댔다. 지난번 전투에서 부상 입은 갈비뼈 부근을 손으로 눌렀다. 로바키가 인상을 찌푸렸다. 뼈가 어긋난 것 같지는 않은데 결코 움직이기에 편하다고 할 수는 없었다. 아일이 그런 로바키를 유심히 쳐다보았다. 로바키가 아일의 관심을 돌릴 심산으로 말했다.

"메이튼한테서 들었지."

"뭘?"

"네 여자."

"내가 없는 데서 내 여자 얘기하지 마."

"정말 여자가 있긴 있군. 상처받았어. 날 두고 바람을 피우다니."

로바키가 느물거렸다. 아일이 말했다.

"굳이 끼워 맞추자면 라야가 아니라, 네가 바람 상대겠지."

"이름이 라야?"

"라야 윈터스."

아일의 표정이 부드럽게 변했다. 로바키가 고개를 주억거렸다.

"왠지 얼굴이 상상이 되는 이름이야. 우리 방을 우편 집중국처럼 만든 그 아가씨지?"

"그래."

"차이드 인이고."

"……그래."

"차이드 어디 출신인데."

"람프할레만."

"허. 기가 막힌 우연이군. 연극이었다면 이쯤에서 북소리가 나와줬어야 하는 건데."

로바키의 얼굴에 잠시 고통이 스쳐 지나갔다. 아일은 로바키가 손으로 누르고 있는 부상 부위를 더 유심히 쳐다보았다. 아일이 믿음을 담아 물었다.

"그래, 점쟁이. 내일 날씨는 어떨 것 같아?"

"비가 올 것 같아."

아일이 바람 냄새를 맡으며 하늘을 보았다.

"그럴 것 같지는 않은데. 우기도 아니잖아."

"틀릴 수도 있고. 나라고 다 맞히란 법은 없잖아?"

로바키가 어깨를 으쓱했다. 살벌한 사막 바람에 깃발이 어둠 속으로 날아갈 듯 사납게 나부꼈다. 아일은, 긴 창처럼 하늘을 찌를 기세로 서 있는 봉으로 걸어갔다. 그리고 깃발이 날아가지 않도록 단단히 묶었다.

다음 날은 화창했다. 로바키가 날씨 맞히기를 처음으로 틀린 그날, 그는 협곡에서 벌어진 전투에서 죽었다.

차이드 군대의 전력은 동부와 북부에 집중되어 있었다. 미처 방어할 태세도 갖추지 못했던 차이드 남부와 서부는 속절없이 점령당했다. 살아남은 전력들 중 상당수가 성을 버리고 동쪽으로 몰려갔다. 그래서 전쟁의 초반엔 다이런군의 승전이 이어졌다.

전쟁이 시작되고 반년이 흐르자, 다이런에 반기를 들었던 강성 갈라마 인들이 차이드 군대로 들어가 대다이런 세력이 되었다. 전쟁이 길어질수록 차이드 군대도 지휘 체계와 방어 진형을 갖추기 시작했다. 그즈음부터는 다이런군과 차이드군의 승패가 반반으로 갈렸다. 다이런군은 강하지만 차이드군은 지형을 읽었다.

'신은 대개 갑자기 기운 추 쪽에 서 있게 마련이다.'라는 다이런의 속담을 생각한다면 다이런군에 좋은 상황은 아니었다.

차이드군으로서는 서쪽에서 진격 중인 다이런 본대와 남쪽에서 빠른 속도로 올라오고 있는 아일의 부대가 만나는 건 무슨 수를 써서라도 막아야 했다. 수가 상대적으로 적은 아일의 부대를 노린 건 합리적인 선택이었다.

아일의 예상대로 차이드 동부군은 목숨을 걸고 바차노 협곡을 지나왔다.

바차노 협곡에 산다는 사신은 토착민에게 애정이 더 깊은 모양이었다. 무사히, 예상보다 빠르게 협곡을 지난 차이드 군대는 아일의 부대가 지나는 무니프 협곡에 매복해 있었다.

적의 급습이 시작되고 나서 아일은 검은 새를 찾았다.

검은 새는 새파란 하늘을 배경으로 절벽 위에 앉아 방금 시작된 전투를 내려다보고 있었다. 혼란의 아비규환 속에서도 검은 새와 아일은 서로를 정확히 찾아내 응시했다.

아일이 저지른 실수는 검은 새를 너무 믿었다는 것이다. 척후병보다 더 자세하게, 인간이 볼 수 없는 먼 곳까지도 살필 줄 아는 검은 새가, 다른 사람도 아닌 제 계약자에게 거짓말을 할 거라고는 생각지 못했다.

아니다. 검은 새는 인간이 아니니 거짓말을 하지는 않았다. 그저 적들이 숨어 있다는 것을 말하지 않았을 뿐이다.

아일이 적의 가슴에 검을 박아 넣으며 검은 새를 쏘아보았다.

검은 새가 시건방지게 답했다.

너무 지겨웠어

검은 새가 변명했다.

네가 잘못한 거야

아일은 대꾸 없이, 달려드는 적의 목에 검을 찔러 넣었다. 옆 병사의 머리통에 차이드 병사의 갈고리가 꽂히는 걸 보고 갈고리를 잡고 있는 팔을 베어냈다. 팔꿈치까지 잘린 팔이 공중으로 튀어 올랐다. 아일은, 비명을 지르며 쓰러지는 적의 머리를 날렸다. 검은 새가 소리쳤다.

날 내버려뒀잖아

알았으니까 닥쳐.

날 불러

됐어.

밀리고 있어

아직은 아니야.

검은 새가 절박하게 말했다.

곧 밀릴 거야. 숫자가 적어. 많이

아일이 죽길 바라고 벌인 짓이 아니었다. 검은 새는 정말 절박해졌다.

여긴 내게 만찬장이나 다름없다고. 제발

아일은 눈으로 적의 수를 가늠해보았다. 검은 새의 경고처럼 적의 습격을 뒤엎기엔 이쪽의 수가 턱없이 부족했다. 아일은 잠시 고민했다.

제발

그때, 비틀거리는 로바키가 보였다. 적의 방패가 로바키의 가슴을 강타했다. 이어 그의 머리를 쪼개려고 검이 내려왔다. 몸을 피했지만 로바키의 움직임은 둔해져 있었다.

제발!

검날이 로바키의 어깨로 떨어졌다.

"……그래."

뭘 생각하고 한 대답이 아니었다. 눈에 로바키의 위험이 보이고, 검은 새가 미친 듯이 재촉하고, 로바키에게 달려가기엔 너무 먼 거리가 보이자, 아일의 입이 말을 뱉었다. 그래.

검은 새가 목을 길게 빼며 높고 날카로운 울음소리를 내질렀다. 새의 작은 몸이 뱉어내는 소리가 아니었다. 하늘을 찢는 소리였다.

협곡의 양 벽이 돌가루를 흘리며 흔들거렸다.

벼락이 때린 듯 모든 것이 일제히 멈추었다.

다이런군과 차이드군은 무기를 맞부딪친 채로 갑작스럽게 찾아온 정적의 정체를 파악하려고 애썼다. 불길한 정적이었다. 어느 쪽에 불리한 정적인지는 곧 밝혀졌다.

차이드 동부군의 지휘관 비테일은 근접전이 벌어지고 있는 곳에서 조금 떨어져 상황을 지켜보고 있었다. 갑자기 긴 괴음이 들리더니 전투가 멈췄다. 고막이 찢어지는 줄 알았다.

"대체 뭘 하고 있는 거야?"

바차노 협곡은 죽음의 협곡이었다. 돈에 눈이 먼 장사꾼이 아니라면 조금 일찍 가자고 그 계절에 협곡을 지나지 않는다. 차이드 인이라면 누구나 아는 사실이었다. 조금 일찍 가려다 영영 가게 될 확률이 높았다. 게다가 그 많은 병력을 이끌고 죽음의 협곡을 지나겠다니. 걸인이 귀한 음식을 돼지우리에 처넣는 것만큼이나 바보 같은 짓이라고 생각할 만했다. 반대의 목소리로 군사 회의장이 시끄러웠다. 비테일이 한 마디 하면 반대가 열 마디는 쏟아졌다. 비테일이 소란을 뚫고 소리쳤다.

"남부에서 올라오고 있는 부대가 그 에드가의 부대입니다! 그 이름에 무슨 대단한 주술이 걸려 있는지는 모르겠지만 한 달 만에 비카람까지 올라왔어요. 이 기세라면 동부 저지선이 뚫리는 것도 시간문제입니다. 본대랑 합류하는 건 무슨 수를 써서라도 막아야 합니다. 애매한 병력으로는 안 됩니다. 절대 패배할 수 없는 군대로 그의 목을 베야 합니다. 장담합니다. 그가 죽으면, 그때부터 승기는 완전히 우리 것입니다."

비테일은 영리하고 용감한 지휘관이었다. 차이드 동부-북부 연맹군 회의에서 비테일은 반대하는 성주들과 장군들을 며칠 동안 설득했다.

결국 그는 해냈다. 동부군 병력의 3할을 데리고 바차노 협곡을 지났다. 절대 패배할 수 없는 대군을 이끌고 에드가의 부대 앞을 가로막았다. 그리고 방금 전까지만 해도 비테일의 눈에 에드가의 부대가 궤멸할 것은 자명해 보였다.

"기분 탓인가요. 땅이 흔들리는 것 같은데……."

부관의 말에 비테일이 바닥을 보았다. 말안장에 닿은 엉덩이로 미세한 진동이 느껴졌다. 등자가 웅 하는 소리를 내며 흔들렸다. 다리까지 진동이 전해졌다. 말들이 갑자기 흥분하며 투레질을 했다. 앞발을 치켜들고 비명을 지르는 말도 있었다. 기병과 장군들이 고삐를 움켜쥐며 말을 달랬다. 말들이 겁을 먹고 있었다. 땅을 살피는 비테일의 눈이 한층 가늘어졌다. 땅바닥 위로 작은 돌과 모래가 튀어 오르고 있는 것이 보였다. 협곡이 흔들리고 있었다.

"지진인가 봅니다."

부관이 급하게 말했다.

협곡에서 지진을 만나면 돌무더기 속에 묻힌다. 승리를 코앞에 두고 군대를 빼야 하다니!

그렇다고 거대한 돌무덤 속에 차이드 동부군 3할을 처박을 수도 없었다. 비테일이 퇴각 명령을 내리는 순간, 그의 눈이 믿을 수 없는 장면을 보았다.

방금 그의 눈앞에서 머리에 화살을 맞고 죽은 다이런 병사가 비척거리며 몸을 일으키고 있었다.

비테일은 자기가 아주 잠깐 미친 거라고 생각했다. 전장에 있다 보면 그런 일이 있다. 환각이 보이기도 하고 환청이 들리기도 한다. 머리에 화살이 꿰어 있는 다이런 병사의 눈은 새까맸다. 홍채도 동공도 없었다. 날짐승의 눈처럼 경계 없이 검은 눈이 비테일을 응시했다. 그리고 비테일이 있는 쪽으로 천천히 걸어왔다.

"뭐⋯⋯."

비테일은 황당해져서 눈을 몇 번 깜박이고 부관을 쳐다보았다. 부관이 손등으로 눈을 비비고 있었다. 공포스러운 비명이 비테일의 귀를 파고들었다. 비테일이 번뜩 고개를 돌려 정면을 보았다. 산 자들 사이로 죽은 자들이 하나둘 느리게 몸을 일으키고 있었다. 양 진영의 병사들이 모두 공포에 질려 맞부딪치고 있던 무기를 물린 채 꼼짝도 않고 서 있었다. 되살아난 시체들의 몸이 자기 몸에 닿지 않기만을 바라는 표정들이었다. 몸들이 잔뜩 움츠러들어 있었다. 비테일은 상황이 이해가 가지 않았다. 이해가 가능하긴 한 상황일까.

화살이 이마를 뚫고 나온 시체가 어느새 비테일의 바로 앞까지 다가왔다. 말을 향해 시체가 느릿하게 손을 뻗었다. 창백한 손이 백마의 얼굴을 쓰다듬기라도 할 것처럼 다가왔다. 말이 뒷걸음질 쳤다. 비테일은 침착하게 활시위에 화살을 메겼다. 화살이 시체의 검은 눈에 박혔다. 시체가 맥없이 쓰러졌다.

"군대를······."

비테일이 군대를 물리라고 말하려는 순간, 쓰러진 시체에서 검은 무엇인가가 튀어나왔다. 말이 비명을 지르며 다리를 치켜들었다. 비테일의 몸이 공중에 붕 떴다. 거의 동시에 '검은 것'이 놀란 말의 목을 물어뜯었다. 목을 물어뜯긴 말이 피를 쏟아내며 몸부림쳤다. 그 서슬에 비테일은 말 뒷발에 밟힐 뻔했다. 간신히 몸을 굴려 피했다. 비테일이 입을 멍청히 벌리고 말을 물어뜯고 있는 그것을 보았다.

그림자? 영혼? 악마? 괴물?

뭐라고 해도 그럴듯했고 뭐라고 해도 말이 안 되는 것이었다. 비테일은 자기도 모르게 신의 이름을 불렀다. 시체는 그대로 쓰러져 있고, 시체에서 튀어나온 '검은 것'이 말의 목을 맹렬히 물어뜯고 있었다.

말이 그렇게 발버둥을 치는데도 그것은 중력의 영향을 받지 않은 것처럼 좀처럼 떨어져 나가질 않았다. 말이 거품을 물고 쓰러졌다. 말의 두툼한 목에선 피가 콸콸 쏟아졌다. 경련하는 말 다리가 사슴 다리처럼 연약해 보였다.

기병들이 달려들어 '검은 것'에 검을 찔러 넣었다. 세 자루의 검이 각각 머리 부분과 목 부분과 가슴 부분에 박혔다. 지켜보는 사람들의 눈엔 검들이 모두 '검은 것'을 통과해 제대로 박힌 것처럼 보였겠지만 검으로 찌른 자들은 뭔가 잘못됐다는 것을 알았다. 공기를 벤 것처럼 별 감각이 느껴지지 않았다. 검 끝은 허공을 찔렀을 뿐이었다.

그때였다.

'검은 것'이 네발짐승처럼 바닥을 차고 뛰어올라 말 위에 있는 기병의 목을 물었다. 말이 요동치면서 피가 사방에 뿌려졌다. '검은 것'은 바닥에 내동댕이쳐졌다. 이미 숨이 끊어진 기병의 몸도 말 등에서 고꾸라졌다.

죽음에 초연한 병사들이었지만 기괴한 장면에 겁을 먹고 '검은 것'으로부터 멀어지려고 본능적으로 말을 뒤로 뺐다. 기병들이 '검은 것' 주위로 원을 만들고 '검은 것'을 포위했다. 신의 이름을 부르고 기도문을 중얼거리는 자들도 있었다.

말에서 떨어져놓고도 전혀 타격을 받지 않은 듯 '검은 것'이 천천히 일어났다. 반쯤 넋이 나가 있던 비테일은 그제야 그것이 사람의 형체를 갖고 있다는 걸 알았다.

그림자가, 혹은 영혼이, 혹은 악마가 머리를 쳐들고 하늘을 향해 포효했다.

짐승의 울음소리였다.

비테일의 머릿속으로 번개가 스쳤다. 그가 근접전이 벌어지고 있는 곳을 향해 다급히 소리쳤다.

"죽이지 마!"

이미 시체인 것을 죽이지 말라는 말부터 말이 안 되었다. 너무 멀어서 그의 목소리가 닿지도 않았다. 겁에 질린 병사들은 자신들을 향해 다가오는 시체에게 무기를 휘둘렀다. 시체의 목이 베이고, 시체의 허리가 잘리고, 시체의 머리가 꿰였다. 그리고 얼마 있지 않아 '검은 것'들이 뛰어

나왔다. 협곡이 비명으로 가득 찼다.

아일이 로바키를 찾았을 때 그는 아직 죽지 않은 채였다. 로바키가 알아들을 수 없는 말을 중얼거렸다. 아일은 로바키의 말을 듣기 위해 그의 위로 얼굴을 숙였다. 로바키의 목소리가 점점 더 작아졌다. 피를 머금고 있는 입술에 귀를 갖다 댔다.

로바키가 꺼져가는 불꽃처럼 사그라지는 목소리로 말했다.

"괜찮아…… 괜찮을 거야……. 괜찮아…… 끝날 거야, 끝날……."

누구에게 말하는 걸까. 죽어가는 자신에게 하는 말일까, 나를 향해 하는 말일까. 나에게 말한다면 무엇을 말하는 걸까.

모르겠다. 그냥 그가 죽지 않았으면 좋겠다. 그와 함께해서, 그렇게 죽도록 힘들지만은 않았던 크롬헬에서의 생활이 일방적으로 종지부를 찍으려고 하고 있었다. 이제 정말, 아귀다툼의 정쟁과 지옥 같은 전장으로 나가라고 그를 떠밀고 있다. 일찌감치 엉망진창으로 끝나버린 소년 시절이, 아니, 그에겐 존재하지 않는다고 생각했던 시절이 종말을 고하기 직전에 나타나 미안하다고 말하는 것만 같다. 이제 와서.

로바키가 아일의 속을 들여다본 듯 웃었다. 로바키의 입이 울컥, 피를 뱉었다.

로바키가 눈으로 말했다.

'사람 죽는 거 처음 보듯이 그러네.'

아일은 속으로도 차마 작별인사를 하지 못했다.

로바키가 입술을 일그러뜨렸다. 피식 웃는 것처럼 보였다. 그가 입술을 달싹였다.

'또 봐, 친구.'

죽음의 신이란 놈은 정말 고약한 심보를 가졌다. 상대가 살아 있을 때에는 아무리 접촉해도 딱히 살아 있다는 것을 못 느끼게 하더니 죽어갈 때에는 이토록 죽어간다는 걸 확실히 느끼게 해준다. 잡고 있는 손에서 로바키의 생명이 빠져나가는 것이 느껴졌다. 멀리서 그 광경을 바라보는 사람들도 로바키의 숨이 완전히 끊어졌다는 것을 알 수 있게 될 때쯤 아일이 고개를 들었다.

아일은 허탈한 미소를 짓고 있었다. 친구의 마지막으로 뜨거웠던 피로 손을 씻은 듯 그의 손은 피범벅이었다.

간절한 사정도, 절박한 애원도 소용없다. 신은 늘 그렇다. 늘 자신에게 매정하다. 걷잡을 수 없던 격정이 사그라진 자리는 허무함과 노여움이 차지했다.

죽은 자를 데리러 왔던 사신이 얼떨결에 그의 눈동자에서도 생명의 온기를 가져가버린 듯, 금색 눈동자가 서늘한 기운을 내뿜었다. 흥분을 삭이지 못하고 가만히 서 있는 몸은 폭발할 것처럼 위태로워 보였다. 차갑게 식고 있는 시체와 대조적으로 생생한 활력마저 느껴졌다. 애도는 눈물로 할 것이 아니었다.

아일이 절벽 위에 앉아 있는 검은 새를 노려보았다. 검은 새가 변명하듯 말했다.

정말 지겨웠다고

동진의 주력 부대인 모스라테 장군의 군대는 람프할레만에 무혈 입성했다. 모두가 도망친 빈 성을 얻은 적은 있지만 람프할레만처럼 성주도 남아 있는 상태에서 성문이 열린 적은 없었다. 성주는 백기를, 그것도 못 볼까 봐 아주 큰 깃발을 내걸고 성문을 활짝 연 채 다이런군의 본대를 맞았다.

본대에 소속되어 있던 메이튼은 람프할레만의 성주에게 절이라도 하

고 싶은 심정이었다. 다이런군이 람프할레만을 동진을 위한 거점으로
삼은 만큼 약속한 합류 시간에 맞추기 위해 행군 속도가 빨라져야 했다.
속도전에 강하고 진군 속도가 어느 부대보다 빠른 아일의 부대가 먼저
도착할 것이란 예상은 틀렸다.

본대는 뒤늦게 차이드 동부군의 습격 소식을 전해 들었다. '자세한 보
고는 합류 후에 하겠다.'는 말과 승전 소식도 함께.

아일의 부대가 람프할레만에 도착했다는 소식을 듣고 메이튼은 큰 강
아지처럼 혀를 빼물고 중앙 성문으로 달려갔다. 때는 망루에서 보이는
산등성이가 노을에 잠긴 후였다.

성주의 명으로 군인들의 저녁을 준비하는 주민들을 제외하고는 모두
제 집에 들어가 행동을 조심하고 있었기 때문에 길에 보이는 이들은 다
이런 병사들이 대부분이었다. 성내가 어수선했다. 다이런 군대가 성문
을 지나 포장길로 들어왔다. 기병들이 앞장섰다. 그 선두에 아일이 있었
다.

바람에 망토가 휘날렸다. 성으로 들어오는 군대는 신화 속에 나오는
죽음과 열쇠의 신 피카온이 부린다는 그림자 군대처럼 보였다. 메이튼
의 그런 생각이 아주 틀린 것도 아니었다.

전투 없이 입성했으니 긴장이 풀릴 만도 한데 군대의 대열엔 흐트러
짐이 없었다. 낮과 밤의 기운이 다르듯이, 아일의 군대가 성 안으로 들
어오면서 성내 분위기가 바뀌었다. 음산한 긴장이 성으로 밀려들었다.
아일이 무장 해제를 명령하지 않았기 때문에 군대는 부동 상태였다.

메이튼은 그 속에서 낯익은 얼굴들을 발견했다. 그가 욕설 같은 인사
로 동료들을 반겼다. 크롬헬 출신인 딜런이 메이튼을 보고 알은체를 했
다.

"메이튼."

"오, 딜런."

무장을 벗은 메이튼이 달려와, 말 위에 앉은 딜런을 올려다보며 장난스럽게 말했다.

"그 망할 다리는 아직도 양쪽이 다 멀쩡하네."

딜런은 말 위에 앉은 채로 눈만 내려 나직한 목소리로 대꾸했다.

"네 그 망할 혀도 멀쩡하잖아. 일단 다리는 혀보다 하나 더 많아."

"망할 자식."

"망할 새끼."

화기애애한 인사 후, 딜런은 메이튼에게 로바키의 죽음을 알렸다.

총사령관 모스라테가 친히 성문까지 나와 아일을 맞았다. 모스라테는 아일만 한 키에 하얀 머리칼과 굵은 골격을 가진 거구의 노장이었다. 하지만 전장에서 그가 움직이는 걸 본다면 아무도 그를 노장군이라고 부르지 못할 것이다.

모스라테가 친밀한 말투로 말했다.

"하루 이틀 정도는 늦어도 이해를 했을 텐데."

아일이 말에서 내려 예를 갖추었다. 모스라테가 큼직한 손으로 아일의 어깨를 두드렸다.

"됐어, 됐어. 성주가 연회를 준비했다고 하니까 자네 부하들도 긴장 좀 풀라고 그래."

모스라테가 부리부리한 눈을 더 크게 뜨며 아일의 등 뒤로 도열해 있는 군대를 보았다.

"피카온이 부리는 그림자 군대라고 해도 믿겠어."

그런 생각은 메이튼만 한 게 아니었다. 아일은 엄숙한 표정으로 침묵을 지켰다.

모스라테 뒤에 있던 화려한 의복의 남자가 슬쩍 앞걸음을 했다. 아일의 서늘한 시선이 남자에게로 향했다. 호리호리한 몸매에 갈색 머리칼을 가진 사내였다. 약삭빠른 쥐 같은 인상에 긴 얼굴, 탁한 갈색의 눈은 아무리 좋게 봐주려고 해도 교활한 느낌을 주었다. 모스라테가 뒤돌아보고는 소개하듯 손바닥을 펴 보였다.

"아, 소개가 늦었군. 성문을 열고 우리를 맞은 현명한 성주지. 이름이 크레커."

"플리커입니다."

"그래, 크리커."

"플리커입니다."

모스라테가 어깨를 으쓱했다. 성주 플리커가 한 발짝 더 앞으로 나왔다. 아일의 눈과 마주친 플리커는 일찌감치 항복을 하고 성문을 연 자신의 판단이 옳았음을 두 번째로 확신했다. 첫 번째는 모스라테의 대군이 성 앞에 이른 것을 보았을 때.

지원군으로 오기로 한 차이드 동부군에선 아무 연락이 없었다. 동부군보다 아일의 군대가 먼저 도착한 걸 봐서 어떻게 된 상황인지 알 만했다.

플리커가 아일에게 고개를 조아렸다.

"긴 행군으로 심신이 많이 지치셨을 걸로 짐작합니다. 며칠이라도 쉬었다 가십시오. 물심양면으로 보필하겠습니다."

상인 출신이라 다이런 어도 유창하게 하는 플리커는 조국에 대한 애정도 딱히 없어 보였다. 이득이 있는 곳에 붙는다. 그것이 성주가 된 이후에도 플리커를 지탱하는 첫째가는 가치관이었다.

플리커가 비굴한 미소를 지으며 말했다.

"조촐한 연회를 준비했습니다."

연회 음식에 독을 풀려는 게 아니라면 전쟁 중에 연회는 무슨 놈의 연회.

아일의 얼굴에서 그의 생각을 읽고 모스라테가 너털웃음을 터뜨렸다.

"마침 음유 시인도 있다고 하잖나. 협곡을 어떻게 빠져나왔는지 그 얘기나 해주게."

모스라테가 뒤도 안 돌아보고 앞장섰다.

아일이 뒤로 손짓했다. 부관이 달려왔다. 아일은 교대 경계 근무를 지시한 뒤 군대의 휴식을 허락했다. 그리고 모스라테가 간 방향으로 걸어갔다. 그제야 절그럭거리는 갑옷 소리를 내며 병사들이 말에서 내려왔다.

플리커가 아일의 옆으로 붙었다. 그가 점잔을 빼며 말했다.

"이 계절의 협곡은 꼭 바차노 협곡이 아니더라도 험하지요."

플리커는 성주가 된 이후에도 성 밖으로부터 전해 듣는 이야기가 많았다.

"유명한 이름을 모시게 되어 영광입니다."

아일이 검은 장갑을 벗어 들며 말했다.

"내 옆에 서지 마시오."

그의 눈이 앞쪽을 향해 있었기 때문에 플리커는 잠시 자기가 잘못 들은 것이라 생각했다. 하지만 분명 그건 플리커에게 한 말이었다. 성주의 얼굴에서 미소가 가셨다. 플리커는 걸음을 늦춰 건방진 젊은 놈의 뒤통수를 노려보았다. 플리커가 느끼기로 아일은 처음 눈이 마주쳤을 때부터 자신을 백안시하고 있었다. 플리커가 불쾌한 얼굴로 침을 퉤 뱉었다. 그리고 몇 발자국 느리게 아일의 뒤를 쫓았다.

아일은 람프할레만의 가장 높은 지대에 있는 작은 성을 바라보았다. 검은 새가 먼저 성을 향해 날아가는 것이 보였다. 검은 새의 눈을 통해 아일은 성의 첨탑 위에서 나부끼는 깃발을 볼 수 있었다. 고지대는 바람이 강했다. 붉은 깃발이 찢어질 것처럼 펄럭거렸다. 붉은 깃발에 영양의 뿔이 그려져 있었다.

언젠가 보았던, 라야의 단검에 새겨져 있던 바로 그 문양이었다.

아일이 숨을 쉬듯 속으로 그녀를 불렀다.

'라야.'

라야는 언덕의 경사면에 서 있었다. 긴 머리는 부드러운 흰 천으로 단정히 묶어 오른쪽 어깨에 늘어뜨리고, 얼굴엔 옅은 화장을 하고 있었다. 단장이 선물한 맞춤 코트는 그녀의 머리색보다 밝은 채도의 붉은색이었는데, 라야의 극단이 한 달간이나 머물며 공연했던 달룬 기번에선 그 옷이 여성들 사이에 유행이 되었다.

라야는 코트와 맞춤 색깔로 신고 나온 빨간 구두를 보며 생각했다. 좀 더 편한 신발을 신고 나오는 건데. 네 겹으로 접힌 쪽지를 조심스레 펼쳤다. 너무 여러 번 펼쳐 봐서 모서리가 너덜너덜해졌다.

주소는 두 번 보고 외웠다. 그다음부터는 아일의 글씨가 보고 싶어서 본 것이었다.

말이라도 남겨주지……. 그냥 '보고 싶다'는, '건강하라'는, 그 정도의 흔해 빠진 인사말이라도 덧붙여주지……. 그는 쪽지에 토프가 있는 곳의 주소만 덜렁 적어 보냈다. 너무 그다워서 웃음이 나왔다.

아일이 알려준 주소는 와이즈에 속해 있었다. 토프 내외는 르웨이의 외가가 있는 지역에 살고 있었다. 와이즈를 지날 때, 라야는 단장에게 넌지시 토프가 있는 도시로 가주길 청했다. 고마운 극단 사람들은 그녀에게 아무 질문도 하지 않고 다음 공연 장소를 그곳으로 정했다.

라야는 비탈을 올라가며 세르노다의 언덕을 떠올렸다. 눈물이 나려고 해서 잠시 눈을 감고 걸었다. 예전이라면 바람이 앞에 장애물이 있다는 것을 경고해주었을 테지만 이제는 그들의 목소리가 들리지 않으니 라야는 하릴없이 눈을 떠야 했다. 손안엔 떼어놓지 말아야 할 보물처럼 아일의 쪽지가 쥐여 있었다. 그녀는 쌕쌕 소리를 내며 비탈을 올랐다.

한적한 곳에 오두막집이 있었다. 라야가 숨을 고른 뒤 큰 소리로 토프를 불렀다.

마당에서 펑퍼짐한 엉덩이를 실룩거리며 땔감으로 쓸 나뭇가지를 정리하던 토프가 고운 목소리에 고개를 돌렸다. 엄청난 미인이 햇살 아래 서 있었다. 토프는 가지 더미를 가슴에 안고서 멍한 얼굴로 낯이 익은 듯한 여성을 쳐다보았다. 토프는 잠깐 그녀가 요정이라고 생각했다. 자신을 단번에 알아보지 못하는 남자를 향해 요정이 난감하다는 듯한 표정으로 웃었다.

"미안하다, 라야."

토프가 팔소매로 눈물을 닦으며 말했다. 통통하던 손이 더 토실해졌다. 아이를 잃고 상심이 큰 나머지 건강이라도 잃었으면 어쩌나 걱정했는데 토프는 예전보다 훨씬 잘 먹고 잘 살고 있는 듯 보였다. 라야가 코트 주머니에서 손수건을 꺼내 그의 손에 쥐여주었다. 토프는 무심결에 손수건을 코로 가져갔다가 좋은 향기에 움찔했다. 금방 또 눈물이 떨어지려 하자, 그가 손수건으로 눈물과 콧물을 닦아낸 뒤 말했다.

"네가 우릴 그렇게 찾고 있다는 걸 알았더라면 어떻게든 연락을 했을 거야."

"두 분이 건강하신 걸 봤으니 됐어요."

라야가 미소를 지으며 탁자 위로 두 손을 내밀어 토프의 손을 잡았다.

어리석고 순진한 토프는 아일이 보낸 사람이 그를 찾아올 때까지도 히비커스가 자신의 하나뿐인 조카를 위협하기 위해 저를 인질로 잡고 있다는 것을 알지 못했다. 조카가 주고 간 재산을 히비커스가 빼앗아 갈 때에도 그것이 잘못된 행동이란 생각은 하지 못하고 그저 그녀 앞에 머리를 조아리며 매달렸다.

히비커스가 보낸 전서구가 아슬아슬하게 은행장에게 도착했다. 그들은 토프의 아내를 치료할 수 있을 정도의 돈만 토프의 손에 쥐여주었다. 토프는 그걸 또 감사하다고 생각해서 연신 머리를 조아리며 의사에게 달려갔다. 간신히 아내를 살릴 수 있었다.

토프는 어둔한 말투로 떠듬떠듬 상황을 설명했다. 토프의 말에 의하면 히비커스가 그들에게서 빼앗아 간 재산은 아일이 되찾아주었다고 한다. 그리고 이후로도 히비커스가 손을 댈 수 없도록 르웨이의 친구가 은행장으로 있는 은행에 재산을 보관하도록 손을 써놨다고 했다. 르웨이가 이곳에 집도 마련해주고 토프가 할 만한 일도 구해주었단다. 그것 또한 아일이 부탁한 것임에 틀림없었다.

그리고 아일은 토프에게 클레이모어가를 떠나라고 명령했다. 결국엔 주인의 명령을 듣고 나서야 토프는 그곳을 떠나기로 한 것이다. 일찍이 부모와 동생이 곁을 떠나고, 조카가 떠나고, 부인까지 떠날 위기에 처하고, 조카가 위협을 당한다는 것을 알고 나서야 충직한 하인 토프는 평생 떠날 거라 생각지 못했던 클레이모어가를 떠날 결심을 했다.

라야가 추운 듯 의자 등받이에 걸어둔 코트를 어깨에 걸쳤다. 토프가 재빨리 일어나 벽난로로 갔다. 그가 불쏘시개로 장작에 숨을 넣어주며 말했다.

"네 백모도 이제 몸이 많이 좋아져서……."

"다행이에요."

"다행이지. 그 사람까지 잘못됐다면 난……."

토프가 울먹거렸다.

"어째 예전보다 집에 더 붙어 있질 않아. 오늘만 봐도 시장에 나가서는 돌아오지를 않잖아. 이곳이 좋은가 봐."

라야가 힘없이 웃었다. 토프는 그 순간 라야가 짓는 미소가 어린 시절 아일이 잘 짓곤 했던 '애잔한 미소'와 닮았다는 생각을 했다. 하지만 특별히 그걸 말해야 할 이유는 찾지 못했다.

장작들이 타닥타닥 소리를 내며 타올랐다. 벽난로의 불길이 라야의 얼굴에 그림자를 만들었다. 토프가 벽난로 앞에 웅크려 앉은 채로 고개를 돌려 조카를 보았다.

다른 건 몰라도 라야가 날이 갈수록 아름다워진다는 히비커스의 말은 맞았다. 라야는 이제 목소리만으로 사람들이 고개를 돌리게 만들고 스쳐 지나는 순간의 체취만으로도 길 가던 사람들을 멈춰 세웠다. 오랜만에 만난 조카의 얼굴을 물끄러미 바라보던 토프가 솔직하게 말했다.

"네 엄마는 정말 미인이었나 보구나."

감탄조의 칭찬에 라야가 얼굴을 붉혔다. 토프가 그녀의 얼굴을 마주 보며 자리에 앉았다.

"배우 일도 좋지만 너도 결혼할 때가 되었잖니."

"지금은 이대로가 좋아요."

"남자가 어떻게 생겼든 네 자식이면 정말 예쁠 거야."

"……두 분이서 언제 한번 연극 보러 오세요. 이곳에 오래 있을 거예요."

무니프 협곡 전투를 보고받은 모스라테 장군은 뭐라 할 말을 찾지 못하겠다는 얼굴이었다. 아일은 정자세로 모스라테가 앉아 있는 책상 앞에 서 있었다. 모스라테는 턱을 천천히 쓰다듬었다. 그는 눈을 감고, 어린 시절 오십 번은 족히 읽었던 에드가 전기를 기억해내려 했다. 클레이모어가의 적통들과 검은 새의 계약 관계, 그리고 그들이 부린다는 그림자 부대의 이야기. 다이런 인이라면 모를 수가 없다. 그러나 눈으로 확인할 수 없는 신비한 이야기는 시간의 도움을 받아 신화로 남는다.

"내게 그런 힘이 있다면 난 세상을 가질 거야."

모스라테가 눈을 뜨며 말했다. 너무 솔직했나? 노장군은 말실수를 후회했다. 아일이 대답을 하려 하자 모스라테가 손바닥을 흔들었다.

"라우니트가에 대한 나의 충성심을 의심하진 마. 신의 힘을 부정하는 것도 아니야. 날 신성 재판소에 넘기지 말게나."

아일의 기분이 조금만 더 좋았더라면 미소를 지었을 것이다. 모스라테가 콧김을 내쉬었다. 그가 책상에 놓인 푸른 범 모양의 문진을 들었다.

"늙은 왕이여, 푸른 쥐들을 물러나라 하시오. 검은 새의 발톱은 사납고, 장담하건대, 검은 새는 쥐의 수를 세지 않소. 이 노랫말에 그런 의미가 숨어 있는 줄 누가 알았겠나. 아니, 알고는 있었지만 그게 실제로……. 지금 여기서 보여줄 수는 없나?"

모스라테가 나이를 급작스럽게 먹은 아이 같은 표정으로 물었다. 아일이 딱딱하게 말했다.

"명령하신다면."

"명령을 하는 게 아니라 그냥 궁금해서."

모스라테는 아일의 반응을 살피며 잠시 말을 멈추었다가 말했다.

"내 숙부는 신력을 가진 성직자셨어. 십 대 때 숙부를 쫓아다니면서 그가 사람을 고치는 걸 무수히 많이 봤지. 하지만 숙부는 그 대가로 몸이 썩어 들어갔어. 남을 도운 결과가 고작 그거라니, 그에게 힘을 빌려준 게 과연 신이었나 하는 의심이 들어."

그가 문진을 내려놓았다.

"자네가 가진 힘의 대가는 뭔가? 타인의 죽음을 빌리니…… 자네의 안식을 내놓으려나?"

아일은 노장군의 통찰력에 진심으로 감탄했다.

그때 노크 소리가 들렸다. 성주가 보낸 성주의 집사였다. 모스라테가 자리에서 일어나 집사를 따라나섰다.

"자네가 패배한다면 그게 더 놀랄 일이겠구먼."

연회장은 새장이었다. 사내들의 웃음소리와 매춘부들의 교태, 두서없는 대화, 가벼운 말다툼 따위로 수천 마리의 새가 한꺼번에 지저귀는 것처럼 시끄러웠다. 술잔이 부딪치고 유리병이 깨졌다. 술 냄새, 땀 냄새, 음식 냄새, 차이드의 밤 냄새, 오래된 성의 냄새 등이 섞여 입으로 들어가는 음식의 냄새도 맡지 못했다.

연회는 성 안에 있는 원형의 큰 홀에서 열렸다. 람프할레만은 부자 성이었다. 다이런에서도 보기 힘든 대형 유리 샹들리에만 봐도 알 수 있었다. 하급 병사들은 술과 음식, 여자들을 끼고 어디든 들어가 있을 것이다. 대형 유리 샹들리에 밑에서 술을 즐길 수 있는 건 고위 지휘권을 가진 이들이나 가능했다.

아일은 생각했다. 자신이 차이드 인이라면 춤판을 벌여 여기 있는 다이런군 지휘관들을 모두 중앙에 몰아넣고 샹들리에를 떨어뜨릴 거라고. 그러면 전쟁은 종결될 것이다. 끝내지 못한다면 최소한 지연은 시킬 수 있을 것이다.

방의 모양을 따라 원형으로 놓인 테이블에는 람프할레만의 관리들도 앉아 있었다. 그들이 다이런 군인들과 대화를 나누고 있는 꼴을 본다면 누구도 그들을 차이드 인 관리라고 생각지 못할 것이다.

아일은 주빈석에 앉아 있었다. 그의 오른쪽엔 아일을 전담하는 여성이 앉아 있었다. 그리고 모스라테의 전담 매춘부, 모스라테 장군, 성주 플리커 순으로 앉았다. 플리커는 뭔 아부를 그리 떨어대는지 모스라테 의 귀에 아예 주둥이를 박고 있었다.

아일은 술에는 거의 입을 대지 않고 요리에만 손을 가져갔다. 왜 성주 가 적의 군대에게 순순히 문을 열었는지 알 것 같았다. 그들은 너무 풍 족하고 너무 많은 것을 가졌다. 그들에게 조국은 포도 알 하나보다도 못 한 존재였다. 아일은 이것들이 군량으로 쓰일 수 있다면 얼마나 좋을까 생각했다.

"술이 입에 맞지 않으신가요?"

아일의 잔에 술을 따르지 못해 초조해진 여자가 말했다. 아일은 고개 를 기울여 그녀를 쳐다보았다. 여자는 웃음을 파는 여성이라기엔 어리 고 순한 얼굴을 가졌다. 어리숙함을 매력으로 이용하고 있는 거라면 훌 륭하다고 할 만했다. 아일이 술잔을 들었다. 잔을 비워주자 그녀가 얼른 술을 따랐다. 아일은 턱을 괴고 여자를 보았다. 그가 싱긋이 웃었다.

"다이런 어를 잘하는군."

"람프할레만은 유랑 상인들이 많이 거쳐 가는 곳이니까요."

"어째서 상인들이 많이 다니지?"

아일이 모른 척 물었다.

"여기에 특이한 약초가 자라거든요. 특산물인 셈이죠."

아일은 라야가 했던 말을 떠올렸다.

「람프할레만에는 주변 지역에서는 나지 않는 특이한 풀이 나고 있었 어요. 아버지가 발견하셨죠. 그 뒤로 성이 꽤 북적이기 시작했던 걸로 기억해요. 사막 열병을 고칠 수 있는 약을 만들 수 있다고 해서 그 풀을 구하러 상단들이 자주 성을 오갔어요.」

술 한 잔 마셨다고 몸이 뜨거워질 리 없었다. 그런데 그녀의 목소리를 떠올린 것만으로 몸이 뜨거워지고 있었다. 아일은 미소가 사라져가는 입술을 술잔 속에 감추었다. 잔을 비우고 여자를 보았을 때 그는 다시 미소를 짓고 있었다.

"성주가 어떤 사람인지 말해봐."

강하고 잘생긴, 게다가 웃고 있는 남자의 질문에 여자는 긴장을 놓고 솔직해졌다.

"저도 잘은 몰라요. 이곳 출신이 아니거든요. 열다섯 살 때 이곳에 팔려 왔죠. 그전부터 이곳의 성주는…… 그였어요."

여자가 떨어져 있는 성주를 의식하며 목소리를 낮추었다. 아일도 머리를 괴고 있는 채로 그녀의 어깨 너머로 플리커를 보았다.

여자가 말했다.

"그는 원래 상인이었다고 해요. 사람들 말이 이곳 출신도 아니라고 하던데. 어떻게 성주가 됐는지는 저도 모르겠어요."

여자가 어깨를 움츠리며 웃었다. 어깨를 움츠리며 웃는 건 라야가 자주 하던 행동이었다.

아일이 손을 올려 여자의 뺨을 쓰다듬었다. 여자는 그의 손이 얼굴에 닿자 움찔했다. 사내의 손이 낯설어서가 아니었다. 그의 손길이 무척 조심스럽게 느껴져서였다. 여자를 바라보는 그의 눈이 갈망을 담고 있었다. 여자는 그 눈빛의 뜻을 오해했다. 여자가 남자만큼이나 조심스럽게, 하지만 수줍음은 없이 그의 허벅지로 손을 뻗었다. 아일이 그녀의 얼굴에서 손을 떼고 몸을 바로 했다. 여자는 맥이 풀려서 멍한 얼굴이 되었다. 아일은 찬바람이 부는 표정으로 정면을 응시했다.

물론 그는 갈망했다. 그가 갈망하는 대상은 이곳에 있지 않았다.

그는 멀지 않은 곳에서 들리는 대화 소리에 귀를 기울였다.

누군가가 재채기를 했다.

재채기를 한 다이런 군인은 데운 포도주를 벌컥벌컥 들이켰다. 그의 옆에 앉아 있는 람프할레만의 관리가 풀린 눈으로 그 모습을 물끄러미 보다가 말했다.

"요전의 성주가 일 년 내내 기침을 해대던 놈이었지."

관리의 목소리는 술에 절어 있었다.

매춘부가 다이런 군인의 빈 잔을 데운 포도주로 채워주었다. 다이런 군인이 그걸 한 모금 마신 뒤 물었다.

"지금 성주는 그의 아들인가?"

"아니, 혈연관계는 없어. 전혀 아니지. 지금 성주는 예전에 이곳의 약재를 외부에 팔아 돈을 벌던 상인이었어."

관리가 갑자기 킬킬거리고 웃었다. 군인이 고개를 갸웃했다.

"그런 자가 어떻게 성주가 되었나?"

"캬, 이게 또 이야기를 풀어보자면 재미난데……. 해줄까?"

"해주게."

군인이 점잖게 재촉했다. 관리가 술을 들이켜고 버릇처럼 캬, 소리를 냈다.

"해주지. 자네가 떠날 사람이니까 해주는 거야."

"알았어."

"이건 이 성의 고약한 비밀이거든. 모두 사실 알고 있으면서 모른 척하니까 비밀도 아니지마는."

"거참 더럽게 뜸들이네. 재미없으면 네놈 목을 따버릴 테다."

"어허, 이 사람. 농담 한번 살벌하게 하네. 좋아, 해주지. 어디서부터 얘기할까. 그래, 그놈의 약제사. 그것부터 시작하지. 어느 날 이곳에 떠돌이 약제사가 들어오게 돼."

아일이 눈을 내려뜨고 귀를 세웠다. 라야의 목소리가 들렸다.

「아버지는 약제사셨죠. 이곳저곳을 떠돌아다니면서 약이 될 만한 풀이며 꽃을 찾아서 먹을 수 있는 약으로 만들고 사람들을 고치고 다니셨어요. 인근에선 꽤 유명했지요.」

군인이 물었다.

"떠돌이 약제사?"

"그래, 근방에서 꽤 유명한 약제사였지. 원래 이 나라 저 나라를 떠돌아다니면서 한곳에 정착하지는 않는 사내였는데……."

"아하, 이 성에 정착했군. ……여자?"

"그렇지! 방랑벽이 있는 사내가 자리를 잡는 건 대개 그런 이유지."

"미인이었나 보지?"

"그냥 미인이 아니지. 절세가인이었어."

「다이런 인이셨는데 유랑 상인으로 차이드에 들어와서 람프할레만에서 어머니를 만나셨죠. 어머니는 정말 아름다운 분이셨어요.」

"원래 그 여자는 전전전대 성주의 핏줄이었는데 성주 가문이 바뀌면서 그녀의 가문은 성 변두리로 쫓겨나게 됐다더군. 그녀는 일찍 부모를 여의고 마을과 떨어진 곳에 살면서 마을엔 며칠에 한 번씩 식량을 구하러 내려오는 게 전부였다는구먼. 마을 사람들과 어울리지 않는, 신비한 분위기의 여인이라……."

"알 만하군."

"당시 이 성에 사는 사내놈들 중 그 여자를 꿈속에서라도 한 번 품어보지 않은 놈이 있었을까. 그 정도로 미인이었지. 그런 여자를 웬 이방인 놈이 채 갔으니 마을 사내놈들 시선이 어땠겠어?"

"자네도?"

관리는 손을 저었다.

"나는 이곳 출신이 아니야. 그땐 지금 성주가 주인으로 있던 상단에 있었으니까."

"장사꾼이었군."

"그래. ……내가 어디까지 얘기했지?"

"이방인 놈이 여자를 채 갔다고."

"그래! 여자가 결혼할 만한 나이가 되었을 때, 딱 그 무렵, 그 떠돌이 약제사가 성에 들어왔어. 그리고 뭐, 뻔한 이야기. 여자와 남자는 눈이 맞았고 아이를 가졌고 정착을 했으며 잘 먹고 잘 살았다."

관리가 갑자기 주먹으로 테이블을 쾅 내리쳤다.

"……이면 좋은데! 세상 일이 그렇게 좋게만 돌아가진 않잖아? 여기서부터가 정말 재밌어."

관리는 내내 들고 있던 술잔을 내려놓고 손을 비볐다. 혀를 날름거려 입술을 핥은 뒤 이야기를 계속했다.

"남자는 여자를 아내로 맞고 정착을 했어. 남자는 약제사로서의 재능뿐만 아니라 상인으로서의 재주도 뛰어났지. 괜찮은 사내, 좋은 남자였어. 마을 사람들도 처음엔 그를 경계했지만 결국 받아들였다는구먼."

아일은 눈을 감고 천천히 술을 마셨다.

「마을 사람들도 처음엔 이방인인 아빠를 경계했지만 결국 받아들여주셨다지요. 사람을 성실히 대하는 분이셨거든요.」

흥이 난 관리의 목소리는 점점 커졌다.

"이곳에서만 나는 특이한 풀과 꽃을 약으로 만들어서 다른 지역에 팔았지. 그가 발견하기 전까지는 사람들은 그걸 잡초라고만 생각했어. 잡초에 지나지 않던 것이 돈이 되는 약이 된 거야. 농사도 제대로 지을 수 없는 척박한 땅에서, 두 끼를 먹는 것도 힘들던 동네가 순식간에 부자 성이 된 거지. 캬아. 약제사의 가족은 아내가 살던 곳에 큰 저택을 짓고, 그들의 집 주위로 또 작은 마을이 들어섰지. 사내가 온 지 오 년도 안 돼

333

서 이 성에 살고 있던 사람들 대부분이 그의 밑에서 일하게 되었다고 해도 과언이 아닐 거야. 그 남잔 누군가가 아프다고 하면 일단 만사를 제쳐두고 달려갔어. 그러고 보니 나도 도움을 받았었네. 그때 난 지금 성주가 주인으로 있던 상단에 있었지."

"그 말은 아까 했네."

관리는 말 끊지 말라는 듯 신경질적으로 손을 내저었다. 그러고는 잔에 술을 넘치도록 부어 다 마신 뒤에야 이야기를 이었다.

"그래, 내가 상단에 있을 때. 사막을 건너다가 사막 뱀에 물린 거야. 그가 아니었다면 난 분명 그때 죽었을 거야. 여하튼, 남자의 후덕한 인망에 그의 주위로 사람들이 모여들었어. 그걸 전 성주는 마음에 들어 하지 않았어. 성주는 어릴 때부터 지병이 있었거든. 죽을 때까지 절대 기침을 떨어뜨릴 수 없는 고약한 병이었어. 남자는 성주의 기침을 낫게 할 만한 약을 만들어 매일 갖다 바쳤지. 그래서 성주도 그를 어찌할 수 없었어. 아, 그의 아내와 전 성주는 아마 먼 친척 관계였던 걸로 기억해. 아마 맞을 거야. 참 일이 고약하게 된 게, 사내의 아내가 성주의 눈에 들어버린 거야."

"친척 관계라고 하지 않았나?"

"그러니까 이상한 놈인 거지. 기침병까지 있는 놈이 애먼 여자를 탐냈지. 하지만 이해해. 정말 미인이었거든. 눈이 확 돌아갈 정도로 미인이었지."

"그래서?"

관리는 갑자기 말을 멈추었다. 그리고 귀빈석에 앉아 있는 지금의 성주를 살폈다. 플리커는 모스라테 장군에게 아부를 떠느라 바빴다. 관리가 군인 쪽으로 몸을 숙이고 목소리를 작게 했다.

"지금 성주는 말했다시피 유랑 상단의 주인이었고 자주 성을 비울 수 없던 약제사가 우리 상단과 손을 잡았던 거야."

"그게 비극의 시작인가?"

관리가 놀란 눈으로 군인을 보았다.

"비극인 줄 어떻게 알았나?"

"네놈이 이 성의 고약한 비밀이라고 했지 않나?"

"아, 그래. ……내가 어디까지 얘기했지?"

"네놈 상단과 약제사가 손을 잡았다고."

"그래. 사막을 건너는 상단이 필요했는데 약제사가 매일 그럴 수 없으니 우리 상단과 손을 잡았지. 상단에게도 이익을 주고 성에도 이익이 되고. 그런데…… 플리커가, 아, 지금 성주 말이야. 그가 못된 꾀를 낸 거야."

관리가 입술 앞에 손가락을 세우며 플리커를 살피는 시늉을 했다. 군인이 재촉하듯 관리의 가슴을 손으로 툭 쳤다. 관리가 목소리를 낮추어 말했다.

"성주가 약제사의 아내를 마음에 들어 한다는 걸 알고 플리커가 성주를 부추긴 거지. '약제사를 그대로 둔다면 사람들이 성주보다 그를 더 따를 거요. 이미 그렇게 말하는 사람들도 있소. 그를 죽이면 그의 아름다운 아내도 다시 혼자가 되지 않겠소?'"

"……거참."

"성주도 처음엔 갈등했겠지. 약제사는 세금도 착실히 내고 있는 데다 성주의 약을 책임지고 있었으니까. 그러자 플리커는, 사실 약제사가 기침병을 깨끗이 낫게 하는 방법을 알고 있으면서도 그 약을 만들지 않는 거라고 말하지. 아예 고쳐버리자니 성주의 힘이 강해질 것이고 못 고치거나 성주가 죽으면 약제사로서의 명성이 줄어들 테니까 약을 적당히 만드는 거라고."

"성주가 그 말을 믿었나?"

군인이 심각한 표정으로 물었다. 관리는 웃음을 터뜨렸다.

"글쎄, 내 생각엔 처음엔 안 믿었다고 봐. 플리커의 말을 다 믿지는 않으면서도…… 욕심이 나지 않았을까? 약제사의 사내다움, 건강, 재산, 그의 아름다운 아내. 그래서 모른 척하기로 한다……. 어때, 그럴듯하지 않아? 그걸 핑계 삼아 그를 죽인다면 그녀와 그의 재산을 차지할 수 있는 거지. 결국 성주는 약제사에게 누명을 씌워. 참 웃긴 게……, 그렇게 약제사의 도움을 많이 받았던 인간들이 막상 그때가 되니까 고작 몇 푼에 홀딱 넘어가서 그에게 죄를 덮어씌우는 데 동조한 거야."

「람프할레만 사람들이 얼마나 좋은지 모르죠? 정말 착한 사람들이었어요.」

아일은 라야의 목소리를 몇 번이나 되감아 듣고, 감고 있던 눈을 떴다. 술잔을 내려놓았다. 아일은 피곤한 표정으로 조용히 자리에서 일어섰다. 여자가 술잔을 채우려다 말고, 일어나는 그를 올려다보았다.

관리가 킬킬거리며 말했다.

"사실 성주가 고용해 밤새 약제사의 집에 쳐들어간 사람들 중에 나도 있었지. 플리커가 한몫 단단히 챙겨주기로 했거든."

아일은 테이블 뒤를 지났다.

「전 아직도 왜 그런 일이 일어났는지 모르겠어요. 평소 친하게 지내는 상단이 오랜만에 성에 왔다고 해서 아버지가 그들을 만나러 집을 비웠던 날이었어요.」

아일의 걸음엔 소리가 없었다. 짐승의 우아한 걸음처럼 늑대의 영혼을 지닌 사내는 조용히 걸었다.

「밤에 잠을 자고 있는데 악몽을 꿨죠. 어떤 꿈이었는지는 기억이 안 나지만 누가 절 깨우는 소리를 듣고 잠에서 깼어요. 아버지가 절 깨운 거였어요. 그런 표정은 처음 봤어요.」

관리는 음식물이 목에 막혀 컥컥거리는 소리를 냈다. 죽을 것처럼 헐떡이는 게 딱해 보여 군인은 제 포도주를 관리에게 주었다. 관리는 포도주를 단숨에 들이켜고 힘겹게 숨을 내쉬었다.

"그 덕에 나도 이곳에 정착해 관리직을 얻었지."

"약제사 덕분에 목숨을 구했다더니."

관리는 어지간히 취했는지 다시 음식을 꾸역꾸역 입에 넣었다. 입에 고기와 빵을 마구잡이로 밀어 넣는 모습이 추잡스러워 보였다. 말을 하면서 음식이 사방으로 튀었다.

"그러니까 말 다 한 거지! 난 인간이 얼마나 썩어빠졌는지 그때 알았다고! 정말 재밌는 게 뭔 줄 알아? 그 일이 있고 얼마 되지 않아 성주 놈은 죽어. 왜냐! 그의 병을 완전히 고치는 약 따위는 애초에 없었으니까! 결국 성주는 그렇게 뒈진 거야! 인과응보지, 인과응보!"

정말 인과응보란 게 있다면 네놈도 죽어야 하지 않을까, 라고 군인은 생각했다. 잠자코 듣고 있던 군인이 물었다.

"그럼 그 약제사의 아내는?"

관리는 빵을 반쯤 베어 물고 손을 저었다.

"도망가버렸어. 딸이랑 같이 도망가버렸지. 성주가 추적대를 보냈지만 결국 못 잡았어. 플리커도 따로 추적대를 꾸렸지. 난 그 추적대에 있었어."

"그 양반은 또 왜?"

"말했잖아. 그 여자는 정말 끝내주게 미인이었다니까? 흠, 어린 딸을 데리고 여자가 사막을 건너긴 힘들었을 거야. 아마 죽지 않았을까?"

관리가 킬킬거렸다.

"그때 추적대에 자원한 남자들은 그 여자를 골골한 성주한테 넘기기 전에 한 번 품어보려고 했었다고. 아쉽게 됐어."

군인이 물었다.

"네놈도 그랬나?"

관리는 고개를 흔들었다.

"나? 그때 난 상단에서도 신참이었어. 내게 순서가 돌아올지도 몰랐고……. 사실 내가 관심이 있던 건 약제사의 딸이었지. 아직 어린아이였는데, 참 예뻤거든. 어미를 닮아서 아주 미인이었지. 꽃봉오리가 활짝 피려던 찰나에 그런 일이 벌어졌어. 그 생각만 하면 속이 쓰려. 살아 있다면 지금쯤 제 어미만큼 미인이 되어 있을 텐데. 난 기회를 봐서 그 애를 데리고 차이드를 떠날 생각까지 했다고. 그 계집을 한 번 품는 데 백드루를 건대도 집 앞에 사내들이 줄을 섰을 거야. 눈이 꼭, 그래, 마치 저것 같았어."

관리는 술잔을 감싸 쥔 손에서 검지만 펴 들어 매춘부가 걸고 있는 모조 에메랄드 목걸이를 가리켰다.

"그 눈을 보고 있자면 막 아래가 단단해지는 것이…… 그래, 이왕 안으려면 그쪽이 낫지. 이름이 뭐였더라."

세월이 한참 흘렀는데도 어린 소녀의 얼굴이 잊히질 않는다. 관리는 그녀의 이름을 떠올리려고 애쓰며 술잔에 술을 따랐다.

"……아, 그래."

남자가 고개를 들었다.

"라야."

그것이 그의 마지막 말이었다.

다음 순간 군인의 눈에 비친 장면은 관리의 머리가 날아가는 것이었다. 그는 죽는 순간까지도 아일이 자신의 뒤에 와 선 것을 알지 못했다. 일검에 머리를 잃은 목이 공중에 피를 치뿜었다. 관리와 대화를 나누던 중이던 군인은 멍한 눈으로 목이 사라진 몸통을 보았다가, 굴러가는 머리를 보았다가, 몸통 뒤에 서 있는 아일을 보았다. 아일의 표정은 고요했다.

아일이 머리를 떨어뜨린 몸통의 왼쪽 어깨를 잡았다. 그리고 피가 묻은 검을 오른쪽 어깨에 닦아냈다. 사람들의 시선이 한 박자 늦게 이쪽으로 모였다. 떠들썩한 소리가 태양 아래 한 방울 물처럼 빠르게 증발했다. 여자의 높은 웃음소리를 마지막으로 연회장은 쥐 죽은 듯 조용해졌다.

아일은 머리 없는 몸통에서 손을 놓았다. 몸통은 의자에서 미끄러져 바닥에 머리 없는 목을 처박았다. 가까이에서 시뻘건 액체를 뒤집어쓴 여자가 가장 먼저 비명을 질렀다.

아일은 관리의 손이 미처 잡지 못한 술잔을 바라보았다. 술잔을 들어 입으로 가져왔다. 목이 타들어갔다. 다 마셔도 갈증이 가시질 않는다. 아일은 술잔을 아무렇게나 던져버리고 연회장을 성큼성큼 걸어 나갔다. 뒤로 비명 소리가 자욱했다.

모스라테가 하얀 눈썹을 문지르며 말했다.

"곤란해."

아일의 표정은 연회장을 떠날 때와 비슷했다. 들판을 하루 종일 뛰어다닌 양처럼 피곤해 보였다. 심지어 유순해 보였다. 그는 징계받을 것을 각오하고 있다는 얼굴로 모스라테를 찾아왔다. 모스라테가 책상 위에 놓인, 푸른 범 모양의 문진을 들었다. 그가 문진을 집어던져 이마를 깬대도 할 말이 없다고 생각했다.

모스라테가 문진을 만지작거리며 말했다.

"난 이제 늙었어. 손녀를 보면 마음도 약해지고…… 바라는 것도 딱히 없고, 그냥 오래 살아서 손녀 재롱이나 오래 볼 수 있으면 좋겠다 싶어. 그래서 슬슬 본국으로 돌아가려고 몇 달 전부터 계속 군부를 붙잡고 늘어졌지."

검은 새가 창 밖 난간에 앉아 방을 들여다보고 있었다. 그것을 보고 있던 아일이 모스라테에게로 시선을 원위치시켰다.

"크롬헬에서부터 동고동락해온 사이들이니 자네가 적임자가 아닐까 생각해. 그래서 이미 오래전에 상부에 자네를 추천했지. 오늘 그 답장이 왔는데…… 그런 짓을."

모스라테가 고개를 설레설레 저었다.

"뭐 자네가 이유도 없이 그런 짓을 하진 않았겠지."

모스라테가 책상 위로 사령관 임명장을 던졌다.

"한번 잘해봐."

모스라테가 떠나기 전 아일의 임관식이 있었다. 임관식은 요식 행위에 불과했다. 고위 지휘관들의 상당수가 크롬헬 출신이었고 그들은 에드가를 알았을 때부터 언젠가 그가 자신들의 지휘관이 될 것을 알았다. 아일의 부대는 일찍이 에드가 외에 다른 지휘관을 섬길 마음이 없어 보였다. 무니프 협곡 전투 이후로는 그 생각이 더 확고부동해졌다. 이야기는 사내들 특유의 과장이 섞여 입에서 입으로 이미 군대를 한 바퀴 돌았다. 신의 힘을 목격한 인간은 신이 그들의 편에 있길 바라기 마련이다.

모스라테는 군부가 마음을 돌려먹기 전에 돌아가야겠다며 서둘러 람프할레만을 떠났다. 계속 탐내던 푸른 범 모양의 문진도 챙겨서.

입이 아플 정도로 아부를 뇌까리던 대상이 사라지자 플리커는 당황했다. 그는 상실감이라도 느낀다는 얼굴로 모스라테의 뒤를 한참 바라보다가 흘끗 곁눈질을 했다. 젠장, 아부를 해야 할 사람은 늙은이가 아니라 저 건방진 젊은 놈이었어.

성문에서는 더 이상 모스라테가 보이지 않자 아일은 플리커보다 먼저 몸을 돌렸다.

성에서 모스라테가 쓰던 방은 아일의 차지가 되었다. 그곳에선 람프 할레만의 전경이 잘 내려다보였다.

주황색 지붕들이 눈에 들어왔다. 백묵처럼 흰 벽들이 하얗게 빛났다. 바람이 지나가는 옥상에선 이 와중에도 빨래를 널러 온 여자가 바지런히 움직이고 있었다.

이곳에서 보니 더 확신할 수 있었다. 이 성은 정말 풍족한 성이다. 그것이 누구의 희생 위에 세워진 부이든지 간에 람프할레만에선 풍요로운 삶의 냄새가 났다. 괴롭게도 아일은 이 빌어먹을 곳에서 아름다움을 느끼고 있었다. 선명한 아름다움은 곧 지독한 향수 냄새처럼 불쾌해졌다.

라야의 부모에게 그런 불행한 일이 생기지 않았다면 지금 그의 눈 아래 보이는 저 주황색 지붕의 집에서 라야는 그녀를 늘 웃게 만들어줄 남자와 가정을 이루고 두 아이의 엄마로 살고 있을지도 모를 일이다.

하지만 그녀는 지금 이곳에 없었다. 그에겐 그것만이 중요했다.

목 아래를 더듬었다. 옷 아래로 라야가 준 목걸이가 만져졌다. 눈을 감으면, 머리가 목걸이를 걸어주던 당시 라야의 눈을 떠올렸다. 그녀의 손이 목을 스치던 감각도 상기시켰다. 마음이 한도 없이 약해진다. 그의 안에서 날뛰는 늑대의 심장은 주인 앞의 개처럼 순해지고 차가운 피는 갓 짜낸 우유처럼 따뜻해진다. 그래서 되도록 눈을 뜨고 있으려고 했다.

아일은 고개를 슬쩍 돌려 뒤를 보았다. 푸른 범 모양의 문진이 사라진 책상 위가 휑했다. 손녀의 재롱을 보고 싶어 전쟁터를 등진 노장군은 별일이 있지 않은 한 한 달 안에 집에 당도할 것이다. 온기로 가득 찬 집에서 가족들과 식사를 하고 침대에서 사랑하는 부인과 그간 있었던 얘기를 나누겠지.

아일은 그런 가정을 가져본 적이 없지만 라야는 그런 가정을 가졌었다. 가져본 적이 없는 그는 그리워할 것도 없었지만 그녀는 가져본 적이 있기에 그것을 그리워할 것이 분명했다.

그도 라야에게 그런 가정을 안겨주고 싶었다.

그러려면 이 세상을 바꾸거나 왕에게 차이드를 갖다 바쳐야 했다. 어느 쪽을 선택하든 그는 피투성이의 길을 걸어야 했다. 그리고 그는 그걸 피할 생각이 없었다.

「당신은 고집을 부리지도 못하지? 열렬히 원하는 것도 없고, 빼앗기지 않으려고 미친 인간이 되지도 못할 거야! 당신은 텅 비어 있는 사람이니까!」

틀렸어, 라야. 널 빼앗기지 않기 위해 난 열두 번도 더 미친놈이 될 수 있다.

목걸이를 만지던 손을 내렸다. 검자루에 손을 올렸다. 그의 눈이 람프할레만을 차갑게 내려다보았다.

음유 시인 란은 얼빠진 얼굴로 람프할레만의 성벽 위를 쳐다보았다. 음유 시인은 전쟁을 두려워하지 않는다. 음유 시인은 문학가이고, 음악가이고, 때론 배우고, 기자이기도 했다. 그에게 전쟁은 괴롭고 슬픈 일이지만 무서워서 도망치고만 싶은 일은 아니었다. 무엇보다 전쟁은 돈이 되었다.

그는 며칠간 이곳에 억류되어 있었다. 다이런군이 오기 전에 성을 떠나고 싶었는데, 성주가 그를 붙잡았다. 연회에 참석하는 대가로 성주는 큰돈을 약속했다. 란은 묵직한 돈 주머니를 받자마자 성을 떠났다. 한참을 가다가 돈 주머니를 열어보았다.

망할 놈. 약속한 돈의 절반밖에 되지 않았다.

그래서 다시 되돌아왔다. 그런데 람프할레만의 성문이 굳게 닫혀 있었다.

성벽 위에 다이런 병사들이 무장한 채 늘어서 있었다. 누가 보면 그들이 이 요새를 수비하고 있다고 느껴질 정도였다. 란은 그들이 전투를 준비하고 있다는 것을 알아챘다. 그는 성벽 위를 올려다보려는 것처럼 고개를 쳐들고 천천히 뒷걸음질을 쳤다. 그리고 완전히 몸을 돌려 그곳을 떠났다.

검은 깃발이 펄럭였다. 군대가 아일의 눈 아래 집결해 있었다. 군대가 떠난다는 말에 헐레벌떡 잠에서 깨 밖으로 나온 플리커는 처음 그것을 보고 어둠이 일찍 찾아온 것인가 착각했다. 군대가 사령관 아일 에드가의 첫 명령을 기다리고 있었다. 모든 것이 조용했다. 깃발 펄럭이는 소리밖에 들려오지 않았다.

플리커가 아일의 오른쪽에 서며 말했다.

"보고 있는 것만으로 오금이 저립니다."

아일은 대꾸 없이 말에 올랐다. 플리커가 말했다.

"무운과 건승을 빌겠습니다, 장군."

"내 옆에 서지 말라고 했을 텐데."

플리커가 '응?' 하는 얼굴로 아일을 보았다.

플리커의 눈이 아일을 담기도 전에 그의 목이 떨어졌다. 비열한 눈은 공포를 떠올릴 새도 없었다.

머리가 사라진 몸이 통나무처럼 쓰러졌다. 머리는 경사진 땅을 데구루루 굴러 맨 앞에 선 기병의 말 앞으로 갔다. 기병은 아주 잠깐 눈을 내려 그것을 보았지만 곧 사령관에게로 시선을 회복했다. 병사들은 종교적, 인간적 외경으로 그들의 사령관을 바라보았다.

아일은 잠시 딴생각을 하고 있었다.

그때 연회장에서 그 관리 놈을 그렇게 죽이지 말았어야 했다. 여기 이 놈도 마찬가지. 그런 식으로 단칼에 죽이는 것이 아니었다. 혀를 자르고, 손가락과 발가락을 하나하나 짓이겨야 했다. 사지를 베고, 눈알을 뽑아낸 뒤, 배에서 내장을 꺼내 돼지 먹이로 던졌어야 했다. 후회 때문에 정신이 아찔할 정도였다.

아일이 검을 검집에 넣고 고삐를 움켜쥐었다.

"성을 불태워라."

자신의 군대를 향해 신(神)이 고요한 표정으로 말했다.

"잡초 한 포기도 남기지 마라."

남자의 어미가 비명을 질렀다. 남자는 멀리 가지도 못하고 등에 칼을 맞고 쓰러졌다. 병사가 창을 휘둘렀다. 여자의 배에 창이 꽂혔다. 노인은 도망치다 넘어졌다. 말이 그 위를 밟고 지나갔다. 군대는 집을 불태우고 약탈했다. 말굽이 풀을 짓밟았다. 사내의 목을 베고 몸을 돌리던 병사는 발밑을 지나가는 쥐새끼도 창 밑동으로 꼼꼼히 눌러 죽였다. 한 건물에 사람들을 몰아넣고 불을 질렀다. 주황색 지붕들이 화염에 휩싸였다. 곳곳에 불길과 연기가 치솟아 올랐다.

아일은 성주의 성으로 돌아와 회랑을 걷고 있었다. 여기서도 도시를 불태우는 매캐한 연기를 맡을 수 있었다. 회랑의 뚫린 벽으로 검은 새가 그를 따라 움직이는 것이 보였다. 잠잠한 시선이 검은 새를 응시했다. 그가 걸어가며 검은 새를 향해 가볍게 손짓했다. 곧 검은 새의 울음소리가 하늘을 찢었다.

회랑과 교차하는 복도에서 비명이 들려왔다. 그의 눈앞으로 사람들이 비명을 지르며 달려갔다. 성에 숨어 있던 성주의 하인들이었다. 잠시 뒤, 시체들이 느린 걸음으로 그들을 따라가는 것이 보였다. 아일은 조용히 검을 빼 들었다. 그러고는 시체들 사이를 지나치며 그들의 목을 베었다. 시체들이 쓰러졌다.

그리고 '검은 것'들이 튀어나왔다.

그림자들이 짐승처럼 울부짖고는 네 걸음으로 하인들을 빠르게 쫓았다. 그의 등 뒤로 숨이 끊어지는 비명들이 이어졌다.

성의 접견실은 산 사람도 시신도 없이 정적만 있었다.

아일은 조용한 표정으로 성주의 화려한 황금 의자 뒤에 걸린 붉은 기를 바라보았다.

벽에 걸린 횃불을 꺼내 들었다. 붉은 기에 불을 붙였다. 깃발은 금세 활활 타올랐다. 불이 기를 타고 천장으로, 천장에서 벽으로 옮겨 붙었다. 아일은 천천히 그곳을 빠져나왔다. 불이 붙은 휘장이 벽에서 떨어져 내렸다.

54

차이드는 동쪽으로 갈수록 사막이 사라져갔다. 점점 초록색이 눈에 띤다 했더니 숲이 나타났다. 숲이 있는 사막은 사막이 아니지 않나? 그런데도 사람들은 이곳을 사막숲이라고 불렀다. 사막숲이라니, 이상한 이름이라고 생각했다. 사막숲을 경계로 차이드는 평원을 가지고, 푸른 구릉을 가지고, 넓고 깊은 강을 가지기 시작했다. 바다와 면한 지역이 나오기도 했다. 아일은 다이런과 닮은 차이드 지역을 점령해간다는 점이 마음에 들었다.

"다름하얀여우란 놈입니다."

척후 부대의 백부장 마렉이 말했다. 아일은 먼발치에서 한참 얼쩡거리고 있는 하얀 놈을 보고 있었다.

척 봐도 새끼였다. 한 손으로 목덜미를 잡아 들어도 반항도 못할 만큼 작았다. 두 귀는 끝이 뾰족하고 전체적으로 기다란 모양을 하고 있었다. 짧고 하얀 털은 그것을 솜뭉치처럼 보이게 했다. 꼬리는 스무 배로 확대한 강아지풀 같았다. 어린 여우는 이쪽이 자기를 쳐다보고 있단 걸 눈치채고는 똑같이 이쪽에 눈길을 주었다.

눈싸움이라도 하자는 거냐? 아일이 픽 웃으며 똥그랗게 뜬 까만 눈을 쳐다보았다. 아일이 다가가기도 전에 여우가 먼저 이쪽으로 달려왔다. 냉큼 달려와서는 아일의 발치에 앉아 머리를 쳐들고 그를 올려다보았다. 꼬리까지 흔들었다. 그가 키우는 강아지라고 해도 될 법했다.

마렉이 말했다.

"경계심이 많아서 인간 곁으로는 안 오는 놈들인데 신기하네요. 아직 새끼란 그런 걸까요."

"아님 버림받았거나."

버림받고도 그 사실을 몰라 부모에게 안기려고 하다가 그래도 내쳐져서 누구라도 좋으니 안아달라고 덤벼드는 새끼일 수도 있다. 허리를 숙인 아일이 여우의 머리를 쓰다듬었다.

"넌 선택받은 새끼냐, 버림받은 새끼냐?"

새끼 여우는 고양이처럼 눈을 반쯤 감고 손바닥에 머리를 비벼댔다. 아일이 무릎을 굽혀 앉았다. 여우는 그의 손에서 느껴지는 온기가 마음에 드는지 커다란 손에 안기듯 몸을 기댔다. 아일이 희미하게 웃었다.

"살아남아. 혹시 알아…… 끝내주는 암컷을 만나게 될지."

그러고는 문득 드는 생각이 있어 새끼 여우를 들어보았다. '그것'을 확인한 아일이 중얼거렸다.

"너…… 암컷이었구나."

손가락으로 턱을 만져주자 여우가 기분 좋은 표정을 지었다. 표정이 있는 짐승이다.

아일이 어둑한 하늘을 올려다보며 중얼거렸다.

"밤이 이르군."

"저승 문이 열리는 날이랍니다."

아일이 마렉을 보았다.

"오늘은 저승 문이 완전히 열려 사신들이 떼로 몰려나온다고 합니다."

마렉이 충직한 말투로 부연 설명했다.

"사람들이 비명횡사하는 일이 많아서 현지인들은 이 시기에 가급적 바깥출입은 삼갑니다. 아마 이 무렵 밤과 추위가 일찍 찾아와 생기는 사고들 때문에 생긴 말인 듯싶습니다."

"사신이라. 우리의 지원군인 셈이군."

아일이 안고 있던 여우를 마렉에게 넘겨주고 몸을 돌렸다. 여우는 마렉에게 목덜미를 잡힌 채 꼬리를 흔들었다.

성과 진을 치고 있는 군대 사이에서 검은 깃발이 위협적으로 펄럭이고 있었다. 메이튼이 아일에게 잡고 있던 말고삐를 건네주었다. 아일은 중간 지대로 천천히 말을 몰았다.

전투 진형의 군대는 당장이라도 진격할 것처럼 요새 앞에 도열해 있었다. 땅에 어둠이 내리고, 어둠은 검은 군대의 편이 되었다. 암흑 속에서 창검이 간간이 달빛에 번쩍이는 것이 보였다.

성벽 위에서 그걸 내려다보고 있으면 어느 순간 시선을 들어 올려 하늘까지 뻗어 있는 어둠을 올려다보게 된다. 검은 군대는 절대 기어오를 수 없는 거대한 성채처럼 울만 성과 대치하고 있었다. 무너지지 않는 견고한 요새 안에 있는 것은 그들이 아니라 다이런 병사들이었다.

울만 성의 병사들은 더 이상 한 사람의 설 자리도 없을 만큼 다닥다닥 붙어 성벽 위에 올라와 있었다. 수적인 열세를 숨기기 위함이었지만 성 내에 있는 인구가 노인, 여자까지 모아도 군대에 대항하기에는 턱없이 적은 숫자란 걸 이미 다이런군은 알고 있었다.

협상이 제대로 되지 않을 경우, 아일은 내일 아침에야 공격을 시작할 생각이었다. 저렇게 성벽 위에 서서 이쪽을 내려다본다면 군대가 벌판을 덮고 있는 것이 아주 잘 보일 것이다. 아주 잘. 새벽 사이 어둠 속에서 공포를 키워가길.

잠시 뒤 요새의 문이 열리고 중간 지대로 울만 성의 협상단이 왔다.

적장의 얼굴이 식별될 정도가 되자, 성의 사자(使者)는 적의를 숨기지 않고, 물론 두려움도 숨기지 못하고 소리쳤다.

"투항한 람프할레만의 사람들을 몰살했다는 얘기를 들었다! 우리가 항복해도 어차피 죽일 것이 아닌가!"

"그 소문만 듣고 다른 소문은 못 들었나 보군."

아일은 이 상황이 지루한 듯 한숨을 쉬었다.

"오늘이냐 내일이냐, 그 차이뿐이다. 어차피 성문은 열려."

아일이 자못 정중한 손짓으로 들고 온 가죽 포대를 높이 들어 흔들었다. 성의 사자가 수하에게 눈짓을 했다. 수하가 가져온 가죽 포대를 열어 본 사자는 안을 확인하고 눈을 부릅떴다. 포대 안에 든 머리가 누구인지 알아채고는 욕설을 내뱉으며 적의 젊은 지휘관을 노려보았다. 눈에 담긴 적의와 두려움이 세 배쯤 커졌다.

아일이 조용한 어조로 말했다.

"스스로 연다면 목 하나."

포대 속 머리의 주인은 군대가 이곳으로 오기 전에 거쳐 왔던 성의 성주였다.

"우리가 연다면……."

아일은 잠시 사이를 두었다.

"네놈들 얘기로 오늘이 저승 문이 완전히 열리는 날이라고 한다지?"

그가 미소 지었다.

"저승 가는 길이 비좁을 일은 없겠군."

페렐 선제후는 전황에 대해 보고한 후, 한 연극에 대해 얘기했다. 왕은 관심을 보였다. 연극의 내용은 이러했다. 배경은 다이런도 차이드도 타본도 아닌 다른 세상. 넓디넓은 바다 위를 항해하는 무척이나 큰 배들 하나하나가 국가인 세계. 겁나는 게 없는 귀족 출신의 여기사와 겁이 아주 많은 종자가 겪는 모험.

여기까지 들은 왕이 말했다.

"여기사라니."

"희곡 작가에겐 그런 세상도 있는가 봅니다."

헤르첸이 손바닥을 펼쳐 계속하라는 손짓을 했다.

가장 가까운 곳에서 함께 어려움을 겪어가며 두 사람은 사랑을 느끼게 된다. 여기사가 먼저 종자에게 고백을 한다. 사랑을 느끼면서 겁나는 게 많아지게 되는 기사와 반대로 사랑을 느끼면서 겁이 사라져가는 종자. 종자가 잠깐 다른 배로 건너간 사이 여자가 타고 있던 배가 출항을 하면서 두 사람은 다시 만나기 어려울 정도로 멀어지게 된다. 그래서 두 사람은 상대를 다시 만나기 위해 큰 배에서 내리기로 한다.

여기까지 들은 왕이 말을 멈추게 했다.

"그거…… 듣기에 따라 불온한 이야기로 들리는군."

페렐이 입을 다물었다. 헤르첸이 페렐을 빤히 쳐다보았다. 페렐이 말했다.

"그럴 수도 있겠군요. 극단 사람들을 잡아들이겠습니다."

"미친 왕의 미친 짓이 하나 더 추가되겠어."

페렐이 고개를 조아렸다. 하지만 곧 고개를 들고 물었다.

"그러면 희곡을 쓴 자를 잡아들일까요?"

헤르첸이 신경질적인 표정을 지으며 손을 내저었다.

"그 얘기를 꺼낸 이유가 뭔가?"

"그 극단이 꽤 이름 있는 극단입니다. 요즘 같은 때에도 연극이 인기를 끌고 있어 와이즈를 지나는 길에……."

"성도로 부르려고 했다?"

헤르첸은 턱을 쓰다듬으며 생각에 잠겼다.

"궁금하군. 내 눈으로 직접 얼마나 불온한 이야긴지 보고 싶어졌어."

"전해 듣기로 여기사를 맡은 배우가 무척 미인이라고 합니다."

"선제후께서 보고 싶으셨던 게로군."

페렐이 흉터를 일그러뜨리며 웃었다. 헤르첸은 문득 떠오른 생각이 있어 턱을 매만지던 손을 내렸다.

"혹시 그 배우가 붉은 머리에 초록빛 눈을 가진 여인은 아니겠지?"

반쯤 농담이었다. 하지만 페렐은 입을 다물었다. 페렐이 표정으로 그걸 어떻게 아냐고 되물었다. 헤르첸은 멍한 얼굴이 되었다가 꾹 다문 입속으로 웃음을 흘리기 시작했다. 큰 웃음소리가 방에 메아리쳤다.

황궁 안의 극장엔 왕과 왕비, 페렐 선제후를 비롯한 고관들 스무 명 정도만이 관객으로 참석해 있었다. 그리고 한 명, 아니, 한 마리 더.

암적색 깃털의 새 한 마리가 창가에 앉아 안을 들여다보고 있었다.

"네놈이 너무 가여워서 목숨만은 부지할 요령을 알려주마."

연극 무대 위에서 검은 로브를 뒤집어쓴 악마가 소리쳤다. 악마 앞에는 종자가 쓰러진 여기사를 안고 있었다. 그는 악마의 위협에도 외려 눈을 강렬히 뜨고 악마를 쏘아보았다. 악마가 로브 자락을 펄럭이며 위협적으로 두 팔을 들어 올렸다.

"네놈이 불행 속에 간신히 숨만 쉬고 있는 한, 모든 것을 파괴하는 태풍은 웅크리고만 있을 것이다. 하지만, 태풍은 인내심이 많지."

악마가 몸을 낮추며 속삭이듯 목소리를 낮추었다.

"네놈이 가장 행복해하는 순간에 모든 걸 앗아 가주마! 가장 행복한 때가 가장 두려워해야 할 때!"

악마가 종자와 여기사의 주위를 빙빙 돌았다.

"너를 사랑하려는 자들은 너와 똑같이 지옥에 자리를 마련해두어야 할 것이야! 웃지 마라. 사신의 옷자락 소리가 들리지 않는가? 마음을 내보여 눈물도 보이지 마라. 그 눈물로 사신의 낫을 벼릴 것이다! 기뻐도 하지 마라. 사신의 낫이 널 웃게 한 자부터 벨 것이다. 늘 의심하고 두려워해라! 네놈이 가장 행복한 순간이 나락으로 떨어지는 순간이 될 것이니!"

"닥쳐!"

여기사가 바들바들 떨자, 종자가 악마를 향해 일갈했다. 겁이 없던 여기사는 자신 때문에 남자가 저주에 걸릴까 봐 두려워했고, 겁이 많던 종자는 사랑하는 여자가 두려움에 떠는 것을 참을 수 없어 악마에게 대들고 있었다.

그때 박수 소리가 들렸다. 박수가 나올 타이밍이 아니었다. 모두가 박수를 친 왕을 조심스럽게 살폈다. 무대 위에서 연기 중이던 배우들도 움찔하면서 소리가 나는 쪽을 쳐다보고 말았다. 헤르첸은 그런 시선에도 아랑곳없이 즐거운 표정으로 아이처럼 박수를 쳤다. 박수는 꽤 오래 이어졌다.

헤르첸은 혼자 장기를 두고 있었다. 발코니 창으로 지루한 날씨가 보였다. 맑고 화창했다. 창문이 닫혀 있어 알 수 없지만 바람도 좋을 것이다. 헤르첸은 이 풍경 속에 에메랄드빛 바다가 들어온다면 지루함이 덜할 것 같다는 생각을 했다.

방문이 열렸다. 시종장을 따라 라야가 들어왔다. 무표정한 그녀를 보고 헤르첸은 라야의 표정과 출정 전에 접견실에서 봤던 에드가의 표정이 닮았다는 생각을 했다. 헤르첸의 입이 미소를 그렸다.

라야는 연극이 끝난 후 왕의 방으로 초대를 받았다. 거절할 수 없었다. 누가 거절할 수 있겠는가. 라야는 문간에서 왕에게 예를 표했다. 시종장이 나간 뒤로도 헤르첸은 라야를 그대로 세워두었다. 그는 아무 방해도 받지 않고 그사이 더 아름다워진 여자를 감상했다.

헤르첸이 말했다.

"시간이 흐르긴 했군. 세련되어지고, 그래…… 성숙해졌군. 이제 농담으로라도 소녀란 말은 못하겠어. 지금 그대 모습을 에드가가 볼 수 있다면 전쟁이 좀 더 일찍 끝날 수도 있을 것 같은데."

라야는 그 어떤 무대에서보다 표정 연기에 신경을 쓰고 있었다. 무대 위에서 남성 관객들의 끈적이는 시선을 받는 것과는 달랐다. 왕의 집요한 시선을 따라 수치심이 그녀의 몸 여기저기를 찔렀다. 무대 위에서는 그녀가 맡은 배역으로 서 있지만 이곳에서는 라야 윈터스로 시선을 받고 있었다. 다른 사람도 아닌, 스승을 죽이고 사랑하는 남자를 전쟁터로 보낸 인간 앞에 발가벗은 채로 서 있는 기분이었다. 손에 땀이 차 치마에 손바닥을 문질러 닦았다.

"다가와 앉아."

헤르첸이 빙그레 웃었다. 라야는 왕이 앉아 있는 원형 테이블로 와 앉았다. 테이블은 맞은편에 앉은 왕이 손을 뻗으면 그녀에게 닿을 수 있을 정도의 지름밖에 되지 않아 라야는 테이블의 크기가 더 컸으면 했다.

"네가 그를 떠났다고 하기에 놀랐지. 그새 그에 대한 마음이 식었나 하고."

헤르첸이 쾌활하게 말했다. 라야는 반박도 동의도 하지 않았다. 불편한 정적이 흘렀다.

헤르첸이 말했다.

"에드가는 내 앞에 서면 유독 말수가 주는 것 같아. 그대는…… 점점 에드가를 닮아가는군. 예전엔 흥미로운 이야기도 곧잘 했었잖아? 그때가 좋았는데. 오래전 일처럼 느껴져. 나한테 있는 몇 안 되는 추억이야.

단원들을 불러와 네 앞에서 한 명씩 죽인다면 네 말수가 다시 늘어날까?"

"그 사람은 원래 말수가 적습니다, 폐하."

라야가 차분히 대꾸했다.

헤르첸이 미소 지었다. 그녀가 드디어 맑은 눈을 들어 헤르첸을 보았다.

"네 고집도 보통은 아니군. 그놈의 폐하 소리. 단원들을 불러와야 대화가 진행이 되겠어."

"헤르첸."

라야가 침착하게 그를 붙들었다.

라야는 그녀 인생 최대의 연기를 펼치고 있었다. 아니, 두 번째다. 가장 최고의 연기를 했을 때는 아일을 떠나기 전 그에게 원망을 퍼부었을 때. 가장 형편없던 연기였던가. 그녀의 인생에서 지워버리고 싶은 순간이니 형편없는 연기 쪽이 맞을 것이다.

그 순간, 장기말 하나가 테이블을 가로질러 그녀의 치마 위로 떨어졌다. 라야가 흠칫 시선을 들었다. 타인의 욕망을 읽을 줄 아는 왕이 웃음을 지우고 그녀를 노려보고 있었다.

"그새 또 딴생각을 하고 있군. 그를 생각하나?"

헤르첸이 비틀린 미소를 지었다.

"에드가가 람프할레만을 지났다. 어떻게 되었을 것 같나?

라야는 조용히 헤르첸을 마주 보았다. 그녀가 담담한 얼굴로 물었다.

"다이런군이 이겼나요?"

"이겼어."

"잘됐네요."

"진심으로 그렇게 생각하나?"

"다이런은 제 아버지의 나라이기도 하니까요."

"네가 사랑하는 남자의 나라이기도 하고."

헤르첸은 한쪽 팔꿈치를 괴고, 혼자 두던 장기를 이어 두기 시작했다. 그가 검은 말을 놓고 흰 말을 가져오면서 말했다.

"아까 그 연극 말이야. 누가 극본을 썼지?"

그가 눈동자를 움직여 라야를 보았다. 그와 반대로 라야는 눈을 내려 시선을 장기판에 두었다.

"제가 썼습니다."

"흐음, 그런 재주가 있는 줄은 몰랐군. 거짓말이라도 좋은 대답이야. 네가 아닌 다른 사람의 이름이 나왔더라면 그자는 죽었을 거야."

헤르첸이 대수롭지 않게 말했다. 왕과의 대화는 살얼음판을 걸었다. 발을 잘못 헛디뎌 물속으로 빠질 게 두려워 가만히 멈춰 있을 수도 없었다. 결국은 나아가야 했다. 라야가 물었다.

"즐겁게 보셨다고 생각했는데요."

"즐거웠어. 그런데 불쾌하기도 했어."

"어떤 부분이 그러했는지 감히 여쭈어봐도 될까요?"

"불온한 사상이 엿보였다고 할까. 그대는 외국인이니 이해하고 넘어가지."

눈앞에 있는 이자가 그저 괴짜라고 생각했던 때가 있었다. 그랬던 자신이 어리석을 정도로 어리게 느껴져 라야는 몰래 한숨을 쉬었다. 이 사람은 왜 이런 사람이 되어버렸을까. 왜 하필 이런 사람이 내가 사랑하는 남자의 왕인 걸까.

헤르첸이 돌연 짜증 난다는 표정을 지으며 장기말을 세게 내려놓았다.

"빌어먹을! 네가 수다스럽지 않아 좋아했는데 이제는 너까지 그래! 문을 열고 들어오는 순간부터 지금까지 에드가를 내놓으라고 아주 시끄러워 죽겠어!"

"전 아무 말도 하지 않았습니다."

라야가 침착하게 대꾸했다. 헤르첸이 주먹으로 장기판을 내리쳤다.

"젠장, 아직도 모르겠어? 너랑 에드가가 아무 말 하지 않았지만 나는 네 연놈들이 붙어먹은 사이란 걸 알잖아!"

헤르첸이 목소리를 확 낮추었다.

"다시 에드가 밑에 깔릴 수만 있다면 넌 네 나라도 팔아먹을 수 있을 거야……. 아니야?"

방으로 들어올 때부터 내내 굳은 표정이던 라야가 미소를 지었다. 솔직한 웃음이 힘없이 입술로 배어나왔다. 어차피 미친 인간과 대화 중이니 그녀도 예의를 걷어치우고 잠시 미친 인간이 되어도 상관없을 것 같았다.

"그렇다고 하면 전쟁을 멈추고 그를 돌아오게 해줄 건가요?"

"아니. 그럴 순 없어. 전쟁이 장난은 아니잖아?"

헤르첸은 언제 미치광이처럼 소리를 질렀냐는 듯 빙긋 웃으며 장기판을 보았다.

"내게 속을 읽히기 싫으면 거짓말은 하지 마. 진실은 못 읽어도 거짓말은 읽을 줄 아니까."

라야는 현재의 자신을 내려놓고 몇 해 전의 자신을 연기할까도 생각했다. 무서운 걸 몰라 무서운 게 적던 그 시절의 자신. 하지만 관두었다. 현재의 그녀는 두려운 것이 많아졌지만 그만큼 대범함도 늘었다.

라야가 당돌한 어조로 말했다.

"속과 같은 말을 할게요. 네, 아직도 그를 사랑해요. 한순간도 사랑하지 않은 적이 없어요."

"알아. 아는 소리를 할 필요는 없어."

"약속을 어기셨어요."

"내가 언제?"

헤르첸이 억울하다는 듯 눈을 크게 떴다. 라야가 심장을 쥐어짜며 말했다.

"그를 제게 주기로 하셨잖아요. 그래놓고 그를 사지로 보내셨죠."

"그랬지. 그를 사지로 보내고, 그를 가지고 싶다는 네 소원도 들어주겠다 약속했지. 그런데 그게 쉽게 되는 게 아니잖아."

헤르첸이 라야를 나무라듯, 장기말을 쥔 채 손을 내저었다.

"그전에 네가 도망친 거야."

"불가능하다고 생각했어요."

"내가 약속했잖아. 난 거짓말을 싫어하는 사람이야. 사람들 거짓말은 지긋지긋할 정도로 많이 들었거든."

헤르첸이 쓰러진 장기말을 세우며 키들거렸다.

"왜? 겁이 나서 도망쳐놓고 다시 마음이 바뀌었어? 도저히 그 없이는 안 되겠던가 보지? 에드가에게도 약속했다. 살아 돌아오면 왕의 중매를 서겠다고."

라야가 놀란 눈으로 그를 보았다.

"대신 여기까지 차이드 인의 비명 소리가 들려오도록 요란뻑적지근하게 밀고 올라가라고 했지."

헤르첸이 귀 아래를 톡톡 두드리며 싱글거렸다.

"잘하고 있어. 밤낮을 가리지 않고 비명 소리가 들려오더군. 꿈에서도 들려올 정도야. 역시 에드가란 이름이 괜히 주어진 게 아니지."

헤르첸이 흰 말을 놓고 검은 말을 가져오며 말했다.

"그를 원한다면 너의 나라가 하루라도 빨리 내 손에 들어오길 빌어.

아, 에드가가 너한테 그 얘기를 해줬나 모르겠군. 그가 너에게 초대 에드가의 부인이 사라진 라타니아 왕녀라는 얘기를 해줬나?"

라야가 고개를 저었다. 그와 대화를 시작한 지 얼마 되지도 않았는데 연극 무대를 연거푸 세 번은 뛴 것 같은 피로가 몰려왔다. 그는 변덕이 죽 끓듯 했고 대화도 예측 불가능하게 전환됐다.

헤르첸은 신이 나서 말했다.

"얘기 안 해줬을 거야. 비밀이거든. 왕가와 클레이모어가가 절대 함구해야 할 비밀. 라타니아 왕녀가 초대 에드가의 부인이란 소리는 그녀의 후손인 클레이모어가는 태양의 또 다른 핏줄이란 의미가 되는 거니까. 그게 공식적 진실로 알려지게 되면 왕가로서는 여간 골치 아픈 게 아니지. 아주 위험한 이야기야. 그래서 이 얘기를 알게 되는 자는 클레이모어가나 왕가의 사람이 되지 않는 한 두 가문의 손에 의해 제거되어야만 해. 아마 에드가가 입조심을 했을 거야."

라야는 경악했다. 헤르첸이 음흉한 미소를 흘리며 말했다.

"격려 차원에서 하는 말이야. 이 비밀을 알게 된 이상, 무슨 수를 써서라도 그의 여자가 되어봐. 그게 아니라면 내 여자라도 되든가. 안 그러면 넌 몇 년 안에 죽게 되겠지."

"제가 곤란한 게 즐거우신가요?"

헤르첸이 고개를 끄덕였다.

"응. 즐거워. 너도 상황을 좀 즐겨보는 게 어때? 그가 언제까지 널 사랑할 수 있을까라든지. 그가 어떤 상황까지 감내하며 너에 대한 마음을 지켜낼까라든지. 여자들은 남자를 시험하는 걸 좋아하잖아?"

"전 그를 시험할 생각이 없습니다."

라야가 단호하게 대꾸했다. 헤르첸이 어깨를 으쓱했다.

"난 그래서 네가 도망친 거라고 생각했는데? 마음 한편에 그를 시험해보고 싶은 마음이 한 가닥도 없었다고 자신할 수 있어? 솔직히 말해봐."

헤르첸이 아래팔을 괴고 상체를 숙였다. 그가 거짓말을 들을 줄 안다는 귀를 세웠다.

"넌 떨어져 있어도 그가 널 여전히 사랑할 거란 확신이 있었던 거야. 그러니까 그를 떠날 수 있었어. 멀리 떨어져 있는 것 정도로는 그의 마음이 식지 않을 거란 걸 알았겠지! 달리 생각했다면 그를 여전히 사랑하는 너는 그를 절대 떠나지 못했을 거야. 사랑을 말하는 인간들은 하나같이 똑같아. 상대를 시험하려고 들지. 내가 그 음흉한 속내를 모를 것 같아?"

두 사람은 한동안 시선을 주고받았다. 그의 말을 오래 듣고 있자면 정말 그럴지도 모른다는 착각이 들었다. 라야는 그의 최면 같은 독설에서 벗어나기 위해 치마 위에서 장기말을 만지작거리는 데 집중했다.

……그랬나? 정말 그래서 그를 떠날 수 있었나?

라야는 무의식중에, 헤르첸이 튕겨내 치마 위로 떨어졌던 장기말을 장기판 위에 올려놓았다. 헤르첸이 물러가는 그녀의 손을 덥석 잡았다. 그는 라야의 표정에 혐오가 스치는 것을 놓치지 않았다. 헤르첸은 그녀의 뺨을 후려갈기지 않기 위해 정말 인내했다. 그가 이를 악물며 그녀의 손을 더 세게 움켜쥐었다.

"왜 그렇게 불만스러운 표정으로 날 보는 거냐? 나는 너의 소원을 들어주기 위해 이렇게 노력하고 있는데."

라야는 그만 웃음을 흘렸다. 결국 참지 못하고 반박했다.

"절 위해서요?"

"그래, 널 위해서. 널 위해 전쟁도 벌였다."

"아, 그를 제게 주기 위해 전쟁을 벌이고, 절 위해 나달도 죽였나요?"

"그래! 널 위해, 나달을 위해, 에드가를 위해 그 모든 일을 벌였어!"

헤르첸이 단박에 대꾸했다. 그는 거짓말을 캐묻는 어미에게 억울함을 호소하는 어린 아들 같았다. 라야는 웃는 것도 우는 것도 아닌 울상에 가까운 표정이 되어 그를 보았다.

"그런 터무니없는……."

"터무니없는?"

라야의 몸이 테이블 위로 끌려갔다. 라야는 끌려가지 않으려고 잡히지 않은 손으로 테이블 모서리를 꽉 잡았다.

검은 눈이 광기로 번뜩였다.

"네가 나에게 빌었다. 에드가가 네게서 영원히 벗어날 수 없도록 해달라고."

라야가 아픈 신음을 흘리며 손목을 비틀자 헤르첸은 그녀를 더욱 끌어당겼다. 테이블 위의 장기판이 엉망이 됐다.

"네가 그를 생각할 때마다 내 귀에 어떤 목소리가 들리는지 모르지?"

헤르첸은 버티는 라야의 나머지 손도 잡아챘다.

"네 신음 소리가 들려."

라야는 테이블 밖으로 끌려 나왔다. 헤르첸이 그녀를 가까이 끌어안았다. 라야는 벌레가 몸에 닿는 것처럼 흠칫 떨었다. 헤르첸이 라야의 얼굴 가까이 얼굴을 숙여 으르렁거렸다.

"그에게 안겨서 헐떡이고 싶은 네 욕망이 보인다고. 예전엔 네 목소리가 새끼 고양이처럼 얌전했는데, 이젠 발정 난 길고양이처럼 울어대. 그를 독차지하고 싶지? 그를 다치게 할지도 모를 사람들을 저주하잖아. 그를 전쟁터로 보냈다고 날 증오하잖아! 감히! 이 나를! 이딴 게 사랑이라니! 이런 더러운 목소리를 숨기고들 있으면서 세상은 이런 것들이 사랑이라고 말하지. 그들 귀엔 이런 소리가 들리지 않으니까 사랑이 아름다운 거라고 서로를 기만할 수 있는 거야!"

헤르첸은 당장 라야의 따귀를 때리고 그녀를 침대로 끌고 가 제 몸뚱이 아래서 비명을 지르게 하고 싶었다.

그녀의 겉과 속을 똑같이 만들어줘야지!

행여나 그녀를 죽이기라도 하면, 에드가는 미쳐 날뛰겠지!

에드가가 그 조용한 표정을 무너뜨리는 건 볼 만하겠지만…… 하지만 그건 내가 진정으로 바라는 게 아냐.

헤르첸이 어르듯이 라야의 얼굴을 쓸었다. 그가 조용해진 목소리로 속삭였다.

"사람들과 네가 오해를 하는 게 있어. 난 에드가를 싫어하지 않아. 에드가는 정말 정말 조용한 사내거든. 녀석처럼 겉과 속이 일치하는 인간을 난 본 적이 없다. 에드가는 바라는 것도 거의 없어. 그를 죽이려고 그곳으로 보낸 게 아니야. 난 에드가를 좋아해. 어젯밤에 계집 하나를 안으면서도 그를 생각했는걸? 그를 독차지하고 싶은 네 사랑과 그를 생각하는 내 마음이 무슨 차이가 있는지 모르겠어."

라야는 생각했다. 아일, 당신 말이 맞았어. 이자는 제대로 미친놈이야.

그 순간 그녀는 자신이 왕에게 미칠 핑계를 준 게 아닐까 두려워졌다.

헤르첸이 아쉽다는 듯이 말했다.

"너만 아니었어도 에드가의 속이 정말, 완전히, 텅 비었을 텐데."

그는 텅 빈 사람이 아니야! 라야가 머리로 반박했다.

이자가 왜 하필 그 소리를 하는지 모르겠다. 그녀가 아일을 떠나오기 전 그에게 했던 소리 중 가장 후회되는 말을.

그녀의 남은 수명을 반 틈쯤 잘라내 지불하고 과거로 돌아갈 수 있다면, 그래서 그 말을 뱉었던 순간으로 돌아가 다시 주워 담을 수만 있다면, 그녀는 기꺼이 제 수명을 내놓을 수도 있었다.

라야는 속으로 그녀가 아는 욕을 죄다 퍼붓고 있었다. 어두운 소리를 들을 줄 안다는 헤르첸이 그걸 듣길 바라면서.

헤르첸이 별안간 우뚝 멈추었다. 라야는 그가 정말 속으로 내뱉은 욕설을 들었나 싶어 긴장했다. 헤르첸이 라야의 얼굴을 빤히 응시했다. 검은 눈이 초록빛 눈동자를 깊숙이 들여다보았다. 그의 광기가 무거운 연기처럼 조용히 내려앉았다.

남자의 눈동자에 광기와는 다른 붉은색이 물들기 시작했다. 라야는 숨을 삼켰다. 남자의 손이 그녀의 허리를 은밀히 만졌다. 라야는 자신이 혐오는 느낄지언정 공포는 느끼지 않길 바랐다. 하지만 남자의 손이 점점 아래를 향하자 눈을 감았다. 공포에 질린 얼굴이 그의 눈에 비치는 것을 보고 싶지 않았다.

"어릴 때 바다에 빠져 죽을 뻔한 적이 있지."

헤르첸이 그녀의 귀에 대고 속삭였다.

"숨통이 조이는 기분이, 그리 나쁘지 않았어."

그녀의 등으로 올라온 손이 윗도리의 끈을 천천히 풀었다. 뜨거운 숨소리가 웃음과 섞여 그녀의 귀에 닿았다.

"갑자기 궁금해졌다. 네 안으로 들어가면 그때와 비슷한 기분을 느낄 수 있을……."

남자의 손이 멈추었다.

헤르첸이 고개를 돌려 발코니 창을 보았다. 라야는 그보다 늦게 소리를 들었다.

쿵. ……쿵!

무언가가 들이박는 소리.

라야는 가슴팍으로 두 손을 모은 채 움츠려 있던 몸을 폈다. 소리가 들려온 쪽을 보았다. 새가 유리창에 몸을 들이박고 있었다. 창을 깨려는 것처럼 작은 몸을 박고, 또 박았다. 유리창에 금이 가고, 피가 맺혔다. 와장창 하는 소리와 함께 유리가 완전히 부서져 내렸다. 유리를 뚫고 들어온 새가 바닥에 축 늘어졌다.

긴 침묵이 지나갔다. 헤르첸이 그녀에게 닿아 있는 팔을 내렸다.

"바닥이 지저분해졌군."

그리고 그는 다른 말 없이 방을 나갔다.

라야는 두 팔로 몸을 감쌌다. 그제야 몸이 떨리기 시작했다. 그 자리에 옹크리고 앉았다.

한참 뒤에야 고개를 들어 죽어 있는 새를 보았다.

라야는 일어나, 풀린 윗도리 끈을 묶은 뒤 새에게로 갔다. 암적색 깃털은 피가 엉겨 본래 색을 알아보기 쉽지 않았다. 그녀는 새를 두 손에 감싸 들고, 방으로 들어오는 시종들을 지나 그곳을 떠났다.

아일의 군대는 차이드의 최후 전선이라는 게이트라마를 코앞에 두고 있었다.

다이런군은 갈라마 지역을 통해 진격했던 선봉군이 반년 만에 게이트라마까지 간 적이 있었다. 하지만 사령관이었던 이탄이 죽으면서 다이런군은 패퇴했다. 마나카르 호수를 둘러 차이드의 남서부를 점령해가며 게이트라마에 접근한 바르베 장군의 군대도 차이드 연합군의 치고 빠지는 전술과 날씨를 이용한 버티기 작전에 차츰 무너져 내렸다.

층암절벽이 그대로 성채의 벽인 게이트라마는 남쪽 문을 열어주지 않는 한 안으로 들어갈 방법이 요원한 천혜의 요새였다. 거대한 자연 성벽 위에서 차이드군은 제 집 안마당에서 움직이는 개미 떼를 보듯 적의 움직임을 파악할 수 있었다. 식량은 절대 뚫리지 않는 산맥 안쪽에서 공급

되고 있어 버티기로 나간다면 불리한 건 당연 다이런군 쪽이었다.

아일의 군대는 모그나티 성에서 북상하는 다이런 제3군을 기다리고 있었다.

얼마 전, 제3군을 지휘하는 누가넨 장군이 전령을 보내 어떻게 게이트라마의 문을 열게 할 것인지 물어왔다. 서론도 길고 사족도 많이 붙은 다섯 장짜리 편지였지만 결국 골자는 '나는 게이트라마를 어떻게 지나갈 수 있을지 모르겠다. 차라리 오래 걸리고 희생이 있을지라도 우회를 하는 편이 낫지 않을까. 네게 뾰족한 수가 있다면 같이 할 수도 있고…….'라는 소리였다. 아일은 아버지뻘인 누가넨에게 이렇게 정중히 답했다. '일단 오십시오.'

아일의 방으로 오던 메이튼은 유리가 깨지는 소리를 듣고 황급히 방문을 열었다. 문을 열자 보이는 것은 바람에 펄럭이는 커튼이었다. 문설주에서 큰 유리 조각이 바닥으로 떨어졌다.

박살 난 창문 앞에 아일이 등을 보이고 서 있었다.

메이튼이 문을 닫고 들어왔다. 유리 조각이 밟혀 파삭, 소리를 냈다.

"여기는 창문을 열려면 위로 열어야 합니다. 뻑뻑해서 열 때 성질이 좀 나지만 바람을 쐬자고 박살을 낼 필요는 없습니다."

메이튼의 농담은 무위로 돌아갔다.

아일은 가만히 있었다. 그의 어깨 위로 저녁 어스름과 유리 파편, 조용한 분노가 흘렀다. 그의 어깨가 가늘게 떨리는 것을 보며 메이튼이 말했다.

"누가넨 장군의 전령이 왔습니다. 내일 지정된 시각에 합류하겠다고 합니다."

아일의 주먹이 떨림을 멈추었다. 그가 돌아보지 않은 채로 말했다.

"준비해."

메이튼이 문을 닫고 나가는 소리를 들으며 아일은 창 너머, 일반인의 눈으로 보이지 않는 곳을 노려보았다.

이가 갈렸다. 분노와 적개심으로 피가 끓어올랐다. 그가 평생 느꼈던 증오와 혐오를 다 끌어 모은다고 해도 지금 이 순간 느끼는 증오와 혐오보다 작았다.

나는 헤르첸 엘칸 라우니트를 증오한다.

모두가 그들에게 강제로 배역을 안겨주고 당연히 에드가가 엘칸을 미워하리라고 생각했기에 아일은 그러지 않으려고 했다. 본능처럼 헤르첸을 싫어하는 자신을 발견할 때마다 이유가 없는 혐오를 누그러뜨리려 노력해왔다. 왕이 라야의 이름을 입에 담을 때마다 검에 손이 가는 걸 막아내기 위해 이를 악물고 손톱이 파고들 만큼 주먹을 틀어쥐었다.

하지만 이제 아니다. 인정한다. 나는 왕을 증오한다.

아일의 나이가 조금만 어렸더라도 군대를 돌려 다이런 성도로 향했을 것이다. 그러면 그전에 소식을 들은 왕은 라야를 인질로 잡고 그를 위협하겠지. 왕의 성격이라면 그녀를 가지고 놀다가 죽일 거란 예상도 가능하다. 그리고 파국이다.

아일은 눈에 훤히 보이는 비극 속으로 몸을 던질 생각이 없었다. 혼자만이라면 화산 속이든 빙하의 물속이든 뛰어들어도 상관없지만 이제 그의 곁엔 그녀가 있었다.

라야는 이미 그의 가장 큰 욕망이고 가장 큰 힘이며 가장 큰 약점이 되었다.

라야를 떠올리자 분노로 쿵쾅거리던 심장이 작은 북소리만 남기고 잠잠해졌다.

아일은 눈을 감았다. 열이 한순간에 사그라들자 몸이 무너질 것처럼 흔들렸다. 이마를 짚으며 벽을 짚었다.

어떻게 잠시라도 그녀를 떨어뜨려둘 용기를 냈을까. 라야와 떨어져 있는 동안 그는 그녀가 그에게 어떤 존재인지를 통감했다. 멍청하게도. 심장을 떼어내고 나서야 죽는다는 걸 눈치채는 것과 다를 바 없다.

부하의 입으로, 편지로 그녀의 소식을 전해 듣는 걸로는 부족했다. 그 래서 새의 눈으로 그녀를 살피기도 했다. 그런 행위들이 쌓여 후에 그의 안식을 내주는 일이 되리란 걸 모르지 않지만 어쩔 수 없었다. 나중에 어떤 고통 속에서 발버둥 치게 되더라도 그녀를 보지 않으면 당장 죽을 것 같았다. 하지만 보게 되니 안고 싶어졌다. 그녀의 목소리를 듣고 싶 고 그녀의 향기가 그리워졌다.

아일은 벽에 등을 대고 유리 파편이 널린 바닥 위에 주저앉았다. 그녀 를 부르고 불렀다. 그의 목소리가 닿지 못할 걸 알지만 그녀를 불렀다.

'라야, 라야, 라야.'

유리창이 없는 창으로 달이 떠올랐다.

라야는 극단이 머물고 있는 여관 2층 끝 방에 있었다. 초도 켜지 않았 다. 침대 위에 앉아 어둠 속에서 숨만 쉬고 있었다. 돌아오자마자 새를 묻어주고, 목욕을 한 뒤 옷을 갈아입었다. 라야는 머리만 빼놓고 이불로 몸을 감쌌다. 그렇게 한참을 있었다.

노크 소리가 났다. 문을 열고 단장이 들어왔다. 방 밖에서 들어온 빛 이 곧장 라야가 앉아 있는 곳까지 뻗어 들어와 그녀의 얼굴을 비추었다. 라야가 고개를 들었다. 그녀의 얼굴을 가리고 있던 머리칼이 뒤로 넘어 가면서 그녀의 슬픈 눈이 드러났다.

"아무래도 무대가 네 빛을 갉아먹나 보다."

단장이 옅게 웃으며 말했다. 딸 같고 조카 같은 배우를 걱정하는 목소 리가 평소답지 않게 어두웠다. 그가 조용히 문을 닫고 들어왔다. 어미가 자식의 방에 들어와 방 꼴이 이게 뭐냐며 탓하듯 단장은 들어오자마자 창가로 가 유리창을 열고 덧창도 열었다.

단장이 라야를 보며 말했다.

"그들이 극본을 누가 썼냐고 묻더구나."

라야는 바짝 끌어 모은 무릎 위로 입술을 눌렀다. 단장이 말했다.

"너라고 했다. 상관없을까?"

"맞잖아요, 저."

"틀은 네 스승이 잡은 거잖아."

"나달이 썼다고 하면 더 위험했을 거예요. 잘하셨어요. 그리고 죄송해요."

"뭐가 죄송해?"

"그 극본 때문에 극단이 잘못되면……."

단장이 말을 가로막았다.

"그렇게 되면 그 끝내주는 극본으로 좀 더 인기를 끌어보려고 욕심을 부렸던 내 잘못이 가장 크겠지."

라야는 시선을 들어 단장을 보았다. 단장의 콧수염 모양은 처음 만났을 때나 지금이나 한결같았다. 그녀의 상황은 너무나 많은 것이 변했는데.

그래서 그녀는 변함없는 단장을 보고 있는 것이 좋았다. 단장이 몸을 숙여 침대 발치에 앉아 있는 라야의 얼굴을 쓰다듬었다. 라야가 울음을 터뜨리려는 것처럼 몸을 한 번 크게 떨었다. 단장이 조심스러운 목소리로 물었다.

"왕에게 불려가 원치 않은 일을 한 건 아니지?"

라야는 고개를 빠르게 좌우로 흔들었다. 꿈에서도 그런 일은 생각하기 싫다는 듯.

단장은 그래, 그래, 라고 말하며 라야의 머리를 토닥거렸다.

단장이 나가고, 방은 다시 어두워지고 고요해졌다. 달빛이 침대보를 적셨다. 라야는 무릎 위에 머리를 기대었다가 잠깐 잠이 들었다.

새 소리를 듣고 눈을 떴다. 창가에 앉은 새가 덧창을 지탱하고 있는 나뭇가지를 부리로 쪼고 있었다.

암적색 깃털의 새였다.

라야는 이불을 걷고 침대에서 나왔다. 창가로 가 새를 묻어준 자리를 내려다보았다. 작은 무덤은 새의 시체가 뚫고 나온 흔적 없이 동그란 모양을 유지하고 있었다.

"혹시 네 친구는 아니겠지? 그런 슬픈 얘기는 아니었으면 좋겠다."

라야가 힘없이 웃으며 새의 머리를 손가락으로 살살 쓰다듬었다. 새가 머리를 돌려 그녀를 보았다. 콩만 한 까만 눈이 분명히 그녀를 직시했다.

"예전이었다면 네 목소리가 들렸을 거야. 그런데 이젠 그게 안 돼."

달을 올려다보았다. 황금빛 달이 백월 뒤로 사라져 백월밖에 보이지 않았다.

기어이 눈물이 터졌다. 라야는 찬 바닥에 주저앉았다. 소리가 밖으로 새어나갈까 봐 이를 악물고 울음을 삼킨 채 몸을 떨며 울었다. 눈물로 엉망인 얼굴을 들어 달을 보았다.

그도 달을 보고 있길 바랐다. 오늘의 달은 하나뿐이니까. 그가 제발 이 순간만큼은 모든 일을 멈추고 달을 쳐다봐주길 달에게 빌었다. 아일, 당신이 보고 싶어.

"당신이 내 곁에 없는데도 아무도 다시 말을 걸어주지 않아."

원망의 목소리가 튀어나왔다.

"당신 때문에 모두에게서 버림받았는데 왜 당신은 내 곁에 없는 거야."

기도를 위해 모은 두 손 위에 이마를 얹었다.

"미안해요……. 정말 미안해. 이 말을 꼭 들어야 해. 이 말도 안 듣고 죽어버리면 쫓아가서 죽여버릴 거야!"

그 순간, 달이 그녀에게로 쏟아졌다.

"라야?"

아일이 믿기지 않는다는 표정으로 위를 보며 중얼거렸다. 분명 그는 공중을 보았다.

원래는 텅 비어 있어야 하는 허공. 그곳에 라야가 떠 있었다.

평소보다 유난히 큰 달이었다. 잠든 지 두 시간도 안 되어 눈이 뜨였다. 더 이상 잠이 올 것 같지 않아 발코니로 가 달을 보고 있었다. 그런 그의 눈에 라야가 보였다. 오 초쯤, 잠결에 보는 환상이라고 생각했다.

그런데 환상이 점점 뚜렷해졌다. 환상 속의 라야는 마치 그를 쳐다보고 있는 것처럼 처음엔 멍한 얼굴이다가 눈을 크게 떴다. 점점 더 크게 떴다. 아일은 잠시 상황을 잊고 오래전 저택에서 그녀에게 검술을 가르쳐주었던 그때로 돌아가 '왜 그렇게 얼빠진 표정을 짓고 있는 거야?'라고 한소리 할 뻔했다. 환상 속의 라야가 두 손을 번쩍 쳐들고 뭔 말을 외쳤다. 환상이라기엔 너무 실감났다. 아일은 입을 벌리고 검지를 펴 허공에 있는 라야를 가리켰다. 결국 참지 못하고 말했다.

"말을 하려거든 크게 말해."

"보고 싶었다고요!"

환상 속에서 라야가 이쪽으로 손을 뻗으며 소리쳤다. 그녀의 손이 그의 검지를 낚아채듯 움켜쥐었다. 진짜다.

이건 진짜야!

손가락을 감싸는 감촉이 말할 것도 없이 그녀의 손이었다. 아일은 눈을 크게 뜨며 그녀의 손목을 잡아 끌어당겼다.

달을 건너, 달 속에서 그녀가 그의 품으로 안겨 들어왔다.

두 사람은 당기는 힘에 밀려 방바닥을 굴렀다.

'뭐지, 이건?'

아일은 누운 채로 천장을 보았다. 시선을 움직여 몸 위를 쳐다볼 수가 없었다. 그의 손바닥이 감싸고 있는 것은 분명 라야의 머리가 맞는데, 그의 몸 위에 올라와 있는 것은 예전 라야의 몸이 주던 감촉이 맞는데, 확인을 한다고 쳐다보면 그녀가 사라져버릴 것만 같았다. 혹시 이건 꿈이 아닐까?

꿈이라도 좋다.

아일이 머리를 들었다. 라야도 그의 가슴 위에 엎드려 있는 몸을 움직였다. 두 연인의 눈이 감격과 어리둥절함을 담고 서로를 응시했다. 아일이 상반신을 일으켰다.

허리까지 내려오는 붉은 머리, 눈물이 맺힌 속눈썹, 하얗고 따뜻한 미색의 피부, 초록빛 눈동자. 그리고 향기.

그래, 이 향기.

머리가 좀 길었지만, 말할 것도 없이 라야였다. 그의 여자였다.

그는 눈물을 떨구는 초록빛 눈동자를 바로 앞에서 보고도 믿기지 않는다는 얼굴이었다. 그의 손이 눈물을 닦아주며 보드라운 뺨을 어루만졌다.

"라야……. 정말 네가……."

그의 말은 그녀의 입술에 가로막혔다. 라야가 달려들어 그의 얼굴을 잡고 키스했다.

아일은 라야의 긴 머리카락 속으로 손을 밀어 넣어 손가락 사이로 감기는 그녀의 감촉을 느꼈다. 라야가 목에 팔을 두르자, 그는 그녀의 얼굴을 붙잡고 좀 더 끈덕지게 그녀의 입술과 혀와 향기를 음미했다.

꿈이라도 좋다. 내일 죽게 되는 내가 안쓰러워 꾸게 해주는 꿈이라도, 깨는 순간 악몽이 된다 하더라도 상관없다.

그는 입술을 맞댄 채로 죽어버리고 싶은데 라야는 그럴 생각이 없는 모양이었다. 그녀가 입술을 뗐다. 그리고 울먹이며 그를 보았다. 그녀의 손이 그의 얼굴을 잡고 좌우로 돌려 보았다. 그의 몸도 여기저기 살폈다. 그의 옷을 찢어발기지 않는 게 다행이었다. 그의 몸을 더듬느라 부산스러운 그녀를 보고 아일이 물었다.

"뭐하는 거야?"

"괜찮아요? 다친 덴 없어요? 죽은 거 아니죠?"

"안 죽었어."

"정말이지? 죽은 거 아니지?"

"왜 죽었다고 생각해?"

"이렇게 보이니까. 이렇게 내 앞에 있으니까. 혹시 죽은 걸까 봐."

"안 죽었어. ……아직은."

"죽지 마. 죽지 마요."

그게 내 마음대로 돼? 아일이 라야의 얼굴을 쓰다듬으며 미소 지었다.

라야는 아픈 표정으로 그의 어깨와 목을 살폈다. 화살촉이 스치고 지나갔던 목은 아직 피가 고인 것처럼 붉었다. 그녀는 완전 울상이 되었다. 라야는 대뜸 그의 윗옷을 가슴까지 걷어 올렸다. 아물지 않은 상처들이 보였다. 옆구리를 베고 지나간 검은 아직 거무끄름한 흔적으로 남아 있었다. 심장 부위에도 작은 상처가 보였다. 라야는 자기 심장이 찔린 것처럼 고통스러운 표정으로 거의 다 아문 상처의 흔적을 만졌다. 아일이 난감한 미소를 지으며 라야의 손을 붙잡아 빼고 옷을 내렸다. 라야가 눈물이 고인 눈으로 그를 보았다.

"왜 이렇게 많이 다쳤어요?"

"산책 나와 있는 건 아니니까."

아일이 다정한 목소리로 말했다. 라야가 그의 얼굴을 붙잡고 부탁했다.

"다치지 마요."

"힘들겠지만 노력해볼게."

"밥은 잘 챙겨 먹어요? 잠은 잘 자요?"

연이은 엉뚱한 소리에 아일이 웃음을 터뜨렸다.

"어떻게 된 거야? 네가 어떻게 여기 있어?"

"나도 몰라요."

라야는 그딴 건 전혀 궁금하지 않았다. 아일은 얼굴을 어루만지는 그녀의 손을 잡아 내려 깍지를 꼈다. 그리고 얼굴을 숙여 입술로 눈앞의 그녀가 진짜란 걸 다시 확인했다.

큰 구름 무리가 달을 가렸다. 주위가 깜깜해졌다.

달빛조차 사라져 아무것도 보이지 않는 공간에서 두 사람은 뜨거운 열기, 익숙한 향기로 존재했다. 닿아 있는 두 입술은 어둠 속에서 조용히 움직이고, 점점 깊어지고, 거칠어지고, 흉포해졌다. 보이지 않으니 눈을 뜰 필요가 없었다. 라야는 거칠어지는 숨소리를 들으며 눈을 감았다. 옷이 벗겨지고, 바람이 맨살에 닿았다. 그의 손이 젖가슴을 가득 쥐었다 놓았다. 그를 기억하는 몸이 금세 달구어졌다. 잊을 수 있을 리가.

꼭 감고 있는 눈 위로 그의 호흡이 내려앉고, 그가 들어왔다. 너무 오래 참고 미치게 원했던 자극이 아래를 빠듯하게 채웠다. 그의 가슴에 가슴이 짓눌리고 그의 빠른 움직임에 등이 바닥에 쓸렸다.

그가 그녀를 안아 상반신을 일으켜 세웠다. 입술이 가슴을 빨자 라야는 그의 머리를 꽉 껴안고 신음했다.

그는 그녀의 전부를 당장 가지지 못해 안달난 사람 같았다. 부드러움은 아까 대화에서 다 써버린 듯했다. 그녀의 몸이 들렸다 내려앉았다. 엉덩이와 허벅지가 부딪치며 그가 더욱 깊이 들어왔다. 가장 안쪽까지 닿는 느낌에 비명이 나왔다.

라야가 흐느꼈다. 당신을 시험하려고 했던 게 아니야. 어떻게 당신을 두고 떠날 생각을 했을까. 내가 먼저 죽을 거면서.

라야가 그의 어깨에 입을 묻은 채 흐느꼈다.

"미안해요, 미안해요……."

"……."

그는 굶주린 듯한 입맞춤으로 대답을 대신했다.

어둠 속, 갈수록 흐릿해지는 시야에서 그의 눈을 보지 않은 채로 느껴지는 그의 움직임은 너무 절박해서 너무 무자비했다. 그의 힘과 속도를 따라가지 못해 라야는 거의 움직이지 않았다. 숨을 헐떡이며 그에게 몸을 맡겼다. 단단한 손이 그녀의 허리를 잡아 내리눌렀다. 그녀의 아래를 꽉 채운 남성이 점점 더 부풀었다. 라야는 그것을 그의 몸에 완전히 밀착된 채로 고스란히 느꼈다. 거대한 몸이 그녀를 잔인하게 파고들며 그녀의 몸을 쳐올렸다. 덮쳐오는 입술이 비명조차 틀어막았다. 라야는 어딘가로 떠밀려 가지 않기 위해 발끝을 세우고 그에게 달라붙었다.

두 사람은 마주 앉은 채로 뒤엉켰다. 상대의 흔들리는 몸과, 근육이 조여드는 감각, 터질 듯한 두 몸을 느꼈다. 몸이 곧 터질 풍선처럼 팽팽해졌다. 라야는 그의 가슴에 스스로 가슴을 짓이기며 매달렸고, 그는 움직임을 멈출 때까지 그녀 안에서 한 번도 완전히 몸을 빼지 않았다. 그렇게 느끼고 싶었던 쾌감이 동시에 폭발했다.

그녀가 겪은 중에 가장 짧고 가장 격렬한 정사였다.

라야는 기진맥진해 한참이 지나도록 입으로 말을 만들어내지 못했다. 방 안에 흐트러진 호흡만 울려 퍼졌다. 달을 가리고 있던 구름 무리가 바람을 따라 이동했다.

찬바람이 불었다. 아일은 흩어진 옷가지를 주워 그녀에게 직접 옷을 입혀주었다. 옷에서 머리가 빠져나오자마자 라야가 말했다.

"떠나요."

아일이 동작을 멈추었다.

"같이 떠나."

그는 말이 없었다. 긴 시간이 지나지 않아, 그녀의 머리 뒤쪽을 응시하는 듯하던 눈은 본래의 차가운 빛을 되찾았다. 아일은 라야의 입술에 짧게 입을 맞추었다. 고개를 물리고 그녀와 눈을 맞췄다. 그녀를 보는 눈길에 미안함이 얽혔다.

"안 돼."

아일이 단단한 음성으로 말했다. 라야는 자기가 잘못 들은 게 아닌가 하는 표정으로 그를 보았다. 아일은 라야의 두 어깨를 잡았다. 팔을 뻗어 그녀의 몸을 조금 떨어뜨렸다. 약해진 심장이 다시 단단해졌다.

"그럴 순 없어."

그도 잠깐 그럴까 생각했다.

그럼 결전을 앞두고 지휘관을 잃은 군대는 어떻게 되지? 하룻밤 사이에 대장을 잃은 부하와 동료들은?

머리가 없다고 단번에 무너질 군대는 아니었다. 아일은 자신의 군대를 그렇게 허술하게 꾸리지 않았다. 자신한다. 그들은 지휘관이 없어도 예정된 시각에 각자 예정된 위치에서 스스로의 몫을 하고자 전장에 나설 것이다.

하지만 이번 게이트라마 공략의 핵심엔 그가 있었다. 그도, 지휘관도 없는 군대가 게이트라마 입성에 성공할 수 있을까? 실패한 다이런군의 전철을 밟을 게 불 보듯 뻔했다.

라야는 그의 눈을 가만히 들여다보았다. 그가 설명하지 못하는 말들을 읽으려 그의 영혼을 마주 보는 듯했다. 그의 육체만이 아니라 마음까지 가졌던 이는 그녀뿐이기에 라야는 제 소유물을 살피듯 그의 마음을 살폈다. 라야는 고개를 숙였다. 머리카락을 걷고 다시 얼굴을 들었을 때 라야는 웃고 있었다. 그녀가 아직 뜨거운 그의 가슴으로 파고들었다.

아일이 그녀를 안으며 말했다.

"돌아가면 그가 왕의 중매를 서겠다고 했어."

라야가 고개를 들어 아일을 보았다.

"그의 말을 믿어요?"

"안 믿어."

"그런데?"

"하지만 믿을 거야. 일단 믿을 거야."

아일이 라야의 팔을 잡고 그녀와 눈을 맞추었다.

"기다려."

"기다리지 말라고 해도 기다려요."

"진짜 기다려. 데리러 갈게."

왜 기다리라고 했을까. 왜 기다린다고 했을까. 그녀는 지금 그의 곁에, 그는 지금 그녀의 눈앞에 있는데.

두 사람은 알고 있었다. 그녀가 이곳에 오래 머물 수는 없다는 걸.

라야의 몸이 점점 흐려지고 있었다. 라야가, 흰 빛을 내뿜으며 점차 희뿌예지는 손을 내려다보았다. 그를 쳐다보는 초록빛 눈동자에 또다시 눈물이 고였다. 아일이 눈물을 닦아주려고 했지만 손이 그녀의 몸을 통과했다. 그는 크게 놀라지도 않았다. 어차피 일반인이 가지지 못하는 능력을 가지고 있고, 가졌던 두 사람이다. 그가 웃으려고 애쓰며 말했다.

"왜 이렇게 눈물이 많아졌어?"

"누구 때문에."

라야가 눈물을 뚝뚝 떨어뜨리면서도 꿋꿋하게 대꾸했다. 눈물만은 실물이 되어 그가 있는 이곳의 바닥으로 떨어졌다. 그녀의 몸에서 시작된 흰 빛이 공기와 닿으며 푸른빛을 내기 시작했다. 푸른빛은 꽃잎처럼 바람에 흩날리며 그녀의 몸을 감쌌다. 바람이 불어올 때마다 커튼이 나부끼고 그녀의 몸도 사라졌다 나타나는 것을 반복했다. 달빛이 빛을 거두어가듯 그녀의 몸을 거둬 가고 있었다. 라야가 말했다.

"죽지 마요. 죽으면 정말 쫓아가서 죽여버릴 거야."

"어딜 쫓아오겠다는 거야."

아일이 웃으며 머리를 쓰다듬으려는 듯 그녀의 머리 부근을 만졌다. 라야가 다시 입맞춤을 할 것처럼 안겨들었지만 그전에 그의 품에서 빛의 파편으로 산산이 부서졌다. 그녀가 마지막으로 떨구고 간 눈물이 그의 손등으로 흘렀다.

그는 그녀가 사라지고도 꼼짝 않고 그대로 앉아 있었다. 달을 쳐다보는 시선을 내렸다. 손가락이 그녀가 흘리고 간 눈물을 만졌다. 다시 달을 노려보았다. 그녀를 담지 않은 눈이 서늘하게 빛났다.

55

처음엔 공중을 떠다니는 먼지들처럼 보였다.

그것이 무엇인지 유추할 만한 어떤 소리도 들리지 않았다. 사방이 고요하고 어두웠다. 하얀, 어쩌면 푸른, 오렌지 빛 같기도 한 입자들이 공중을 떠돌았다. 낡은 창고의 문을 열 때. 오래된 책의 책장을 넘길 때. 봄이 와 겨우내 한 번도 걷지 않았던 커튼을 열어젖힐 때. 그럴 때 볼 수 있는 자욱한 먼지. 아니지, 그것보다는…….

그래, 우주처럼 보였다.

별들은 점점 빠르게 움직이고, 주위를 돌더니, 망토에 달라붙어, 아, 그때 망토를 입은 걸 알아챘다. 그 순간 소리가 밀려들었다. 눈보라가 휘몰아쳤다.

"이런!"

비명을 지른다고 입을 벌리자 눈 깜짝할 사이에 입속에 눈이 쌓였다. 두꺼운 외투를 입고 있음에도 차가운 바람이 속을 파고들었다. 뇌까지 얼어붙는 추위였다. 이가 닥닥 부딪쳤다. 발을 내딛을 때마다 땅에 닿는 순간의 반작용으로 온몸이 떨려왔다.

지은은 팔짱을 끼고 양손을 겨드랑이에 넣은 채 힘겹게 앞으로 나아갔다. 지금까지 겪은 중에 최고로 험한 장소였다. 물론 꿈에서.

그럼에도 불구하고 걸어 나갔다.

그녀는 아무리 더워도 추워도 멈춰 있지는 않았다. 그게 꿈이라도.

마음속 버킷 리스트에서 '남극 가서 오로라 보기' 항목을 지웠다. 처음엔 '남극 가서' 부분에 줄을 그었다. 오로라는 알래스카나 캐나다에 가서도 볼 수 있으니까. 그런데 방금 전에 '오로라 보기'도 지웠다. 이제 추운 건 질색이다. 아주 질색이다. 망할, 완전 질색이다! 난 이렇게 추운 지방엔 가본 적도 없다고!

"이…… 망할 놈의 바람!"

지은이 하늘을 향해 소리쳤다.

그 순간 몸이 균형을 잃었다. 나아가는 발이 빙판에 미끄러지면서 엉덩방아를 찧었다. 엉치뼈에서 척추를 타고 찌르르한 통증이 올라왔다. 너무 아파 소리도 못 내고 입을 벌리고 있으니 또 입속으로 눈이 들어와 쌓였다.

버둥거리며 겨우 일어나 앉았다. 뒤 허리를 짚고서 양 무릎을 꿇고 앉았다. 얼어붙은 코트 자락이 몸에 휘감겼다. 지독한 바람이었다. 바람은 아까 그녀의 욕설이 마음에 들지 않는 게 분명했다. 하나로 길게 땋은 머리가 바람에 휘날리며 얼굴을 마구 때렸다.

"으아아아아!"

동굴 홀에 발을 딛자마자, 어김없이 종유석이 머리 위로 떨어졌다.

지은은 주먹에 힘을 실어 종유석을 후려쳤다. 이미 단단히 마음을 먹고 발을 내린 터였다. 그녀의 주먹에도 거대한 종유석이 산산조각 났다. 바위 파편들이 시원스럽게 얼굴을 쳤다. 빵 부스러기의 감촉과 다를 바 없었다. 꿈이니까 가능했다. 강한 사람이 된 것 같아 허리가 절로 펴졌다.

한동안 복싱 게임을 했었다. 현실에선 엉거주춤한 자세였지만 꿈에선 복싱 선수처럼 멋진 자세를 하고 있었다.

게임 속 여주인공처럼 땋은 머리를 휘날리며, 연이어 쏟아지는 종유석들을 하나하나 주먹으로 박살 냈다. 쌓인 스트레스를 풀 샌드백으로 안성맞춤이었다.

가벼운 타격에도 지은의 몸집보다 큰 바위가 잘게 조각났다. 가장 큰 조각이 라야의 발치까지 튕겨나갔다. 라야가 돌 조각을 내려다보았다가 지은을 쳐다보았다. 지은이 의기양양하게 손가락질을 하며 라야를 가리켰다.

"봤어?"

라야는 놀랍다는 듯이 팔짱을 끼며, 입꼬리를 올렸다. 지은은 그제야 꿈의 주인 자리를 되찾은 기분이 들었다. 외투를 벗어 던지자, 몸이 가벼워졌다. 검지와 중지를 붙인 것을 펴 라야를 겨냥했다.

"그동안 얌전히 당해주니까 내가 아주 만만하지?"

그리고 손가락을 까닥거렸다.

"덤벼."

지은의 도발에 라야가 팔짱을 풀었다. 어느새 라야의 오른손에 단검이 들려 있었다. 지은이 손바닥을 펼쳤다.

"어, 그건 반칙인데."

라야는 슬쩍 봐도 멋들어진 자세를 잡아 보였다. 표정은 단단하고 다리는 힘 있게 뻗어 있었다. 단검의 면이 살벌한 빛으로 번뜩였다. 지은은 본능적으로 주춤 물러섰다가, 다시 등을 쭉 펴고 섰다.

"네가 아무리 꿈에서 날 공격해도, 악담을 퍼부어도 결국 난 꿈에서 깰 거야."

지은의 눈동자에 의연한 빛이 고였다.

"넌 거기까지 날 쫓아올 수 없어. 그동안은 네가 꿈 밖까지 날 쫓아왔지만 그것도 내가 널 데려갔기 때문에 그럴 수 있었어. 내가 그러려고 하지 않으면 넌 날 쫓아올 수 없어."

라야가 자세를 풀었다.

"오늘은 강하게 나오네?"

지은이 미소 지었다.

"난 날 미워하는 사람들이 원하는 대로 되어줄 생각이 없는 사람이야. 좋은 방향으로 삐뚤어졌지."

지은은 겁먹은 적이 없다는 걸 보여주려는 듯 앞으로 나섰다. 여유 있는 걸음걸이를 하려고 신경 쓰며 적당한 보폭으로 천천히 걸어와 라야 앞에 섰다. 라야는 여전히 검을 든 채였다. 지은이 검을 슬쩍 내려다보며 말했다.

"망할 악몽을 꾸면서 건진 게 있지."

라야의 입술에 살짝 움직임이 있었다. 미소를 지을락 말락 하고 있었다. 그녀가 고개를 어깨 쪽으로 기울였다. 말해봐, 라고 하는 듯했다.

"난 지금까지 수면 장애 같은 걸 경험해본 적이 없단 말이야? 잠을 잘 자는 편이지. 그래서 정현 씨가 어릴 때 악몽 때문에 고생했다고 말해도 막연히 아, 잠을 못 자서 힘들었겠구나, 생각하는 정도였거든? 그런데 경험해보니까 얼마나 괴로운지 알겠더라고. 흑, 불쌍한 내 남자."

지은이 두 손으로 몸을 감싸 안는 연기를 해 보였다. 사실 꿈에서 자신을 상대로 마음을 연기한다는 게 이상하다는 생각도 들었다. 아니나 다를까, 라야가 이상한 표정을 지어 보였다. 지은은 민망해져서 주먹으로 입술을 누르고 헛기침을 했다.

"정현 씨와의 연결점이 늘어난 것 같아서 이제 악몽도 나쁘지만은 않아."

"이 정도면 낙천적인 게 아니라 어디 나사가 한 군데 빠졌다고 봐야겠네."

라야의 비아냥을 무시하고 지은이 말했다.

"내 남자의 전 여친이 엄청난 미인이라면 그가 그녀와 날 비교할까 봐 걱정되는 것도 당연하잖아? 그래서 정현 씨한테 잠결에 짜증까지 부렸어. 정현 씨 잘못도 아닌데."

"그놈의 내 남자 소리는 날 화나게 하려고 일부러 그러는 거야?"

라야가 무표정하게 말했다.

"그런 의도는 전혀 없어."

지은이 급히 손을 흔들었다.

"그리고 어제 이런 생각을 하면서 잠이 들었는데, 신기하게 악몽을 꾸지 않았어."

"이것도 악몽이잖아?"

"이건 악몽이 아니야. 악몽이라면 기분이 이렇게 좋을 리 없지. 잠을 잘 자서 그런가 봐."

"지금 이것도 꿈을 꾸는 중이야, 이 이상한 여자야."

순간 지은의 눈동자가 영리한 빛으로 반짝였다. 눈빛에 압도된 듯 라야가 목을 쭉 빼고 몸을 뒤로 물렸다. 지은이 말했다.

"여기, 이 동굴에 오려면 언제나 사막이나 눈밭을 걸어야 해. 오늘은 눈보라까지 쳤어. 세상에, 눈보라라니. 한국에서 눈보라 만나기가 얼마나 힘든데! 참다못해 하늘에 대고 욕을 좀 해줬지. 그러니까 눈보라가 뚝 그쳤어."

지은이 검지를 세워 들었다.

"그때 또 알았지. 아, 널 만나는 꿈은 역시 악몽이 아니다."

지은은 손가락으로 머리를 가볍게 두드렸다.

"난 이게 단순히 내 열등의식이 너란 모습으로 나타나는 거라고 생각했어. 네가 하는 말들도 내가 만들어낸 거고."

자신감이 붙은 목소리가 동굴에 메아리쳤다.

라야는 눈썹을 꿈틀거리더니 도망치듯 홱 돌아섰다. 그리고 거의 무게감이 느껴지지 않는 동작으로 바위 위를 올랐다. 지은이 쫓아가며 말했다.

"어제까지는 그렇게 생각했어. 정현 씨가 죽는 꿈처럼 널 만나는 꿈도 악몽 중 하나일 거라고. 그런데 가만 생각해보니 이 꿈은 꼭 나쁜 꿈만은 아닌 거 같아."

"이 춤 기억나?"

라야가 대뜸 물었다.

단검이 지나는 자리마다 부드러운 음악 소리가 들렸다. 오르골 소리 같기도 하고 오카리나 소리 같기도 했다. 라야의 얼굴엔 자연스러운 미소가 떠올라 있었다. 지은이 꿈에서 본 라야의 모습 중 가장 아름답고 가장 진실되어 보였다. 라야가 바위 위 공간을 넓게 사용하며 몇 바퀴 돌았다.

"내가 이 춤을 추는 걸 보고 그가 내게 반했지."

뻐기는 말투는 아니었다. 지은을 도발하려는 의도도 없어 보였다.

지은이 물었다.

"그가 그렇게 말했어?"

"응. 그가 그렇게 말했어."

"언제?"

"우리가 가장 행복했을 때."

라야의 목소리에 물기가 배어들었다.

"그런 말을 할 남자로 보이지는 않던데."

비아냥댈 의도는 없었다.

라야가 단검을 내리고 지은을 내려다보았다.

"그는 언제나 다정했어. 말수가 점점 늘어났다 뿐이지. 그러면서 둥근 말도 하고 다정한 말도 하고 솔직한 말도 하는 거야. 아일과 난 말싸움을 하면서 친해졌지."

"그건 꿈에서 본 거 같아. 어, 그러고 보니 처음 만났던 날 나도 정현 씨와 다퉜어."

라야가 여동생을 쳐다보듯 따뜻한 눈길로 지은을 보았다. 지은이 말했다.

"전생이니 뭐니 이상한 소리를 하는 남자라고 생각했거든."

라야는 면적이 넓은 편편한 바위 위에서 춤을 췄다. 하얀 잠옷이 바람에 흔들리는 나뭇잎처럼 거슬림 없이 배경에 동화됐다. 바람을 눈으로 보고 있다는 생각이 들었다.

지은은 돌바닥에 양반다리를 하고 앉았다. 앉아 있는 자리에서 라야의 멋진 다리를 더 자세히 볼 수 있었다.

"네 다리가 마음에 들어."

지은이 불쑥 말했다.

라야가 소리 내 웃었다. 그러고는 춤을 멈추고 바위에서 뛰어내렸다. 따스한 바람이 불어와 지은의 얼굴을 쓰다듬었다. 얼었던 몸이 녹는 듯했다.

라야는 지은 앞에 웅크리고 앉아 양손을 주먹 쥐어 턱 아래 괴었다.

"난 네 눈썹이 마음에 들어."

라야가 말했다. 지은이 오른쪽 눈썹을 만졌다. 라야가 중지로 지은의 왼쪽 눈썹을 매만지며 말을 이었다.

"이상적인 아치형이야."

"몰랐네. 그냥 대충 손질한 건데."

지은이 중얼거렸다.

"내 취향이 반영된 걸지도 모르지."

라야가 하얀 이를 보이며 웃었다. 지은은 라야의 초록 눈을 바로 응시했다.

"네가 내가 모르는 이야기를 하는 게 좋아. 어쩌면 내가 떠올리지 못하는 기억일 수도 있잖아? 무의식이 꿈으로 나타나는 거지."

지은의 추리에 라야는 가타부타 말도 없이 일어섰다. 지은이 눈으로 라야를 쫓아가며 말했다.

"내가 꿈에서 깬 뒤에 어떻게 할 건지 얘기해줄게. 일어나서 여기서 들은 말들을 메모할 거야. 아무래도 좀 있으면 잊어버릴 거 같으니까."

라야는 가벼운 동작으로 높은 바위로 뛰어올랐다. 지은도 일어섰다. 라야가 왠지 모르게 슬퍼 보이는 표정으로 잠시 지은을 바라보았다.

라야가 지은에게 손을 내밀었다. 지은은 잠시 망설였다가 그 손을 잡았다. 바위에 한 발을 올린 채 낑낑대고 있으니, 라야가 힘을 주어 지은을 잡아당겼다. 라야의 팔에 의지해 나머지 다리도 바위 위로 올라왔다. 지은이 손을 탁탁 털고 말했다.

"그리고 네게서 들은 이야기를 정현 씨한테 해줄 생각이야. 정현 씨는 기억하지 않아도 된다고 했지만 좋아할 거란 데 내 점심 푸딩을 걸 수도 있어. 또 내가 모르는 이야기를 해봐."

"꿈 깨."

"그러지 말고 좀 더 얘기해줘."

"아니. 꿈에서 깨라고."

그렇게 말하고 라야는 팔을 뻗어 지은의 가슴을 확 밀쳤다. 지은은 바위에서 떨어졌다.

"오렌지 케이크 두 개 포장 맞으시죠?"

점원이 주문을 확인했다. 지은은 카운터에 붙어 서서 고개를 끄덕였다. 점원이 냉장고 쪽으로 허리를 숙였다.

"딱 두 개 남았어요."

"낮인데 벌써 다 팔린 건가요?"

지은은 카운터에 더 바싹 붙어, 점원이 케이크를 냉장고에서 꺼내는 것을 지켜보았다.

"요즘은 점심시간 지나면 거의 다 팔려요. 유명한 블로그에 올랐다고 하더라고요. 블로그 보고 오셨어요?"

"아니요. 친구가 맛있다고 해서요."

"시식해보세요."

점원이 포장 상자를 조립하다 말고 시식 케이크가 담긴 쟁반을 내밀었다. 지은은 시식치고는 큼직한 크기의 케이크를 집어 입에 넣었다. 입술에 묻은 크림을 혀로 핥았다. 감동적인 맛이었다. 가게를 알려준 선예에게 고마워지고 동생들이 생각나고 부모님이 생각나고 정현이 생각나는 맛이었다.

"맛있는데요?"

"엄청 맛있죠. 제가 이 케이크를 맛본 뒤에 프랑스 유학 준비를 때려치우고 여기서 일하기로 했다면 믿으시겠어요?"

"가까운 곳에 답이 있었다?"

지은이 꾸밈없이 말했다. 점원이 씩 웃고서는 마지막 남은 시식 케이크도 마저 먹으라고 권했다. 지은은 사양하지 않았다. 마지막 케이크 조각을 입에 넣으려다 멈추고 지은이 말했다.

"모르시겠지만, 전 그보다 더한 이야기도 믿는 사람이에요."

입에 케이크를 넣고 휴대전화를 보았다. 친구들과 점심 먹고 간다는 문자를 정현에게 보냈는데 문자를 확인한 흔적이 없었다. 당연히 답장도 없고, 전화도 받지 않았다.

'주말이라고 늦잠을 자나?'

가게 문이 열리는 기척이 나고, 자동차들이 빗속을 달리는 소리가 들려왔다.

"오렌지 케이크 다 팔린 건가요?"

지은이 뒤를 돌아보았다. 중년 남자가 가게 문을 열고 들어와 빈 냉장고를 보고 있었다. 남자는 우산을 접어 우산꽂이에 넣고는 가죽 장갑을 벗어 들었다.

분위기 있는 남자였다. 표정은 동년배의 중년 남자들처럼 노곤했지만 눈은 젊은이처럼 강렬했다. 차갑거나 냉정한 눈빛은 아니었다. 오히려 온화했다. 잘생겼는데 경박하지 않고 묵직한 분위기가 낯설지 않다. 그런 일련의 느낌들이 왠지 익숙했다. 남자가 다시 빈 냉장고를 보았다가 지은을 스치듯 쳐다보고 점원을 보았다. 그러다가 또다시 지은에게 눈을 돌려 시선을 고정했다. 지은은 남자가 낯이 익다고 생각했다.

어디서 봤지? 회사에서 봤나? 회사에서 잘생긴 남자는 희귀하다. 잘생긴 중년남은 더욱 희귀하다. 그럼, 정현을 찾아온 손님들 중에 있었던가? 낯이 무척 익다. 분명 아는 사람이다. 위험한 사람은 아니다. 이 사람을 만난 적이 있다. 많이 만난 것은 아니다. 몇 번 정도. 그러니까, 대체 어디서?

남자의 표정이 변화하는 걸 봐서 그도 '아는 얼굴인데? 어디서 봤지?'의 과정을 거치고 있는 듯했다. 지은이 조금 더 빨랐다. 생각이 남과 동시에 90도로 몸을 숙이고 인사했다.

"안녕하세요, 아저씨."

그녀가 명훈을 마지막으로 봤을 때 그는 단지 아버지의 친구인 '아저씨'였다. 지금은 아버지의 친구고, 사장의 아버지고, 사귀는 남자의 아버지가 되었다. 현재도 아저씨라는 호칭이 맞는 걸까?

명훈이 고개를 갸웃했다. 정현이 나이를 더 먹으면 어떤 얼굴이 될지 짐작케 해주는 얼굴이었다. 지은은 표정에 신경을 쓰며 미소를 지었다. 오늘 옷을 어떻게 입었더라?

"아, 그래. 어떻게 여기서 만나네."

명훈이 지은을 기억해내고는 금방 알아채지 못한 게 미안하다는 표정을 했다. 그리고 멋진 미소를 지어 보였다.

딸랑. 가게 문이 열리고 다시 종소리가 났다.

"왜 그러고 있어요?"

가게로 들어온 중년 여성이 명훈에게 말했다.

"케이크 다 팔렸나 봐."

여성과 함께 들어온 어린 남자가 여성의 말을 받았다. 어린 남자는 고등학생쯤으로 보였다. 정현이 좀 더 여린 얼굴선을 가진다면 저런 얼굴을 하고 있을 것 같았다.

지은은 속으로 신음했다. 언젠가 봐서 낯이 익은 정현의 어머니와, 정현의 동생으로 추정되는 인물이 명훈의 곁에 와 섰다. 지은은 다시 한번 옷매무새를 점검했다.

점원이 케이크 상자에 리본을 감으며, 새로 온 손님들에게 양해를 구했다.

"어쩌죠. 케이크가 다 팔렸어요. 죄송합니다."

지은이 두 개의 상자를 겹쳐 들고 정현의 가족을 돌아보았다. 시영이 남편을 쳐다보던 눈을 돌려 지은을 보았다.

눈이 마주치고 정식으로 대면했다고 할 수 있는 순간, 살가운 성격의 두 여자는 반사적으로 마주 웃었다. 지은은, 웃을 때 시영의 눈가와 입가에 잡히는 주름을 보았다. 아름다운 주름이었다. 모나지 않은 성격의 여성이 나이 듦을 거스르지 않고 행복한 마음으로 늙어간다면 저런 주름을 가지게 될 것 같았다. 나이를 먹는 것을 피할 수 없고 주름이 지는 것도 막을 수 없다면 저런 주름을 가지고 싶다는 생각을 했다. 지은이 말했다.

"케이크…… 하나 가져가실래요?"

빗소리가 철망을 쳤다.

희미하게 눈을 떴지만 초점을 맞추기 어려웠다. 바깥 창문이 열려 있어 안쪽으로 비가 들어오고 있었다. 창가 아래 책상에 놓여 있는 허브 화분까지 빗물이 튀었다. 지은이 놓고 간 화분이었다. 빗물에 허브의 줄기가 흔들리는 것을 한참 보고 있었다. 그러다 다시 정신을 잃었다.

정현은 그 뒤로도 네 번을 더 깼다가 다시 잠들었다. 어쩌면 그보다 더 많이.

꿈속에서 당한 고문으로 전신이 두들겨 맞은 것처럼 아팠다. 팔다리가 욱신거리거나 두통을 느끼며 일어나는 건 그나마 나았다. 갈비뼈가 부러져 내장에 박힌 것 같은 고통은 깨어 있는 채로 미쳐버리는 줄 알았다. 숨쉬기가 버거워 모로 누운 채 호흡을 되돌리는 데 집중했다. 몸을 웅크리고 잘 쉬어지지 않는 숨을 가늘게 내뱉다가 몇 분이 지나니 호흡이 한결 편안해졌다. 목으로 땀이 흐르는 것이 느껴졌다.

차라리 일어나면 좋았겠지만 약 기운 때문에 자꾸 꿈속으로 끌려들어 갔다. 그래서 기절하듯 다시 잠들었다. 그리고 그가 기억하기로 다섯 번째 눈을 떴을 때, 그녀가 눈앞에 있었다.

어둠 속에서, 지은이 그를 내려다보고 있었다.

사실 악몽에서 깨자마자 세상에서 가장 아름답다고 생각하는 눈과 마주하는 건, 그것도 바로 눈앞에서, 코가 스칠 정도로 가까운 거리에서 마주하는 건 호흡을 되돌리는 데 별 도움이 되지 못한다. 숨이 틀어막혔다.

"자고 있는데⋯⋯."

정현이 크게 떴던 눈을 힘없이 감았다.

"이렇게 가까이 붙지 마."

지은은 그의 얼굴에서 3센티 정도 떨어진 곳에 얼굴을 두고 있었다. 침대 위에 무릎을 꿇고서 그의 자는 얼굴을 들여다보는 중이었다. 깨울 생각은 없었다. 요즘 그의 스케줄을 생각한다면 휴일은 데이트보다 체력을 회복하는 데 써야 했다. 그래서 처음엔 깊이 자고 있는 줄 알았다. 앓는 소리를 듣기 전만 해도.

지은이 허리를 펴고 앉았다.

"너무 오래 자고 있으니까 걱정돼서 잘 자고 있나 봤어요. 어디 아파요?"

그가 팔을 들어 눈을 가렸다. 방어적인 몸짓.

"아니."

그가 한숨 같은 목소리로 대답했다.

"그럼, 악몽 꾼 거예요?"

그의 가슴이 느리게 두 번 들썩였다. 그는 평소 대답 앞에 쉼을 그리 길게 두지 않았다. 그가 말없이 있으면 대부분의 상대는 불안에 빠지고, 긴장한 나머지 시선을 돌리고, 헛소리를 하고, 손을 불안하게 움직이는 등의 행동을 하기 때문에 그는 필요 이상으로 대답을 길게 끌지 않았다. 그런 그가 조용히 있었다. 지은이 불안에 빠지기 직전, 그가 말했다.

"저번에 말했잖아. 내가 자고 있을 때 가까이 오면 안 된다고."

지은이 눈을 끔벅였다.

"요즘엔 악몽 안 꾼다지 않았어요?"

또 대답이 없다.

굳이 전등을 켜 그의 얼굴을 들여다보지 않아도 목소리에 피로한 기색이 완연했다. 땀에 젖은 셔츠가 살갗에 살짝 붙어 있었다. 눈을 감고서 무방비 상태로 숨을 고르고 있는 모습이 연약해 보일 지경이었다. 맙소사, 그가 연약해 보인다고? 지은은 눈을 살짝 크게 뜨고 몸을 숙여 그의 이마를 짚었다. 그런 접촉에도 고통을 느낀다는 것처럼 정현이 몸을 흠칫 떨었다. 이마가 축축했다.

"열이 장난 아닌데요? 그냥 몸이 뜨거운 건가?"

지은은 호들갑 떨지 않았다. 두 동생이 아플 때 부모 대신 그들을 챙겼던 그녀다.

"체온계 어디다 뒀는지 알아요?"

그는 또 대꾸가 없었고, 그의 가슴만 세 번 정도 오르내렸다.

"티셔츠도 다 젖었어요. 무슨 꿈을 꾼 거예요? 수영장에 옷 입은 채로 뛰어드는 꿈?"

"하. 재밌네."

목소리는 하나도 재미없어 보였다.

"옷 갈아입어요. 나랑 나란히 병가를 내고 싶지 않으면."

그가 눈을 덮고 있던 팔을 들어 이마를 짚고 있는 지은의 손을 잡아 내렸다. 그리고 반대쪽으로 고개를 돌려 협탁 위에 놓인 전자시계를 보았다. 15:15.

한숨을 쉬지 않고는 말을 뱉기가 힘든 건지 그가 또 깊이 숨을 몰아쉬었다. 지은이 물었다.

"오늘 나 기분 좋아 보이지 않아요?"

정현은 누운 채로 그녀를 올려다보았다. 어두워서 잘 보이지도 않았다. 밝은 기색만은 느껴졌다. 그는 눈이 어둠에 익숙해질 때까지 기다렸다.

"응, 좋아 보여."

"어제 잠을 잘 잤거든요."

"……다행이네."

지은은 정현의 눈을 들여다보았다. 죽음을 여러 번 되짚은 눈이 깊고 새까맸다. 그가 눈을 한 번 길게 감았다 뜨자, 고통의 흔적도, 마지막 방패였던 냉소의 태도도 깨끗이 사라졌다.

그가 얽혀 있는 손가락을 조심스럽게 움직였다. 손가락 끝으로 그녀의 손등을 간질였다. 지은이 묘한 표정을 지으며 몸을 옴짝거렸다. 그의 갈색 눈동자는 그녀를 어루만질 때처럼 부드러워져 어느새 미소를 던지고 있었다.

"미안. 내가 데리러 가기로 했는데."

"겨우, 평소대로 돌아왔네요."

정현이 한쪽 눈썹을 추켜올렸다.

"내가 어땠는데?"

"꿈에서 누구랑 말다툼이라도 하고 온 거 같던데요?"

그가 상체를 일으키고 앉았다. 지은은 자세를 바꾸어 무릎을 세워 당겨 안았다. 짧은 스커트가 거의 허벅지 끝까지 올라갔다. 정현은 거기에 눈을 두지 않으려고 애를 썼다. 지은은 정현의 침대 위에서는 방심이라는 말로는 부족할 정도로 도발적인 자세를 취하는 경향이 있었다. 지은이 말했다.

"한 방 먹여주고 왔어야 했는데 가운뎃손가락을 세워 보이기 전에 꿈에서 깨서 열 받아 죽겠다는 표정? 그래서 말도 쏘아붙이고."

"내가 말을 쏘아붙였다고?"

"정말 아픈 거 아니면 일어나요. 할 말 있어요."

지은은 손등으로 그의 어깨를 툭 치고 침대를 내려갔다. 그리고 방문을 열어놓고 거실로 나갔다. 정현이 고개를 빼고 말했다.

"그냥 여기서 얘기하면 안 될까?"

"안 돼요."

지은이 바깥에서 대답하는 소리가 들려왔다.

"왜 안 되는데?"

"내 옷을 벗기려고 하고 있잖아요."

"텔레파시로? 방금 지은 씨 입으로 내가 열이 높다고 했던 거 기억해?"

"그러니까요. 그런데도 굳이 그래야겠어요? 결백하다면 빨리 나와요."

정현이 이불을 걷으며 침대 아래로 발을 내렸다.

"결백하진 않지만 나가지."

일어서는 순간 다리가 풀려 몸이 휘청거렸다. 몸이 말도 못하게 불편했다. 지은이 방을 나간 게 다행이란 생각이 들었다. 어지럼증이 가라앉을 때까지 침대를 짚고 서 있다가 천천히 걸음을 뗐다.

정현은 보기 좋지 않은 모양새로 주저앉기 전에 얼른 아일랜드 식탁에 가 앉았다. 쓰러지는 것과 비슷하게 스툴에 착지했다. 싱크대 쪽으로 돌아서 있던 지은이 크림이 묻은 손가락을 입에 물며 돌아섰다. 손목에 붕대가 감겨 있어 여전히 불안한 느낌인 오른손은 접시를 들고 있었다. 지은이 케이크 조각이 담긴 접시를 그의 앞에 놓았다.

"오렌지 케이크예요."

"그래, 오렌지가 위에 놓여 있네."

정현이 시답잖은 농담을 했다. 지은은 다시 싱크대 쪽으로 몸을 돌렸다.

정현은 포크를 들고 잠시 오렌지를 바라보았다. 지금 자신의 위가 케이크를 순순히 들여보내줄지 의심스러웠다. 비 때문에 거실도, 부엌도 어둑했다. 아일랜드 식탁 위의 전등 빛이 오렌지 위에 시럽처럼 흘러 내렸다. 그의 손이 포크를 놓치면서 포크가 접시에 가볍게 부딪쳤다. 쨍그랑. 작은 소리지만 몸을 움찔했고, 그 순간 생각났다.

약통.

정현은 조용히 눈을 굴려 약통을 찾아 식탁 위를 살폈다. 식탁 구석에 하얀 플라스틱 약통이 있었다. 지은이 보기 전에 몸을 뻗어 약통을 집었다. 그것을 숨기려고 식탁 밑 서랍을 반쯤 열었을 때, 지은이 몸을 돌렸다. 그는 약통을 쥔 왼손을 식탁 아래로 내렸다.

지은이 정현의 접시를 보고 말했다.

"내가 만든 거 아니니까 안심하고 먹어요."

"아."

위가 정말 안심했다는 듯이 꼬르륵 소리를 냈다.

그는 포크로 케이크를 콩알만큼 떠서 입에 물었다. 맛을 느낄 수가 없었다. 혀에 도는 쓴맛은 약 때문인 거 같았다. 지은이 접시에 자기 몫의 케이크를 담아 들고 맞은편에 와 앉았다. 그리고 멍하니 포크 끝을 물고만 있는 정현을 깨우려는 듯이 조금 높은 톤으로 말했다.

"이거 진짜 맛있는 거예요. 맛집 블로그에서 요즘 난리 났대요. 그래서 사 온 건 아니지만. 사실 긴가민가하면서 두 개 샀거든요. 그런데 시식해보니까 정말 맛있는 거예요. 오죽하면 살아 있길 잘했다는 생각이 들더라니까요. 아, 어제 죽었더라면 이 맛있는 걸 못 먹었겠지."

정현이 내려뜨고 있던 눈을 들었다.

"과격한 칭찬이네."

지은이 손을 내저으며 눈웃음을 쳤다.

"표현하자면 그렇다고요. 잠도 잘 못 자고 난생처음 앰뷸런스도 타고 요즘 일진이 사납다고 생각했거든요. 그런데 이걸 먹고……."

지은이 포크로 케이크를 가리켰다.

"맛있는 걸 먹으면서 사랑하는 사람들을 떠올릴 수 있다는 건 행복한 일이란 생각이 들었어요."

정현은 미동도 없었다. 하지만 지은은 순간 그의 눈에 벼락이 치는 걸 놓치지 않았다. 그는 지은의 눈을 응시한 채로 굳어버린 것 같았다. 지은은 포크로 케이크를 푹 찍어 큰 조각을 만들었다. 그리고 입에 넣고 한참을 우물거리다가 다 먹은 뒤에 말했다.

"또 그런 표정이네요."

그가 마법에서 풀린 듯 몸을 살짝 움직였다. 그리고 오른 팔꿈치를 식탁에 올리고 케이크를 먹기 시작했다.

"어떤 표정인데?"

"뭔가 생각나는 게 있는데 내가 신경 쓸까 봐 말하지 못하는 표정이요. 비슷한 말을 들은 적이 있나 보죠? ……과거에?"

지은은 아무렇지 않게 물었다. 실제로 아무렇지도 않았다. 그 사실에 지은은 놀라고 있었다. 라야에 대한 감정이 하루 사이에 변화한 것을 느꼈다.

"할 말이 뭐야? 할 말 있댔잖아."

정현이 말을 돌렸다. 지은도 더 이상 물고 늘어지고 싶지 않았다.

"오늘 여기 오면서 누굴 만났는지 알아요? 맞혀봐요."

정현이 식탁 가장자리에 놓인 달력에 눈길을 주면서 대답했다.

"글쎄. 산타 할아버지?"

"하. 재밌네요."

지은이 아까 정현의 말투를 흉내 냈다. 정현이 케이크를 내려다보며 기운 빠진 목소리를 냈다.

"누군지 모르겠어. 그냥 말해."

"악몽에 시달리면 의욕도 사라지나 봐요? 아…… 나도 그랬다. 기운 좀 내봐요. 케이크가 싫으면 볶음밥 해줄까요? 김치찌개?"

정현이 포크로 오렌지를 뒤집으며 웃음을 흘렸다. 긍정의 뜻으로 알아듣고 지은이 일어섰다. 정현은 왼손을 올리려다 멈칫했다. 그리고 오른손을 뻗어 지은의 팔을 붙잡았다.

"괜찮아. 그냥 있어. 이거 먹으면 돼."

지은이 앉아서 말했다.

"볶음밥은 잘하는데."

"알아. 볶음밥은 잘하는 거."

볶음밥만 잘한다. 정현은 조사에 강세를 두지 않으려고 신경 썼다. 지은은 두 팔을 테이블에 얹고 싱글거리는 얼굴을 했다.

"오늘 지하철을 탔거든요. 병원 들렀다가 온다고."

"아, 그래. 병원. 같이 가려고 했는데 미안해. 의사가 뭐래?"

"나처럼 회복력 좋은 환자는 처음 본다고 자리 차지하고 있지 말고 빨리 꺼지래요. 그건 중요한 게 아니고. 지하철역을 나오는데 준성이랑 딱 마주친 거예요. 약속도 안 했는데! 신기하죠? 소개팅하고 오는 길이랬어요. 소개팅 끝난 시간으로 봐서 말은 안 하지만 잘 안 됐나 봐요. 그래서 같이 점심 먹어준다고 계단 올라가는데 거기서 선예를 만난 거 있죠?"

"세상 참 좁네."

"에이, 정현 씨가 그렇게 말하면 안 되죠. 세상이 좁은 게 아니라 우리가 인연이라 그런 거죠. 음…… 고등학교 때 이런 일이 있었어요. 체육 시간에 준성이가 장난으로 배구공을 제 쪽으로 굴린 거예요."

준성, 선예와 점심을 같이 먹으면서 나온 이야기였다. 준성과 지은이 아옹다옹하는 소리를 웃으면서 듣고 있던 선예가 말했다. 정현에게 고등학교 때 일을 얘기해주면 아마 그가 좋아 죽으려고 할 거라고. 진짜 그런지 정현은 집중력 있게 지은의 말을 듣고 있었다.

"준성이 말로는 그냥 웃기게 넘어지게 하려던 거였다는데 제가 공을 잘못 밟았죠. 그래서 요란하게 넘어졌어요. 아마 좀 웃기기도 했을 거예요. 애들이 처음엔 웃었으니까. 그때에도 오른쪽 손목을 다쳤어요. 무릎도 까지고. 아직도 이해가 안 돼요. 준성이 녀석, 왜 그런 짓을 했을까요?"

"그 나이대 남자들은 섹스 생각으로 열 시간, 멍청한 생각으로 일곱 시간을 보내니까. 그때가 마침 멍청한 생각을 하는 시간이었나 보지."

"나머지 일곱 시간은요?"

"수면. 섹스 하는 꿈과 멍청한 꿈을 꾸면서."

"정현 씨도 그랬어요?"

정현은 입을 다물었다. 눈을 두 번 깜박이고 말했다.

"그래."

다시 눈을 한 번 깜박였다.

"그랬어."

지은은 케이크 위의 오렌지를 손가락으로 집어 입에 물었다. 껍질은 벗겨내고 과육만 동그랗게 자른 오렌지였다. 그녀는 그의 말을 이해한다는 것처럼 고개를 천천히 끄덕였다. 오렌지를 삼킨 뒤, 지은이 말했다.

"그 체육 시간 일이 생각나서 준성이한테 말하니까 준성이가 십 년 전 일을 아직도 기억하는 걸 보니 내가 갑자기 전생이 기억난다고 말해도 놀랍지 않을 거 같다고 했어요."

정현은 의도를 알기 힘든, 흐릿한 미소를 지었다. 흐뭇한 건지, 슬픈 건지.

지은은 좋은 쪽으로 생각하기로 했다.

"선예가 이 케이크 집 추천해줬어요. 케이크 집 가는 길에 누굴 만났는지 알아요?"

정현은 지은의 얘기를 듣는 동안 어느새 케이크의 반을 먹었다. 지은이 로또 당첨 발표를 하는 여자처럼 두 손을 펼쳐 벽 쪽을 가리켰다.

"민익 씨를 만났어요. 동명이인 말고 옆집에 살고 있는 민익 씨."

"이번에야말로 놀라운 사람을 만났을 거라 생각했는데. 할리우드 스타라거나."

"놀랍잖아요. 어떻게 거기서 민익 씨를 만나지?"

"내가 예상했던 사람들 중 제일 안 놀라운 사람이야."

"악몽의 여파가 가시지 않았나 보네요. 계속 빈정거리고 있어."

정현은 포크를 내려놓고 허리에 손을 갖다 댔다. 케이크를 먹었는데도 혀에서 쓴맛이 떨어지질 않았다. 사포로 혀를 문댄 것같이 입안에 쇠 맛이 돌았다. 한곳에 집중을 하고 있지 않으면 머리가 다시 꿈속으로 끌려들어가려는 것처럼 어지러웠다. 신경이 곤두서고 속이 불편했다.

지은이 검은 눈을 깜박이는 것이 보였다. 그를 살피는 것처럼 보이기도 하고 단순히 그의 말을 기다리는 것처럼 보이기도 했다. 정현은 가끔 그녀가 어디까지 알고 있는지 궁금했다. 그녀는 의외로 많은 것을 알아 종종 그를 놀라게 했다. 특히 그의 상태에 대해서는.

"아마 학원이 그 근처일 거야."

정현이 조용히 말했다.

"네, 맞아요. 지난주부터 검정고시 학원 다닌다면서요? 정현 씨가 가랬다면서 투덜거리던데 이상하게 기분은 좋아 보였어요. 어디 가냐고 하니까 이렇게 우산이랑 가방을 들어 보이면서 정현 씨가 잔소리가 많네, 잔소리 마왕이네 그러더라고요."

지은은 앉은 채로 몸을 조금 일으키더니 오른손엔 우산을, 왼손엔 가방을 들어 보이던 민익을 흉내 냈다.

"민익 씨랑 얘기하면 재밌어요. 재밌는 사람이야, 민익 씨."

"두 사람이 같이 내 욕을 하니까 재밌겠지."

지은은 평범한 농담처럼 들리는 그의 말에서 겉도는 느낌을 받았다. 그녀를 무시해서가 아니라 그가 한곳에 주의를 기울이지 못하는 듯 보였다.

"케이크 집에 갔는데 누굴 만났는지 알아요?"

"또 남았어? 글쎄, 누굴까. 스칼렛 요한슨?"

"정현 씨 부모님이요. ⋯⋯스칼렛 요한슨 좋아해요?"

정현은 앞서 입을 다물었던 것보다 길게 입을 닫았다.

지은은 정현의 뒤로 보이는 어두운 거실에 잠시 시선을 두었다. 베란다 창문이 빗물로 희뿌옜다. 겨울에 이런 비는 드물다. 정현의 집까지 오는 동안 버스에서 들은 라디오의 일기예보는 이 비 이후로 기온이 많이 내려갈 거라고 했다.

"우리 부모님을 만났다고?"

정현이 물었다. 지은은 잠깐 타이밍을 놓쳤다.

"아, 네. 정현 씨 동생분도 만났어요."

"동생분은 무슨. 규현이야, 이름. 서규현."

정현이 지친 미소를 지어 보였다. 지은은 다시 그를 침대에 데려가 눕히고 싶었다.

"내가 남은 케이크를 다 사버려서 정현 씨 부모님이 케이크를 못 사셨어요."

"거참 신기하네. 그래, 이건 신기해. 어떻게 거기서 만나지?"

"그래서 내가 산 케이크를 하나 드렸어요. 자꾸 케이크 값을 주려고 하셔서 사양했더니 차를 사주겠다고 하셔서……."

"우리 부모님이랑 차를 마셨다고?"

"아니요. 그전에 도망쳤어요. 나 혼자 쑥스럽잖아요. 오늘 화장도 거의 안 했는데."

지은이 두 손으로 뺨을 살짝 감쌌다.

"첫 인사는 정식으로 제대로 해야죠. 오늘은 스커트도 너무 짧고 팔에 붕대도 감고 있고, 웃기잖아요. 부모님한테 우리 사귄다고 말씀드렸어요?"

"했어. 얼마 전에."

지은은 그녀의 말이 길어질수록 정현의 말이 짧아진다는 생각을 했다.

"월요일 출근하지?"

그가 물었다.

"네. 그런데 얼굴이 많이 안 좋아 보여요. 좀 더 자는 게 어때요? 옆에 있을게요."

그가 피곤이 덕지덕지 붙은 웃음을 흘렸다.

"반나절 넘게 잤는데?"

그리고 악몽에 반나절 넘게 시달렸지.

지은이 얼굴을 들이밀어 그의 숨을 잠시 끊어놓지 않았더라면 하루 종일 악몽에 빠져 있었을 것이다.

정현은 오른손으로 이마를 짚었다. 지은은 그녀의 눈이 볼 수 없는 곳에서 올라올 생각을 않는, 그의 왼손이 있을 법한 그쯤을 흘깃 쳐다보았다. 그의 왼손이 조금 전부터 부자연스럽게 내려져 있었다.

지은이 말했다.

"케이크 집에서 여기까지 오는데 또 누구를 만난 줄 알아요?"

"또? 지구라도 한 바퀴 돌고 온 거야?"

"안 교수님이요."

정현이 고개를 들었다. 두 사람은 서로를 쳐다보았다.

지은은 이 말을 오늘 겪은 우연한 만남의 연속처럼 해야 할지, 목소리의 톤을 바꾸어 중요한 말처럼 해야 할지 잠시 고민했다.

"한국계 미국인이신데, 한국인 부인이 미국에 발령을 받아서 아예 함께 미국으로 돌아가셨어요. 그때 내가 3학년이었나? 아마 그랬을 거예요. 친하다는 말은 좀 이상하지만 친하게 지낸 교수님이셨어요. 이제 한국에 안 오실 줄 알았는데 오는 길에 만난 거 있죠? 횡단보도 건너다가요!"

정현은 다시 고개를 숙이고 말없이 고개를 몇 번 끄덕였다.

"실리콘밸리에서 디자인 컨설팅 회사를 시작하셨대요. 2년 안에 확실히 자리 잡고 직접 설계랑 브랜딩까지 할 모양이더라고요. 제자들 중에 인터랙티브 디자이너로 미국에서 일하는 데 관심 있는 사람들이 있나 알아보러 들어오셨대요. 아무래도 이쪽은 한국이 또 알아주잖아요. 친척 결혼식에 참석도 하면서 겸사겸사. 저한테도 포폴 내보라고 하셔서 내보려고요."

지은은 남은 케이크를 마저 먹었다. 그리고 시야 안에서, 케이크를 포크로 쿡쿡 찌르던 그의 손이 멈추는 것을 보고 고개를 들었다. 정현의 얼굴을 본 지은은 무심코 자신이 큰 실수를 저질렀나 생각했다.

그는 누가 갑자기 그를 얼음 욕조에 밀어 넣은 것 같은 표정을 하고 있었다. 놀라고 화가 나는데 소리쳐 화를 내기엔 당황스러움이 더 커서 싸늘하게 굳어버린 표정.

그가 얼굴을 굳히고 딱딱하게 말했다.

"대체…… 무슨 소리를 하는 거야?"

지은은 '내가 무슨 소리를 했죠?'라고 대답할 뻔했다.

"무슨 말도 안 되는 소리야. 대체 어딜 가겠다는 거야? 지금 회사를 그만두겠다는 거야?"

그의 표정도 목소리도 너무 차가워서 지은은 살짝 겁이 났다. 선뜻 대답이 나오지 않았다.

지은은 포크를 접시에 얌전히 내려놓고 두 손을 모아 테이블 밑으로 내렸다.

"이건 정말 좋은 기회예요. 그리고 아직 지원은 하지도 않았어요. 이렇게 미리 말하잖아요."

그가 느끼고 있는 피로가 전염된 듯 지은은 난데없이 목이 메어왔다.

그게 아니었다. 그녀는 피곤한 게 아니라 서운한 거였다.

"전 정현 씨가 응원해줄 줄 알았어요."

정현이 마른 미소를 지었다. 화를 내고 싶은데 너무 피곤해서 화를 못 내는 것처럼 보였다.

"네가 날 떠나려고 하는데 그걸 응원하라고? 내가 자해하는 취미라도 있는 미치광이처럼 보여?"

"떠나긴 누가 떠나요. 거기 아예 눌러살 생각 없어요. 정말 좋은 기회고, 경력 쌓이면 돌아와서 경력직으로 이 일 하고 싶어요. 내 전공이잖아요. 진짜 하고 싶었던 일이라고요."

"그럼 면접에서 했던 소리는 뭐야? 지원할 수 있는 분야 중 가장 잘할 수 있는 것을 선택했고 그 선택을 믿기에 더 열정적으로 비서 일을 해나 갈 거라지 않았나?"

그는 정말 머리가 좋다. 지은은 그 와중에도 감탄했다.

"그래놓고 몇 개월도 안 돼서 이직하겠다고? 그것도 특기를 요리라고 했던 것처럼 면접 때 흔히 하는 거짓말 같은 거였나? 난 네가 내 앞에 없 으면 네 생각을 하느라 다른 일에 온전히 집중을 할 수가 없어. 그런데 어딜 가? 미국? 굳이 그 일을 해야겠다면 한국에서 해."

방금 전까지 악몽에 지쳐 골골대던 사람이 말을 쏟아붓고 있었다. 총 알 세례를 받는 사람은 얼어붙어 있거나 정신이 나갈 정도로 발을 바삐 움직여야 했다. 지금 그녀는 얼어붙어 있는 쪽이었다.

한참 후, 지은이 반항조로 중얼거렸다.

"원서 냈는데 다 떨어진 거예요. 머핀 타워 비서 지원은 그 상황에서 할 수 있는 최선이었고요."

너무 작게 말해서 그가 들었는지도 알 수 없었다. 잠시 침묵이 흘렀 다.

정현은 너무 심했나 싶어 그녀를 노려보던 시선을 접었다. 왼손으로 약통을 만지작거렸다. 다시 수면제를 먹고 잠들어버리고 싶었다. 악몽 이고 뭐고 쫓아오지 못하게 아주 푹.

정현이 한숨을 쉬며 변명하듯 말했다.

"다시 만난 지……."

정현은 말을 수정했다.

"우리가 사귄 지 얼마나 됐다고 떨어져 있자는 말이 나와. 네가 내 눈 에 안 보이면 난…… 네가 위험한 상황에 놓이는 건 아닌지, 웬 놈이 집 적거리는 건 아닌지 걱정이 돼서 돌아버리겠어! 네가 디자인팀으로 옮기겠다는 것도 어렵게 받아들인 거야. 그 남자랑 온종일 붙어 있어도, 그래도 내 근처에 있으니까 싫다고 하지 못한 거라고."

"잠깐만, 그 남자라니요? 진오 선배 말이에요? 선배는…… 그냥 선배예요."

"난 그 인간이 싫어."

"사이 좋아 보였는데."

"싫어. 별 이유도 없이 싫다고."

"정현 씨……. 나 한눈 안 팔아요."

지은은 이런 얘기를 하는 게 진짜 웃긴다는 듯이 웃었다. 정현은 오른손까지 내려 두 손으로 약통을 만지작거렸다. 빌어먹을 두통이 더 심해졌다. 망할 수면제를 먹어 곯아떨어지는 편이 덜 괴로울 것 같았다.

정현이 쏘아붙이는 말투로 말했다.

"넌 네가 없는 동안 나한테 다른 여자가 접근할까 봐 걱정되지도 않아?"

지은은 생각에 잠겨 살짝 입을 벌렸다. 그리고 금방 고개를 가로저었다.

"……그다지. 생각해봤는데요, 질투는 결국 내 마음의 문제고, 아무리 생각해도 정현 씨가 바람을 피울 것 같지는 않아요."

정현은 진짜 충격받은 표정이었다. 잠시 뒤 그가 말했다.

"말했잖아. 네가 내 눈에 안 보이면 난 너밖에 생각할 수 없어. 네 생각을 하지 않는 순간이 없다고. 날 미쳐버리게 하고 싶지 않으면 그냥 있어."

"그냥 있어."라는 말이 명령처럼 들렸다. 그가 익숙하게 내리는 명령, 상대는 당연히 받아들여야 하는 명령. 그래서 울컥 반항심이 일었다. 지은이 살짝 인상을 쓰고 말했다.

"싫어요."

정현이 신경질적인 한숨을 쉬었다.

"어떻게 한 번도 순순히 '그래'라고 말하질 않아? 한 번쯤은 쉽게 따라 와줄 수도 있잖아."

"내가 왜 순순히 따라야 하는데요? 정현 씨가 하자고 하면 그냥 알았 어요라고 하라고요? 정현 씨가 결혼하자고 하면 넙죽 그러자고 하고, 좋아한다고 하면 이렇게 감사할 데가 있나, 그러라고요?"

정현이 힘없는 웃음을 터뜨렸다. 기분이 좋아서 웃는 것 같아 보이진 않았다.

"네가 나한테 이러면 안 돼."

그가 씹어뱉듯이 말했다. 지은이 받아쳤다.

"왜 그렇게 못하는데요?"

정현은 지은이 그를 붙잡고 놓아주지 않는 것처럼 그녀의 눈을 응시 했다. 그의 의지로는 눈을 돌릴 수 없다는 듯이 굳은 얼굴로 그녀를 보 았다. 그의 시선에 사로잡힌 것은 그녀인데.

지은은 간신히 입을 열고 침착하게, 천천히 말했다.

"정현 씨…… 나, 정현 씨한테 빚진 거 없어요. 정현 씨가 날 얼마나 사랑하는지 알긴 아는데 나도 그 마음 무작정 받기만 한 거 아니잖아 요."

지은의 눈동자 위로 새까만 빛이 흘렀다.

"정현 씨가 날 오랫동안 기다린 거? 엄밀히 말해서 그거, 한지은, 날 기다린 거 아니잖아. 내가 기다리라고 했어요? 난 기억 안 나요. 정현 씨가 내가 갚아야 할 게 있는 사람처럼 대하는 거 기분 나빠요. 정현 씨 마음대로 기다린 거잖아요. 만약에 내가 다른 남자와 이미 결혼했으면 어떡하려고 했어요? 그때에도 이렇게 나올 셈이었어요? 네가 나한테

이러면 안 된다고?"

지은은 유심히 정현의 얼굴을 살펴보았다.

"진짜 오늘 정현 씨답지 않네요. 정현 씨라면 좀 더 그럴듯하게 설득……."

"너, 날 뭐라고 생각하는 거야?"

지은은 움찔했다.

"네가 기다리라면 기다리고 자자고 하면 자고 난데없이 외국으로 가겠다고 해도 그러라고 하는 게 나다운 거야? 빌어먹을."

너무 우아한 발음이라 욕이 감탄사쯤으로 들렸다. 정현의 눈동자는 그 어느 때보다 투명한 갈색이었다. 욕정으로 혼탁하지도 않고, 걷잡을 수 없는 분노로 흔들리지도 않았다. 그의 눈은 그의 인상을 결정하는 가장 중요한 부분이었고, 덕분에 지은은 오늘에야 그의 본질에 가장 가까운 그를 만난 기분이 들었다.

정현이 일어섰다. 그러고는 주먹으로 식탁을 짚고 몸을 앞으로 천천히 기울였다. 그가 혼잣말하듯 말했다.

"라야와 네가 닮은 점을 못 찾겠다고?"

정현이 이를 보이며 미소 지었다.

"날 이 정도로 엿 먹일 수 있는 여자가 또 있을 리가 없지."

그렇게 말을 던져놓고 그는 반쪽 케이크를 남겨둔 채 방으로 들어가 버렸다. 지은은 반쪽 케이크를 쳐다보았다. 창 밖을 보았다. 싸라기눈이 날리고 있었다.

Part 9.

폭염

더운 여름날이었고, 그날 기온은 그해 최고 기온을 경신했다.

매미 소리 아래로 낡은 자판기가 서 있었다.

남학생은 인근 중학교의 교복을 입고 있었다. 가방의 한쪽 끈을 어깨에서 내리고, 답답해 죽겠다는 듯이 거칠게 푼 넥타이는 가방 안에 쑤셔 넣었다. 자판기 버튼을 들여다보며, 셔츠 단추를 두 개 끌렀다. 하얀 셔츠의 목깃이 땀에 살짝 젖어 있었다. 가슴 주머니에 달린 이름표엔 '서정현'이란 이름이 굴림체로 새겨져 있었다. 갈색 빛이 나는 눈동자는 쩐한 햇빛을 받아 언뜻 금빛처럼 보였다. 나무 그늘 속에 가만히 서 있는데도 이마에서 땀방울이 솟았다. 그의 표정은 무감한 듯 보였지만 사실 열사병으로 쓰러지기 직전이었다. 그는 피곤했다. 빌어먹게 피곤했다.

그는 자판기 버튼을 노려보았다. 별로 좋아하지도 않는 음료수, 이대로 가다가는 집에 도착하기도 전에 죽을 것 같아 주머니에 있는 동전을 탈탈 털어 넣었더니 백 원이 부족하단다.

동전 반환 레버를 돌렸다. 망할! 고장 났잖아!

왼손이 들어가 있는 바지 주머니 안쪽에 지폐가 잡혔다. 그는 하릴없이 자판기 뒤쪽에 있는 동네 슈퍼로 갔다. 문을 오른쪽으로 밀어 열었다. 선풍기 팬 돌아가는 소리가 들리고 먼지 냄새가 났다. 팔십 년대에 진열되어 팔린 적이 없는 것 같은, 먼지 쌓인 과자 봉지를 흘깃 쳐다보고 안쪽으로 들어갔다. 어두운 방 안에서 노파가 선풍기를 틀어놓은 채,

TV도 틀어놓고 자고 있었다.

그가 조심스럽게 노파를 깨웠다.

"저기……."

자판기 앞은 잠시 한가로워졌다. 아지랑이 속으로 갈색 털의 길고양이가 느긋하게 지나갔다. 고양이는 나무 그늘 아래로 가 누웠다.

그 앞으로 인근 중학교, 라고 하기엔 조금 멀리 있는 중학교의 교복을 입은 남학생이 지나갔다. 이름표엔 '장인후'라는 이름이 궁서체로 새겨져 있었다.

자판기 앞을 지나쳤던 그가 뒷걸음질 쳐 되돌아왔다. 그가 자판기를 들여다보았다.

"오늘은 운이 좋네."

그는 자판기에 돈이 있는 것을 보고 주머니를 뒤적거렸다. 아니, 어떻게 백 원짜리 하나가 없을 수가! 동전 반환 레버를 돌렸다. 동전이 나올 리 없었다. 그가 개탄하고 있을 때 누가 말을 걸었다.

"얼마가 부족한데요?"

그가 고개를 돌렸다. 소녀의 말간 얼굴이 가장 먼저 눈에 들어오고, 작은 손이 들고 있는 동전 지갑이 눈에 들어오고, 그녀가 인근 초등학교의 학생일 거란 생각이 뒤따랐다. 여자아이가 환하게 웃으며 동그란 동전 지갑을 열어 보였다.

"동전 빌려줄까요?"

"난 네가 누군지도 모르는데? 빌린 돈을 어떻게 갚지?"

그가 어른인 척 굴며 점잖게 말했다. 여자아이가 똑똑한 말투로 대꾸했다.

"내 이름은 한지은이에요. 나도 목이 마른데 음료수 조금만 줄래요?

그럼 안 갚아도 되잖아요."

중학생과 초등학생은 그러기로 합의했다. 그는 그녀가 내미는 백 원을 받아 동전 투입구에 넣었다. 음료수를 빼내려고 허리를 굽혔던 그가 일어서자 지은이 말했다.

"오빠는 이 동네 살아요? 난 이 동네에 안 살아요. 아빠랑 같이 왔어요. 아빠 친구 집에요."

"안 묻는 얘기를 잘도 하는구나."

인후가 싱긋 웃으며 음료수 캔을 땄다. 그리고 여자아이에게 건넸다. 지은은 두 손으로 캔을 붙잡고 한 모금 마셨다. 인후가 더 마시라는 뜻으로 손을 휘휘 저었다. 지은은 한 모금 더 마셨다.

큰 나무가 그들 위로 그늘을 던졌다. 매미가 울었다.

인후에게 캔을 건네는 소녀는 살가운 미소, 그래서 조금 얼빵해 보이기까지 한 미소를 짓고 있었고, 덕분에 갑자기 매미 소리가 청량하게 느껴졌다. 아스팔트에서 뿜어 나오는 열기가 그리 나쁘지 않았다. 폭염이라면 이 정도는 돼야지 하는 생각까지 들었다. 그 모든 변화가 소녀 때문이란 것을 그가 알 리 없었다. 그냥 귀여운 아이구나 하고 말았다.

"지은아."

자가용이 와 섰다. 조수석에서 소녀의 아버지가 고개를 내밀어 손짓했다. 지은은 한참 어른처럼 보이는 중학생 오빠에게 손을 흔들어 인사를 하고 자동차로 달려갔다. 인후도 소녀가 탄 자동차가 안 보일 때까지 손을 흔들었다. 그리고 자신의 행동이 멋쩍어져서 캔을 입에 붙인 채 그곳을 떠났다.

슈퍼 문이 열리고 지친 표정의 정현이 나왔다.

잠에서 깬 노파는 그의 얼굴을 보더니 '왕년에 나도 꽤 미인이었고 넌

나의 첫사랑과 똑같이 생겼다.'란 이야기를 늘어놓았다. 그는 노파의 슬
픈 첫사랑 이야기가 끝나기를 기다렸다가 말했다. "동전 바꿔주세요."

정현은 자판기 앞에 가 섰다. 동전 투입구에 백 원을 넣으려던 그는
이미 넣어둔 동전이 사라진 것을 알았다.

"망할, 어떤 자식이야."

정말 더운 날이었다.

56

말 그대로, 머핀 타워였다.

제일 하단에는 대형 초코 머핀, 그 위엔 주먹만 한 초코칩이 박힌 분홍색 머핀, 그 위엔 블루베리 머핀, 그 위엔 아마도 치즈 머핀, 그 위엔 녹차 잎이 박혀 있는 걸 봐서 녹차 머핀, 그 위엔 노오란 레몬 머핀, 가장 위엔 연말을 장식하는 레드벨벳머핀이 탑을 쌓고 빨강, 노랑의 전구를 걸친 채 반짝이며 돌아가고 있었다.

지은은 머핀 타워 건물 앞 광장에 서 있었다. 그녀는 연말용 전구로 옷을 갈아입은, 머핀 타워의 상징물을 십 분째 넋 놓고 쳐다보는 중이었다. 입을 헤 벌린 채, 레몬 슬라이스가 박힌 레몬 머핀을 바라보았다. 소문으로는 사내 베이커리 카페에서 먹을 수 있다고 하던데 인기 품목이라 한 번도 먹어보질 못했다.

"한지은 씨."

지은이 몸을 빙글 돌렸다. 인후가 으레 그 사람 좋아 보이는 미소를 띠고, 음료수 캔을 흔들어 보였다. 지은이 음료수 캔을 가리키며 말했다.

"어, 그 음료수. 어릴 때 좋아했는데 언젠가 마시려고 보니 단종됐더라고요."

"새로 나오나 봐요. 저도 반가워서 샀죠."

인후는 사양하는 지은에게 들고 있던 음료수를 건네고 가방에 넣어둔 음료수를 하나 더 꺼냈다. 지은은 음료수를 한 모금 마시고 추억의 맛을 음미한 뒤, 물었다.

"가신 일은 잘되셨나요?"

"네. 정현이 놈…… 대표님이 나라 잃은 지식인 같은 표정으로 앉아 있지만 않았어도 더 빨리 끝났을 텐데. 어쨌든 잘 끝났습니다."

정현이 나라 잃은 지식인 같은 표정을 짓고 있는 이유가 자신 때문인 거 같아서 지은은 빤히 쳐다보는 인후의 눈길을 피했다.

"같이 들어오시는 거 아니었어요? 사장님은요?"

지은이 인후의 뒤쪽을 살피며 물었다. 인후가 입안에 가득 머금은 음료수를 삼키고 빌딩 위쪽으로 눈짓했다.

"전 은행에 일이 있어서 갔다 오고 정현인 한 시간 전에 먼저 복귀했어요."

인후가 손목시계를 보며 덧붙였다.

"같이 들어가죠."

그는 그렇게 말하고 회사 정문 쪽으로 걸었다. 지은이 음료수를 홀짝이며 따라 붙었다. 외부에서 점심을 먹은 직원들이 빠른 걸음 혹은 여유 있는 걸음으로 두 사람 곁을 지나갔다. 인후는 곁눈질로 지은의 눈치를 살폈다. 엘리베이터에 두 사람만 타자 인후가 정면을 보는 채로 말했다.

"금요일에 우리 집에서 저녁 먹기로 한 거 안 잊었죠? 와이프가 지은 씨 보고 싶어 해요."

"저를요?"

"정현이랑 사귄다고 했거든요. 와이프 말이 그렇게 돌부처처럼 굴더니 어린 신입 비서를 건드린 거냐고 하더라고요."

지은이 입을 벌렸다. 인후가 웃음을 터뜨렸다.

"농담이에요. 물론 그런 말을 하긴 했지만, 농담일 겁니다."

그가 웃음을 걷어내고 진지한 목소리로 말을 이었다.

"말할 시간이 없었는데, 지난주에 디자인팀에서 지은 씨 인사이동 문제로 연락 왔어요. 지은 씨가 원한다면 동의한다고 했습니다."

"아, 연락 올 거라고 미리 말씀드렸어야 했는데 죄송해요. 아직 고민 중이라서요."

인후가 손을 저었다. 지은은 재킷 주머니에 넣고 있는 손을 꼼지락거렸다. 조금 전부터 휴대전화에 신경을 기울이고 있었다.

엘리베이터가 5층에 서면서 문이 열려 두 사람은 대화를 멈췄다. 아무도 타지 않은 채 문이 닫혔다. 인후가 말했다.

"지은 씨, 혹시 정현이한테 요즘 무슨 문제 있나요?"

정현은 이곳이 머핀 타워에서 사장이 누릴 수 있는 유일한 특권이라고 말했다.

지은은 '관계자 외 출입 금지'란 팻말이 붙은 비밀스러운 장소의 문 앞에 서 있었다. 주먹을 들어 문 앞에 두었다. 잠시 망설였다. 주말에 정현과 다툰 이후로 그를 대하기가 약간 불편해졌다.

정현은 화가 났다는 걸 제대로 보여주고 있었다. 하지만 모르는 사람이 본다면 그가 화가 났다고는 생각지 못할 것이다.

지은이 문자를 보내면 답장을 주긴 했다. 단답으로. [밥 먹었어요?] [먹었어.]

이건 잘못된 거다! 평소의 그라면 [밥 먹었어요?] [먹었지. 지은 씨는? 동생들이랑 같이 먹었어?]라고 해야 한다.

그는 출근을 해서도, 다른 사람들이 보는 앞에서는 이렇게 말했다. "손목은 괜찮아졌어요? 무리하지 마요."라고.

빌어먹을 인간! 그는 웃는 얼굴로 그녀에게 화를 내고 있었다. 그녀만 느낄 수 있는 방식으로, 그녀만 느낄 수 있는 정도로만.

그와의 감정적 거리가 지금 지은이 서 있는 자리와 정현이 있는 곳만큼 멀어진 듯했다. 서운한 정도가 아니다. 이건 마치…… 있어서는 안될 일인 것 같았다.

감히 내게 거리를 둬? 서정현이? 당신이? 부당하다. 서정현이 한지은을 거절하는 건 부당한 일이란 생각이 들었다. 한 번도 누군가에게 거절당해본 적 없이 사랑만을 받아온 인간처럼 지은은 그가 보여주는 거리감에 부당함을 느끼고 있었다. 부당해!

하지만 그렇다고 해서 그에게 '당신이 나에게 화를 내는 건 있을 수 없는 일이에요.'라고 할 수도 없었다. 이건 "네가 나한테 이러면 안 돼."라고 말한 그에게 그녀가 "왜 그렇게 못하는데요?"라고 말한 복수라고 봐도 무방했다.

아무리 생각해도 자신은 잘못한 게 없지만 화해의 물꼬는 먼저 터보겠다고 생각하며, 지은은 노크를 했다. 안쪽에서 대답이 없자 조용히 문고리를 돌렸다.

방은 도서실만큼 조용했다.

"사장님? ……정현 씨?"

지은이 방 안으로 고개를 내밀고 그를 불렀다. 실내에 피톤치드 향이 감돌았다.

그는 소파에 누워 있었다. 지은은 양탄자 위를 가로질러 발소리를 죽이고 다가갔다. 소파에 한쪽 무릎을 얹고 그의 얼굴을 들여다보려 몸을 세웠다. 정현은 눈을 감고 있었다.

소리를 내지 않으려고 조심스럽게 일어섰다. 정현이 물러나는 지은의 팔을 잡았다.

"그냥 있어."

지친 목소리였다.

지은은 여전히 눈을 감고 있는 그의 옆에 앉았다.

그냥 있어.

토요일부터 그가 "그냥 있어."란 말을 많이 한다는 생각이 들었다. 배려한다고 "그냥 있어."라고 하기도 하고 위압적으로 말하기도 했다. 지금은 애원조로 들렸다.

그녀의 마음을 약하게 만들어서 먼저 사과하게 만들 속셈이라면 효과가 있었다. 마음이 흐물흐물해졌다.

주말 내내 잠을 못 잔 걸까? 안쓰러운 마음이 들게 해서 그녀가 이직하지 못하게 만들 속셈이라면 그것 또한 효과가 있었다. 다시 불면증에 시달리는 그에게 불필요한 스트레스를 안겨준 것 같아 죄책감마저 들었다.

지은은 그녀의 팔을 붙들고 있는 그의 왼손을 내려다보았다. 크고 강하게 느껴지던 손이 오늘따라 여리게 느껴질 정도로 부드럽고 섬세해 보였다. 지은이 그의 손등을 쓰다듬었다. 그가 눈을 감은 채로 신음을 흘리듯 숨을 내쉬었다. 물속에 처박혀 있다가 겨우 숨통이 트인 것 같았다.

이 남자와 사귀기 시작하면서 좋은 점 중 하나는 불쑥 드는 충동을 행동으로 옮겨도 된다는 것이었다. 지은은 충동대로 그의 머리카락을 쓸어 넘겨주었다.

정현이 등받이에 기대고 있는 머리를 살짝 틀어 지은을 쳐다보았다. 그가 말했다.

"화내서 미안해."

지은이 눈을 깜박였다. 먼저 사과할 기회를 빼앗기자 자신이 자존심을 내세워 유치하게 버틴 인간처럼 느껴졌다. 지은이 물었다.

"내가 깨운 거예요?"

"눈만 감고 있었어."

그의 입술에 미소가 얹혔다.

"이리 와."

그가 지은을 좀 더 당겨 안았다. 지은은 그의 가슴에 등을 기대고 뒤로 비스듬히 안긴 모습이 되었다. 정현이 그녀의 뒤통수에 얼굴을 갖다대고 천천히 숨을 쉬었다. 지은이 앞을 보며 말했다.

"그러고 있으니까 내가 산소 호흡기라도 된 거 같아요."

그의 입술이 닿아 있어 그가 웃는 것이 머리로 전해졌다.

"아주 틀린 말은 아니야."

그가 인형이라도 끌어안듯 그녀의 몸을 들어 올려 꽉 끌어안았다. 그의 허벅지 위에 앉게 되면서 다리가 벌어졌다. 하이힐 한 짝이 벗겨지자지은이 아래를 보려고 몸을 숙였다. 기본 스타일의 검정 하이힐이 그의발 옆에 떨어져 있었다. 그사이 다른 한 짝도 벗겨졌다. 구두를 떨구고스타킹만 신은 채로 발을 보이고 있는 것이 갑자기 부끄러웠다. 가장 민망한 건, 장소에 어울리지 않는 두 사람의 자세지만.

"내가 어제 보낸 문자 봤죠? 들어가봤어요?"

머리로, 닿아 있는 몸으로 그가 표정을 굳히는 게 전해졌다. 지금 그를 쳐다보면 마음이 더 약해져서 해야 할 말을 못하게 될 게 뻔했다. 지은은 앞을 보면서 말했다.

"내 인스타그램이랑 유튜브 주소예요. 지원 포트폴리오요."

"두통이 다시 시작되고 있어."

"그렇게 협박하기예요?"

지은은 결국 고개를 돌려 정현을 보았다. 아니나 다를까, 그의 표정이 좋아 보이지 않았다. 다시 냉랭하게 굴던 오전으로 돌아간 기분이었다.

"정현 씨, 내 얘기 들어볼래요?"

"듣기 싫다고 해도 할 거잖아."

"듣기 싫다면, 안 할게요."

지은이 반사적으로 숨을 들이마시며 몸을 움츠렸다. 그의 손이 허리춤으로 향한다 싶더니 블라우스 자락을 빼냈다. 지은이 문 쪽을 쳐다보았다.

"문도 안 잠갔어요."

정현은 대답 없이 맨살에 손을 댄 채 잠시 그녀의 따뜻한 체온을 느꼈다.

"들을게. 얘기해봐."

"지난주에 정현 씨 집에 가다가 민익 씨 만났다고 했죠?"

"학원에 가는 길이랬지."

"네. 그때 민익 씨가 걱정 안 하는 척 말했지만 요즘 정현 씨 이상하다고, 저보고 회사에 일이 많은 거냐고 물었어요."

"믿기 어렵네. 그런 섬세한 놈이 아닌데."

"실장님도 정현 씨 걱정하고 있어요."

"누구? 인후?"

"네. 잠을 또 못 자는 거냐고. 요즘 정현 씨, 고등학교 때 같다면서. 예민하고 불안해 보이고⋯⋯."

지은이 고개를 젖혔다.

"멍해 있는 일이 잦다고."

정현이 중얼거렸다.

"고등학교 땐 나랑 친하지도 않았던 녀석이."

그의 손이 가슴 아래쪽쯤의 피부를 어루만졌다. 지은이 얼굴을 붉히며 한숨을 쉬었다.

"친하지 않아도 사람들은 다 보고 있다고요. 그러다 친해지면 과거를 떠올려보기도 하는 거예요. 그런 일도 있었지…… 하면서. 그럼 그땐 생각 없이 지나갔던 과거가 의미가 있는 게 되는 거라고요. 알아요?"

지은은 말을 뱉고 아차 했다. 정현보다 그걸 잘 아는 사람이 있을까.

정현의 손이 그녀의 배 위에서 움직임을 멈췄다. 그가 말했다.

"알아."

그가 가볍게 웃었다.

"알고말고."

"그리고…… 정현 씨 부모님 만난 날, 사실 그냥 오지 않았어요. 어머님과 잠깐 얘기를 나눴어요."

그가 위로 향하던 손을 멈췄다. 지은이 말을 이었다.

"케이크 드리고 나오는데 어머님이 따라 나오셨어요. 저한테 고맙다고 하셨어요. 처음엔 케이크를 양보한 게 고마우시다는 건가 했거든요?"

"고마워요."

시영이 케이크 가게 밖까지 따라 나와 말했다. 지은이 두 손을 흔들려다 케이크와 우산을 드느라 빈손이 없다는 걸 알고 멋쩍게 웃었다.

"아니에요. 그리고 말 낮추세요. 원래 편하게 부르셨잖아요."

가게 안에서 명훈과 규현이 밖을 내다보고 있었다. 부자는 무척 닮은 모습으로 유리문에 딱 붙어 지은과 시영을 관찰하고 있었다. 부담스러운 시선이었다. 시영이 지은의 얼굴을 뜯어보듯이 한참 쳐다보았다. 이쪽도 부담스러웠다.

"참하게 생겼네. 이렇게 예쁘다는 걸 왜 몰랐을까."

시영이 혼잣말처럼 말했다.

"마지막으로 봤을 때가 아마 고등학생 때였지? 교복을 입고 있었던 거 같아."

지은은 케이크를 오른손에서 왼손으로 바꿔 들고 오른손으로 쑥스럽다는 듯이 뺨을 감쌌다.

"병원 간다고 화장도 안 하고 나와서……."

"어머, 병원은 왜? 어디 아파?"

"아니요. 넘어지면서 손목을 접질려서요. 거의 다 나아가요."

지은이 소매를 걷어 손목을 보였다. 시영이 말했다.

"다행이네."

그리고 침묵이 찾아왔다. 가게 안에선 부담스러운 시선이 계속 이어졌다. 시영은 또 빤히 지은을 쳐다보았다. 도로에서는 차들이 신경질적인 경적을 울렸다. 시영이 말했다.

"정현이도 어릴 때 병원 신세 많이 졌는데."

"네. 그렇게 들었어요."

우산도 없이 지은을 따라 나온 시영의 어깨로 비가 떨어졌다. 지은이 우산을 들고 시영에게 더 가까이 다가갔다. 두 여자는 부담스러울 정도로 가깝게 붙었다. 키는 지은이 시영보다 조금 더 컸다. 시영이 조심스럽게, 부드러운 손길로 지은의 왼팔을 쓸어내렸다.

지은이 눈을 살짝 크게 떴다. 시영이 미소를 짓고 말했다.

"정현이가 네 얘기를 하면서 어떤 표정을 지었는지 모를 거야. 그 애는 많이 웃는 편도 아니고 말도 많지 않고 속내도 잘 얘기 안 하니까. 그런데 네 얘기를 하면서 정말 많이 웃고 말도 많이 했어. 부모라도 자식을 다 알지는 못한다더니 얘가 이런 모습도 있었나 할 정도로. 결혼하면 팔불출이 되겠구나 생각했어."

시영의 웃음소리가 바닥에 부딪치는 빗방울처럼 주위로 흩어졌다. 기분 좋은 웃음이었다. 지은은 뭐라고 대꾸해야 할지 몰라 말없이 시영을 응시했다. 팔에 닿아 있는 시영의 손이 편안했다. 이상하지만, 익숙하고 따뜻했다.

"그 애가 결혼식을 하면 어떤 사람이랑 어떤 곳에서 하게 될까, 어디서 살고 어떤 가정을 이루고 살까. ……난 그런 생각을 한 번도 해본 적이 없었어. 얼마 전까지만 해도."

시영이 미소를 잠재우고 진지한 표정을 했다. 지은은 뜬금없이 목이 건조해져 침을 삼켰다. 시영이 또 혼잣말을 하듯 말했다.

"어떻게 그런 생각을 한 번도 해본 적이 없을까."

빗발이 약해지는 느낌이 들었다. 우산을 치는 빗방울 소리가 작아졌다.

"난 그 아이가 아니었다면 다른 엄마들과 똑같았을 거야. 다른 사람들이 나쁘다는 게 아니라, 그냥…… 지금과는 다른 방식으로 그 아이를 사랑했을 거라는 거지. 정현인…… 그 일이 있기 전에는 영재 소리까지 듣던 아이니까, 내가 욕심을 많이 부렸을 거야. 내 욕심으로 그 아이를 힘들게 했겠지. 그 아이가 아파서 단지 건강하길 바랐고, 그 아이가 아파서 편히 잠든 모습만 봐도 좋았어. 가끔 웃고 있는 것만 봐도 신이 났어."

지은은 급하게 우산을 접어 내렸다.

시영이 웃었다. 날이 개는 것 같은 미소였다.

"그 아이가 우리를 부모로 만들어준 거야."

지은은 울지 않으려고 안간힘을 썼다. 속에서 덩어리 같은 게 치밀어

올랐다. 시영이 더 활짝 웃었다.

"부모는 되는 게 아니라 되어가는 거더라고."

지은은 자기도 모르게 고개를 끄덕였다. 시영이 지은의 팔을 힘주어 잡으며 말했다.

"고마워. 그 애가 가정을 이루는 모습을 상상할 수 있게 해줘서."

지은은 그렇게 진심 어린 '감사'의 말을 들어본 적이 없었다.

정현은 이야기가 끝나도 한참 동안 반응이 없었다. 지은을 자극하던 손도 성직자가 성서 위에 손을 올리고 있는 것처럼 정숙하게 소파 위에 내려놓고 있었다.

지은이 고개를 돌려 그를 보려 하자 정현이 두 손으로 그녀의 머리를 잡고 다시 앞을 보게 했다. 아마 보여주기 싫은, 엄청 부끄러운 표정을 짓고 있을 것 같았다. 얼굴을 붉히고 있을까? 설마 우는 건 아니겠지? 그런 생각이 들자 더 보고 싶어졌다. 지은이 고개를 돌리려 하자 정현은 아예 왼팔로 그녀를 끌어안고 오른손으로 윗머리를 꽉 잡아 놓아주지 않았다.

"지금 우는 거죠? 그런 거죠?"

지은이 신난 목소리로 말했다. 그가 그녀의 몸을 놓아주었다. 지은은 기대하고 몸을 돌려 그를 보았다.

운 흔적은커녕 그는 웃고 있지도 않았다. 슬퍼하지도 않고 감동받은 것 같지도 않았다. 무표정이었다. 지은이 눈을 내려뜨고 있는 그의 얼굴을 잡고 불만스럽게 말했다.

"무슨 반응이 이래요?"

그와 시선을 맞춘 지은이 싱긋 웃었다.

"부끄러워서 그러죠? 눈물 나는데 억지로 참는 거잖아요."

"그 얘기를 왜 안 한 거야?"

"내가 정현 씨한테 말하면 좋을 텐데라고 하니까 어머님이 부끄럽다고 하지 말라고 하셨어요."

"그런데 왜 해?"

지은은 문 쪽을 돌아보고는 아예 몸을 돌려 그를 마주 보고 앉았다. 정현은 그녀의 하체가 그의 몸에 밀착되는 걸 보면서 한숨을 쉬었다.

"정현 씨."

"이직 얘기를 하려는 거지?"

"들어봐요."

지은이 까만 눈을 빛내며 두 손으로 그의 어깨를 짚고 몸을 세웠다. 정현은 어쩔 수 없다는 듯이 그녀의 얼굴을 보았다.

지은이 의미심장한 목소리로 운을 뗐다.

"내가 정현 씨한테 끌리고 결국 사랑하게 된 게……."

"결국 사랑하게 됐다는 말, 운명적으로 들리네."

그가 미소를 지으며 말을 가로막았다.

"……정현 씨가 나를 사랑하는 게 라야에 대한 기억 때문만은 아니어야 해요. 내가 꽤 괜찮은 사람이라서 정현 씨가 날 사랑해야 해요. 내가 정현 씨를 사랑하는 게 라야의 기억 때문은 아니니까요."

뭔 소리를 하는 거야, 그게 아니라면 내가 왜 널 사랑하겠어. 정현이 행여나 눈으로 그런 듣기 싫은 말을 할까 봐, 지은은 잠시 그의 입술을 응시했다. 손을 움직여 정현의 심장 부위를 짚었다. 손바닥으로 그의 심장이 뛰는 게 전해졌다. 그녀의 시선이 꽂혀 있는 그의 입은 아무 말도 하지 않았다. 그의 눈도 아무 말을 하지 않았다.

지은이 말했다.

"내가 날 설득할 수 있어야 해요. 정현 씨, 난 더 특별해지고 싶어요."

정현이 시선을 뗄 수 없다는 듯이 그녀를 올려다보았다. 그리고 숭배자에게 당신을 숭배합니다, 라고 말하는 것처럼 당연한 소리를 했다.

"넌 내게 특별해."

그 말에 지은이 달콤한 미소를 던졌다.

"알아요. 내가 정현 씨한테 특별한 거 알아요. 하지만 부족해요."

지은이 그를 끌어안았다.

"정현 씨 때문에 더 멋진 사람이 되고 싶어. 내가 오래전부터 바라고 그리던 모습으로. 기회가 왔는데 놓치고 싶지 않아요. 그래서 정현 씨가 포트폴리오를 봐줬으면 좋겠어요. 보고도 영 엉망이라고 하면, 그땐 포기할게요."

정현은 미동도 없었다.

지은이 고개를 들어 그를 보았다. 정현은 눈을 감고 있었다. 귀도 막아버리고 싶은데 억지로 버티고 있었다. 그랬다간 지은이 따귀라도 날릴 것 같아서.

표정을 지우고 조용히 잠들어 있는 것 같은 그는 놀랄 만큼 잘생겨 보였다. 하지만 지은은 살짝 짜증이 났다. 그녀가 주먹으로 그의 어깨를 쳤다.

결국 한 대 맞았네. 그가 느릿하게 눈을 떴다.

지은이 높아진 목소리로 말했다.

"내가 죽으면 따라 죽을 거예요? 지금 정현 씨를 보면 그럴 거 같아요. 그러지 마요. 그거 정상 아니잖아요. 내가 정현 씨 세상의 전부가 아니잖아."

"그래서 그런 얘길 한 거야? 어머니 얘기, 인후와 민익이가 날 걱정한다고?"

말로 복싱이라도 하듯, 그가 그녀의 공격을 공중에서 쳐냈다.

지은은 기분이 좋아졌다. 그가 축 처져 있는 것보다 화라도 내는 편이 좋았다.

"금방 다녀올게요. 21세기가 좋은 점이 뭔데. 화상 통화도 되고 인터넷도 빠르고 전화비도 저렴하잖아요. 몇 년 그거, 인생을 길게 보면 얼마 되지도 않아요."

"인생은 짧아."

그가 또 그녀의 공격을 걷어냈다. 지은이 말했다.

"정현 씨랑 이런 얘기 하면 꼭 말문이 막히더라. 하지만 그렇게 말해도 확 와 닿지는 않는다고요. 전생을 믿는 거와는 다른 문제예요. 정현 씨는 두 번 살아봤다지만 난 아니에요. 몰라요. 나한테는 한 번뿐인 인생이야. 남자한테 올인해서 꿈도 가족도 친구도 다 버릴 수는 없어요."

"가족도, 친구도, 그리고 꿈도 버릴 필요 없어. 여기서도 할 수 있어. 내 옆에서, 날 실컷 가지고 놀면서, 너 하고 싶은 거 얼마든지 해."

"정현 씨, 그냥 포폴 한 번만 봐줘요."

지은은 조용히 그의 눈길을 받았다. 그의 표정을 읽으려고 노력했다.

지은이 염려스럽게 물었다.

"어제 몇 시간 잤어요?"

정현은 그녀의 시선을 피해 앞을 보았다. 잠시 생각에 잠기더니 말했다.

"모르겠어."

지은은 속으로 그가 몇 시간을 잤을지 짐작해 보았다. 그녀가 포트폴리오 영상을 정리해 유튜브에 올린 최종 시각이 새벽 2시쯤 되고, 그에게 링크 주소를 보내고, 그가 문자를 바로 확인하는 걸 보고 잤으니, 오늘 그가 출근한 시간을 감안한다면 그는 아마 세 시간도 못 잤을 것이다. 아예 안 잤거나.

"난 정현 씨가 우리 집에 다녀간 뒤로 잘 자는데."

지은은 창백해 보이는 그의 얼굴을 부드럽게 쓰다듬었다.

"내가 어떻게 해주면 돼요?"

지은이 그의 어깨에 머리를 기댔다.

"그냥, 있으면 돼. 그냥…… 내 곁에 있어."

정현은 그렇게 말하고 고개를 숙여 키스했다. 짧은 순간, 그녀의 입술을 몇 센티쯤 앞두고 그가 망설였다. 지은은 그의 숨결에서 주저함을 읽었다. 그래서 자기도 모르게 머리를 들어 그의 입술에 입술을 갖다 댔다. 그는 그녀의 가는 목에 손을 대고서, 그를 받아들이느라 조금 힘겹게 옴짝거리는 그녀를 느꼈다. 부드러운 몸이 그를 끊임없이 끌어당겼다.

정현이 겨우 입술을 떼고 속삭였다.

"여기서 하면 안 되겠지?"

"네."

지은이 단호하게 말했다.

"내 마음대로 되는 게 없군."

주린 배를 붙잡고 식당에 들어가 음식을 주문했는데 주문하는 음식마다 재료가 떨어졌다는 대답을 들었을 때나 나올 법한 말투였다. 하긴 꼭 오늘이 아니라도 쉽게 내 맘대로 되는 일이 별로 없긴 하지. 그의 혼잣말은 아무도 듣지 못했다. 주변이 너무 시끄러웠다. 설사 들었다 하더라도 잘못 들었다고 생각할 것이다. 그런 말이 어울릴 만한 장소가 아니었다.

소음 속에서 하늘을 날아온 돌덩이가 다이런 군대의 선진을 짓뭉갰다. 절벽을 깎아 만든 성벽 위에서 돌 우박과 화살이 쏟아졌다. 하늘과 땅이 함성과 비명으로 흔들렸다.

"계산한 거리보다 길군."

아일은 고개를 들어 성벽 위를 보았다.

자연 성벽은 높고 단단했다. 투석기로 바위를 던져보았지만 게이트라마의 성벽은 돌 부스러기만 흘렸다. 같은 자리를 수십 년 동안 공략한다면 자그마한 구멍이 생길지도 모르겠다. 병사들이 성벽을 오르는 것은 더욱 힘들다. 절벽을 기어오르는 거야 문제 될 게 없겠지만 성벽을 반도 오르기 전에 벌 떼의 공격이 있을 것이다. 이 경우는 달군 기름이다. 아일은 소모적인 출혈이 예상되는 공격은 좋아하지 않았다. 게이트라마가 난공불락의 요새란 말은 허언이 아니었다.

누가넨 장군이 넌지시 말을 걸었다.

"화살도 닿지 않아, 시체를 던져 넣을 수도 없어⋯⋯."

누가넨이 아일의 눈치를 살폈다. 시체를 일으키는 모습을 보고 싶었는데 아쉽게 됐다는 표정이었다. 그리고 다이런 병사들의 시신으로 눈을 돌렸다.

"시험 삼아 보여줄 수는 없나?"

아일이 누가넨을 흘끗 보았다. 메이튼이 나이를 더 먹으면 누가넨 같은 느낌의 사람이 될 테고 누가넨이 나이를 더 먹으면 모스라테 같은 느낌의 사람이 될 것 같았다. 언제나 밝은 분위기라 어떨 땐 덜 자란 성인 같은 사람. 모스라테는 다이런에 도착해 가족을 만났을까?

아일이 대꾸했다.

"'그'가 말하길 인간이 감당할 수 있는 불행에는 한계가 있다더군요."

아일은 마침 위를 날아가는 '그'를 보았다. 검은 새가 군대 위로 그림자를 만들며 창공을 가로질렀다. '그'가 크게 한 번 날갯짓을 했다.

누가넨이 눈을 끔벅였다. 아일이 누가넨을 보았다.

"감당할 수 없는 불행은 인식하지 못하니, 인식하지 못하는 불행은 안겨주는 의미가 없다. 제가 좀 더 타고난 운이 좋은 사람이었다면 '그'가 흥미를 가질 만한 거리가 많았을 텐데 애석하게 됐지요."

"내가 어려운 말에 약해. 그러니까 자네 말은……."

"'시험 삼아' 같은 건 없습니다. 이 땅 위에서의 기회는 한 번뿐입니다."

누가넨이 입맛을 다시고 검은 새를 올려다보았다.

"식수에 독을 풀어버릴까?"

아일이 미소 비슷한 걸 지었다.

"좋은 생각이네요. 식수원이 성 안쪽에 있는 게 아쉽군요."

"독초를 태울까?"

"나쁘지 않네요. 우리 군에 피해가 없다면요."

아일이 메이튼에게 눈짓을 보냈다. 메이튼이 왼손으로 말고삐를 잡아채며 수신호를 했다.

검은 깃발이 두 번 회전하자 병사들은 일사불란하게 뒤로 물러섰다. 군대의 발소리가 땅을 울렸다.

성벽을 따라 늘어선 푸른 깃발이 붉은 깃발로 바뀌었다. 잠시 뒤 거대한 바위가 하늘을 올라 성벽 아래로 낙하했다. 바위는 아슬아슬하게 군대에 닿지 못했다. 사정거리 밖으로 물러난 군대의 선단 앞에 바위가 와 박혔다.

아일은 성벽 위에서 펄럭이는 붉은 깃발을 노려보았다.

불안한 밤이었다. 편한 밤이 언제였는지 기억조차 나지 않는다. 비테일은 전쟁 이후로 편히 잠을 자본 일이 없었다. 숙면을 잊어버린 눈이 잔뜩 충혈되어 있었다. 한때 명예와 용기, 평화와 사랑을 말하던 푸른 눈은 피라도 떨굴 것처럼 붉게 변했다. 그는 높디높은 자연 성벽 위에서 적의 야영지를 내려다보고 있었다. 밤을 보내는 적들의 모닥불이 담뱃불처럼 암흑 속에서 반짝였다.

비테일은 무니프 협곡의 전투에서 차이드 동부군 전력의 3할을 잃고도 살아남았다. 적장이 부리는 그림자인지 악마인지 뭔지한테 아끼던 말도 잃고, 부관도 잃고, 참모도 잃고, 여하튼 다 잃었지만 목숨은 건졌다. 죽는 것보다 못했다.

지지 말아야 할 전투였다. 질 리 없었고, 승리를 목전에 두고 있었다. 하늘을 찢는 괴성이 들리기 전만 해도.

있을 수 없는 일이 일어났다.

시체가 일어서고, 검으로 쉽게 벨 수 없는 그림자가 닥치는 대로 사람들을 물어뜯었다. 그림자들이 고기를 먹어치우듯 곳곳에 피 웅덩이를 만들며 날뛰었다. 누군가 죽으면 그들은 또 시체가 되어 몸을 일으켰다. 그 시체를 베면 그림자가 튀어나왔다. 차이드 병사든 다이런 병사든 죽고 난 뒤엔 다이런군이 되었다. 갈수록 늘어나는 적을 이겨낼 방법은 없었다.

승리를 빼앗겼다. 비테일은 그렇게 생각했다.

노련하고 영리했던 무관은 승리를 빼앗기고 조롱과 악만 챙겨 왔다. 그리고 에드가는 비테일에게서 승리만 빼앗아 간 것이 아니었다.

승리를 빼앗아 간 적장은 지금까지 살아남아 비테일의 조국을 부수고 약탈하며 이곳까지 올라왔다. 비테일은 에드가가 이곳까지 올라오길 진정으로 바랐다. 그는 당분간 게이트라마를 벗어날 수 없으니 에드가가 이곳으로 와야 했다. 복수심에 불타, 그렇게 적장이 조국을 쑥대밭으로 만들어도 신경 쓰지 않고 제 코앞에 와 쓰러져달라고 비테일은 그들의 신에게 빌었다. 그리고 지금 에드가가 눈 아래 와 있었다. 바로 저 아래.

'아일 에드가.'

왜 그렇게까지 포악한 방법으로 점령을 해나가고 있는지 몰라도, 에드가는 게이트라마까지 오는 동안 다섯 성을 지도에서 없애버렸다. 다이런군이 강제로 성문을 열기 전까지 항복하지 않는 성은 참혹한 결과를 맞았다. 끝까지 저항한 성의 주민들은 모조리 죽임을 당했다. 짐승들도 성을 태우는 불길 속에 함께 사라졌다.

그런 일들로 에드가가 악명만 쌓은 것은 아니었다.

소식이 퍼진 뒤로 일찌감치 항복하고 성문을 여는 성이 적지 않았던 것이다. 원래도 속도전에 강하고 진군 속도가 빠른 아일의 군대였지만 그 속도가 배로 빨라졌다.

"시신들을 모두 화장했습니다."

부관이 비테일에게 달려와 말했다. 비테일이 돌아보았다. 성 안쪽의 화장탑이 바쁘게 돌아갔다.

"성 안에 갓 죽은 시신을 두지 않도록 주의해라."

시간대를 가리지 않고 다이런군의 간헐적인 기습이 계속됐다.

게이트라마 요새에는 스물두 개의 암문이 있었고, 다이런군은 귀신같이 암문의 위치를 찾아냈다. 성내에 다이런군의 첩자가 들어온 건 아닌지 의심이 들 정도였다. 암문은 은밀한 통로인 만큼 성문처럼 견고하지 못했고, 실제로 다이런군은 층암절벽에 숨겨져 있는 암문을 파괴하고 성내로 들어오기까지 했다. 좁은 통로, 작은 크기의 문이라 많은 숫자의 병사가 한꺼번에 들어오지는 못했다. 그래서 다이런 본대가 들어오는 것은 막아낼 수 있었다.

병력이 많은 다이런군은 공격과 방어를 교대로 할 수 있었지만 차이드군은 방어를 하는 것만으로도 벅찼다. 성내의 남성을 총동원하고도 휴식을 전혀 취하지 못해 그들은 빠르게 지쳐갔다.

긴장을 놓을 만하면 기습이 있고 잠들 만하면 적의 함성이 들려왔다. 육체와 정신이 차츰 무너져 내렸다. 잠시 눈을 붙이는 게 불안할 정도로 팽팽한 긴장이 계속됐다.

이 대치 상태가 얼마나 오래갈까?

디마이온 대륙의 전쟁사에서 가장 오랜 시간이 걸린 공성전으로 기록되어 있는 것은 이십이 년이다. 그런 생각을 떠올리는 것만으로도 게이트라마의 병사와 주민들은 숨이 막혀왔다. 예민한 사람이라면 신경 줄이 끊어질 만했다. 장기전으로 갈수록 유리해지는 것은 게이트라마 쪽인데 다이런군의 공세는 게이트라마 주민들이 그런 생각을 하지 못하도록 만들고 있었다.

그날은 하루 종일 안개가 짙었다.

성벽을 둘러싼 해자에 부러진 화살이 둥둥 떠가고 있었다. 깃발이 성 쪽으로 펄럭였다. 아일의 군대는 바람을 등지고 섰다.

해자에서 피어오른 안개가 검은 군대를 가렸다. 성벽 위에서 적의 움직임을 살피고 있던 비테일이 짜증스럽게 혀를 찼다.

비테일은 성 안에 도는 소문을 놓치지 않는 것은 물론이고 시시각각 변하는 성내 분위기에도 촉각을 곤두세우고 있었다.

전쟁 중이 아니라도 고령의 노인이 죽거나 병으로 사람이 죽는 것은 예사로 있는 일인데, 그때마다 병사들이 달려와 시신을 화장탑으로 거둬 갔다. 화장탑이 바쁠 땐 집 마당에서 시신을 태우기도 했다. 유족들의 눈물이 채 마르기도 전에 시신이 재로 변했다.

아직 함락되지 않은 성이면서도 곳곳에서 연기가 피어올랐다. 차이드 주민들은 꿈에서도 시체가 타는 냄새를 맡았다.

군사들의 강박적인 태도에 성내 분위기는 흉흉해져갔다. 비테일도 그걸 모르지 않지만 어쩔 수 없었다. 주민들에게 일일이 사정을 설명하는 것에도 지쳤다. 뭐라고 설명할까? 적장이 시체를 일으킨다고? 공포만 키울 뿐이다.

신경 줄이 끊어질 것 같은 건 비테일도 예외가 아니었다.

"장군."

비테일이 몸을 돌렸다. 암문을 통해 바깥으로 나갔던 병사들이 돌아왔다. 차이드 연합군의 상황을 알아보러 간 자들이었다.

"북부군은 다이런 제2군과의 교전으로 지원이 불가한 상태였습니다."

비테일은 암담한 심정으로 절벽 아래를 내려다보았다. 보일 리 없지만 그러고 있으면 에드가의 눈을 노려보고 있는 기분이 들었다. 지쳤던 몸이 증오로 금세 기력을 되찾았다.

"남부 연합군은?"

"북부 접경선까지 라만 산맥을 우회한 다이런 4군에게 넘어간 터라……."

"실란 장군은 만나보았나?"

"이도강 전투 이후로 실란 장군의 소재가 파악되지 않습니다."

다이런 진영을 살펴보고 돌아온 병사가 허리를 숙였다.

"별다른 움직임은 찾지 못했습니다."

"에드가는?"

"막사에서 꼼짝도 하지 않습니다."

비테일은 요즘 자신의 에드가에 대한 집착이 병적인 게 아닌가란 생각이 들던 참이었다. 에드가의 얼굴을 직접 본다면 광증이 폭발할지도 모르겠다. 비테일은 에드가를 만나고도 순간적으로 검을 뽑지 않을 자신이 없었다. 직접 대면하는 순간 에드가의 목을 베어내지 못하면 분노를 이기지 못해 제 목이라도 벨 것 같았다. 얼굴도 모르는 에드가를 생각하는 것만으로도 피가 폭발할 것처럼 들끓었다. 요즘엔 생각에 잠겨 있다가도 문득문득 도끼를 들고 성벽에서 뛰어내리고 싶어졌다. 이게 광증이 아니면 뭔가?

이렇게 쥐새끼처럼 성 안에 숨어 적이 공격해 오기만을 기다리는 게 아니라 당장 저 아래로 뛰쳐나가 저들의 목을 잡아 뜯고 싶었다. 아일의 군대는 첫날을 제외하고는 본대 전체가 움직이는 공격은 하지도 않았다. 모기처럼, 잠이 들지 못하도록 귓가만 왔다 갔다 하는 형국이었다. 정말 진지하게 요새를 함락하려는 의도가 있기는 한 건지 의심될 지경이었다.

제발, 와라! 그렇게 얼쩡거리지만 말고 피에 굶주린 악귀처럼 달려들어!

비테일은 피가 날 정도로 입술을 씹어 비틀었다.

그때, 새가 울었다. 비테일이 몸을 움찔했다. 그러고는 공포를 기억하는 자신의 몸을 저주했다. 소리가 들려온 방향을 보았다. 평원 위로 안개가 흘렀다. 보이는 건 적막과 살풍경뿐이었다.

말이 안 먹혀들 게 뻔하지만 그래도 해봐야 할 때가 있다. 지금처럼.

다이런군의 지휘 막사로 들어가는 차이드 게이트라마의 사자는 긴장해 있었다. 표시를 안 내려고 했지만 굳은 얼굴은 어쩔 수가 없다. 사자는 그들이 나이반에서 회합을 청하러 간 사자의 목을 잘라 투석기로 던져줬다는 소문을 들었다.

다이런 군대의 지휘 막사 안에서 아일은 세르노다의 경비대 집무실 책상에 앉아 있을 때와 비슷한 표정으로 앉아 있었다. 그를 이곳에 있게 하는 건 책임감이고 책임감 외에는 일체 관심이 없는 표정. 그가 원하는 것은 하나뿐이고, 그것은 이곳에 없었다.

그는 암적색 깃털의 새를 보고 있었다.

오동통한 새는 탁자 위에 흩뿌려진 붉은 열매를 쪼아 먹고 있었다. 작은 머리가 위아래로 부지런히 왔다 갔다 했다. 새가 갑자기 먹는 것을 멈추고 캑캑거리듯 목을 비틀더니 몸을 부르르 떨었다. 아일은 오른손으로 탁자 위를 쓸어 왼손바닥에 열매를 모아 쥐었다. 그러고는 새를 메이튼에게 넘겨주었다. 메이튼은 새를 날려 보내러 막사를 나갔다.

누가넨은 팔짱을 낀 채 아일의 뒤에 서 있었다.

에드가를 처음 본 사자는 의외의 외양에 실망했다. 아니, 안심했다. 시체를 일으키는 데다, 투석기로 적의 목을 성에 던져 넣어 사기를 꺾는 법을 즐기는 남자라길래 뿔이 세 개는 달린 괴물일 줄 알았다. 에드가는 말투도 정중했다.

"성문을 열라 그래."

내용이 시건방져서 문제였다.

사자가 두 손바닥을 들어 보였다.

"제가 돌아간다 하더라도 저는 장군들을 설득할 힘이 없고, 여기서 죽는다 하더라도 제 목을 투석기로 던져 넣기엔 성벽이 너무 높지요, 장군."

사자가 뒤를 돌아보며 성벽을 올려다보는 시늉을 했다. 막사 안이라 당연히 성벽이 보이지는 않았다. 사자가 느물거리며 말했다.

"성문을 열어라, 안 된다, 이런 피차 뻔한 얘기는 하지 말기로 하지요,

장군."

"뻔한 얘기를 성을 지날 때마다 했더니 사자를 만나면 말이 반사적으로 나와."

아일이 능글맞게 받아쳤다.

사자가 정색하고 말했다.

"그래도 말은 해봐야겠죠. 게이트라마는 점령당한 일이 없는 요새입니다, 장군."

"뭐든지 처음은 있는 법이니까."

"버티기 힘든 날씨입니다, 장군."

"그쪽은 모르겠지만, 난 인내심이 많아. 아주 많지."

"군량은 넉넉하신가요, 장군."

"부족하면 빼앗고 없으면 만들라 하고 손이 부족하면…… 차이드 인 아이들 손이라도 빌리면 되겠군."

"……비테일 장군께서 회합을 청하십니다."

아일과 비테일은 각자 부하 예닐곱 명을 데리고 해자에서 조금 떨어진 곳에서 만났다. 그건 해자라기보다 성벽을 휘돌아가는 강이었다. 햇불이 올라오고, 비테일은 에드가의 얼굴을 보고 당황했다. 비테일은 머릿속으로 에드가란 이름 아래 상상하고 있던 악마의 모습과 실제 그의 모습을 교체했다. 너무 다르게 생겨서 상상 속에서 찢어발기고 말뚝을 박아댄 악마에게 미안할 지경이었다.

"게이트라마의 성주 비테일이다."

"다이런 제1군 사령관, 아일 에드가 클레이모어다."

"에드가."

비테일이 입속에 칼을 숨기며 에드가의 이름을 곱씹었다. 아일이 말했다.

"좋을 대로 부르고. 이곳까지 부른 이유가 뭔가?"

통역을 하는 차이드의 사자가 비테일에게 말을 전했다.

비테일의 눈은 아일을 응시했다. 비테일이 말했다.

"이유가 뭐일 거 같나?"

횃불이 흔들거렸다. 말을 타고 있는 사람들의 그림자도 흔들렸다.

잠시 침묵이 흘렀다. 아일이 말했다.

"스무고개 놀이 하자고 부른 건가?"

"군대를 물려."

"……어디까지? 경관이 안 좋아서 그런 거라면 오십 걸음 정도는 물려줄 수도 있어."

"아주 물려. 다이런까지 가버리면 더 좋고."

아일은 반응이 없고 그의 부하들만 웃음을 흘렸다. 메이튼은 큰 웃음을 터뜨렸다. 아일은 고개를 살짝 숙이며 한숨을 내쉬었다.

"산책을 나온 건 아니라서."

아일이 미소 지었다.

"말 사료 값은 벌어 가야겠는데."

"이해해. 차이드 남서쪽 나이반 성까지 여덟 개 성을 주도록 하지."

"연합 회의에서 결정 본 건가? 누가 보면 그쪽이 차이드의 왕인 줄 알겠어."

"그럴 리가. 차이드의 왕은 네가 전생 때 없애버렸잖아. 잊어먹었나?"

"내가 환생을 믿었다면 그쪽 농담에 웃었을 텐데."

"적당히 하고 꺼져. 어차피 게이트라마는 못 뚫어."

"아무도 못 뚫었다길래 내가 한번 뚫어보려고. 호승심이 생기잖아."

"네가 아직 젊어서 그래. 젊어서. 이 개자식아."

두 지휘관의 말을 유하게 통역하는 중이던 차이드의 사자가 멈칫했다. 욕설까지 전달할까 말까를 고민하는 표정이었다. 비테일이 사자를 쳐다보며 으르렁거렸다.

"토씨 하나 빼놓지 말고 그대로 전해."

머뭇거리던 사자가 말을 옮겼다. 아일의 부하들 사이에 험악한 분위기가 흘렀다. 아일이 손을 들어 부하들을 진정시켰다.

"뻔한 소리를 할 거라면 이미 네 사자가 다 하고 갔어. 더 할 말 없으면 이만 하지."

"왜, 피곤한가?"

비테일이 히죽 웃었다. 아일이 눈썹을 추켜올렸다.

아일은 미친놈의 냄새를 잘 맡았다. 미친놈을 기가 막히게 잘 구분해냈다. 헤르첸이 그랬고, 히비커스도 약간 그렇다. 지금은 이놈이 그랬다. 원래 이런 놈인지, 상황이 이놈을 이렇게 만들었는지까지는 알 수 없지만 지금 비테일에게선 미친놈의 냄새가 풍겼다. 아일은 미친놈들이 정말 싫었다. 요즘은 특히 더욱 그렇다.

아일이 조용한 표정으로 비테일을 바라보았다.

"나랑 농담 따먹기나 하자고 여기까지 불러낸 건가?"

"네놈 면상을 보고 싶었지."

비테일이 기분 나쁜 웃음을 흘리면서 덧붙였다.

"악마가 어떤 얼굴을 하고 있는지 궁금했어."

비테일의 부하가 비테일을 말렸다. 이거야 모닥불의 불씨가 너무 강해 줄여보자고 와놓고 기름을 들이붓는 격이다.

비테일은 당장이라도 달려들어 에드가를 말에서 끄집어내려 머리를 바위에 짓이기고 싶었다. 예상은 했지만 막상 직접 보니 솟구치는 충동을 제어할 수가 없었다. 입이 마구잡이로 말을 뱉어냈다.

"저주를 하려고 해도 얼굴을 알아야 할 거 아니야. 네놈들이 쓰는 사악한 주술보다야 못하겠지만."

"사악한 주술?"

"시체를 일으키는 재주가 어둠의 힘이 아니고 뭔가? 악마의 도움을 받는 자에게도 저주가 먹히는지 궁금하기도 하고."

"……네놈들에게나 악마지, 우리에겐 신이다. 네놈들이 믿는다는 신도 우리에겐 그냥 호랑이처럼 보여."

"죽어서도 살아서도 지옥 속에 살아라, 에드가."

단순해서 의미 전달은 잘되는 저주였다.

차이드의 사자는 말을 전하지 않았다. 이제 될 대로 되란 표정으로 차가운 땅바닥만 내려다보고 있었다.

하지만 아일은 통역되지 않은 말을 알아들었다. 못 알아들을 수가 없었다. 비테일이 이를 가는 소리가 이곳까지 들려왔다. 비테일의 푸른 눈은 적개심 이상의 것을 품고 있었다. 단순한 분노도, 열패감도 아니었다. 좀 더 사적인 증오가 보였다.

비테일을 조용히 응시하던 아일이 말했다.

"내가 네 여자라도 죽였나?"

비테일의 부릅뜬 눈이 순간 이성을 잃었다. 그가 비명 같은 고함을 지르며 검을 빼 들었다. 그의 전신이 폭발하는 화염에 휩싸인 듯했다. 아일과 사자를 제외한 전원이 반사적으로 무기를 꼬나들었다. 비테일의 말은 놀란 울음소리를 냈고 아일의 말은 뒷걸음질을 쳤다. 주인의 살기에 비테일의 말이 겁을 먹고 날뛰었다.

최악이다. 비테일의 부하들은 엉망이 되어버린 회합을 끝내려고 했다. 성에 신호를 보냈다. 성문이 말이 지나갈 정도로만 열렸다.

"장군!"

성문 쪽을 바라봤던 비테일의 부관이 고함을 질렀다.

비테일이 괴성을 지르며 아일에게 달려들었다. 비테일이 검을 쳐들 때 아일의 검집에서 검이 빠져나왔다. 두 검이 부딪치고 불꽃이 튀었다. 아일은 어금니를 악물었다. 광기가 실린 검의 무게가 묵직했다. 손목뼈가 나가는 줄 알았다. 비테일의 살기등등한 기세에 아일의 말이 순간 다리를 굽혔다. 비테일의 검날이 아일의 코 바로 앞까지 내려왔다. 두 말이 요동치며 두 사람을 강제로 물러나게 했다. 아일의 시선이 빠르게 열린 성문 틈을 향했다. 비테일은 자신에게서 주의를 물리는 에드가를 용납할 수 없었다. 비테일이 다시 달려들 것처럼 말 머리를 돌리자 그의 부관이 놀라 외쳤다.

"성주님, 돌아가야……!"

그 순간 어둠을 가로지른 화살이 아일을 지나, 비테일을 지나, 비테일의 부관의 목을 꿰었다. 차이드 군사들의 눈이 경악으로 커졌다. 비테일이 말에서 떨어지는 부관을 보았다가 천천히 고개를 돌렸다. 표정을 잃어버린 얼굴이 아일을 보았다. 아일이 고개를 까닥였다.

"그쪽이 검을 빼 든 순간 회합은 결렬됐어."

아일과 그의 부하들에게선 놀란 기색이 없었다.

"장군!"

화살이 귀를 스치는 소리를 듣고 비테일은 정신을 차렸다. 그의 부하들이 성으로 도망치며 비테일을 간절히 부르고 있었다. 판단력과 냉정함이 돌아오기까지는 시간이 걸렸다. 끓어오르는 증오를 해결하지 못해 몸이 뻣뻣했다.

어둠이 움직였다.

다이런 진영이 움직이고 있었다. 불을 먹인 화살들이 어둠 속에서 시위에 메겨졌다. 불화살이 하늘을 향해 쏘아 올려졌다. 별이 쏟아질 것처럼 밤하늘이 잠시 아름다워졌다. 비테일은 그것에 시선을 빼앗겼다. 하늘을 내려온 화살들이 성벽에 박혔다. 그동안의 크고 작은 공방으로 기름을 먹은 성벽이 불을 삼키고 거세게 타올랐다.

주변이 확 밝아졌다. 그제야 검은 군대가 다가서고 있는 것이 보였다. 군대의 대열은 이미 교전 태세였다. 다이런 진영이 깃발을 올렸다. 뿔피리 소리가 교전의 시작을 알렸다. 성벽 위로도 깃발이 오르는 것이 보였다. 게이트라마도 다른 뿔피리 소리를 울렸다.

"장군, 어서요!"

비테일의 부하가 고함쳤다. 비테일이 말 허리를 찼다. 말 머리를 성 쪽으로 돌리는 순간 비테일은 아일과 눈이 마주쳤다. 성문을 향해 달리는 말들을 향해 화살이 비처럼 쏟아졌다. 뒤늦게 상황을 눈치챈 성 쪽에서도 제 편을 엄호하기 위해 화살을 날리기 시작했다. 양 진영에서 쏘아 올린 화살로 하늘이 뒤덮였다.

아일이 부하에게서 활을 건네받았다. 그리고 비테일과 부하들을 쫓아 말을 달렸다. 성벽이 돌덩이들을 떨구면서 불덩이가 해자로 떨어지는 것이 보였다. 활을 움켜쥔 채 열려 있는 성문을 보았다. 심호흡을 했다. 비테일의 부하들을 태운 말들이 하나둘 빠르게 성 안으로 들어갔다. 화살촉이 비테일을 겨누었다. 숨을 멈추었다.

마지막 순간, 화살 끝이 비테일에게서 가장 후미의 말로 방향을 바꾸었다. 손이 시위를 놓았다.

"컥!"

군사가 비명을 지르며 말에서 떨어지지 않으려 고삐를 움켜쥐었다. 몸을 휘청거리는 사이 뒤이어 날아온 화살이 군사의 등에 박혔다. 비테일이 성문을 막 통과했다.

그때였다, 하늘이 찢어지는 소리가 난 것이.

비테일의 몸이 공포를 떠올리고 얼어붙었다.

차이드 군사들은 소리가 들려온 방향을 찾아 두리번거렸다. 하늘을 보고, 얼빠진 얼굴들을 하고 주위를 살폈다.

다시 검은 새가 길게 울었다. 검은 새의 울음소리 말고는 아무것도 들리지 않는 정적이 찾아왔다. 어디선가 풀을 태우는 듯한 냄새가 풍겨왔지만 그것까지 신경 쓸 여유가 없었다. 귀가 예민해져 코까지 예민해진 것일 터.

비테일이 눈을 부릅떴다. 말이 등에 화살이 박힌 군사를 실은 채 성으로 돌아오고 있었다. 말의 목에 기대 축 늘어져 있던 군사가 천천히 몸을 일으키고 있었다. 고개가 목 위에서 부자연스럽게 덜렁거렸다. 비테일의 눈이 성을 향해 달려오는 아일의 말을 발견했다.

잠시 고민했다. 말 위에서 일어나는 이는 아직 살아 있는 부하일까, 이미 에드가의 병사가 되어버린 시체일까. 고민은 길지 않았다.

"성문을 닫아!"

육중한 성문이 답답하리만치 천천히 닫혔다. 닫히는 성문 틈으로 아일이 말에서 훌쩍 뛰어내리는 것이 보였다. 그는 화살과 불덩이가 떨어져 내리고 있는 전장 속이라고는 믿지 않을 만큼 차분히 걸어왔다. 그가 검을 빼 들었다.

성문이 닫히는 것과 거의 동시에 검이 말에서 상체를 일으킨 자의 목을 잘랐다.

비테일은 닫힌 성문을 한참 바라보고 서 있었다. 목이 잘린 시체에선 그림자가 튀어나왔을까? 비테일은 에드가의 검이 목을 벤 것이 차라리 시체이길 바랐다. 그렇지 않다면 부상을 입은 채 뒤처져 있던 부하를 모른 척한 것이 될 테니까.

……어찌 됐든 상관없다. 문은 닫혔고 에드가의 '그림자'는 성 안으로

들어오지 못했다.

"도개교를 올······."

쿠웅!

비테일의 등 뒤로 서늘한 기운이 굵고 지나갔다. 땅을 치는 소리와 함께 등줄기를 훑고 무엇인가가 낙하한 것을 느꼈다. 비테일이 천천히 몸을 돌렸다. 모래 먼지가 솟아오르는 바닥을 살펴보았다.

땅에 부딪친 충격으로 사지가 뒤틀린 사람이 쓰러져 있었다.

병사들의 시선이 위를 향하고 있었다. 비테일도 성벽 쪽을 올려다보았다. 성 꼭대기에서 떨어지고 있는 사람이 보였다. 하나가 아니었다. 병사들이 우르르 성벽에서 튕겨나오고 있었다. 비명과 아비규환. 머리 위로 시체들이 끝없이 떨어졌다.

밤하늘에 너울거리고 있는 불꽃을 폭죽이라고 여긴다면 낙하하는 시체들을 꽃가루로 볼 수도 있다. 지금 들려오는 비명들도 환호로 바꿔 들을 수 있다. 그렇게 비테일은 현실감을 잃었다. 축제라도 시작하듯 엄청난 소란이 정지해 있는 비테일의 정신을 휩쓸었다.

"장군······."

숨이 곧 넘어갈 것 같은 목소리가 비테일을 불렀다. 비테일이 멍한 눈을 내렸다.

비테일과 함께 성 밖으로 나갔던 부하들 중 한 명이 배를 움켜쥔 채 창백한 얼굴로 그를 바라보고 있었다. 화살 끝이 배를 뚫고 나와 있었다. 병사들이 그를 말에서 내리게 했다. 누군가가 의사를 불러 오라 소리쳤다. 병사가 뛰어가고, 성벽 위에서 무슨 일이 일어나고 있는지도 모르겠고, 하늘은 정말 불꽃놀이라도 하듯 붉은 기운이 넘실댔다.

비테일은 우두커니 서 있을 뿐이었다. 그는 텅 빈 눈으로 지옥도를 바라보았다.

어지러웠다. 공황에 빠진 것처럼 몸이 붕 뜨고, 휘청거렸다가, 엎어질 것처럼 젖혀졌다. 하지만 그는 그대로 서 있는 채였다. 대체 어디서 계속 풀이 타는 냄새가 나는 거지? 실제로 그런 냄새가 나는 게 맞긴 한 걸까? 땅이 올라왔다 하늘이 꺼졌다를 반복했다. 아지랑이가 피어오르듯 사람들이 흐릿했다.

죽어가는 부하들과 달려가는 병사들, 성벽에서 떨어져 여기저기 흩어져 있는 시체들. 왜인지는 알 수 없지만 주택가 쪽에서도 불길이 치솟아 올랐다. 그리고 그런 혼란 속에서 천천히 일어서고 있는 시체들이 보였다.

그렇게 병사들에게 이르고 일렀는데, '시체'들을 베지 말라고.

그런데 병사들은 그새 미치기라도 한 건지 비명을 지르며, 움직이는 시체들을 향해 마구잡이로 무기를 휘두르고 있었다. 하지만 지금 비테일에게 현장의 모습은 아무래도 상관없는, 그에게 아무 영향도 끼치지 못하는 동떨어진 세계처럼 느껴졌다.

그렇게 성내에 시체를 두지 않으려고 했는데.

어쩌면 오래전부터 성을 위태롭게 만들 시체 한 구가 들어와 있었던 건지도 모른다.

비테일은 하늘을 올려다보며 생각했다. 난 돌아오지 말고 그 협곡에서 죽었어야 했다.

난…… 내 아내를 잃었을 때 죽었다.

솥이 넘어지면서 성벽을 타고 기름이 흘러내렸다. 다이런 진영에서 쏘아올린 불화살이 성벽을 타고 올랐다. 절벽이 불길에 휩싸였다. 차이드 병사들이 불이 붙은 채로 성 밖으로 떨어졌다.

투석기가 던진 바위가 성문에 균열을 냈다. 잠시 뒤 커다란 굉음과 함께 성문에 통나무가 박혔다. 마침내, 성문이 부서졌다. 성문 앞을 가로막고 있는 목책도 날아온 바위에 두 동강이 났다. 땅이 진동했다. 곧이어 철갑으로 무장한 기병들이 목책을 뛰어넘어 성으로 들이닥쳤다. 엄청난 숫자의 보병들이 뒤를 이었다.

'그림자'들이 성 곳곳에서 한꺼번에 모습을 드러냈다.

폐쇄된 암문, 적들이 모를 거라 생각했던 암문, 시간에 묻혀 현재 게이트라마 주민들조차 몰랐던 오래된 폐문까지 다이런군에 의해 부서져 그들을 요새 안으로 불러들였다.

도처에서 연기가 치솟아 올랐다. 불길이 한동안 멈추지 않았던 화장탑을 꼭대기까지 집어삼켰다. 목재로 만든 탑의 지붕 층이 내려앉았다. 지붕을 덮고 있던 기와들이 지상으로 추락하면서 도망치는 주민들을 덮쳤다.

어린 병사는 헛간 구석에 숨어 몸을 떨고 있었다. 살짝 열린 문틈으로 그림자들이 짐승 울음소리를 내며 네발걸음으로 달려가는 것이 보였다. 어린 병사는 비명을 삼키면서 머리를 감쌌다. 신의 이름을 되뇌며 몸을 더 작게 웅크렸다.

주위가 조용해지자, 그는 떨리는 다리로 창문까지 기어갔다. 창문 모서리에 눈을 갖다 대고 밖을 살폈다. 점점 늘어나는 그림자들이 사람들을 공격하고 있었다. 이미 피범벅이 된 사람에게 그림자가 달려들었다. 병사는 눈을 질끈 감았다. 비명을 듣지 않으려고 귀를 막았다. 귀를 틀어막아도 머릿속에 비명이 울렸다.

보루 위에서 보는 게이트라마의 풍경은 퍽 한적했다. 군대가 사라진 평원 위로 검은 새가 낮은 비행을 하고 있었다. 아침이 되어도 주인이 바뀐 대지는 햇빛을 받지 못했다. 구름이 하늘을 가리고, 땅은 회색이고, 날씨는 성 안 분위기와 비슷했다. 우중충했다.

아일은 눈 아래를 가리고 있던 검은 천을 살짝 내려 공기 중의 냄새를 맡았다. 독초 향이 거의 사라지고 연기 냄새만 났다. 천을 완전히 풀어 손에서 놓았다. 바람이 천을 성벽 아래로 날려 보냈다.

눈을 감고 며칠 전 메이튼과의 대화를 떠올렸다.

"라모란트 성에 비테일의 부인이 있었다고 합니다."

메이튼이 말했다.

두 사람은 야영지에서 나와 요새와 막사들이 한눈에 보이는 구릉 위에 있었다. 아일은 한쪽 무릎을 꿇고 앉아 손바닥에 붉은 씨앗을 올려놓고, 새가 씨앗을 쪼아 먹는 것을 지켜보았다. 얼마 전부터 그건 아일의 일과가 되었다.

"그곳에 부인의 친정이 있었답니다. 원래 친정에 둘 생각이었는지 여자가 고집을 부린 건지는 알 수 없지만 지난 출정 때 같이 따라나섰다고 하네요. 바차노 협곡을 지나기 전에 친정에 부인을 맡겼는데⋯⋯."

그랬는데, 비테일은 이겨야 할 전투에서 패퇴했다. 그리고 차이드군의 퇴로에 라모란트 성은 없었다. 비테일이 부인을 미처 데리러 가지 못한 사이, 아일의 군대는 람프할레만을 파괴하고 성들을 차례차례 함락해갔다. 열흘이 넘게 항전한 라모란트 성 또한 다이런군에 의해 강제로 문이 열렸다. 그리고 라모란트는 자비 없는 파괴의 불길에 휩싸였다. 살아남은 주민은 없었다.

"부인이 임신을 하고 있었다고 합니다."

딱히 동정심을 담은 목소리는 아니었다. 세르노다에서 아일을 암살하려 했던 갈라마 인이 고문을 받던 중 죽었다는 말을 할 때처럼 정보를 전하는 데 불과했다.

아일은 새가 열매를 다 먹어치우자 손을 털고 일어섰다. 검은 새를 올려다보았다. 검은 새가 간간이 가느다란 소리를 질렀다. 주변의 새들을 불러 모으는 듯한 소리였다. 아일이 빈 하늘을 쳐다보며 중얼거렸다.

"내 얼굴을 보고 싶겠군."

아일은 발기척을 듣고 회상에서 벗어났다. 메이튼이 계단을 올라와 아일과 시선을 교환했다. 파장하는 술판처럼 성벽 아래로 어수선한 소음이 들려왔다. 험악한 고함 소리. 겁에 질린 비명. 수레의 바퀴가 굴러가는 소리. 개가 컹컹대고, 말이 울었다. 연기가 오르고, 성벽은 아직도 돌을 떨구었다. 해자로 큰 돌덩이가 풍덩 하고 떨어지는 소리가 들렸다. 그리고 뎅…… 뎅……. 이질적인 종소리가 들려왔다. 맑은 종소리가 성에 울려 퍼졌다.

"종지기입니다. 아침이 되면 늘 종을 울리지요."

메이튼이 데리고 온 노인이 고개를 조아리면서 다린 어로 말했다. 노인은 점령군들이 종지기까지 죽일까 겁이 나 얼른 그를 감쌌다.

노인은 게이트라마의 주민이었다. 함락 후, 수습을 도울 주민이 필요했다. 기존 성주의 측근은 곤란하다. 어차피 그들은 모두 죽을 것이다. 지금까지 아일의 군대가 진군한 방식을 생각한다면 항복하지 않고 무력으로 점령당한 게이트라마는 앞의 예와 같은 비극을 맞아야 했다. 하지만 이제 그럴 필요가 없어졌다. 그래서 주민들 중 연장자로 주민들이 말을 따를 만한 자를 골랐다. 그게 저 노인이었다.

"성실하군. 다 죽여도 종지기는 죽이지 마."

아일이 피식 웃으며 말했다. 메이튼이 고개를 끄덕였다. 농담이었지만, '다 죽여도'란 말이 노인의 귀엔 농담처럼 들릴 리 없었다.

아일이 살짝 인상을 썼다. 아직 혀 위로 쓴맛이 돌았다. 침을 뱉자 검은 침이 나왔다. 메이튼은 일 분에 한 번씩 침을 뱉고 있었다.

성벽…… 이라고 부르기엔 이제 너무 훼손된, 절벽의 가장자리 바위 틈으로 풀이 돋아 있었다. 곧게 뻗은 데다 광택까지 나는 풀 사이사이로 노란 열매와 붉은 열매가 달려 있었다. 아일이 풀 한 줄기를 뽑아 노인에게 내밀었다.

"불에 타면 연기가 독이 되지."

그러고는 받으라는 듯 풀을 중지와 검지 사이에 끼고 노인의 눈앞에서 흔들었다. 노인이 풀을 받았다. 며칠 전부터 성 곳곳에서 보이기 시작한 풀이었다. 호기심 많은 몇몇이 열매를 먹어보니 노란 것은 달달해서 먹을 만하고 붉은 것은 혀가 얼얼할 정도로 쓴맛만 있었다. 풀이 가장 무성히 세력을 넓히고 있던 곳은 성벽 틈새였다.

"연기로 목욕을 하지 않는 한 죽지는 않아. 몸이 굼뜨고, 살짝……."

아일은 관자놀이 근처에서 손을 저었다.

"정신을 놓게 되지."

노란 열매를 하나 뜯었다. 그리고 풀을 받치고 있는 노인의 손에 열매를 떨구었다.

"한번 먹으면 계속 먹게 돼. 맛있어서가 아니라, 중독되거든. 그리고 속이 굳어가지. 그러다 갑자기 숨이 멎는 거야."

"돌처럼."

메이튼이 거들었다. 아일이 미소 지으며 메이튼에게 고갯짓을 했다.

"기후가 달라서 잘 자랄까 걱정했는데 생각보다 튼튼한 '병사'들이잖아?"

메이튼은 또 침을 뱉고는 입을 훔치면서 고개를 끄덕였다. 아일은 노인의 어깨를 한 번 지그시 움켜쥔 뒤, 앞서 계단을 내려갔다.

"아직 정신 못 차리고 있는 인간들이 있으면 빨간 열매를 먹여. 정신이 번쩍 들 거야."

메이튼이 검은 물이 든 혀를 빼 보이며 손가락으로 가리켰다. 노인은 풀을 두 손에 받쳐 든 채 가만히 서 있었다. 계단을 내려가는 메이튼이 위협적인 목소리로 노인을 불렀다. 노인은 풀을 주머니에 쑤셔 넣고 급히 뒤를 따랐다.

"다이엔이다."

아일이 앞에 와 서자 비테일이 뜬금없이 말했다. 아일이 돌아오길 기다리고 있었다는 것처럼 반가운 기색마저 느껴졌다. 살아남은 군관들과 비테일은 주민들의 눈에 띄지 않는 외진 곳에 포박되어 있었다. 구금 장소가 아니었다. 그곳은 처형장이었다. 중심에서 벗어나 거의 손상을 입지 않은, 가장자리 성벽이 그들 위로 짙은 그림자를 만들었다.

아일은 왜 그때까지 비테일이 자결하지 않고 있는 건지 궁금했다. 일부러 재갈도 물리지 않았다. 비테일을 공개적으로 죽여 주민들이 비탄에 잠긴 꼴도 보고 싶지도 않았고, 그렇다고 부하들을 죽이기에 앞서 지휘관의 목부터 베는 공연을 하기도 싫었다. 그래서 자결할 기회를 준 건데도 그러고 있었다.

사실 그에겐 미안한 마음도 들었다. 미안한 감정이 있다는 것도 방금 눈치챘다. 비테일의 얼굴을 보는 순간.

"다이엔. 내 아내의 이름이다."

비테일이 말했다.

"유언을 남길 필요는 없어. 어차피 네 가족들도 다 죽을 테니까."

팔짱을 끼고 말에 기대 선 누가넨이 말했다. 계속 침을 뱉어내는 그의 혀도 검게 변해 있었다.

"침을 너무 뱉어서 혀가 마른 종잇장 같아. 차라리 잠시 회까닥 돌고 말지."

누가넨이 투덜거렸다. 비테일이 아일을 보고 있던 눈길을 누가넨에게
로 돌렸다.

"내 아내는 이미 죽었다."

누가넨은 잘못 뱉은 침이 턱에 묻자 훔쳐내고는 눈을 끔벅였다.

"우리말을 할 줄 아네?"

"마지막 말 정도는 그쪽들이 알아먹었으면 해서."

비테일은 분명 다이런 어로 말했다. 누가넨이 어깨를 으쓱하고는 아
일을 보았다.

아일은 자신이 왜 그에게 미안한 마음을 가지는지 의아했다. 머리가
의아해한다고 해서 마음이 느끼는 걸 철회하지는 않는다. 심장은 머리
와 따로 노는 물건임에 분명하다.

"그쪽이 백기를 들고 환영하는 데 칼을 들이민 것도 아니고."

아일이 무미건조한 목소리로 말했다. 비테일이 돌아보았다.

"피차 칼을 들이댄 사이에 일방적으로 원망을 듣는 건 좀 억울한데."

"아들을 낳으면 이름을 네어스라고 지으려고 했지."

비테일이 말했다. 아일은 고개를 살짝 기울였다. 지금 비테일이 짓고
있는 게 미소가 맞는지 확인하기 위해 자세히 비테일을 쳐다보았다. 비
테일은 진짜 웃고 있었다. 비웃는 것도 아니었다. 그는 친구에게 자식의
이름을 알려주는 남자의 얼굴을 하고 있었다.

"딸을 낳으면 힐리."

"가족계획을 모두 읊을 필요는 없어."

슬슬 비테일의 말이 불쾌해지고 있었다. 아일만 그런 게 아니었다. 거
기 있는 모두가 약간씩 불편해지고 약간씩 거북스러움을 느끼기 시작했
다.

"게이트라마에서 날아온 돌이 우리 병사 스물넷을 죽였단 거 알아?"

아일은 그 점을 지적했다.

"그 병사들이 모두 천애고아는 아닐 거야."

그 말에 비테일이 웃는 것처럼 이를 드러내며 입을 활짝 벌렸다.

"물론이다."

정말 웃는 건지는 알 수 없었다.

"그들의 가족들은 날 원망할 자격이 있다. 너를 탓하기 이전에 내 아내와 아이를 지키지 못한 나를 원망한다. 자책감도 누군가를 미워한 죄로 칠 수 있다면 난 지옥 가장 깊숙한 곳에 떨어질 거야. 난 널 저주할 자격도 있다. 아무렴, 물론이지. 난 '개인적'으로 널 원망하고 저주할 충분한 권리가 있어."

"정말 못 들어주겠군."

누가넨이 끼어들었다. 그가 팔짱을 풀고 두 사람에게로 걸어오며 검을 반쯤 빼 들었다.

"뭘 듣고 있어? 그냥 베어버리라고."

아일이 누가넨을 제지했다. 누가넨이 투덜거리며 도로 검을 집어넣었다. 아일이 물었다.

"내가 사과하길 바라나?"

"모두 죽일 필요는 없었잖아……. 그럴 필요까진 없었어."

비테일이 말했다.

"필요해서 죽였어."

아일은 몸을 앞으로 기울이고, 냉정하게 비테일의 눈을 들여다보았다.

"그 덕분에 그보다 많은 수의 성이 스스로 문을 열었지. 이유가 있어서 죽였다. 난 그들에게 선택지를 줬어. 어려울 것도 없이 두 개. 지휘관의 목 하나만 내놓고 스스로 문을 열어 살아남든가, 모두 죽든가."

아일이 허리를 폈다.

"지휘관이 항복하지 않으려 한다면 부하들이 항명을 할 수도 있고 주민들이 성주를 끌어내릴 수도 있었어. 하지만 그러지 않았지. 결과적으로 현명한 선택은 아니었지만 그들의 의지와 결단을 존중한다. 이건 연병장에서 벌이는 격구 시합 따위가 아니니까, 받아야 할 판돈 대신 술 한 잔 얻어먹는 식으로 끝낼 순 없어. 지금 와서 그걸 후회한다는 건 내 동료들을 모욕하는 게 돼. 후회도 않고 사과도 하지 않을 거다. 그들은 끝까지 항전하는 선택을 했고 죽음을 결과로 받아들여야 했듯이 나도 마찬가지다. 그래, 내 죄이고 내 악이다. 벌을 받지. 아니, 분명 지옥에 떨어질 거야."

비테일은 무표정한 얼굴로 빤히 아일을 쳐다보았다. 비테일의 얼굴에 돌연 미소가 떠올랐다. 보기 좋은 미소는 아니었다.

"네놈에게도 사랑하는 이가 있을까?"

아일의 얼굴에서 미소가 사라졌다. 원래도 웃고 있진 않았지만 그 순간 웃음의 씨앗마저 말라버린 듯했다. 더 이상 참지 못하고 누가넨이 성큼성큼 다가왔다.

"있다면 두려워해라."

비테일이 소리쳤다.

"그건 네 손안에서 사라지게 될 거야!"

광기 어린 안광이 어둠 속 짐승의 것처럼 번뜩였다.

"항상 긴장하고 있는 게 좋을 거다, 아일 에드가 클레이모어!"

누가넨이 검을 빼 들었다.

"행복한 순간에도 늘 불안에 떨어라!"

비테일이 입을 크게 벌리고 웃었다.

"네놈이 가장 행복한 순간 새카만 불행이 네놈을 덮칠 테니까!"

비테일이 몸을 크게 움찔했다.

검은 새가 기분 좋은 날갯짓을 하며 날아와 종탑 꼭대기에 앉았다. 비테일의 눈에서 서서히 빛이 빠져나가는 것이 보였다. 그가 고개를 떨구더니 땅에 몸을 처박았다.

누가넨이 반쯤 들었던 팔을 내렸다. 목적을 달성하지 못한 검이 힘없이 땅을 가리켰다. 누가넨은, 그보다 한발 먼저 비테일의 등을 벤 메이튼을 노려보았고, 아일은 비테일의 머리가 있었던 그쯤을 우두커니 바라보고 서 있었다.

비테일의 눈은 미처 감지 못한 채였다. 머리에서 흘러나온 피가 뜬 눈으로 흘러들었다. 마지막 순간 그가 내뱉는 저주가 표적을 헷갈리지 않길 바라며, 감을 생각도 없었을 눈이 점점 붉어졌다. 새빨간 눈이었다.

"네놈이었어."

정현이 말했다.

"처음엔 이유도 모르고 당하다가……."

그가 앞을 노려보았다.

그의 목소리가 향한 곳에 '어둠보다 더 짙은 어둠'이 있었다. 침대 발치에 '빨간 눈'이 서 있었다. 바람이라도 부는 것처럼 늘 펄럭이던 검은 옷은 차분히 가라앉아 있었다. 평소처럼 붉은 입을 그믐달처럼 벌려 웃고 있지도 않았다. 살짝 벌리고 있는 입 안쪽으로 부글거리는 용암이 보였다.

"어느 순간 궁금해졌지. 대체 네놈이 뭔지, 누군지. 날 왜 이렇게 괴롭히는 건지. 나한테 죽은 놈들의 혼령 같은 건지, 저승사자 따윈지, 내 죄의식이 만들어낸 뭐 그런 건지. ……너였어. 그 게이트라마의 성주."

　못 믿을 기억 같으니라고.

　'그것'이 딱하다는 듯이 말했다. 그리고 살짝 움직였다. 어깨를 으쓱하는 것처럼 보였다.

　다 기억하고 있는 것 같으면서도 덩굴처럼 듬성듬성 비어 있지.

　'그것'이 살짝 움직였다. 고개를 갸웃하는 것처럼 보였다.

　제 편할 대로 기억하고, 정작 중요한 건 잊어버리고, 잊고 있는 줄도 몰랐다가 어느 순간 기억나지.

　'그것'이 붉은 눈을 조금 크게 떴다.

　잊어버리고 있는 것 같아서 한 번 더 말해주지.

　벌어진 입에서 붉은 입김이 흘러나와 정현이 있는 침대 끝까지 다가왔다.

　네놈에게도 사랑하는 이가 있을까?

　정현은 꿈에서 깨려고 무진 애를 썼다. 주위에 흉기가 될 만한 뭔가가 있었다면 스스로 목숨을 끊을 수도 있었다. 다음 말을 듣지 않기 위해서.

　그건 네 손안에서 사라지게 될 거야.

57

밴드가 부드러운 베이스로 연주에 시동을 걸었다. 창고형 카페의 조명이 어두워지고 무대로 사람들의 시선이 모였다. 밴드가 12월 31일에 어울리는 차분한 음악을 연주했다. 여성 보컬이 앳된 얼굴에서 예상할 수 없는 끈적한 목소리를 냈다. 곧 이어질 토크쇼를 보러 온 사람들도, 공연을 보러 온 관객들도, 그해의 마지막 날을 함께한다는 동질감 속에 일상의 피곤을 내려놓고 음악에 젖어 들었다. 지은은 가장 뒤쪽 테이블에 혼자 앉아 노트에 그림을 그리고 있었다.

"혼자 온 거야?"

대학 동창 연아가 지은의 한쪽 어깨를 감싸며 옆자리에 와 앉았다. 지은은 노트 중간에 연필을 끼워 넣고 노트를 덮었다.

"내가 먼저 온 거야."

"일행이 누군데?"

"너도 한 번 본 적 있어."

"남자? 아, 저번 그 사람?"

지은은 고개를 끄덕이고 수줍게 웃었다. 사랑에 빠진 여자가 짓는 사랑스러운 미소였다.

짧은 노래가 끝났다. 두 친구는 동시에 무대 쪽을 보았다.

"오늘같이 특별한 날, 이렇게 의미 있는 자리에서 많은 분들과 함께할 수 있게 되어 기쁩니다."

단발의 여성 보컬이 애교 있는 목소리로 말했다. 노래를 부를 때와 말할 때의 목소리가 다른 여자였다. 연아를 다른 테이블로 보내고 지은은 무대에 시선을 두었다. 여성 보컬이 12월 31일에 관련된 재미없는 농담을 몇 개 했다. 관객들이 조금 웃었다.

지은은 무슨 무슨 데이나 특정한 날에 큰 의미를 두지 않는 편이었다. 생일과 명절은 가족과 함께 보내기 마련이었고 무슨 무슨 데이엔 도리어 안 좋은 연애사가 더 많이 발생했다.

하지만 오늘, 지은은 정현과 처음으로 함께 보내는 12월 31일이란 데 의미를 두고 있었다.

날짜도 정확히 기억한다. 중학교 졸업식 전날이었다.

졸업식에 큰 의미를 두지는 않았지만 어찌어찌 무사히 졸업을 할 수 있었다는 것에 정현은 내심 감격하고 있었다. 당시 그는 꿈이 없는 숙면이 절실했다. 악몽에 시달리면서 수면의 피로 제거 효과를 나흘째 누리지 못했다. 그래서 졸업식을 앞두고 수면제를 정량보다 한 알 더 많이 먹었다. 덕분에 깊이 잘 수 있었다. 너무 깊이 잤다. 이십 시간 넘게 잤으니.

거기에 밤새 지독한, 앞서 나흘간 꿨던 꿈을 합친 것보다 더 괴로운 악몽까지 꿨다. 당연히 졸업식엔 가지 못했다. 당시 상담의였던 우제는 엄청 화를 냈고 한동안 약을 처방해주지 않았다. 그리고 졸업식 다음 날, 정현은 처음으로 악몽을 분류해보려는 시도를 했다.

전생을 재경험하는 꿈은 대체로 꿈이란 걸 모른 채 꾼다.

그런 꿈은 자고 일어나면 밤새 과격한 운동이라도 한 것처럼 몸이 제 몸 같지 않았다. 하지만 피로가 오래가지는 않았다. 오전이 지나면 일상생활을 할 만했다.

어린 시절엔 과거를 꿈에서라도 보길 바랐다. 현실이 현실처럼 느껴지지 않았으니까.

고문을 받거나 살해당하는 꿈도 몇 번을 반복해서 꾸다 보면 현재 꿈을 꾸고 있다는 걸 깨닫는데, 문제는 알아도 꿈에서 깰 수 없다는 것이다. 꿈인 줄 알고 꾸면 아프지는 말아야 할 텐데 잠을 자고 있는 동안 꿈에서 겪는 고통이 실제로 몸에 영향을 미친다. 열이 오르락내리락하고 식은땀이 흐르고 심장 박동이 날뛰고 혈압이 상승한다. 어릴 땐 몸이 버텨내지를 못했다. 깨서도 잠을 자지 않은 것처럼 온종일 피곤했다. 어떨 땐 후유증이 며칠을 갔다.

고등학교에 들어가서는 악몽을 꾸는 일이 줄어들었다. 우제는, 꿈을 분석해보려는 정현의 시도가 도움이 된 것이라고 말했다. 꿈을 현실과 분리하고 전생을 관객의 시선으로 볼 수 있게 됐다나 뭐라나.

정말 최악인 날은, 꿈인지 모르고 그 옛날의 기억을 되짚은 뒤 깨어보니 눈앞에 '붉은 눈'이 있는 것이다. 바로 어젯밤처럼.

그럼 그날은 엄청나게 피곤할 것을 각오해야 한다. 붉은 눈. 시뻘건 입을 벌리고 웃는 그놈과 마주치면 이전에 어떤 상황에 놓여 있었든 그것이 꿈이란 것을 깨닫는다. 개자식.

"정현 씨."

지은이 세 번 불렀을 때 정현이 그녀를 쳐다보았다.

"피곤하면 집에 갈래요? 피곤해 보여요."

피곤하기는 지은도 피곤해 보였다. 정현이 정신을 차리고 말했다.

"아…… 미안해. 가기는. 아직 시작도 안 했잖아."

지은의 대학 은사라고 하는, 그녀에게 미국 회사에 지원해보라고 했던 교수가 연락을 해왔다. 강연 형식의 토크쇼에 출연하게 되었다며, 사촌인 방송국 PD가 부탁을 해서 하긴 하는데 관객이 없을까 봐 걱정된다면서 지원군으로 그녀를 비롯한 제자들을 초대했다. 교수의 걱정과 달리 언더그라운드 문화 공간 '낮은 소리'는 초저녁부터 연말임을 감안하더라도 빈 좌석이 없이 만원이었다. 대학생부터 나이 지긋한 노부부까지 관객층은 다양했다.

지은은 이곳에서 동문들을 만나 인사도 나누었다. 그때마다 지인들은 지은의 옆에 있는 정현에게 눈길을 주었지만 지은은 그를 소개하지 않았다. 뭐라고 할까?

'저는 비서로 일하고 있고, 이분은 저의 상사입니다. 우리는 사귀는 사이예요.'

지은은 주위를 둘러보고는 맞은편에서 정현 옆자리로 의자를 끌어 와 앉았다. 그리고 정현의 팔 안쪽으로 손을 밀어 넣었다. 그때 방송국 사람을 대동한 안 교수가 나타났다. 지은은 거의 꼈던 팔짱을 급히 빼며 일어섰다. 안 교수는 무대에서 가까운 앞쪽 테이블부터 낯익은 제자들에게 안부를 물으며 두 사람이 있는 끝 테이블까지 왔다. 안 교수가 지은을 알아보고 반갑게 인사를 건넸다.

"무대에서 내 편이라도 많이 보여야 덜 떨릴 것 같아서 불렀어. 이런 날, 내키지 않는 걸음을 하게 한 건 아닌지 모르겠네."

안 교수는 말을 하는 중에 정현과 눈인사를 나눴다. 교수 뒤에 서 있던 방송국 스태프가 끼어들었다. 여자는 자신을 토크쇼의 작가라고 소개했다.

"교수님과 아는 사이신가 봐요. 잘됐네요. 쇼 중간에 관객 인터뷰가 필요한데 혹시 두 분 인터뷰 가능할까요?"

작가가 수줍은 어깻짓을 하며 두 손으로 정현을 가리키고 또 지은을 가리켰다. 카메라맨은 이미 정현과 지은을 카메라에 담고 있었다. 지은이 곤란한 얼굴을 했다.

"전 말도 잘 못하고……."

"질문은 미리 알려드릴게요. 오래 사귄 커플처럼 보이는 게, 카메라에 담으면 편안하고 좋은 그림이 나올 거 같아서 부탁드리는 거예요."

둘을 카메라에 담는다는 소리에 지은이 손사래를 쳤다.

"아, 그건 정말 안 돼요. 죄송합니다."

정현은 눈을 내려뜬 채 피곤한 얼굴로 잠자코 있었다. 작가가 도와달라는 눈빛을 안 교수에게 보냈다. 안 교수는 허허거리는 웃음으로 넘겼다. 결국 혼자만 나오는 조건으로 지은은 인터뷰를 허락했다. 스태프들이 가자 지은이 정현에게 물었다.

"화장 이상하지 않아요?"

"조명이 어두워서 모르겠어."

"농담하지 말고요."

예쁘다고까지 말해줬는데 정현의 말을 믿지 못하고 지은은 화장을 고치겠다며 화장실로 갔다. 정현은 꼬고 있던 다리를 내리고 몸을 숙였다. 테이블에 이마를 대고 엎드렸다. 두통이 아주 만성이 되었다.

피곤했다. 육체적으로도 피곤했고 정신적으로도 피곤했다. 어릴 때만큼 자주는 아니었지만 사나흘에 한 번꼴로 악몽에 시달리고 악몽을 꾸지 않으면 과거의 기억을 꿈에서 봐야 했다. 전자는 괴롭고, 후자는 그를 지치게 만들었다. 그가 숙면을 취하든 뜬눈으로 밤을 새우든 현실에선 일이 그를 기다리고 있었다. 거기에 지은의 이직 문제도 더해졌다.

아, 한지은.

그녀는 나름대로 그를 배려한다고 다시는 이직 얘기를 꺼내지 않았지만, 그녀의 포트폴리오는 아직도 인터넷상에 떠 있었다. 지은에게 미안한 얘기지만 정현은 그녀의 포트폴리오가 엉망이길 바랐다. 하지만, 아니었다. 그녀가 유튜브에 올린 물건은, 그래, 꽤 괜찮은 물건이었다. 시청자가 영상을 보다가 게임처럼 선택지를 고를 수 있고 선택한 것에 따라 벌어지는 각기 다른 상황을 광고로 보여주었다. 그녀는 게임 회사를 허투루 다니지 않았다. 그녀의 진지함에 대고 이직 생각은 하지 말라는 말을 할 수 없었다. 집어치우란 말이 더 이상 억지로라도 나오지 않게 되어버렸다.

네놈에게도 사랑하는 이가 있을까?

어젯밤 붉은 눈의 목소리가 총알처럼 머리에 박혔다. 또 찌르는 듯한 두통이 시작됐다. 정현은 재킷 주머니에 손을 넣었다. 휴대용 알약 케이스의 모서리가 손가락에 스쳤다.

그건 네 손안에서 사라지게 될 거야.

알약 케이스를 움켜쥐었다. 의사는 아픈 것을 참는 게 더 미련한 짓이라고 했지만 되도록 약은 먹고 싶지 않았다.

「그 아이가 아파서 단지 건강하길 바랐고, 그 아이가 아파서 편히 잠든 모습만 봐도 좋았어. 가끔 웃고 있는 것만 봐도 신이 났어.」

지은이 전해준 어머니의 말이 어머니의 목소리로 들려왔다. 주머니 안에서 약통을 만지작대던 손이 멈추었다.

어린 아들이 수면 유도제를 처방받아 온 날, 어머니가 지었던 묘한 표정이 떠올랐다. 안쓰럽고 마음 아프고, 그래도 저것의 도움을 받으면 아들이 편하게 잘 수 있을까 기대하던 얼굴.

「어떻게 그런 생각을 한 번도 해본 적이 없을까.」

어머니가 아들의 결혼 상대가 어떤 사람일지 하는 가벼운 상상조차 하지 못하게 만든 것에 대한 죄책감.

어머니 시영이 전생을 기억한다는 아들 때문에 흘린 눈물을 합치면 달력 십 년분을 축축이 적시고도 남는다. 정현이 그걸 모를 리 없었다.

생각할 수 있는 머리가 있고 감정이 있는데 그걸 어떻게 모를 수가.

의도한 건 아니었지만 그는 부모를 괴롭게 했고 그래서 정신을 차린 이후로는 괜찮은 아들이 되려고 노력했다. 라야를 기다리는 것과 비등하게 좋은 아들, 좋은 형이 되려고 애썼다.

정현이 다시 악몽에 시달린다는 걸 안다면 가족들이 어떤 반응을 보일지는 쉽게 상상할 수 있었다.

'난 형편없는 인간이야.'

속이 답답해 내뿜은 한숨이 어지러운 속처럼 흔들렸다.

정현은 테이블에서 이마를 떼고 의자에 몸을 파묻었다. 주머니 속에서 약통을 흔들자 알약이 잘그락거리는 게 손의 감촉으로 느껴졌다.

전생에서의 후회는 끝도 없다. 다른 선택지는 없었을까 뒤늦은 후회를 하고, 죄를 헤아리고, 하나하나 사죄하는 것도 지쳤다.

후회는 할 수 있다.

하지만 적어도 같은 후회를 이 생에서 반복할 수는 없어.

"관객들을 모시고 얘기를 해보려고 하는데요, 네, 어서 오세요."

진행자가 지은을 향해 손짓했다. 지은을 알아본 동창들이 관객석에서 환호를 보냈다. 진행자가 "인기가 많으시네요."라며 분위기를 돋우었다. 호들갑스러운 박수를 보내는 관객석을 향해 지은은 몇 번 허리를 굽혀 인사하면서 무대 위로 올라갔다.

지은이 긴장된 한숨을 내쉬며 귀 뒤로 머리카락을 넘겼다. 정현은 검은 머리카락을 쓸고 내려오는 지은의 손을 응시했다. 진행자가 지은에게 강의를 본 소감 등을 질문하고, 지은이 대답하고, 관객들이 무대의 대화에 집중할 동안 정현은 지은을 뜯어보고 있었다.

진행자가 짓궂은 농담을 했다. 지은은 평소 잘 보이는 정색하는 표정을 꾸며내며 유머러스하게 농담을 받아넘겼다. 관객석에서 호의적인 웃음이 터졌다. 정현은 약통을 꺼내려는 충동에서 벗어나기 위해 손을 주머니에서 **빼냈다**. 관객들이 웃음을 터뜨릴 때마다 관자놀이가 욱신거렸다.

"하지만, 아마 교수님은 그렇게 생각하지 않으실 거예요."

지은의 넉살에 제일 앞좌석에 앉아 있는 안 교수가 너털웃음을 터뜨렸다. 정현은 지은에게서 의외의 면을 발견하고 놀란 듯 눈을 깜박였다. 그녀는 의외로 무대 체질일지도 모르겠다. 정현은 관객석을 죽 둘러보았다. 사람들이 지은에게 보이는 호의적인 시선들이 보였다. 기분이 이상해져 힘없는 웃음이 나왔다.

의자가 불편한지 지은이 자세를 고쳐 앉았다. 정현의 눈에 그녀의 몸이 그리는 고운 선이 보였다. 회사에서 입고 있었던 하얀 블라우스와 검정 스커트 차림, 유일하게 꾸몄다 할 만한 레드 코트. 높고 둥근 스툴에 살며시 엉덩이를 걸치고, 늘씬한 다리는 얌전히 모아 스툴의 발걸이에 발을 놓았다.

정현은 그 정숙한 차림 아래 그녀의 나신을 떠올리고 있었다. 두통이 심해질수록 그녀에게 더욱 집중하려 했다. 지금 헤어진대도, 절대 그럴 리 없지만, 바로 다음 순간 이별해 평생 만나지 못하게 된대도 뇌리에 박혀 아마 죽을 때까지 잊히지 않을 그녀의 몸을 떠올렸다. 그 이미지가 손에 잡힐 듯 선명했다.

그녀의 몸이 안겨들면 아드레날린이 솟구치는 감각을 그는 안다. 숨을 내쉰다고 오르내리는 그 가슴을 입에 물면 얼마나 끝내주는 감촉인지 그는 안다. 부드러운 혀가 엉겨들면 정신이 아득해질 정도로 달다는 것도 안다.

다시 관객석에서 웃음이 터졌다. 정현은 지끈거리는 통증에 반사적으로 감았던 눈을 다시 뜨고 앞을 보았다. 작은 무대, 그리 밝지만은 않은 조명 아래에서의 지은은 아름다웠다. 원래 그녀의 자리가 거기인 것처럼 어울렸다.

그녀가 있는 무대는 밝고, 그가 있는 끝 쪽 테이블은 어두웠다. 테이블에 앉아, 그의 곁에서 그만을 쳐다보던 지은은 불안해하고 걱정스러운 눈빛을 하고 있었다. 무대에서, 사람들의 시선을 받고 있는 지은은 환하고 밝게 빛나고 있었다. 미소는 왜 그리 눈부신지, 눈빛은 왜 그리 따스한지. 그녀의 눈앞에 그가 없어도 그녀는 사랑스러웠다. 그는 이렇게 그녀가 바로 눈앞에 없으면 어두운 우물 속으로 가라앉는 기분인데.

벽 쪽에 붙은 지하 환기구가 웅 하는 음침한 소리를 냈다. 난데없이 무대 위를 비추는 조명을 다 깨부숴버리고 싶은 충동이 일었다. 두꺼비집을 내려 카페가 작은 혼란에 빠지고 지은이 그를 찾아 시선을 움직이게 만들고 싶었다. 환풍기 소리가 불안을 키웠다. 지은의 손목을 잡아 무대에서 끌어내리는 상상을 했다. 그랬을 때 지은이 지을 당황스러운 표정과 두 사람을 놀란 얼굴로 쳐다볼 사람들의 모습이 그려졌다.

시선만으로 무대 위의 지은을 감아 채 끌어당길 듯 그가 강렬한 시선을 고정했다. 짧은 순간 지은의 눈이 사람들을 지나 정현에게 와 닿았다. 그녀가 눈으로 정현만 알아볼 수 있는 미소를 지었다.

정현은 두 손을 재킷 주머니 안에 넣고 모서리가 손바닥을 아프게 찌를 정도로 힘껏 알약 케이스를 쥐었다.

그녀의 시선, 그녀의 목소리, 그녀의 몸, 그녀의 마음. 모두 그의 것이다.

그녀의 것이기 이전에 그의 것이다. 그녀가 태어나기 전부터 그의 것이었다.

정현은 세면대의 거울을 보았다. 얼굴에 물을 끼얹자 머리가 조금 맑아졌다. 턱에서 물이 뚝뚝 떨어져도 닦고 싶은 생각이 들지 않았다. 어두운 충동을 제외하고 모든 것이 무기력했다. 밖이 시끄러워 화장실 안이 더 조용했다. 기분 나쁜 환풍기 소리는 이곳까지 따라왔다.

"어이쿠, 깜짝이야."

화장실 칸 안에서 기척이 난다 했더니 남자가 나오다 정현을 발견하고 놀라 소리쳤다. 정현이 젖은 얼굴을 돌려 남자를 쳐다보았다. 남진오였다.

그랬지, 저 인간도 동문이랬지.

"지은이랑 인사할 때에는 안 계셨는데 오셨네요."

진오가 능글맞은 미소를 지으며 말했다.

"정말 자주 마주치지 않습니까? 전생에 인연이기라도 했던 걸까요?"

정현은 대꾸 없이 손수건을 꺼내 얼굴을 닦았다. 진오는 잠시 머뭇거리더니 옆 세면대로 와 손을 씻었다. 진오가 수도꼭지를 잠그고 손을 털며 말했다.

"장거리 연애는 힘들죠."

뜬금없는 소리에 정현이 손수건으로 턱을 훔치다 말고 진오를 보았다. 진오가 페이퍼타월을 잡아 뜯어 손을 닦으며 말했다.

"팀 옮기는 걸 오래 고민하고 있길래 물어보니 안 교수님 회사 얘길 하더군요."

진오가 눈을 들어 거울을 보았다. 정현은 고개를 돌려 진오의 옆얼굴을 보고 진오는 거울을 통해 정현을 보았다. 진오가 싱긋 웃고는 말했다.

"잡기 더 힘든 시대가 되어버렸어요. 하려고 한다면 매일 얼굴은 볼 수 있으니까. 망할 디지털 시대. 어차피 몸이 떨어져 있기는 매한가지면서. 붙잡자니 좀생이가 되겠고 보내자니 못 살겠고."

진오가 페이퍼타월을 휴지통에 쑤셔 박고 몸을 돌려 정현을 보았다.

"저도 장거리 연애 해봐서 알죠. 서울과 부산이었지만. 안 좋은 꼴 보고 헤어지는 게 싫으면 헤어진 뒤에 보내는 걸 추천합니다."

진오가 어깨를 으쓱했다.

"계속 만나고 싶다면 귀국 후에 다시 시작해도 되고."

"남진오 씨와 제가 과거에 인연이었다면, 분명 악연이었을 것 같네요."

정현이 싸늘한 미소를 짓고서 나긋나긋한 말투로 말했다. '듣기 좋지도 않은 얘기, 적당히 하고 꺼져.'라는 무언의 대사가 따라붙는 듯해 진오는 움찔했다. 정현은 진오에게 관심을 끄고 다시 생각에 잠긴 얼굴로 거울 쪽을 보았다. 정현이 젖은 목을 닦을 동안 진오는 그대로 서 있었다. 뒤늦게 정현이 진오를 돌아보았다. 왜 안 가고 있어?

"사장님은 제가 싫으신가요?"

진오가 물었다. 정현이 황당한 표정을 지었다.

"솔직히 털어놔보자면, 전 우리 회사를 좋아하고 우리 회사가 그런 분위기인 건 사장님 덕분이란 것도 알고 그래서 사장님이 싫지 않습니다. 존경…… 할지도 모르겠네요. 거슬리는 말 잔뜩 해놓고 수습하려고 아부하는 건 아닙니다. 저랑 나이 차도 많이 나지 않으면서 그런 모습을 하고 있는 게 처음엔 딴 세상 사람처럼 느껴졌습니다. 그런데 지은이랑 사귀는 뒤로는 사장님이 적당히 같은 인간처럼 보입니다."

진오는 멋쩍은 듯 손가락으로 셔츠 깃 아래의 목 언저리를 긁적였다.

"속물이라고 할 수도 있겠지만 사장님이랑 개인적으로 얘기할 기회도 생기면서 저도 좀 대단한 사람이 된 거 같고 될 수 있을 것 같고 그렇습니다. 그런 이유에서 전 사장님을 좋아하니까 사장님도 절 좋아해주셨으면 좋겠습니다. 그래도 안 좋아하신다면 어쩔 수 없고요."

정현은 정말로 황당한 표정이 되었다. 손수건을 목에 붙인 채 입까지 살짝 벌리고 굳어버렸다. 남진오 덕분에 머리가 찬물을 뒤집어쓴 것처럼 맑아졌다. 진오는 고개를 꾸벅 숙여 인사를 하더니 문을 열고 나갔다.

"아, 참."

그러더니 다시 들어와서는 말했다.

"뒤풀이에 지은이 혼자 보내지 말고 꼭 같이 오세요. 여기 못 온 사람들도 중간 지점에서 합류하기로 했는데 거기에 지은이랑 잠깐 사귀었던 놈도 오거든요. 그놈 최근에 파혼했다던데, 지은이가 그럴 리 없지만 사람 일은 모르는 거니까요."

정말 생각해줘서 하는 말인지 깐죽대는 건지 알 수가 없다.

"남진오 씨."

진오가 나가려다 말고 다시 안쪽으로 고개를 내밀었다. 정현이 쏘아붙이는 말이라도 하려는가 싶어 진오는 긴장했다. 정현이 피곤한 미소를 달고 말했다.

"새해 복 많이 받아요."

엔진을 튜닝한 오토바이가 요란한 소리를 내며 뻥 뚫린 도로를 달려갔다. 지은은 주차된 차 조수석에서 책을 읽고 있다가 차 옆을 지나가는 오토바이의 꽁무니를 쳐다보았다. 그녀는 책으로 시선을 옮겼다. 영어 원서였다. 정현이 차에서 내린 뒤부터 꺼내 읽고 있는데 십 분 동안 세 장도 읽지 못했다. 회사에서도 컨디션이 좋아 보이진 않았지만 저녁 내내 정신을 반쯤 떼어 어디 버려두고 온 듯한 정현이 신경 쓰였다.

지은은 인도 쪽으로 눈을 돌렸다. 커피숍에서 계산을 하고 나오는 정현이 보였다. 정현은 생수와 커피를 들고 자동차 앞을 돌아 운전석으로 왔다.

지은이 차 문을 닫는 정현을 책 모서리로 가리켰다.

"에스프레소 테이크아웃 하는 사람은 처음⋯⋯."

정현이 에스프레소를 단숨에 들이켰다. 지은은 자신이 마신 것처럼 인상을 썼다.

"무슨 커피를 그런 식으로 마셔요."

정현은 대답 없이 정면만 쳐다보며 생수병 뚜껑을 열어 물을 한 모금 마시고는 차를 출발시켰다. 지은이 정현의 옆얼굴을 빤히 쳐다보다가 말했다.

"오늘 회사에서부터 커피를 몇 잔 마시는 줄 알아요?"

"지은 씨가 더 잘 알겠지."

상사와 비서 관계란 것 때문에 정현과 사귀는 사이란 것을 사람들에게 말하지 않는 지은을 비꼰 것이지만 그녀는 못 알아들은 듯했다. 정현은 목이 타, 차가 정지한 사이에 물을 한 모금 더 마셨다.

지은이 말했다.

"여덟 잔이요. 커피를 물처럼 마시고 있잖아요. 잠도 엉망으로 잔다는 사람이 커피를 그렇게 마시면⋯⋯. 잠을 자고 싶은 거예요, 자기 싫은 거예요?"

"집에 가면 안 될까?"

정현이 지은을 쳐다보며 말했다.

"가봤자 사람들한테 날 소개해주지도 않을 거 아니야."

지은은 책을 가방에 넣고 운전석 쪽으로 몸을 돌려 조심스러운 말투로 물었다.

"기분 상했어요?"

"운이 더 나쁘면 저번처럼 내 개인 신상에 대한 질문만 받다가 올 수도 있겠지. 이럴 거면 왜 같이 가자고 한 거야?"

"정현 씨랑 같이 있고 싶어서요."

지은의 솔직한 말은 정현의 말문을 효과적으로 틀어막았다. 지은이 조용히 말했다.

"미안해요."

"기분 상하지 않았어. 그저…… 슬슬 섭섭해지고 있는 것뿐이야. 네가 꼭 사귀면 안 될 사람이랑 사귀는 것처럼 매번 그런 식으로 반응하는 게. 대체 언제까지 이래야 하는지……."

말꼬리가 흐릿해지면서 그의 초점도 흐릿해졌다. 그래, 언제까지 이래야 하는지……. 언제까지 이런 피곤한 상태가 계속될 건지……. 도저히 나아질 기미가 안 보인다.

카페에서의 불안한 환기구 소리가 귀에 들러붙었다. 자동차 후미등 불빛과 가로수에 달린 연말 전구, 간판 조명이 얽혀 시야를 흔들었다.

낯선 곳에 와서 어디에 눈을 둘지 모르는 사람처럼 시선이 갈팡질팡하다가 지은과 마주쳤다. 맑고 곧은 시선이 와 닿자 그녀의 생기가 옮겨 온 듯 정신이 일시적으로 깨었다. 당장 그녀를 안고 침대로 뛰어들고 싶었다. 그러면 하루 종일 그를 괴롭히는, 설명하기 힘든 불안과 초조에서 벗어날 수 있을 것도 같았다.

"그래요. 많이 피곤해 보여요. 그럼 먼저 들어가요."

지은이 걱정스럽다는 표정으로 말했다. 차는 어느새 밀리는 도로 위에 갇혔다. 정현은 잠시 아무 말 하지 않고 지은을 바라보았다. 그가 말했다.

"나 혼자 가겠다는 게 아니라 같이 가자는 거야."

"뒤풀이 가겠다고 했는걸요."

"그래. 최근에 파혼했다는 네 전 남친도 오는 뒤풀이."

"그건 또 누구한테서 들었어요?"

정현은 신호등의 노란불을 쳐다보았다. 파란불로 바뀌고 차가 출발하자 지은이 말했다.

"알았어요. 못 간다고 전화할게요."

지은이 가방에서 휴대전화를 꺼냈다.

"우리 결혼해."

그의 목소리가 클랙슨 소리에 조금 묻혔다. 왼쪽 차선의 택시가 노란불이 초록불로 바뀌는 잠깐을 참지 못하고 클랙슨을 울려댔다. 지은은 통화 버튼 근처에 손가락을 두고 가만있었다. 정현이 차 정면을 쳐다본 채로 말했다.

"며칠 전에 친구 결혼식 갔다 왔다면서."

"선배 결혼식이었어요."

"그래, 선배 결혼식. 선배가 결혼하는 걸 보면서 아무 생각도 들지 않았어?"

정현은 애써 가벼운 말투로 말했다. 지은이 휴대전화를 손에 꼭 쥐고서 그를 돌아보았다.

"선배는 남자고, 물론 신부가 예쁘긴 했지만 결혼하고 싶은 생각은 들지 않았어요. 내 친구 중에 결혼한 사람은 아직 한 명도 없다고요. 정현씨, 이직하지 말란 말을 그런 식으로 돌려서 하지 마요."

"너야말로 이직이란 말로 상황을 가볍게 만들지 마."

정현의 말투가 급변했다. 정현은 쏘아붙이는 듯한 눈으로 지은을 짧게 쳐다보고 다시 앞을 보았다.

"미국행이 지하철로 네 역쯤 떨어진 동네로 이사 가는 것처럼 간단한 문제 같아?"

"고작 삼 년이에요."

"그 교수란 사람은 그렇게 생각 안 하던데? 네가 더 길게 일할 걸로 예상하고 있어. 당연하지. 어떤 회사가 삼 년 일하고 관둘 직원을 환영하겠어."

정현은 목소리를 높이지도, 흥분해서 특유의 침착성을 잃지도 않았다. 말의 온도가 평소보다 차가워지고 목소리에 힘이 실려 있을 뿐이었다. 그가 협상 테이블에서 어떤 식으로 말하는지 알 것 같았다. 지은이 입을 열기 전에 그가 말을 덧붙였다.

"삼 년쯤 지나면 그곳 생활도 일도 익숙해지겠지. 그때부터 경력이라고 부를 만할 테니 그럼 몇 년쯤 더 있어볼까 생각하게 될 거야."

그의 박력에 눌려 지은은 정말 그렇게 될지도 모르겠다는 생각을 했다.

"그렇지 않아요. 여기 우리 가족이 있고 정현 씨가 있는데 어떻게 그래요."

정현은 정면을 보는 채로 고개를 살짝 흔들었다. 얼핏 웃는 것처럼 보였다.

"내가 고려 대상에 있긴 해?"

"……정현 씨, 차 세워봐요."

정현은 핸들을 꺾어 차를 인도 쪽에 붙였다.

지은은 직접 손을 뻗어 차의 시동을 완전히 껐다. 엔진 소리가 꺼지고 잠시 차 안에 정적이 흘렀다. 정현은 두 손으로 운전대를 잡고 '마음껏 변명해봐.'라는 듯이 지은을 돌아보았다. 그의 눈에서 상반된 기운이 흘렀다. 고집스러움과 무기력함.

지은이 조용한 어조로 말했다.

"교수님한테도 말씀드리고 미국 전화 인터뷰도 했어요."

"벌써 인터뷰까지 했어?"

정현이 빈정거리는 웃음을 던졌다. 언젠가 그녀의 아버지가 딸을 자랑하며 했던 말이 떠올랐다. 지은은 마음을 먹을 때까지 저 혼자 속으로 백 번을 생각하고 한 번 마음먹으면 어지간해선 고집을 꺾지 않는다. 태원이 반대하는 미대도 그렇게 갔다고 했다. 지은의 얼핏 어리숙해 보이는 얼굴은 상대를 방심시키기 위한 훌륭한 위장술이고 상대가 방심하는 동안 그녀는 차근차근 제가 하고 싶은 일을 해나간다. 그걸 알고도 정현은 막을 방법이 없었다. 어떻게 해야 하지? 아이라도 생기면…….

지은이 한숨을 쉬었다. 정현은 지은이 그의 생각을 읽었을까 봐 가슴이 뜨끔했다.

"정현 씨. 삼 년이에요."

지은은 그가 절대적으로 항복하게 만드는 미소를 지으며 말했다.

"약속해요."

약속이란 말에 정현이 묘한 웃음을 지었다. 그건 웃는다기보다 표정이 변하는 것에 가까웠다. 좋지 않은 기억이 머리 표면으로 올라오려는 것을 느끼고 미간이 긴장하며 주름을 잡았다. 정현이 무슨 말을 하려는 듯이 입을 살짝 벌리며 손가락을 들어 올렸다. 무슨 말을 하려는 게 아니었다. 그녀의 말을 막으려는 것이었다.

함부로, 그렇게 쉽게, 약속한다고 말하지 마.

정현이 말하기 전에 지은이 말했다.

"라야는 그보다 더 오래도 기다렸으면서 나는 겨우 삼 년을 못 기다린다는 거예요?"

말을 뱉는 순간 바로 주워 담고 싶어졌다. 그를 시험하려는 생각은 없었다. 하지만 분명 그 순간 그에게 섭섭함을 느꼈다. 오로지 한지은을 기다려야 할 순간이 왔는데 그는 지은의 예상을 뛰어넘어 그것을 격렬히 거부하고 있었다.

정현은 일격을 당한 사람처럼 입을 다물었다. 그리고 그녀가 내릴 때까지 더 이상 아무 말도 하지 않았다.

"요즘 우리 대화만 하면 싸우는 거 알아요? 이렇게 해요. 정현 씨는 먼저 집에 가서 눈 좀 붙이고 있어요. 난 버스 타고 뒤풀이 장소에 가서 잠깐 인사만 하고 따라갈게요."

그렇게 말하고 지은은 조수석 문을 잡았다. 잠시 머뭇거리더니 운전석 쪽으로 몸을 돌렸다. 지은은 정현의 어깨를 부드럽게 잡고 가볍게 입술만 붙이는 키스를 했다. 그녀가 입술을 떼고 눈을 떴을 때, 그의 냉랭하던 표정이 누그러져 있었다. 하지만 눈빛에 심란한 기색은 여전했다.

지은은 차에서 내려 허리를 숙이고는 조수석 창문으로 손을 흔들었다.

정현은 기력이 빠진 사람처럼 차 안에 그대로 앉아 있었다. 집착이 사라지고 나니 무기력함만 남았다. 문득 조수석에 눈이 갔다. 웬 노트가 떨어져 있었다. 조수석 시트 안에 끼어 있는 걸로 봐서 일부러 보라고 놔두고 간 건 아닌 듯했다.

정현은 시트 바깥으로 삐져나와 있는, 함정 같은 노트의 모서리를 한참 응시했다. 어쩌면 백지일 수도 있다. 망할 놈의 이직과 관련된 그림이 잔뜩 그려져 있을 수도 있다. 비밀스러운 내용은 없을지도 모른다.

정현은 오른팔만 쭉 뻗어 노트를 빼냈다. 노트의 표지를 넘겼다.

짧은 순간 얼어붙었던 그가 붕어처럼 입을 뻐끔거리다 말했다.

"정말…… 여러 방면으로, 사람 놀라게 하네."

말에 희미하게 웃음이 섞여 있었다. 정현은 지은이 그린 '라야'를 바라다보았다.

라야는 그의 기억과는 조금 다른 모습, 뿌루퉁한 얼굴, 뭔가 불만스러운 표정을 짓고서 노트 밖의 사람을 똑바로 응시하고 있었다. 목 아래쯤이 간질거렸다. 빛바랜 듬성듬성한 기억처럼, 연필로 그려진 회색 스케치가 이것은 과거란 걸 보여주듯 쓸쓸한 느낌을 주었다. 그리움이 가슴을 먹먹하게 짓눌렀다.

정현은 손가락으로 라야의 얼굴을 만지려고 하다가 멈칫했다. 무의식중에 지은이 사라진 방향을 보았다. 웃긴 생각이지만, 죄책감이 들었다. 아내가 집에서 나가자마자 첫사랑 여자를 끌어들인 인간이 된 기분이었다. 첫사랑과 하고 있는 건 테이블에 앉아 차를 마시는 것뿐인데도.

이게 다 지은이 라야에게 질투를 느낀다는 말을 너무 열심히 들어준 탓인 듯싶었다.

라야에게서 눈을 떼지 못하고 아쉽다는 듯이 천천히 뒷장을 넘긴 정현은 표정 관리를 할 생각조차 못하고 굳었다.

아일이었다.

라야의 모습은 그의 머릿속에서 홈 비디오의 영상처럼 몇 번이고 꺼내보고 여러 번 재생되어 잊히지 않았지만 그 자신의 모습은 희미해져 있었다. 서늘한 눈매의 아일이 노트 안쪽의 세계 어딘가를 쳐다보고 있었다. 어쩌면 그의 시선 끝엔 라야가 있는지도 모른다.

라야만큼 이쪽도 짙은 그리움을 불러일으켰다. 익숙하지 않은 장소에 걸린, 깨지고 더러워진 거울 속에 자신을 비춰 볼 때처럼 약간은 낯설고 어색하고 민망했다. 과거의 자신을 마주할 때 느끼는 모든 종류의 감정이 휘몰아치려고 해 서둘러 노트를 덮었다.

턴테이블 전자시계의 불빛이 그를 가장 먼저 반겼다.

집에 들어온 정현은 현관의 전등이 꺼지기 전에 거실 불을 켰다. 욕실과 베란다를 제외하고 집의 모든 전등을 켰다. 지은의 노트는 식탁 위에 올려놓고, 턴테이블로 가 라디오도 켰다. 그는 라디오를 잘 듣지 않지만 그를 제일 먼저 반겨준 불빛이 그것이란 점에서 뭔가 보답을 해주고 싶었다.

"사랑하는 사람과 12월 31일 잘 보내고 계신가요?"

라디오 DJ가 밝은 목소리로 말했다.

냉장고로 가 물병을 꺼냈다. 엘리베이터를 타고 올라오는 동안 누가 그의 머리를 호두쯤 되는 걸로 생각하고 망치로 세게 두들겨대는 듯했다. 약을 어디다 뒀더라. 아, 재킷 주머니에.

정현이 방으로 간 동안 거실엔 DJ의 톤 높은 목소리가 울렸다.

"오늘 지각하셨네요. 청취자분들께 사과하시죠."

DJ가 지각한 게스트에게 농담을 했다. 게스트가 말을 받았다.

"죄송합니다. 도로가 막혀서."

"연말이라 어딜 가도 복잡하죠. 오늘은 특히나."

"그것도 그렇지만 앞에 사고가 나서 통제를 하고 있더라고요."

정현은 방을 나와 알약을 삼키고 이가 시릴 정도로 차가운 물을 마셨다.

아나운서 출신의 DJ가 목소리를 급히 어둡게 바꾸어 말했다.

"아, 아까 뉴스 들었어요. 대형 트레일러가 전복되면서 시내버스와 충돌했다면서요."

"8중 추돌이요."

정현은 컵을 들고 거실로 왔다. 소파 가장자리에 걸터앉아 턴테이블을 노려보았다.

"……역 쪽으로 가실 분들은 사고로 도로를 통제하고 있으니까 우회 도로를 이용하세요. 약속이 있으신 분들은 빨리 움직이셔야 할 겁니다."

약이 천천히 목을 타고 내려갔다. 그와 반대로 몸 안쪽에서 꿈틀댄 차가운 기운이 등줄기를 타고 올랐다.

불안한 예감 같은.

휴대전화가 어디다 뒀는지 생각하는 데 오 초쯤 걸렸다. 약 기운 때문인지 생각이 더뎠다. 방으로 가 재킷을 뒤져 휴대전화를 찾아냈다. 지은에게 전화를 걸었다.

신호만 가고 전화를 받지 않았다.

중요할 때 전화가 되지 않으면 휴대전화가 있어야 할 이유가 없잖아. 정현은 짜증스러운 표정을 지으며 시답잖은 대화를 시작하는 라디오를 껐다.

[전화해줘.]

문자를 보내고 잠시 전화 거는 것을 쉬었다. 전화 수신음이 들리지 않자 그제야 심장이 빠르게 뛰고 있다는 걸 알았다.

58

극작가 사만티니가 니암나무 꽃잎이 날리는 것을 보고 '눈이 내린다.'고 표현하기 전까지, 사람들은 매해 주택가에 가로수로, 대저택의 정원수로, 다이런에서 가장 흔한 나무로 니암나무와 마주하고도 니암나무 꽃잎을 눈이라고 생각해보지 못했다. 사만티니가 그렇게 말한 이후로, 니암나무는 여름 눈꽃이라는 두 번째 이름을 가지게 되었다.

"외설적으로 보이지는 않을까요?"

라야가 물었다. 창 밖으로 여름 눈꽃이 내리고 있었다. 창틀이 눈꽃으로 덮였다. 바람에 날려 온 꽃잎이 붉은 드레스 자락 위로 떨어졌다. 드레스 메이커가 그녀의 질문에 입을 벌리며 그녀를 쳐다보았다.

"이런 말이 어떻게 들리지 모르겠습니다만, 윈터스 양."

드레스 메이커는 꽃잎을 주우려고 몸을 숙였다. 붉은 드레스 자락 위에 놓인 흰 꽃잎이 일부러 수를 놓은 것처럼 그대로 멋스럽다는 생각이 들어 그는 손을 오므리고 일어섰다. 그가 말했다.

"당신이 속치마만 입고 무대에 올라도 사람들은 외설적이라는 생각은 하지 못할 겁니다. 속치마가 유행이 되지 않으면 다행이지요."

그는 소파에 앉아 있는 극단 단장과 싱클레어를 돌아보며 어떠냐는 미소를 던졌다. 단장은 흡족한 표정으로 수염을 매만졌고, 싱클레어는 라야에게 엄지를 세워 보였다. 하녀가 전신 거울의 각도를 보기 좋게 조정했다. 라야는 돌아서서 뒷모습을 거울에 비쳐 보았다. 드레스 메이커가 자신감 있는 목소리로 말했다.

"이 드레스는 여성들 사이에서 큰 화제가 될 겁니다. 물론 남성들 사이에서도요."

드레스 메이커는 다시 뒤돌아 단장을 보았다.

"승전 축하 공연을 하게 되신 것을 다시 한 번 진심으로 축하드립니다."

와이즈 성에서 작은 연회가 열렸다. 극단이 성도로 승전 축하 공연 여행을 가기 전, 르웨이의 청으로 잠시 들른 것이었다.

연회의 주최자는 르웨이 자에 와이즈, 연회의 표면적인 이유는 연극 감상을 통한 지인들 간의 친목 도모. 연회에 초청된 사람들 대부분이 에른스트 아카데미 출신이라는 것은, 모두 알고 있지만 언급하지 말아야 할 이야기. 그들이 와이즈 성에 머물며 사흘에 걸쳐 보고 있는 연극은 사만티니의 역작이라고 불리는 '기나긴 밤'이었다. 제목처럼 기나긴 이야기라 이 연극을 감상하려면 짧게는 사흘, 길게는 일주일이 걸렸다. 그래서 대중을 상대로 한 극장에선 좀체 보기 힘든 연극이었다.

"언제까지 기다려야 하나요?"

배우가 무대에서 관객석으로 눈을 돌렸다. 관객은 신의 눈으로 연극을 보고 있었다. 여자는 신들에게 묻고 있었다. 그녀의 시선이 관객들을 통과해 창 밖으로 보이는 달을 향했다. 여자의 초록빛 눈에 달빛이 맺혔다. 그리움이 눈물이 되기 전에, 연기가 진짜가 되기 전에 달에서 눈을 돌렸다.

"언제가 되어야 그 밤이 오나요?"

그녀의 뒤로 사제복을 입은 남자가 서 있었다.

"언젠가."

남자가 대답했다. 여자가 성직자를 돌아보았다.

"그 말을 믿고 아버지는 죽음을 두려워하지 않으셨죠."

여자가 염세적인 미소를 지었다.

"그 말만 믿고 전 오라버니가 죽어도, 사랑을 잃어도 울지 않았어요. 언젠가. 대체 언젠가가 언제인가요?"

"당신이 그것을 믿는다면 언젠가."

"제가 더 이상 그걸 믿지 않는다면요?"

"당신이 믿지 않아도 그것이 와야 할 것이라면 또 언젠가. 한 밤 자고, 두 밤 자고, 세 밤 자고, 네 밤, 다섯 밤…… 당신이 더 이상 날짜를 세지 않게 되는 어느 날쯤."

여자가 허탈한 웃음을 터뜨렸다. 관객석이 숙연해졌다.

저녁 식사 후, 사람들은 응접실에 모였다.

배우는 공연 마지막까지 입고 있던 녹색의 드레스를 입고서 르웨이의 왼편에 앉아 있었다. 르웨이가 적당한 농담을 하며 다과회의 분위기를 주도했다. 손님들은 주로 연극에 대한 감상을 나누었다. 정세나 요즘 아카데미의 분위기를 말할 때에는 목소리가 자연스럽게 작아졌다. 바로 옆 사람이 말을 하는데도 말을 알아듣기 위해 몸을 숙여야 했다. 왕에 대한 이야기는 애써 가십처럼 스쳐 지나갔다.

배우를 주의 깊게 쳐다보고 있던 한 남자가 찻잔을 내려놓으며 말했다.

"윈터스 양, 우리가 어디서 만난 적이 있던가요?"

사람들이 사내에게 웃음 섞인 야유를 던졌다. 사내가 당황스러운 표정을 지었다.

"왠지 낯이 익어서 그래."

라야가 부드럽게 미소 지으며 맞은편의 사내를 응시했다. 사내가 얼굴을 붉히며 헛기침을 했다. 라야가 말했다.

"청강을 허락받고자 아카데미를 뛰어다닌 절 보신 걸 수도 있겠네요."

사내들은 잠시 침묵했다. 르웨이는 조용히 찻잔을 입으로 가져갔다. 사내들이 일제히 아앗, 소리를 냈다. 눈치 없는 몇 명을 제외하고는 그녀가 누군지 알아챘다는 얼굴이었다. 그랬지, 기념비적인 첫 여학생들이 있었지.

라야가 무대에서 관객을 쳐다보듯 좌중을 돌아보며 웃었다.

르웨이는 마지막 손님을 방으로 올려 보내고 응접실 문을 닫았다. 그는 응접실 안쪽에 난 문을 열고 들어갔다. 방에선 라야가 소파에 앉아 내일 해야 할 연극의 대본을 보고 있었다. 그녀가 슬쩍 눈을 들어 방으로 들어오는 르웨이를 보았다.

"피곤하지 않아?"

르웨이가 맞은편 소파에 앉으며 물었다. 라야는 대본을 무릎 위에 내려놓았다.

"하루에 세 번 공연할 때도 있는걸요. 개인 초청 연극은 편한 편이죠."

르웨이는 피곤한 한숨을 내쉬었다.

"이런 핑계가 아니면 모임을 만들지도 못해."

"아직도 그런가요?"

"지난번 세르노다 일로 모두 겁쟁이가 되어버렸으니까."

르웨이가 말꼬리를 흐리며 말했다. 두 사람은 동시에 나달을 떠올렸다.

"늘 지켜보는 눈과 귀가 있다고 생각하고 움직이는 편이 좋지. 연극이나 보자고 불러내지 않으면 집에 처박혀서 나올 생각들을 안 해."

르웨이가 어두워지려는 분위기를 털어내려 애써 밝은 표정을 지었다.

"널 이런 일에 끌어들인 걸 알면 에드가가 날 죽이려고 들 거야."

에드가란 이름에 가슴이 답답해졌다. 언제부터일까. 그가 그녀의 숨줄을 잡고 있는 것이.

라야는 간신히 웃었다.

"정말 위험하다고 생각했다면 르웨이의 부탁이라도 받아들이지 않았을 거예요. 그리고 르웨이한테는 신세진 것도 있으니까요."

르웨이가 괘념치 말라는 듯 손을 흔들었다. 라야가 목소리를 낮췄다.

"왕은 요즘 어때요?"

르웨이는 두 손을 목 뒤로 넣어 깍지를 끼고는 머리를 등받이에 기댔다.

"매일 밤 왕의 침실로 새 여자가 들어가고 매일 아침 시체가 실려 나온다더군. 과장된 부분이 있겠지만."

라야는 과장된 게 아닐지도 모른다고 생각했다. 오히려 실제보다 축소된 이야기일지도.

"왕을 끌어내릴 수 있겠어요?"

르웨이가 눈썹을 치켰다. 실로 과감한 말이었다. 라야가 왕이 없는 나라에서 태어난 이라 할 수 있는 말이었다. 극적인 대사를 주로 하는 배우이며, 어린 시절부터 강자에 대한 복종을 은연중에 교육받는 남성이 아니기에 할 수 있는 말이었다. 르웨이는 불쑥 생각난 것을 말했다.

"선생님의 희곡을 이어 써줘서 고마워."

"왕을 끌어내릴 수 있겠어요?"

라야가 재촉하듯 다시 물었다. 르웨이는 고개를 가로저었다.

"아니. 여자들이 죽어 나가는 것 정도로는 어려워. 그런 이유로는 왕을 '바꿀 수' 없어."

르웨이는 '바꾸다'라는 말을 처음 사용해보는 것처럼 서걱거림을 느끼며 말했다. 라야가 물었다.

"다이런에서 왕이 끌려 내려온 일이 있긴 한가요?"

"아니."

"……무엇이든 처음은 있는 법이죠."

"그 말. 에드가가 자주 하던 말인데. 아직 에드가한테서 소식 없지?"

라야가 머리를 힘없이 흔들었다. 르웨이가 부드럽게 말했다.

"그에게 무슨 일이 있다면 우리가 듣고 싶지 않아도 알게 됐을 거야. 전쟁은 끝났어. 돌아오고 있어. 너에게 가장 먼저 갈 거야."

라야가 눈을 길게 감았다 떴다.

"그 사람이 돌아오면 왕이 왕의 중매를 서겠다고 약속했어요."

"그 말을 믿어?"

라야가 쓴웃음을 지었다.

"안 믿기는데도 믿고 싶은 마음이 어떤 건지 알아요?"

라야는 얼굴에 달빛을 받으며 잠에서 깼다.

꿈에서 딱 이런 시각, 이런 방에서 이런 침대에 누워 있는데 방문을 열고 집사가 나타나 소식을 전했다.

「클레이모어 경께서 숨을 거두셨다고 합니다.」

그의 말이 방 안에 떨어지자 세상이 정지했다. 라야는 그 순간 세상이 빛을 잃고 시간의 흐름이 멈추는 것을 느꼈다. '숨을 거두었다'는 말이 무게를 가진 실물처럼 방에 크고 깊은 구멍을 뚫었다. 구멍으로 공기며 소리며 중력이며 색이 모조리 빨려 들어갔다. 영혼이 빠져나가고 몸이 식어가듯 손끝이 싸늘해졌다.

「기다려.」

그가 기다리라고 했다.

「데리러 갈게.」

그가 기다리라고 했으면 그녀는 기다리면 된다. 그는 약속을 어기지 않는다.

그래서 기다렸다. 그녀가 할 수 있는 일들을 하면서 기다렸다. 단원들이 하룻밤 사이에 변한 그녀를 이상한 눈으로 쳐다봐도 세상이 즐거운 아이처럼 해야 할 일들을 하면서 기다렸다. 언젠가 그가 그녀를 아내로 맞이하는 날이 오면 사람들이 납득하기 쉽도록 좀 더 괜찮은 자리에 있기 위해 노력했다.

그녀는 군대를 움직여 나라를 바꿀 수도 없고 신분을 바꿔 귀족이 될 수도 없고 엄청난 돈을 벌 수도 없으니, 다른 방법을 찾아야 했다. 소녀의 꿈에서 벗어나 현실에서.

그래서 더욱 아름다워지고 무대에서 더욱 빛나려 했다. 때로는 무대를 내려와서도 빛났다.

그녀가 할 수 있는 것은 배우로서 명성과 존중을 끌어 모으는 것이었다. 그가 돌아오기 전에 조금이라도 더 나은 상황을 만들기 위해 그녀의 자리에서 올라갈 수 있는 가장 높은 곳까지 가려고 했다. 그런데 신이 지금, 이 순간, 그녀의 그런 모든 노력을 비웃는 듯했다.

라야는 표정 없는 얼굴로 말을 전한 집사를 바라보았다. 집사가 거짓말을 하는 것이다. 거짓말이야.

그래, 모든 게 꿈이다. 어디서부터 꿈으로 여겨야 지금 느끼는 이 기분을 지나가는 바람이라 여길 수 있을까. 언제, 어디서, 누구와 만났던 것부터 거짓으로 만들어 삶에서 들어내버리면 될까?

기억을 되돌려보았다. 행복했던 때가 언제인지 찾아보려니 너무 멀리 있었다. 언제 가장 마지막으로 행복했지?

어릴 땐 행복을 의심해본 적이 없었다. 아버지 어머니와 있을 땐 그들과의 행복이 시한부란 생각을 해보지 못했다. 왜 모든 것은 영원하지 않을까? 빛나는 것 정도는 영원해도 되잖아. 영원까지는 바라지도 않는다. 조금 길게 행복할 수도 있을 텐데…….

아버지와 마나카르 호수에 갔던 것부터가 꿈일까? 아니야, 그건 손댈 수 없는 아버지와의 추억이다. 어머니가 그녀의 눈앞에서 숨을 거둔 건 다행히 꿈이 아닐까? 눈을 뜨면 어머니가 악몽에서 깨어난 딸의 이마에 입을 맞춰주실 거다.

다이런에 온 직후부터가 꿈일까?

숲에서 처음 아일과 만난 건, 다이런까지 오는 동안 멋진 사랑을 꿈꾸며 잠이 든 소녀의 상상 같은 게 아닐까? 그와 아히름 시내에서 우연히 만나 함께 저택으로 돌아오고, 그에게 이 년간 편지를 보내고, 그에게서 검술 수업을 받고, 그와 키스를 하고, 사랑을 하고, 세르노다 언덕에서 나달을 만나고, 모두와 함께 웃었던 그 모든…….

그 모든 게…….

꿈일 리가 없잖아.

"어떤 클레이모어 경?"

냉정한 목소리가 구멍 속으로 빨려 들어가려는 그녀를 붙들었다. 꼬리를 물고 이어지는 원망과 회한이 멎었다.

꿈을 꾸는 라야가 아닌, 꿈속의 라야가 집사에게 물었다.

"어떤 클레이모어 경 말인가요?"

그리고 집사의 대답을 듣지 못하고 꿈에서 깼다.

라야는 눈물을 닦고 침대에서 일어나 창가로 갔다. 열린 창문으로 모래 냄새인지, 바다 냄새인지, 햇빛 냄새인지, 어둠의 냄새인지, 여름 눈꽃 냄새인지는 알 수 없지만 어떤 향기를 품은 바람이 불어왔다. 이제 라야는 하나의 바람에서 한 가지 향기만을 맡을 수 없었다. 바람은 저

멀리서 날아오고 너무 많은 것을 품고 있어서 여러 기억을 떠올리게 만들었다. 라야는 그녀를 부르는 소리에 귀를 기울였다.

아버지가, 아무것도 모르고 행복하기만 한 딸을 불렀다. 람프할레만의 붉은 모래와 하얀 벽돌과 주황색 지붕이 눈앞에 펼쳐졌다. 아이들이 공을 튕기고 아이들의 발소리와 웃음소리가 그녀가 서 있는 자리 옆을 지나갔다. 붉은 모래 바람이 시야를 가렸다.

어머니가 그녀를 불렀다.

모래 바람이 걷히고 다시 앞이 보이자 람프할레만을 떠나 어머니와 몇 해 머물렀던 성의 정경이 보였다. 호수에서 피어오른 안개가 성벽을 기어오르는 곳이었다. 안개가 걷히자 바다가 내려다보이는 언덕 위에 있었다.

나달이 명령한 목소리로 그녀를 불렀다. 눈물이 쏟아지려 해 심호흡을 한 뒤 고개를 돌렸다. 그곳엔 클레이모어 저택이 있었다.

이끼 냄새로 가득한 저택의 푸른 숲. 아넷이 유일하게 좋아하던 노란꽃으로 가득한 정원. 아일에게서 검술 수업을 받던 연습장. 연습장의 큰 나무 그늘.

연습장의 빈 테이블 위에 여름 눈꽃이 수북이 쌓여 있었다. 비록나무가 바람을 만나 빗소리를 내는 것이 지금 바로 눈앞에 있는 것처럼 분명하게 들려왔다. 그리고 아일이 그녀를 부르는 소리가 들렸다.

라야.

라야가 크게 눈을 떴다.

비록나무의 빗소리처럼 꿈결에 들리는 소리가 아니었다. 분명 그의 목소리였다.

이곳은 와이즈 성이고 그녀가 이곳에 있다는 걸 아일이 알 리 없었지만 그녀는 분명 그의 목소리를 들었다.

라야는 창턱을 잡고 위험스럽게 몸을 밖으로 뺐다. 라야가 손을 움찔하고는 창턱을 내려다보았다. 암갈색 깃털의 새가 꾸꾸 하는 소리를 내며 손등을 부리로 쪼았다. 심장이 빠르게 뛰었다. 그녀의 눈이 어두운 창 밖을 보았다. 라야는 앞을 더 자세히 보기 위해 눈을 찌푸렸다. 어둠 속에서 별들이 깜박였다. 별이 깜박이는 게 아니었다. 검은 새가 날아가는 것이 보였다.

라야는 구르듯이 방을 뛰쳐나왔다. 맨발로 어두운 복도를 달렸다. 그녀가 지나가자 복도를 비추는 등불이 바람에 흔들렸다.

'아일, 아일, 아일, 아일!'

그는 그녀가 자신을 에드가가 아니라 아일이라고 불러줘서 좋다고 했다. 라야는 속으로 그의 이름을 부르며 계단을 뛰어 내려갔다.

크고 웅장한 건물의 복도가 끝이 보이지 않을 정도로 길게 그녀 앞에 놓여 있었다. 건물 밖에서 검은 새가 그녀를 재촉하는 울음소리를 냈다. 라야는 회랑을 빠르게 내달렸다. 바람이 음울한 기운을 끌고 가듯, 그녀가 지나간 복도에는 어둠 대신 환희와 기대의 빛이 내려앉았다. 달빛은 노란 흙을 바른 회랑의 벽에 부딪쳐 해변의 모래처럼 반짝였다. 정문 위에 장식된 검은 사자상이 잠옷 바람으로 건물을 뛰쳐나오는 라야를 내려다보았다.

라야는 니암나무만으로 조성된 넓은 정원을 달렸다. 니암나무가 기둥처럼 양쪽으로 늘어선 곳을 가로질렀다. 여름 눈꽃이 함박눈처럼 내리는 가운데를 뚫고 달렸다. 지붕을 만들고 있는 나뭇가지와 무성한 잎, 흩날리는 눈꽃들 사이로 검은 새가 날아가는 것을 놓치지 않고 좇았다.

검은 새의 울음소리가 그녀를 오솔길로 데려갔다.

라야는 자신이 어디로 가는지도 모르고 하늘만 보고 달렸다. 작은 발이 흙을 바삐 밟았다. 몇 번 돌부리에 걸려 넘어질 뻔했다. 하지만 쉬지 않고 검은 새를 따라가며 뛰었다. 부드러운 발바닥에 나뭇가지가 상처를 내도 신경 쓰지 않고 달렸다. 하얀 잠옷 위로 아름다운 머리카락이 불처럼 휘날렸다.

물웅덩이 위로 검은 새가 지나가고, 곧이어 라야가 물웅덩이를 밟고 휘청거리며 지나가고, 그리고 다시 잠잠해진 물웅덩이 표면 위로 달이 떴다.

마침내 라야가 벽에 부딪친 듯 우뚝 뜀박질을 멈추었다. 그녀 앞에 언덕이 있었다. 고개를 드는 것만으로도 언덕의 끝을 볼 수 있을 만큼 야트막한 언덕이었다.

언덕 위에 그림자가 하나 서 있었다. 여름밤의 포근한 바람이 그녀를 감쌌다. 바람이 나비처럼 날갯짓을 하며 눈두덩 위를 스쳐갔다.

라야를 데리고 온 검은 새는 근처의 가장 높은 나무 꼭대기에 앉아 날개를 접었다. 제 계약자와 그 연인에 대한 관심은 금세 접고 먼 곳을 쳐다보는 새의 눈에서 '내가 이런 짓까지 해야 해?' 하고 투덜거리는 기색이 느껴졌다.

라야는 언덕을 올려다보며 급한 숨을 몰아쉬었다. 그와 재회하는 순간을 백 번도 더 상상했다. 상상 속에서 그녀는 아일을 발견하고는 한달음에 달려가 그의 품에 안겼었다. 그런데 실제로 상황이 닥치자 한 발도 꼼짝할 수 없었다. 그녀가 잠자코 있자 그가 언덕을 천천히 내려왔다. 그의 얼굴이 보일 때쯤 라야가 대뜸 말했다.

"당신이 미워."

말 덩어리가 목을 꽉 막았다. 무슨 말이라도 뱉지 않으면 숨이 막힐 것 같아 하지 않아도 될 말을 했다.

"처음 만났을 때부터 별로였어."

그녀의 말을 들으면서 다가오는 아일의 얼굴이 무표정했다. 하지만 라야의 눈엔 그가 희미한 미소를 짓고 있는 것이 보였다. 그의 마음은 그녀만을 상대로 하고 있기에 그의 다정함은 그녀의 눈에만 보이는 것.

"겁이나 주고, 무섭고, 무뚝뚝하고."

그가 발을 디딜 때마다 심장이 쿵쿵 울렸다. 걸음을 멈추지 않고 다가오는 아일의 얼굴에 더 진한 미소가 번졌다.

"걸레 빤 물을 뒤집어씌우질 않나, 강제로 키스하고……."

사랑한다는 말은 너무 당연해서 그 뻔한 사랑한다는 말이 나오지 않았다. 그래서 어리고 유치하고 미운 말부터 나왔다.

"배우기도 싫은 검술을 가르쳐준다질 않나, 가르쳐주면서도 칭찬 한 번 안 하고, 맨날 혼내고 못된 말만 하고, 사람을 기다리게나 하고."

아직 두 사람의 거리는 다섯 걸음도 훨씬 넘는데 두 달이 부딪치려는 것처럼 곧 부딪칠 두 몸이 벌써부터 저릿저릿했다.

"당신이 미워."

피가 새로 갈리는 듯 혈관을 빠르게 내달리고 물속에 잠겨 있다가 고개를 든 것처럼 거친 숨이 쏟아졌다.

"정말 너무 미워서……."

라야가 얼굴을 가리며 눈물을 쏟았다. 성큼성큼 걸어온 아일이 라야의 얼굴을 끌어당겨 키스했다. 울음 섞인 신음이 터져 나왔다. 거대한 안도감이 밀려왔다. 오랜 시간 허공을 디디다 육지에 발을 댄 것처럼 현기증이 몰려와 라야는 그의 품에서 주저앉았다. 그런 그녀를 아일이 깊숙이 껴안았다.

두 사람을 둘러싼 상황은 전과 비교해 크게 변한 것도 없는데 그 순간 두 사람에게 그런 것들은 아무 의미가 없었다. 그녀가 그에게 더 가까이

다가서고자 했던 그동안의 노력은 그 순간의 감격에 비하면 정말 작은 것들이고, 그녀를 온전히 얻고자 그가 저질렀던 일들은 그 순간 달의 그림자에 잠시 가려졌다.

밤이고, 그가 살아 있고, 그녀가 그의 앞에 있고, 두 사람은 서로를 원하는 만큼 만질 수 있었다.

달리 무엇을 바랄까.

59

– 바라는 거 없으세요? 내년 계획 같은 거.

라디오 DJ가 게스트에게 질문했다. 지은은 스타킹을 벗고 소파에 앉아 하이힐을 신어 피곤한 다리를 주무르고 있었다. 게스트가 DJ의 질문에 어물거리다 말했다.

– 내년 12월 31일은 결혼해서 부인이랑 여행이라도…….

– 그게 일 년 만에 되겠어요?

라디오에서 웃음이 터졌다. 지은은 얼떨결에 따라 웃었다. 그러고는 부엌 식탁에 앉아 심각한 얼굴로 그녀를 쳐다보고 있는 정현의 눈치를 살폈다. 정현은 지은에게 가까이 올 생각이 없는 사람처럼 떨어져서는 다가올 기미가 없어 보였다. 삼십 분째 그러고 있었다. 지은이 발을 바닥에 내려놓고 말했다.

"언제까지 그러고 있을 거예요. 미안하다고 했잖아요. 나 갈까요? 나 정말 보기 싫어요?"

그래도 삼십 분 전보다는 그의 표정이 많이 나아졌다.

정현은 모임 장소라는 가게에 전화를 걸어 지은이 안 왔다는 것을 확인하고는 집을 뛰쳐나갔다. 그가 최악의 상상을 하며 8중 추돌 사고의 부상자들이 갔다는 병원에 갔을 때에야 지은은 그에게 전화를 주었다. 그가 응급실 문을 반쯤 열었을 때 휴대전화가 울렸다. 대형 사고가 있었다는 것을 알려주듯 닫히는 문틈으로 비명 소리가 들렸다. 가슴이 서늘해지는 걸 느끼며 급히 귀에 갖다 댄 휴대전화에서 지은의 평온한 목소리가 들려왔다.

— 정현 씨 집이에요. 불 다 켜놓고 어디 간 거예요?

정현이 집으로 돌아왔을 때 지은은 소파에 얌전히 앉아 라디오를 듣고 있었다. 현관문이 열리는 소리에 뒤를 돌아본 지은은 눈이 둥그레졌다. 재킷도 안 입고 나갔다 온 그의 얼굴이 파리했다.

"안 추워요?"

"어떻게 된 거야?"

표정만이 아니라 목소리도 얼어붙은 모양이었다. 어떻게 된 거냐니. 그녀야말로 그에게 되묻고 싶었다.

한기가 돌아 지은은 벗어둔 코트를 담요처럼 끌어당겨 덮었다. 그가 다가오지 않자 지은이 다시 고개를 돌려 그대로 서 있는 정현을 보았다. 그가 짓고 있는 표정이 미묘했는데, 그가 밖에 나갔다가 전생의 라야랑 똑같이 생긴 여자를 보고 돌아왔다고 해도 믿길 것 같았다. 화가 난 것 같기도 하고 놀란 것 같기도 하고 안심한 것 같기도 하고, 한 가지 감정이 아닌 것만은 분명했다. 복잡미묘한 표정이란 저런 것일 거라고 지은은 생각했다.

"정류장에 가서 생각해보니까 그렇게 가는 건 아닌 것 같더라고요. 그래서 모임엔 안 간다고 전화하고 택시를 탔죠. 정말 자고 있으면 놀라게 해줄 생각이었는데 놀란 건 나네요. 어디 갔다 온 거예요?"

정현은 말없이 욕실로 들어가버렸다. 지은은 이유도 모르고 무안해졌다. 내가 뭘 잘못한 거야? 남자친구가 가지 말라고 한 모임에 가지 않고 얌전히 돌아온 죄?

라디오에서 버스 사고 얘기를 한 번 더 하고 나서야 지은은 그가 왜 화가 났는지 알았다.

"전화 안 받는다고 사고를 당했다고 생각하는 게 이상한 거라고요."

그렇게 말하고 지은이 소파를 가볍게 뛰어내려 와 식탁으로 왔다. 맨발로 달려오는 발소리가 경쾌했다. 지은이 옆에 앉기 전에 정현은 손가락 마디로 식탁 위를 두드렸다. 맞은편에 앉으라는 뜻이었다. 지은은 열 배쯤 무안해졌다. 그녀는 테이블을 사이에 두고 그와 마주 앉았다. 잠시 침묵이 흘렀다.

"나도 정현 씨를 사람들한테 소개해주고 싶어요."

생각에 잠겨 그녀에게서 잠시 눈을 뗐던 정현이 지은을 보았다. 지은은 도전적인 눈빛으로 그를 쳐다보았다. 붉은 입술에 건강한 미소가 흘렀다. 표정만으로 그를 설득시킬 수 있을 만큼 생기 있고 반짝이는 표정이었다.

지은은 테이블 모서리를 잡았다 놓으며 그 반동으로 스툴을 회전시켰다.

정현은 지은을 물끄러미 바라보았다. 지은이 스툴에 앉아 빙빙 도는 걸 보고 있자니 저녁때 그녀가 무대 위에 올랐던 모습이 떠올랐다. 불쾌한 박자로 심장이 뛰었다. 그리고 그러한 감정이 정상적인 감정인지 의문이 들었다. 난 지금 정상일까?

지은은 테이블을 잡아 회전을 멈추고 그를 보았다. 일순 심장이 불에 그슬리는 듯했다.

잠을 설쳐도, 격무에 시달려도, 스트레스가 한계에 달한 상태에서도 단정한 그의 얼굴에 공허한 빛이 감돌았다. 시선을 내리고 굳게 입을 다문 채 생각에 빠져 있는 그에게서 전염될 것 같은 침울한 기운이 느껴졌다.

가까이 다가서는 지은에게서 표정을 숨기려는 듯 그가 고개를 숙였다. 지은은 의자에 앉아 있는 그를 조용히 끌어안았다. 지금 그를 안아주지 않으면 두 팔과 가슴이 있어야 할 이유가 없었다. 라디오에서 12시 카운트다운을 준비하고 있었다. 정현은 지은의 어깨 위로 고개를 숙여 그녀의 귀를 빨 것처럼 가까이 입술을 댔다.

"너의 고민은 늘 현실적이고…….."

정현은 웃음 섞인 한숨을 내쉬었다. 그의 숨결이 귓가에 감각적으로 흩어졌다.

"너의 고민과 마주하면 내가 한층 더 미친놈처럼 느껴져."

그리고 나는 혼자 이 비정상적인 세계에 서서, 너는 이 세계에 먹히질 않길 빌어. 하지만 가끔은…….

"그게 외로울 때가 있어."

그가 마음속으로만 읊은 말은 당연하게도 지은이 들을 수 없었다. 지은은 맑아서 더 검은 눈을 깜박였다.

「가족들한테서 사랑받으면서 외로움도 아픔도 모르고 자란 네가 그가 느낀 고통을 이해할 수 있을 것 같아? 넌 그러지 못해. 결국 그를 외롭게 만들 거야.」

잊은 줄 알았던 라야의 말이 귓전에 맴돌았다. 그슬린 심장 안쪽에 불씨가 남아 있던 것처럼 가슴팍에 뜨거운 기운이 번졌다.

라디오가 새해 카운트다운을 시작했다. 정현이 나지막하게 속삭였다.

"난 저주받았어."

얼마나 달콤한 목소리인지 말의 내용은 바로 알아듣지 못했다. 알아들었더라도 무슨 뜻인지 바로 이해하기 힘들었을 것이다. 그 때문에 지은에게선 한동안 대구가 없었다. 두 사람은 한참을 끌어안은 채로 있었다. 라디오가 카운트다운 '일'을 크게 외쳤다. 폭죽이 터졌다. 팡파르 소리와 함께 음악 소리가 이어졌다. 지은이 몸을 떼고 물었다.

"저주요?"

지은이 미간을 찡그리고 그를 보았다. 라디오 소리가 시끄러워 지은은 라디오를 노려보았다. 지은은 라디오를 끄려고 거실로 갔다. 정현이 그녀의 뒤에 대고 말했다.

"저주를 받아서 악몽을 꾸는 거야."

지은이 라디오를 끄고 돌아섰다.

"그건…….”

"말도 안 된다고?"

정현이 지친 눈으로 그녀를 바라보았다.

"이전 생에서 내가 해친 사람들이 내가 편히 살길 바라지 않아."

"그거…… 정말…….”

저런 말을 들었을 때 해줄 수 있는 위로의 말 같은 건 21세기 대한민국을 살아가는 사람들의 대화 매뉴얼에 없었다. 저주라고?

"그래서 그렇게 시달리는 거야. 이 생의 죄라고는 없던 어린 시절부터 그렇게. 아마 내가 죽인 수만큼 꿈에서 죽어야 하는 건지도 모르지. 악몽이 널 괴롭힌 것도 그편이 내가 더 괴롭기 때문이야."

말로 뱉고 보니 자신이 정말 단단히 미친놈처럼 느껴졌다.

지은이 눈을 깜박였다. 정현은 지은의 담담한 반응이 마음에 들었다. 지은이 심각한 표정을 지었더라면 그는 더 우울해졌을 것이다. 1월 1일에 느끼는 첫 기분이 그런 거라면 너무 슬프지 않을까.

지은이 팔짱을 꼈다.

"요즘 스트레스 쌓이는 일이 많았으니까 불안해서 그런 게 아닐까요? 그래서 그런 생각이 드는 건…….”

"맞아. 불안해."

정현은 순순히 인정했다. 지은이 눈을 반짝이며 고개를 끄덕였다.

"내가 라야에 대한 꿈을 악몽이라고 생각하지 않는 것처럼 정현 씨도 마음먹기에 따라……."

"끝날 것 같지 않아."

정현의 굳은 얼굴에서 메마른 미소가 배어나왔다.

"이 불안이, 절대 끝날 것 같지 않아."

지은과 친구들은 혜경의 직장 근처에서 만났다. 어차피 성사되지 않을 게 뻔한 소개팅을 뭐하려고 나가냐는 혜경의 말을 무시하고 준성은 소개팅을 이유로 매월 있는 모임에 불참했다. 혜경과 선예가 전화상으로 준성에게 잔소리를 할 동안 지은은 생각에 잠겨 있었다.

저녁을 먹을 때에도 지은은 생각에 빠져 별말이 없었다.

분식집에서 저녁을 때우고 나온 세 친구는 점집 골목을 지났다. 골목은 평일임에도 이삼십 대 직장인들로 미어터졌다. 새해 프리미엄을 톡톡히 누리고 있었다. 인산인해를 뚫으려고 애쓰느니 차라리 동화되자며 혜경이 앞장섰다. 세 친구는 가장 한산한, 가장 구석의 천막 점집으로 들어갔다.

점쟁이는 평범한 얼굴의 삼십 대 여성이었다. 신기라고는 없어 보였다. 지은과 선예는 눈으로 말을 나눴다. '이래서 손님이 없나 봐.'

혜경이 먼저 자리를 잡고 앉아 연애운을 물었다. 점쟁이가 들고 있는 부채로 난데없이 탁자 위에 올라와 있는 혜경의 손을 쳤다.

"새 남자가 필요하면 옆에 있는 놈부터 떼어내! 그놈이 네 인생에서 가장 나은 놈일 테지만!"

혜경이 손등을 문지르며 눈알을 굴릴 동안 부채 끝이 선예를 가리켰다. 선예가 싱긋 웃으며 혜경 옆에 앉았다. 선예가 뭘 묻기도 전에 부채 끝이 지은을 향했다.

"너랑 너! 악연이야!"

귀가 멍멍해질 정도로 점쟁이의 목소리는 컸다. 지목당한 지은과 선예가 시선을 마주쳤다. 지은이 웃으며 선예 옆에 앉았다.

"우리는 싸운 적도 없는걸요? 엄청 친해요."

"이번 생 말고! 지난 생 말이야!"

편리한 핑계네, 라고 선예가 혼잣말했다. 지은이 손을 내젓고 말했다.

"그건 괜찮고요, 묻고 싶은 게 있어요. 제…… 남자친구가 요즘 잠을 잘 못 자거든요. 혹시 뭐 뾰족한 방법 없을까요? 도움이 될 만한……."

"그런 건 의사를 찾아가야지. 잠을 못 자는 걸 나보고 어쩌라는 거야? 부적 같은 걸 써달라는 거야? 난 부적 안 써."

선예가 "왜 계속 반말이야."라고 중얼거렸다. 지은이 팔꿈치로 선예의 옆구리를 쿡 찔렀다. 선예는 옆구리를 문지르며 얌전히 입을 다물었다. 지은과 선예가 악연이라더니 점쟁이는 본인이 원한이 있는 것처럼 선예를 노려보았다. 눈을 크게 뜨자 신기가 있어 보이기도 했다. 점쟁이가 지은을 보더니 조금 누그러진 말투로 말했다.

"넌 전생에 덕을 많이 쌓아 현생에 좋은 기운을 타고났어. 그걸 이용한다면 앞으로 사회생활을 해나가기 아주 편할 거야."

지은은 눈을 깜박거렸고, 선예와 혜경은 얼굴을 마주 보고 의미심장한 시선 교환을 했다. 점쟁이가 부채를 까닥거리며 말했다.

"궁합을 봐주지. 내가 궁합 하나는 끝내주게 잘 봐. 생년월일과 태어난 시를 말해봐."

"그 사람이 태어난 시는 모르는데요."

부채가 지은의 이마를 후려쳤다. 지은이 악, 소리를 내며 이마를 감쌌다. 점쟁이가 안광을 번뜩였다.

"멍청하기는! 타고난 운이 좋으면 뭘 해! 타고난 게 많은 것들은 이래서 문제야. 자기가 뭘 가지고 있는지를 모르거든. 그러다가 얼빠진 채로 다 흘려보내지.”

점쟁이가 한심하다는 듯이 혀를 찼다.

“남자 사진 없어? 내가 또 관상을 잘 보거든. 네 관상이랑 남자 관상이랑 잘 어울리는 짝인지 봐주지. 이렇게까지는 안 하는데 오늘 내가 기분이 좋아서. 젠장, 넌 진짜 운이 좋아!”

“그렇게 운이 좋은 편은 아니라고 생각했는데.”

지은이 중얼거리며 휴대전화를 꺼냈다. 점쟁이가 눈을 부라리자 지은은 한 손으로 이마를 감싸며 얼른 휴대전화를 건넸다. 점쟁이가 휴대전화 화면을 한참 들여다보더니 작은 눈을 부릅뜨며 말했다.

“여자가 많이 따를 상이야.”

지은은 기분이 나빠져 입술을 빼죽거리며 점쟁이 여자의 손에서 휴대전화를 가져왔다. 점쟁이는 입맛을 다시며 내주기 싫은 듯 휴대전화를 쳐다보았다. 선예가 중얼거렸다.

“그건 관상을 볼 줄 몰라도 눈이 있으면 알 것 같은데요.”

점쟁이는 선예를 무시하고 지은을 보며 말했다.

“하지만 걱정 마. 남자가 바람을 피우고 그럴 위인은 아니야.”

“바쁩니다.”

정현은 의자에 앉자마자 말했다. 도착하기 무섭게 금방 일어서겠다는 말을 날린 셈이다.

호텔 레스토랑이었다. 평일 저녁 7시. 테이블 간격이 넓고 손님도 적은, 조용한 분위기의 레스토랑이었다. 정현의 맞은편에 앉은 여성이 큰 표정 변화 없이 짙은 눈썹을 들어 올렸다. 생김생김의 선이 굵어 나이보다 젊어 보였다. 육십 대지만 잘 봐주면 오십 대 초반쯤으로 볼 수도 있었다. 무채색 계열의 옷이며 표정을 갈무리하고 작게 움직이는 몸짓 모두가 고상하고 점잖았다. 하지만 독한 인상도 보였다.

"뭐 하느라고 바쁜데?"

여성이 그의 말을 튕겨내듯 물었다. 정현은 푹신한 벨벳 등받이에 몸을 기대고 옆 의자에 팔을 올린 채 다소 늘어진 자세를 취했다. 말도 평소 그답지 않게 어물거리고 늘어졌다.

"뭐…… 이 시기에 안 바쁜 곳이 있나요. 미국 지사 내는 거에 작은 문제도 있고, TAD와 후원 계약도 막바지고 계열사……."

"됐다. 그딴 거 누가 궁금해한다고."

여성이 차갑게 말을 잘라냈다. 정현은 황당한 얼굴로 여성을 보았다.

"물으셨잖습니까?"

"그게 다 유세고 허풍 떠는 거다. 바빠봤자 인간이 얼마나 바쁘다고. 사람 구실도 못할 만큼 바쁠까. 얼마나 바쁘길래 하나뿐인 고모가 전시회를 하는데 잠깐 들르지도 못해?"

"……문화 센터 전시회 아닌가요?"

서주하 여사는 듣기 싫다는 듯이 인상을 쓰면서 손에 들고 있는 스카프를 흔들었다.

"됐고. 선이나 봐라."

정현은 신음을 흘렸다.

"피곤합니다. 고모, 저 정말 피곤해요."

정현이 지친 목소리로 말했다.

"그게 다 안정적이지 않아서 그래. 가정이 왜 필요한 줄 알아? 밖에서 지쳐 죽을 거 같아도 집에 오면 회복이 되기 때문이야. 내 공간, 내 사람. 그게 얼마나 중하고 귀한 건 줄 알아? 그게 사람을 살게끔 지탱해주는 거야. 그 성냥갑 같은 오피스텔에서 혼자 뭐하는 거냐? 사람이 그런

데서 어떻게 살아. 천천히 자살하는 중인 거냐? 어린 시절 널 생각한다면 못 믿길 이야기도 아니다만."

서주하 여사가 똑 부러지는 말투로 쏘아붙였다. 정현은 입을 살짝 벌리고 고모를 보았다.

언젠가, 그녀가 히비커스의 환생은 아닐까 생각한 적이 있었다. 독선적이고 자기 페이스대로 사람을 휘두르려고 하고 특히 그에게 집착하는 면이 그랬다. 하지만 그렇게 보기엔 서주하 여사는 가족을 생각하는 마음이 끔찍했다. 그 마음이 느껴져서 그녀가 히비커스의 환생이라고 여길 수 없었다. 그러기에는 너무 미안했다.

"고모."

"그래."

정현이 자세를 바로 하고 두 손을 모아 테이블 위에 올렸다.

"저 사귀는 사람 있습니다."

"어떤 집안인데?"

"……좋은 집안이요. 1남 2녀 중 장녀고, 화목한 가정에 싹싹한 성격입니다."

서주하 여사는 눈썹 하나 꿈쩍하지 않고 계속 질문했다. 나이는? 하는 일은? 대학은 나왔고? 전공은 뭐냐? 키는? 몸무게는? 대충이라도. 주사는 없고? 애는 잘 낳을 것 같으냐?

"애를 잘 낳을 것 같은지 아닌지 제가 어떻게 압니까?"

정현이 참다못해 언성을 높였다. 잠을 잘 못 자는 것 때문에 신경질이 말끝에 들러붙었다. 서주하 여사는 표정 변화가 없었다. 그녀가 말했다.

"그래도 선은 봐. 별로면 퇴짜 놓으면 될 거 아니야? 어떻게 사람을 한 명 만나보고 좋은지 아닌지 알아?"

"그런 걸 보통 바람이라고 부르죠."

"저녁 한 끼 하는 게 무슨 바람이라고. 식사가 그렇게 양심에 찔리면 차만 마시든가."

"마음에도 없는 맞선, 제 여자에게도, 그 여성분한테도, 저 스스로에 게도 엄청난 실례고 모욕입니다."

"그래, 늘 그렇게 혼자 잘났지. 문화 센터에서 나 가르쳐주는 선생 조 카다. 네 집에 갔을 때 사진을 두고 왔는데…… 네놈이 봤을 리가 없지. 내 체면 깎이게 할 생각이라면 일어서서 가도 좋다. 어, 저기 오네."

일어서서 가라길래 일어서려고 했는데, 그전에 상대가 나타났다.

정현이 한숨을 쉬며 일어났다. 그가 돌아보기도 전에 여자가 그의 옆 으로 와 서주하 여사에게 인사했다. 정현과 여자는 말없이 고개를 숙이 는 걸로 인사를 나눴다.

정현은 의외로 인상이 나쁘지 않은 여성을 찬찬히 보았다. 상당히 큰 키에 이목구비는 시원시원하고 보브컷은 그녀의 세련된 인상과 어울렸 다. 느낌이 나쁘지 않은, 지적인 분위기의 미인이었다.

"난 가보마. 전시회 끝나기 전에 꼭 들러서 방명록에 이름 남기고 가."

그렇게 말하고 서주하 여사는 스카프를 목에 두르고 홀가분한 표정으 로 레스토랑을 나갔다. 맞선 상대가 자리에 앉기도 전에 일어난 일이었 다. 여자가 자리에 앉으며 쑥스러운 듯 눈웃음을 쳤다. 그를 유혹하기 위한 눈웃음이 아니라, 본래 웃을 때 눈웃음이 생기는 듯했다.

"정식으로 인사할까요? 양신우라고 해요."

"네. 저는…… 서정현이라고 합니다."

'여기서 내가 뭘 하고 있는 거야.'

정현은 뻐근한 눈을 비볐다.

여자가 말을 건넸다.

"피곤해 보이시네요. 무슨 일 한다고 하셨죠? 사실 저도 어제 연락을 받은 거라 별로 아는 게 없어요. 죄송해요."

"아니요. 그건 저도……. 저는 선본다는 걸 오 분 전에 알았습니다."

딱히 웃으라고 한 소리는 아닌데 여자는 재밌다는 듯이 활짝 웃었다. 정현은 여자를 뚫어져라 쳐다보았다. 여자가 살짝 얼굴을 붉히며 컵을 들어 물을 한 모금 마셨다. 잠시 침묵이 흘렀다. 어색하고 이상한데 크게 불편하지는 않은 침묵이었다. 정현은 손을 들어 웨이터를 불렀다. 여자는 정현을 관찰했다.

그의 행동엔 군더더기가 없었다. 말이 적지만 무례하지 않고, 정중하지만 언행의 물 밑으로 무시하기 힘든 힘이 흘렀다. 웨이터가 건네는 메뉴판을 받아 들고, 여자에게 의향을 묻고, 주문을 하고, 물을 마시는 일련의 과정에서 매너 역시 흠잡을 데가 없었다. 의식적인 예의나 매너가 아니었다. 표범이 본래 우아하게 걷고 인간의 시선을 크게 의식하지 않는 것처럼, 그는 타고나길 우아함을 갖추고 태어났다. 그걸 깨닫고 여자가 슬쩍 미소를 지었다.

생각에 잠겨 있던 그가 자신을 관찰하는 그녀에게 시선을 주었다. 사람을 끌어당기는 강렬한 눈에 여자는 거부감 없이 끌려갔다. 여자가 웃는 목소리로 물었다.

"무슨 일 하시죠?"

"게임 회사 다닙니다. 머핀 타워라고."

"아……."

여자는 멍해 있다가 물을 조금 마셨다. 정현은 그녀의 입이 미소를 짓는 것을 보았다.

정현은 어떻게 거절할까를 생각하고 있었다. 모르고 나왔다 해도 사귀는 사람이 있다는 말은 상대에게 모욕일 수 있다.

'······전생을 기억한다고 해버릴까?'

처음 그 말을 했을 때 지은의 반응이 떠올랐다. 지금 와서 생각해보면 당시 지은의 반응은 꽤 대범했다. 바로 미친놈 취급을 받아도 할 말이 없었는데 그녀는 그의 전생 타령을 상당히 믿어주었다. 정말 이상한 아가씨야.

정현은 여자가 자신을 빤히 쳐다보고 있다는 걸 눈치채고, 저도 모르게 웃고 있던 입매를 정리했다. 여자가 말했다.

"들어봤어요. 저는 게임을 안 좋아하지만 조카가 게임기를 사달라고 제 엄마를 조르는 걸 본 적이 있어요."

정현은 예의상 물었다.

"저도 들은 얘기가 없어서······. 무슨 일 하시죠?"

"의사예요."

웨이터가 와서 대화가 끊겼다. 웨이터가 커피를 내려놓고 떠나자, 여자가 돌연 싱긋 웃고는 물었다.

"선볼 생각 없는데 예의상 앉아 있는 거죠?"

정현이 멍하니 내려뜨고 있던 눈을 들어 그녀를 똑바로 쳐다보았다. 이제야 날 제대로 쳐다보네, 라는 듯이 여자가 도전적인 미소를 던졌다.

정현은 여자의 인상이 첫인상과 다르다는 생각을 했다. 보수적이고 과하게 예의를 차릴 것 같던 인상이 연기였던 것처럼.

신우는 어깨를 쫙 펴고 두 팔을 겹쳐 테이블 위에 얹었다.

"되게 피곤해 보여요."

심지어 목소리도 은밀하게 변했다.

"그쪽이 무슨 생각 하는지 알아맞혀볼까요?"

여자가 턱을 괴면서 말했다.

"음, 어떻게 적당히 시간을 보내고 상대가 기분이 상하지 않게 거절할 수 있을까. 여자 쪽에서 먼저 거절할 때까지 기다려야 되나. 되도록 빨리 거절하는 게 좋겠지? 그게 서로 시간 낭비도 안 되고. 차만 마시고 일어나도 예의에 어긋나지는 않겠지?"

여자가 '내 말이 맞죠?'라듯이 눈웃음을 쳤다.

"재밌는 얘기 하나 해드릴까요?"

정현은 대답 없이 물끄러미 여자를 바라보았다. 여자는 그의 반응 따위는 아무래도 상관없다는 듯 어깨를 으쓱하고 말했다.

"전 전생을 기억해요."

60

"내 그럴 줄 알았지. 그 남자가 널 순순히 보내줄 것 같지 않았어."

혜경은 테이블 밑으로 손을 내려 옆자리에 앉은 선예의 무릎을 쳤다. 지은이 볼 수 없는 각도였다. 선예가 모른 척하자 혜경은 선예의 다리를 꼬집었다. 선예는 예쁜 이마를 구기고 하릴없이 지갑을 꺼냈다. 이상한 낌새를 챈 지은이 맥주를 마시다 말고 두 사람을 의아한 눈초리로 쳐다보았다. 두 친구는 어색하게 지은의 시선을 피했다.

"미국 다녀오는 길에 면세점에 들러서 내가 부탁한 거 꼭 사 와야 해."

혜경의 말에 지은이 황당한 얼굴을 했다.

"내가 관광 가는 걸로 보여?"

"어차피 갔다 올 거잖아. 안 돌아올 거야?"

"……안 갈지도 모르겠어."

작은 목소리였지만 테이블에 앉은 누구도 그 말을 놓치지 않았다. 테이블 밑으로 혜경의 손에 만 원을 쥐여주던 선예는 놀라 지은을 쳐다봤고, 혜경은 받은 돈을 챙길 생각도 못하고 벙벙한 얼굴이 되었다. 선예가 미간을 찡그리며 말했다.

"그 남자가 가지 말라고 해서 다 된 결심을 접은 거라면 너한테 실망할 것 같아."

"우리 아버지가 사람한테 실망했다는 말은 함부로 하는 게 아니랬어."

혜경이 선예의 어깨를 잡으며 말했다. 그러고는 지은에게 물었다.

"그 남자가 네게 결혼이라도 하재?"

지은은 조용히 맥주만 마셨다.

전생을 진실로 믿는다고 해서 저주가 정현을 괴롭히고 있다는 것까지 믿기는 것은 아니었다. 영혼의 존재를 믿지만 '네 뒤에 유령이 있어.'란 말에는 황당해하는 것과 비슷하다.

그런 지은의 눈에도 정현이 저주라고 철석같이 믿는 악몽의 무게가 매일 조금씩 그를 짓누르고 있는 것이 보였다. 지은은 그것을 가장 가까이에서 볼 수 있었다.

정현은 사람들 앞에서 지친 모습을 보이지도 않고 도리어 날이 서 있다 할 만큼 단정함을 유지하고 있었지만, 겉보기에만 멀쩡했다. 출근 시간은 조금씩 늦어지고 말수도 줄었다. 즉흥적인 말이나 행동은 일체 하지 않고, 일만 하는 기계처럼 업무에 매달려 비서들이 챙겨주지 않으면 식사 시간이 되는 것도 몰랐다.

12월 31일의 대화 이후로 정현은 지은의 이직 문제를 입 밖에 내지 않았다. 그녀에게 가지 말라고 애원하지도 않았다. 결혼하자고 매달리지도 않았다. 다시 화를 내는 일도 없었다. 회사 내 다른 팀으로 가라고 한다거나 그의 영향 아래 있는 것이 싫다면 회사를 옮기라는 말 정도는 할 만도 한데 그런 말조차 하지 않았다.

심지어 지은의 미국행을 받아들인 것처럼 지은이 살게 될 곳의 날씨가 어떤지, 한국에서 그곳까지 비행기로 몇 시간이 걸리는지 따위의 말을 먼저 내놓기도 했다. 그렇게 지은이 그의 질문을 받아 대답을 하고 있으면 정현은 유체이탈한 사람처럼 시선을 지은의 머리 뒤쯤에 두고 '사라져버렸다'. 그러한 정현의 모습이 어떨 땐 목숨을 끊기 전 주변을 정리하는 사람의 초연함처럼 느껴져 오싹할 때도 있었다.

그나마 그가 예전처럼 느껴질 때는 데이트를 할 때뿐이었다. 입을 맞추고 서로의 살갗을 어루만지는 동안은 본래의 서정현이었다. 그녀만이 그가 지금 살아 있음을 확인시켜주고 그가 내일을 맞을 수 있도록 허락해주는 유일무이한 존재인 듯했다.

그런데 그런 그를 어떻게 두고 떠나?

정현은 스스로의 생명을 깎아 온몸으로 그녀를 설득하는 듯했다.

지은은 자기 집에서 TV를 보다가도 미국 관련 뉴스가 나오면 비도덕적인 일을 들킨 사람처럼 황급히 껐다. 인터넷상의 포트폴리오들도 내려버렸다. 어차피 면접도 끝났고 최종 결과 통보만을 기다리고 있었다. 행여나 결과 통보가 전화로 올까 봐 휴대전화가 울리면 심장이 두근거렸다. 메일을 확인하러 들어갈 때마다 로그인 전에 심호흡을 해야 했다.

"내가 미국에서 잘해나갈 수 있을까요?"

결국 지은은 항복했다. 며칠 전, 정현의 집으로 올라가는 엘리베이터에서 그렇게 말했다. 정현은 지은을 물끄러미 쳐다보다가 대답 없이 그녀의 손을 잡고 집으로 들어갔다.

"결과 통보가 이렇게 오래 걸리는 걸 보면 아무래도 불합격 같죠?"

또 며칠 전에는 소파에 앉아서 함께 TV를 보다가 그런 말을 했다. 정현은 또 유체 이탈을 했다가 방금 복귀한 것 같은 멍한 표정을 짓더니 조용히 웃었다.

"아무래도 합격 같은데."

정현이 그렇다고 하니 정말 그럴 거 같았다. 그래서 더 무서워졌다.

그리고 바로 어제, 지은은 정현의 집에 들어가자마자 최종 항복 의사를 밝혔다. 지은의 추측대로 정현이 스트레스를 받아서, 불안을 느껴서 그런 거라면 그의 목을 죄고 있는 넥타이라도 풀어줘야 하지 않을까? 그런 생각이었다.

"알았어요. 그만둘게요. 그만해요."

지은은 정장 재킷을 벗고 있는 정현을 돌아보았다.

"가족들도 전부 반대하고, 사실 이쪽 분야는 한국도 알아주니까 기회는 이쪽에서……."

잠자코 지은의 말을 듣고 있던 정현이 돌아서는 그녀의 머리를 강하게 감싸 쥐고 입술을 덮었다. 힘든 결정을 해준 것이 고맙다는 뜻이 아니었다. 그는 그녀를 통해 숨을 쉬고 싶은 것처럼 맹렬히 그녀의 입술을 빨고 그녀의 몸을 껴안았다. 깊은 바다 속에서 결혼이나 이직, 앞날에 대한 진지한 토론을 할 수는 없었다. 그는 당장 호흡이 필요했다.

지은이 진짜로 믿을 수 없는 것은 저주의 여부가 아니라, 정현이 어린 시절을, 성인의 일 년과 맞먹는다는 십 대의 하루하루를 그런 상태로 보냈다는 점이었다.

"이제 악몽은 꾸지 않는 거야?"

혜경이 물었다.

회상에서 벗어나는 동안 지은은 혜경을 바라보았다. 혜경이 질문을 덧붙였다.

"전생은 이제 생각해내지 않기로 한 거야? 최면 치료 받는다더니."

"관두기로 했어. 난 최면이 안 걸리는 체질인 거 같더라고."

지은이 다시 맥주 컵에 입을 대며 대답했다.

"상담받는 건 어떻게 됐어? 만나면 어째 연애 상담만 하게 된다고 투덜거리더니, 이제 신우 언니는 안 만나?"

지은은 내리깔았던 눈을 크게 뜨며 맥주 컵을 내려놓았다.

"아, 맞다. 신우 씨한테 최면 치료 안 받기로 했다고 말한다는 걸 깜박했네. 내가 밥 사겠다고 했는데."

선예가 과일 안주 접시에서 미니 토마토만 골라 믹으며 중얼거렸다.

"상담해준다던 의사가 여자였어? 난 지금까지 남잔 줄 알았네."

정현은 여자를 똑바로 쳐다보았다. 신우는 엄청난 발언을 테이블 위에 내어놓고 정현이 그것을 집기를 기다렸다.

"제 말이 안 믿기나요?"

신우는 여유 있는 미소를 짓고 몸을 좀 더 숙였다. 정현은 동요를 읽기 힘든 얼굴로 신우의 눈만을 응시했다. 그의 대외용 웃는 가면이 미미하게 감정을 담은 표정으로 변했다. 정현이 등을 곧추세우며 들릴 듯 말듯한 한숨을 쉬었다.

"아니요. 그저……."

정현은 불편한 기분이 들어 찡그린 눈썹을 검지로 매만졌다.

이 여자가 어디서 누구한테서 무슨 소리를 듣고 이러는 걸까.

그런 생각부터 들었다. 고모가 말한 걸까? 서주하 여사는 자기 핏줄의 결함을 제 식구도 아닌 사람에게 드러내 밝힐 사람이 아니었다.

정현은 옅은 미소를 흘렸다. 그 웃음이 고단한 그가 내는 한숨처럼 보여 시종일관 여유 있던 신우의 얼굴에 일순 그늘이 졌다. 정현이 조용히 말했다.

"제가 마음에 들지 않으신 거라면 그냥 거절하셔도 괜찮습니다."

"아니요. 저는 그쪽이 마음에 쏙 드는데요. 지금도, 그리고 예전에도."

신우가 단박에 대답했다. 정현이 고개를 들어 다시 신우의 눈을 제대로 응시했다. 신우는 가슴이 뭉클해지는 것을 느끼며 말 하나하나에 힘을 주어 말했다.

"처음 봤을 때부터 죽는 순간까지 마음에 들지 않은 적이 없었지. ……다이런의 영웅, 크롬헬의 상징. 아일 에드가 클레이모어."

쨍그랑!

식기들이 바닥에 떨어져 깨졌다. 뒤쪽 테이블을 지나던 웨이터가 갑자기 일어서는 손님과 부딪혀 쟁반을 놓쳤다. 쏟아지는 시선, 우왕좌왕하는 손님과 달려오는 종업원. 작은 혼란 속에서 정현과 신우가 있는 자리만 그들과 떨어져 시간이 멈춰 있는 듯했다. 신우가 웃음을 치운 얼굴로 진지하게 물었다.

"내가 누군지 모르겠어?"

"……."

정현은 숨을 멈추었다. 잘생긴 이마가 피곤과 혼란을 얹고 구겨져 있었다.

"이거 섭섭한데. 마음의 애인을 못 알아보는 거야?"

저게 뭔 소린가 하던 정현은 순간 뭔가를 깨닫고 몸을 크게 움찔했다. 거대한 기억의 마차가 그의 영혼을 무자비하게 치고 지나갔다. 정현은 동요를 숨길 생각조차 못하고 천천히 몸을 일으켰다. 테이블을 움켜쥔 손이 떨렸다. 경악과 숨기기 힘든 애정, 혹시나 했다가 아니면 어쩌나 하는 두려움이 서서히 창백한 얼굴을 덮었다.

아직까지는 확신보다는 의심이 컸다. 여자가 자신을 농락하는 것이라고 생각하는 분노와 잠시라도 여자를 '그'라고 생각한 스스로에 대한 자조가 뒤섞인 눈이 신우를 노려보았다.

떠오르는 얼굴이 있었다. 정현이 요즘 그토록 꿈에 시달리지 않았더라면 죽음이라는 마침표와 시간이라는 두꺼운 페이지에 묻혀 기억해내지 못했을지도 모를 그리운 목소리가 있었다.

「넌 아마 그리워하는 이를 오랫동안 찾아 헤매게 될 거야.」

"결국은 만나게 돼. 그러니까…… 너무 힘들어만 하지 마."

신우가 정현의 미릿속을 읽기라도 한 것처럼 다음 말을 이었다. 정현은 숨이 턱 막혔다. 신우가 일어나 정현에게로 다가왔다. 정현은 있어서는 안 될 일을 마주해 겁을 먹은 것처럼 뒷걸음질을 쳤다. 의자에 가로막혀 더 이상 물러설 수도 없었다.

정상적인 상황이 아니었다. 그가 전생을 기억하는 것은 그에게만 국한된 일. 그만이 이해하고 감내할 수 있는 좁은 범위의 이상(異常). 라야가 지은의 모습으로 정현 앞에 나타난 것은 운명적 실현이고 필연적 당위였다. 이건, 이건 아니었다. 이야기책의 그림 속 존재가 눈앞에 나타난 것에 정현은 꿈을 꿀 때처럼 현실감을 잃어버리고 있었다.

신우가 입술에 검지를 대고 작은 목소리로 말했다.

"괜찮아. 괜찮을 거야. 결국엔 끝날 거야."

신우는 정현을 진정시키려는 듯 그의 팔목을 잡았다. 정현은 그것을 뿌리칠 수가 없었다. '그'가 죽던 모습이 떠올랐다. 죽어가면서도 자신을 위로하던 친구.

신우는 더없이 친밀한 손짓으로 정현의 어깨를 쓸어내렸다. 그리고 말했다.

"네가 그렇게 그리워하던 이를 만나게 된 걸 직접 볼 수 있게 돼서 얼마나 기쁜지 몰라."

정현은 너무 억눌러 쉰 것 같은 목소리로 '그'를 불렀다.

"로바키……."

"안녕, 에드가. 우리 대장."

신우가 주저앉으려는 정현을 안으며 웃었다.

"난 이제 가냘픈 여자라고. 예전처럼 널 쉽게 받아줄 수가 없어."

그전에 어떤 일을 겪었더라도 로바키와 대화를 할 때에는 평온했다. 에드가라는 이름으로 짊어진 짐을 내려놓고 가문의 명예와 먼 미래의 계획 같은 건 잊어버리고 여자나 술맛에 대해 시시껄렁한 잡담을 나눌 수 있는 몇 안 되는 공간이 바로 로바키 옆이었다. 아일이 부대를 이끌면서 생기는 문제에 골머리를 썩이고 있을 때마다 로바키는 시원스러운 태도로 해결책을 내놓고는 했다. 다음 날 날씨를 맞힐 때처럼.

냉정이 완전히 흐무러졌다. 정현은 자의로 모든 긴장을 내려놓았다. 그는 이제 울지 않기 위해 숨을 참아야 했다. 신우가, 아니, 로바키가 전생의 친구를 안은 채 속삭였다.

"그런 기억들을 안고…… 많이 힘들었겠다, 대장."

회중시계의 표면이 반질반질했다. 금색 칠이 벗겨지고 벗겨져 아예 은색이 되었다. 여러 번 고쳐 썼지만 이번 전쟁을 치르면서 완전히 망가져버린 모양이었다. 그래도 아일은 그것을 품에 지니고 있었다. 목에는 라야가 만들어준 목걸이를 걸고 품에는 크롬헬 시절 로바키와의 내기에서 얻어낸 회중시계를 반드시 챙겼다. 로바키의 가족이 남아 있다면 그의 마지막 모습을 전하며 시계라도 돌려주고 싶은데 그럴 수도 없었다.

아일은 시간을 확인할 수 없는 회중시계를 보고 잠시 감상에 빠졌다. 회중시계를 다시 품에 넣고 아일은 말고삐를 잡았다. 말은 황궁까지 이어진 성도를 걷고 있었다. 차가운 눈이 첨탑을 추켜세우고 있는 황궁을 향했다.

성도 전체가 승전의 열기로 들끓었다.

국가의 경사를 맞아 왕실은 창고를 활짝 열었다. 그건 정복왕의 시혜라기보다 미친 왕의 사치에 가까웠다. 종전의 해방감과 승전의 광기 어린 기쁨, 죽은 이들을 위로하는 마음, 돌아온 장병들을 향한 환영이 뒤섞여 노시가 떠들썩했다. 술 냄새와 고기 냄새, 한라의 냄새가 골목마다 진동했다. 왕은 성대한 축연을 열었다.

"영웅들을 위하여."

헤르첸이 술잔을 들어 올리며 말했다. 그 말을 시작으로 연회가 시작됐다.

황궁에서 이미 여러 번의 연회가 있었지만 이날의 연회는 특별했다. 지금까지의 연회 중 가장 많은 참전 지휘관들이 참석했다. 네 명의 선제후들이 모두 참석한 연회도 이번이 처음이었다. 왕이 전쟁을 승리로 이끈 지휘관들을 정식으로 치하하는 자리라 할 만했다. 왕의 말을 기록하는 서기와 역사의 현장을 그림으로 남기는 기록화가가 자리를 함께하고 있는 것만 봐도 이 자리가 평범한 연회의 연장은 아님을 알 수 있었다.

아일은 연회장 구석에서도 가장 구석진 소파에 앉아 있었다. 연회장의 움직임들을 관찰하기로는 최적의 장소였다. 그리고 마찬가지로 연회장 풍경을 한눈에 담기 좋은 또 다른 자리에는 헤르첸이 앉아 있었다. 헤르첸은 최상석에 앉아 내빈 한 사람 한 사람을 차례대로 만나고 있었다. 아일은 그런 헤르첸을 쳐다보고 있었다.

"이상한 소문이 돌고 있어."

공화파의 샤모아 의원이 술을 두 잔 들고 와서 은근슬쩍 말을 걸었다. 아일은 왕을 향한 시선을 접고 샤모아에게 자리를 만들어주었다. 샤모아가 옆자리에 앉으며 술을 권했다. 아일은 사양했다.

"제1군이 크롬헬에 도착하자마자 사령관이 사라졌다는 얘기를 들었지."

샤모아는 뜸을 들이며 단숨에 술 두 잔을 비웠다.

"여기까지는 정보랄 것도 없는데, 아니, 글쎄, 에드가가 숨겨놓은 애인을 만나러 갔다는 거야. 여기까지도 특별히 정보라고 할 만진 않아. 그런데 그 애인이 요즘 세간의 화제인 여성이라면 그건 정보가 되지.

……라야 윈터스."

샤모아는 배우의 이름을 말할 때 좀 더 힘을 실어 말했다. 아일의 반응을 살피려는 눈이 실만큼 가늘어졌다.

"출신이 의문에 싸인 화제의 배우. 내 딸이 연극을 보고 와서는 그 여자가 입은 코트를 사내라는 통에 내 평생 해보지 않은 의원 위세질까지 부려봤지. 예약이 밀려 있어서 그냥 기다렸다간 내년 겨울에나 입을 수 있겠더라고."

아일이 태연하게 말했다.

"정보에 잘못된 부분이 있군요. 전 여자를 숨기지 않습니다."

샤모아는 턱을 쓰다듬으며 경탄했다.

"그 배우의 뒷배가 정말 자네였어? 그러고 보니 자네도 안 그런 척하면서 은근 들리는 소문이 적지 않아. 저번엔 차이드 인 하녀를 아껴 품는다는 얘기도 돌았었는데. 알고 있었나?"

샤모아의 말로 미뤄 보아 배우 라야 윈터스와 예전 소문 속 차이드 인 하녀가 동일인이라는 것은 아는 이가 드문 모양이었다. 그리고 그편이 좋았다. 배우인 라야에게도. 앞으로 일을 진행할 아일에게도.

아일이 여유 있게 미소까지 짓고서 물었다.

"그 얘기를 누구한테서 들으셨습니까?"

"바르피어에게서."

"다이런의 귀와 공화파의 입이 그 이야기를 얻으셨으니, 이제 그 얘기가 나라 전체에 퍼지는 건 시간 문제겠군요."

"난 수다쟁이가 아니야."

샤모아가 마음이 상한 척 연기하며 눈을 흘겼다. 아일이 연회장 쪽으로 눈을 돌렸다. 샤모아가 말했다.

"그 소문 때문에 모뤄 선제후가 심기가 불편하다더군. 선제후께서 자네를 사윗감으로 점찍어두신 건 시골 푸줏간 칼잡이도 아는 사실이니까. 본인이 여성들을 두루 아끼신 것과 딸의 남자가 그러한 것은 아무래도 다른 문제겠지. 알고는 있으라고."

그렇게 말하고 샤모아는 모뤄 선제후가 다가오고 있다는 것을 일러주려 아일에게 넌지시 눈짓을 했다. 모뤄가 아일을 발견하고는 멧돼지처럼 맹렬히 걸어오고 있었다. 아일은 소파에서 일어섰다. 샤모아에게서 그런 말을 들은 직후라서 그런가, 아일은 모뤄가 달려와 방패만 한 손으로 뺨을 갈길지도 모른다고 생각했다. 그때 아일의 눈앞을 가로막으며 와이즈 선제후가 나타났다. 다가오던 모뤄가 움찔 멈춰 서는 것이 보였다. 와이즈가 아일에게 말했다.

"그레엄은 요즘 어떻게 지내?"

아일은, 다른 귀족들에게 붙잡혀 얘기를 나누는 모뤄를 흘긋 쳐다보고는 와이즈에게 고개를 숙여 인사했다.

"아직 만나 뵙지 못했습니다."

"이거야 원, 나도 자식들이랑 살가운 사이라고는 할 수는 없지만 자네들은 더하군. 혼자 되고 자네도 떠난 뒤에 그레엄이 두문불출인 건 알고 있나?"

"……전해 들어 알고 있습니다."

"자네라도 아버지를 챙겨야지."

샤모아가 고개를 들이밀며 끼어들었다.

"다 좋은데, 두 분. 대화를 할 때 표정 관리를 좀 하십시오."

그가 술을 홀짝이고는 속삭이는 목소리로 말했다.

"너무 진지하거나 심각한 표정은 짓지 마시고요."

"어째서?"

와이즈가 고개를 갸웃했다.

화가는 코를 훌쩍이며 잠시 손을 멈췄다. 그는 두 시간째 왕과 왕이 대화를 나누고 있는 이들을 그림에 담고 있었다. 그 옆에는 연회장의 정경을 담고 있는 화가가 있었다. 테이블의 배치와 내빈들이 앉아 있는 순서, 테이블에 장식된 꽃은 어떤 종류이며 샹들리에 장식은 어떤 형태인지, 벽이 트여 있어 바로 보이는 바깥으로 어떤 풍경이 보이는지 따위를 화폭에 성실히 옮기는 것이 그의 임무였다.

그리고 그들과 조금 떨어진 곳에서 예리한 눈으로 손을 바삐 움직이는 화가가 한 명 더 있었다. 그는 내빈들 중 누구와 누가 사담을 나누는지, 내빈들의 변화하는 표정이 어떠한지, 그들이 어떤 눈초리로 왕을 바라보고 있는지를 기록으로 남기고 있었다. 그것은 공식 기록이 아니었다. 하지만 화가는 다른 화가들보다 더 열정적으로 그 일에 집중했다. 왕의 은밀한 명이었기 때문이다.

"에드가!"

헤르첸이 왕의 자리로 오는 에드가를 반겼다. 왕의 과장되고 호들갑스러운 환영은 내빈들의 주목을 끌었다.

연회장의 대화 소리가 잦아들었다. 왕의 주위를 담고 있는 화가는 얼른 새로운 그림을 그리기 시작했다.

헤르첸 엘칸 라우니트와 아일 에드가 클레이모어. 역사의 의미 있는 한 장면이라 부를 만했다.

헤르첸이 단상 계단 아래 무릎을 꿇은 아일에게 눈짓을 했다.

"일어나. 눈을 한 번 맞춰보자고. 그래야 무엇이 변해 돌아왔는지 알 것 같으니까."

헤르첸의 바로 알아듣기 힘든 화법과 흉물스러운 태도는 여전했다. 아일은 몸을 일으켜 왕과 시선을 마주했다.

증오하는 자와 시선을 맞추고 있자니 속에서 검은 덩어리가 꿀렁거렸다. 막연하던 기피감은 이제 이유 있는 증오와 혐오가 되었다. 아일은 술잔을 들고 있는, 굳은살 하나 박이지 않은 헤르첸의 손을 보았다. 라야를 만지던 저 손을 의자 팔걸이에 포크로 고정해주고 싶었다.

"딱히 변한 건 없군."

헤르첸이 실망스럽다는 투로 말했다. 아일은 무표정한 얼굴로 헤르첸의 눈길을 받아냈다. 헤르첸이 중얼거렸다.

"얼굴에 상처라도 하나 얻어 오려나 했더니 것도 아니고."

"폐하."

아일이 나직하게 입을 열었다. 헤르첸이 빙긋 웃었다.

"그래."

"전 제 몫을 하고 돌아왔습니다."

헤르첸이 눈썹을 과장되게 들어 올렸다.

"공치사하는 인사는 아니라고 생각했는데."

멀리 서 있던 시녀가 발소리가 나지 않는 잰걸음으로 다가와 왕의 술잔에 술을 채웠다. 헤르첸이 술잔을 들며 말했다.

"그래, 잘해주었어. 기대보다 훨씬 더."

아일이 조금 큰 목소리로 말했다.

"외람되오나, 출정 전 폐하께서 약속하신 상을 가까운 시일 내에 받고자 합니다."

연회장은 이제 쥐 죽은 듯 조용해졌다. 화가들도, 잠시 손을 놓고 시중을 들던 시종들도 움직임을 멈추었다. 모두가 엘칸 왕과 에드가의 대화를 주목하고 있었다.

"무슨 약속?"

헤르첸이 모른 척 고개를 갸웃했다. 아일은 내려뜨고 있던 눈을 들어 헤르첸의 음침한 눈을 직시했다. 아일이 모른 척 연기에 속아 넘어가지 않는다는 건 헤르첸도 알고 있었다. 헤르첸은 생각을 떠올리는 척 시선을 공중에 두고 느긋하게 술을 마셨다.

'움직이는 화폭'이라고 불리는 트여 있는 정원에서는 여름 눈꽃 나무가 마지막 절정을 뿌리고 있었다. 헤르첸이 팔걸이에 술잔을 내려놓는 소리가 고요한 연회장에 또렷이 울렸다.

"아아, 왕의 중매. 맞아, 그런 약속을 했었지."

연회장이 술렁였다. 가까이에서 그 말을 들은 사람들은 바로 반응을 보였고 멀리 있던 자들은 자신들이 들은 소리가 맞는지 옆 사람에게 확인을 받았다. 헤르첸이 시원스럽게 말했다.

"그래, 약속을 지켜야지. 그녀를 원하지?"

"라야 윈터스."

아일은 왕의 '그녀'라는 불분명한 지칭을 분명히 바로잡았다.

헤르첸은 다문 입술을 일그러뜨리며 웃었다. 연회장은 더욱 어수선해졌다. 은밀한 소문 속 배우의 이름이 에드가의 입에서 나오자 흥분인지 개탄인지 모를 수런거림이 연회장을 휩쓸었다. 헤르첸은 가면을 쓰지 않아도 가면 같은 얼굴에서 미소를 걷어내고 아일을 응시했다.

아, 에드가. 이 보기보다 영악하고 기대만큼 재미있는 사내……

헤르첸은 턱을 괴고 비스듬히 고개를 돌려 기록 화가들이 있는 쪽을 보았다. 그리고 왕의 자리 바로 뒤쪽에 앉아 있는 서기를 돌아보았다. 서기는 연회장의 소란에도 담담한 표정으로 꿋꿋이 제 일을 하고 있었다. 왕이 말을 멈추자 서기도 잠시 손을 놓았다. 이날 왕이 한 말, 왕이 나눈 대화는 빠짐없이 서기의 기록에 남을 터였다. 그리고 역사에도.

헤르첸이 시녀에게 물러나라는 턱짓을 했다. 시녀가 물러나자 헤르첸은 아일에게 가까이 다가오라는 눈짓을 했다. 아일은 서슴없이 계단을 올라가 헤르첸 앞에 정중히 몸을 숙였다. 아일과 귓속말이라도 하려는 듯, 헤르첸 역시 상체를 숙여 아일에게 다가앉았다. 소름 끼치게 가까운 거리에서 헤르첸이 아일을 올려다보며 히죽 웃었다. 왕이 속삭였다.

"그래, 라야 윈터스. 반쪽짜리 다이런 인. 아니지, 이제 완벽한 다이런 인이라고 할 수 있지 않을까? 그 아가씨를 자네에게 주면 되지?"

헤르첸이 윙크했다. 그리고 의자에 몸을 묻으며 서기를 돌아보았다. 헤르첸은 제대로 받아 적으라는 듯 큰 목소리로 말했다.

"난 약속은 꼭 지켜."

"내 말이 맞았어."

붉은 여우 인형이 앞발을 번쩍 들어 올리며 말했다. 연기자의 맑은 목소리 덕분에 인형 얼굴에 박힌 까만 눈알이 정말 생명을 담고 반짝이는 듯했다.

"굴 밖엔 물고기도 새도 잔뜩 있다고. 햇볕 냄새는 어떻고, 비록나무 그늘은 말할 것도 없지. 좋아하지도 않는 굴에 있지 말고 나랑 같이 나가자. 너를 데리러 먼 길을 왔어."

그 말에 하얀 여우 인형이 뒷걸음질을 하려는데, 어린 목소리가 끼어들었다.

"맞아! 어서 따라가!"

다른 관객들이 일제히 손가락을 입술에 갖다 대고 쉿 소리를 냈다. 호응 좋은 어린 관객은 자신이 뭘 잘못했는지 모르고 눈을 끔벅였다. 여관 뒷마당에 아이들 열댓 명이 모여 있었다. 성도의 걸인 아이들이었다. 손인형 무대 위로 라야가 고개를 내밀었다. 무대 화장을 전혀 하지 않은 맨얼굴이 깨끗하고 고왔다.

"인형극은 원래 소리 지르면서 보는 거야. 그래야 하는 사람도 신나지."

무대 위에서 두 여우가 관객의 호응을 유도하듯 관객을 향해 앞발을 치켜들고는 춤을 추었다. 어린 관객들은 서로 눈치를 보다가 "어서 따라가, 하얀 여우야!"를 외쳤다. 결정적인 순간에 건물 뒷문을 열고 단장이 나왔다. 단장이 수염을 만지작거리며 짐짓 엄한 목소리로 말했다.

"자, 이제 연극은 끝났다. 모두 돌아가."

단장은 들고 나온 빵 바구니를 아이들의 우두머리에게 넘겨주었다. 아이들이 아쉬운 한숨을 내쉬며 어깨를 늘어뜨렸다. 라야는 웃는 얼굴로 연극을 마치고 일어섰다. 제일 앞자리에 앉아 있던 소년이 기어서 인형극 무대 쪽으로 다가왔다. 소년은 못내 아쉬운 표정으로 인형극 무대를 잡고서 라야를 올려다보았다. 하얀 여우가 어떻게 되었는지 궁금해 죽겠다는 눈이었다.

"뒷얘기가 궁금하면 책을 읽어. 내가 줬잖아."

라야가 손에서 인형을 빼며 말했다.

"난 글을 모르는걸."

소년이 퉁명스레 말했다.

"배우면 되지."

"내가 글을 배워서 뭐해."

라야가 소년의 더벅머리를 쓰다듬었다.

"넌 똑똑해서 글을 익히는 데 일주일도 안 걸릴 거야."

"그럼 나도 극단에 들어갈 수 있을까? 나도 라야처럼 사람들이 좋아해주고 부러워해줄까?"

"배우가 되는 걸 목표가 삼는 건 좋은데…… 사람들이 날 부러워한다고?"

"여자들은 라야를 부러워해. 에드가가 왕에게 라야를 아내로 달라고 했으니까. 사람들 말이 에드가가 겨울 정원에 나온 라야를 보고 첫눈에 반했대. 나도 배우가 되면 키렌에게 청혼을 할 수 있지 않을까?"

거기까지 말하고 소년은 무리들에게서 얼굴만 한 빵을 받아 들어 반으로 쪼개었다. 라야는 멍한 표정을 지었다가 소년의 팔을 꽉 잡으며 말했다.

"그게…… 그게 무슨 소리야?"

소년은 빵을 입에 넣고 우물거렸다.

"키렌은 4번가 빵집 주인 딸이야. 빵집에 살아서 내가 키렌을 좋아하는 건 아니야. 키렌이 예뻐서 좋아하는 거야."

"아니, 그거 말고 그전에 한 말. 누가 누구한테 날 아내로 달라고 했다고?"

소년은 배우의 재능이 있었다. 중요한 순간에 뜸을 들여 상대를 애타게 만들 줄 알았다. 소년은 라야를 똑바로 쳐다보며 빵을 천천히 삼키고 말했다.

"에드가가 왕에게 라야를 아내로 달라고 했어."

"언제?"

"그저께 황궁의 연회에서."

"그 얘기를 누구한테서 들었어?"

"오도로 씨가 말했어. 다이런에서 가장 중요한 남자들이 모여 있던 가장 큰 연회였다고."

"오도로 씨가 누군데?"

"6번가 야채상. 황궁 연회에 재료를 대는 게 오도로 씨야. 오도로 씨 말고도 성도에 그 얘기를 모르는 사람은 없어. 라야가 그 얘기를 모른다는 게 놀라운데?"

방금 전 연극의 뒷이야기를 궁금해하던 호기심 많은 어린애는 어디가고 소년의 얼굴에 여덟 살짜리라고 믿기지 않는 원숙한 표정이 떠올랐다. 어른들에게 투명인간 같은 존재인 걸인 아이들은 골목골목의 벽이 되고 공기가 되어 세상의 이야기를 동전 모으듯 끌어 모았다. 소년은 송충이 눈썹을 들어 올리며 인심 쓰는 체 말했다.

"라야의 극단이 황궁에서 승전 축하 공연을 하는 날, 왕이 중매를 설 생각이래. 이 얘기는 마빈이 듣고 왔어."

소년은 세 걸음 떨어진 곳에서 이로 빵을 산산조각 내고 있는 뚱뚱한 소년을 가리켰다.

"노란 지붕 카페에서 어른 여자들이 하는 얘기를 들었대. 여자들 말이 에드가가 낭만적이고 사내답대. 흘러가는 이야기가 그의 이름에 걸맞다고 했어. 흘러가는 이야기가 뭔지는 모르겠지만. 라야도 에드가를 알아? 나도 에드가를 보고 싶어. 소문처럼 미남이야?"

절정을 찍고 나면 내려와야 한다는 건 글이라고는 식당 메뉴판밖에 읽지 않은 사람이라도 삶에서 자연스럽게 알게 되는 것. 다시 절정이 찾아올지는 몰라도 일단은 지금의 정점에서 내려가야 하며, 다시 찾아오는 절정은 이전과 같은 절정이 아니다. 완전히 똑같은 절정은 없다.

여름 눈꽃이 지난해 겨울의 눈보다 더 많이 내렸던 날 라야와 아일은 다시 만났고, 황궁의 연회가 있었던 날로부터 이틀 뒤 거리의 나무들은 눈꽃이 언제 피었냐는 듯 앙상한 가지만을 남기고 꽃을 모두 떨구어냈다. 그리고 놀랄 만큼 싸늘한 추위가 찾아왔다.

아일은 연회를 끝내고 란 에드가와 루브나의 신혼집으로 돌아왔다. 창 밖으로 보이는 풍경이 벌써 쓸쓸해지기 시작했다. 진하게 우린 차가 어울리는 계절이었다. 아일은 차를 마시며 정말 오랜만에 아무 생각 없이 창 밖 풍경을 바라보고 있었다. 방문을 열고 라야가 나타나기 전까지.

"얘기 들었어요!"

아일은 달려들 기세로 걸어오는 라야를 보고 창턱에 찻잔을 내려놓았다. 문이 부서지는 줄 알았다. 저런 면은 십 대 시절에서 크게 달라지지 않은 것 같았다. 아일이 한숨처럼 말했다.

"며칠 만에 보여주는 얼굴이 그런 표정이라니."

라야가 우뚝 멈춰 섰다. 주름을 펴려는 듯이 중지로 미간을 문지른 라야는 뒤늦게 걸음을 신경 쓰며 아일에게 다가와 섰다. 아일은 라야의 등 뒤로 눈짓을 보냈다. 라야를 쫓아온 사내가 조용히 문을 닫고 나갔다. 아일이 라야의 안전을 위해 붙여둔 자였다.

라야가 아일을 올려다보며 말했다.

"들었어요. 연회에서 왕의 중매 얘기를 꺼냈다면서요?"

아일이 소파에 앉은 채로 라야의 허리를 끌어당겨 안았다.

"모두가 보는 앞에서 확답을 받아야 했어. 어디로 튈지 모를 미친놈이니까. 하지만 계산할 줄 아는 미친놈이지. 죽여도 명분을 만들어 죽이고 죽여도 큰 말이 나오지 않을 이들만 골라 죽이는, 생각할 줄 아는 미친놈."

"어찌 됐든 미친놈이란 거네요."

아일이 웃으며 라야의 머리를 당겨 가슴에 품었다. 아일은 부드러운 머리칼에 입을 맞추고 조용한 목소리로 말했다.

"왕이 내게 명령했어. 내 일을 하라고. 그리고 난 그 일을 했어. 개한테 사냥감을 물어 오라 시키고 개가 일을 하면 칭찬을 하듯이 왕은 내게 약속된 상을 줘야 해. 그래야 주인과 충실한 사냥개의 관계가 성립돼. 왕은 명령하고 나는 복종한다. 왕은 내게 무엇보다 그걸 원할 거야."

"히비커스가 가만있을까요?"

아일은 테이블 위의 촛대 쟁반을 보았다. 한 시간 전에 태워버린 편지의 잔해가 쟁반에 남아 있었다.

"안 그래도 마지막 연회에 참석하려고 어제 성도에 왔다던데."

"그럼 히비커스도 벌써 이 일을 알아요?"

라야가 질린 표정을 지었다.

"인편으로 편지를 보내왔어."

아일이 말했다.

"뭐, 뭐래요?"

"모르는 게 좋을걸."

"뭐라고 했냐고요?"

"나가 죽으라지. 전쟁에서 죽어버리지 뭐하려고 돌아왔냐고. 그러면 이름이라도 욕되지 않게 남았을 텐데."

라야가 얼굴을 일그러뜨렸다. 가족에게서 그런 소리를 듣는 심정이 어떠한 것인지 라야는 짐작도 할 수 없었다. 아일이 라야의 표정을 보고 웃었다.

"그런 표정 짓지 마. 사람들이 인정하든 안 하든 넌 내 여자고 너도 날 네 것이라고 생각하면 돼. 그리고 그래야 해."

아일은 부드러운 손길로 라야의 뺨을 쓰다듬었다.

"네가 그런 표정을 짓지 않게 하려고 내가 그런…… 짓들을 한 거야."

눈을 뜬 정현은 낯선 천장을 보고 바로 몸을 일으켰다. 어딜 보나 병원 응급실이었다.

"일어났어?"

반대쪽에서 소리가 들려와 정현은 번뜩 고개를 돌렸다. 로바키가, 아니, 신우가 침대 옆에 앉아 잡지를 보고 있었다. 정현은 생각을 되감았다. 호텔 레스토랑에서부터 기억이 끊겨 있었다. 정현이 물었다.

"우리가 왜 여기 있는 거야?"

자연스럽게 '우리'란 말이 나왔다. 오늘 처음 만난 여자인데도.

신우가 말했다.

"네가 기절했잖아."

신우는 잡지를 자기 가방에 넣었다.

"왜 이렇게 골골해? 번듯하니 좋은 몸을 가지고 있으면서 그 정도 충격으로 기절이라니. 어디 아파? 과로한 거야?"

"요즘 잠을 설쳐서."

정현이 한숨을 내쉬며 이마를 짚었다. 머릿속 영사기가 전생의 필름을 계속 돌려댔다. 수많은 장면이 시간 순서에 상관없이 뇌를 떠돌았다.

그런 정현을 안타까운 눈빛으로 주시하던 신우가 물었다.

"요즘도 악몽을 꾸는 거야?"

"안 그러다가 최근에 또 시작됐는데……."

정현이 감았던 눈을 번쩍 떴다. 그가 고개를 돌려 신우를 보았다.

"네가 그걸 어떻게 알아?"

"뭐가?"

"내가 악몽에 시달리는 걸 네가 어떻게 아냐고? 너도 그래?"

신우가 손을 가로저었다.

"아니. 지은 씨한테서 들었지. 네가 어릴 때 악몽에 시달렸다고. 살해하고 살해당하는 꿈이라니 끔찍하네. 난 하루를 꿨는데도 온몸이 뻐근하던데."

정현은 멍하니 신우를 쳐다보다가 침대에서 발을 내리고 천천히 일어섰다. 그가 침대에서 쉽게 일어나지 못하도록 두통이 머리를 내리눌렀다. 정현이 날이 선 눈으로 꿰뚫을 듯 신우를 노려보았다.

"네가 지은 씨를 어떻게 알아?"

"야아, 그 눈빛. 처음 만나고 한동안은 늘 그런 눈이었잖아. 다가오는 인간은 다 물어뜯어버릴 것 같았는데."

"네가, 한지은을 어떻게 아냐고 물었어."

"이것 봐. 난 이제 여자야. 늑대처럼 이를 드러내지 않아도 된다고."

신우는 섭섭한 척 어깨를 늘어뜨렸다. 하지만 곧 생긋 웃으며 손가락으로 정현의 가슴팍을 찔렀다.

"비밀 보장 의무를 어겼다고 신고하지 마. 지은 씨, 나한테서 상담 받았어."

양신우는 31세의 정신과 상담의로 독신주의 여성이다. 부모가 모두 의사고 형제들도 의사고 조부도 의사셨다. 그래서 그녀도 별 고민 없이 의사가 되었다. 전생의 기억 따위는 없었다. 전생 같은 건 믿지도 않았다. 몇 주 전까지만 해도.

친하게 지내는 후배가 부탁을 해왔다. 아는 동생이 요즘 정신적으로 힘든 것 같은데 상담을 해달라며. 노리던 신상 백을 사서 기분도 좋은 날이었다. 흔쾌히 그러자고 했다.

후배의 '아는 동생'은 학창 시절 학급에서 남녀 모두에게서 두루두루 인기가 있었을 법한 인상의 어린 아가씨였다.

시작은 연애 상담처럼 시작됐다. 상담 두 번째 날쯤에 그 말이 나왔다.

전생.

상담을 마치고 돌아가는 길에 신우는 생각했다. 전생을 기억한다는 남자가 미친 걸까, 그 남자의 말을 믿고 꿈에서 전생 비슷한 것을 보게 되었다며 고민에 빠진 여자가 미친 걸까.

미친 이야기들이 대개 그렇듯 지은의 이야기는 일면 재밌는 부분이 있었기 때문에 신우는 상담에 성실히 응했다. 그리고 점점 이야기에 빠져들었다. 얼마나 심각하게 빠졌냐면, 지은이 꿈에서 봤다고 표현하는 풍경이 신우의 꿈에도 등장하기 시작했다. 어떤 날은 지은이 말하지도 않은 '그곳'의 풍경이 보이기도 했다. 그리고 꿈에서 깨어나 이것이 혹시 자신의 전생이 아닐까 생각했다. 이성적인 의사 신우는 그런 상황이 불쾌해졌다. 그래서 상담에서 벗어나고자 지은에게 최면 치료를 권했다.

그리고 그날이 왔다. 지은이 최면 치료를 받기로 한 첫날.

지은이 최면 치료를 받는 동안, 신우는 비서라도 되는 양 지은의 가방을 품에 안고 지은을 기다렸다. 지은이 꿈 속 풍경을 그렸다는 드로잉북도 보고, 이상하게 탐이 나는 운석 펜던트도 만지작거리며, 지은에게 최면을 거는 원장의 목소리에 귀를 기울였다. 최면은 신우가 걸린 것이 분명했다.

그날 일찍 귀가해 이른 시각에 잠이 든 신우는 여덟 시간 동안 꿈을 꿨다. 짧다면 짧은 그 시간 동안 신우는 한 사람의 인생을 보게 된다. 다이런이라는 나라에서 대장장이의 아들로 태어나 군인이 되기 위해 크롬헬에 들어가고 전쟁 중 어깨에 적의 도끼가 꽂혀 피를 진탕 흘리고 죽은 남자의 삶을 목격한다.

그것은 의심할 것도 없는 신우의 기억이었다. 정확히는 로바키 바로우의 기억이었다. 이번엔 이것이 자신의 전생일까 의심조차 들지 않았다. 확신도 필요 없었다.

지은의 상담 속에서 신우가 늘 가졌던 의문이 있었다. 서정현이라는 남자는 어떻게 얼굴도 목소리도 다른 한지은을 한눈에 라야라고 알아봤을까?

그제야 알 것 같았다. 달이 모양을 바꾼다고 해서 그것이 달이란 걸 모르는 이는 없다. 기억 상실증에 걸렸다가 기억을 되찾은 사람처럼 신우는 모든 것을 알았다.

신우는 꿈에서 깨자마자 아침 햇살을 향해 욕설을 뱉었다. 우아하고 교양 있는 의사인 신우가 육성으로 욕을 한 것은 그날이 처음이었다. 그것은 욕설이 아니라 잊어버린 기억을 되찾은 순간의 감탄사였고, 어떻게 이런 걸 잊고 있었을까 하는 자책이었다. 신우는 놀라움보다 자책감을 먼저 느꼈다. 어떻게 멍청하게 이런 기억을 지우고 태어나, 전생을 기억한 채로 태어난 친구를 외롭게 내버려뒀는지……. 자신이 한심 천만한 인간 같았다.

"지은 씨도 전생을 기억해낸다면 자신이 엄청나게, 무지막지하게, 한심하게 느껴질 거라고요!"

신우가 혀 꼬인 목소리로 지은의 면전에 대고 소리쳤다.

지은은 황당한 얼굴로 집에 들이닥친 정현과 신우를 번갈아 쳐다보았다. 지은은 거실의 벽시계를 돌아보았다. 밤 10시가 넘었다. 정현이 신우의 뒤통수를 노려보았다. 지은이 말했다.

"일단 들어오세요."

신우는 "실례, 실례."라고 말하며 구두를 벗고 비틀비틀 집 안으로 들어왔다. 술이 취해 제정신이 아닌 것 같은 신우를 먼저 들여보내고, 지은이 정현에게 속삭였다.

"어떻게 된 일이에요? 정현 씨가 신우 씨를 어떻게 알아요? 원래 아는 사이예요? 오늘 고모님 만나러 간다고 하지 않았어요?"

정현이 중얼거렸다.

"피곤한 게 배로 심해졌어."

신우가 주저앉듯이 거실 바닥에 앉으며 말했다.

"미안해요, 지은 씨. 친구를 만난 게 너무 반가워서 같이 한잔했어요."

술은 신우 혼자 마신 게 분명했다.

"진즉에 찾아가려고 했는데, 생각이 나자마자 찾아가려고 했는데……에드가가 날 못 알아보면 어쩌나, 난 그러면 무쟈게 상처를…….."

신우는 알아들을 수 없는 소리를 중얼중얼 하더니 주저앉은 채로 방석에 상체를 엎드리고는 조용해졌다. 지은은 정현을 부엌으로 끌고 갔다. 지은이 설명하라는 듯이 거실에 엎어져 있는 신우를 손으로 가리키며 입을 벙긋거렸다. 정현은 두통 때문에 머리를 굴릴 여유가 없어 솔직하게 말했다.

"고모를 만나러 갔는데 선을 보는 자리였어."

"선을……! 선을 봤다고요?"

지은은 목소리를 올렸다가 신우를 흘깃 쳐다보고 목소리를 낮추었다.

"내가 정현 씨 때문에 얼마나 속을 끓이고 있는데 정현 씨는 선을 보러 다녀요? 그게 신우 씨였다고요?"

정현이 깊은 한숨을 내쉬고 말했다.

"저 남잔, 아니, 저 여자는…… 저 인간은 전생에 내 친구였어. 내가 훈련을 받던 학교에서 같은 방을 썼지. 그때에는 헷갈릴 것도 없이 남자였거든."

지은은 머리를 바닥에 박고 곯아떨어진 신우의 엉덩이를 쳐다보았다.

"……라야와도 아는 사이였나요?"

"너와는 만난 적이 없지. 소개해주고는 싶었어."

정현은 애정이 비치는 눈길로 거실에서 잠이 든 신우를 바라보았다.

"하지만 그전에 저 녀석이 죽었지."

정현의 초췌한 얼굴에 기력이라고 할 만한 게 스쳤다.

지은이 정현의 눈을 쳐다보고는 얼굴을 굳혔다. 지은은 은근슬쩍 정현의 시야를 가리고 섰다. 정현이 지은의 표정을 보고는 입가를 올리고 웃었다.

"그 얼굴은 뭐야? 질투하는 거야?"

정현은 테이블 위에 지은이 마시려고 만들어놓은 찻잔을 들어 올렸다.

"저 녀석은 여자가 아니야. 물론 여자지만, 나한테는 여자가 아니야. 녀석도 동의할걸?"

"우리 집에는 왜 온 건데요?"

"술을 마시면서 옛날 얘기를 하다가…… 갑자기 지은 씨와 나 둘 다 상담이 필요하다잖아. 그러려면 비밀 보장 의무를 어겨야 되는데 뭐라 뭐라 하면서 당장 지은 씨 집으로 가자고 생떼를……."

"선을 보러 나온 여자가 하필 신우 씨라는 게 신기하네요."

지은이 퉁명스럽게 말했다. 정현은 찻잔을 입에 대다가 멈칫했다. 지은은 그의 시선을 피했다. 정현은 고개를 숙여 굳이 그를 피하는 지은의 눈을 들여다보았다.

지은은 요즘 그가 잘 아는 눈을 하고 있었다. 소중한 것이 자꾸 손가락 사이로 빠져나가는 느낌이 들어 잠시 하던 일을 멈추고 거울을 보면 마주칠 수 있는 눈이었다. 불안한 눈.

지은은 그런 눈을 하고 있을 이유가 없었다. 적어도 정현이 아는 한에선.

정현은 지은과 눈을 마주친 채로 미지근한 차를 천천히 마셨다.

"너도 아버지 친구의 딸로 이십 년을 있었는데 저 녀석이 맞선 상대로 나온다고 해서 크게 놀랄 것도 없지."

정현의 눈이 잠시 회상에 잠겼다.

"녀석은 헤어질 때마다 '또 보자.'고 인사했어. '또 봐.' 미래를 볼 줄 아는 놈이었는데, 우리가 다시 만날 걸 알고 있었는지도 모르지."

지은은 정현에게 옆얼굴을 보여주며 돌아섰다. 가슴이 한숨을 삼키고 작게 오르내렸다.

넌더리가 났다. 전생 타령도, 저주란 것도.

그의 저주라는 것을 이해하기도 전에 그와의 전생을 먼저 기억해낸 사람이 나타나버렸다. 미적거리는 그녀의 엉덩이를 누군가가 비웃으며 걷어차는 듯했다.

세상이 그녀만 따돌리는 것 같았다. 정현의 주위로 폭풍이 휘몰아쳐 그를 중심으로 모든 것이 휩쓸려 들어가는데 그런 소란에서조차 그녀만 덩그러니 제외된 기분이었다.

"내가 믿어야 하고 놀라야 할 일이 더 남았나요?"

지은이 가라앉은 목소리로 말했다. 정현은 찻잔을 식탁에 내려놓았다.

"놀랄 일 없어. 나 때문에 속 끓일 필요도 없고. 합격 통보는 온 거야?"

"안 가겠다고 했잖아요."

정현이 지은의 팔을 잡아끌었다.

조금 전부터 눈을 피하는 그녀의 시선을 잡아 붙들었다. 그를 쳐다보도록 지은의 몸을 돌려세운 정현이 단단한 음성으로 말했다.

"삼 년이든 삼십 년이든 기다려줄 테니까, 가. 내 핑계 대지 말고 가."

"진심이에요?"

지은이 울 것 같은 표정으로 물었다.

지은은 그런 표정을 지을 이유가 없었다. 적어도 정현이 아는 한에선. 그녀는 그래서는 안 된다.

하지만 그녀를 안심시키기 위한 '진심이야.'란 말은 죽어도 나오지 않았다.

띵똥.

거실 쪽에서 휴대전화에 문자가 들어오는 소리가 났다.

신우는 그 소리에 몸을 움찔하는 것 같더니 다시 잠들었다. 지은은 거실로 가 신우의 몸을 편하게 눕혀주고는 그녀의 머리에 쿠션을 대어주었다. 그리고 방으로 가 이불을 가져왔다.

정현은 지은이 조용조용 움직이는 것을 식탁 옆에 선 채로 지켜봤다. 끼어들 수가 없었다. 신우를 챙기는 지은의 모습은 이상할 정도로 비장했고, 정현이 도와답시고 신우의 몸이든 지은의 몸이든 어디든 손이라도 댔다간 지은이 울음을 터트릴 것 같았다.

지은은 이불을 신우의 몸에 덮어준 뒤 그제야 거실 탁자에 올려둔 휴대전화를 집어 들었다. 지은은 문자를 확인하고서도 그대로 정현에게 등을 돌린 채 한참을 서 있었다.

정현이 조용히 말했다.

"합격 축하해."

지은은 분명 이 말을 예전에 들은 적이 있다. 정현을 처음 만났던 날.

그래서 눈물이 고이려고 했다.

반복되는 말과 기시감이 느껴지는 상황들이 얼마나 기억을 일깨우고 감정을 자극하는지, 지은은 그 순간 비로소 알았다.

- 4권에서 계속.